國譯龜峯集

下

著者　宋翼弼
編輯　宋南錫

여산송씨대종회

맑은샘

발간사 發刊辭

7년전 광주에 있는 원윤공파 사무실에 들러 접하게 된 구봉집 (龜峯集) 초간본을 발견 일독하고자 복사본을 만들어 두었으나 겨우 시집만 뽑아 구봉한시상고(龜峯漢詩詳考)라는 제목으로 시집을 펴내고 후편은 엄두도 내지 못한채 다른 일에 묻혀 잊고 있다가 다시 작심하고 2년여 타이핑 편집 교정의 전 공정을 직접 실전으로 처리 이번에 완간하는 감회가 한량없이 기쁩니다.

구봉의 직 후손이신 송기철(1932~2015)님께서 방후손 한학자 송동기(1919~1991)님과 함께 국역본을 시작하여 거의 마무리단계에서 끝을 내지 못하고 작고하셨기에 뒤늦게 필자의 미력으로나마 마무리를 짓게 되어 감계가 무량합니다.

구봉선생께서는 사승한 일이 없이 타고난 재주에다 근면성을 더해 거의 독학으로 학문을 성취하셨고 성리학에서 가장 기본이 되는 것이 태극론이라 할 수 있는데 태극문(太極問)을 문답식으로 이해하기 쉽게 해설하셨으며, 철학의 경지에서 요순의 도(道)를 실천하며 사셨던 도인(道人)이셨습니다.

구봉(龜峯) 우계(牛溪) 율곡(栗谷) 3현(賢)은 동시대 파주에 세거하며 삼십 여년이 넘도록 주고받은 편지글(삼현(三賢)수간(手簡))이 국가보물 1415호로 지정되면서 더욱 새롭게 알려져 후학들의 연구와 학문적 관심이 집중되고 있습니다.

다행인 것은 오롯이 전해진 공의 문집과 삼현수간은 후학들에게 학습과 학문연구의 소중한 자료로 쓰일 것임에 큰 보람과 감사함을 느끼며. 이 소중한 자료들이 사계(沙溪) 후손들의 꾸준한 노력과 대대로 전해왔던 종가들의 보전으로 후세에 안전하게 전해졌으니 광산김씨 종가에게 깊은 감사를 드리지 않을 수 없습니다. 2020.11.15.

대종회 종보편집주간 송 남 석

축간사 祝刊辭

宋吉龍

구봉집 5책11권이 국역 구봉집 3권으로 재 탄생하게 됨을 축하드립니다. 대종회 편집주간 족질 남석 님의 각고의 노력으로 마무리 지어졌고 이에 후손들의 학습에도 큰 도움이 되게 하였으니 여산송씨 전 종원의 경사가 아닐 수 없습니다.

구봉선생은 조선을 통틀어 유가에서 가장 내공이 높았던 도인이었다 하고 율곡 우계 송강과 한 시대를 도의지교의 외우로 살아가셨으며 그의 성리학에 대한 높은 성취는 퇴계 이황과 함께 한국 성리학의 양대 기둥으로 추앙받는 기호학파의 터를 닦았으며 율곡 이이가 조선에서 성리학을 논할만한 사람은 오직 송익필 한필 형제뿐이라고 극구 칭송할 정도였습니다.

도학의 의를 몸소 수양에 옮겨 요순의 도를 실천한 학자로 제갈량을 뛰어넘는 선풍도골의 학자로 조선중기의 명문장가요 시 3걸에 서예에도 달통하였고 교육자 철학자 경세가 책략가이며 어떤 작가는 조선의 숨은 왕이었다고 칭찬하는 학덕을 겸비한 진유(眞儒)의 도학자(道學者)였습니다.

주돈이의 태극도설이 나온 뒤로 많은 학자들에 의해 논의가 있었지만 구봉선생처럼 태극에 대한 심도 있는 연구가 없었으며 후학들에게 이해하기 쉽게 설명한 태극문이 있습니다. 구봉선생의 유학과 성리학의 바탕에는 직直사상이 깔려있으며 태극 이(理)와 기(氣) 인심 도심 사단칠정과 예학의 가례주설 등은 공의 제자 사계 김장생과 그의 제자 우암으로 이어지는 조선예학의 대가로서의 태두역에 공헌 하셨습니다.

이 책은 삼현수간과 함께 후학들에게 두루 학문연구의 소중한 자료로 쓰일 것임에 큰 보람과 감사의 말씀을 드립니다.

2020년 11월

여산송씨대종회 회장 **송길용**

國譯龜峯集
(卷之七)

가례주설1
家禮註說1

여산송씨대종회

國譯龜峯集 卷之 七八九

구역구봉집 권지 칠팔구

下卷目次

하권목차

家禮註說一 (가례주설 1)
序 (서)

家禮 : 黃氏榦曰 聞諸先師 曰 禮者 天理之節文 人事之儀則
也 蓋自天高地下 萬物散殊 而禮之制 已存乎其中矣 於五
行則爲火 於四序則爲夏 於四德則爲亨 莫非天理之自然而
不可易 人稟五常之性以生 禮之體 雖具於有生之初形而爲
恭敬辭遜 著而爲威儀度數 則又皆人事之當然而不可容已
也 隆古習俗醇厚 赤安於是理之中 世降俗末 人心邪僻 天
理埋晦 始以爲强世之具矣 先生更爲家禮 以惠後學 蓋以
天理不可一日而不存 則是禮亦不可一日而間缺也 ○丘氏
濬曰 成周以禮持世 王朝士庶 莫不有禮 秦火之厄 所餘無
幾 漢魏以來 民庶之禮 蕩然無餘 士夫之好禮者 唐有孟詵
宋有韓琦 或有著述駁而不純 文公一書 實萬世通行之典也
○朱子曰 禮時爲大 有聖人者作 必將因今之禮 裁酌其中
必不復取古人繁縟之禮也 孔子從先進 恐已有此意

가례1) : 황간(黃榦)2)이 말하기를 "선사(仙師)에게 들으니, '예(禮)
는 천리(天理)의 절문(節文)이며 인사(人事)의 의측(儀則)이다'고
하셨는데, 대개 하늘과 땅이 고하(高下)로 나뉘어 만물이 각양각
색으로 생기면서부터 예의 법이 이미 그 가운데에 존재하고 있
는 것이다. 오행(五行)에 있어서는 화(火)에 해당되고 사시에 있
어서는 여름[夏]에 해당되고 사덕(四德 元亨利貞)에 있어서는 형

---

1) 가례(家禮) : 宋나라 朱熹가 찬술한 바로서 祠堂, 深衣制度, 居家雜儀를 다
   룬 通禮와 冠婚喪祭의 四體를 설명한 책
2) 황간(黃榦) : 宋나라 閩縣사람으로 字는 直卿, 號는 勉齋, 주자에게 학문을
   익혔다.

에 해당되는 것이니 천리의 자연이 아닌 것이 없어서 바뀔 수가 없는 것이다. 사람은 오상(五常 仁義禮智信)의 성품을 받고 태어났으므로 예의 본체가 비록 태어날 때에 갖추고 있으나 공경(恭敬)과 사손(辭遜)이 모습이 되고 위의(威儀)와 도수(度數)로서 들어나게 되는 것이니 또한 인사의 당연한 것으로서 하지 않을 수 없는 것이다. 고대의 습속은 순후하였기 때문에 이러한 이치 가운데서 편안하였으나, 시대가 내려올수록 풍속이 어지러워지면서 인심이 사특해지고 천리가 어두워지게 되자, 비로소 세상을 바로잡는 예구(禮具)를 만들게 되었다. 선생이 다시 「가례」를 만들어 후학들에게 은혜를 베푼 것은 대개 천리가 하루라도 없을 수 없는 것이라면 이 예 역시나 하루라도 끊기거나 훼손되어서는 안 되기 때문일 것이다."라고 하였다.

구준(丘濬)3)이 말하기를, "주(周) 나라 때는 예로써 세상을 견지했기 때문에 조정에서나 사서인들이 누구나 예가 있었는데, 진시황(秦始皇)4)이 책을 불사르고 학자를 죽인 액운을 겪은 뒤로는 남은 바가 얼마 되지 않았고, 한·위(漢魏) 이후로서는 서민들의 예가 비로 쓸 듯이 없어졌다. 사대부로서 예를 좋아했던 이는 당(唐) 나라에서는 맹선(孟詵)5)이 있었고 송(宋) 나라에서는 한기(韓琦)6)가 있어서 예에 대한 저술이 있었으나, 이

---

3) 구준(丘濬) : 明나라 경산(瓊山) 사람으로 字는 중심(仲深) 號는 심암(深菴)이다. 주자학(朱子學)에 정통(精通)하였고 저술(著述)한 바로는 대학연의보유고(大學衍義補遺稿), 가례의절(家禮義節), 오륜전비(五倫全備), 투필기(投筆記) 등이 있다.

4) 진시황(秦始皇) : 戰國時代의 천하를 통일하고 당시의 많은 선비를 구덩이에 묻어 죽이고 서적들을 불살랐던 분서갱유(焚書坑儒)를 일르켰던 장본인, 三皇五帝이후로 스스로를 황제라고 부르고 많은 제도를 개혁하였다.

5) 맹선(孟詵) : 唐나라 양(梁)땅의 사람으로 무후(武后)때에 태주사마(台州司馬)가 되었고 신룡(神龍)초에 벼슬을 사직하고 이양산(伊陽山)에 살았다. 저술로는 식료본초(食料本草)가 있다.

6) 한기(韓琦) : 宋나라 상주(相州)사람으로 字는 치규(穉圭)이고 가우(嘉祐)년간에 재상으로 받들어졌고 뒤에 위국공(魏國公)에 봉해졌으므로 흔히 한위공(韓魏公)이라고 부른다. 시호(謚號)는 충헌(忠獻)이고 뒤에 위왕(魏王)에

것저것 뒤섞이어 순수하지가 못하였는데, 문공(文公 주자의 시호)의 이 책이야말로 만세에 통행할 수 있는 예전(禮典)이다"고 하였다.

주자(朱子)가 말하기를 "예는 시의(時宜)가 중요하므로 성인이 나온다면 반드시 지금의 예를 바탕으로 하여 중도에 맞게 제정하지 다시 고인의 번잡한 예를 취하지는 않을 것이다. 공자가 '선진(先進)을 따르겠다'고 했던 것은 아마도 이미 이러한 뜻이 있었던 것 같다."고 하였다.

先進 : 程子曰 先進於禮樂 文質得宜 後進於禮樂 文過其質

선진 : 정자(程子)가 말하기를 "선진은 예악(禮樂)에 있어서는 문식과 바탕이 알맞았는데 후진은 문식이 그 바탕보다 지나쳤다"고 하였다.

謹終追遠 : 朱子曰 愼終者 喪盡其禮 追遠者 祭盡其誠

근종추원 : 주자가 말하기를 "신종이란 상을 당해서 예를 다하는 것이고, 추원이란 제사에 정성을 다하는 것이다"고 하였다.

楊氏復 小註 下十一條同 : 字志仁 受業文公 與黃直卿相友善

양씨복 소주 아래 11조목도 같음. : 자(字)는 지인(志仁)이고 문공에게 수업하였으며, 황직경(黃直卿)과 친하였다.

先生 : 朱子曰 先生 父兄也 曲禮註 先生 父兄之稱 可爲人師

추봉(追封)되었다.

者猶父兄 故學者自比於弟子

선생 : 주자가 말하기를 "선생은 부형(父兄)이다"라고 하였다. 곡
례(曲禮 : 예기(禮記)의 편명)의 주에 선생은 부형의 칭호이니, 남
의 스승이 될 만한 사람은 부형과 같기 때문에 학자가 스스로 제자
(弟子)라고 비유한 것이다"고 하였다.

服母喪 : 李氏方子曰 乾道五年九月 先生丁母祝令人憂

어머니 상을 당함 : 이방자(李方子)가 말하기를 "건도(乾道 : 송나
라 효종의 연호) 5년 9월에 선생이 어머니 축영인(祝令人)의 상을
당하였다"라고 하였다.

童行 : 童行 童穉之行也

동행 : 동행은 어린 나의 또래이다.

先生易簀 : 檀弓 曾子寢疾病 樂正子春坐於床下 曾元曾
申坐於足 童子隅坐而執燭 童子曰 華而睆 大夫之簀與 子
春曰 止 曾子聞之 瞿然曰 然斯季孫之賜也 我未之易也
元起 易簀 曾元曰 夫子之病革矣 不可以變 幸而至於朝
請敬易之 曾子曰 爾之愛我也不如彼 君子之愛人也以德
細人之愛人也 以姑息 吾何求哉 吾得正而斃焉 斯已矣 擧
扶而易之 反席未安而沒 ○ 朱子曰 易簀結纓 但看古人謹
於禮法 又曰 季孫之賜 曾子之受 皆爲非禮 或者因仍習俗
未能正耳 病革之革 音亟

선생이 자리를 바꾸다 : <단궁(檀弓) : 예기의 편명>에 "증자(曾子)
가 병환으로 자리에 누웠는데, 약정자춘(藥正子春)은 침상 밑에,
증원(曾元)과 증신(曾申)은 발머리에 앉고 동자는 구석에 앉아 촛
불을 들고 있었다. 동자가 깔고 누워 있는 자리를 보고 '화려하고,
아름다우니 대부가 사용하는 자리인가 봅니다'고 말하자, 자춘이
'가만히 있거라.'하였다. 증자가 이를 듣고 깜짝 놀라며 말하기를
'그렇다. 이것은 계손(季孫)[7]이 준것인데, 내가 미처 바꾸지를 못
했구나. 원아 일어나서 자리를 바꾸도록 하여라' 하니, 증원이 말
하기를 '아버님의 병환이 위태로워서 바꿀 수가 없습니다. 다행히
내일 아침까지 무사하시면 삼가 바꾸겠습니다.'하니 증자가 말하기
를 '네가 나를 사랑하는 게 동자만도 못하구나. 군자는 사람을 덕
으로 사랑하고 소인은 사람을 고식적으로 사랑하는 것이다. 내가
지금 무엇을 바라겠는가? 나는 올바르게만 죽으면 된다.' 하였다.
이에 그들이 붙들어 일으켜 새 자리로 바꾸었는데, 새 자리에 돌아
와서도 거북해 하다 죽었다"라고 하였다.

주자가 말하기를 "죽을 때 자리를 바꾸고 갓끈을 매는 것에서 고
인들이 예법에 정성스럽게 하였다는 점을 볼 수가 있다." 하였고
또 말하기를 "계손이 준 것이나 증자가 받은 것이 모두 예가 아
닌데, 혹시 풍속을 따르다 바르게 하지 못한 것인가 싶다"고 하
였다. 病革의 革은 音은 극(亟)이다.

其書始出 : 陳氏淳曰 先生季子云 亡於僧寺 有士人錄得
　　曾先生葬日携來 因得之

---

7) 계손(季孫) : 春秋時代 노(魯)나라의 대부였던 중손(仲孫) 숙손(叔孫) 계손(季
　孫)이라는 삼환(三桓)의 하나로서 문공(文公) 이후로 대대로 국정을 잡았으
　며 그 권세가 점차로 강대하고 참람하여 소공(昭公)때에는 이를 쳤으나 이기
　지 못하고 도리어 제(齊)나라에 쫓겨갈 정도였다.

그 책이 처음으로 나옴 : 진순(陳淳)[8]이 말하기를 "선생의 막내아들이 '절에서 잃어버렸던 것인데, 어떤 선비가 기록해 두었다가 마침 선생의 장례일에 가지고 와서 얻게 되었다.'고 말하였다."라고 하였다.

儀禮爲經 : 士冠禮疏 周禮取別夏殷 故言周 儀禮[9]不言 周者 欲見兼有異代之法 同是周公 攝政六年所制

의례로 기준을 삼음 : <사관례(士冠禮: 의례의 편명)>의 소(疏)에 "「주례(周禮)」[10]는 하 (夏).은(殷)과 구별하기 위해 주(周)라고 하였는데, 「의례」는 주자를 붙이지 않은 것은 다른 시대의 예법도 들어 있다는 것을 보이려고 한 것이나 모두 주공(周公)[11]이 섭정(攝政)하던 6년에 제정한 것이다."라고 하였다.

司馬氏 : 名光 字君實 贈溫國公 諡文正

사마씨 : 이름은 광(光), 자는 군실(君實)이며, 온국공(溫國公)에 추증되었고, 시호는 문정(文正)이다.

---

8) 진순(陳淳) : 宋나라 용계(龍溪) 사람으로 字는 안경(安卿) 號는 북계(北溪)이다. 朱子가 장(漳)에 있을 때 종유(從遊)하였으며 저술(著述)한 바로서는 논맹학용의(論孟學庸儀), 자의상강(字義詳講), 북계대전집(北溪大全集)등이 있다.

9) 의례(儀禮) : 관혼상제(冠婚喪祭)를 비롯하여 중국 고대 사회에 있어서 사회적 의식을 기록한 책으로 周公이 지은 것이라고 전해지는데 원래는 57편이었던 것이 현재는 17편만이 전한다.

10) 주례(周禮) : 본래의 이름은 「주관(周官)」인데, 당(唐)나라의 유흠(劉歆)에 이르러서 비로소 「주례」라고 일컬어졌다. 천관(天官), 지관(地官), 춘관(春官), 하관(夏官), 추관(秋官), 동관(冬官)의 여섯 편으로 분류 하여 각각 그에 딸린 제도를 설명하였는데 주(周)나라의 관제를 기록한 가장 오래된 책.

11) 주공(周公) : 성(姓)은 희(姬)이고, 이름은 단(旦)이다. 주무왕(周武王)의 동생으로서 무왕을 도와서 은(殷)의 주(紂)를 정벌하였고 무왕이 죽은 뒤에는 어린 성왕(成王)을 도와서 섭정(攝政)을 하였으며 주(周)의 문물(文物)을 크게 갖춘 인물.

高氏 : 名開 字抑崇

고씨 : 이름은 개(開)이고 자는 억숭(抑崇)이다.

遺命治喪 : 慶元六年庚申三月甲子午初刻 文公終于正寢 享
年七十一三月己未夜 爲諸 生說太極圖 庚甲夜 說西銘甚詳
辛酉 改大學誠意章 甲子 命移寢 于中堂 黎明 諸生入問疾 因
請曰 萬一不諱 當用書儀乎 朱子搖首 然則當用儀禮乎 亦搖首
然則以儀禮書儀叅用之乎 乃頷之 就枕誤觸巾 目門人使正之 揮
婦女無近 諸生揖而退 良久恬然而逝

유명에 따라 상례를 치렀음 : 경원(慶元 송 영종(宋英宗의 연호 119
5~1200) 6년 경신(庚申) 3월 갑자(甲子) 오시(午時)의 초각에 문공
이 정침(停寢)에서 죽었는데 향년이 71세였다. 3월 기미 밤에는 문
하생들에게 태극도(太極圖 송의 주돈이(周敦頤)가 지은 성리설)에 대
해 강설하였고, 경신 밤에는 서명(西銘 송의 장재(張載)가 지은 것
음)을 강설하였는데 매우 상세하게 하였다. 신유(辛酉)에는 「대학」
의 성의장(成意章)을 고쳤고, 갑자(甲子)에는 중당(中堂)으로 침소
를 옮기게 하였다. 동이 틀 무렵에 문하생들이 들어가 문병하고는
"만약 돌아가시게 되면 「서의(書儀)」[12]대로 장례를 치룰 것입니
까?"라고 묻자, 주자가 머리를 저었다. "그렇다면 「의례」를 사용해
야겠습니까?"하여도 역시 머리를 저었다. "그렇다면 「의례」와 「서
의」를 참작하여 써야겠습니까?"하자, 머리를 끄덕였다. 자리에 누

---

12) 서의(書儀) : 송(宋)나라 사마온공(司馬溫公)의 저서로 「사마서의(司馬書儀)
」라고도 한다. 표주공문사서가서식(表奏公文私書家書式), 관의(冠儀), 상의
(喪儀)등을 다룬 것으로 「의례」에 근본을 두고 당시에 행하던 것들을 참작하
여 지었음.

우면서 잘못 건(巾)를 부딛쳤는데 문하생들에게 눈짓하여 바르게 하고는 부녀자들을 물려 가까이 오지 못하게 하였다. 이에 문하생들이 읍(揖)하고 물러나왔는데 한참 있다가 고요히 서거하였다.

韓魏公 : 名琦 封魏國公

한위공 : 이름은 기(琦)이고, 위국공(魏國公)에 봉해졌다.

存羊 : 事見論語 按 以寓存羊之意者 當時宗法不行長子死 則適孫不得奉宗 而次子 主祀 朱子猶且存宗法 故云

양을 그대로 둠 : 이 일은 「논어(論語)」에 나타나 있다. 살펴보건대 '존양'13)의 뜻을 붙여 둔다는 것은 당시에 종법(宗法)이 실행되지 않아서 맏아들이 죽으면 맏손자가 종사(宗祀)를 받들지 못하고 차자(次子)가 제사를 맡았다. 주자는 아직도 종법을 그대로 두기 위해서 말한 것이다.

祠堂 : 朱子曰 天子統攝天地 負荷天地間事 諸侯不當祭天地 祭封內山川 人家子孫 負荷祖宗許多基業 此心便與祖考之心 相通

　사당 : 주자가 말하기를 "천자는 천지를 통괄하여 천지 사이의 모든 일을 짊어졌으며 제후는 천지에 제사(봉토 (封土)안의 산천(山川)에 제사지내는 것) 지내지 못한다. 보통 사람들의 자손은 조종(祖宗)의 수많은 기업을 짊어졌으니, 이 마음이 조고(祖考)의 마음과 서로 통하는 것이다."고 하였다.

---

13) 존양(存羊) : 공자(孔子)의 제자인 자공(子貢)이 곡삭(告朔)에 희생으로 쓰이는 양(羊)을 없애고자 하였는데 공자는 그 양을 그대로 둠으로써 고례(古禮)를 그대로 존속시키려고 하였던 일을 두고 말함(「논어」, <팔일(八佾)> : 子貢, 欲去告朔之餼羊, 子曰 賜也爾愛其羊 我愛其禮)

太子 小註 下六條同 : 王制註 太子 以大於天下之子也

태자 : 소주 아래 6조도 같은 것임 : 왕제(王制 예기의 편명)의 주에 태자라고 한 것은 천하의 아들들 중에서 가장 크다는 뜻이다.

文潞公 : 名彦博 封潞國公

문로공 : 이름은 언박(彦博)이고 노국공(潞國公)에 봉해졌다.

廟 : 士虞禮註 鬼神所在曰廟 經傳註 前曰廟 後曰寢 廟是接神 尊故在前 寢是衣冠所藏 卑故在後 通典 前制廟後制寢 以象人君之居 前有朝後有寢 廟以藏主 以四時祭 寢有衣冠几杖 象生之具 以薦新物 左傳 淸廟茅屋 昭其儉也 春秋 莊公丹桓宮楹 刻桓公桷 穀梁子曰 天子諸侯黝堊 大夫蒼 士黈 丹楹 非禮也 黝黑色堊白色黈黃色 天子之桷 斲之礱之 加密石焉 諸侯之桷斲之礱之 大夫斲之 士斲本 刻桷非正也 ○經傳 右社稷左宗廟

묘 : <사우례(士虞禮 의례의 편명)>의 주에는 귀신이 있는 곳을 묘라고 하였고 「의례경전(儀禮經傳)」의 주에는 "앞에 있는 것을 묘, 뒤에 있는 것을 침(寢)이라고 한다. 묘는 신을 접하는 곳으로 높기 때문에 앞에 있고 침은 의관(依冠)을 넣어 두는 곳으로 낮기 때문에 뒤에 있다."고 하였다.
「통전(通典)[14]」에 "앞에는 묘를, 뒤에는 침을 지어서 임금의 거

---

14) 통전(通典) : 唐나라 두우(杜佑)가 지은 책으로서 유질(劉秩)의 「정전(政典)」을 확대하여 만든 것인데 식화(食貨), 선거(選擧), 직관(職官), 예악(禮樂), 병형(兵刑), 주군(州郡), 변방(邊防)등의 여덟 부분으로 나누어서 여기에 각

처에 앞에는 조정이, 뒤에는 정침이 있는 것을 본떳다. 묘에는
신주를 넣어 두고 사시로 제사지내고, 정침에는 의관.궤장(几杖)
등 살았을 때의 도구를 넣어 두고 새로이 나는 음식물을 드린
다."고 하였다.

「좌전(左傳)」에 "사당을 깨끗이 하고 띳 짚으로 지붕을 덮는 것
은 검소하다는 것을 보인 것이다."고 하였다.

「춘추(春秋)15)」에 장공(莊公)이 환공(桓公) 사당의 기둥을 붉은
색으로 칠하고 서까래를 아로새겼는데, 곡량자(穀梁子)16)가 말하
기를 "천자와 제후는 검정색과 흰색, 대부는 푸른색, 사(士)는 누
른색을 쓰는 것인데, 기둥을 붉은 색으로 칠한 것은 예가 아니
며, 유(黝)는 검은색, 악(堊)은 흰색, 주(黈)는 황색 천자 집의 서
까래는 깎고 갈은 데다 숫돌 질을 더하고, 제후 집의 서까래는
깎고 갈기만 하고, 대부 집 서까래는 깎기만 하고, 사는 밑 부문
만 깎는 것인데, 서까래를 아로새겼는데 바르지 못한 것이다."라
고 하였다. 「의례경전」에는 "오른쪽은 사직이, 왼쪽에는 종묘가
있다."고 하였다.

廟面東 : 按 語類亦日 廟面 未詳 面字恐誤

묘면동 : 살펴보니 「어류(語類)」17)에도 "묘면(廟面)은 알 수 없
다."고 하였는데 면(面)자는 아마도 잘못 쓰여진 것 같다.

각 자세한 조목을 정하여 설명한 것이다. 전체가 200권의 저서임.
15) 춘추(春秋) : 孔子가 지은 책으로 魯나라 은공(隱公) 원년(元年)으로부터 애
    공(哀公)27년까지의 242년 동안의 역사를 기록한 것. 이에 대한 주석을 한
    책은 좌씨전(左氏傳), 공양전(公羊傳), 곡량전(穀梁傳), 호씨전(湖氏傳)의 네
    가지 종류가 대표적으로 전한다.
16) 곡량자(穀梁子) : 주(周)나라 때에 「춘추」의 전(傳)을 지었던 인물로 이름은
    적(赤)이라 함.
17) 어류(語類) : 「주자어류(朱子語類)」를 말함. 송(宋)나라 함순(咸淳) 6년
    「1270년」에 려정덕(黎靖德)이 주자와 그 문인(門人)들 사이에 묻고 대
    답한 것을 모아서 이룩한 책으로서 전체 140권의 책.

龕堂 : 補註 堂字皆作室字 盖古字南爲室北爲堂 張子曰 祭堂
後作一室藏位板 ○韻會 室實也 貯物充室也.

감당 : 보주(補註)에 "당(堂)자는 모두 실(室)자로 쓴다. 대개 옛
날에 남쪽을 실로 삼고 북쪽은 당으로 삼았다."고 하였고, 장자
(張子 송(宋)의 학자, 이름은 재(載))는 "제당(祭堂)의 뒤에다 실
을 지어서 위판(位板)을 넣어 둔다."고 하였다.
　「운회(韻會)」18)에는 "실은 차 있다는 뜻이니, 물건을 쌓아 실
로 채운다."고 하였다.

杜佑 : 唐書 佑嗜學 撰通典二百篇

두우 :「당서(唐書)」에 "두우가 학문을 좋아하였고,「통전(通典)」2
백편을 지었다."고 하였다.

寢 : 爾雅 室有東西廂曰廟 無東西廂有室曰寢

침 :「이아(爾雅)」19)에 "실에 동쪽과 서쪽에 곁방이 있는 것을 묘라
　하고, 동쪽과 서쪽에 곁방이 없는 실을 침이라 한다."고 하였다.

先位祠堂於正寢之東 : 曲禮曰 君子將營宮室 宗廟爲先 廏庫

---

18) 운회(韻會) : 원(元)나라의 황공소(黃公紹)가 찬술한「고금운회(古今韻
　會)」라는 책. 20권.
19) 이아(爾雅) : 13경(經)의 하나로서 중국의 고대 경전에 나오는 물명(物名)을
　주해(註解)한 책. 천문(天文), 지리(地理), 음악(音樂), 조수(鳥獸), 초목(草
　木) 등의 어휘를 풀이 하였음. 진(晉) 나라의 곽박(郭璞)의 주(注)와 宋나라
　의 형병(形昺)의 소(疏)가 널리 퍼져 있음.

爲次 居室爲後 ○朱子曰 家廟要就人住居神依人 不可離外做
廟 ○問家廟在東莫是 親親之意否曰 此人子不死其親之義 ○
士昏禮註 廟無事則閉以 鬼神尙幽闇也 ○朱子曰 古之家廟甚
潤 所謂寢不踰廟是也 按 今宜立祠堂 結搆精備於所居以嚴事
神之道

먼저 정침의 동쪽에다 사당을 세움. : <곡례>에 말하기를 "군자가
집을 지을 때 사당을 먼저 짓고, 마굿간과 창고는 그 다음에 짓
고, 거실은 최후에 짓는다."고 하였다. 주자가 말하기를 "가묘(家
廟)는 사람이 사는 곁에다 지어야 한다. 실은 사람을 의지하기 때
문에 밖에 떨어진 곳에다 사당을 지어서는 안된다."고 하였다.
"가묘를 동쪽에다 진 것은 어버이를 가깝게 하려는 뜻이 아닌
가?"라고 물으니, "이는 자식으로서 그 어버이를 돌아가신 것으
로 여기지 않은 것이다."라고 대답 하였다.
 <사혼례(士昏禮) 의례의 편명> 주에 "사당에 일이 없을 때 문을
닫아 두는 것은 귀신은 그윽하고 어두운 것을 좋아하기 때문이
다."고 하였다.
 주자가 말하기를 "옛날에 가묘가 매우 넓었던 것은 이른바 정침
이 가묘보다 그 크기가 넘지 않게 한다는 것이 바로 이것이다."
고 하였다.
 살펴보니, 지금 사당을 세울 때에는 그 구조를 사람이 사는 집
보다 더 정밀하게 잘 갖추어서 귀신을 섬기는 도리를 엄숙히 해
야 할 것이다.

遺書衣物 大註 下二條同 : 經傳註 遺衣服大斂之餘也 祭祀尸服
卒者之上服以象生也

남긴 글이나 옷가지 물건　대주, 아래 2조와같다. :「의례경전」의
주에 "남긴 옷가지란 대렴(大斂)[20]을 하고 남은 것이다. 제사지
낼 때 시동(尸童)[21]에 죽은 사람의 웃옷을 입히는 것은 살았을
때처럼 하기 위한 것이다.

繚 : 上聲 纏也

료 : 상성(上聲)이니, 두른다는 뜻이다.

廳事 : 小學註 廳 所以治事 故曰廳事

청사 :「소학(小學)」[22]의 주에 "청은 일을 보는 곳이므로 청사라고
한다."고 하였다.

神主 : 問 有其誠則有其神 無其誠則無其神否 朱子曰 鬼神之
理 卽此心之理 ○上蔡謝氏曰 人以爲神 則神 以爲不神則不神
矣 按 神主之神不神在人 敢不盡心 ○鬼神有三 天地之日月風
雨晝夜寒暑 鬼神之常有者也 祭祀之來格 鬼神之感而後有者
也 嘯于梁 觸于形鬼神之邪暗不正 有無無定者 不可不辨 ○朱
子曰 不是如今泥塑底神之類 只是氣 祭祀聚精神以感之 問不
交感時常在否 曰 若不感而常有 則是有餒鬼矣 ○又曰 非有一
物積于空虛之中 以待子孫之求也 盡其誠敬之時 此氣寓此也
問 鬼神恐有兩樣 天地之間二氣氤氳無非鬼神 祭祀交感 是以

---

20) 대렴(大斂):시신을 입관하기 위해 행하는 상례의식.
　　소렴(小斂):시체에 옷을 입혀 이불로 싸는 일.
21) 시동(尸童):예전에 제사 때 신위(神位) 대신으로 앉혀놓던 어린이.
22) 소학(小學) : 宋나라 때 朱子가 편찬한 책으로서 입교(立敎), 명륜(明倫),
　　경신(敬身), 가언(嘉言), 선행(善行)의 여섯 편으로 구성되었음.

有感有 人死爲鬼 祭祀交感 是以有感無 朱子曰 是所以道天
神人鬼 神便是氣之伸 此是常有底 鬼便是氣之屈 然以精神去
合他又合得在

신주 : 문 : "정성이 있으면 신이 있고 정성이 없으면 신이 없는 것입니
까?" 주자가 답하기를 "귀신의 이치는 이 마음의 이치이다."고 하였다.

상채사씨(上蔡謝氏)[23]가 말하기를 "사람이 신이 있다고 생각하
면 신이 있고 신이 없다고 생각하면 신이 없는 것이다."고 하였
다. 살펴보건대 신주의 신이 있고 없고도 사람에게 있는 것이니
가히 마음을 다하지 않을 수 있겠는가.

귀신에는 세 종류가 있다. 천지의 해·달·바람·비·낮·밤·추위·더위
는 항상 있는 귀신이고, 제사지낼 때에 오는 것은 감응한 뒤에
있는 귀신이고, 대들보에서 휘파람을 불고 물체에 부딪쳐 드러내
는 것은 사특하고 어둡고 부정하여 유무가 일정하지 않은 귀신이
니 분변하지 않을 수 없는 것이다.

주자가 말하기를 "지금의 흙으로 형상을 만든 신의 종류가 아니
고 단지 기(氣)이다. 제사지낼 때 정신을 모아서 이 기를 감응케
한다."고 하였다.

문 : "서로가 감응하지 않을 때에도 귀신이 항상 있습니까" 주
자가 답하기를 "감응하지 않을 때에도 항상 있는 것은 주린 귀신
이다."라고 하였다.

또 말하기를 "어는 물체가 공허한 가운데에 쌓여 있다가 자손이
찾을 때를 기다리는 게 아니라 자손이 공경과 정성을 다 할 때

---

23) 상채사씨(上蔡謝氏) : 宋나라 사량좌(謝良佐)의 존칭으로 자(字)는 현도(顯
道)이고 상채(上蔡)사람이다. 정자(程子)의 제자로서 정문(程門)의 사선생(四
先生) 가운데 한사람이며 상채학파(上蔡學派)의 원조(元祖)가 된다. 저술로
논어설(論語說)이 있고 증염(曾恬)과 호안국(胡安國)이 사씨의 어록(語錄)을
기록하여 상채어록(上蔡語錄)을 지은 것이 있다.

에 이 기가 여기에 붙는 것이다."고 하였다.

　문 : "귀신은 아마도 두 종류가 있는 것 같습니다. 천지의 사이
에 두 기가 서로 합하여 어울리는 게 귀신이 아닌 것이 없어서
제사에 서로 감응하는 것은 있는 것으로써 있는 것을 감응한 것
이고 사람이 죽어서 귀신이 되어 제사에 서로 감응하는 것은 있
는 것으로써 없는 것을 감응한 것입니까?"라고 물으니 주자가
답하기를 "이는 천신(天神)과 인귀(人鬼)를 말한 것인데, 신은 기
가 펴진 것이니, 항상 있는 것이고 귀는 기가 굽혀진 것이다. 그
러나 정신으로 합하려고 하면 그 귀도 합해져서 있게 된다."고
하였다.

神主皆藏於櫝中 大註 下同 : 書儀云 府君夫人 共爲一匣 ○問
生時 男女異席 祭祀 夫婦同席 如何 朱子曰 夫婦同牢而食 ○
記曰 鋪筵設同几 爲依神也 註曰 人生則形體異 故夫婦之倫
在於有別死則精氣無間 共設一几 故祝辭曰 以某妃配 ○儀禮
經傳曰 鬼神之祭單席 疏曰 神道異人 不假多重自溫 故單席
○藍田呂氏曰 主祭者出仕 告于廟 以櫝載位版以行 於官所
權立祭堂以祭之

신주는 모두 독 가운데에 넣어 둠 대주 아래도 같음 : 「서의」에
"부군(府君)과 부인의 신주는 한 상자에다 둔다."고 하였다.

　문 : "살았을 때에는 남녀가 같은 자리에 앉지 않는데 제사에
는 부부가 동석하는 것은 무슨 이유입니까?" 주자가 답하기를
"부부는 한 그릇에서 음식을 먹기 때문이다."고 하였다.
　「예기(禮記)」에 "자리를 펴고 한 안석에다 설치하는 것은 신을
의지하게 한 것이다."고 하였는데 주에 "살아서는 형체가 다르기

때문에 부부의 차례가 유별(有別)에 있으나, 죽어서는 정기가 서로 간격이 없으므로 한 안석만 설치하는 것이다. 그러므로 축에 '모씨(某氏)' 비(妃)로 짝한다고 하였다."고 하였다.

「의례경전」에 "귀신을 제사지낼 때에는 한 자리만 편다."고 하였는데 소에 "신도(神道)는 사람과 달라서 겹으로 깔지 않아도 저절로 따뜻하기 때문에 한 자리만 편다."고 하였다.

남전 여씨(藍田呂氏)[24]가 말하기를 "제사를 맡은 자가 벼슬을 하러 나가게 되면 사당에 사유를 고하고 독에다 위판을 담아 가지고 가, 관소(官所)에다 임시 제당(祭堂)을 세워서 제사를 지낸다."고 하였다.

見喪禮及前圖 : 丘氏濬曰 圖與本書多不合 通禮云 立祠堂圖以 爲家廟 一也 深衣 緇冠 梁包武 而圖則安梁於武之上 二也 黑履圖用白 三也 喪禮 襲用深衣 不用質殺 圖乃陳之 四也 大斂 無布絞之數 而圖有之 五也 無棺中結絞之文 而圖結于棺中 六也 祠堂章下 有主式見喪禮及前圖八字 南癰家禮舊本只云 主式見喪禮治葬章 無見前圖三字 不知近本何據 改治葬章三字 爲見前圖也 圖爲後人贅入 昭然

상례 및 앞의 도에 나타나 있음 : 구준(丘濬)이 말하기를 "도는 본서(本書)와 합치하지 않은 게 많다. <통례(通禮)>에서는 '사랑을 세운다.'고 하였는데 도(圖)에서는 가묘라고 하였으니 첫째이고, 심의(深衣 예기의 편명)에는 치관(齒冠)[25]은 량(梁 관의 골

---

24) 남전여씨(藍田呂氏) : 송(宋)나라 때의 여대림(呂大臨)을 말하는데 字는 여숙(與叔). 장재(張載)와 이정자(二程子)의 제자이고 사량좌(謝良佐), 유작(游酢), 양시(楊時)와 함께 정문 사선생(程門 四先生)이라고 일컬어지는 인물이다. 저술한 바로는 고고도(考古圖) 10권이 있다.

25) 치관(緇冠) : 치포관(緇布冠)을 말하는 것인데 옛사람들이 처음으로 관례(冠

데 말에서 뒤로 골이 지게 하는 것)이 무(武 관의 밑부분을 빙 두르는 것)을 싼다고 하였는데, 도에서는 량을 무의 위에다 붙인다고 하였으니 둘째이고, 검정 신이라고 하였는데 도에서는 흰색을 쓴다고 하였으니 셋째이고, 상례에서는 '염할 적에 심의를 쓰고 질쇄(質殺)는 사용하지 않는다.'고 하였는데, 도에서는 진열해 놓았으니 넷째이고, 대렴(大歛)에는 포교(布絞 염제의 끝을 세가닥으로 찢어 시체를 묶는 끈)의 수가 없는데 도에는 있으니 다섯째이고, 널안에서 포교를 잡아 맨다는 조문이 없는데, 도에서는 널 안에서 잡아 맨다고 하였으니 여섯째이다. <사당장(祠堂章)>의 아래에 '주식이 상례 및 앞의 도에 나타나 있다.(主式見喪禮及前圖)'는 여덟 글자가 있는데, 남옹(南廱)의 「가례」 구본에는 다만 '주식이 상례 치상장에 나타나 있다. (主式見喪禮治喪章)'고만 하였지 '전도에 나타나 있다.(見前圖)'는 세 글자는 없으니, 근래의 본은 무슨근거로 '치상장' 세 글자를 고쳐서 '견전도(見前圖)'라고 하였는지 모르겠다. 도는 후에 사람들이 군더더기로 집어 넣은게 분명하다."고 하였다.

宗子法 小註 下七條同 : 程子曰 凡言宗者 以祭祀爲主 言人宗於此而祭祀也 朱子曰 今祭孔子必於學 其氣類 亦可想 按 祭聖必於學 祭先必於宗 其義如是 而今世大家世族亦 不免題紙傍行祭於諸子之家 甚不可也 況接續常祭 處其鬼神乎 ◦朱子曰 子孫 是祖先之氣 他氣雖散 他根却在這裏 盡其誠敬 則亦能呼召得他氣 雖散他根却在 這裏盡其誠敬則 亦能呼召得他氣 聚在此 如水波樣後水非前水 後波非前波 然却通只是一水波 子孫之氣與祖考之氣 亦如此 ◦又曰 大抵人之氣 傳於子

禮)를 행할 때 비로소 치포관을 쓰는 것인데 한(漢) 나라 때에는 진현관(進賢冠)이라고 이름을 바꾸어서 문유(文儒)들이 쓰는 것이 되었다.

孫 猶木之氣傳於實也 此實之傳 不泯 則其生木 雖枯毀無餘
而氣之在此者 猶自若也

종자법 소주, 아래 7조목 같다. : 정자(程子)가 말하기를 "보통 종이
라고 하는 것은 제사를 위주로 한 것이니, 사람이 이를 받들어
제사지내는 것을 말한다."고 하였고, 주자가 말하기를 "지금 공
자를 제사 지낼 때는 반드시 태학(太學)에서 하고 있으니, 그 기
류(氣類)를 또한 상상해 볼 수 있다."고 하였다. 살펴보건대 성인
을 제사지낼 때는 반드시 태학에서 하고 선조를 제사지낼 때는
반드시 종가에서 하니, 그 의의가 이와 같은데도 지금 세상의 대
가(大家)나 세족(世族)들 역시 지방(紙榜)을 써 가지고 여러 자손
들 집에서 제사지내는 습관을 면치 못하고 있으니 매우 불가하
다. 더구나 접속상제(接續常祭)로 귀신을 대접해서야 되겠는가.
 주자가 말하기를 "자손은 선조의 기이다. 선조의 기가 흩어졌지
마는 선조의 뿌리가 나에게 있으므로 정성과 공경을 다하면 또한
선조의 기를 불러 여기에다 모을 수 있다. 물결에다 비유하자면
뒤의 물이 앞의 물이 아니고 뒤의 물결이 앞의 물결이 아니지마
는 모두가 하나의 물결인 것과 같이 자손의 기와 선조의 기도
이와 같은 것이다."고 하였다. 또 말하기를 "대체로 사람의 기가
자손에게 전해지는 것이 마치 나무의 기가 열매에 전해지는 것과
같다. 이 열매가 없어지지 않고 전해지면 그 나무가 마르고 썩어
서 아무 것도 없다 하더라도 여기에 있는 기는 여전한 것이다."
고 하였다.

陸農師 : 宋鑑 陸佃字農師 居貧苦學 受經王安石 不以新 法
　　　　爲是

육농사 : 「송감(宋鑑)」에 "육전(陸田)의 자는 농사이니, 가난하게

살면서도 학문에 힘썼고 왕안석(王安石)²⁶)에게 경(經)을 배웠으나 신법(新法)을 찬성하지 않았다."고 하였다.

顧成廟 : 漢文自爲廟 制度卑狹 若顧望而成 猶靈臺不日成之 故曰顧成

사당을 순식간에 지음 : 한(漢)의 문제(文帝)가 자기의 사당을 지었는데, 사당의 규모가 낮고 좁았기 때문에 마치 돌아보는 사이에 완성된 것 같다 하였는데, 영대(靈臺)²⁷)와 같이 짧은 기간에 완성됐기 때문에 고성이라고 하였다.

別子爲祖 : 儀禮經傳經曰 諸侯不敢祖天子 大夫不敢祖諸侯 ○朱子曰 別子爲祖 是諸侯之庶子與他國之人在此邦居者 ○ 禮記 喪服小記註 別子有三 一是諸侯適子之弟 別於正適 二 是公子來自他國 別於本國不來者 三是庶姓之起於是邦 爲卿 大夫 而別於不仕者 皆稱別子也

별자가 조가 됨 : 「의례경전」의 경문(經文)에 "제후는 천자를 시조로 삼을 수 없고, 대부는 제후를 시조로 삼을 수 없다."고 하였다. 주자가 말하기를 "별자가 시조가 된다는 것은 제후의 서자(庶子) 나 타국에서 이 나라로 들어와 사는 자이다."고 하였다.

---

26) 왕안석(王安石) : 宋나라 사람. 字는 개보(介甫), 號는 반산(半山)이다. 신종 (神宗)때에 재상이 되어 개혁정치를 도모해서 '신법(新法)'을 제창하였으나 물의(物議)가 들끓어서 효험이 없었다.
27) 영대(靈臺) : 周나라 문왕(文王)의 누대(樓臺)를 말하는데 이것은 요망한 기 운을 살피고 재앙과 상서로움을 관찰하고 때때로 관유(觀遊)를 하기도 하고 철마다 백성들의 수고로움음 위로하기도 하는 바인데 이것을 영대라고 하는 것은 잠깐사이에 이루어진 것이 마치 신령(神靈)이 도와서 된 바와 같았기 때문이다.

「예기」의 <상복소기(喪服小記)>의 주에 별자는 세 가지가 있으니, 첫째는 제후의 적자(適子)의 아우로 정적(正適)과 구별된 자이고, 둘째는 공자(公子)가 다른 나라로부터 와 본국에서 오지 아니한 자와 구별되는 것이고, 셋째는 여느 성씨가 이 나라에서 흥기하여 경대부(卿大夫)가 되어서 벼슬하지 아니한 자와 구별되는 자이니, 모두 "별자라고 일컫는다."고 하였다.

大宗小宗 : 按 儀禮經傳 大宗有一 小宗有四 是爲五宗 有百世不遷者 卽大宗也 有五世則遷者 小宗也 小宗祖遷於上宗易於下 疏曰 小宗至五世不復宗 四從族人 各自隨近爲宗是宗易於下 ○朱子曰 如魯之三家 季友 季氏之太祖也 慶父孟氏之太祖也 公子叔牙 叔孫氏之太祖也 然則單擧季氏者季嫡也

대종소종 : 살펴보건대, 「의례경전」에 "대종은 하나가 있고 소종은 넷이 있으니 이것이 5종이다. 백세가 되어도 옮기지 않는 것은 대종이고, 5세가 되면 옮기는 것은 소종이다. 소종의 조는 위에서 옮기고 종은 아래서 바뀐다."고 하였는데, 소에 "소종은 5세에 이르면 다시 종이 되지 못하는 것이다. 사종(四從)의 족인(族人)들이 각자가 가까운 분을 따라 종을 삼게 되니 이것이 종은 아래서 바뀐다는 것이다."하였다.
주자가 말하기를 "노(魯) 나라의 삼가(三家)[28]에 있어서 계우(季友)는 계씨(季氏)의 태조(太祖)이고, 경부(慶父)는 맹씨(孟氏)의 태조이고, 공자숙아(公子叔牙)는 숙손씨(叔孫氏)의 태조인 것과 같다. 그렇다면 계씨 하나만을 든 것은 계씨의 적손이기 때문이다.

---

28)삼가(三家) : 노(魯)나라의 대부(大夫)인 맹손(孟孫), 숙손(叔孫), 계손(季孫)의 집을 말함. 대부의 신분으로서 국정을 장악하여 참람(僭濫)한 기품이 있었다.

玄孫 : 爾雅 玄 言親屬微昧也

현손 : 「이아」에 "현은 친속이 멀어져 아득한 것이다."고 하였다.

滕文之昭 : 滕 文王少子也 文王爲穆 故滕爲昭也 ○顔師古曰 父爲昭子爲穆 孫復爲昭昭 明也 穆 美也 朱子曰 在昭右穆 以次而南 ○朱子曰 太祖居北

등은 문왕의 소(昭)29)임 : 등은 문왕의 아들이다. 문왕이 목(穆)이 되기 때문에 등이 소가 된다. 안사고(顔師古)30)가 말하기를 "아버지가 소가 되었으면 아들은 목이 되고 손자는 다시 소가 된다. 소는 밝다는 뜻이고 목은 아름답다는 뜻이다."고 하였다. 주자가 말하기를 "왼쪽은 소가 되고 오른쪽은 목이 되어서 차례대로 남쪽으로 나간다."고 하였다.
주자가 말하기를 "태조는 북쪽에 위치한다."고 하였다.

有大宗 而無小宗 : 朱子曰 謂如人君有三者 一嫡而二庶 則庶宗其嫡 是謂有大宗而無小宗 皆庶則宗其庶長 是謂有小宗而無大宗 只有一人則無人宗之 已亦無所宗焉 是謂無宗 亦莫之宗也 ○按 儀禮經傳及註疏 公子不得宗其君 故

---

29) 소(昭) : 묘제(廟制)에 관계되는 것으로서 사당의 북쪽 중앙에 태조(太祖)의 신주가 모셔지면 그 다음은 대수(代數)를 따라서 왼쪽 편에는 소(昭)라고 하고 오른쪽은 목(穆)이라고 말하는 것임.
30) 안사고(顔師古) : 당나라 만년(萬年)사람으로 字는 주(?)이다. 훈고학(訓詁學)에 밝았으며, 「한서(漢書)」의 주(注)를 달았고 비서성(秘書省)에 있으면서 오경(五經)을 고정(考正)하여 잘못된 것을 바로 잡음이 많았다.

君命一人爲宗 以領公子 而諸公子宗之 適子爲宗則宗之以
大宗之禮 庶子爲宗則宗之以小宗之禮 皆公子中禮也 他族
則無之

대종은 있으나 소종은 없음 : 주자가 말하기를 "이를테면 임금
에게 세 명의 아들이 있을 때 하나는 적자이고, 둘은 서자일 경우
서자가 적자를 종으로 삼는 것이니, 이를 두고 대종은 있으나 소종
은 없다고 말한 것이고, 모두 다 서자일 경우에는 서자 중에서 맏
이를 종으로 삼는 것이니, 이를 두고 소종은 있으나 대종은 없다고
말한 것이고, 단지 한 사람만 있으면 종으로 삼아 줄 사람이 없으
며, 자기도 종으로 삼을 사람이 없으니, 이를 두고 종이 없다고 한
것이니, 또한 종으로 삼을 수도 없는 것이다."고 하였다.
　살펴보건대, 「의례경전」과 주소(註疏)에 "공자(公子)는 그의 임
금을 종으로 삼지 못하기 때문에 임금이 한 사람을 명하여 종을
삼아 공자들을 거느리게 하고 공자들은 이를 종으로 삼게 하는
데, 적자가 종이 되었으면 대종(大宗)의 예로 받들고 서자가 종
이 되었으면 소종(小宗)의 예로 받든다. 이는 모두 공자들 가운
데 행해지는 예이고 타족(他族)에게는 없다."고 하였다.

以其班祔 : 朱子曰 儀禮所謂以其班祔 檀弓所謂祔于祖父者
也 ○曲禮云 君子抱孫不抱子 此言孫可以爲王父尸 子不可
以爲父尸 鄭氏云 以孫與祖昭穆同也

차례로 뒤에다 붙임 : 주자가 말하기를 "「의례」에 이른바 차례
로 신주를 붙인다."는 것은 <단궁>에 이른바 "조부의 신주 뒤에
다 붙인다."는 것이다고 하였다. <곡례>에 말하기를 "군자가 손
자는 안아도 자식은 안지 않는다고 하였는데, 이것은 손자가 할

고 하였다.

아버지의 시동(尸童)은 될 수 있지만 아들이 아버지의 시동은 될수 없다는 것을 말한 것이다."고 하였다.

정씨(鄭氏)가 말하기를 "손자는 할아버지와 소목(昭穆)이 같기 때문이다."고 하였다.

姪之父 大註 下同 : 按 姪之父 兄弟行也 姪無後 當祔祖 而祖尚存 不得祔 故就祔于宗家祖位 及其祖死而其父立祠堂 則乃遷從親祖也 蓋此云姪之父 從兄弟及再從兄弟也 若親兄弟則自家已立祠堂 宜祔其姪 何遷之有

조카의 아버지 대주 아래도 같음 : 살펴보니, 조카의 아버지는 형제항이므로 조카가 후사가 없으면 할아버지 신주와 함께 모셔야 하겠지만 할아버지가 살아 있으면 신주를 붙일 수 없기 때문에 종가의 할아버지벌의 신주와 함께 모셨다가 그의 할아버지가 죽고 그의 아버지가 사당을 세우게 되면 친할아버지를 따라 옮기는 것이다. 아마도 여기 조카의 아버지는 종형제(從兄弟)나 재종형제(再從兄弟)일 것이다. 만약에 친형제라면 자기 집에 이미 사당을 세웠을 것이니, 조카의 신주를 붙여야 할 것이다. 옮길 일이 뭐가 있겠는가.

殤 : 經傳傳曰 公子曰 宗子爲殤而死 庶子不爲後也 註疏 殤無爲人父之道 代爲宗子 主其禮 其祭之 就其祖而已

상 : 「경전」의 전에 "공자가 말하기를 종자가 어려서 죽으면 서자가 뒤를 잇지 않는다."고 하였는데 주소에 "어려서 죽으면 아버지가 될 도리가 없기 때문이다. 서자가 종자를 대신하여 예를 주관하고, 그를 제사지낼 때는 할아버지 한테서 같이 흠향하게

할 뿐이다."고 하였다.

嫂妻婦 _{小註 下二條同} : 按 兄嫂 己妻 弟婦也

수.처.부 소주 아래 2조도 같음 : 상고해보면 형의 아내, 자기의 아내, 아우의 아내이다.

就裏爲大 : 按 就裏爲大之大 尊也 語出左傳新鬼大之大 盖 僖公 閔公之兄 故以僖公之 鬼爲大

안쪽으로 갈수록 높이는 것임 : 상고해보면 취리위대(就裏爲大) 의 대(大)자는 높다는 뜻이다. 「좌전(左傳)」의 신귀위대(神鬼爲大) 라는 대자에서 나온 말인데, 대개 희공(僖公)은 민공(閔公)의 형이 기 때문에 희공의 귀신이 높다는 것이다.

祭 : 程子曰 凡物知母而不知父 走獸是也 知母而不知祖 飛 鳥是也 惟人則能知祖 若不嚴於祭祀 殆與鳥獸無異矣

제 : 정자가 말하기를 "무릇 동물중에 어미는 알지만 아비는 모 르는 것은 걸어 다니는 짐승이고, 어미는 알지만 할아버지는 모 르는 것은 날아 다니는 새이다. 오직 사람만이 할아버지를 아는 데, 만약 제사지내는 데 엄숙히 하지 않는다면 거의 조수(鳥獸) 나 다름이 없을 것이다."고 하였다.

墓下子孫之田 _{大註下同} : 按 非田在墓下 乃其墓子孫之田也

묘소 아래 자손들의 전답 대주 아래도 같음 : 살펴보니, 전답이 묘소의 아래에 있다는 것이 아니라 그 묘소가 자손들의 전답이다.

典 : 主也

전 : 맡는다는 뜻이다.

晨謁 : 按 出入告 諸子婦 旣同主人主婦 則諸子之與長子同居者 恐不可獨廢晨謁隨宗子晨謁合禮

새벽에 배알함 : 살펴보니, 드나들 적에 사당에 고하는 것은 여러 아들이나 며느리들도 주인·주부와 같게 본다면 장자와 동거하는 여러 아들들도 홀로 새벽의 사당 배알에 빠져서는 안 될 것이니, 새벽에 종자를 따라서 사당에 배알하는 게 예에 합당할 것이다.

俠拜 大註 : 小牢饋食禮 主婦無俠拜 註云 士妻宜簡耳 按 少牢 大夫禮 特牲 士禮也

협배 대주 : <소뢰궤사례(小牢饋食禮 : 의례의 편명)>에 "주부는 협배가 없다."고 하였는데, 주에 "사(士)의 아내는 간략하게 해야 한다."고 하였다. 살펴보니, 소뢰는 대부의 예이고, 특생(特牲)은 사의 예이다.

盞托 大註 下四條同 : 韻會 作拓 手承物也 音托

- 30 -

잔탁 대주 아래 4조도 같음 : 「운회(韻會)」에는 탁(拓)으로 되었는데, 손으로 물건을 받드는 것이다. 음은 탁(托)이다.

盥巾 : 按 男女不同梸柶 則盥巾必異 而今不然 恐闕文○坊記曰 禮 非祭 男女不交爵 註 交爵 相獻酬疏 主婦獻尸 尸酢主婦也○又曰 大饗 廢夫人之禮註 大饗 饗諸侯來朝也 按 婦人交爵 惟祭而已禮 其嚴乎

대야와 수건 : 살펴보니 남자와 여자가 옷을 짓는 횟대를 같이 쓰지 않는다고 본다면 대야와 수건도 각자의 것이 있어야 할 것인데, 여기서는 그렇게 되어 있지 않으니 아마도 글이 빠진 것 같다.
 <방기(坊記 : 예기의 편명)>에 말하기를 예에 "제사지낼 때가 아니면 남자와 여자가 잔을 서로 주고받지 않는다."고 하였는데 주에 "잔을 주고 받는다는 것은 서로 술잔을 돌리는 것이다."고 하였고, 소에는 "주부가 시동에게 드리고 시동은 주부에게 따라준다는 것이다."고 하였다.
또 "대향(大饗)에는 부인의 예를 없앤다"고 하였는데, 주에 "대향은 와서 조회하는 제후에게 잔치를 여는 것이다."고 하였다. 살펴보니 부인은 제사에서만 술잔을 주고 받는데, 예가 엄하다 하겠다.

盛服 : 朱子曰 與叔 祭以古玄服 乃作大袖皂衫 亦怪 不如着公服 ○ 問士祭服 朱子曰 應擧者 用襴衫幞頭 不應擧者 用皂衫幞頭帽子亦可 按 幞頭 非當時有官者服也 家禮之用幞頭亦此意也

성복 : 주자가 말하기를 "여숙(與叔 : 송(宋)의 학자 여대임(呂大

臨)의 자)이 제사지내는 데 옛날의 현복(玄服)[31]으로 입어야 한다면서 소매가 크고 검정색 깃을 단 옷을 만들었으니 또한 괴이한 일이다. 공복(公服)을 입는 것만 못하다.”고 하였다.

문 : “선비는 어떤 제복을 입어야 합니까?” 주자가 답하기를 “과거에 합격한 자는 난삼[32]복두[33](襴衫襆頭)를 사용하고 과거에 합격하지 않은자는 조삼[34]복두(皂衫襆頭)를 사용하되, 모자(帽子)도 괜찮다”고 하였다. 살펴보니, 복두는 당시 관직에 있는 자의 복식이 아니니 「가례」에서 복두를 사용한다는 것도 이러한 뜻이다.

茶筅 : 調茶之物 蘇典切

다선 : 차를 달이는 데 쓰이는 물건인데, 선(鮮)과 전(典)의 반절음(反切音)[35]이니 선이다.

正至朔望 : (按) 若値高祖忌 則忌祭畢 行參禮 曾祖以下 則參禮畢 行忌祭 乃先祭始祖之義也

정.지.삭.망 : 살펴보니, 만약에 고조(高祖)의 기일과 마주쳤으면

---

31) 현단복(玄端服) : 현복(玄服)이라고 하기도 하며 관례·혼례·조회·제사에 쓰이는 예복으로서 「예기(禮記)」의 주(註)에 현복은 사복(士服)이고 보통 사람들은 심의(深衣)를 입는다고 하였다.

32) 난삼(襴衫) : 생원·진사(生員.進士)에 합격된사람이 입던 예복. 녹색이나 검은 빛의 단령(團領)에 각기 같은 빛의 선을 둘렀으며 위 아래가 연이어져 붙은 형태의 옷.

33) 복두(襆頭) : 과거에 급제한 사람이 홍패(紅牌)를 받을 때 쓰던 관(冠)으로 사모(紗帽)와 같이 두 단으로 되었고 뒤 쪽의 좌우에 날개가 달린 형태.

34) 조삼(皂衫) : 검은 색의 옷. 「송사(宋史)」의 <여복지(輿服志)>에 사대부집의 제사나 관례 혼례에 벼슬하지 아니한 사람이 입는 예복이라고 함.

35) 반절음(反切音) : 한자(漢字)음을 표시하는 방법의 일종인데 한자의 두 자음(字音)을 가지고 앞의 것은 성부(聲部)를 따로 떼고 뒤의 것은 운부(韻部)를 따로 떼어내서 합하여 하나의 음을 합성하는 것을 말함.

기제(忌祭)를 지낸 다음에 참례(參禮)36)를 행하고 증조 이하는 참례를 마치고 기제를 지내는 것이니, 선조를 먼저 제사지내는 의의이다.

襴 : 按 俗作襴 衣與裳連曰襴 出韻會 音闌

란 : 살펴보니, 풍속에서는 란(襴)으로 쓴다. 윗도리와 아랫도리가 연이어진 것을 란이라 하는데 「운회」에서 나온 말이다. 음은 란(闌)이다.

除夕前三四日行事 小註 : (按) 此所謂有故使人 何得前其日行事 恐不可從

섣달 그믐 전 3∼4일에 행사함 소주 : 살펴보니, 이것은 이른바 연고가 있으면 다른 사람을 시켜서 한다는 것인데, 어떻게 날을 앞당겨서 행사할 수 있겠는가, 아마도 따를 수 없을 것 같다.

俗節 則獻以時食 : 程子曰 嘗新 必薦享後方可 薦數則瀆 必因告朔而薦 (按) 物有不可久者 如不可留待朔望俗節之獻 則依几筵薦新之禮 薦亦合宜 但小小不關新物則不須爾。少儀曰 未嘗不食新 註 嘗謂薦新於寢廟

속절37)**에 그때에 나는 음식물로 드림** : 정자가 말하기를 "새로 난 음식물은 반드시 사당에 올린 뒤에 먹어야 한다. 그러나

---

36)참례(參禮) : 「운회(韻會)」에 참(參)이라는 것은 뵙는다(覲)는 의미라고 되어 있는데 달마다 정기적으로 사당에 가서 뵙고 제사 지내는 것을 말함.
37) 속절(俗節) : 청명(清明), 한식(寒食), 단오(端午), 중원(中元 : 칠월보름), 중양절(重陽節 : 9월 9일)을 말함.

자주 올리면 번거롭게 되니 반드시 곡삭(告朔)[38]때 올려야 한다."고 하였다. 살펴보니, 오래 가지 못할 음식물이 있는데, 만약에 초하루, 보름이나 속절까지 둘 수 없으면 궤연(几筵)에 새것을 올리는 예법을 따라 올리는 것도 합당하겠다. 다만 새로운 음식물이 아닌 소소한 것들은 그렇게까지 할 필요는 없다.

<소의(少儀)>에 "상(嘗)[39]을 하지 않았으면 새것을 먹지 않는다."고 하였는데 주에 "상이란 새로운 음식물을 침묘(寢廟)에 올리는 것을 말한다."고 하였다.

中元 大註 下四條同 : 七月十五日也

중원 대주, 아래 4조도 같음 : 7월 15일이다.

告于故某親 : 丘氏濬曰 家禮舊本 俱加皇字 今本改 故字 故字 近俗 不如用顯字 盖皇與顯 皆明也

고 모친에게 고함 : 구준이 말하기를 "「가례」 구본에는 모두 황(皇)자를 덧붙였는데 지금의 본에는 고(故)자로 고쳤다. 고자는 속되므로 현(顯) 자를 쓰는 것만 못하다. 대개 현과 황은 다 밝다는 뜻이다."고 하였다.

某之某某 : (按) 上某 主人 次某 行第 次某 名

모의 모모 : 살펴보니, 첫 번째 모는 주인이고 다음 모는 항렬의 차례이고 다음의 모는 이름이다.

---

38) 곡삭(告朔) : 제후(諸侯)가 월력(月曆)을 천자에게 받아서 조묘(祖廟)에 간수하고 매달마다 초하룻날에 희생(犧牲)을 잡아서 바치고 고하는 것을 말함.
39) 상(嘗) : 사계절의 제사가 있는데 상(嘗)이라는 것은 이 가운데 가을에 지내는 제사로서 신곡을 바치는 것이다. 봄에는 사(祠), 여름에는 약(禴), 겨울에는 증(烝)의 제사가 있다.

元孫 : 丘氏曰 宋諱玄 凡經傳 玄皆改元 故家禮稱元孫 今悉
改從玄

원손 : 구씨가 말하기를 "송의 황제 이름이 현(玄)이었기 때문에
모든 경전(經傳)에 현자를 피하여 원자로 고쳤다. 그래서 「가
례」에도 원손이라고 하였는데, 이제 모두 현자로 고쳤다."고
하였다.

> 非宗子不言孝 : 經傳傳 孔子曰 宗子死 稱名不稱孝 身
> 沒而已 註云 但言子某薦其常事 疏曰 不言介者 宗子
> 旣死 不得稱介也 (按) 宗子死無後 則庶子主宗者 宜
> 倣此禮 而宗子喪畢 當以庶子奉祀 改題主傍 不必用
> 此禮也

종자가 아니면 효라고 말하지 않음 : 「경전」의 전에 "공자가
말하기를 종자가 죽으면 이름을 일컫고 효라고 일컫지 아니
하는 것은 몸만 죽었을 뿐이기 때문이다."라고 하였는데, 주
에 "다만 아들 '누'가 떳떳한 일로 드린다고만 말한다."고 하였
고, 소에는 "개(介)라고 말하지 않은 것은 종자가 이미 죽었기
에 개라고 일컫을 수 없다."고 하였다.
살펴보니, 후사가 없이 종자가 죽었으면 종사를 맡은 서자는
이 예를 모방해서 해야겠지마는 종자의 상이 끝나면 서자가
제사를 받든다고 신주의 곁에다 고쳐 써야 할 것이니, 이 예
를 쓸 필요는 없다.

焚黃 小註 下同 : 丘氏濬曰 先日命善書者 以黃紙錄制書一道

以盤盛置香案上 宣制辭并祝文焚之

> 분황40) 소주 아래도 같음 : 구준이 말하기를 "전일에 끌씨 잘 쓰
> 는 사람을 시켜서 노란 종이에다 조서(調書) 한 통을 적어
> 서 소반에다 담아 향안(香案)의 위에 놓아 두었다가 제서
> (制書)를 읽고 축문과 같이 불사른다."고 하였다.

張魏公 : 名浚 不主和議 爲秦檜所惡 封魏國公

장위공41) : 이름은 준(浚)이다. 화의(和議)를 주장하지 않다가 진
회(秦檜)42)에게 미움을 받았다. 위국공(魏國公)에 봉해졌다.

水火 先救祠堂 : 檀弓曰 有焚其先人之室 則三日哭 ○春
秋 成公三年 新宮災 三日哭 穀梁子曰禮也

수재나 화재가 났을 때에는 먼저 사당부터 구함 : <단궁>에
"그 선대의 사당이 불탔으며 3일 동안 곡한다."고 하였다.
<춘추>에 "성공 3년에 신궁(神宮)에 화재가 있었는데 3일을
곡하였으니, 곡량자가 예이다."고 말하였다.

諸位 大註 下同 : (按) 諸位 祖先位也 主宗者迭掌之

---

40)분황(焚黃) : 증직(贈職)이 된 대인 관고(官誥)의 부본(副本)을 쓴 누런 종이
   를 무덤 앞에서 불사르는 일
41)장위공(張魏公) : 宋나라 면죽(綿竹)사람으로 字는 덕원(德遠)이다. 저술한
   바로는 오경해(五經解), 잡설(雜說)이 있다. 효종(孝宗)때에 위국공(魏國公)에
   봉해졌다.
42)진회(秦檜) : 송나라 강녕(江寧)사람으로 자는 회지(會之)이다. 금(金)과의 화
   의(和議)를 주장하여 악비(岳飛)등을 무고하여 죽이기도 하였다.

제위 대주(大註) 아래도 같음 : 살펴보니, 제위는 조선의 위의 차례이
므로   주관하는 종자가 대대로 차례로 맡는다.

高祖親盡 : 補註 高祖親盡 請出就伯叔之親未盡者祭之 親
盡則埋

고조에서 친이 다함 : 보주(補註)에 "고조와 친이 다하게 되면
큰아저씨 가운데서 친(親)[43]이 다하지 않은 분에게 제사지내
게 하고, 친이 다하면 신주를 묻는다."고 하였다.

深 衣

深衣 : 禮記註曰 朝服祭服喪服 皆衣與裳殊 惟深衣不殊 被
於體也 深邃故名深衣 又方氏曰 以其義之深故名○純之
以采曰深衣 純之以素曰長衣 純之以布曰麻衣 着在朝服
祭服之內曰中衣 喪服亦有中衣 練衣黃裳緣緣是也○玉藻
曰 長中繼揜尺 註云 長中者 長衣中衣也 繼揜尺者 幅廣
二尺二寸 以半幅繼續袂口 而掩覆一尺也○記曰 以帛裏
布 非禮也 註 外服是布 不可用帛 爲中衣以裏之 按欲其
純一之德也○深衣集註 十有二月者 天數 袂圜應規 而圜
者 天之體 曲袷如矩 而方者 地之象也 負繩應直 齊如權

---

43)친(親) : 자손중의 지손(支孫)들은 친진(親盡)이 안 되므로 옮겨가며 제사지내는
데 이것을 체천(遞遷)위 제사라 한다. (체천(遞遷)이란 봉사손(奉祀孫)의 대수가
다한 신주를 최장방(最長房)이 제사를 받들게 하려고 그 집으로 옮기는 일)

衡者 直與平 人之道也 盖天之大數 不過十二月 至十二月
而成歲功 必十二幅而後 可以爲衣之良也。又袂在前 以
動而致用 圜者動故也 袷在中以靜而成體 方者靜故也。
記註 十二幅應十二月者 仰觀於天也 直其政方其義者 俯
察於地也 格音各袖與衣接處也 之高下 可以運肘者 近取
諸身也 應規矩繩權衡者 遠取諸物也 其制度 固已深矣。
記曰 制十有二幅 以應十有二月 按 此通言一衣幅數 非指
裳也 先儒亦互言之 幅數莫之爲定 以愚見言之 衣前後四
幅 袂左右二幅 裳六幅 爲十二幅 恐或如是也 家禮亦曰
衣四幅 袂二幅 裳六幅。記曰 可以爲文 可以爲武 完且
不費 盖衣之次也 朝祭 服之次也。記註 深衣之用 上下不
嫌同名 吉凶不嫌同制 男女不嫌同服 諸侯朝朝服 夕深衣
大夫士朝玄端 夕深衣 庶人吉服深衣而已 此上下同也 有
虞氏深衣而養老 將軍文子除喪受吊 練冠深衣 親迎女在
道 而婿之父母死 深衣縞總以趨喪 此吉凶男女之同也 簡
便之服 非朝祭 皆可服也

심의 : 「예기」의 주에 "조복(朝服).제복(祭服).상복(喪服)은 모두
윗옷과 아래옷이 다르지만 심의만은 다르지 않으며 입었을 때 깊
숙하기 때문에 심의라고 이름을 붙였다."고 하였다. 또 방씨(方氏)
는 "그 의의가 깊이 때문에 이러한 이름을 붙였다."고 하였다.
옷깃의 테두리를 색깔이 있는 것으로 두르는 것을 심의라고
하고 흰색으로 두루는 것을 장의(長衣)라고 하고 베로 두르는 것
을 마의(麻衣)라고 한다. 조복과 제복의 안에다 입는 것을 중의
(中衣)라고 하는데 상복에도 중의가 있으니, 숙사(熟絲)로 짠 베
로 만드는데 황색의 베로 안을 대고 홍색으로 갓을 두른다는 것
이 바로 이것이다.

<옥조(玉藻)>에 "장중계엄척(長中繼掩尺)"이라고 하였는데 주에 "장중은 장의(長衣)와 중의이며, 계엄척은 폭의 넓이가 두자 두 치인데 그 반폭으로 소매의 입구에 이어서 한 자를 덮는다."고 하였다.

「예기」에 "비단으로 안감을 하는 것은 예가 아니다."고 하였는데, 주에 "바깥의 옷이 베로 된 것이면 비단으로 만든 중의를 속에 입어서는 안된다."고 하였다. 살펴보니 그것은 순일(純一)한 덕으로 하고자 한 것이다.

심의의 집주(集註)에 "열두 달이라는 것은 자연의 수이다. 소매를 둥글게 만든 것은 규(規 둥근 자)에 맞춘 것이니, 둥근 것은 하늘의 실체이고 옷깃을 구(矩 굽은 자)와 같이 접어서 모나게 한 것은 땅의 형상이다. 부승(負繩)[44]은 직(直)에 맞추고 저울대와 같이 가지런하게 하는 것은 직과 평(平)은 사람의 도리이기 때문이다. 대개 하늘의 큰 수는 열두 달에 불과하다. 12월에 이르러서 한 해의 공이 이루어지므로 반드시 12폭으로 만들어야만 좋은 옷이 될 수 있다."고 하였다. 또 "소매가 앞에 있는 것은 움직임으로써 용(用)이 되는 것이니, 둥근 것은 움직이기 때문이고, 옷깃이 중간에 있는 것은 고요함으로써 체(體)를 이루는 것이니, 방정한 것은 고요하기 때문이다."고 하였다.

「예기」의 주에 "12폭으로 열두 달을 맞춘 것은 우러러 하늘을 살피는 것이고, 정사를 곧게 하고 의리를 바르게 하는 것은 굽어 땅을 살피는 것이다. 각(袼 : 음은 각인데 소매와 옷이 서로 닿는 곳이다.)의 높고 낮음이 팔을 움직일 수 있게 한 것은 가까이 우리 몸에서 취한 것이고 규(規),구(矩),승(繩),권(權),형(衡)에다 맞춘 것은 멀리 사물에서 취한 것이니 그 제도가 참으로 매우

---

44)부승(負繩) : 심의제도에서 윗도리의 등의 재봉선과 아랫도리의 중간 재봉선이 위아래가 서로 맞닿은 것이 마치 새끼줄이 곧게 드리워진 것과 같은 상태임을 말함.

깊다."고 하였다.

「예기」에 "12폭으로 지어서 12월에 맞춘다."고 하였는데, 살펴보니 이것은 한 옷의 폭수를 통틀어 말한 것이지 아랫도리만을 가르킨 것이 아니다. 선유(先儒)들의 설이 여러 가지어서 폭수를 정하지 못하고 있는데, 나의 생각으로 말하건대, 윗도리의 앞 뒤 4폭과 소매의 좌우 2폭과 아랫도리의 6폭이 12폭이 되는데 아마도 이와 같지 않은가 싶다. 「가례」에도 또한 "윗도리는 4폭, 소매는 2폭, 아랫도리는 6폭이다."고 하였다.

「예기」에 이르기를 "문(文)도 될 수 있으며, 무(武)도 될 수 있는 데다 완벽하고도 비용이 많이 들지 않으며 대개 옷의 다음이라고 하였으니, 즉 조복과 제복의 다음이다."라는 말이다.

「예기」의 주에 "심의는 위아래 사람이 입는 데 이름이 꺼릴 것이 없고 길사나 흉사에 한가지 제도인 것을 꺼리지 않고 남녀가 한가지로 입는 것을 꺼리지 않는다. 제후는 아침엔 조복을, 저녁엔 심의를 입고, 대부와 사는 아침엔 현단복(玄端服)을 저녁엔 심의를 입고, 서인들은 길사에만 심의를 입는데, 이것은 상하가 같다. 유우씨(有虞氏 순임금)는 심의를 입고 노인을 봉양하였고, 장군(將軍) 문자(文子)는 상을 마치고 조문을 받을 때 연관(練冠)과 심의를 착용하였고, 친영(親迎)[45)]에 여자가 도중에서 신랑의 부모가 죽으면 심의를 입고 흰 댕기로 머리를 묶고 난 다음 상에 나아가는데, 이것은 길사나 흉사에 남녀가 한가지이다. 간편한 옷은 조회나 제사가 아니면 모두 입을 수 있다."고 하였다.

指尺 : 按 用指尺 各自與身相稱矣

지척(가운데 손가락의 마디를 한 치를 기준하여 만든 자) : 살펴보니, 지척을

---

45)친영(親迎) : 혼례(婚禮) 가운데 있는 육례(六禮)의 하나로 신랑이 신부를 친히 맞아들이는 것.

사용하는 것은 각자 자기의 몸과 서로 맞게 하기 위해서이다.

長過脇 : (按) 衣長當以過脇爲準 以定尺數 而其長卽二尺二
寸 與幅廣正方 盖用八尺八寸 而四疊之也 今縫法 除負繩
二寸 接袖前後四寸 前襟左右各一寸 反屈爲邊者兩腋之餘
前後左右各二寸 合殺一尺六寸 而要圍七尺二寸也 盖布幅
二尺二寸 而二寸以削幅不用 正用二尺也 衣圍八尺 而八寸
又外連袂故也 ○記曰 衣四幅 除負繩之縫 領旁之屈積各寸
卽前襟反屈一寸也 兩腋之餘前後各三寸云 此亦合殺一尺六
寸也 要縫七尺二寸也 ○(按) 古註 兩腋之餘前後各三寸者
通削幅一而爲言也

길이가 겨드랑을 지남 : 살펴보니, 윗도리의 길이는 겨드랑을 지
나는 것으로 기준을 삼아 그 척수를 정해야 하는데, 그 길이는
두 자 두 치로 하여 폭의 넓이와 정방형(正方形)이 되니, 대개 8
자 8치를 세서 네 번 포갠다. 지금의 제단법에 부승(負繩) 2치를
제외하고는 소매의 전후를 맞대는 4치와 앞 옷깃의 좌우 각 1치
를 돌려접여서 갓의 부분을 만드는 것과 양쪽 겨드랑의 나머지
전후 좌우의 각각 2치를 합하면 1자 6치이고 허리의 둘레는 7자
2치이다. 대체로 베의 폭은 2자 2치인데, 2치는 깎인 폭으로 쓰
이지 않고 2자만 쓰이는 것이다. 윗도리의 둘레는 8자인데, 8치
라는 것은 또 밖으로 소매를 잇기 때문이다.
　「예기」에 말하기를 "윗도리는 네 폭인데, 부승을 꿰맨 것과
깃 곁의 접어서 쌓은 각 한 치(곧 앞깃은 돌려서 접은 한 치이
다)를 제외하고 양쪽 겨드랑이의 나머지인 전후의 각 3치이

다."고 하였는데, 이것도 합하면 1자 6치이고 허리의 재봉은 7
자 2치이다.

  살펴보니 고주(古註)에 "양쪽 겨드랑이의 나머지 전후 3치"
라는 것은 깎긴 폭까지 통틀어 말한 것이다.

圓袂 : 玉藻曰 深衣 三袪 縫齊倍要 袵當傍 袂可以回肘○註
袪 袖口也 尺二寸 圍之爲二尺四寸 要之廣 三其二尺四寸
則七尺二寸也 故云三袪 縫齊倍要者 謂縫下畔之廣 一丈四
尺四寸 是倍要之七尺二寸也 袵 衣裳交接處也 在身之兩旁
故云袵當旁 袂 袖之連衣也 上下之廣 二尺二寸 故可以回
肘 按 裁衣時 衣長二尺三寸 而一寸爲連裳時縫 自可回肘

원메 : <옥조>에 "심의의 허리 둘레는 소매 둘레의 세 배로 만들
고, 재봉한 아랫쪽의 옷 둘레는 허리 둘레의 두 배로 만들고, 왼
쪽 옷깃이 오른쪽 옷깃을 덮게 만들고 소매는 팔을 돌릴 수 있게
만든다."고 하였다. 주에 "거(袪)는 소매의 입구인데 1자 2치를
두루므로 2자 4치가 되고, 허리의 넓이는 2자 4치를 세 배로 하
면 7자 2치가 된다. 그러므로 소매의 세 배로 한다고 했다. 재봉
아랫쪽의 옷 끝을 두 배로 한다는 것은 재봉한 아랫 부분의 넓이
가 1장(丈) 4자 4치이니, 이것은 허리의 7자 2치를 배로 한 것이
다. 옷깃이란 양쪽 옷깃이 맞닿는 곳인데, 몸의 양쪽곁에 있기
때문에 왼쪽 옷깃이 오른쪽 옷깃을 덮어 곁에까지 가게 한다고
했다. 소매는 소매와 옷이 이어진 것인데, 위아래의 넓이가 2자
2치이기 때문에 팔을 돌려서 움직일 수 있다."고 했다. 살펴보니
윗옷을 재단할 때 2자 3치로 자르는데, 1치는 아래도리를 붙일
때 재봉하면 자연히 팔을 돌려 움직일 수 있다.

袷 小註 下同 : 音劫 交領也○玉藻曰 袷二寸 緣廣寸半 按 家禮 則無袷 只以黑緣二寸廣袷而用之 盖儉約也 朱子大全亦然 定非闕文也○玉藻註 袷 曲領也 又方氏曰 以交而合 故謂 之袷 按 丘氏欲擬玉藻袷二寸緣寸半 俾領少露也 合古而違 朱子也

겁 소주 아래도 같음 : 음은 겁이니, 옷깃이다. <옥조>에 "겁은 2치 이고 연(緣)의 넓이는 1치 반이다."고 하였는데, 「가례」를 살펴 보니 겁은 없고, 다만 검정색 연을 겁의 폭 넓이 2치와 같이 만들어 썼으니, 대개 검소하기 위한 것이다. 「주자대전(朱子大 全)」에도 그러하니, 빠진 글이 아니다는 것이 확실하다.

　　<옥조>의 주에 "겁은 곡령(曲領)이다."고 하였고, 방씨(方氏) 는 "서로 겹쳐 합하기 때문에 겁이라고 한다."고 하였다.

　　살펴보니, 구씨가 <옥조>의 겁 2치, 연 1치 반처럼 만들어 옷깃(領)을 조금 드러내려고 하였는데, 옛날의 법에는 맞지만 주자와 틀린다.

跟 : 音根 足踵也○記曰 短毋見膚 長毋被土 註 短無見音現 膚 雖約而不失於儉 長毋被土 雖隆而不過於奢

발꿈치 : 음은 근인데, 발꿈치이다. 「예기」에 "짧게 하나 살이 드 러나지 않게 하며 길게 하되 땅에 끌리지 않게 한다."고 하였는 데, 주에 "짧아도 살이 드러나지 않게 한다는 것은 검소하더라도 너무나 검소한 잘못이 없게 한 것이며, 길게 하되 땅에 끌리지 않게 한다는 것은 융성하더라도 사치에 지나치지 않게 한 것이

다.”고 하였다.

黑緣 : 緣去聲

흑연 : (黑緣)의 緣은 거성이다.

大帶 : 記曰 帶下無厭於甲反髀 上無厭脇 當無骨者 此衣帶
上下之中也。大全曰 以黑繪 緣紳之兩旁及下表裏各半寸

대대 : 「예기」에 “띠는 아래로는 넙적다리를 누르지 않게 음은 압
위로는 겨드랑이를 누르지 않게, 그 사이의 뼈가 없는 곳에 띤
다.”고 하였는데, 이는 의대(衣帶) 상하의 중간이다.
　　「대전(大全)」에 “검정색 비단으로 대대의 양쪽 곁과 아래의
안팎에다 각각 반 치씩 선을 두른다.”고 하였다.

緇冠 : 大全曰 前後三寸 左右四寸 上爲五梁 辟積左縫 下
着於武外 反屈其兩端各半寸內向 黑漆之

치관 : 「대전」에 “앞뒤는 3치, 좌우는 4치로 만들고, 위에는 5개의
주름을 접어서 왼쪽으로 꿰매어 밑에 무(武)의 바깥에다 붙이
고, 그 양쪽 끝을 각각 반치씩 반대로 접어서 안에다 붙이고
검정색으로 칠한다.”고 하였다.

武 大註 : 禮記註 文者上之道 武者下之道 足在體之下者曰武
卷在冠之下者曰武

무 대주 : 「예기」의 주에 “문(文)은 위의 도(道)이고 무는 아래의 도

이다. 발은 몸의 아래에 있기 때문에 무라고 하며, 테두리는
관의 아래에 있기 때문에 무라고 한다." 하였다.

幅巾 : 大全曰 當中作 帖 又曰 以額帖當頭前 向後圍裹而
繫其帶○補註 衰裳帖 與幅巾橫帖少異 幅巾橫帖 居其兩邊
相轃在裏 衰裳帖 屈其兩邊 相轃在上

폭건 : 「대전」에 "한 가운데다 첩(帖)을 붙인다."고 하였다. 또
"액첩(額帖)을 미리 앞에서 뒤로 넘기어 둥글게 만들어 띠에
맨다."고 하였다. 보주에 "최상(衰裳)의 첩은 폭건의 횡첩(橫
帖)과 조금 다르다. 폭건의 횡첩은 그 양쪽 가장자리에다 붙
여 서로 모아 안쪽에 있게 하였고, 최상의 첩은 그 양쪽 가
장자리를 굽혀서 서로 모아 위에 있게 하였다."고 하였다.

居家雜儀 (집안에서의 여러 가지 언행 범절)

凡爲家長 : 此節 言家長御輩子及家衆之事

무릇 가장이 됨 : 이 조목은 가장이 자식들과 집안사람들을 거
　느리는 일을 말한 것이다.

凡諸卑幼 : 此節 言卑幼事家長之道

낮고 어린 사람들 : 이 조목은 지체가 낮은 이나 어린이가 가정
　을 섬기는 도리를 말한 것이다.

不敢私假 : 此下九節 猶小學言父子之親

감히 사사로이 빌리지 아니함 : 이 아래로 9조목은 「소학(小學)」
의 아버지와 아들의 친함을 말한 것과 같다.

誶語 小註 下五條同 : 誶 責讓也

수어 소주 아래 5조도 같음 : 수는 책망한다는 뜻이다.

鄭康成 : 後漢書云 鄭玄字康成

정강성 : 「후한서(後漢書)」에 "정현(鄭玄)46)의 자는 강성이다."
고 하였다.

不率卑幼之禮 : 率 循也

낮은 이나 어린이의 예에 따르지 않음 : 솔은 따른다는 뜻이다.

飮至 : 左傳 歸而飮至 至而飮酒于廟也

음지 : 「좌전」에 "돌아와서 음지(飮至)하였다."고 하였는데, 돌아
와서 사당에 고하고 술을 마시는 것이다.

晉武惑馮紞之譖 : 晉書泰始中 帝及齊王攸侍疾 太后謂帝曰
汝與攸至親 吾沒後善遇之 言訖崩 後爲馮紞所搆 憤怨嘔
血而死

---

46)정현(鄭玄):동한(東漢)때의 고밀(高密)사람으로 字는 강성(康成)이다. 여러 경
　서(經書)에 널리 통하여 많은 주(註)를 달았다. 그의 사후에 제자들이 그 묻
　고 답한 말을 기록하여 정지(鄭志) 8편을 지었다.

진 나라 무제가 풍담[47]의 **참소에 현혹됨** : 「진서(晉書)」에 "진시(秦始 진나라 무제의 연호(265~274)) 중에 무제와 제왕(齊王) 유(攸)가 간병을 하고 있었는데 태후가 제에게 이르기를 너와 유는 가장 가까운 친족이니 내가 죽은 뒤라도 잘 대해라."고 이르고 죽었다. 그뒤에 유가 풍담의 모함에 빠지자 통분하여 피를 토하고 죽었다고 하였다.

唐高宗溺武氏之寵 : 唐書 貞觀末 帝疾篤 詔長孫無忌等入 臥內 謂太子曰 無忌盡忠 勿令讒人間之 有頃 帝崩 高宗 欲立武昭儀爲后 無忌切諫 命引出 尋殺之

당 나라 고종이 무씨[48]**를 총애하다 빠짐** : 「당서(唐書)」에 "정관(貞觀:당나라 태종의 연호 627~649) 말에 태종(太宗)이 병이 위독하자, 장손 무기(長孫無忌)등을 침실로 불러들이고는 태자에게 '무기는 충성을 다하고 있으니, 참소하는 사람들이 이간하게 하지 말라'고 이르고, 조금 있다가 죽었다. 고종이 무소의(武昭儀 측천무후(則天武后))를 황후로 삼으려고 하니, 무기가 간곡히 간하자, 끌어내라 명하였는데 이윽고 죽었다.

凡爲宮室 : 此下一節 猶小學言夫婦之別

---

47)풍담(馮紞) : 진(晉)나라 안평(安平) 사람으로 字는 소주(小冑)이다. 무제(武帝)의 총애를 얻어 순욱(荀勖)과 함께 제왕(齊王) 유(攸)를 무고(誣告)하여 죽도록 하였던 인물.
48)무씨(武氏) : 당(唐)나라 때의 측천무후(則天武后)를 말함. 고종(高宗)의 후비(后妃)인데 권모와 재략이 있었다. 처음에는 태종(太宗)의 재인(才人)이었다가 고종이 즉위하자 황후(皇后)가 되었고 고종이 죽은 뒤에 정사를 마음대로 하고 음학(淫虐)한 행위가 있어서 궁궐이 더러워졌으며 조정이 날로 문란했다. 중종의 복위(復位)때에 정치에서 손을 놓고 상양궁(上陽宮)에 살게 됨.

무릇 궁실을 지음 : 이 아래 한 조목은 「소학」에 부부의 분별을 말한 것과 같다.

不共浴堂 :　男所浴室 女所浴室異

욕실을 같이 쓰지 않음 : 남자의 욕실과 여자의 욕실이 다르다.

凡卑幼於尊長 : 此節 猶小學言長幼之序

무릇 낮은이나 젊은이가 존장에게 : 이 한 조목은 「소학」에 어른과 젊은이의 차례를 말한 것과 같다.

凡受女婿及外甥拜 : 此一節 言按女婿外甥外孫之拜

무릇 사위와 외손과 생질의 절을 받음 : 이 조목은 사위.생질.외손의 절을 받는 것을 말한 것이다.

五福 : 一曰壽 二曰富 三曰康寧 四曰攸好德 五曰考終命

오복 : 첫째는 오래 사는 것이고, 둘째는 부유한 것이고, 셋째는 편안하고 건강하게 사는 것이고, 넷째는 훌륭한 덕이 있는 것이고, 다섯째는 순순히 올바르게 목숨을 마치는 것이다.

凡節序及非時 : 此節 言家宴上壽之儀

무릇 질서 및 때가 아닌 : 이 절은 집안의 수연(壽宴)에서 잔을 올리는 의식을 말한 것이다.

凡子始生 : 此節 敎男女之道

무릇 자식이 처음 태어남 : 이 조목은 남자와 여자를 가르치는
법도이다.

凡內外僕妾 : 此節 僕妾事主父母之道

무릇 안팎의 복첩 : 이 조목은 노복과 첩이 주인과 부모를 섬기는
법도이다.

凡女僕同輩 : 此下三節 言主父母御僕妾之道

무릇 여종과 같은 무리들 : 이 아래 3조목은 주인이나 부모가 종
과 첩을 다스리는 법도를 말한 것이다.

冠 禮 (관례)

冠禮 : 鄭玄曰 於五禮 冠昏屬嘉○朱子曰 冠禮昏禮 不知起
於何時○冠義疏曰 冠禮起早晚書 傳無正文 世本云黃帝
造旒冕 起於黃帝也 黃帝以前 以羽皮爲冠 以後乃用布
帛 其冠之年 天子諸侯皆十二○朱子曰 惟冠禮最易行
自家屋裏事 昏禮須兩家皆好 禮方得行○士冠禮傳曰 夫

禮 始於冠 本於昏 重於喪祭 尊於朝聘 和於射御 此禮
之大體也 右儀禮經傳 ○丘氏濬曰 今人未必習禮 請習
禮者一人 爲禮生導唱○經傳曰 五十而爵 何大夫冠禮之
有無冠禮 有昏禮 出後記○又儀禮行事之法 賤者爲先
故士冠爲先 諸侯冠次之 天子冠又次之 按 制禮皆自士
而始 故儀禮昏禮皆然

관례 : 정현이 말하기를 "오례(五禮)[49] 가운데 관례와 혼례
(婚禮)는 가례(嘉禮)에 속한다."고 하였다.

주자가 말하기를 "관례와 혼례는 어느 시대에 시작되었는지 알
수 없다."고 하였다. <관의(冠儀 예기의 편명)>의 소에 "관례가
시작된 기원은 서전에 확실한 조문이 없고 세본(世本)에 황제
(皇帝)[50]가 전면(冕冕)을 만들었으니, 황제 때에 시작된 것이
다. 황제의 이전에는 새의 날개나 짐승의 가죽으로 관을 만들
었고, 그 뒤에는 베나 비단을 사용하였는데, 관을 쓰는 나이는
천자와 제후가 모두 12살 때이다."고 하였다.

주자가 말하기를 "오직 관례만이 가장 행하기 쉬운 것은 자
기 집안의 일이기 때문이다. 혼례는 양쪽 집이 모두 좋다고 해
야만 비로소 예를 행할 수 있는 것이다."

<사관례(士冠禮) 의례의 편명)>의 전(傳)에 "대체로 예법은
관례에서 비롯되고, 혼례에 근본을 두며, 상례와 제례에서 중
하게 되고 제후들이 조빙(朝聘)하는 데서 존엄하며, 활쏘고[射]
말 타는 것[御]에서 화순(和順)해지는 것이니, 이것은 예의 대
체이다. 이상은 의례경전에 있음

---

49)오례(五禮) : 길례(吉禮), 흉례(凶禮), 빈례(賓禮), 군례(軍禮), 가례(嘉禮)의
　　다섯가지
50)황제(皇帝) : 중국에 있어서 삼황오제(三皇五帝)때의 황제헌원씨(皇帝軒轅氏)
　　를 말하는데 역법(曆法)과 산수(算數)와 율려(律呂)를 처음으로 만들었다 함.

구준이 말하기를 "지금 사람들이 예를 익히지는 않았을 것이니, 예를 익힌 한 사람을 초청하여 예를 배우는 유생들을 위해 앞에서 이끌어야 한다."고 하였다.

「경전」에 "50이 되어서야 벼슬을 하는데 대부에게 관례가 있겠는가." 관례는 없고 혼례는 있으니 뒤의 기록에 나옴.

또 「의례」에 "행사하는 법도는 신분이 낮은 사람이 먼저 하기 때문에 사관례(士冠禮)가 먼저이고 제후관례(諸侯冠禮)가 다음이고 천자관례(天子冠禮)가 다음이다."

살펴보니 예법을 제정할 때 모두 사로부터 비롯했기 때문에 「의례」의 혼례도 모두 그렇다.

男子年十五至二十 : 冠義經曰 男子陽也 二十陰之數 二十而冠者 以陰而成乎陽 女陰也 十五陽之數 十五而笄者 以陽而成乎陰也

남자의 나이가 15세에서 20세에 이름 : <관의(冠儀)>의 경(經)에 "남자는 양이고 20은 음의 숫자인데, 20세에 관례를 하는 것은 음으로써 양을 이루는 것이고, 여자는 음이고 15는 양의 숫자인데, 15세에 계례(笄禮)를 하는 것은 양으로써 음을 이루는 것이다."

必父母無朞以上喪 : 雜記曰 大功之末 可以冠子 可以嫁子 父小功之末 可以冠子 可以嫁子 可以取婦 已雖小功 旣卒哭 可以冠取妻 下殤之小功則不可○(按) 家禮 雖曰大功 旣葬冠昏 情有所不可者 義理無窮 記此說 使行禮者臨時折中 但記說似有錯簡

반드시 부모가 기년복 이상의 상이 없을 때 할 것 : <잡기(잡기(雜記) : 예의 편명)>에 "대공복(大功服))을 벗을 무렵에는 아들에게 관례를 시킬 수 있고 딸을 출가시킬 수 있으며, 아버지가 소공복(小功服)을 벗을 무렵에는 아들에게 관례를 시킬 수 있으며, 딸을 출가시킬 수 있고 며느리를 맞이할 수가 있으며, 자신이 소공복을 입고 있더라도 졸곡(卒哭)을 마쳤으면 관례를 하고 아내를 맞이할 수가 있으나, 아랫사람의 상을 당해서 소공복을 입고 있을 때는 할 수가 없다."

살펴보니, 「가례」에 대공복에는 장사를 치르고 나서는 관례나 혼례를 할 수 있다고 하였으나 인정에 맞지 않은 것이 있다. 의리가 무궁하기에 이 말을 기록하여 예를 행하는 자로 하여금 때에 따라 중도를 취하게 한 것이다. 다만 「예기」의 말이 순서가 바뀐 것이 있는 것 같다.

前期三日 : 士冠禮 前期三日空二日也

전기 3일 : <사관례>에 전기 3일이라는 것은 앞의 2일이 중간에 끼여 있는 것을 말함.

筮日 大註 下二條同 : 士冠禮曰 筮者 以著問日吉凶於易也○記曰 喪事先遠日 吉事先近日 喪謂葬與二祥 吉謂祭祀冠昏之屬 喪 奪哀之義也 非孝子所欲 卜先遠日

날을 택함 대주 하2조 동 : <사관례>에 "서(筮)란 시초(蓍草)로 점쳐서 날의 길흉을 「(주역(周易)」에서 알아보는 것이다."고 하였다.

「예기」에 "상사(喪事)는 먼 날로 잡고 길사(吉事)는 가까운 날로 잡는다."고 하였다. 주에 "상(喪)은 장례와 소상(小祥). 대상(大祥)을 말하고 길(吉)은 제사.관례.혼례 등속을 말한다. 상은 슬픔을 빼앗아 간다는 뜻이니, 효자의 욕망이 아니므로 택일 할 때 먼 날로 잡는다."고 하였다.

若某之某親之子某 : (按) 若下某 宗子 親上某 冠者之父 子下某 冠者

약모지모친지자모 : 살펴보니, 약자 아래의 모는 종자이고, 친자 위의 모는 관례를 하는 사람의 아버지이고, 자자 아래의 모는 관례를 하는 사람이다.

介子 : 介 副介之義

개자 : 개는 다음이라는 뜻이다.

戒賓 : 戒 警也告也 出儀禮士冠禮 註 戒賓 古者 有吉事 則樂與賢者歡成之 有凶事則欲與賢者哀戚之○冠義註 筮 曰 求天之吉 筮賓 擇人之賢 筮而不卜 何哉 古者 大事 用卜 小事用筮 天下之事 始爲小 終爲大 冠用筮 喪祭用 卜 聖王重其始 非大事也○左傳曰 筮短龜長 (按) 龜曰 卜 蓍曰筮

계빈 : 계자는 경계단다는 뜻이며, 고한다는 뜻이다. 「의례」의 <사관례> 주에 나오는데, "계빈은 옛날에 길사가 있으면 어진 사람과 함께 이룩되는 것을 즐거워하는 것이며, 흉사가 있으면 어진 사람과 함께 슬퍼하고자 하는 것이다."고 하였다.

<관의>의 주에 "날을 가린다는 것은 하늘의 길함을 구하는 것이고, 손님을 가린다는 것은 어진 사람을 구한다는 것인데, 서(筮)로 가리지 복(卜)으로 가리지 아니함은 무엇 때문인가? 옛날에 큰 일에는 복을 사용하였고, 작은 일에는 서를 사용했는데, 세상의 일들이 시작은 작고 마침이 크므로 관례에서는 서를 사용하고 상례와 제사에는 복을 사용하는 것이다. 성왕(聖王)이 그 처음을 중하게 여긴 것이지 큰 일이라고 그런 것은 아니다."고 하였다.

「좌전」에 "서는 구(龜)보다 못하다."고 하였는데, 살펴보니 거북으로 점치는 것을 복이라 하고 시초로 점을 치는 것을 서라고 한다.

所戒者 大註 下同 : (按) 所戒者賓 戒者主人也

소계자 대주 아래도 같음 : 살펴보니, 소계자는 손님이고 계자(戒者)는 주인이다.

以病吾子 : 士冠禮 病猶辱也

그대에게 욕됨 : <사관례>에 "병자는 욕되다(辱)는 것과 같다."고 하였다.

宿賓 : 補註 宿賓 隔宿戒之 宿賓又作肅戒 見士冠禮

숙빈 : 보주에 "숙빈은 하루 전에 재계하는 것이다."고 하였다. 숙빈은 또 숙계(肅戒)라고도 쓰는데 <사관례>에 나온다.

將莅之 大註下二條同 : 士冠禮 莅 臨也

장차 임함 대주 아래 2조도 같음. : <사관례>에 "이(莅)는 임한다는 뜻이다."고 하였다.

帟幕 : 古今韻會 在上曰帟 音亦

역막 : 「고금운회(古今韻會)」에 "위에 있는 것을 역이라고 하는데, 음은 역이다."고 하였다

堊 : 韻會 白善土也 音惡

악 : 「운회」에 "하얀 흙인데 음은 악이다."고 하였다.

設洗直於東榮　南北以堂深 小註 下二條同 : 按洗　承盥洗者棄水器也　盥　洗手洗爵也　出士冠禮○鄕飮酒義曰　洗當東榮　主人之所以自潔而事賓也○又曰　水在洗　祖天地之左海也　註云　海　水之委也　天地之間　海居于東　東則左也　祖祖而法之也　註云　水盛之罍　滌之於洗○士冠禮云　直吉値反　深　申鳩反　凡度深淺曰深○鄕飮酒禮云　榮屋翼南北以堂深　堂深謂從堂廉北至房屋之壁　堂下洗　北去堂遠近深淺　取於堂上深淺　假今堂深三丈　洗亦去堂三丈　以此爲度　屋翼若鳥之有翼

세를 동쪽 처마 밑에 놓되 남북은 당의 길이로 함 소주에 아래 2조도 같음 : 살펴보니, 세(洗)는 대야의 밑에 바친 것이니, 물을 버리는 그릇이다. 대야에서 씻는다는 것은 손이나 술잔을 씻는 것이다. <사관례>에 나옴.
<향음주의(鄕飮酒義)>에 "세는 동쪽 처마 밑에 두는데, 주인

이 깨끗이 씻고 손님을 대하기 위해서이다."고 하였다. 또 "물을 '세'의 동쪽에다 놓는 것은 바다가 천지의 왼쪽에 있는 것을 본뜬 것이다."고 하였는데, 주에 "바다는 물이 모인 곳이다. 천지의 사이에 바다가 동쪽에 있는데 동쪽은 곧 왼쪽이다." 조(祖)란 받들어 법받는 것이다. 하였고, 주에 "물은 뢰(罍)에다 담아 놓고 '세'에서 씻는다."고 하였다.

<사관례>에 "곧을 직(直)자는 길(吉)자와 치(値)자의 반음절이고 깊을 심(深)자는 신(申)자와 짐(鳩)자의 반음절이다. 무릇 깊고 얕은 것을 헤아리는 것을 심(深)이라 한다."고 하였다.

<향음주례>에 "영(榮)은 집의 날개(처마)이다. 남북을 당의 길이로 한다는 것은 당의 북쪽 구석에서 방의 벽까지의 길이를 말한 것이다. '세'에서 당과의 북쪽 거리는 멀고 가깝게 하는 데 당의 길이대로 한다. 가령 당의 길이가 3장일 때는 '세'도 당과의 거리를 3장으로 떼어 놓는 것이니 이것으로 기준을 삼는다. 집의 날개(처마)라는 것은 새에게 날개가 있는 것과 같다는 것이다."고 하였다.

罍洗 : (按) 古今韻會 罍畫爲雲雷之象 取其雷震之威 以起敬也

뢰세 : 살펴보니, 「고금운회」에 "뢰는 구름과 우뢰의 형상을 그린 그릇인데, 구름과 우뢰의 위엄을 취하여 경건한 마음을 일으키는 것이다."고 하였다.

敬冠事 : 冠義曰 敬冠 所以重禮 重禮 所以爲國本也

관례는 경건히 함 : <관의>에 "관례를 경건히 하는 것은 예를

소중히 하는 까닭이고 예를 소중히 하는 것은 나라의 근본이
되기 때문이다."고 하였다.

櫛䰉掠 大註 下二條同 : 丘氏濬曰 櫛 梳子 䰉 卽總 裂練繒以
束髮也 掠 喪禮解免字 謂裂布廣寸 自項向前交於額上
却繞䯻後如掠頭 則其制可推矣 今以網巾代之

즐.수.약 대주 아래 2조목도 같음 : 구준이 말하기를 "즐은 빗이고,
수는 상투를 묶는다는 것이니, 명주베를 짤라서 머리털을 묶
는 것이고, 약은 상례에 문(免)자로 풀이하였는데, 배를 한
치 넓이로 짤라서 목으로부터 앞으로 향하여 이마 위에서 교
차하게 하고 상투 뒤로 둘러서 머리를 당기는 것 같이 한다
고 하였으니, 그 제도를 추측할 수 있다. 지금 망건(網巾)으
로 대신한다."고 하였다.

皆卓子 : (按) 皆 下 恐有以字

개탁자 : 살펴보니 개(皆)자 밑에 아마도 이(以)자가 있는가 싶다.

東領北上 : 士冠禮疏喪禮 或西領或南領 此東領者 嘉禮異於
凶禮故也 北上 便也

동령북상 : <사관례>의 소에 "상례에는 서령(西領)을 하기도 하
며, 남령(南領)을 하기도 하는데, 여기서 동령(東領)을 하는 것은
가례(嘉禮)는 흉례(凶禮)와 다르기 때문이다. 북상하는 것은 편리
하기 때문이다."고 하였다.

冠了又不常著 小註 : 按 丘氏濬曰 緇布冠 亦當時不用之服 似是存古之意 宜從之 不必泥程子此說也 又曰 孟懿子曰 始冠 必加緇布之冠 何也 孔子曰 示不忘古 冠而檠之註云 此冠不復用 初冠暫用之 不忘古也 則今亦冠畢 藏之可也

관례를 마치고 또 항상 착용하지 않음 소주 : 살펴보니, 구준이 말하기를 "치포관(緇布冠)은 또한 당시에 사용하지 않던 복식이지만 옛것을 그대로 두자는 뜻인 것 같으니 따라야 하겠으나 정자(程子)의 이 말에 구애될 필요는 없다."고 하였다. 또 "맹의자(孟懿子)가 '처음 관을 쓸 때 반드시 치포관을 씌우는 것은 무엇 때문인가?'라고 묻자, 공자가 이르기를 '고관(古冠)을 잊고서 버리지 않는다는 것을 보이는 뜻이다.'고 하였는데 주에 '이 관은 다시는 사용하지 않고 있는데 처음 관을 쓸 때에 잠시 사용하는 것은 옛것을 잊지 않으려는 것이니 지금 또한 관례를 마치고는 간직해 두어야 할 것이다."고 하였다.

親戚 大註 下七條同 : 父黨曰親 母黨曰戚

친척 대주 아래 7조목도 같음 : 아버지 쪽을 친이라 하고 어머니 쪽을 척이라 한다.

雙 紒 : 丘氏濬曰 紒卽髻子 疑是作兩圓圈子 書儀註 童子髻似刀鐶

쌍계 : 구준이 말하기를 "계(紒)는 쌍투이니 아마도 이것은 두

갈래로 둥글게 묶은 것 같다."고 하였고 「서의」의 주에 "동
자의 상투 모양은 인환(刀鐶)과 비슷하다."고 하였다.

四䙆衫 : (按) 不知其制 此服非深衣之比 不用可也

사규삼 : 살펴보니, 그 제도를 알 수가 없다. 이 복식은 심의와
비할 수 없는 것이니 사용하지 않아야 할 것이다. ネ癸

※ 䙆: 뒤틀릴규 (없는글자)

勒帛 : (按) 用以裹足者也

늑백 : 살펴보니, 발을 싸는 데 사용하는 것이다.

采屨 : (按) 屨 木履 今云采屨 疑是以采帛代木爲之 勒帛采
屨 以帛裹足 納履中也 今隨童子常服者代之 似亦無害

채극 : 살펴보니, 극은 나막신인데 여기에 채극이라고 한 것은 아
마도 채색이 있는 비단으로 나무를 대신하여 만든 것일 것이다. 늑
백과 채극은 비단으로 발을 싸고 신을 신는 것이다. 지금 동자(童
子)의 평상복에 따라 대치하더라도 괜찮을 것 같다.

出房南面 : 士冠禮 將冠者南 面立房外之西 待賓命也

방을 나서서 남쪽으로 향함 : <사관례>에 "관례를 할 사람이
방 밖의 서쪽에서 남쪽을 향하고 서서 빈(賓)의 명령을 기다린
다."고 하였다.

祝曰吉月 : 問 冠昏三加51)之時 出門之戒52) 若只以古語告

之 彼將謂何 朱子曰 只以今之俗語告之 使之易曉乃佳。
集註 祝辭 賓或不能誦 紅紙書之看誦

축에 길월이라고 함 : 문: "관례와 혼례에서 세 번 관을 씌울
때와 문에 나설 때의 경계에 있어서 만약에 고어(古語)로만
고한다면 그들이 이해하지 못할 것이 아니겠습니까?" 주자가
답하기를 "지금의 속어(俗語)로만 고하여 쉽게 알아듣게 하는
것이 좋다."고 하였다.
집주(集註)에 "빈이 축사를 못 외웠을 경우에는 붉은 종이에
다 써서 보고 읽는다."고 하였다.

南向立良久 : 士冠禮曰 冠者出房南向立 疏 童子着成人之服
使衆觀知也 按 良久者 爲此也

남쪽으로 향하여 한참 서 있음 : <사관례>에 "관례를 할
사람은 방에서 나와 남쪽을 향해 선다."고 하였는데 소에 "종
자가 성인의 복장을 착용하고 여러 사람들이 보아 알게 하는
것이다."고 하였다. 살펴보니 한참 서 있다는 것은 이를 위해
서이다.

再加帽子 : 丘氏濬曰 帽子皁衫 其制不可考 此亦非古服 擬
代以時制

---

51)삼가(三加) : <사관례(士冠禮)>에 남자가 20살이 되면 관례를 행하는데 관례
 하는 날에 삼가(三加)의 예법이 있으니 처음에는 치포관(緇布冠)을 쓰고 다
 음은 피변(皮弁)을 쓰고 다음은 작변(爵弁)을 쓰는 것을 말한다. 그리고 각
 각의 경우에도 축문을 달리 읽는다.
52)출문지계(出門之戒) : <사혼례(士昏禮)>에 여자를 시집 보낼 때 부모와 서모
 (庶母)들이 각기 당부하는 말로써 경계하는 것을 말한다.

두 번 째로 모자를 씌움 : 구준이 말하기를 "모자와 조삼(皁衫)은 그 제도를 상고할 수 없으나 이것도 옛날 복식은 아니니 시속의 제도로 대신하였으면 한다."고 하였다.

卽席跪 大註 下同 : (按) 冠者卽席跪下 當添入賓降主人亦降 賓盥主人揖 升復位

房

자리에 나아가 꿇어 앉음 대주 아래도 같음 : 살펴보니, 관례를 할 자가 자리에 나아가 꿇어 앉는데[冠者卽席跪]는 밑에다 빈이 내려오면 주인도 내려오고, 빈이 손을 씻으면 주인이 읍하고 올라가 제자리로 되돌아 간다[賓降主人降賓盥主人揖 升復位]라고 하는 말을 첨입시켜야 할 것이다.

享受遐福 : (按) 享受遐福之下 當添入贊者徹冠巾 執事者受冠 巾入房 亦當添入

오랜 복을 누림 : 살펴보니, 오랜 복을 누린다[享受遐福]의 밑에다 찬자가 관과 건을 벗긴다.[贊者脫冠巾]는 것을 첨입해야 하고 집사자가 관건을 받아서 방을 들인다.[執事者受冠巾入房]는 것도 첨입해야 할 것이다.

三加幞頭 : 丘氏濬曰 幞頭 在宋上下通服也 今唯有官者得 用 襴衫 專爲生員之服 且世未有旣官而冠者 公服笏不可 用 擬代以時制

세 번째로 복두를 씌움 : 구준이 말하기를 "복두는 송(宋) 나라

때 상하간에 통용하는 복식인데, 지금은 오직 관직에 있는 자
만이 사용할 수가 있으며, 난삼(襴衫)53)은 오로지 생원(生員)
의 복식이 되었다. 또 세상에 이미 벼슬을 하고서 관례를 하는
자는 없으니 공복에는 홀을 쓰지 아니하고 시속의 제도처럼
대신했으면 한다."고 하였다.

嘉薦令芳 大註 下二條同 ：丘氏濬曰 禮辭曰 甘醴唯厚 嘉薦
令芳 註 嘉薦 謂脯醢 溫公改醴爲酒 以不可虛僞也 況嘉
薦令芳一句 今旣擧之 薦脯醢一節補入

가천영방 대주 아래 2조도 같음 ：구준이 말하기를 "「의례」의 <사
관례>에 '감례(甘醴 단술)가 후하며, 가천이 아름답다.'고 하였
는데, 주에 '가천은 포와 젓을 말한다.'고 하였다. 사마온공(司
馬溫公)이 예(禮)를 주(酒)로 고친 것은 허위로 할 수가 없다고
해서이다. 더구나 '가천영방' 한 구절은 지금 거론이 되었으니,
포와 젓을 드린다. [薦脯醢]는 한 마디를 보충해서 넣어야 할
것이다."하였다.

就席末 ：鄉飲禮疏 席末 席之尾 於席末言 是席之正 非專
爲飲食也 此貴禮而賤財也○曲禮曰 席南鄉北鄉 以西方
爲上 東鄉西鄉 以南方爲上

자리의 끝에 나아감 ：<향음주례>의 소에 "석말이란 자리의 끝
을 말한다. 자리의 끝에서 한다는 것은 자리의 바른 것을 말
한 것이지 오로지 음식만을 위해서는 아니니, 이것은 예를
귀하게 여기고 재화를 천하게 여기는 것이다."고 하였다.

---

53) 난삼(襴衫) : 내리닫이 (바지, 저고리를 한데 붙인 어린아이 옷).

　　<곡례>에 "자리가 남향과 북향일 때에는 서쪽으로 위를 삼고, 동향과 서향일 때에는 남쪽으로 위를 삼는다."고 하였다.

啐酒 : 啐 七內反 嘗入口也 禮記註 酒入口爲啐 至齒爲嚌

술을 맛봄 : 쵀는 칠(七)과 내(內)의 반절인데, 입에 대어 맛보는 것이다. 「예기」의 주에 "술을 입에 대는 것은 쵀(啐)이고 이에까지 적시는 제(嚌)이다."고 하였다.

加有成也 小註 : 郊特牲曰 適子冠於阼 以著代也 醮於客位 加有成也 三加彌尊 喩其志也 冠而字之 敬其名也 註 著代 顯 其爲主人之次 酌而無酬酢曰醮 客位 在戶牖之間 加有成 加 禮於有成之人也 三加彌尊 服彌尊則志之宜彌大 故曰喩其志 也

성인이 되다 소주 : <교특생(郊特牲) 예기의 편명>에 "적자(適子)가 동쪽 섬돌에서 관례를 하는 것은 아버지의 대를 잇는다는 것을 나타내는 것이고 객(客)의 자리에서 술을 따르는 것은 성인이 되었다는 것으로 예를 더한 것이고, 세 번째로 관을 씌울 때 더욱 높게 씌우는 것은 그 뜻을 일깨우는 것이고, 관례를 하고 자(字)를 지어주는 것은 그의 이름을 공경하는 것이다."고 하였다. 주에 "저대(著代)란 그가 주인의 다음이라는 것을 나타내는 것이고, 술을 따르기만 하고 주고받지 않은 것을 초(醮)라고 한다. 객(客)의 자리는 문과 바라지 사이에 있는 것이다. 가유성(加有成)은 성인이 된 사람에게 예를 더한 것이다. 세 번 씌울 때 더욱 높게 한다는 것은 높을수록 뜻도 더욱 커지기 마련이므로 그의 뜻을 일깨운다고 한 것이다."고 하였다.

字冠者 : 補註 子生三月 父名之 旣冠 賓字之 按 劉屛山字
朱子 吳草廬字虞采虞集皆有辭 今宜爲式 又朱子劉瑾 槐格二
字說 皆可爲式

관례를 치르면 자를 지어 줌 : 보주에 "자식이 난 지 석달이 되
면 아버지가 이름을 붙여 주고 관례를 치르고 나면 빈이 자를 붙여
준다."고 하였다.

　　살펴보니, 유병산(劉屛山)이 주자의 자를 지어 주었고 오초
려(吳草廬)가 우채(虞采)와 우집(虞集)의 자를 지어 주었는데, 모
두 그에 대한 자설(字說)이 있었으니, 이제 법식을 삼아야 할 것
이다. 또 주자가 지은 유근(劉瑾)과 괴격(槐格)의 두 자설이 모두
법식을 삼을 수 있다.

伯某父[54) 大註 下二條同 : 白虎通義曰 伯仲叔季 法四時 適長
稱伯 伯禽是也 庶長稱孟 魯孟氏是也○曲禮曰 男女異長 註
各爲伯仲 示不相干○士冠禮註 伯仲叔季 長幼之稱　甫是丈
夫之美稱 或作父○檀弓曰 幼名 冠字 五十以伯仲 死諡 周
道也 註 此皆周道也 殷以上 有生號 仍爲死後之稱 堯舜禹
湯是也 ○朱子曰 儀禮疏 少時稱伯某甫 五十乃去某甫 專稱
伯仲 此說爲是 如今人於尊長 不敢字之 而曰幾丈之類○(按)
若孔子始冠 但字尼甫 至年五十 乃稱仲尼 亦此禮也○曲禮
曰 國君不名卿老世婦 大夫不名世臣姪娣 士不名家相長妾

백모보 대주 아래 2조도 같음 : 「백호통의(白虎通義)」55)에 " 백.중.

---

54) 보(父) : 남자의 미칭, 남자의 이름이나 자 밑에 붙이는 경칭 보(甫)
55) 백호통의(伯虎通義) : 책 이름으로 「백호통(白虎通)」이라고 하기도 한다. 모
　　두 4권 한(漢)나라의 반고(班固)가 찬술한 것. 후한(後漢)의 장제(章帝)가 여
　　러 선비들을 불러서 오경(五經)의 같고 다른 것들을 북쪽 궁궐인 백호관(白

숙.계(伯仲叔季)는 춘하추동의 사시를 본받은 것이다. 적장자(適
長子)을 백이라고 부르는데, 백금(伯禽)의 백이 바로 이 예이고,
서장자(庶長子)를 맹(孟)이라고 부르는데, 노(魯)나라 맹씨(孟氏)
가 바로 이 예이다."고 하였다.

　<곡례>에 "남자와 여자의 맏이는 달리 부른다."하였는데, 주
에 "각기 장남 차남, 장녀 차녀로 부르는 것은 서로 관계치 않음
을 보이는 것이다."고 하였다.

　<사관례>의 주에 백.중.숙.계는 장유(長幼)의 지칭이고, 보
(甫)는 장부의 미칭인데, 더러 보(父)하고 쓴다."고 하였다.

　<단궁>에 "어려서는 이름을 부르고, 관례를 하고 나서는 자
를 부르고, 50세가 되면 백.중으로 부르고, 죽으면 시호를 부르
는 것은 주(周) 나라의 도(道)이다."고 하였는데, 주에 "이것은
모두 주 나라의 도이다. 은(殷) 나라 이상에는 살았을 때에 호칭
이 있었는데, 인하여 죽은 뒤의 호칭도 되었으니 요.순.우.탕(堯
舜禹湯)이 바로 이 예이다."고 하였다.

　주자가 말하기를 "「의례」의 소에 어렸을 적에는 백모보(伯
某甫)라 부르다가 50이 되면 모보는 버리고 오로지 백.중이라고
한다."고 하였는데. 이 말이 옳다. 예컨대 지금 사람들이 웃어른
에게 감히 자를 부르지 못하고 아무 장(丈) 이라고 말하는 것과
같은 종류이다."고 하였다.

　살펴보니, 공자와 같은 분도 처음 관례를 했을 때는 니보(尼
甫)라고만 자를 썼다가 50이 되어서야 중니(仲尼)라고 하였으니
또한 이 예(禮)이다.

　<곡례>에 "임금은 상경(上卿)과 세부(世婦)의 이름을 부르지
못하고, 대부는 대신과 처형의 딸 이름을 부르지 못하고 사(士)

─────────

　虎館)에서 고정(考定)하게 하였는데 뒤에 반고(班固)를 불러서 그 일을 찬술
　하게 하여 이 이름을 얻게 되었다. 일종의 고증학(考證學)에 관한 서적이라
　고 할 수 있다.

는 가상(家相 집안의 일을 도와주는 자)과 처매(妻媒)의 이름을
부르지 못한다."고 하였다.

宜之于嘏 : 儀禮作假 古雅反叶 音古 大也 ○禮記作假 與嘏
通用 ○朱子曰 假與嘏同 福也 註說非是

의지우하 : 「의례」에는 가(假)자로 되었는데, 고(古)와 아(雅)의
반절음이고 「협운휘집(叶韻彙輯)」에는 고(古)와 대(大)의 반절음
으로 되어 있다.
　　「예기」에는 가(假)로 되었는데, 하(嘏)와 통용한다.
　　주자가 말하기를 "가(假)는 하(嘏)와 통용한다."
　　주자가 말하기를 "가(假)는 하(嘏)와 같으니 복(福)의 뜻이므
로 주의 말이 옳지 않다."고 하였다.

敢不夙夜祗奉 : 丘氏濬曰 下文 見于鄕先生有誨且拜 況賓
祝之以辭乎 今補入再拜

감히 아침 저녁으로 공경히 받들지 않겠는가 : 구준이 말하
기를 "그 밑에 글에 '고을 선생이 가르쳐 줄 때에는 절을 한다'
고 하였는데, 더구나 빈(賓)이 축사를 하는데 말할 게 있겠는가.
그래서 지금 재배(再拜) 두 자를 보충해 넣는다."고 하였다.
　※ 夙興夜寢: 아침 일찍 일어나고 밤에는 늦게 잔다는 뜻.(부지런히 일함을 뜻함.)

出就次 : 士冠禮 次 門外更衣處也

나가서 자리로 감 : <사관례>에 "차(次)는 문 밖에 옷을 바꿔 입
는 곳이다."고 하였다.

諸叔父兄在東序 大註 ： 爾雅曰　東西墻謂之序　註　所以序別
內外

아저씨들과 아버지, 형들이 동쪽의 서에 있음 대주 ： 「이아(爾
雅)」에 "동쪽과 서쪽의 담장을 서(序)라고 한다."고 하였는데, 주의
"안과 밖을 구별하기 위한 것이다."고 하였다.

母拜之 小註 ： 冠義註　母之拜子　先儒疑焉　石梁王氏云　記者
不知此禮　爲適長子代父承重者　與祖爲正體　故禮之異於衆子
也　○儀禮經傳　母拜受子拜　註　婦人雖其子　俠拜　○又朱子
冠禮　雖見母　母亦俠拜　○儀禮註經傳冠義疏曰　母拜其酒脯
非拜子也　朱子曰　疏說　非本文正意　恐不然也　○儀禮　子奠
廟酒脯　持以見母　○(按)　母拜兄拜　成人而與爲禮也云　則石
梁王氏及疏說　恐皆不然也

어머니가 절을 함 소주 ： <관의>의 주에 "어머니가 아들에게 절
하는 것에 대해 선유들이 의심하였는데, 석량 왕씨(石梁王氏)가 말
하기를 기록하는 사람이 이 예는 적장자가 아버지를 대신하여 할
아버지를 계승하였기에 할아버지와 정체(正體)가 된 까닭으로 예
로써 여러 아들들과 다르게 한 것이다."고 하였다.

　　「의례경전」에 "어머니는 아들이 절할 때 절하고 받는다."고
하였는데 주에 "부인은 아들이라 하더라도 두 번 절한다"고 하였
다. 또 주자의 관례에 "어머니를 뵙더라도 어머니 역시 두 번 절
한다".고 하였다.

　　「의례」의 주와 경전<관의>의 소에 "어머니가 그 술과 포에
다 절하는 것이지 아들에게 절하는 것은 아니다."고 하였는데,

주자가 말하기를 "소의 말은 본문의 정의(正意)가 아니니, 아마도 그렇지 않은 듯하다"고 하였다.

「의례」에 "아들이 사당에 드렸던 전과 술과 포를 가지고 가 어머니를 뵙는다."고 하였다.

살펴보니, 어머니가 절을 하고 형이 절을 하는 것은 성인이 되어서 함께 예를 갖추는 것이라고 한다면 석량 왕씨와 소의 말은 모두 그렇지 않다고 본다.

乃禮賓 : 士冠禮註 飮賓客 而從之以財貨曰酬 ○孔子曰 其禮也無樂 註曰 冠者 成人代父 不可以樂 取婦之家 不擧樂 思嗣親也 ○左氏傳曰 君冠 必以金石之樂節之(按)孔子之謂 無樂 亦諸侯之冠也 雖國君冠 亦不用樂 左氏說 未詳何指 ○士冠禮註 贊者衆賓也 皆與亦飮酒 朱子曰 贊者 主人之贊者 衆賓恐誤 ○朱子曰 主人酌賓曰獻 賓飮主人曰酢 主人又 自飮而復飮賓曰酬

이에 빈에게 예를 갖춤 : <사관례>의 주에 "빈객에게 음식을 대접하고 이어서 재화로 드리는 것을 수(酬)라 한다."고 하였다.

공자가 말하기를 "그 예는 음악을 쓰지 않는다."고 하였는데 주에 "관례를 하는 것은 성인이 되어서 아버지를 잇는 것이기에 음악을 쓸 수 없는 것이고, 며느리를 맞이하는 집에서 음악을 쓰지 않는 것은 어버이를 잇는다는 생각에서이다."고 하였다.

「좌씨전」에 "임금의 관례에는 반드시 금석(金石)의 음악으로 맞춘다."고 하였는데, 살펴보니, 공자가 말한 음악을 쓰지 않는다는 것은 제후의 관례를 말한 것이다. 임금의 관례라 하더라도 음악을 쓰지 않는데, 좌씨의 말은 무엇을 가리켜 한 말인지 알 수 없다.

「사관례」의 주에 "찬자(贊者)는 뭇 손님이니, 모두 함께 술을 마신다."고 하였는데, 주자가 말하기를 "찬자는 주인의 찬자인데 뭇 손님[家人]이라고 한 것은 아마도 잘못 된 것 같다."고 하였다.

주자가 말하기를 "주인이 손님에게 술을 권하는 것은 헌(獻)이라고 하고, 손님이 주인에게 권하는 것을 작(酢)이라고 하고, 주인이 스스로 마시고 다시 손님에게 권하는 것을 수(酬)라고 한다."고 하였다.

冠變禮 : 曾子問曰 將冠子 冠者至 揖讓而入 聞齊衰大功之喪 如之何 孔子曰 內喪則廢 外喪則冠而不醴 撤饌而掃 即位而哭 如冠者未至則廢 註 冠者賓贊也 不醴撤饌 醴及饌今悉徹去 又掃除冠之位 乃哭也 ○又曰 如將冠子 而未及期日而有齊衰大功小功之喪 則因喪服而冠 註 因喪冠 俱成人之服 ○雜記 以喪冠者 雖三年之喪 可也 旣冠於次 入哭踊三者三乃出 註 當冠而遭五服之喪 則因成喪服而冠 雖三年之喪 可也 三者三 凡三次三踊也 疏曰 假令正月遭喪 則二月不得因喪而冠之 ○孔子曰 武王崩 成王年十三而嗣立 明年夏六月旣葬 冠而朝于祖 按 此亦因變而冠也 ○司馬溫公曰 因喪而冠 恐於今難行 ○丘氏濬曰 今世俗有行之者

관례의 변례 : 증자(曾子)가 묻기를 "자식에게 관례를 행하려고 할 때에 관자(冠者)가 이르러 읍하고 사양한 다음 들어왔는데, 자최(齊衰).대공(大功)의 상고들 듣게 되었을 경우에는 어떻게 하여야겠습니까?"하니, 공자가 답하기를 동성(同姓)의 상일 때에는 폐지하고 이성(異姓)의 상일 때에는 관례를 행하되 술은 쓰지 아니하며, 관례를 끝마치고는 그릇이나 음식물을 거두어 치우고 자기와 죽은 사람과의 관계를 보아 자리에 나아가 곡을 하고, 만약에 관자

가 아직 도착하지 않았으면 폐지한다."고 하였는데, 주에 "관자는 빈과 찬자를 말한다. 술을 쓰지 않고 그릇과 음식을 거두어 치운다는 것은 술과 음식을 곧 모두 거두어 치우고 관례의 자리를 청소한 다음에 곡을 한다."고 하였다.

또 "만약에 자식에게 관례를 행하려고 하는데, 받아 논 날짜 안에 자최·대공·소공(小功)의 부고를 받았을 경우에는 상복을 입고 관례를 행한다."고 하였는데, 주에 "상복을 입고 관례를 행하는 것은 모두 성인의 복식이기 때문이다."고 하였다.

「잡기」에 상복을 입고 관례를 하는 자는 3년 이상이라 하더라도 할 수 있다. 행례 장에서 관례를 끝마치고 들어가 곡용(哭踊 너무나 슬퍼 울며 뜀)을 세 차례 하되, 한 차례에 세 번하고 나서 나간다."고 하였는데 주에 "관례를 한 즈음 오복(五服)의 상고를 당하게 되면 상복을 입고 난 다음에 관례를 하는데, 3년의 중한 복이라 하더라도 할 수 있다. 삼용을 세 번한다는 것은 삼용을 세 차례 하는 것이다."고 하였다.

소에 "가령 정월에 상고를 당했으면 2월에 그 상을 인하여 관례를 할 수는 없다."고 하였다.

공자가 말하기를 "무왕(武王)이 죽자, 성왕(成王)이 13세의 나이로 왕위를 계승하여 다음 해 여름 6월에 장사를 끝마치고는 관례를 하고 사당에 가 뵈었다."고 하였다. 살펴보니 이것도 변고로 인하여 관례를 한 것이다. 사마온공(司馬溫公)이 말하기를 "상을 인하여 관례를 하는 것은 지금에는 행하기가 어려울 것 같다."고 하였다.

구준이 말하기를 "지금 세속에 이를 행한이도 있다고 하였다."고 하였다.

笄 : 音鷄 其端刻鷄形 記註 笄所以卷髮 出韻會 ○曲禮曰
女子許嫁 笄而字 註 許嫁十五而笄 未許嫁則二十而笄 ○士

婚禮註 許嫁 已受納徵禮也 ○儀禮經傳曰 燕則鬌首鬌音權
疏曰 未許嫁 雖已笄 猶以少處之 故燕居則去笄 而分髮爲鬌
紒也 ○朱子曰 未許嫁而笄 則不戒女賓 自以家之諸婦行笄
禮也 ○補註 婦人不冠 以簪固鬌而已 ○丘濬曰 主人以笄者
見于祠堂 又見于尊長

계 : 음은 계(鷄)이니 그 끝에 닭의 형상을 조각한 것이다. 「예기」
의 "주에 비녀는 머리를 감기 위해서 쓰이는 것이다."고 하였다.
<운회(韻會)에 나옴>

「곡례」에 말하기를 "여자가 정혼하면 비녀를 꽂고 자(字)를
부른다."고 하였는데, 주에 "정혼하였으면 15세에 비녀를 꽂고
정혼하지 않았으면 20세에 비녀를 꽂는다."고 하였다.

<사혼례>의 "주에 정혼하였다는 것은 이미 납징(納徵)[56]의
예를 받은 것이다."고 하였다.

「의례경전」에 "평상시에는 머리를 갈라서 빗는다."고 하였는
데, 소에 "정혼하지 않았으면 비녀를 꽂았다 하더라도 아직 어린
사람으로 치기 때문에 평상시는 비녀를 꽂지 않고 머리카락을 두
갈래로 나누어 땋아서 묶는다."고 하였다.

주자가 말하기를 "정혼하지 않고 비녀 꽂는 예를 행하려고
하면 여빈(女賓)을 부르지 않고 집안의 부녀들 가운데서 간택하
여 계례를 행한다."고 하였다.

보주에 "부인은 관은 쓰지 않고, 머리를 묶어서 비녀를 꽂
아 고정시킬 뿐이다."고 하였다.

구준이 말하기를 "주인이 계례를 치른 사람을 사당에 뵙게
하고, 또 존장들에게도 뵙게 한다."고 하였다.

---

56)납징(納徵) : 주(周)나라 때에 결혼에 있어서 6례의 하나로써 납길(納吉) 다
  음에 행하는 것이다. 곧 사자로 하여금 폐백인 현훈(玄纁)을 드림으로써 혼
  인을 이루는 예의 일종이다.

昏 禮 (혼례)

昏禮 : 白虎通義曰 不娶同姓 恥與禽獸同 外屬小功已上 亦
不得娶也 按外屬 國有禁制 何但小功已上 ○曾子問 孔子曰
宗子雖七十 無無主婦 非宗子 雖無主婦 可也 註 此大宗之
無子或子幼者 若有子有婦 可不再娶矣 ○朱子曰 天子諸侯
不再娶 只以一娶十二女九女推上 魯齊破了此法 再娶 大夫
娶三士二 却再娶 因論今之士大夫多死於慾曰 古人老則一
齊老 都無許多患以不再娶故也 ○經傳 古者 婦先嫁三月 祖
廟未毀 敎于公宮 祖廟旣毀 敎于宗室 敎以婦德婦言婦容婦
功 註 謂天子諸侯 同姓者也 (按) 必就尊者敎成之 爲內和理
而後家可長久也 今人閉女深室 不敎不遵 任情驕妬 甚不可
也 ○白虎通義曰 與君緦麻之親 敎于公宮三月 無親者 各敎
於宗婦之室 學一時 足以成矣 ○家語 魯哀公問於孔子曰 禮
三十而有室 二十而有夫 豈不晩哉 孔子曰 夫禮 言其極也
不是過也 二十冠 有爲人父之端 十五許嫁 有適人之道 ○士
昏禮 行事必用昏昕 註 用昕使者 用昏壻也 鄭玄曰 以昏者
陽往而陰來 日入三商而爲昏 商 刻漏之名 昕亭 詩所謂旭始
旦也 又曰 以昏爲期 因以名焉 ○經傳曰 婦人事夫有五 平
旦纚笄而朝 則有君臣之嚴 沃盥饋食 則有父子之敬 報反而
行 則有兄弟之道 受期必誠 有朋友之信 寢席之交 而有夫婦
之別

혼례 : 「백호통의」에 "동성과 혼인하지 않는 것은 짐승과 같은
짓을 하는 것을 부끄러워 하기 때문이다. 외가의 소공복57) 이상

도 혼인할 수가 없다."고 하였다. 살펴보니 외가와의 혼인을 금지하는 법령이 있는데 어찌 다만 소공복 이상뿐이겠는가.

「예기」의 <증자문(曾子問)>에 "공자가 말하기를 '종자는 나이가 70이라 하더라도 주부(主婦)가 없을 수 없으나, 종자가 아니면 주부가 없더라도 괜찮다.'고 하였는데, 이것은 대종(大宗)이 자식이 없거나 자식이 어린 경우이지 만약 자식이나 며느리가 있으면 재취(再娶)하지 않아도 된다."고 하였다.

주자가 말하기를 "천자와 제후는 재취를 하지 않고 다만 한 번 열두 명의 여자를 취(娶)하고 나중에 아홉 명의 여자를 더 올리고 <노(魯)나라와 제(齊)나라에서 이 법을 깨고 재취를 함.> 대부는 3명을 취하고, 사는 2명을 취하다가 재취를 하였다."고 하였다. 인하여 지금의 사대부들이 정욕에 빠져 많이 죽는 것을 논하면서 말하기를 "옛날 사람들은 늙도록 함께 살았고 허다한 근심은 없었다."고 하였다. <재취을 하지 않았기 때문이다.>

「의례경전」에 "옛날에 신부가 출가하기 3월 전에 할아버지 사당이 헐리지 않았으면 공궁(公宮)에서 가르치고 할아버지 사당이 이미 헐렸으면 종실(宗室)에서 가르쳤는데, 부덕(婦德)과 부언(婦言)과 부용(婦容)과 부공(婦功)이었다."고 하였는데 주에 "천자와 제후의 동성을 말한 것이다."고 하였다.

살펴보니, 존장에게 나아가서 가르침을 받았는데 집안에서 화목하게 다스려져야 가문이 오래 갈 수 있기 때문이다. 그런데 요즈음 사람들은 딸을 깊은 방에 가두어 놓고 가르치지도 않고 따르지도 않아 마음대로 질투하고 교만하도록 버려 두니 매우 옳지 않은 일이다.

「백호통의」에 "임금과 시마복(緦麻服)이 있는 친족과 함께 공궁에서 석 달 동안 가르치고 그러한 친족이 없는 자는 종부(宗婦)의 방에서 가르치는데, 한때에 배움이 넉넉히 이룩된다."

---

57) 소공 : 상례중 복제를 규정하는 5복제의 하나.

고 하였다.

　「가어(家語)」에 "노 나라 애공(哀公)이 공자에게 묻기를 '남자는 30세에 아내를 두고 여자는 20세에 지아비를 둔다고 하니, 늦지 않습니까?" 하니, 공자가 답하기를 "대체로 예는 표준을 말한 것이니, 지나친 게 아닙니다. 남자가 20세에 관례를 하는 것은 아버지가 될 수 있는 단서가 있는 것이고, 여자가 15세에 시집가는 것은 사람을 따라 갈 수 있는 도리가 있기 때문입니다."고 하였다.

　<사혼례>에 "행사는 반드시 저녁과 새벽에 한다."고 하였는데 주에 "새벽에는 심부름꾼이 하고, 저녁에는 신랑이 하는 것을 말한다."고 하였다.

　정현(鄭玄)이 말하기를 "저녁에 하는 것은 양(陽)이 가고 음(陰)이 오기 때문이다. 해가 삼상(三商) 3각(三刻)에 들어가면 어두워지는데, 상(商)은 각루(刻漏)[58]의 이름이다. 새벽(昕)은 시(時)에 이른바 태양이 떠오르는 아침이다."고 하였다. 또 말하기를 "저녁으로 약속하였기 때문에 혼례(婚禮)라고 하였다."고 하였다.

　「의례경전」에 "부인이 지아비를 섬기는 데 다섯 가지가 있으니 새벽에 머리에 비녀를 꽂고 찾아뵙는 것은 군신(君臣)의 엄함이 있는 것이고, 세숫물을 준비하고 음식을 드리는 것은 부자(夫子)의 공경이 있는 것이고, 돌아올 때를 말하고 나가는 것은 형제의 도리가 있는 것이고, 약속을 하고 반드시 성실하게 하는 것은 붕우(朋友)의 믿음이 있는 것이고, 잠자리에서 교합하는 것은 부부(夫婦)의 분별이 있는 것이다."고 하였다.

---

58) 각루(刻漏) : 옛날에 시간을 재는 기구인데 물을 담는 용기에다 물을 담아서 매달아 놓고 물을 일정하게 떨어지게 하여 시각을 측정하는 일종의 물시계를 말함.

宗子自昏 大註 ： 按 孤子冠 自稱主人 而獨於昏禮 不稱主人 爲養廉遠恥也 ○士昏禮疏 不稱母 婦人 無外事也 ○士 昏禮曰 支子則稱其宗 弟則稱其兄

종자는 자의로 혼인할 수 있음 대주 ： 살펴보니 아버지가 없는 사람이 관례를 할 때에는 스스로 주인이라고 할 수 있지만 오직 혼례에 있어서는 주인이라고 하지 않는 것은 청렴을 기르고 부끄러움을 멀리하기 위해서이다.

<사혼례>에 소에 "어머니를 내세우지 않는 것은 부인은 바깥 일을 주장함이 없기 때문이다."고 하였다.

<사혼례>에 "차자는 종(宗)을 일컫고, 아우는 형을 일컫는다."고 하였다.

媒氏 ： 媒 謀也 謀合二姓也

매씨 ： 매(媒)란 일을 꾀하는 것이니, 두 성을 합하게 꾀하는 것이다.

婚姻 大註 下同 ： 白虎通義曰 昏時成禮 故曰昏 婦人因人故曰姻

혼인 대주 아래도 같음 ： 「백호통의」에 "저녁 무렵에 예를 행하기 때문에 혼(婚)이라 하고, 부인은 다른 사람에게 의지하기 때문에 인(姻)이라고 한다."고 하였다.

察其壻與婦之性行 ： 伊川曰 世人謹於擇壻 忽於擇婦 其實 壻易見 婦難知 所繫甚重 豈可忽哉 ○(按) 禮 王者嫁女 必死同姓諸侯主之 欲使女不以天子乘諸侯也 古人之禮

謹於始如此 亦可爲求婦富貴者戒也 ○虞詡與弟書曰 長
子容當爲求婦 遠求小姓 足使生子 天福其人 不在貴族 芝
草無根 醴泉無源 著爲家法 ○王氏達曰 貴家大族 爲富不
仁 福已泯而禍已至 與之締姻 鮮有不爲其所及者也

사위와 며느리가 될 사람의 성품과 행실을 살펴봄 : 이천(伊

川 송의 학자 정이(程頤))이 말하기를 "세상 사람들이 사위
를 고르는 데는 신중히 하지만 며느리를 고르는 데는 소홀히
하고 있다. 사실상 사위는 보기가 쉽지만 며느리는 알기가
어려운 것이다. 관계된 바가 매우 중요한데 소홀히 할 수 있
겠는가?"하였다.

살펴보니, 예에 천자가 딸을 시집보낼 때에 반드시 동성의
제후로 하여금 주관하게 하는 것이다. 옛날 사람들의 예가
처음은 삼감이 이와 같았으니 며느리를 부귀한 가문에서 구
하는 사람의 경계가 될 수 있다.

우허(虞詡)[59]가 그의 아우에게 보낸 편지에 "맏아들 용(容)
을 위해 며느리를 구해야겠는데, 멀리 한미한 가문에서 구하
여 자식만 낳게 하면 된다. 하늘이 사람에게 복을 내리는 데
귀족에게만 있는 것은 아니다. 향기로운 지초(芝草)는 뿌리가
없고 맛 좋은 예천(醴泉)은 근원이 없으니, 이것으로 가법(家
法)을 삼아라."고 하였다.

왕달(王達)이 말하기를 "귀가 (貴家)와 대족(大族)은 부귀하
기 위해 어진 일을 하지 않았기 때문에 복은 이미 없어지고
화가 이르게 되므로 그들과 혼인을 맺으면 그의 화가 나에게
미치지 아니함이 드물다."고 하였다.

---

59)우허(虞詡) : 후한(後漢) 때에 무평(武平)사람이다. 자는 승경(升卿)이다. 12
살에 상서(尙書)에 통했고 효성으로 조모를 섬겨서 순손(順孫)에 천거되어
낭중(郎中)에 제수되었다.

納采 : 士昏禮疏曰 以其始相采擇 恐女家不許 故言納

납채 : <사혼례>의 소에 "처음에 서로 가릴 때 여자의 집에서 허락하지 않을까 염려하기 때문에 드린다[納]고 한다."고 하였다.

吾子有惠貺室某也 大註 下二條同 : 士昏禮註 吾子 女之父母 貺 賜也 室 猶妻也 某 壻名也

그대가 은혜롭게도 모에게 처를 삼게 해 주었음 대주 아래2조도 같음 : <사혼례>의 주에 그대[吾子]는 여자의 아버지와 어머니이고, 황(貺)은 준다는 뜻이고, 실(室)은 처와 같고 모(某)는 신랑될 사람의 이름이다."고 하였다.

恿 : 失容反

용(恿) : 실(失)과 용(容)이 반음절이다.

使者避不答拜 : 士昏禮註 不答拜者 不敢當其盛禮 ○丘氏 濬曰 此拜 乃謝書

심부름꾼은 피하고 답배하지 않음 : <사혼례>의 주에 "답배하지 않는 것은 감히 그 성대한 예를 받을 수 없기 때문이다."고 하였다. 구준이 말하기를 "이 절은 편지에 사례하는 절이다."고 하였다.

使者復命壻氏 主人復以告于祠堂 : 丘氏濬曰 女氏受書 旣

再拜 壻家受書 亦可再拜 ○丘氏濬曰 以盤盛所復書 置香案上

심부름꾼이 되돌아와서 신랑집에 알리면 주인은 다시 이 사
실을 사당에다 고함 : 구준이 말하기를 "여자의 집에서 편지
를 받고 재배(再拜)하였으니, 신랑의 집에서 편지를 받을 때도
재배해야 할 것이다."고 하였다. 또 말하기를 "소반에다 답서를
담아 향안(香案) 위에다 둔다."고 하였다.

納幣 : 士昏禮 納徵玄纁 束帛儷皮 註 徵 成也 納幣以成昏
禮 玄纁 象陰陽備也 束帛 十端也 儀禮經傳曰 皮帛可制
疏曰 可制爲衣 此亦敎婦誠信之義 ○昏儀註 古之聘士聘女
皆以弊交 女非禮不行 士非招不往 ○(按) 程伊川聘定啓 朱
子回啓 可爲書式

납폐(納幣)[60] : <사혼례>에 "납징[61]은 현훈(玄纁)[62].속백(束帛)[63]
여피(儷皮)[64]로 한다."고 하였는데, 주에 징(徵)은 이룬다는 뜻이
니 폐백을 드려 혼례를 이룬다는 것이다. 현훈은 음양이 갖추어진
것을 본뜬 것이다. 속백은 열 단이다."고 하였다.
　「의례경정」에 "피백(皮帛)으로도 지을 수 있다."고 하였는데,
소에 "이것으로 옷을 만들 수 있다는 것이니, 또한 부인에게 성

---

60)납폐(納幣) : 혼례에 있어서 납채의 다음 단계로서 신랑 집에서 신부 집으로
　폐백을 보내는 의식을 말함.
61)납징(納徵) : 납폐와 같은 의미
62)현훈(玄纁) : 납폐할 때에 쓰이는 폐백으로서 푸른 비단과 붉은 비단을 말함.
63)속백(束帛) : 가례(嘉禮) 때 납폐로 쓰는 것으로서 검은 비단 여섯 필과 붉
　은 비단 네 필을 말함.
64)려피(儷皮) : 두 마리 사슴의 가죽을 말 하는데 「사기(史記)」의 '삼황기(三皇
　紀)'에 "비로소 시집가고 장가 드는 제도를 정하여 려피(儷皮)로써 예를 행
　했다."고 하는 말이 있다. 이로 인해 혼례에 있어서의 폐백을 일컫는 말로
　쓰이게 된 것.

신(誠信)을 가르치는 뜻이다.”고 하였다.

    <혼의>의 주에 “옛날에 선비를 맞이하고 부인을 맞이하는 데
는 모두 폐백으로 하였으니, 여자는 예로 맞지 않으면 가지 않고
선비는 예로 부르지 않으면 가지 않는다.”고 하였다.

    살펴보니, 정이천(程伊川)의 빙정계(聘定啓)와 주자의 회계
(回啓)가 서식(書式)을 삼을만 하다.

釵釧 大註 下同 : 釧 韻會 臂環 音穿 去聲

비녀와 팔찌 대주 아래도 같음 : 팔찌[釧]는 「운회」에 “팔뚝에 끼는
고리인데, 음은 천(穿)이며, 거성(去聲)이다.”고 하였다.

順先典 : 典 法也

선전을 따름 : 전(典)은 법(法)의 뜻이다.

納采問名 小註 : 補註云 納采者 納采擇之禮於女氏也 問名
問女氏之名 將歸而卜其吉凶也 納吉者 歸卜於廟 得吉兆
復使使者往告 昏姻之事 於是乎定也 納徵者 徵 成也 納幣
以成昏禮 請期者 請成昏之期也 親迎者 親往迎歸 至家成
禮也 士昏禮疏 問名 問主人女爲誰氏者 恐非主人之女 收
養之女也 ○孔子曰 嫁女之家 三夜不息燭 思相離也 註 不
息燭 不寢也 ○又曰 取婦之家 三日不擧樂 思嗣親也

납채.문명 소주 : 보주에 “납채는 여자의 집에 채택(採擇)의 예
를 드리는 것이고, 문명은 여자의 이름을 물어 가지고 와서 그
길흉을 점치는 것이고, 납길(納吉)은 사당에 가서 점을 쳐 길조

를 얻으면 다시 심부름꾼으로 하여금 가 고하게 하는 것이니, 이에 혼인의 일이 정해지는 것이다. 납징의 징(徵)자는 이루어진 다는 뜻이니, 폐백을 드림으로써 혼례가 이루어지는 것이고, 청기(請期)는 혼례를 어느 날에 할 것인지 청하는 것이니, 친영(親迎)은 친히 가서 맞아 돌아와 집에서 예를 이루는 것이다."고 하였다.

<사혼례>의 소에 "문명이 주인의 딸이 어느 성인지 묻는다는 것은 아마도 주인의 딸이 아니고 거두어 기른 딸인가 싶다."고 하였다.

공자가 말하기를 "딸을 출가시키는 집에는 3일 밤을 촛불을 끄지 않는 것은 서로 이별함을 생각하기 때문이다."고 하였는데, 주에 "촛불을 끄지 않는다는 것은 잠자지 않는다는 의미이다."고 하였다. 또 말하기를 "며느리를 맞이하는 집에서 3일 동안 음악을 접하지 않는 것은 어버이를 계승함을 생각하기 때문이다."고 하였다.

親迎 : 經傳曰 男子親迎 男先於女 天先於地君先乎臣 其義一也

친히 맞음 : 「의례정전」에 "남자가 친히 부인을 맞이하는 것은 남자가 여자보다 먼저이고, 하늘이 땅보다 먼저이고 임금이 신하보다 먼저인 것이니, 그 뜻이 한가지이다."고 하였다.

褥 大註 下四條同 : 音辱 藉也

욕 대주 아래 4조도 같음 : 음은 욕이고 바닥에 까는 것이다.

某物若干 : 干字 從一從十 若干 數之未定者也

어떤 물품 약간 : 간(干)자는 일(一)자와 십(十)자가 합해 이루
어진 것이니, 약간은 수가 정해진 것이 아니다.

馹儈 : 史記貨殖傳 馹儈 二家交易者 馹子郎切 儈音檜

※ 馹 : 준마장, 儈 : 거간쾌, 檜 : 전나무회

장쾌 : 「사기(史記)」 <화식전(貨殖傳)>에 "장쾌는 장사하는 두 사
람이다."고 하였다. 장(馹)은 자(子)와 랑(郎)의 반절음이고, 儈의
음은 회(檜)이다. (장쾌는 사고 파는 사이에서 흥정을 붙이는 사람)

酒壺在東位之後 : 士昏禮 尊于室中北牖下有禁 註疏 尊 甒也
禁 所以庪甒者 酒器也 庪 承也 禁者 因爲酒戒 故以禁言之

술병은 동쪽 위치의 뒤에 있음 : <사혼례>에 "준(尊)은 방 북쪽
바라지 밑에 두는데, 준의 밑에 금(禁)을 받친다. [尊于室中有禁]"
고 하였는데, 주소에 "준은 술 단지이다. 금(禁)은 술단지[甒]를
받치는 것이니, 술그릇이다. 기(庪)는 받친다는 뜻이다. 금은 인하
여 술을 경계하는 것이 되므로 금으로 말한 것이다."고 하였다.

花勝 : 荊楚歲時記 人日剪彩爲花勝而以相遺 後人因而帖首
以爲飾 ○韻府群玉勝去聲 婦人首飾

화승 : 「형초세시기(荊楚歲時記)」65)에 정월 초이렛날에 채단(綵
緞)을 베어 화승을 만들어서 서로 주었는데, "후인들이 이로 인하

───
65)형초세시기(荊楚歲時記) : 책이름. 모두 1권. 양(梁)의 종름(宗懍)이 찬술한
것으로 향토의 풍속을 모두 36가지 조목으로 나누어서 설명하고 있다.

여 머리에 붙여서 장식하게 되었다."고 하였다.
「운부군옥(韻府群玉)」에 "승(勝)은 부인들의 머리꾸미개이다."고
하였다.

攝盛 小註 下二條同 : 攝 假也

성복을 빌림 소주 아래 2조도 같음 : 섭(攝)은 빌리는 것이다.

左傳曰圍布 : (按) 左傳 圍 楚公子名 後爲靈王 莊共 楚莊
王 共王也

좌전에 "위가 궤연을 폈다"고 함 : 「좌전」은 살펴보니, 위
는 초(楚)나라 공자(公子)의 이름인데, 뒤에 영왕(靈王)이 되었
다. 장공(莊共)은 초나라 장왕(莊王)과 공왕(共王)이다.

先配後祖 : 鄭公子忽如陳送婦嬀 先配而後祖 陳子曰 是不
爲夫婦 誣其祖矣 非禮也 何以能育

배필을 먼저 맞이하고 나서 선조에게 고함 : 「좌전」에 "정
(鄭)나라 공자(公子) 홀(忽)이 진(陳) 나라에 가서 부인 규(嬀)를
맞았는데, 이는 배필을 먼저 맞이하고 선조에게는 나중에 고하였
기 때문에 침자(鍼子)가 이는 부부가 될 수 없다. 그의 선조를
속인 것이니, 예가 아니다. 어떻게 자식을 기를 수 있겠는가."고
하였다.

主人告于祠堂 : 白虎通義曰 遣女於禰廟者 重先人之遺體
不敢自專也

주인이 사당에 고함 : 「백호통의」에 "딸을 예묘(禰廟 아버지 사당)에 보내는 것은 아버지가 주신 몸을 중히 여겨 감히 자기 마음대로 하지 않는다는 뜻이다."고 하였다.

姆相之 大註 下二條同 : 士昏禮註 婦人年五十無子 出而不復嫁 能以婦道敎人者

유모가 도움 대주 아래 2조도 같음 : <사혼례>의 주에 "유모는 부인의 나이가 50이 되어 자식이 없으며, 출가하여 다시 재혼하지 않고 부도(婦道)로 사람을 가르칠 수 있는 사람이다."고 하였다.

父起命之 : 補註 穀梁傳曰 禮 送女父不下堂 母不出門 ○ 經傳註 父醴之而南面 重昏禮也 ○白虎通義曰 去不辭誡不諾者 盖恥之重去也 ○按 三月以前 不敢反馬 則此所以去不敢辭故也

아버지가 일어나서 명함 : 보주에 "「곡량전(穀梁傳)」에 예에 딸을 보낼 때에 아버지는 마루에서 내려오지 않고 어머니는 문밖까지 나오지 않는다."고 하였다. 「의례경전」의 주에 "아버지가 술을 부어 주고 남쪽으로 향하는 것은 혼례를 중히 하기 때문이다."고 하였다.
「백호통의」에 "떠나면서 하직인사를 하지 않고 훈계할 때에 대답하지 않는 것은 대개 거듭 가는 것을 부끄러워하는 것이다."고 하였다.
살펴보니, 석 달 이전에는 감히 돌아오지 못한다는 것으로 보면 갈 때에 하직인사를 드리지 못하는 게 바로 이 때문이다.

歛帔 : 帔 被同 朱子曰首飾也 韓愈氏曰着冠帔

염피 : 피(帔)는 피(被)와 같다. 주자가 말하기를 "머리꾸미개이
　　　다."고 하였다. 한유(韓愈)가 말하기를 "관피(冠帔)를 착용한
　　　다."고 하였다.

壻入奠鴈 : 士昏禮疏 昏禮有六 五禮用鴈 唯納徵不用鴈 有
　　　幣帛可執故也(按)家禮 只用鴈於親迎 從簡也 ○補註 生色
　　　繒生 恐五字之誤 ○士昏禮 贄不用死 疏 恐用死鴈故云
　　　○丘氏濬曰 刻本近死 無則代以皂鵝 ○李涪云 鴈非時 莫
　　　能致 故以鵝替之 爾雅云 舒鴈鵝 鵝亦鴈之屬也 ○曲禮曰
　　　執禽者左首 註云 首尊 主人在左 故橫捧以首授主人 ○儀
　　　禮經傳傳曰 贄 質也 質己之誠也 子見父無贄何 至親也
　　　臣之事君 以義合也 有贄 ○(按)以義合者 必有贄 親迎及
　　　婦見舅姑 皆有贄 ○士相見禮 贄者 致也 所以致其志也

신랑이 들어가 기러기를 놓음 : <사혼례>의 소에 "혼례에는 육
　　　례(六禮)가 있는데, 오례(五禮)에는 기러기를 사용하고, 납징에
　　　는 기러기를 사용하지 않는 것은 폐백이 있어서 잡을 수 있기
　　　때문이다."고 하였다.
　　　살펴보니, 「가례」에는 친영에만 기러기를 썼는데, 간편함을
　　　따르는 것이다.
　　　보주에 "생색증(生色繒)의 생(生)자는 오(五)자인 것 같다."고
　　　하였다.
　　　<사혼례>에 "폐백[贄]은 죽은 것을 쓰지 않는다."고 하였는

데 소에 "죽은 기러기를 사용할까 싶어서 한 말이다."고 하였다.

구준이 말하기를 "나무로 깎아 만든 것은 죽은 것과 가깝기 때문에 없으면 검정색 거위로 대신한다."고 하였다.

이부(李涪)가 말하기를 "기러기는 제때가 아니면 구할 수가 없으므로 거위로 대체한다." 「이아」에 "서안(舒雁)은 거위라고 하였는데, 거위도 기러기의 등속이다."고 하였다.

<곡례>에 "새를 들 때 머리가 왼쪽으로 가게 한다."고 하였는데, 주에 "머리가 높다. 주인이 왼쪽에 있기 때문에 가로로 받들어서 머리로써 주인에게 주는 것이다."고 하였다.

「의례경전」의 전에 "지(贄)란 맡긴다는 뜻이니, 자기의 정성을 맡긴다는 것이다. 자식이 부모를 뵐 때에는 폐백이 없는 것은 무엇 때문인가? 지극히 친한 관계이기 때문이다. 신하가 임금을 섬길 때에는 의(義)로 합하기 때문에 폐백이 있는 것이다."

살펴보니, 의로 합하는 데에는 반드시 폐백이 있으므로 친영할 때나 며느리가 시부모를 뵐 때에도 폐백이 있다.

<사상견례>에 "지(贄)란 전달하는 것이니 자기의 뜻을 전달하는 것이다." 하였다.

主人不答拜 大註 : 經傳疏 不拜 明壻拜爲授女 不爲主人

주인이 답배하지 않음 대주 : 「경전」의 소에 "절하지 않는 것은, 신랑이 절하는 것은 딸을 준데 대해 절한 것이지 주인을 위해 절을 한 것이 아님을 밝힌 것이다." 하였다.

姆奉女出登車 : (按) 儀禮 壻婦皆乘車 而此只云女登車 士昏

禮婦 ○車亦如之有裧昌占反註 亦如之者 車同 裧車裳幃

유모가 딸을 모시고 나가 수레에 오름 : 「의례」를 살펴보니, 신랑과 신부가 다 수레에 탄타고 했는데, 여기서는 다만 딸이 수레에 오른다고 하였고 <사혼례>에는 "신부의 수레도 이와 같이 하되, 휘장(裧) <창(昌)과 고(古)의 발절음>이 있다."고 하였는데, 주에 또한 이와같이 한다는 것은 수레가 같다는 것이고, 첨(裧)은 수레의 휘장이다."고 하였다.

主人不降 大註 : 士昏禮 主人不降送 註 主人不降送 禮不參
釋曰 賓主宜各一人 今婦旣從 主人不降送 ○(按) 壻擧轎
簾 乃古體壻親授綏者也 故經傳昏義曰 壻親授綏 親之也
敬而親之 先王之所以得天下也

주인은 내려오지 않음 대주 : <사혼례>에 주인이 내려와서 보내지 않는다고 하였는데, 주에 "주인이 내려와서 보내지 않는 것은 전송하는 예에 참석하지 않는다는 것이다"고 하였고, 풀이하기를 "빈(賓)과 주인은 각각 한 사람이어야 하므로 지금 신부가 이미 주인을 따라가기 때문에 내려가 보내지 않는다."고 하였다.

살펴보니, 신랑이 가마의 발을 들어 주는 것은, 고례에 신랑이 직접 신부에게 수레에 오를 때 붙잡는 끈을 주는 것과 같다. 그러므로 「경전」의 <혼의>에 "신랑이 직접 수레의 끈을 주는 것은 친하게 하는 것이다. 공경히 하면서도 친하게 한 것은 바로 선왕(先王)이 천하를 얻게 된 까닭이다."고 하였다.

壻乘馬先婦車 : 經傳曰 壻出門而先 男帥女 女從男 夫婦
之義 由此始也

신랑이 말을 타고 신부의 수레보다 앞섬 : 「경전」에 "신랑이 문을 나서서 앞장서는 것은 남자가 여자를 거느리고 여자가 남자를 따르는 것이니, 부부의 의(義)가 여기서부터 시작되는 것이다."고 하였다.

二燭前導 大註 下同 : 經傳註 持炬火炤道 程子曰 今用燭四 或二

두 개의 촛불로 앞에서 인도함 대주 아래도 같음 : 「경전」의 주에 "횃불을 들어서 길을 밝힌다."고 하였다. 정자(程子)가 말하기를 "지금은 촛불을 네 개나 두 개를 쓴다."고 하였다.

婦下車揖之 : (按) 女出 婿揖之 女下車 婿揖之之揖 非揖拜 之揖也 昏義曰 揖婦以入 註 卑抑以廷之 不敢慢也

신부가 수레에서 내리면 읍함 : 살펴보니, 여자가 나올 때에 신랑이 읍하고 여자가 수레에서 내릴 때 신랑이 읍한다는 읍은, 읍하고 절한다는 의미의 읍이 아니다.
<혼의>에 "부인에게 읍하고 들어간다."고 하였는데, 주에 "자신을 낮추어서 맞이하여 감히 소홀히 하지 않는 것이다."고 하였다.

壻婦交拜 : 朱子曰 婦人與男子爲禮 皆俠拜 婦先二拜 夫答 一拜 婦又二拜 夫又答一拜

신랑 신부가 서로 절함 : 주자가 말하기를 "부인이 남자와 예를

- 87 -

행할 때도 두 번 절하는데 부인이 먼저 두 번 절을 하면 남자
가 답으로 한 벌 절하고 부인이 또 두 번 절을 하면 남자가 또
답으로 한 번 절을 한다."고 하였다.

(按)

不祭無骰 大註 下同 : 士昏禮 主人婦皆祭 贊以肝從 再醋無
從 三酳亦如之 ○(按)家禮 初酳之外 皆無骰者 本此義也

선조에게 제하지 않을 때는 안주가 없음 대주 아래도 같음 :
<사혼례>에 "주인과 주부가 모두 선조에게 제(祭)하는데 찬
자(贊者)가 간적(肝炙)을 드린다. 두 번째나 세 번째 술로 입
을 적실 때에는 안주가 없다."고 하였다.
살펴보니 「가례」에는 처음으로 입에다 술을 적실 때 이외에
는 모두 안주가 없는 것은 이런 뜻에 바탕한 것이다.

壻從者餕婦之餘 : 韻會 從 去聲 隨行也 ○士昏禮曰 媵餕
主人之餘 御餕婦餘 疏 亦陰陽交接之義

신랑의 시종은, 신부가 먹고 남은 것을 먹음 : 「운회」에 "종
(從)은 거성(去聲)이니 따라가는 것이다."고 하였다.
<사혼례>에 "여자 시종은 주인이 먹고 난 나머지를 먹고, 남
자 시종은 부인이 먹고 난 나머지를 먹는다."고 하였는데,
소에 "또한 음양이 교립하는 뜻이다."고 하였다.

古者同牢之禮 小註 下二條同 : 經傳曰 共牢而食 同尊卑也 故
婦人無爵 從夫之爵 座以夫之齒○王制註 牢者 圈也 以
能有所畜 故所畜之牲 皆曰牢也 ○疏 共牢 不異牲也

옛적 동뢰의 예 아래 2조도 같음 : 「경전」에 "부부가 공뢰하여 먹는 것은 존비(尊卑)가 한가지로 하기 위해서이다. 그러므로 부인은 관작이 없으나 지아비의 관작에 따라 받고 앉을 때도 지아비의 나이에 따라 앉는다."고 하였다.

<왕제(王制)>의 주에 "뢰(牢)는 우리이다. 우리에서 기르기 때문에 기르는 짐승을 모두 뢰라고 한다."고 하였다. 소에 "희생을 같이 먹는다는 것은 희생을 제각기 달리 하지 않는다는 것이다."고 하였다.

匏 : 古今韻會 短頸大腹曰匏 ○莊子 剖之以爲瓢 半匏也 ○經傳曰 器用陶匏 尙禮然也 註 此太古之禮器也 用太古之器 重夫婦之始也

포 : 「고금운회」에 "목이 짧고 배가 큰 것을 박[匏]이다."고 하였다. 「장자(莊子)」에 "쪼개어 표주박을 만든다."고 하였는데, 반쪽의 박이다. 「경전」에 "질그릇이나 바가지를 사용하는 것은 상고(上古)의 예이다"라고 하였는데, 주에 "이것은 고대 예에 쓰던 그릇이니, 고대의 그릇을 사용한 것은 부부의 시작을 중요시하는 것이다."고 하였다.

共牢而食 合巹而酳 : 士昏禮註 酳 所以潔口 演安其所食 疏 旣食而又飮之 所以樂之 ○(按) 酳士田反 漱口也 以酒曰酳 以水曰漱　　　※酳=酳 (입가실인)

부부가 희생을 같이 먹고 표주박을 합했다가 마심 : <사혼례>의 주에 "술로 입안을 가시는 것[酳]은 입안을 씻어 먹었던 것을 가라앉히는 것이다."고 하였는데, 소에 "먹고 난 다음에 또 마시는 것은 즐기는 것이다."고 하였다.

살펴보니 인(醋)은 입을 가시는 것이니, 술로 하면 인미라고
하고 물로 하면 수(漱)라고 한다.　　※ 醋 : 입가실인

復入脫服 : 士昏禮　主人入　親脫婦之纓　註　婦人許嫁着纓
經傳　媵侍于戶外　呼則聞　疏　不使御侍于戶外者　以女爲
主也　○經傳　夫也者　以知音智帥人者也　○韻府續篇　今
世昏禮　取夫與婦髮　合而結之　○士昏禮曰　御袵于奧　媵
袵良席在東　皆有枕北止　御當爲訝　壻從者也　媵　送也　女
從者也　夫曰良　止作趾　夫席在東　婦席在西　同牢席　夫在
西婦在東　爲陰陽交會　今夫東婦西　取陽往就陰　故男女各
於其方也

다시 들어가서 몸에 찼던 것을 풀어 줌 : <사혼례>에 "주인이 들
어가서 신부가 찬 5색 영(纓)을 풀어준다."고 하였는데, 주에
"여자가 정혼하면 영을 찬다."고 하였다. 「경전」에 "시종이
문 밖에서 대기하고 있다가 부르면 시중을 든다."고 하였는
데, 소에 "문 밖에 남자 시종으로 대기하지 않는 것은 여자
가 주인공이기 때문이다."고 하였다. 「경전」에 "지아비란 슬
기로 사람을 거느리는 자이다."고 하였다.

「운부속편(韻府續篇)」에 "근세에는 혼례할 때 신랑과 신부의
머리털을 합하여 맺는다."고 하였다.

<사혼례>에 남자 시종[御은 방의 서북쪽에다 신부의 자리를
깔면 여자 시종(媵)은 그 동쪽에다 신랑의 자리를 깔고 벼개
를 놓는데, 북쪽으로 발이 가게 한다."고 하였다. [御袵于奧
媵袵良席在東皆有枕北止] 어(御)는 아(訝)로 써야 하는데, 신
랑의 시종이고 잉(媵)은 보낸다는 뜻이니, 신부의 시종이다.

지아비를 량(良)이라고 한다. 지(止)는 발(趾)이다. 신랑의 자
리는 동쪽에다, 신부의 자리는 서쪽에다 까는 것은 희생을
같이 먹는 자리이고 신랑의 자리는 동쪽에다 깔고 신부의 자
리는 서쪽에다 까는 것은 음양이 서로 화합하기 위해서이다.
지금 신랑은 동쪽에, 신부는 서쪽에 자리를 정한 것은 양이
음에게로 가는 것을 취했기 때문에 남녀가 각기 제 방위에
선 것이다.”고 하였다.

女賓 大註 : 補註 賓 卽從者

여빈 대주 : 보주에 “빈은 시종이다.”고 하였다.

婦見于舅姑 : 經傳 婦沐浴以俟見

신부가 시부모를 뵘 : 「경전」에 “신부가 목욕을 하고 뵙기를
기다린다.”고 하였다.

尊贄幣 大註 : 春秋經 大夫宗婦覿用幣 左傳 御孫曰 男贄玉
帛禽鳥 女贄榛栗棗脩 今男女同贄 無別也 由夫人亂之 無
乃不可 ○曲禮曰 婦人之贄 椇榛脯脩棗栗 椇音矩 一名石
李 ○士昏禮 婦執笄音煩 棗栗 拜尊 舅坐撫之 ○受笄腶
音丁亂反 脩 拜奠 姑擧而授人 疏 棗栗 取其早自謹敬 腶
脩 取其爲義 勞竹器 ○ 按 古禮 無贄幣 家禮用幣 未詳
古語云 贄不稱德 不足爲義 此玉帛禽鳥榛栗棗脩之用 所
以不一也

폐백을 드림 대주 : 「춘추」의 경문에 "대부의 종부(宗婦)가 뵐 때에 폐백을 사용한다."고 하였는데, 「좌전」에 어손(御孫)이 말하기를 "남자는 옥백(玉帛)이나 금조(禽鳥)를 폐백으로 사용하고, 여자는 개암.밤.대추.포를 폐백으로 사용하는데, 지금 남자와 여자의 폐백이 같으니, 이는 무분별한 것이다. 부인으로 말미암아 이를 어지럽혔으니 불가한 일이 아니겠는가."고 하였다.

<곡례>에 "부인의 폐백은 헛깨나무 열매, 개암나무 열매, 말린 포, 대추 밤이다."고 하였는데, 호깨나무[椇]의 음은 구(矩)이고, 일명 석리(石李)라고도 한다.

<사혼례>에 "신부가 대추.밤이 든 상자를 가지고 가 절하고 드리면 시아버지는 앉아서 받는다."고 하였고, 또 "말린 포[腶脩]가 든 상자를 가지고 가 절하고 드리면 시어머니는 받아서 다른 사람에게 준다."고 하였는데 소에 "대추나 밤은 그 일찍이 스스로 삼가고 공경하는 뜻을 취한 것이고, 말린 포는 그 성실 전일하여 스스로 닦는 뜻을 취한 것이다."고 하였다.

살펴보니, 고례에는 폐백이 없었는데, 「가례」에서 폐백을 사용한 것은 어떤 까닭인지 모르겠다. 옛말에 폐백이 그 사람의 덕에 알맞지 않으면 좋은 뜻이 되지 못한다고 하였으니, 이것이 바로 옥백(玉帛).금조(禽鳥).개암.밤.대추.말린 포 등등을 쓰는게 일정하지 않은 이유이다.

舅姑禮之 : 經傳士昏禮註 禮婦者 以其婦新成親 厚之 ○又曰 席于戶牖間 註曰 室戶牖東南面位 疏曰 禮子禮婦 賓客皆於此 尊之故也

시부모가 예를 갖춤 : 「경전」의 <사혼례>주에 "며느리에게 예

를 갖추는 것은 새 며느리에게 친하고 후히 해 주는 것이
다.”고 하였다. 또 “문 사이에다 돗자리를 편다.”고 하였는
데, 주에 “방의 문은 동남쪽에 위치하고 있다.”고 하였고, 소
에 “자식과 며느리에게 예를 갖출 때에 빈객들 모두 여기에
서 하는 것은 높이는 이유이다.”고 하였다.

小姑 大註 : 爾雅 夫之庶母爲小姑 ○李白詩 夫之妹也回頭
語 小姑莫嫁如兄夫

소고 대주 : 「이아」에는 “지아비의 서모(庶母)가 소고이다.”고 하
였다. 이백(李白)의 시(詩)에는 남편의 여동생이라고 하였다.
그의 시에 “시누이를 돌아보며 올케가 하는 말이, 시집가지 말
게나 오빠같은 사람에게.”라고 하였다.[回頭語小姑莫嫁如兄
夫]

饋于舅姑 : 補註 饋者 婦道旣成 成以孝養也

시부모에게 음식을 올림 : 보주에 “음식을 올리는 것은 며느리
로서의 도가 이루어짐에 따라 효도로써 봉양하여 며느리의
도리를 이룩하는 것이다.”

合升側載 小註 : 儀禮經傳註 合升 合左右胖 升於鼎 ○士昏
禮註 載胖故側載 ○少牢饋食禮 右胖固所貴也 ○經傳註
在鼎曰升 在俎曰載

합승측재 소주 : 「의례경전」주에 “합승은 희생의 좌우 반편을 합
하여 솥에 넣는 것이다.”고 하였다.

<사혼례>의 주에 "희생의 반편을 제기 위에 올려 놓기 때문에 측재라고 한다."고 하였다.

<소뢰궤사례>에 "오른쪽 반편은 참으로 귀중한 것이다."고 하였다. 「경전」의 주에 "솥에 넣는 것을 승(升)이라고 하며, 제기 위에 놓는 것을 재(載)라고 한다."고 하였다.

舅姑饗之 : 經傳昏義曰 舅姑降自西階 婦降自阼階 授之室也 ○ 又經傳曰 以著代也 ○ 士昏禮註 以酒食勞人曰饗

시부모가 음식으로 대접함 : 「경전」의 <혼의>에 "시부모는 서쪽 계단으로부터 내려오고, 며느리는 동쪽 계단으로부터 내려와서는 시부모가 거처할 방을 준다."고 하였다. 또 「경전」에 "대를 잇는 것을 나타낸 것이다."고 하였다.

<사혼례>의 주에 "술과 음식으로 사람을 위로하는 것을 향(饗)이라고 한다."고 하였다.

三月而廟見 大註 : 經傳曰 舅姑旣沒 則三月乃奠菜 註 祭菜也 ○(按) 生死異禮 舅姑生存則 明日敢見 而沒則延三月 其禮嚴矣 ○ 朱子曰 三月 方見可以爲婦及不可爲婦 此後方反馬 馬是婦初歸時所乘 至此方送還母家 ○ 又儀禮疏曰 三月 一時 天氣變 婦道可成也 ○ 朱子曰 古人是從下做上 其初行夫婦之禮 次日方見舅姑 及三月不得罪於舅姑 方得奉祭祀 ○ 朱子曰 昏義 廟見舅姑之亡者 不及祖 今只共廟 如何只見禰而不見祖 此當以義起 亦見祖可也

석 달만에 사당에 가서 뵘 대주 : 「경전」에 "시부모가 이미 돌아가셨으면 석 달이 되어서 채례(采禮)를 올린다."고 하였는데, 주에 "나물로 제사드린다."고 하였다.

살펴보니, 죽었을 때와 살았을 때의 예가 다르다. 시부모가 살아서 계시면 다음 날에 뵙는데, 돌아가셨으면 석 달을 늦추니 그 예가 엄하다.

주자가 말하기를 "석달이 되어야 바야흐로 며느리가 될 수 있을 것인지 될 수 없을 것인지를 볼 수 있으니, 그러고 나서 말을 되돌려 보낸다.(말은 며느리가 처음 시집올 때에 탔던 것인데 이에 이르러 본 집으로 보낸다.)"고 하였다.

또 「의례」의 소에 "석 달이면 한때의 천기(天氣)도 변화하므로 며느리의 도리가 이루어질 수 있는 것이다."고 하였다.

주자가 말하기를 "옛날 사람들은 아래로부터 위로 해 나갔다. 처음에 부부의 예를 행하고 다음 날 바야흐로 시부모를 뵙는데, 석 달 동안 시부모에게 죄를 짓지 않아야 비로소 제사를 받들 수 있는 것이다."고 하였다.

주자가 말하기를 "<혼의>에 시부모가 돌아가신 경우 사당에 가서 뵈일 때 조부모는 뵙지 않는다고 하였지마는 지금 한 사당에 같이 계시는데, 어떻게 시부모만 뵙고 조부모는 뵙지 않을 수 있겠는가. 이는 마땅히 의리에 근거하여 예를 말들어 조부모도 뵈어야 할 것이다."고 하였다.

壻往見婦之父母 : 丘氏濬曰 壻見婦黨諸親 而無廟見之義 於死者 漠然不相干 況有已孤而嫁者乎 補廟見

신랑이 가서 신부의 부모를 뵘 : 구준이 말하기를 "신랑이 신부 집안의 여러 친척들을 뵙는데, 사당에 가서 뵙는 의리는 없으니, 죽은 이와 막연히 관계가 없는 것이 된다. 더구나 이미 부모를 잃고 출가한 자에게는 말할 게 있겠는가. 사당에 뵙는 절차를 보충해야 될 것이다."고 하였다.

皆有幣 大註 : 士相見禮 贄 冬用雉雉用死 夏用腒 腒乾雉
○(按) 不必用幣也 雉用死 不可生服也 ○士昏禮曰 東面
奠贄 註 贄雉也

모두 폐백이 있음 대주 : <사상견례(士相見禮)>에 "겨울에는 꿩
을 사용하고,(죽은 꿩을 씀) 여름에는 꿩의 포를 사용한다.
(꿩의 포는 말린 꿩이다.)"고 하였다.
살펴보니, 반드시 폐백을 쓸 것은 없다. 죽은 꿩을 사용하는
것은 생으로 먹을 수 없기 때문이다.
<사혼례>에 "동쪽으로 향하여 폐백을 드린다."고 하였는데
주에 "폐백은 꿩이다."고 하였다.

婦家禮婿 如常儀 : 丘氏濬曰 有尊婿太過者 有卑婿太甚者
酌中以爲儀

신부의 집에서 사위에게 예를 갖출 때 일정한 의례대로 함 :
구준이 말하기를 "사위를 지나치게 높이 대하는 사람도 있고
사위를 지나치게 낮게 대하는 사람도 있는데, 알맞게 참작하
여 의례를 삼아야 할 것이다."고 하였다.

昏變禮 : 曾子問曰 昏禮旣納幣 有吉日 女之父母死則如之何
孔子曰 使人弔 如婿之父母死 則女之家 亦使人弔 父喪稱
父 母喪稱母 父母不在 則稱伯父世母 婿已葬 婿之伯父致
命曰 某之子 有父母之喪 不得嗣爲兄弟 使某致命 女氏許
諾而不敢嫁 禮也 婿免喪 女之父母使人請 婿不取 而后嫁

- 96 -

之 禮也 女之父母死 壻亦如之註 父喪稱父 母喪稱母 禮
宜各以其敵者也 未成兄弟 以夫婦有兄弟之義故云 致命
致還其許昏之命也 不敢嫁 女氏雖許諾 而不敢以女嫁於
他人 禮也 ○世母 爾雅 世有爲嫡者 嗣世統故也 ○爾雅
又曰 父之昆弟 先生爲世父 後生爲叔父 ○曾子問曰 親迎
女在塗 而壻之父母死 如之何 孔子曰 女改服布深衣 縞總
以趨喪 註 婦人始喪未成服之服 縞 白絹也 總 束髮也 女
在塗而女之父母死則女反 註 旣在塗 服父母皆期 而用奔
喪禮 亦布深衣縞總也 如壻親迎 女未至 而有齊衰大功之
喪 則如之何 孔子曰 男不入 改服於外次 女入 改服於內
次 然後卽位而哭 註 不問小功總者 小功輕 不廢昏禮 待
禮畢乃哭也 ○齊衰大功之喪 女不反歸 改服卽位 與南親
同 ○若婦已揖遜入門 聞齊衰大功 內喪則廢 外喪則行昏
禮 ○曾子問曰 除喪則不復昏禮乎 孔子曰 祭過時不祭 禮
也 又何反於初 註 祭重而昏輕 重者過時尚廢 輕者不復
可知 ○開元禮 除喪之後 束帶相見 不行初昏之禮 朱子曰
男居外次 女居內次 目不相見 除喪而始入御 開元之制 必
有所據矣 ○曾子問曰 女未廟見而死 則如之何 孔子曰 不
遷於祖 不祔於皇姑 壻不杖不菲不次 歸葬于女氏之黨 示
未成婦也 註 不遷 不遷柩朝壻之祖廟也 疏 菲草屨也不次
不別處哀次也 ○曾子問曰 取女 有吉日而女死 則如之何
孔子曰 壻齊衰而弔 旣葬而除之 夫死 亦如 註 女以斬
衰往弔 旣葬而除也 ○問有吉日夫死 用斬衰恐難行 朱子
曰 未見難行處 但人自不肯行耳 ○孝述問先兄几筵未撤
老母乃齊衰三年之服 復有妨礙 然主昏却是叔父 凡百從
殺 衣服皆從淡素 不知可否 朱子曰 若叔父主婚 卽可娶

但母在而叔父主昏 恐亦未安 可更詳考也 ○孝述問謹按
禮 壻將親迎 父醮而命之 今孝述父兄俱沒 上惟母在旁 尊
在叔父 不知往迎之時 當受母命耶 受叔父之命耶 朱子曰
當受於母 然母旣有服 又似難行 記得春秋公羊傳 有母命
其諸父兄 而諸父兄以命使者 可檢看爲叔父稱母之命以命
之 更詳之 ○儀禮士昏禮 宗子無父 母命之 親皆沒 已躬
命之 註 宗子無父 是有有父者 七十老而傳 八十齊衰之事
不及 若是者 子代其父爲宗子 其取也 父命之 (母命之)
在春秋紀裂繻來逆女是也 疏 公羊傳曰 裂繻 紀大夫也 不
稱主人 爲養廉遠恥也 不稱母 婦人無外事 但得命諸父兄
師友 稱父兄師友以行耳 (躬命之) 宋公使公孫壽來納幣是
也 疏 其稱主人 何無母也 有母 母當命諸父兄 無母 莫使
命之 辭窮故自命之則不得不稱使 ○白虎通義曰 人君及
宗子 無父母 自定娶者 卑不主尊 賤不主貴也 ○(按) 家禮
宗子自昏 以族人之長爲主 與此義不同

혼인의 변례 : 증자(曾子)가 묻기를 "혼례에 이미 폐백을 보내고 날짜가 정해졌는데 여자의 부모가 죽었을 경우엔 어떻게 하여야겠습니까?"하니, 공자가 이르기를 "사람으로 하여금 조문해야 한다. 만약에 신랑의 부모가 죽었을 경우에는 여자의 집에서도 사람으로 하여금 조문하도록 하되, 아버지의 상에는 아버지의 이름으로 조문하고, 어머니의 상에는 어머니의 이름으로 조문하고, 부모가 계시지 않으면 백부(伯父)와 백모(伯母)의 이름으로 조문한다. 사위가 장사를 마쳤으면 사위의 백부가 여자집에 명을 전하여 말하기를 "아무의 아들이 부모의 상 때문에 형제가 될 수 없으므로 결혼의 약속을 되돌려 보낸다고 하면 여자의 집에서 허락하되 감히 다른 사람에게 시집보

내지 않는 것이 예이다. 사위가 복을 벗으면 여자의 부모가 사람을 시켜서 혼사를 청해 보아 사위가 장가들지 못하겠다고 한 다음에 다른 곳에 시집보내는 것이 예이다. 여자의 부모가 죽었을 때에 사위도 이와 같이 한다."고 하였는데, 주에 "아버지의 상에는 아버지의 이름으로 조문하고 어머니의 상에는 어머니의 이름으로 조문한다는 것은 예는 각기 대등한 이로 해야되기 때문이다. 형제가 될 수 없다고 한 것은 부부는 형제의 의지가 있기 때문이다. 치명(致命)은 혼인을 허락했던 명을 되돌려 보내는 것이다. 감히 다른 사람에게 시집보내지 않는 것이 예이다"고 하였다.

세모(世母)는 「이아(爾雅)」에 "대대로 적자(嫡子)가 있어서 세통(世統)을 잇는 자가 있기 때문이다."고 하였다.

「이아」에 또 "아버지의 형제 가운데 먼저 난 사람이 세부(世父)이고, 뒤에 난 사람이 숙부(叔父)이다."고 하였다.

증자가 묻기를 "친영을 하는데, 여자가 오는 도중에서 신랑의 부모가 죽었으면 어떻게 하여야겠습니까?"하니, 공자가 이르기를 "여자가 베로 만든 심의로 바꾸어 입고 흰 명주베로 머리를 묶고서 상에 나간다."고 하였는데, 주에 "부인이 처음 상을 당하여 성복(成服)하기 전의 옷이다. 호(縞)는 흰 명주이고, 총(總)은 머리를 묶는 것이다."고 하였다.

"여자가 시집가는 도중에 여자의 부모가 죽었을 경우에는 되돌아간다."고 하였는데, 주에 "이미 도중에 있으므로 부모의 복을 모두 기년(期年)만 입는데, 분상(奔喪)의 예를 사용하여 베로 만든 심의를 입고 흰 명주베로 머리를 묶는다."고 하였다. "만약에 신랑이 친영을 하는데, 여자가 도착하기 전에 자최(齊衰)나 대공(大功)의 상이 있게 되면 어떻게 하여야 하겠습니까?"하니, 공자가 이르기를 "남자는 들어오지 말고 문 밖에서 옷을 갈아 입고, 여자는 들어와 문 안에서 옷을 갈아 입은 뒤에 자리에 나가서 곡을 한다."고 하였는데, 주에 "소공(小功)과 시마복(緦麻服)에 대해 묻지 않는 것은 소공은 가벼운 복이기에 혼례를 폐할 수가 없다. 그래서 예가 끝나기를 기다렸다가 곡을 한다."고 하였다.

자최, 대공의 상에 여자가 되돌아가지 않고 옷을 갈아 입고서 자리에 나가는 것은 남자의 친척과 같이 한다.

만약에 신부가 이미 읍하여 겸손한 뜻을 표시하고 문에 들어섰는데, 자최나 대공의 부고를 받았다면 내상(內喪)일 때는 혼례를 폐하고 외상(外喪)일 때는 혼례를 행한다. 증자가 묻기를 "복을 벗고 나서 다시 혼례를 할 수 없습니까?"하니, 공자가 이르기를 "제사는 때가 지나면 지내지 않는 게 예이다. 어떻게 처음으로 돌아갈 수 있겠는가?"하였는데, 주에 "제사는 중하고 혼례는 가볍다. 중한 것도 때가 지나면 폐하고 보면 가벼운 것은 때가 지나면 다시 하지 않는다는 것을 알 수 있다."고 하였다.

개원(開元 당현종(唐玄宗)의 연호)의 예에 '복을 벗은 뒤에 띠를 매고 서로 보기만 하지 초혼(初婚)의 예는 행하지 않는다.'고 하였는데 주자가 말하기를 "남자는 밖에서 거처하고 여자는 안에서 거처하여 서로 보지 않다가 복을 벗고서야 처음으로 들어가 부부 생활을 하는 것이니, 개원의 제도는 반드시 근거한 바가 있을 것이다."고 하였다. 증자가 묻기를 "여자가 사당에 뵙지 않고 죽었을 경우에는 어떻게 하여야겠습니까?"하니, 공자가 이르기를 "할아버지 사당에 옮기지 않으며, 황고(皇姑)의 신주에다 붙이지 않으며, 신랑은 지팡이를 짚지 않고, 짚신을 신지 않고, 상차(喪次)에 거처하지 않고, 여자의 집으로 되돌려 보내 장사지내는 것은 신부가 되지 않았다는 것을 보인 것이다."고 하였는데, 주에 "옮기지 않는다는 것은 널을 옮기어 신랑의 할아버지 사당에 보이지 않는 것이다."고 하였다. 소에 "비(菲)는 짚신이다. 불차(不次)는 애차(哀次)에 따로 처하지 않는다는 것이다."

고 하였다.

증자가 묻기를 "여자를 맞이할 길일(吉日)이 정해졌는데, 여자가 죽었다면 어떻게 하여야겠습니까?"하니, 공자가 이르기를 "신랑은 자최의 복으로 조상하고, 장사지내고 나서 복을 벗는다. 신랑이 죽었을 때도 신부 역시 이와 같이 한다."고 하였는데, 주에 "여자는 참최(斬衰)의 복식으로 가서 조상하고, 장사가 끝나면 복을 벗는다."고 하였다.

문 : "날짜가 정해졌는데, 신랑이 죽었을 경우 여자가 참최의 복식으로 조상하기란 아마도 "행하기 어려울 것 같지 않습니까?"하니, 주자가 이르기를 행하기 어려운 점은 볼수 없다. 다만 사람들이 행하려고 하지 않을 뿐이다."고 하였다.

효술(孝述)이 묻기를 "죽은 형의 궤연(几筵)을 걷지 않았으니 노모(老母)는 자최 3년의 복에 해당되므로 다시 구애된 점이 있습니다. 그러나 혼인을 주관하는 사람은 숙부이기 때문에 모든 것을 강등하여 의복을 모두 담소(淡素)한 것으로 하면 어떻겠습니까?"하니, 주자가 이르기를 "만약에 숙부가 혼인을 주관한다면 아내를 맞이할 수 있다. 다만 어머니가 계시는데, 숙부가 혼인을 주관한다는 것은 아마도 미안스러울 것 같으니, 다시 자세히 상고해야 할 것이다."고 하였다.

효술이 묻기를 "예를 살펴보니 신랑이 친영하려고 할 때 그의 아버지가 술을 주면서 명한다고 하는데, 지금 저는 부형이 모두 돌아가셨고, 위로는 어머님만 계시고, 곁의 어른으로는 숙부가 계십니다. 가서 맞이하려고 할 때에 어머니의 명을 받아야 합니까? 숙부의 명을 받아야 합니까?"하니, 주자가 이르기를 "마땅히 어머니에게 명을 받아야겠으나 어머니가 복을 입고 있기 때문에 또한 행하기가 어려울 것 같다. 기억컨대 「춘추」<곡량전>에 '어머니가 여러 부형들을 시키면 부형들이 심부름꾼을 시킨다.'는 말이 있는데 여기에서 숙부가 어머니의 명을 받아 명한다는 것을 볼 수 있으니, 다시 살펴보라."고 하였다.

「의례」의 <사혼례>에 "종자가, 명하여 줄 부모가 없고 친척도 다 죽었으면 자기가 몸소 명한다."고 하였는데, 주에 "종자가 아버지가 없다는 것은 아버지가 있지만 70의 노인으로 가사를 자식에게 전하고 80의 나이로 자최(齊衰)의 일을 할 수 없는 것을 말한 것이다. 이와 같은 경우 자식이 그의 아버지를 대신하여 종자가 된다. 그가 아내를 맞이할 때 아버지가 명하고 어머니가 명하는데, 「춘추」에 '기(紀)의 열수(裂繻)가 와서 여자를 맞이하였다'고 하였으니, 바로 이런 경우이다."고 하였다. 소에 "공양전(公羊傳)에 열수는 기의 대부이다. 주인을 일컫지 않는 것은 청렴을 기르고 부끄러움을 멀리하기 위해서이다. 어머니를 일컫지 않는 것은 부인은 바깥 일을 주관할 수 없으므로 다만 부형(父兄)들이나 사우(師友)의 명을 얻어 부형 사우를 칭탁하여 행한다. 몸소 명한다는 것은 송공(宋公)이 공손수(公孫壽)로 하여금 와서 납폐하도록 한 것이 이런 경우이다."고 하였다. 소에 "주인을 일컫지 않는 것은 무엇 때문인가? 어머니가 없었기 때문이다. 어머니가 있었더라면 어머니가 부형들을 시켰을 것인데, 어머니가 없어서 시킬 수가 없으므로 할말이 없기 때문에 스스로 명할 적에는 사(使)라고 일컫지 않을 수가 없다."고 하였다.

「백호통의」에 "임금이나 종자가, 부모가 없어서 스스로 아내를 맞이할 일을 결정 할 때는 낮은 자는 높은 이를 주인으로 삼지 않고 천한 사람은 귀한 사람을 주인으로 삼지 않는다."고 하였다.

「가례」를 살펴보니 종자가 스스로 혼인할 때에는 친척 가운데 어른으로 주인을 삼는데, 이 뜻과는 같지 않다.

감상시

山花 산에 핀 꽃

山人獨出門	산에 사는 사람 홀로 산문 나서니
滿山山花發	이산 저산 꽃들이 만발했구나.
淸香夜應多	맑은 꽃향기 밤 되면 더 많아져
爲待花間月	꽃 사이로 달뜨기를 기다리는데
狂風吹不休	미친 듯 부는 바람은 쉬지 않고
佇立空嗟咄	우두커니 바라보며 탄식만 하네.

國譯龜峯集
(卷之八)

가례주설2
家禮註說2

1762년

여산송씨대종회

家禮註說二 (가례주설 2)

喪　禮 (상 례)

疾病 遷居正寢 : 補註 古之堂屋 三間五梁 中架以南三間
通爲堂 以北三間 用板隔斷 東西二間爲房 中間爲室 卽
正寢也 ○遷居正寢 惟家主爲然 ○(按) 經傳及喪大記
士處適寢東首 適寢 齊室也 東首 向生氣也 (疾者齊)定
正情性也 (撤琴瑟) 以病者齊也 非爲子也 (內外皆掃 撤
褻衣 加新衣) 終於正也 (御者持體 體一人) 四人坐持手
足四體 (禱于五祀) 盡孝子之情也 ○喪大記 妻皆死于寢
○經傳 喪不忍言死而言喪 喪者 棄亡之辭 ○春秋經 公
薨于小寢 左氏曰卽安也 胡氏曰 小寢 燕息之地也

병환이 심해지면 정침으로 거처를 옮김 : 보주에 "옛날의
가옥 제도는 삼칸(三間) 오량(五梁)이다. 가운데를 건너질러 남
쪽에 칸은 터서 당(堂)을 만들고, 북쪽 세 칸은 판자로 동쪽과
서쪽을 가로막아 두 칸을 방(房)을 만들고 중간은 실(室)을 만
들었는데, 이것이 정침이다."라고 하였다.

거처를 정침으로 옮기는 것은 그 집 주인만이 한다. 살펴보니
「경전」및 〈상대기(喪大記) 예기편명〉에 "사(士)는 적침(適寢)
에서 거처하는데 머리를 동쪽으로 향하여 눕는다. 적침은 재실
(齊室)이고, 머리를 동쪽으로 향하는 것은 생기가 있는 방향으
로 향한 것이니, 병자가 성정(性情)을 안정시키기 위한 것이다.
거문고나 비파를 치우는 것은 병자의 안정을 위해서이지 자식

을 위해서가 아니다. 집 안팎을 깨끗이 청소하고 더러운 옷을
치우고 새옷을 입히는 것은 올바른 데에서 마치려는 것이다.
시중을 드는 사람이 병자의 몸을 붙잡는데, 한 사람은 몸을 붙
잡고 네 사람은 앉아서 손발의 사지를 붙잡는다. 오사(五祀)[66]
에다 기도하는 것은 효자의 마음을 다한 것이다."고 하였다.

　<상대기>에 "아내도 정침에서 죽는다."고 하였다.

　「경전」에 "상에 차마 죽었다고 말하지 않고 상(喪)이라고 말
하는데, 상이란 버리고 잃었다는 말이다."고 하였다.

　「춘추」의 경(經)에 "희공(僖公)이 소침(小寢)에서 죽었다."고
하였는데, 좌씨(左氏)는 "즉안(卽安)이다"고 하였고, 호씨(胡氏)는
"소침은 평상시에 쉬는 곳이다."고 하였다.

孫宣公 小註 : 宋鑑 孫奭幼師王徹 徹死 門人數百 皆從奭問 經 謚曰宣

손성공 소주 : 송감(宋鑑)에 "손석(孫奭)이 어려서부터 왕철(王徹)
에게 배웠는데, 왕철이 죽자 그의 문인 수백 명이 모두 손석을 따
라가 경(經)을 물었다. 시호는 선(宣)이다."고 하였다.

復 : 喪大記 惟哭先復 ○復而後 行死事 ○復衣 不以衣尸 不以斂 ○士喪禮 復衣初以覆尸 浴則去之 ○(按) 復衣 不用襲斂也 ○註 復 各以死者之祭服 以其求於神故也 ○喪大記 婦人不以嫁時盛服 以非事鬼神之衣 ○禮 復而不生 尸復登床 ○朱子曰 人死 雖是魂魄各自飛散 要之 魄又較定 須是招魂

---

66)오사(五祀) : 「예기(禮記)」 <월령(月令)>에 나오는데 孟春에는 戶에 제사하고
孟夏에는 조(竈)에 제사하고, 중앙(中央)에는 중류(中霤)에 제사하고 孟秋에는
門에다 제사하고 孟冬에는 길(行)에다 제사한다. 이것을 오사(五祀)라고 한다.

來復這魄 要他相合 復不獨是要他活 是要聚他魂魄 不教散了
聖人敎人子孫常常祭祀 也是要去聚得也

복[67] : <상대기>에 "오직 곡(哭)만이 복보다 먼저한다."고 하였
다. 복을 한 뒤에 죽은 사람에 대한 일을 처리한다. 복을 할 때
썼던 옷은 시체에 입히지 않으며, 염도 하지 않는다." 하였다.
 <사상례(士喪禮)>에 "복을 할 때 썼던 옷은 처음 시체를 덮었다
가 시체를 목욕시키고 나면 제거한다."고 하였다.
살펴보니, 복할 때 썼던 옷은 염습(殮襲)할 때 다시 사용하지 않
는다.
 주에 "복을 할 때 죽은 사람이 생시에 입었던 제복(祭服)을 사
용하는 것은 신(神)에게 구하기 때문이다."고 하였다.
<상대기>에 "부인이 죽었을 때 시집갈 때 입었던 성복(盛服)으로
복하지 않는 것은, 신을 섬길 때 입는 옷이 아니기 때문이다."고
하였다.
예에 "복을 하여도 살아나지 않으면 시체를 다시 시상에 올려놓
는다."고 하였다.
주자가 말하기를 "사람이 죽으면 혼.백(魂魄)이 각자 날아가 흩어
지지만 요컨대 백은 비교적 고정되어 있으므로 모름지기 혼을 불
러 백에게로 돌아오게 하여 서로 합하게 하는 것이다. 그러므로
복을 하는 것은 죽은 사람을 살아나게 하려고만 하는 것이 아니
라 그의 혼백을 불러 흩어지지 않게 하는 것이다. 성인이 사람의
자손들에게 항상 제사를 지내도록 가르치는 것은 그것을 여기에
다 모으게 하려고 한 것이다."고 하였다.

---

67)복(復) : 복이라는 것은 사람이 처음 죽게 되면 지붕에 올라가서 혼(魂)을 부
 르는 것을 말한다.

自前榮升屋中霤止 三呼 大註 : 註 榮 屋翼也 中霤 室中也
○喪大記 升自東榮 中屋履危 北面三號 疏 中屋 當屋之中也
履危 立屋之脊也 北面 求諸幽陰也 三號 冀魂自天來 自地
來 自四方來也 喪大記 在野則乘其乘車之左轂而復 ○檀弓
邾婁復之以矢 盖戰死 志在勝敵 矢是心之所好 冀其復返也
(補)楔齒 用角柶柱也 ○綴足 經傳 用燕几綴拘也

자전영승옥중류지 삼호 대주 : 주에 "영(榮)은 집의 양쪽 처마이
고, 중류(中霤)는 방의 가운데이다."고 하였다.

<상대기에> "동쪽 처마로 올라가 집 용마루 한 가운데서 서서
북쪽을 향하여 세 번 부른다.(升自東榮中屋履危北面三呼)"고 하
였는데, 소에 "중옥(中屋)이란 지붕의 한 가운데이고, 이위(履危)
는 집의 용마루에 서는 것이고, 북쪽을 향하는 것은 그윽한 음
(陰)에서 찾는 것이고, 세 번 부르는 것은 혼이 하늘과 땅과 사
방으로부터 오기를 바라는 것이다."고 하였다.

<상대기>에 "들판에서 죽었을 때는 그가 탔던 수레의 왼쪽 바
퀴로 올라가 복을 한다."고 하였다.

<단궁>에 "주루(朱婁, 옛날의 국명)의 사람들이 화살로 복을 하
였다."고 하였는데, 대개 전사한 것은 적을 이기기 위해서였고
화살은 용사가 좋아하는 것이기 때문에 이것으로 복을 하여 다시
돌아오기를 바라는 것일 것이다.

보주에 "이빨 사이를 물리는 데에는 각사주(角四柱)[68]를 쓴다."
고 하였다. 발을 묶는 데는 「경전」에 "연궤(燕几)를 사용하여 묶
는다."고 하였다.

---

[68]각사주(角四柱) : 죽은 뒤에 주옥(珠玉)이나 미패(米貝)를 그의 입에 넣어 함
  례(含禮)를 행해야 하는데, 입이 굳게 닫히면 벌릴 수가 없으므로 뼈로 만든
  숟가락으로 입에다 물리는데, 길이는 6치 정도이고 양쪽은 구부러진 것이다.

立喪主 : (按) 不主妾喪 ○雜記註 不攝女君之妾 則君不主
其喪 ○喪大記 爲後者不在 竟內則俟 竟外則殯葬 可也 不
在 在外也 俟之 俟其還殯葬也 竟與境同

상주를 세움 : 살펴보니, 첩의 상사는 주관하지 않는다. <잡기(雜
記)예기편명>의 주에 "주부(主婦)를 대신하여 가사를 보았던 첩이
아닐 경우에는 주인이 그의 상을 주관하지 않는다."고 하였다.
 <상대기>에 "후사가 된 자가 (양자로 들어온 자) 부재(不在) 중
이면 국내에 있을 경우에는 그가 올 때까지 기다려도, 국외에 있
을 경우에는 빈장(殯葬)함이 옳다."고 하였는데, 부재란 밖에 있
다는 것이고, 기다린다는 것은 그가 돌아오기를 기다려 초빈이나
장사를 한다는 것이다.

徒跣 大註 不同 : 跣 上聲 蘇典切 足親地也

도선 대주, 아래도 같음 : 선(跣)은 상성(上聲)이니, 소(蘇)와 전
(典)의 반절 음이다.
맨발을 말한 것이다.

扱上衽 : 喪大記註 扱衽 扳深衣前襟於帶也 ○按 之字 恐誤
於字也

윗 옷깃을 낌 : <상대기>의 주에 '삼임(삼衽)은 심의의 앞 옷깃
을 띠에다 끼우는 것이다.[扱衽扳深衣前襟於帶也]"고 하였다.
살펴보니 지(之)자는 어(於)자가 잘못 기록된 것 같다.

治棺 : 喪大記 君盖用漆 大夫盖用漆 士盖不用漆 盖 棺之盖

板也 漆以漆合縫也 ○士二袵二束 每束處 必用袵君 棺三重
大棺 屬椑 ○大夫棺 上大夫八寸 下大夫六寸 士六寸 ○君裏
棺朱綠 朱繪貼四方 綠繒貼四角 大夫用玄綠 四面玄四角綠
士不綠 悉用玄 檀弓袵註 兩端大中小 連合棺與盖之際 故名
衣之縫合處曰袵 袵形如今之銀則子 易擊辭 古之葬者 厚衣以
薪葬之 ○檀弓 有虞氏瓦棺 夏禹氏聖周 火熟曰聖殷人棺槨周
人墻置翣 周人棺椁葬長殤 聖周 葬中殤下殤 瓦棺 葬無服之
殤 ○家語 孔子爲中都宰 制送死之節 爲四寸之棺 五寸之槨

널을 만듦 : <상대기>에 "군(君)이나 대부(大夫)의 널 뚜껑에는 옻
칠을 사용하고 사(士)는 옻칠을 사용하지 않는다고 하였는데 개
(盖)는 널의 뚜껑이고 옻칠은 뚜껑을 접착하는 것이다.

사의 널을 두 곳에다 임(袵)69)을 쓰고 두 곳을 묶는데, 묶는 곳
마다 임을 쓴다. 임금의 널은 세 겹으로 만드는데, 맨 바깥 대관
(大棺)과 그 다음 속관(屬棺)과 비관(椑棺)이다.

대부의 널 두께는 상대부(上大夫)는 8치, 하대부(下大夫)는 6치
이고, 사(士)도 6치이다.

임금의 널 안은 붉은 색과 녹색을 쓰는데, 사방에는 붉은 색 비
단을 바르고, 네 모서리에는 녹색 비단을 바르며, 대부는 검정색과
녹색을 쓰는데, 사방에는 검정색 비단을 바르고, 네 모서리에 녹색
비단을 바르며, 사는 녹색은 쓰지 않고 검정색으로만 쓴다.

<단궁>의 임(袵)에 대한 주에 "양쪽은 크고 가운데는 작게
생겼는데, 널과 뚜껑을 붙이는 데 쓰이는 것이기 때문에 임이라
고 이름한 것이다. 옷의 봉합(縫合)된 곳을 임이라고 하는데, 지
금의 은측자(銀則子)의 모양과 같은 것이다.

---

69)임(袵) : 널의 판자를 붙이는 대못으로 양쪽은 넓고 가운데는 좁아 마치 심
   의의 옷깃과도 같이 생겼기에 임이라고 함.

「주역(周易)」의 <계사(繫辭)>에 "옛날에는 장사지낼 때 섶으로 두텁게 입혀 묻었다."고 하였다.

　<단궁>에 "유우씨(有虞氏)는 와관(瓦棺)70)을 썼고, 하우씨(夏寓氏)는 즐주(塈周)71)을 썼고, 은(殷) 나라 사람은 관곽(棺槨)72)을 썼고, 주(周)나라 사람은 관 위에다 옷으로 덮고 삽(翣)73)을 놓았다. 주 나라 사람은 관곽으로 장상(長殤)74)을 묻었고, 즐주(塈周)로 중상(中殤)75)과 하상(下殤)76)을 묻었고, 복이 없는 상(無服之殤)77)은 와관으로 묻었다."고 하였다.

「가어(家語)」에 "공자가 중도재(中都宰)가 되어 장사 지내는 절목을 제정하면서 4치의 관과 5치의 곽으로 했다."고 하였다.

秫米灰 _{大註 下同} ： 秫米 本草云 能殺瘡疥 似黍米而粒小者 ○丘氏云 糯米 ○ 一說云 今大都呼粟糯爲秫稻 秫爲糯矣 又粟秫非秫也 又黍秫也

출미회 대주, 아래도 같음 ： 출미는 「본초(本草)」에 "부스럼과 옴을 없앨 수 있는데, 기장과 비슷하나 알맹이가 작다." 하였다. 구준은 찹쌀이라고 하였다. 일설에는 "지금 대부분 속유(粟糯)를 차진조[秫]라 하고 도출(稻秫)을 찹쌀이라고 부른다."고 하였고, 또 "차진조는 출(秫)이 아니고 차진 기장이라고도 한다."고 하였다.

---

70)와관(瓦棺) : 흙으로 구어 만든 관
71)즐주(塈周) : 무덤 안을 벽돌로 둘러싸고 시체를 그 속에 넣어 둠
72)관곽(棺槨) : 내관은 관, 외관은 곽이라 함.
73)삽(翣) : 상거 옆에 놓는 장식품. 나무로 만든 궤로 넓이 3자 높이 2자 4치 인 사각형으로 양쪽 머리는 높다. 흰천을 덮고 갖가지 무늬를 그린다. 이것 에 길이 5자의 자루를 메달아 영구의 수레가 갈 때 사람이 들고 따라간다.
74)장상(長殤) : 16세~19세 사이에 죽은 사람
75)중상(中殤) : 13세~15세 사이에 죽은 사람
76)하상(下殤) : 8세~11세 사이에 죽은 사람
77)복이 없는 상(無服之殤) : 7세 이하에 죽은 사람.

千年爲茯苓 : (按) 溶瀉則旣爲死物 同歸朽爛 恐不然也

천년이 지나 복령이 됨 : 살펴보니, 빠진 진액은 이미 죽은 물체이므로 다른 것이나 마찬가지로 부패하고 말 것이니, 아마도 그렇게 되지는 않을 것 같다.

沐 : 喪大記 君沐粱 大夫沐稷 士沐粱 沐 沐髮也 君與士同 不嫌僭上也 淅粱稷之汁以沐髮也

목 : <상대기>에 "임금의 시체는 조로 씻고, 대부는 기장으로 씻고, 사는 조로 씻는다"고 하였는데, "목(沐)은 머리를 씻는 것이다. 임금과 사가 같은 것은 분수 넘게 윗사람의 하는 일과 같이 모방하는 것을 혐의치 않는 것이다. 조나 기장을 문질러 나온 즙으로 머리를 씻는다."고 하였다.

設幛 : 經傳 帷堂 註 鬼神尙幽暗故也

휘장을 침 : 「경전」에 "당(堂)에다 휘장을 둘러서 친다."고 하였는데, 주에 "귀신은 어두움을 좋아하기 때문이다."고 하였다.

遷尸 : 禮記註 尸 陳也 在地氣絶 復陳列在床也 柩 久也 無使土親膚 欲其久也 ○經傳註在床曰尸在棺曰柩 ○儀禮 死于適室憮用斂衾 ○(按) 始死及襲皆憮用斂衾家禮從間 憮覆也 斂衾疑爲斂之衾也

시체를 옮김 : 「예기」의 주에 "시(尸)는 편다는 뜻이니, 땅에서

기(氣)가 끊어지면 다시 진열하여 시상에다 둔다는 뜻이다. 널 구(柩)자는 오래 구(久)자와 같은 뜻이니, 흙으로 하여금 살갗에 닿지 않게 하여 오래 가게 하려는 것이다.”고 하였다.

「경전」의 주에 “시상에 있을 때에는 시라고 하고, 널 안에 있을 때에는 구라고 한다.”고 하였다.

「의례」에 “적실(適實)에서 죽었을 때에는 덮어서 가리는 것은 염금(殮衾)을 쓴다.”고 하였다. 살펴보니, 막 죽었을 때부터 염습할 때까지 덮어 가리는 데 염금을 쓰는데,「가례」에서 간편하기 위해 한 것이다. 무(幠)는 덮는 것이다. 염금은 아마도 염을 하는 이불이 아닌가 생각된다.

陳襲衣 : 喪大記 凡陳衣不紲 註 舒而不卷也 ○又非列采不入 疏 列采 謂五方正氣之采 非列采 謂雜色也 ○又絺綌不用 註 當暑亦用袍 ○按 不用間色與絺綌也

습의를 폄 : <상대기>에 “옷을 펼 때 구부러진 데가 없게 한다.”고 하였는데, 주에 “펴서 말리지 않게 한다.”고 하였다.

또 “열채(列采)가 아니면 들이지 않는다.”고 하였는데, 소에 “열채는 오방(五方)의 바른 기운의 채색을 말한 것이니, 열채가 아니라는 것은 잡색을 말한 것이다.”고 하였다.

또 “갈포로 만든 옷을 사용하지 않는다.”고 하였는데, 주에 “하절기를 당해서 솜옷을 쓴다.”고 하였다. 살펴보니, 간색(間色)이나 갈포로 만든 옷을 쓰지 않는다.

西領 大註 : 冠禮疏 冠禮東領 喪禮西領 吉凶之異也

서령 대주 : <관례>의 소에 “관례에서는 의령(衣領)을 동쪽으로 향해서 놓고 상례에서는 의령을 서쪽으로 향해서 놓는 것은 길사

와 흉사가 다르기 때문이다."고 하였다.

襐衣 小註 下六條同 : 襐 他亂反 黑衣裳赤緣之謂襐 椽 緣也

단의 소주 아래 육조 같음 : 단(襐)자는 타(他)와 란(亂)의 반절음이
다. 검정색 의상에다 붉은 테두리를 두는 것을 단이라고 하는데,
단은 두른다는 뜻이다.

橐 : 儀禮註 今文爲橐

고 : 의례」의 주에 "금문(今文)에는 탁(橐)으로 되어 있다."고하였다.

綴旁 : 質與殺相接之處 使相連也

철방 : 안과 거죽이 서로 마주치는 곳을 잇는 것이다.

緇冒赬殺 : 赬 赤色 貝貞反 ○按 本經 緇冒赬殺 冒當作質

치모정쇄 : 정(赬)은 붉은 색이고, 패(貝)와 정(貞)의 반절음이다.
살펴보니, 본경(本經)에 치모정쇄(緇冒赬殺)로 되었는데, 모(冒)자
는 질(質)자로 되어야 할 것이다.

握手 : 儀禮曰 握手 用玄纁裏 長尺二寸 廣五寸 牢中旁寸 著
組繫 牢音婁 註 牢讀作捜 捜爲削約 握之中央 以安手也 今文
捜爲縷 旁爲方 疏 名此衣爲握 以其在手 故言握手 不謂以手
握之爲握手云 經云 廣五寸牢中方寸者 則中央廣三寸 廣三寸

中央 又容四指而已 四指指一寸則四寸 四寸之外 仍有八寸
皆廣五寸也 讀從摟者 義取摟欲挾小之意 云 削約者 謂削之
使約少也 ○儀禮曰 設決設握乃連暋 註 設握者 以纂繫鉤中
指 由手表與決帶之餘 連結之 此謂右手也 (按) 上文握手長
尺二寸裏手 一端繞於手表必重 宜於上掩者 屬一繫於下角 乃
以繫繞手一匝 當手表中指向上鉤中指 又友而上繞 取繫鄉下
與決之帶餘連結之云 此謂右手也者 以其右手有決 今言與決
同結 明是右手也 下記所云設握者 此謂左手 鄭云左手無決也
○儀禮曰 設握裏親膚 繫鉤中指 結于暋 註 暋 掌後節中也 手
無決者 以握繫一端繞暋 還從上自貫 反與其一端結之 疏 左
手無決者 以其經已云右手有決者 不言左手無決者 故記之云
以握繫一端繞暋 還從上自貫 反與其一端結之者 (按) 上文
握手用玄纁裏 長尺二寸 今裏親膚 據從手內置之 長尺二寸
中掩之手 纔相對也 兩端各有繫 先以一端繞暋一匝 還從上自
貫 又以一端鄉上鉤中指 反與繞暋者 結於掌後節中 旣夕 ○
(按) 儀禮 右手握一繫 左手握二繫 家禮無決 皆當有兩繫連
結之握 繫在上掩之下角 今宜左右握 各有兩繫 今世欲用握繫
一不可

악수 : 의례」에 "악수는 현훈(玄纁)으로 손을 싸는 것인데, 길이
는 1자2치이고, 넓이는 5치 이며, 뢰중(牢中)은 방촌(方寸)이고,
끈을 단다."고 하였는데, 주에 "뢰(牢)는 끌루(摟)자로 읽는데, 손
의 가운데를 좁혀 손에 맞게 하는 것이다 금문(今文)에는 루(摟)
는 우(纋)로, 방(旁)은 방(方)으로 되었다."고 하였다. 소에 "이
옷을 악수라고 한 것은 손에 씌우기 때문에 악수라고 한 것이지
악수한다는 악수를 말한 것이 아니다."고 하였다.

경에 "넓이는 5치, 뢰중방촌(牢中方寸)이다."는 것은 중앙의

넓이가 3치이다. 중앙의 넓이를 세 치로 한 것은 네 손가락을 용납하게 할 뿐이다. 네 손가락의 한 치를 합하면 네 치로 한 것은 네 손가락을 용납하게 할뿐이다. 네 손가락의 한 치를 합하면 네 치가 되고, 네 치의 외에 또 8치가 있으므로 모두 광이 5치이다. 뢰(牢)를 루(摟)자로 읽는 것은 끌어 모아 여미는 뜻을 취한 것이고, 삭약(削約)이라고 한 것은 깎아서 좁게 한다는 것을 말한 것이다."고 하였다.

「의례」에 "결(決)과 악(握)을 설치하여 손목[擊]에 잇는다."고 하였는데, 주에 "악을 설치한다는 것은 끈으로 중지(中指)에다 걸어 손등을 거쳐 결대(決帶)의 끈과 연결시킨다는 것이니, 이는 오른손을 말한 것이다."고 하였다. 살펴보니, 윗 글의 악수는 길이가 1자 2치인데, 손을 싸고 한 끈으로 손등을 겹으로 두르고, 위의 덮개에다 하나의 끈을 하각과 붙여야 그 끈으로 손을 한 번 둘러 감아 손등의 중지 부분에서 위로 향해 중지에다 걸고 또 반대로 위로 둘러 다시 아래로 끌어다 결대와 맬 수 있다는 것이다. "이는 오른손을 말한 것이다."고 한 것은 오른손에 결(決)이 있기 때문이다. 지금 결과 맺는다고 하였으니, 오른손임이 틀림없다. 그러므로 그 밑에 악을 설치한다고 한 것은 왼손을 말한 것이다. 정씨(鄭氏)는 "왼손에는 결이 없다."고 하였다.

「의례」에 "악을 설치하여 살을 싸매고, 끈으로 중지에다 걸어서 손목에다 맨다."고 하였는데, 주에 "손목[擊]은 손의 뒷마디 가운데이다. 결이 없는 손을 악의 한 가닥 끈으로 손목을 둘러 감고 다시 위로 향해 꿰어 돌아와 다른 한 가닥과 맺는다."고 하였다. 소에 "왼손에는 결이 없다고 한 것은 경문(經文)에 이미 오른손에 결이 있다는 것만 말하였지 왼손에 결이 없다는 것은 말하지 않았기 때문에 기록하였다."고 하였다. '악의 한 가닥 끈으로 손목을 둘러서 감고 다시 위로 향해 꿰어 돌아와 다른 한 가닥과 맺는다.'는 것은 윗 글을 살펴보건데 악수는 현훈으로 싸는 것인데, 길이가 1자 2치이다.'고 한 말과 여기의 '살을 싸맨다.'는 것은 손바닥에서부터 두르기 시작하고, 길이는 1자 2치이고, 가운데를 덮는다는 것을 의거해 보면 서로 대가 된다. 두 끝에 각각 끈이 달려 있는데, 먼저 한 가닥 끈으로 손목을 한 번 감고 다시 위로 향해 꿰어 놓고는 또 한 가닥의 끈으로 위로 향해 중지에다 건 다음에 되돌려 손목을 감았던 끈과 손의 뒷마디 가운데다 맺는다. <기석(旣夕)>

살펴보니, 「의례」에는 오른쪽 악수의 끈은 하나이고, 왼쪽 악수의 끈은 두 개로 되어 있는데, 「가례」에는 "결이 없으니, 모두 다 두 개의 끈을 달아 연결하여야 하며, 악수의 끈은 덮개의 끝에다 달아야 한다."고 하였으니, 왼쪽 악수나 오른쪽 악수에 각각 두 개의 끈을 달아야 할 것인데, 요즈음 세속에서는 하나만 달아 쓰려고 하니 불가한 일이다.

繞掔 : 掔作椀 烏亂反 掔 手後節中也 經註 掔 一稱掌後節 一稱手後節中

요견 : 견(掔)은 완(椀)자로 써야 한다. 음은 조(烏)자와 란(亂)자의 반절 음이다. 견은 손 뒤의 마디이다. 경문의 주에는 손 뒤의 마디라고도 하고, 손 뒤의 마디 가운데라고도 하였다.

幎目 : 儀禮幎目註 著 充之以絮也 組繫 爲可結也

멱목 눈가리개 : 의례」멱목의 주에 "솜으로 채워 만들고 끈을 달아 맬 수 있게 한다."고 하였다.

陳于堂 大註 下三條同 : 論語 升堂矣 未入於室 按 室外皆稱堂

당(堂)에다 늘어 놓음 대주, 아래 3조도 같음 : 「논어(論語)」에 "당(堂)에는 올라갔으나 실(室)에는 들어가지 못했다."고 하였는데, 살펴보니 실 밖은 모두 당이라고 일컫는다.

實于盌 : 盌 鄔管切 小也 與椀同 〔補〕 儀禮 士有氷用夷槃 可也 疏云 先納氷槃中 設床上 夷槃 承尸之槃也 謂夏月

주발에다 담음 : 완(盌)은 오(鄔)자와 관(管)자의 반절음인데, 작은 것이다. 완(椀)자와 한가지이다.

　　보주, 「의례」에 "사가 얼음이 있으면 이반(夷槃)을 써야 한다."고 하였는데, 소에 "먼저 얼음을 이반의 속에다 넣어 상(床)의 위에 펴 놓는다. 이반은 시체를 받치는 받침인데, 여름철을 말한 것이다."고 하였다.

撮爲髻 : 撮 麤括切 挽也取也

머리털을 한데 모아서 상투를 만듦 : 촬(撮)은 추(麤)자와 괄(括)자의 반절음이고, 잡아당긴다는 뜻이다.

剪爪 : 儀禮 爪揃 如他日 註 斷爪揃髮如平日 〔補〕 經紀 御者四人 抗衾而浴

손톱을 깎음 : 「의례」에 "평일처럼 손톱을 깎는다."고 하였는데, 주에 "평일과 같이 손톱을 깎고 머리털을 자른다."고 하였다.
보주, 경에 "시중을 드는 네 사람이 이불을 걷고 몸을 씻긴다."고 하였다.

徙尸床 : (按) 尸旣移襲床 沐浴床及尸床二 當各徙也

시상을 옮김 : 살펴보니, 시체를 이미 염습하는 상에다 옮겨 놓았으니, 목욕시켰던 상이나 시상(尸床) 두 개는 각각 옮겨야 할 것이다.

洗盞斟酒 大註 : 儀禮註 用吉器 器未變也 ○曾子曰 始死之奠 其餘閣也 與閣 架也 不容改新 仍用閣上養老病之餘

잔을 씻고 술을 따름 대주 : 「의례」의 주에 "길사에 쓰는 그릇을 쓰는 것은 그릇은 변함이 없기 때문이다."고 하였다.
증자가 말하기를 "막 죽었을 때에는 병중에 먹다 남은 음식물로 전(奠)드린다."고 하였는데, 각(閣)은 시정이다. 새것을 쓰지 않고 시정 위에 병자가 먹고 남은 음식물을 그대로 쓴다."고 하였다.

開元禮 小註 : 通鑑唐玄宗紀 開元十九年 開元禮成 初命張說刊定 說薨 蕭崇繼之

개원례 소주 : 「통감(通鑑)」의 당현종기(唐玄宗紀)에 "개원 19년에 개원례가 완성되었다. 처음에 장열(張說)을 명하여 간정(刊定)하게 하였는데, 장열이 죽자 소숭(蕭崇)이 이를 이어서 했다."고 하였다.

主人以下爲位而哭 : (按) 經 坐位 有室中戶外堂下之分 喪大記 但有東西 家禮從記略之 ○經傳經曰 以喪服之精麤爲序 以次主人 主喪者 雖有父兄 猶不得序齒 必位於主人之下 註又曰 衰 麤者在前 精者在後 ○經疏云 喪大記 婦人無

立法 士喪 主人父兄子姓皆坐 惟大夫之喪 尊者坐 卑者立
尊卑 以爵言

주인 이하로 자리를 만들어 곡함 : 살펴보니, 경에는 "앉는
자리가 방, 문 바깥, 당(堂)의 아래 등등으로 구분되어 있으나,
<상대기>에는 동쪽과 서쪽의 구분만 있었다.
「경전」의 경문에 "상복의 가늘고 거치른 것으로써 순서를 정하
여 주인의 다음 자리에 차례로 서는데, 상을 주관하는 자는 부형
(父兄)이 있더라도 연령을 따지지 않고 반드시 주인의 다음 자리
에 선다."고 하였는데, 주에 "최복(?服)에는 거친 상복을 입는 자
는 앞에 서고, 가는 상복을 입은 자는 뒤에 선다."고 하였다.
 경문의 소에 "<상대기>에 '부인은 서는 법이 없다. 사의 상에는
주인이나 부형이나 자손들이 모두 앉는데, 대부의 상에만 높은
이는 앉고 낮은 이는 선다고 하였는데, 높고 낮다고 하는 것은
관작으로 말한 것이다."고 하였다.

飯含 : 喪大記 士飯三貝 ○儀禮 貝三實于笲 笲音煩 竹器
○檀弓云 不忍其口之虛 用此美物而實之

입에다 반을 넣음 : <상대기>에 "사는 반이 삼패(三貝)이다."고
하였다. 「의례」에 "패 세 개를 대그릇에 담는다."고 하였다. <단
궁>에 "차마 그 입을 비워 둘 수 없어서 이 아름다운 물건으로
채운다."고 하였다.

幎 大註 : 或作冪 覆也 幎音覓

멱 대주 : 더러는 멱(冪)으로 쓰기도 하는데, 덮는다는 뜻이다. 음
은 멱(覓)이다.

卒襲 : 本經紀 旣襲 宵爲燎于中庭 宵 夜也

습을 마침 : 본경(本經)에는 "습을 끝내고 저녁에는 가운데 뜰에다 불을 밝힌다."고 기록이 되어 있다. 소(宵)는 밤이다.

古有襚禮 小註 下同 : 經註 襚 遺也 衣服曰襚 ○穀梁傳曰 乘馬曰賵 衣衾曰襚 貝玉曰含 錢財曰賻

옛적에 수례가 있었음 소주는 아래와 같음 : 경의 주에 "수(襚)는 남긴다는 뜻이다. 의복을 수라고 한다."고 하였다.
　「곡량전」에 "말을 타는 것을 봉(賵)이라고 하고, 옷과 이불을 수(襚)라고 하고, 패옥(貝玉)을 함(含)이라고 하고, 전재(錢財)를 부(賻)라고 한다."라고 하였다.

故人遺衣 : (按) 自古人至廟中 一本作註

고인유의 : 살펴보니, 고인으로부터 묘중(廟中)까지 어떤 책에는 주로 되어 있다.

設魂帛 : 朱子曰 自弔魂復魄 立重設主 便是常要接續他些子精神在這裏

혼백을 설치함 : 주자가 말하기를 "조혼(弔魂)하고 복백(復魄)함으로부터 중(重)을 세우고, 신주를 설치하는 것은 항상 그의 정신을 접속시켜 여기에 있게 하기 위한 것이다."고 하였다.

鑿木爲重 大註 下同 : 補註 或曰重 或曰主 始死有柩而又設 中 所以爲重也 旣有廟矣 廟必有主 是爲主也 ○儀禮註 懸 物焉曰重 疏 以木有物懸下 相重累 故得名 ○檀弓 重平聲 主道也 註 始死未作主 以重主其神 旣虞埋之 乃復作主

나무를 깎아 중을 만듦 대주, 아래도 같음 : 보주에 "중(重)이라고 도 하고, 주(主)라고도 한다. 막 죽었을 때에 널리 있는데 또 가 운데다 이를 설치하므로 중이라고 한다. "사당이 있으면 주(主)가 있기 마련이니 이것이 주이다."고 하였다.
「의례」의 주에 "물체를 달아매는 것을 중이라고 한다."고 하였 는데 소에 "나무에다 물체를 달아매어 서로가 겹치기 때문에 이 러한 이름을 얻게 되었다."고 하였다.
  <단궁>에 "중은 신을 의지하게 한 것이다."고 하였는데, 주에 "막 죽었을 때에는 신주를 만들지 않았기 때문에 중으로 신을 의 지하게 하였다가 우제(虞祭)를 지내고 나서 이를 묻고 다시 신주 를 만든다."고 하였다.

乘輼軿 : 輼音薀 車前後皆蔽 軿音騈 婦人車 以有屛蔽 故 曰軿

치병을 탐 : 치(輼)의 음은 치(薀)이다. 수레의 앞뒤가 모두 가려 졌다. 병(軿)의 음은 병(騈)인데, 부인의 수레는 휘장을 둘러쳐서 가리워졌기 때문에 병(軿)이라고 한다.

遺衣裳 必置於靈座 小註 : 補註 倚上置衣服 置魂魄 設於帷 外 此謂靈座

남긴 의상은 반드시 영좌에 둠 소주 : 보주에 "의자 위에 의복을
두고 혼백을 두어서 휘장의 밖에다 설치한다."고 하였는데, 이는
영좌를 말한 것이다.

立銘旌 : (按) 儀禮 作重置銘 家禮 設魂魄置銘旌 卽其禮也
立於跗 在殯後 ○按 儀禮 始死作銘 置于西階 作中之後 置于
重 殯後 置于殯 以二反埋棺之坎也 疏曰 銘 所以表柩故也 當
立於殯後 故疏亦言殯前不用之義 立銘之立字 恐誤 殯

명정을 세움 : 살펴보니, 「의례」에는 "중(重)을 만들고 명정을 둔
다."고 하였고, 「가례」에는 "혼백(魂魄)을 설치하고 명정을 둔다."
고 하였는데, 곧 그 예이다. "발등 쪽에 세우고 빈소의 뒤에 둔다."
고 하였다.
　살펴보니, 「의례」에 "막 죽었을 때는 명정을 만들어서 서쪽 계
단에다 두고, 중을 만든 뒤에는 중(重)에다 두고, 빈소를 마련한
뒤에는 위(殯) 이(以) 이(二)의 반절음. 관을 묻는 구덩이에다 둔
다."고 하였는데, 소에 "명정은 널을 표시하는 것이기 때문이다."
고 하였다. 그러므로 빈소를 설치한 뒤에 세워야 하기 때문에 소
에서도 빈소를 설치하기 전에는 사용하지 않는다는 뜻을 말했다.
명정을 세운다는 입(立)자는 아마도 오자가 아닌가 싶다.

五品以下 大註 下同 : (按) 下字 當作上字

오품 이하 대주. 아래도 같음 : 살펴보니, 하(下)자는 상(上)자로 써
야 할 것이다.

某公之柩 : 儀禮註曰 在棺爲柩

모공의 구 : 「의례」의 주에 "관의 안에 있는 것을 구(柩)라 한다."고 하였다.

司馬溫公曰銘旌 小註 : 按 溫公此語 宜在殯後 恐引時誤入

사마온공이 말하기를 명정 소주 : 살펴보니, 사마온공의 이 말은 빈(殯)의 뒤에 있어야 할 것인데, 아마도 인용할 때에 잘못 삽입한 것으로 생각된다.

不作佛事 : 問親意欲用之 當如何 朱子曰 以委曲開釋爲先 如不可回 則又不可咈親意也

불사를 하지 아니함 : 문 : "어버이가 이를 쓰고자 한다면 어떻게 하여야 합니까?" 하니, 주자가 말하기를 "자세히 설득시키는 것이 우선 할 일이지만 의향을 돌이킬 수 없으면 또한 어버이의 마음을 거슬려서는 안 될 것이다."고 하였다.

出拜靈座 大註 下同 : 補註 出帷拜靈座也

나가서 영좌에 절함 대주 하동 : 보주에 "휘장을 나와서 영좌에 절한다."고 하였다.

主人以哭對 : 喪大記 子幼則以衰抱之人 爲之拜

주인이 곡하여 대함 : <상대기>에 "자식이 어릴 경우에는 최복(?服)을 입혀 보듬고 사람을 시켜 대신 절하게 한다."고 하였다.

小斂 : 王制 絞紟衾冒 死而後制 絞紟衾冒 一日二日可爲 按
不用舊衾 可知

소렴 : <왕제(王制) 예기의 편명>에 "교·금·금·모(絞·紟·衾·冒)[78]
는 죽은 뒤에 만든다고 하였는데, 교. 금. 금. 모는 1~2일이면 만
들 수 있다."
 살펴보니, 헌 이불을 사용하지 않는다는 것을 알 수 있다.

衾用複者 大註 : 喪大記 用複衣複衾 註 複有綿纊者

겹으로 된 이불을 사용함 대주 : <상대기>에 "겹옷과 겹이불을
    쓴다."고 하였는데, 주에 "겹것에는 면이나 솜으로 된 것이
    있다."고 하였다.

設奠 : 儀禮經傳 奠以素器 註 後凡奠通用

전을 차림 : 「의례경전」에 "흰 그릇으로 전을 차린다."고 하였는
    데, 주에 "모든 전에 통용한다."고 하였다.

髽 莊華反 : 補 (按) 童子不免 劉氏問喪註 喪必着免 嫌於不冠
    也 童子未冠 喪亦不免 童子當室則免 當成人之禮也

좌 장 화의 반절음 : 보, 살펴 보건데 동자(童子)는 문(免넓이 한 치

---

78)교금금모(絞紟衾冒) : 교(絞)는 염할 때 묶는 베, 금(紟)은 홑이불, 금(衾)은
    큰 이불, 모(冒)는 염한 뒤에 서둘러 씌우는 것인데 윗 것을 모라 하고 아랫
    것을 쇄(殺)라 함.

의 배로 머리를 둘러 싸맴)하지 않는다. 유씨문상 주(劉氏問喪註)에 "상례에 있어서 문을 착용하는 것은 관을 쓰지 않았다는 혐의가 있기 때문이다."고 하였다. 동자가 관례를 하지 않았으면 상에도 문을 착용하지 않으나, 집을 맡게 되면 문을 착용하는데, 성인(成人)의 예와 맞먹기 때문이다.

左袒不紐 大註 下二條同 ： 喪大記 小斂大斂 皆結袒結絞不紐 註 袒 衣襟也 生向右 解便也 死向左 示不復解也 生時 帶爲紐 使易解 死無復解義故 結之不爲紐也 (按) 不紐 示不復解之義也 凡帶及絞 皆結之不紐也 今稱左袒不紐 乃擧送死之禮也

옷섶을 왼쪽으로 여미고 매듭 짓지 않음 대주 아래 2조 같음 ： <상대기>에 "소렴과 대렴을 할 때에 모두 옷섶을 왼쪽으로 여미어 포교(布絞)로 묶되 매듭짓지 않는다. [小斂大斂皆左袒結絞不紐]"고 하였는데, 주에 "임(袒)은 옷섶이다. 살았을 때 옷섶을 오른쪽으로 여미는 것은 풀기에 편리하도록 한 것이고, 죽었을 때 옷섶을 왼쪽으로 여미는 것은 다시는 풀지 않는다는 것을 보인 것이다. 살았을 때 띠를 매듭짓는 것은 풀기에 편리하도록 한 것이나, 죽어서는 다시 풀 필요가 없기 때문에 묶되 매듭짓지 않는다."고 하였다.
살펴보니, 매듭짓지 않는 것은 다시금 풀지 않는다는 의미를 보이는 것이니, 무릇 띠와 포교는 매듭짓지 않고 묶는다. 여기에 옷섶을 왼쪽으로 여미어 묶고 매듭짓지 않는다고 한 것은 죽은 이를 보내는 예를 들어 말한 것이다.

夫於妻執之 ： 本文 妻於夫拘之 君於臣撫之 拘微引其衣 喪

大記 嫂不撫叔 叔不撫嫂 君不撫僕妾 註 君撫大夫及命婦
大夫撫室老及姪娣 僕賤於室老者 妾賤於姪娣者 恩不及之

남편이 아내의 시신을 잡음 : 본문(本文)에는 "아내가 남편의 시신을 당기고, 임금이 신하의 시신을 어루만진다."고 하였는데, 당긴다는 것은 남편의 옷을 살짝 잡아당긴다는 뜻이다.

<상대기>에 "형수나 계수는 시숙의 시신을 어루만지지 아니하며, 시숙은 형수나 계수 시신을 어루만지지 아니하며, 임금은 종이나 첩의 시신을 어루만지지 아니한다." 고 하였는데, 주에 "임금은 대부 및 명부(命婦)의 시신을 어루만지고, 대부는 그의 집에 일하는 노인이나 첩을 어루만진다."고 하였는데, 종은 일하는 노인보다 천하고 첩은 귀첩보다 천하므로 은혜가 미치지 않는 것이다."고 하였다.

舅於婦 : (按) 考喪大記 舅字下 落姑字

시아버지가 며느리에게 : <상대기>를 상고해 보니, 구(舅)자의 밑에 고(姑)자가 빠졌다.

至第四日 小註 : (按) 第 他本作家

지제사일 소주 : 살펴보니, 다른 본에는 제(第)자가 가(家)자로 되어 있다.

乃奠 : (按) 襲奠在尸東 斂奠在靈座前

전을 드림 : 살펴보니, 습(襲)할 때에는 시체의 동쪽에서 전을 드

리고 염(斂)할 때에는 영좌의 앞에다 전을 드린다.

乃代哭 : 經傳註 禮防其以死傷生 使之更哭

대신 곡을 함 : 「경전」의 주에 "예는 죽은 이로 인하여 산 이를
손상시키는 것을 방지하는 것이기에 번갈아 곡하게 하는 것이
다."고 하였다.

大斂 : 喪大記註 士猶用複衣複衾 ○(按) 大斂 君用褶衣褶
衾 褶衣衾之袷者 君衣多 故用袷 ○(按)家禮 大小斂衾
皆用有綿者 ○記子思曰 喪三日而殯 凡附於身者 必誠必
信 勿悔焉耳矣 三月而葬 凡附於棺者 必誠必信 勿悔焉
耳矣 註 附身 衣衾之具 附棺 明器用器之屬 必誠 於死
者無所欺 必信 於生者無所疑

대렴 : <상대기>의 주에 "사(士)도 겹옷과 겹이불을 사용한다."
고 하였다. 살펴보니, 대렴에 임금은 첩의(褶衣)와 첩금(褶衾)
을 사용하는데, 첩은 겹으로 된 옷이다. 임금은 옷이 많기
때문에 겹옷을 쓴다. 살펴보니, 「가례」에는 대렴이나 소렴을
할 때 쓰는 이불은 모두 솜을 놓은 이불을 사용하였다.
「예기」에 자사(子思 공자의 손자 이름은 급(伋))가 말하기를
"상이 난 3일 만에 초빈 하는데, 무릇 시체를 염할 때 소요
되는 물건을 성신(誠信)껏 준비하여 나의 마음에 유감이 없
게 해야 하며, 3개월에 장사지내는데, 무릇 관에다 넣는 명
기(明器)를 성신껏 마련하여 나의 마음에 유감이 없게 해야
한다."고 하였는데 주에 "몸에 딸린 것이란 옷가지나 이부자
리이며, 관에 딸린 것이란 명기(明器)나 용기(用器)의 등속이

다. 반드시 정성껏 한다는 것은 죽은 이에게 속이는 바가 없이 하는 것이고, 반드시 진실하게 한다는 것은 산 이에게 의심스러운 바가 없도록 하는 것이다."고 하였다.

擧棺入置于堂中小西 : 檀弓曰 飯於牖下 小斂於戶內 大斂於阼 殯於客位 祖於庭 葬於墓 所以卽遠也 註 一節遠於一節 飯 飯含也 ○(按) 小西 郎殯於客位之義

당의 중앙보다 조금 서쪽에다 관을 들어다 놓음 : <단궁>에 "창문 아래서 반(飯)을 넣고 침실 문안에서 소렴을 하고, 주인의 자리(主位)에서 대렴을 하고, 손님의 자리(客位)에서 널을 멈추어 놓고, 사당의 앞뜰에서 조전을 드리고, 묘지에다 장사지내는 것은 점차 멀리 떠나는 것을 보인 것이다."고 하였는데, 주에 "하나의 절차가 하나의 절차에서 점차로 멀어지는 것이다. 반은 시신의 입에 넣는 것이다."고 하였다.

 살펴보건대, 조금 서쪽이라는 것은 손님의 자리에서 초빈[79]한다는 뜻이다.

承以兩甀 大註 下三條同 甀或作橙 牀屬 丁鄧切 去聲

양등으로 받침 대주. 아래 3조도 같음 : 甀(등)은 더러 등(橙)으로 쓰기도 하는데 상(牀)의 일종이다. 정(丁)과 등(鄧)의 반절 음이며 거성(去聲)이다. ※ 甀(등):질제기등

又揣基空缺 : 揣 上聲 楚委切 度高下曰揣

---

[79]초빈(草殯):어떤 사정으로 송장을 방에 둘 수 없을 때 한데나 의지(依地) 간에 관을 놓고 이엉 등으로 그 위를 이어 눈비를 가리는 일.

또 그 공결을 헤아림 : 취(揣)는 상성(上聲)이니, 초(楚)와 위 (委)의 반절 음이다. 높고 낮음을 헤아리는 것을 취라고 한다.

纍墼塗之 : 禮註 塗之爲火備 ○旣殯 主人脫髦 尊卑同三日 也 三日不生 亦不生矣 ○墼音擊 未燒磚也 ○(按) 雜記 妾殯 斂不於正室 練祥皆使其子主之 註 攝女君之妾同 惟祔君自主

벽돌을 쌓아서 덮음 : 예의 주에 "덮은 것은 화재를 막기 위한 것이다."고 하였다. "초빈을 마치고 주인은 어려서부터 머리에 꽂 았던 더벅머리를 버리고, 높은 이나 낮은 이 할것없이 삼일간 기다 린다. 삼일 안에 소생하지 않으면 살아날 수 없다."고 하였다.
 격(墼)의 음은 격(擊)이니 굽지 않은 벽돌이다. 살펴보니 잡기 (雜記)에 "첩의 빈염(殯斂)은 안방에서 하지 않고, 연상(練祥)에도 모두 그의 자식이 주관하게 한다."고 하였는데, 주에 "주부(主婦) 의 일을 대신 맡아서 하였던 첩도 이와 똑같이 하되, 다만 부제 (祔祭)는 남편이 주관한다."하였다.

中門之外擇朴陋之室 : 本經記居倚疏 中門外倚東壁爲廬 一頭至地 旣虞之後 挂楣剪屛 ○非喪事不言

중문 밖에 허수룩한 방을 택함 : 본경(本經)에는 거의(居倚)로 기록되어 있다. 소에 "중문 밖 동쪽 벽을 의지하여 여막을 짓고 우 제(虞祭)를 마친 다음에 문틀을 달고 병풍을 제거한다 하였다."고 하였다. 상사(喪事)에 관한 게 아니면 말하지 않는다.

成服 : 性理大全 陳氏曰 大宗始祖 合族皆服齊衰三月 不以
親屬近遠論 是爲百世不遷之宗 小宗 是親盡則絶 繼禰者親
兄弟宗之 爲之服朞 繼祖者 從兄弟宗之 爲之服大功 繼曾祖
者 再從兄弟宗之 爲之服小功 繼高祖者 三從兄弟宗之 爲之
服緦麻 是爲五世則遷之宗 ○易繫辭 上古喪朞無數 ○儀禮
註 黃帝以前 心喪終身不變也 唐虞之日 心喪三年 亦未有服
也 唐虞以上 吉凶同服 三王用白布冠白布衣 因爲喪服矣

성복 : 「성리대전(性理大全)」에 진씨(陳氏)가 말하기를 "대종(大
宗)에게는 시조 이하 모든 겨레부치가 자최(齊衰) 3월복을 입어
친속의 멀고 가까움을 따지지 않는데, 이는 백세토록 옮기지 않는
종이고, 소종(小宗)은 친(親)이 다하면 끊어진다. 아버지를 계승한
자에게는 친형제가 이를 종으로 받들어 기년복(朞年服)을 입어 주
고, 할아버지를 계승한 자에게는 종형제가 이를 종으로 받들어 대
공복(大功服)을 입어 주고, 증조를 계승한 자에게는 재종형제들이
이를 종으로 받들어 소공복(小功服)을 입어 주고, 고조를 계승한
자에게는 삼종 형제들이 이를 종으로 받들어 시마[80]복(緦麻服)을
입어 주는데, 이는 5세가 되면 옮겨가는 종이다."고 하였다.
「주역」의 계사에 "상고 시대는 상복을 입는 기한이 정해지지
않았다."고 하였다. 「의례」의 주에 "황제(皇帝 고대의 제왕 헌
원씨(軒轅氏)) 이전에는 마음으로 애도하여 종신토록 변하지 않
았고, 당우(唐虞 요순(堯舜))의 시대에는 마음으로 3년간 애도하
였으나 상복은 없었다. 당우 이상의 시대에는 길사나 흉사에
동일한 복식을 사용하였고 삼왕(三王 우(禹) 탕(湯) 문왕(文王))
때에는 흰 베로 만든 관과 흰 베로 만든 옷을 사용하였는데 이

---

80) 시마(緦麻) : 종증조, 삼종증조, 중증손(衆曾孫), 중현손 등 8촌이내의
   존비속의 애사(哀事)에 석달동안 입던 옷.

로 인하여 상복이 되었다."고 하였다.

生與來日 死與往日 小註 : 「曲禮 與 猶數也 生數來日 除
死日三日成服 死數往日 三日而殯矣

산 사람은 오는 날수를 세고 죽은 사람은 가는 날수를 셈

소주 :「<곡례>에 "여(與)자는 수(數)자와 같다."고 하였다. 산
사람은 오는 날수를 센다는 것은 죽은 날은 빼고 3일 만에 성
복(成服)한다는 것이고, 죽은 사람은 가는 날로 센다는 것은 죽
은 날로부터 3일에 빈(殯)을 한다는 것이다.

斬 : 經疏 斬 取痛甚之意

참 :「경(經)의 소에 "끊을 참(斬)자를 쓴 이유는 매우 애통하다
는 뜻을 취한 것이다."고 하였다.

麤 大註 下十五條同 : 平聲 物不精也

추 대주. 아래 15조도 같음 :「위의 글자는 평성(平聲)이고 정미롭지
못한 물건이란 뜻이다.

作三帕 : 補註 帕音輒 褶也 裳帕 與幅巾橫帕小異 幅巾橫帕
是屈其兩邊 相揍在裏 衰裳帕 是屈其兩邊 相揍在上也

삼첩을 만듦 : 보주. 첩(帕) 음은 첩(輒)인데 주름이다. 아랫도
리의 주름은 복건(幅巾)의 가로 주름과는 조금 다르다. 복건의
가로 주름은 양쪽 가장자리를 접어서 안쪽으로 모아 붙이고, 아

랫도리 최복의 주름은 양쪽 가장자리를 접어서 위로 모아 붙인다. ※帆(옷끌첩)

綴 : 株衛切 去聲 連綴也

철 : 주(株)와 위(衛)의 반절음이고 거성이니 이어서 붙인다는 뜻이다.

相沓 : 沓 達合切 合也

冠 : 記 喪冠不緌 註 垂其餘謂之緌 不緌 去飾也

관 : 예기」에 "상관(喪冠)의 끈을 드리우지 않는다."고 하였는데, 주에 "메고 남은 것을 드리우는 것을 유(緌)라고 한다. 드리우지 않는 다는 것은 보기 좋게 꾸미지 않는다는 것이다."고 하였다.

首経 以有子麻爲之 : 經疏 象緇布冠之缺頂 ○儀禮註 経實也 明孝子有忠實之心也 ○補註 首経用有子麻帶黑色者爲單股繩也

수질은 숫 삼으로 만듦 : 경의 소에 "치포관의 밑 테두리를 본뜬 것이다."고 하였다.
「의례」의 주에 "질(経)은 실(實)자의 뜻이니, 효자가 충실한 마음이 있다는 것을 밝힌 것이다."고 하였다.
보주, 수질에 흑색을 띤 씨가 있는 삼으로 쓰는 것은 한 가닥으로만 꼰 줄이기 때문이다.

腰絰 : 經疏 象大帶

요질 : 경의 소에 "큰 띠를 본뜻 것이다."고 하였다.

絞帶用有子三麻 : (按) 喪服傳 絰與帶去五分之一以爲殺

교대 참최의는 숫삼을 씀 : 살펴보니, <상복소기>에 "상복의 경
중에 따라 수질과 요질의 굵기를 5분의 1씩 줄여서 만든다."고 하
였다.

苴杖 : 補註 苴 子餘切 平聲 苴 麻之有子者 喪服小記註 心
如斬斫 貌若蒼苴 所以緣絰杖 俱備苴色

저장 : 보주. 저(苴)는 자(子)와 여(餘)의 반절음이니 평성이다. 저
는 씨가 여는 삼이다.
  <상복기>의 주에 "마음은 찢어질 듯하고 안색은 푸른 삼과 같기
때문에 최질과 지팡이를 삼색으로 갖추는 것이다."고 하였다.

粗 : 上聲 麤也

조 : 상성이고 거칠다는 뜻이다.

大袖 : 補註 用極麤生麻布爲之 長至膝 袖長一尺二寸 其邊
皆縫 向外 不緝邊 準男子衰衣之制

대수 : 보주. 아주 거친 생마포(生麻布)로 만드는데, 길이는 무릎까지 닿고 소매의 길이는 한 자 두 치이다. 가장자리를 모두 밖으로 나오게 꿰매고 깁지 않는데, 남자의 최의(衰衣)를 본뜬 것이다.

長裙 : 補註 用極麤生麻布六幅爲之 六幅共裁爲十二破 聯以爲裙 其長拖地 縫向內 不緝邊 準男子衰裳之制

장군 긴치마 : 보주. 아주 거친 생마포 여섯 폭으로 쓴다. 여섯 폭을 열두 폭으로 갈라서 이어 붙여 만드는데, 길이는 땅에 끌리게 하고 안으로 가게 꿰매되 가장자리는 깁지 않는다.
이것은 남자의 최상(衰裳)의 제도를 본뜬 것이다.
※衰 : 쇠할쇠, 같을최

盖頭 : 補註 用稍細麻布爲之 凡三幅 長與身齊 不緝邊

개두 모자의 일종 : 보주, 조금 가는 마포로 만드는데 세 폭이 든다. 길이는 신장과 같이 하고 둘레는 깁지 않는다.

布頭𢂺 : 補註 用稍細布一條爲之 長八寸 用以束髮根 垂其餘於後 儀禮布總 是也

포두수 베로 만든 머리 수건 : 보주. 조금 가는 베 한 가닥으로 만드는데 길이는 여덟 치로 한다. 이것으로 머리털을 묶고 난 나머지를 뒤로 드리우는데「의례」에 포총(布總)이라고 하는게 바로 이것이다.

竹釵 : 補註 削竹爲之 長五六寸

※ 釵 : 비녀채, 비녀차

죽차 대비녀 : 보주. 대를 깎아서 만드는데, 길이는 대여섯 치이다.

麻屨[81]） : 補註 婦人屨 周禮 散屨 註云 散屨去飾

삼신 : 보주. 부인의 신을「주례」에는 산구(散屨)라고 하였는데, 주에 "산구라고 하는 것은 좋게 꾸미지 않는다는 것이다."고 하였다.

庶子不得爲長子三年 小註 下六條同 : （補） 宋皇祐中 石祖仁 之祖父中立亡 叔從簡成服而繼亡 祖仁自請已乃適孫 乞下 禮院定奪承祖父重服云 則雖有適孫 而庶子得爲父後 宗法 之廢可知 程大中之喪明道亡 明道有子 而歸伊川 亦恐遵宋 朝此法 而大中之遺命也

서자는 장자처럼 삼 년을 할 수 없음 소주, 아래 6조도 같음 :
보. 송(宋) 나라 황우(皇祐 인종(仁宗)의 연호) 무렵에 석조인(石 祖仁)의 조부 중립(中立)이 죽었는데, 그이 숙부 종간(從簡)이 성복하고 조부를 이었다. 이에 조인이 스스로 조정에 청하기를 "저는 적손(適孫)입니다. 그러니 예원(禮院)에 분부하여 저에게 조부를 이어 중복(重服)을 입게 해 주소서."하였고 보면 적손이 있더라도 서자가 아버지의 후사가 되었으니, 종법(宗法)이 무너졌음을 알 수 있다. 정대중(程大中)이 명도(明道) 정호(程灝)를 잃고 죽었는데, 명도에게 자식이 있었으나 종통이 이천(伊川) 정이(程頤)에게로 돌아갔으니, 역시 송조(宋朝)의 이 법을 따랐거나 대중의 유언이 아니었나 본다.

---

81) 마구(麻屨.삼신)삼이나 노 따위를 짚신처럼 삼은 신.

摺 : 疊也 入聲

섭 : 접는다는 뜻이고 입성이다.

領必有袷 : 袷音劫 交領也 ○袷音夾 或作袷 夾衣也

　　　　　※ 袷=袷(겁=겁) / 袷≠袷(합사할협)

옷깃은 받듯이 겹으로 함 : 겁(袷)의 음은 겁(劫)이니 옷깃을
겹치게 한다는 것이다. 겹의 음은 협(夾)으로도 하고 협(袷)자로
도 쓰는데 협의(夾衣)이다.

箭笄長尺 : 記 南宮縚之妻之姑之喪 夫子誨之髽曰 爾無從
從爾 爾無扈扈爾 榛以爲笄長尺而總八寸 註 縚妻 夫子兄
女也 從從 高也 扈扈 廣也 言髽不可太高 又不可太廣 又
敎笄總之法 齊衰用榛笄

가는 대를 한 자의 길이로 깔라 비녀를 만듦 : 개암나무로
비녀를 만들되 길이는 한 자로 하고 북상투[82]를 묶는 띠는 여
덟 치로 한다."고 하였다. 주에 "남궁도의 아내는 공자의 형의
딸이다. 종종은 높은 모양이고 호호는 넓은 모양이다. 쪽은 너
무 높아도 안 되고 또 너무 넓어도 안 된다는 것을 말하「예기」
에 남궁도(南宮縚)의 아내가 시어머니의 상을 당하였는데, 북상
투를 쪽지는 법에 대하여 공자가 가르치기를 "너는 종종(從從)
하게 하지 말고 호호(扈扈)하게 하지도 말라 였고 또 비녀와 띠
를 사용하는 방법을 가르쳤다. 자최에는 개암나무로 만든 비녀
를 쓴다."고 하였다.

---

82) 북상투 : 아무렇게나 끌어올려 뭉쳐놓은 여자머리.

外基飾向外編之 : 疏曰 收其餘末向外 取醜惡也

꾸미고 남은 것을 밖으로 내어 맴 : 소에 "남은 것을 거두어 밖
으로 내는 것은 추악하게 보이기 위한 뜻을 취한 것이다.

祖父卒而後爲祖母後者 : (按) 儀禮 爲人後者 於祖母及
母 如所生子也 皆服齊衰三年於父祖旣卒之後 ○(按)
家禮 無父在爲母期一條 而楊氏以祖父卒而後爲祖母後
者 齊衰三年云 不知祖雖在而亦三年也

조부가 죽은 뒤에 조모의 후사가 된 자 : 살펴보니, 「의례」에
"남은 후사가 된 자는 조모나 어머니에게 친히 난 자식과 같으므
로 조부가 죽은 뒤에도 그들에게 자최 3년 복을 입어 준다."고 하
였다.
　살펴보니, 「가례」에 아버지가 생존해 있을 때 어머니를 위해 1
년 복을 입는다는 조목이 없는데, 양씨(楊氏)는 "조부가 죽은
뒤에 조모의 후사가 된 자는 자최 3년 복을 입는다."고 하니 이
는 조부가 있더라도 3년 복을 입어 준다는 것을 모른 것이다.

爲所後者之妻若子也 : 按 所後者之母 如生母也

후사가 된 자의 아내 및 자식 : 살펴보니, 후사가 된 자의 어
머니는 생모와 같은 것이다.

大功 : 補註 言布之用功 粗大也

대공 : 보주. 베(布)를 만드는 과정이 거칠고 굵게 하였다는 것을

말한 것이다.

小功 : 補註 言布之用功 細小也

소공 : 보주. 베를 만드는 과정이 곱고 가늘게 하였다는 것을 말한 것이다.

姑爲適婦不爲舅後者 小註 : 經傳註 適婦不爲舅後者 謂夫有廢疾 若他故 若死而無子 不受重者 小功

시어머니가, 적부로서 시아버지의 후사가 되지 못한 자에게 소주 :「경전」의 주에 "적부로서 시아버지의 후사가 되지 못한 자란 남편이 몹쓸 병이 들었거나 다른 사고로 죽어서 자식을 낳지 못해 승중(承重)을 못 받은 자를 말한 것이니 소공복을 입어 준다."고 하였다.

緦麻 : 補註 緦麻 絲也 治其縷細 如絲也

시마 : 보주. 시는 삼(麻)실이다. 그 실오라기를 명주실처럼 가늘게 다듬은 것이다.

漢戴德 小註 下二條同 : 西漢儒林傳 戴德與姪聖 同受禮於后蒼 德刪禮記 號大戴禮 宣帝時人也

한 나라의 대덕 소주 아래 2조도 같음 : 서한(西漢)의 <유림전(儒林傳)>에 "대덕이 그의 조카 성(聖)과 함께 후창(后蒼)에게 예를 배웠는데 대덕이 「예기」를 산정(刪定)하였으므로 대대례(大戴禮)라고도 부른다. 선제(宣帝) 때의 사람이다."고 하였다.

徐邈 : 晉書 徐邈下帷讀書 不遊城邑 學者宗之

서막 : 「진서(晉書)」에 "서막이 휘장을 치고 글을 읽으며 도회지
에 나가 놀지 않았는데, 학자들이 높이 받들었다."고 하였다.

今人吉服不古而凶服古 : 問吉服旣用今制 獨喪服用古制 恐
徒駭俗 朱子曰 駭俗 些小事

지금 사람들은 길복은 옛 것으로 쓰지 않으면서 흉복은 옛 것
으로 씀 : 문 : "길복은 이미 지금의 제도에 따라 쓰고 있으면서
유독 상복만 옛날의 제도에 따라 쓰고 있으니, 세속만 놀라게 할
까 염려됩니다." 주자가 답하기를 "세속을 놀라게 하는 것은 사소
한 일이다."고 하였다.

女適人者降服未滿被出 大註 : (補) 宋朝宗法廢 嫡孫不得爲
後 而少子亦得爲父後 故石祖仁祖父中立死未葬 其叔從簡
爲父後 而又亡 祖仁請追服 博士宋敏求議曰 服可再制明矣
已葬未葬 用再制服 折衷情禮云 則嫡子凡追服祖父者 父亡
在期內 已服未除 則因變服之節 未葬之成服 旣葬之卒哭
期之練 宜成斬衰 以盡餘月 若期已除而吉服 則宜用女適人
被出 已除本宗降服 不得追服之義 不得追服 明矣

여적인자강복미만피출 대주 : 보. 송조(宋朝)에 와서 종법이 폐
지되어 적손이 뒤를 잇지 못하고 차자가 뒤를 이을 수 있게 되
었기 때문에 석조인의 할아버지 중립이 죽어서 장사지내기 전에

그의 숙부 종간이 아버지의 뒤를 이었다가 또 사망하자, 조인이 소급하여 복입기를 청하였다. 박사(博士) 송민구(宋敏求)가 의논하기를 "복을 다시 입어야 한다는게 분명합니다. 장례를 치렀거나 안 치렀거나 간에 다시 복을 입게 하여 인정이나 예절에 맞게 해야겠습니다."고 하였고 보면 적자로서 조부의 복을 소급하여 입고 있는데 아버지가 돌아가시어 입었던 복을 벗지 못했을 경우엔 변칙적 상복 절차에 따라 장사지내지 않았으면 성복하고 장사를 지냈으면 졸곡하고 기년(期年)의 연복(練服)에 마땅히 참최를 이루어 남은 달수를 채우고 만약 기년 복을 벗고 길복을 입었으면 여자가 시집을 가 축출을 당해 본종(本宗)에서 삭제되어 강복이 되었으므로 소급하여 복을 입을 수 없는 의리로 적용해야 할 것이니, 소급해서 복을 입을 수 없다는 게 분명하다.

今之墨縗 小註 下二條同 : 左傳 墨以葬文公 ○ (按) 晉文未葬 晉襄從戎 墨染其衰 喪服之變 於是始矣

지금의 묵최 소주. 아래 2조도 같음 : 좌전」에 "검정색 최복을 입고 문공(文公)의 장례를 치렀다."고 하였다.

살펴보니, 진 문공(晉文公)의 장례를 치르기 전에 진 양공(襄公)이 전쟁하러 나갔었는데, 돌아와 군복의 색깔인 검정색으로 최복을 물들여 썼는데 이 때부터 상복이 변하였다.

唐前上元元年 : 通鑑唐高宗上元初 詔行之

당 나라 전 상원 원년 : 통감(通鑑)에 "당 고종(唐高宗)이 상원(上元 고종의 연호)에 처음으로 조칙하여 행하였다."고 하였다.

申心喪三年 : (補) 程子曰 師不立服 不可立也 如顔閔之於孔
子 雖斬衰三年 可也 其次 各有淺深 豈可一槩制服 ○丘氏
曰 宋儒黃榦 喪其師朱子 弔服加麻 制如深衣 用冠経 王栢喪
其師何基 服深衣加経帶 栢卒 其弟子金履祥加経于白巾 経
如緦麻而小 帶用細苧 黃王金三子 皆朱門之適傳 非無稽也
後世欲服師之恩義者 宜準之以爲法 ○檀弓註 心喪 身無衰
麻之服 而心有哀戚之情 所謂若喪父而無服也 ○孔子之喪
門人疑所服 子貢曰 昔者夫子之喪顔淵 若喪子而無服 喪子
路亦然 請喪夫子 若喪父而無服 ○孔子之喪 二三子皆経而
出 羣居則経 出則否 註 羣者 諸弟子相爲朋友之服也 出外而
不免経 所以隆師也 朋友爲服緦之経帶 出則免之 弔服加麻
者 出則變之 今出而不免経 隆師也 無服 謂弔服加麻 疏云
疑衰麻 謂環経也 五服 経皆兩股 惟環経一股

삼 년간 마음으로 애도함 : 보. 정자(程子)가 말하기를 "스승에
대한 복제(服制)를 만들지 않는 것은 만들 수 없기 때문이다. 예
를 들면 안연(顔淵)이나 민자건(閔子騫)은 공자에게 있어서 참최
3년복을 입어도 되겠지만 그 다음 제자들은 각각 천심(淺深)이 있
으니 어떻게 일률적으로 복을 제정할 수 있겠는가."고 하였다.

구씨(丘氏)가 말하기를 "송(宋) 나라 선비 황간(黃榦)이 그의
스승 주자의 상을 당해서 조상할 때 입는 복장에다 삼[麻]를 첨
가했는데, 그 제도가 심의와 같았고 관에다 수질을 썼으며, 왕
백(王栢)이 그의 스승 하기(何基)의 상을 당해서 심의를 입고 요
질을 띠었으며, 왕백이 죽자 그의 제자 김이상(金履祥)이 흰 건
에다 수질을 띠었는데, 그 수질이 시마복에 띠는 수질과 같았으
나 조금 작았고, 요대는 가는 모시를 썼다. 황. 왕. 김 세 사람
은 모두 주자의 정통을 받았기 때문에 근거가 없이 하지는 않았

을 것이다.

후세에 스승의 은의(恩義)에 대해 복을 입고자 하는 자는 이를 기준하여 법으로 삼아야 할 것이다." 하였다.

<단궁>의 주에 "심상(心喪)이란 몸에 최마(衰麻)의 복을 입지 않았으나 마음에는 애도하는 정이 있는 것이니, 이른바 아버지를 잃은 것 같이 하면서도 복이 없는 것이다."하였다.

공자의 상에 제자들이 어떻게 복을 입어야 할지 몰라 망설이자 자공(子貢 단목사(端木賜))이 말하기를 "옛적에 선생님께서 안연을 잃었을 때에 마치 자식을 잃은 것처럼 하시면서 복은 입지 않으셨고, 자로(子路 중유(仲由))를 잃었을 때에도 그렇게 하셨으니, 선생님 상에도 아버지를 잃은 것 같이 하되, 복은 입지 않았으면 하오라고 하였다.""공자의 상에는 제자들 모두가 질(絰)을 띠고 나갔으나, 동문(羣)의 상에는, 집안에서는 질을 띠고 나갈 때는 띠지 않았다."고 하였는데, 주에 "군[羣]이란 제자들이 서로 벗을 위해 복을 입어 주는 것이다. 외출할 때 질을 벗지 않는 것은 스승을 높인 것이다. 벗에게는 시마복에 띠는 수질과 요질을 띠는데, 나갈 때는 벗는다. 조상의 복장에다 수질이나 요질을 띠었다가 나갈 때에는 바꾸는 것인데 지금 나갈 때에도 수질과 요질을 벗지 않는 것은 스승을 높이기 때문이다. 복이 없다는 것은 조상의 복장에다 수질이나 요질을 띠는 것을 말한다."고 하였다.

소에 "최마(衰麻)란 환질(環絰)을 말한 게 아닌가 싶다. 오복(五服)에는 모두 두 가닥으로 꼰 질을 사용하고 있는데 환질만은 한 가닥으로 되어 있다."고 하였다.

朝夕哭奠 : 儀禮 朝夕哭 婦人卽位于堂南上 (按) 初喪 東向南上位次也 ○丈夫卽位于門外 西面北上 (按) 男子位于階下北上 尊殯也 初喪 堂上南上之位 亦尊尸也 以尸首向南

也 ○儀禮 辟 開也 廟門無事則閉 尚幽暗也 朝夕哭及奠辟
有事則開 ○雜記 不帷 孝子欲見殯 思念其親 乃褰殯帷 哭
竟帷之 ○儀禮經傳 撤大斂宿奠 ○檀弓 朝奠日出 夕奠逮
日 陰陽之交 庶幾遇之 ○今(按)儀禮經傳 先朝哭 次撤奠
次朝奠撤奠 次大斂奠 ○補註 奉帛出 入靈床捧出也

아침 저녁으로 곡하고 전드림 : 「의례」에 "아침 저녁으로 곡할
때 부인들은 당(堂)에서 줄지어 서는데 남쪽을 위로 삼는다."고 하
였다.

살펴보니, 초상에는 동쪽으로 향하여 서되, 남쪽을 윗자리로 삼
는데, 위(位)는 자리이다.

"남자는 문 밖에 서는데, 서쪽으로 향하되 북쪽을 윗자리로 삼
는다."고 하였다. 살펴보니, 남자가 계단 아래에 서면서 북쪽을
윗자리로 삼는 것은 빈소를 높이는 것이고, 초상에 당에서 남쪽
을 윗자리로 삼는 것 역시 시신을 높이는 것인데, 시신의 머리가
남쪽으로 향해 있기 때문이다.

「의례」에 "벽(辟)은 연다는 뜻이다. 일이 없으면 사당의 문을
닫아 두는 것은 귀신이 그윽하고 어두운 곳을 좋아하기 때문이
다. 아침 저녁으로 곡하거나 전드릴 때에 연다는 것은 일이 있으
면 사당의 문을 연다는 것이다."고 하였다.

<잡기>에 "휘장을 치지 않는다는 것은 효자가 빈소를 보고 그
의 어버이를 생각하고자 할 때는 휘장을 걷었다가 곡을 마치고
나서 휘장을 내리는 것이다."고 하였다.

「의례경전」에 "대렴할 때 드렸던 전을 거둔다."고 하였다. <단
궁>에 "아침의 전은 해가 뜰 때 드리고 저녁의 전은 해가 질 때
드리는 것은 음양이 엇갈릴 때에 만나보기를 기대해서 이다."고
하였다.

지금 살펴보니,「의례경전」에는 맨 먼저 아침 곡을 하고 다음에
전날에 드렸던 전을 거두고 그 다음에 아침 전을 드리고 나서
거두고 그 다음에 대렴의 전을 드리는 순서로 되어 있다.

보주. 혼백을 받들고 나온다는 것은 영상(靈床)에 들어가 받들고
나온 것이다.

罩 小註 : 都教反 去聲 竹籠也

조 소주 : 도(都)와 교(教)의 반절음으로서 거성이고 대나무로 만
든 그릇이다.

入就靈座 大註 : 補註云 本註靈座 當作靈床

영좌 앞에 나아감 대주 : 보주에 "본 주석에 영좌는 영상(靈床)으로
써야 할 것이다."고 하였다.

哭無時 : ((按)) 儀禮疏 哭有三無時 未殯不絶聲 一無時也
卒哭以前 廬中思憶則哭 二無時也 旣練之後廬中 或十日 或
五日思憶則哭 三無時也

무시로 곡함 : 살펴보니,「의례」의 소에 "무시로 곡하는 게 세 가
지가 있으니, 초빈하기 전에는 곡소리를 그치지 않는 게 첫째이고,
졸곡 이전에는 여막에서 생각이 날 때마다 곡하는 게 둘째이고, 연
제(練祭)를 마친 뒤에 여막에서 열흘이나 닷새에 생각이 날때마다
곡하는게 셋째다."고 하였다.

不用金銀錢飾 小註 : 錢 河西疑當作鏤

금은으로 된 장식품은 쓰지 않음 소주 : 전(錢)은 하서(河西)가 루(鏤)자로 써야 될 것이 아닌가 의심하였다.

弔 : 經 君使人弔 徹帷 主人不哭北面 弔者致命哭 ○禮記 主人出迎送 衆主人不出而在尸東之位 初喪 ○曲禮曰 知生者弔 知死者傷 知生而不知死 弔而不傷 知死而不知生 傷而不弔 註曰 弔者 禮之恤乎外 傷者 情之痛於中 ○經傳曰 族人之相爲也 宜弔不弔 宜免不免 有司罰之 註 弔 謂六世以往 免謂五世 ○經傳曰 魯人不弔同姓曰 吾以其疏遠也 子思曰 無恩之甚也 昔夫子曰 繼之以姓 義無絶夜 右同姓必弔 ○檀弓曰 有殯 雖緦必往 (按) 父母在殯 往弔緦喪 古禮如此 情所不能 恐難行也 右骨肉必吊 ○曾子問 孔子曰 三年之喪 弔哭 不亦虛乎 註 哭爲彼則不專於親 爲親則是妄弔 右三年之喪不弔 ○檀弓 子張死 曾子有母之喪 往哭之 或曰 齊衰不以弔 曾子曰 我弔也與哉 註 痛甚而往哭 非若凡弔 右有母喪弔友 ○孔子兄子孔篾 與宓子賤偕仕 子問孔篾曰 何得何亡 對曰 未有所得而所亡者三 公事多急 不得弔死問疾 是朋友之道闕也 子賤對曰 雖有公事 無廢弔死問疾 是朋友篤也 子喟然曰 君子哉 若人 右有公事不廢弔 ○檀弓 宋陽門之介夫死 司城子罕入而哭之哀 晉人覘宋者報於晉曰 介夫死而哭之哀 殆不可伐也 孔子聞之曰 善哉 覘國乎 詩云 凡民有喪 扶服救之 介夫 甲士也 右哭賤 ○左傳 襄仲哭公孫敖 不以怨廢親也 右哭怨 ○子晳攻殺伯有 子産枕之股而哭之 子晳欲攻子産 子皮曰 殺有禮 禍莫大焉 乃止 右哭不避難 ○記 死而不弔者

三 畏壓溺 註 戰陣無勇 非孝也 其有畏而死者乎 君子不立乎
巖墻之下 其有壓而死者乎 孝子舟而不游 其有溺而死者乎
三者非正命 故不弔 一說 見理不明 畏愼而不知所出 自經溝
瀆 此眞死於畏 似難專指戰陣無勇也 ○左傳 琴張聞宗魯死
將往弔之 仲尼曰 齊豹之盜 孟縶之賊 女何弔爲 註 宗魯雖死
不避亂 齊豹之所以爲盜 孟縶之所以見賊 皆由宗魯也 ○經
傳傳曰 公族之刑者 不弔不爲服 哭于異姓之廟 爲忝祖遠之
也 素服居外 不德樂 私喪之也 骨肉之親無絶 (按) 不但公族
私喪 亦可倣而行之也 右死非義不弔 ○檀弓 魯哀公使人弔
蕡尚 遇諸道 畫宮而受弔 曾子曰 蕡尚 不如杞梁之妻之知禮
也 杞梁妻迎柩於路 齊莊公使弔之 對曰 有先人之弊廬在 君
無所辱命 右路不受弔 ○檀弓 弔於人 是日不樂 ○行弔之日
不飮酒 不食肉 ○左傳 弔生不及哀 非禮也 謂緩弔也 ○曲禮
曰 哭日不歌 ○少儀 尊丈於已踰等 俟事不犆弔 事 謂待朝夕
哭時 不犆弔 謂不獨弔 犆作特 ○檀弓 齊者不弔 註 哀則動

조 : 경에 "임금이 사람을 보내 조상할 경우에는 휘장을 걷고 주인
이 북쪽으로 향하여 곡하지 않고 있다가 조상하러 온 사람이 임
금의 말씀을 전하면 곡을 한다."고 하였다.

「예기」에 "주인은 나가 맞이하거나 전송하지만 뭇 주인은 나
가지 않고 시신의 동쪽 위치에 있다."고 하였는데 초상을 말한
것이다.

<곡례>에 "평소에 죽은 사람의 가족만 알았을 경우에는 위문
을 하고 죽은 사람과 직접 알았을 경우에는 애도를 한다. 이는
산 사람만 알고 죽은 사람을 모르면 위문만 하고 애도는 하지
않는 것이며 죽은 사람만 알고 산 사람을 모르면 애도만 하고
위문은 하지 않는 것이다."고 하였는데, 주에 "위문하는 것은

밖으로 위로하는 예이고, 애도하는 것은 마음속으로 애통하는 정이다."고 하였다.

「경전」에 "겨레 부치들 간에 조상해야 할 처지인데도 조상하지 않거나 단문(祖絻)해야 할 처지인데도 단문하지 않으면 유사(有司)가 벌을 준다."고 하였는데, 주에 "조상해야 할 처지는 6세가 지난 사이를 말한 것이고 단문해야 할 처지는 5세의 사이를 말한 것이다."고 하였다.

「경전」에 노(魯) 나라 사람이 동성에게 조상하지 않으면서 "나는 그와 먼 사이이기 때문이다."고 하자, 자사(子思)가 말하기를 '매우 은의가 없는 사람이다.' 옛날 부자(夫子 공자)가 말씀하시기를 "성(姓)으로 이었으니 의리상 끊을 수 없다.'고 하셨다."고 하였다. 위는 동성에게 반드시 조상해야 한다는 것을 말함.

<단궁>에 "빈(殯)이 있을 때 시마복이라 하더라도 반드시 간다."고 하였다. 살펴보니, 부모가 초빈으로 있는데 시마복의 상에 조상을 간다는 것은 고례가 이와 같지마는 인정상 차마 못할 바이므로 그렇게 하기는 어려울 것 같다. 위는 골육지친에서는 반드시 조상해야 함을 말함.

<중자문>에 공자가 말하기를 "삼 년의 상중에 조상한다면 헛된 것이 아니겠는가?"고 하였는데, 주에 그쪽을 위해 곡했다면 어버이에게 마음이 전하지 않은 것이고 어버이를 위하고 있다면 이는 옳지 못한 조상이다."고 하였다. 위는 삼년의 상에는 조상하지 않는다는 것을 말함

<단궁>에 자장(子長 금뇌(琴牢))가 죽었는데, 증자가 어머니 상 중에 가서 조상하자, 어떤 사람이 자최의 상 중에는 조상하지 않는 게 아닙니까?" 하니, 증자가 말하기를 "내가 조상을 갔었던가?"고 하였는데, 주에 "너무나 슬퍼서 가서 울었으니 보통 조상과는 다르다."고 하였다. 위는 어머니 상에도 벗에게 조상한다는 것을 말함.

공자 형의 아들 공멸(孔篾)이 복자천(宓子賤)과 함께 벼슬을 하였다. 공자가 공멸과 자천에게 "무엇을 얻었으며 무엇을 잃었는가?"라고 묻자, 공멸은 "얻은 것은 없고 잃은 것은 세 가지입니다. 공무에 바쁘다보니 조상이나 문병을 못하였는데, 이는 벗 사이에 할 도리를 빠트린 것입니다."라고 하였고, 자천은 "공무가 있더라도 조상이나 문병을 폐할 수 없으니 이는 벗사이의 우정이 두텁기 때문입니다."고 하니, 공자가 탄식하면서 "군자롭다. 이 사람이여!"라고 하였다. 위는 공사가 있더라도 조상을 폐하지 않음을 말함.

<단궁>에 송(宋) 나라 양문(陽門)을 지키는 병사가 죽었는데, 사성(司城 성을 지키는 관직)으로 있는 자한(子罕)이 들어가서 매우 슬프게 곡하였다. 그때 진(晉) 나라 첩보원이 이 사실을 진 나라에 알리면서 "병사가 죽었는데 사성으로서 슬피 곡한 걸 보면 징벌할 수 없다고 봅니다."고 하였다. 공자가 이를 듣고 "훌륭하도다. 타국을 염탐함이여! 시(詩)에 '백성들에게 상사가 있으면 빨리 가 돕는다'고 하였다."고 하였다. 개부(介夫)는 갑사(甲士)이다. 위는 낮은 사람에게 곡하는 것을 말함.

<좌전>에 "양중(襄仲)이 공손오(公孫敖)를 조상하였는데 이는 원망이 있다고 친척을 버리지 않는 것이다."고 하였다. 위는 원망이 있는데에도 곡함을 말함.

자석(子晳)이 백유(伯有)를 공격하여 죽였는데, 자산(子産)이 그의 다리에 엎드려 곡하자, 자석이 자산을 공격하려고 했다. 자피(子皮)가 "예절을 지키는 사람을 죽이는 화보다 더 큰 화는 없다."며 만류하자, 그치었다. 위는 어려운 상황에서도 조곡을 피하지 않음을 말함.

기(記)에 "조곡하지 않는게 세 가지가 있는데, 두려워하다 죽은 것, 물체에 눌려 죽은 것, 물에 빠져 죽은 것이다."고 하였는데, 주에 "싸움터에서 용맹이 없으면 효도가 아니니 두려워하다 죽은 자이며, 군자는 위험한 바위나 담장 밑에 서지 않는 것이니 눌려서 죽은 자이며, 효자는 물을 건널 때 배를 타고 건너지 헤엄을 쳐서 건너지 않는 것이니 물에 빠져 죽은 자이다. 이 세 가지는 제명에 죽은 것이 아니기 때문에 조상하지 않는다."고 하였다. 일설에는 올바른 이치를 분명히 보지 못하여 어떻게 해야 할지를 몰라 두려워하고 조심하다가 스스로 함정에 빠진 자를 말한다고 하는데, 이야말로 두려워하다가 죽은 자 이다. 그러므로 싸움터에서 용맹이 없이 죽은 자만을 가르키기는 어려울 듯하다.

「좌전」에 "금장(琴張)이 종노(宗魯)가 죽었다"는 소식을 듣고 조상하러 갈려고 하는데, 공자가 이르기를 "그는 제표(齊豹)의 도(盜)이며, 맹칩(孟蟄)의 적(賊)이다. 네가 조상할 게 있느냐?"고 하였는데, 주에 "종노가 난리를 피하지 않고 죽었지만 제표가 도둑이 되고 맹칩이 해를 입은 것은 모두 종노 때문이다."고 하였다.

「경전」의 전에 "형벌을 받아 죽은 공족(公族)에게는 조곡하지 않으며 복도 입어 주지 않고 이성(異姓)의 사당에서 곡하는데, 이는 조상을 더럽혔다고 하여 멀리하는 것이다. 소복을 입고 바깥에서 거처하면서 음악을 듣지 않는데, 이는 사사로운 상사로만 치는 것이니, 골육지친은 끊을 수 없기 때문이다."고 하였다. 살펴보니 공족뿐만 아니라 서민의 상사에도 이를 모방하여 행할 수 있다. 위는 의가 아닌 것에 죽으면 조상 하지 않는 것을 말함.

<단궁>에 노(魯) 나라 애공(哀公)이 사람을 보내 궤상(蕢尙)에게 조상하게 하였는데 길에서 상거 행렬을 만났다. 궤상이 길가로 나와 땅에다 빈소의 집 모양을 그려 놓고 조상을 받았다. 증자가 이르기를 "궤상은 기량(杞梁)의아내만도 예를 모르는구나. 기량의 아내가 길에서 영구(靈柩)를 맞이하는 중

이었는데, 제(齊)나라 장공(莊公)이 사람을 보내 조상하니, 그가 대답하기를 '허수룩하나마 그의 조상들이 살았던 집이 있으니 여기에서 조상을 받을 수 없습니다.'라고 하였다고 하였다." 위는 길에서 조상을 받지 않는다는 것을 말함.

<단궁>에 "사람에게 조곡하였으면 이날은 음악을 듣지 않는다."고 하였다. 조곡한 날에는 술을 마시거나 고기를 먹지 않는다.

「좌전」에 "살아 있는 사람에게 위문만 하고 슬픔의 빛이 없으면 예가 아니다"고 하였는데 완만하게 조문하는 것을 말한 것이다.

<곡례>에 "조곡한 날에는 노래하지 않는다."고 하였다.

<소의(少義)>에 "어른의 나이가 나보다 배가 넘으면 일을 기다려서 하고 특조(特弔)하지 않는다."고 하였는데, 일이란 아침 저녁으로 곡할 때를 기다리는 것을 말한 것이고, 특조하지 않는다는 것은 혼자 조상하지 않는다는 것을 말한 것이다. 특(犆)은 특(特)으로 쓴다.

<단궁>에 "제계할 때에는 조곡하지 않는다."고 하였는데, 주에 "슬퍼하면 마음이 동요되기 때문이다."고 하였다.

賻 : 曲禮曰 弔喪不能賻 不問其所費 問疾不能遺 不問其所欲 註曰 徒問爲可愧也 ○旣夕 知死者贈 知生者賻 疏 贈是玩好 施於死 賻 是補不足 施於生 ○左傳 魯有齊怨 孝公薨 不廢喪紀 禮也 弔贈之數 不有廢 ○又贈死不及尸 非禮也

부의 : <곡례>에 조상하면서 부의를 못할 경우에는 상사에 든 비

용을 묻지 않으며, 문병 하면서 음식물을 가지고 가지 못할 경
우에는 병자에게 무엇을 먹고 싶느냐고 묻지 않는다."고 하였
는데, 주에 "말로만 묻는다는 게 부끄럽기 때문이다"고 하였
다.

<기석(旣夕)>에 "죽은 사람을 알 경우에는 증(贈)하고 산 사
람을 알 경우에는 부(賻)한다."고 하였는데, 소에 "증은 노리
개인데 죽은 사람에게 주는 것이고, 부는 부족한 데 보태어
쓰라는 것으로 산 사람에게 주는 것이다."고 하였다.

「좌전」에 "노(魯) 나라가 제(齊) 나라에 원한이 있었으나 효공
(孝公)이 죽자 상기(喪紀)를 폐하지 않았으니 예이다."고 하
였는데, 주에 "조상이나 부의하는 예수(禮數)를 폐하지 않는
것이다."고 하였고 또 "죽은 사람에게 노리개를 줄 때 시체
로 있을 때 주지 않으면 예가 아니다."고 하였다.

主人哭出 西向稽顙再拜 大註：先稽顙 後再拜 ○記 孔子
曰 拜而稽顙 頹乎其順也 稽顙而後拜 頎乎其至也 三年之
喪 吾從其至者 頎音懇 註 拜以禮賓 稽顙以自致順者 先
加敬於賓 頎者 惻隱之發也 至者 以其哀常在親 極其自盡
之道也

주인이 곡하고 나가서 서쪽으로 향하여 땅에다 머리를 댄 다
음에 두 번 절함 대주 : 먼저 땅에다 머리를 댄 다음에 재배
한다.

「예기」에 공자가 말하기를 "먼저 절하고 나서 머리를 땅에다
대는 것은 매우 온순히 순서적으로 하는 것이고 먼저 땅에다
머리를 대고 나서 절하는 것은 매우 정성껏 슬프게 하는 것
이다. 그러므로 나는 3년상에는 뒷것을 따르겠다"고 하였는

데, 주에 "절을 하여 손님에게 예를 표시하고 머리를 땅에다 대어 스스로 온순하게 하는 것은 먼저 손님에게 공경하는 것이다. 온순하게 하는 것은 측은한 마음이 드러나서이고 매우 슬퍼하는 것은 슬픈 마음이 항상 어버이에게 있으므로 자기가 할 도리를 다한 것이다."고 하였다.

聞喪 : (補) 記 伯高死於衛 赴於孔子 孔子曰 吾惡乎哭諸 兄弟 吾哭諸廟 父之友 吾哭諸廟門之外 師 吾哭諸寢門之外 所知 吾哭諸野 於野則已疏 於寢門則已重 夫由賜也見我 吾哭諸賜氏 遂命子貢爲之主曰 爲爾哭也來者 拜之 知伯高而來者 勿拜也 (按) 兄弟 內所親者 哭之廟 父友 聯於父而外所親者 哭之廟門外 師 其親視父 哭諸寢 友 其親視兄弟 哭諸寢門之外 所知 從交者 孔子哭伯高以野爲太疏 哭於子貢之家 君子行禮 詳審於哭位之次如此 弔生傷死 或拜或不拜 以稱其情如此 ○記 孔子哭子路於中庭 有人弔者 夫子拜之 旣哭 進使者而問故 註 哭之中庭 師友之禮也

상의 소식을 들음 : 보(補) 「예기」에 백고(伯高)가 위(衛) 나라에서 죽었는데 이 소식을 공자에게 알리자, 공자가 말하기를 "내가 그를 위해 어떤 식으로 곡해야겠는가? 형제인 경우에는 사당 안에서 곡하였고, 아버지의 벗일 경우에는 사당의 문 밖에서 곡하였고, 스승일 경우에는 정침의 문 밖에서 곡하였고 범범하게 아는 사람일 경우에는 교야(郊野)에서 곡하였다. 그와 나 사이로 볼 때 교야에서 곡한다면 너무나 소원하고 정침의 문 밖에서 곡한다면 너무나 중하다. 그는 자공(子貢)의 소개로 나를 보았으니, 자공의 집에서 곡하리라." 하고는 자공을 불러 주인의 역할을 하게 하고

그에게 이르기를, "곡하러 온 사람이 너와 관계가 있어서 왔을 경우에는 네가 절하여 사례하고 백고를 안다고 하여 왔을 경우에는 절하여 사례할 것이 없다."고 하였다.

살펴보니, 형제는 집안에서 친한 자이므로 사당 안에서 곡하고 아버지의 벗은 아버지와 관계가 있어서 밖에서 친한 자이므로 사당의 문 밖에서 곡하고, 스승은 아버지처럼 친하게 하기 때문에 정침에서 곡하고 벗은 형제처럼 친하게 하기 때문에 정침의 문 밖에서 곡하고 범연히 아는 사람은 친분에 따라서 하는 것이다. 공자가 백고를 교야에서 곡하는 것을 너무나 소원하게 하는 것이라고 하여 자공의집에서 곡하였는데, 군자가 예를 행하면서 곡하는 자리를 이처럼 자세히 살펴서 하였고, 산 사람에게 조상하거나 죽은 사람을 애도할 때에 절하기도 하고 절하지 않기도 하여 이처럼 정분에 맞게 하였다.

「예기」에 공자가 가운데 뜰에서 자로(子路 중유(仲由))를 곡하였고, 위문하러 온 사람이 있으면 공자가 답배하였다. 곡이 끝나자 자로가 죽었다는 소식을 전하러 왔던 사람을 불러서 보고 어떻게 죽었는가를 물었다고 하였는데, 주에 "가운데 뜰에서 곡하는 것은 스승이나 벗 사이의 예이다."고 하였다.

三月而葬 : 王制 士三日而殯 三月而葬 ○記 太公封於營丘 比及五世 皆反葬於周 君子曰樂其所自生 禮不忘其本 古之人有言曰 狐死正首丘 仁也 註 太公雖封於齊 留周爲太師 死葬於周 子孫不敢忘本 自齊反葬 五世親盡而後止也 ○周公封魯 子孫不反葬於周者 次子在周 世承其采地 春秋周公 是也 右葬必先兆

석달만에 장사를 지냄 : <왕제(王制)>에 "사(士)는 사흘 만에 초빈하고 석달 만에 장사 지낸다."고 하였다.

「예기」에 "태공(太公) 태공망(太公望) 여상(呂尙))을 영구(營丘)에다 봉하였었는데, 그 뒤 5세의 산소까지 모두 주(周)나라 땅에다 반장(反葬)하였다. 군자가 말하기를 "음악은 마음에서 우러나온 것을 표현하는 것이고 예의 정신은 근본을 잊지 않는 데 있다. 고인의 말에 '여우가 죽을 때 그가 살던 굴 쪽으로 머리를 향한다."고 하였는데, "이는 인(仁)의 표현이다"고 하였다. 주에 "태공을 제(齊)에다 봉하였지마는 주 나라에 머물러 있으면서 태사(太師)를 하였기 때문에 그를 주 나라로 반장한 것이다. 그의 자손들이 근본을 잊을 수 없었기 때문에, 제 나라에서 반장한 것인데 5세에 이르면 친(親)이 다하기 때문에 그후는 하지 않는다."고 하였다.

"주공(周公)도 노(魯)에다 봉하였으나 자손이 주 나라로 반장하지 않은 것은 차자(次子)가 주 나라에 있으면서 대대로 그가 받은 채지(采地)[83]를 이어받아 춘추(春秋)로 주공에게 제사지내기 때문이다."고 하였다. 위는 선조의 무덤 밑에다 장사지내야 한다는 것을 말함.

廉范千里負喪 大註 下二條同 : 漢書 廉范年十五 往迎父柩 船沉俱溺 以救得免 明帝時擧茂才 治蜀 民歌其政

염범이 천리에서 아버지의 영구를 모셔 옴 대주, 아래 2조도 같음 : 「한서(漢書)」에 "염범이 15세에 아버지의 영구를 모셔 오다가 배가 침몰하여 모두 빠졌으나 구원을 받아서 죽음을 면하였다. 명제(明帝) 때에 수재(秀才)로 뽑혀 촉(蜀)을 다스렸는데 백성들이 그의 정치를 구가(謳歌)하였다."고 하였다.

---

83)채지(采地) : 공신에게 주는 영지. 그 곳의 세금을 받아 먹게 함.

郭平自賣營墓 : 漢書 郭平家貧力學 親死 賣身營墓

곽평이 몸을 팔아서 묘소를 만듬 : 「한서」에 "곽평이 가난 속에서도 학문에 힘썼는데, 어버이가 돌아가시자, 자기의 몸을 팔아서 묘소를 만들었다."고 하였다.

葬日皆決於卜筮 : 曲禮 喪事先遠日 吉事先近日

장사지낼 날은 거북 점이나 시초 점으로 결정함 : <곡례>에 "상사에는 10일 이후로 정하고 길사에는 10일 이내로 정한다."고 하였다.

祠后土 : 問后土之祭 朱子曰 極而言之 似僭 然此卽古人中霤之祭 只以小者言之 非如天子所祭皇天后土之大者也 ○丘氏濬曰 文公大全 有祀土地祭文 今擬改后土氏 爲土地之神云 ○按 與語類所載朱子前說不同 前說論祭之當否 此說稱號 恐不相背也

후토에 제사지냄 : 문 : "후토에다 제사지낼 수 있습니까?" 주자가 답하기를 "극단적으로 말한다면 참람된 예 같으나 이는 고인이 중류(中霤)[84]에다 제사지내는 것과 같은 것으로 작은 것으로 말한 것이지 천자가 제사지내는 황천(皇天)이나 후토와 같은 큰 것이 아니다."고 하였다. 구준이 말하기를 "문공(文公 주희의 시호)의 「대전」에 토지(土地)에다 제사지낼 때 쓰는 제문이 있는데,

---

84) 중류(中霤) : 喪故의 방은 천정 중앙을 뚫어서 밝게 하였다. 이곳으로 빗물이 떨어지므로 중류라고 하였는데, 후세에 이것을 방의 중앙으로 쓰고 있다.

지금 그에 따라 후토씨(后土氏)라는 문구를 토지지신(土地之神)으로 고치려고 한다"고 하였다. 살펴보니, 어류(語類)에 기록된 주자의 전설(前說)과는 같지 않지만 전설은 제사지내는 것이 맞느냐 안 맞느냐를 논한 것이고 여기서는 칭호를 어떻게 할 것인가를 말한 것이므로 아마도 서로 위배되지 않을 것 같다.

葬 大註 下同 : 小記 祔葬者不筮宅 宅葬地也 前葬 旣筮之 。
王制 大司徒以本俗六 安萬民 二曰 族墳墓 同宗者生相近死相迫

장 대주 아래로 같음 : <상복소기>에 "선조의 묘소에다 장사지낼 경우에는 택(宅)의 길흉을 점쳐 보지 않는다."고 하였는데, 주에 "택은 장지이다. 그전에 장사지내면서 길흉을 점쳐 보았기 때문이다."고 하였다.
「주례」에 "대사도(大司徒)가 옛날의 풍속 6조로 백성을 안정시켰는데, 그 둘째가 같은 씨족끼리 묘소를 만들게 한 것이다."고 하였는데, 주에 "같은 씨족은 살아서 서로 가까이 모여 살기 때문에 죽어서도 잇달아 무덤을 만든다."고 하였다.

攢柩 : 攢 音竄 擲也
補 主人拜 工匠爲槨有功 主人拜之

찬구 : 찬(攢)의 음은 찬(竄)인데 던진다는 뜻이다.
보주에 "주인이 절하는 것은 목수가 곽(槨)을 만드는 데 공이 있다고 하여 주인이 절한 것이다."고 하였다.

興化漳泉 小註 下條同 : 一統志 漳泉 二州名 興化 郡名

흥화장천 소주, 아래조도 같음 :「일통지(一統誌)」에 "장(漳)과 천 (泉)은 두 주(洲)의 이름이고 흥화(興化)는 군(郡)의 이름이다." 고 하였다.

槨內實以和沙石灰 : (按)槨內 用灰未穩 槨朽而灰孤立 旣不得外與炭隔爲一 又槨之底板腐陷 則灰不能安其基 似不可

곽의 안에다 모래와 회를 섞어서 채움 : 살펴보니, 곽의 안에 다 회를 사용한다는 것은 온당하지 못하다. 곽이 썩으면 회만 남을 것이니, 밖으로는 숯과 사이가 있어서 하나가 될 수 없고, 또 곽의 밑 판자가 썩어서 내려앉으면 회가 그 자리에 있을 수 없는 것이니, 옳지 않은 것 같다.

抱朴子 : 晉書 葛洪家貧力學 尤好神仙導養之術 求爲句漏 令曰 非欲爲榮 以有丹耳 入羅浮山 著內外百餘篇 號抱朴 子 尸解而去

포박자 :「진서(晉書)」에 "갈홍(葛洪)이 집이 가난하였으나 학문 에 힘썼고 신선(神仙)의 양생법을 더욱 좋아하여 구루(句漏)의 고을원을 요구하면서 영화를 누릴려고 그 고을을 구하는 게 아 니라 그 고을에 주사(殊沙)가 있기 때문이다."고 하였다. "나부 산(羅浮山)에 들어가 내외 100여 편의 글을 지어「포박자」로 명 명하고 신선이 되어 떠났다."고 하였다.

俟滿加盖 復布沙灰 : (按) 棺上面灰 恐無安頓處 棺朽終亦陷落 恐不可用 棺上之灰 灰旣厚 又與外物同心 可無崩陷

가득히 차면 뚜껑을 덮고 다시 그 위에다 모래와 회를 깐다. : 살펴보니, 관의 위에 깐 회는 그대로 있지 않을 것 같다. 관이 썩으면 결국 내려 앉을 것이니 관 위에다 회를 사용하지 않아야 할 것 같다. 그러나 회를 두껍게 깔고 또 바깥 물체와 같이 심을 넣으면 내려앉지 않을 것이다.

籍溪先生 : 宋鑑 胡憲 安國從子 一意下學 力田奉親 朱子師事最久 世號籍溪先生

적계선생 :「송감(宋鑑)」에 "호헌(胡憲)은 안국(安國)의 조카인데, 한결 비근한 학문에다 뜻을 기울이고 농사에 힘써 어버이를 봉양하였다. 주자가 그에게 가장 오래도록 배웠는데 세상에서 그를 적계선생이라고 불렀다."고 하였다.

不敢用全石 : 先生葬長子 其壙用石上盖 厚一尺許 五六段橫湊之 兩傍及底五寸許 內外 石灰 炭末 細沙 黃泥築之 語類

감히 한 장으로 된 돌을 쓰지 않음 : 주자가 큰 아들을 장사 지낼 때에 구덩이의 덮개는 두께가 한 자 정도 되는 돌판자 5~6개를 가로로 잇대어 놓았고, 양쪽과 밑에는 두께 다섯 치 정도를 썼다. 그리고 안팎에는 석회, 숯가루, 가는 모래, 노란 진흙으로 쌓았다.「어류(語類)」

母氏某封 大註 : 母字下 恐落某字

모씨모봉 대주 : 모(母)자 밑에 모(某)자가 빠진 것 같다.

明器 : 檀弓曰 之死而致死之 不仁而不可爲也 之死而致生之 不知而不可爲也 是故 竹不成用 瓦不成味 音沫 木不成斲 琴 瑟張而不平 竽笙備而不和 其曰明器 神明之也

명기 : <단궁>에 공자가 말하기를 "죽은 사람에게 완전히 죽은 사 람으로 대하면 이는 깊고 두터운 사랑의 부족한 것이므로 그렇게 해서는 안 되는 것이며, 죽은 사람에게 살았을 때처럼 대하면 이 는 너무나 지혜가 부족한 것이므로 그렇게 해서는 안 된다. 그러 므로 묻을 때 쓰는 그릇은 완성되지 않은 대그릇, 굽지 않은 질그 릇, 무늬가 없는 나무그릇 줄을 늘여 놓았으나 탈 수 없는 비파나 거문고, 불 수 없는 피리나 생황이다. 이것들을 명기(明器)[85]라고 하는 것은 신명의 도리로 대하는 것이다."고 하였다.

苴 : 補註 古稱苞苴 是也 曲禮註 苞者 苞裹魚肉之屬 苴者 以草藉器而貯物也

포 : 보주에 "옛날에 포저(苞苴: 선사하는 예물이나 뇌물)라고 한 것이 바로 이것이다."고 하였다.
　　<곡례>의 주에 "포는 생선이나 육고기를 싼 등속이고, 저는 풀로 그릇에다 깔고 물건을 쌓아 두는 것이다."고 하였다.

---

85)명기(明器) : 살았을 때에 사용하던 물건을 모방하여 만들어서 무덤에다 같 이 묻는 그릇

筲 : 論語註 筲 竹器 容斗二升

소 : 「논어」의 주에는 "소는 대그릇이니 한 말 두 되를 담을 수 있다."고 하였다.

五穀 大註 : 稻 黍 稷 麥 菽也 出孟子朱子註

오곡 대주 : 벼, 기장, 피, 보리, 콩이다. 이는 「맹자」의 주에 나온다.

瀹 : 音小註藥

약 : 약(瀹) 음은 약(藥)이다.

醯 大註 下五條同 : 馨夷切 平聲 酸也

혜 대주, 아래 5조도 같음 : 형(馨)과 이(夷)의 반절음인데 평성이다. 식초이다.

圓鑿 圓柄 : 鑿 音漕 窄孔也 柄 音稅 刻木端入鑿者也

원조 원예 : 조(鑿)의 음은 조(漕)이니 좁은 구멍이고, 예(柄)의 음은 예(柄)이니 나무의 끝을 깎아서 구멍을 넣는 것이다.

扎 : 音札

찰 : 음은 찰(札)이다.

流蘇 : 考索倦游錄 五綵錯爲之 同心而下垂者曰流蘇

유소 : 「색권유록(索卷遊錄)」을 살펴보면, 오색으로 만드는데 같은 실에서 드리워져 있는 것을 유소라고 하였다.

罣 : 胡卦切 碍也

　괘 : 호(胡)와 괘(卦)의 반절음이고, 막힌다는 뜻이다.

帷慌 小一 : 慌 謨郎切 上聲 在上曰慌 所以衣柳也

　유황 소일 : 망(慌)은 모(謨)와 낭(郎)의 반절음이니 상성이다. 위에 있는 것을 망이라고 하는데, 상의처럼 두르는 것이다.

翣 : 喪大記註 在路障車 入槨障柩

　삽[86] : <상대기>의 주에 "길에서는 상여 앞을 가리고 곽에 넣을 때는 널을 가린다."고 하였다.

---

86)삽(翣) : 운불이라고 하는데 상여의 양옆에 세우는 제구. 원래는 깃으로 만들었으나 후세에 네모진 화포(畵布)에 길이 다섯 자의 자루가 있고 깃털을 장식했음.

五寸五分約 小註 : 約 他本作弱

　오촌오분약 소주 : 약(約)자는 다른 본에 약할 약(弱)자로 되어 있다.

致柩於其上北首 大註 : 朝廟時北首 順死者之孝心

널을 그 위에다 놓되 머리를 북쪽으로 가게 함 대주 : 사당에 뵈일 때에 머리를 북쪽으로 가게 하는 것은 죽은 사람의 효심(孝心)에 따른 것이다.

遂匠 小註下 三條同 : 本註 遂人匠人也 遂人 主引徒役 匠人 主載柩窆 職相左右也 疏 周禮 遂人匠人 主其葬事

수장 소주아래 3조도 같음 : 본주에 "수인(遂人)과 장인(匠人)이다. 수인은 일꾼들을 인솔하는 책임을 맡고 장인은 널을 싣고 묻는 일을 맡아 서로 도우며 한다."고 하였는데, 소에 「주례」에 수인과 장인이 장사에 대한 일을 맡아서 한다."고 하였다.

夷床 : 旣夕禮 夷之言 尸也

이상 : <기석례>에 "이(夷)는 시체를 말한 것이다."고 하였다.

遷于祖 : 遷 他木作朝

천우조 : 천(遷)은 다른 본에는 조(朝)자로 되어 있다.

不設柩東 : 本疏 小斂奠設于尸東者 以其始死 未忍異於生 大斂以後奠 皆設于堂中 亦不統於柩

널의 동쪽에다 진설하지 않음 : 본소(本疏)에 "소렴할 때에 시신의 동쪽에다 전을 차리는 것은 막 죽었을 때에 차마 산 사람과 달리 대할 수 없기 때문이고, 대렴을 한 뒤로는 당(堂)의 중앙에다 전을 차리는데, 널하고는 관계가 없다"고 하였다.

遂遷于廳事 : 補註 遷柩在廳事正中 所以倣古啓殯之意也

청사로 옮김 : 보주에 "널을 청사의 한 가운데다 옮겨 두는 것은 옛날의 빈을 열어본다는 뜻을 모방한 것이다."고 하였다.

設祖奠 : 旣夕註 將行而飮酒曰祖

조전을 차림 : <기석>의 주에 "떠나려는 직전에 술을 권하는 것을 조(祖)라고 한다."고 하였다.

置席上 北首 大註 : (按) 記曰 死者北首 生者南鄉 今始北首 是用死道也 禮運註 死者仆故言首 生者興故言鄉

자리 위에 두는데 머리를 북쪽으로 가게 함 대주 : 살펴보니, 「예기」에 "죽은 사람은 머리를 북쪽으로 가게 하고 산 사람은 남쪽으로 향한다."고 하였는데, 이제 와서 북쪽으로 머리를 향하게 하는 것은 죽은 사람의 도리로 쓴 것이다. <예운(禮運) 예기의 편명>의 주에 "죽은 사람은 누워 있기 때문에 머리라고 말한 것이고 산 사람은 서 있기 때문에 향한다고 말한 것이다."고 하였다.

乃窆 : 窆 下棺也 陂險切 去聲 ○張子曰 安穴之次 設如尊穴
南鄉北首 陪葬者前爲兩列 亦須北首 各於其穴安

이내 구덩이에다 관을 넣음 폄(窆)은 관을 무덤의 구멍에다 넣는
것이다. 음은 피(陂)와 험(險)의 반절음이니 거성이다.
장자(張子 송의 학자 이름은 재(載))가 말하기를 "안장할 구
덩이의 위치는 맨 위에 있는 무덤의 구덩이와 같이 설치하
되, 남쪽을 앞으로 하여 머리를 북쪽으로 가게 놓는다. 그
곁에 묻히는 자는 앞으로 두 줄을 만들되, 역시 머리를 북쪽
으로 가게 하여 각기 구덩이에다 안치한다."고 하였다.

玄纁 大註 : 書禹貢註 玄 亦黑色幣也 纁 絳色幣也

현훈 대주 : 「서전」의 <우공(禹貢)> 주에 "현 역시 검정색 폐백
이고, 훈은 붉은 색 폐백이다."고 하였다.

加灰隔內外盖 : (按) 灰隔 隔灰之薄板也 狀如外棺 內外盖
乃隔灰薄板之內外盖也 內盖 在柩上 隔瀝青 外盖 在瀝
青上隔灰沙

회를 가로막이 하는 안팎의 덮개를 놓음 : 살펴보니, 회격(灰
隔)은 회를 가로막이 하는 얇은 판자이니 그 모양이 외관(外
棺)과 비슷하다. 내외개(內外盖)는 회를 가로막이 하는 얇은
판자로 안과 밖을 대는 덮개이다. 안 덮개는 널의 위에다 놓
아 역청(瀝淸)을 가로막고 바깥 덮개는 역청의 위에다 놓아

회와 모래를 가로막는다.

府君神主 大註 下同 : 朱子曰 無爵曰府君 官謂之明府 父謂
之家府

부군신주 대주아래 같음 : 주가 말하기를 "관작이 없으면 부군이라
고 하는데, 관(官)은 명부(明府)라 하고 부(父)는 가부(家府)라
한다."고 하였다.

形歸窀穸 : 左傳襄十三年 註 窀 張綸切 厚也 穸音夕 夜也
厚夜 猶長夜 謂葬埋也

형체가 둔석으로 돌아감 : 「좌전」양공(襄公) 13년 주에 "둔(窀)
은 장(張)과 륜(綸)의 반절음이니 두텁다는 뜻이고, 석(穸)의
음은 석(夕)이니 밤이라는 뜻이다. 두터운 밤이란 긴 밤과 같
은 말이니 매장하는 것을 말한다."고 하였다.

墳 : 記 孔子旣得合葬於防曰 古也墓而不墳 今丘也 東西南北
之人也 不可以不識也 封之崇四尺 註 孔子生三歲而叔梁
紇死也 ○記 防墓崩 孔子泫然流涕曰 吾聞之 古不修墓
註 敬謹之至 無事於修也

분 : 「예기」에 "공자가 방(坊 지명)에다 부모를 합장하고 나서 말
하기를 '고대에는 묻기만 하고 무덤의 봉우리는 만들지 않았
다고 하였으나 지금 나는 사방으로 떠돌아다니는 사람이므로
표시하지 않을 수 없다'하고는 그 위에다 흙을 넉 자의 높이로

쌀아 봉을 만들었다."고 하였는데, 주에 "공자가 태어난 지 세
살에 아버지 숙량흘(叔梁紇)이 죽었다."고 하였다.
「예기」에 "방의 묘소가 무너졌다."고 대답하자, 공자가 서글퍼
눈물을 흘리며 말하기를 "내가 듣기로는 옛날에는 묘를 수리
하지 않는다고 하였다."고 하였는데, 주에 "너무나 공경하고
삼가하기 때문에 수리할 필요가 없다."고 하였다.

隋文帝 小註 下同 : 隋書 文帝名堅 簒周平陳 混 一天下

수 나라 문제 소주, 아래도 같음 : 「수서(隋書)」에 "문제의 이름은
견(堅)이다. 주(周)를 찬탈하고 진(陳)을 평정하여 천하를 통
일하였다."고 하였다.

嗚呼有吳延陵季子之墓 : 一統志 季札墓在常州江陰縣 孔
子題碑 歲久湮沒 宋守朱彦明 復取孔子所書十字 刻碑表識

아! 여기에 연릉 제자의 묘가 있음 : 「일통지」에 "계찰의 묘
소가 상주(常州)의 강음현(江陰縣)에 있다. 공자가 비석에 표
제를 써서 세웠는데, 세월이 오래되자, 마멸되었다. 그 뒤 송
나라 주언명(朱彦明)이 공자가 썼던 열 자를 다시 비에 새겨
표시하였다."고 하였다.

反哭 : 問喪曰 入門而不見也 上堂又不見也 入室又不見也
亡矣 不可復見矣 故辟踊盡哀

반곡 : 문상(問喪)에 "대문에 들어서도 보이지 않으며 당(當)에
올라가도 또 보이지 않으며 방에 들어가도 또 보이지 않으

니, 죽어서 다시는 볼 수 없으므로 매우 슬프게 우는 것이
다."고 하였다.

詣靈座前 焚香再拜 大註 : (按) 降神禮 焚香再拜 酹酒再
拜 與祠堂章降神禮同 時祭無一再拜 恐落

영좌 앞으로 나아가 분향하고 재배함 대주 : 살펴보니, 강신례
(降神禮)에 향을 피우고 나서 재배하고 술을 땅에다 붓고 나
서 재배하는 것은 사당장(祠堂章)의 강신례와 같으나 시제
(時祭)에는 재배가 한 번도 없으니 아마도 빠진 것 같다.

進饌 : (按) 旣再曰如朝奠 而具饌 進饌 皆無飯羹 今於祝文
有粢盛 粢盛祭飯也 似不可曉 丘濬儀節 有飯羹 恐無害
也 然侑食 又無扱匙飯中之節 家禮則無飯丁寧矣 又卒哭
始云主人奉羹 主婦奉飯 虞之無飯羹 亦明矣

찬을 올림 : 살펴보니, 이미 두 번이나 아침의 전과 같이 한다
고 하였으면서도 구찬(具饌)과 진찬에 모두 밥과 국이 없었
고, 여기의 축문에는 자성(粢盛:제삿밥)이라는 글귀가 있으니
이해할 수 없다. 구준의 의절(義節)에는 밥과 국이 있으니,
밥과 국을 차려 놓아도 괜찮을 것 같다. 그러나 유식(侑食)
에 또 밥에다 숟가락을 꼽는 절차가 없으니, 「가례」에는 밥
이 없다는게 확실하다. 또 졸곡(卒哭)에 비로소 주인은 국그
릇을 받들고 주부는 밥그릇을 받든다고 하였으니, 우제(虞祭)
에 밥과 국이 없다는 게 또한 확실하다.

柔日 : 曲禮 外事以剛日 內事以柔日 註 外事 治兵巡狩朝
聘盟會 內事 祭冠昏 (按)與此少異

유일 : <곡례>에 "바깥일을 강일(剛日)에 하고 안 일은 유일에 한
다."고 하였는데, 주에 "바깥일이란 치병(治兵), 순수(巡狩),
조빙(朝聘), 맹회(盟會)이고, 안 일이란 제사, 관례, 혼례이다."
고 하였다. 살펴보니 이것과는 조금 다르다.

祔 : 補註 祔之爲言 祔也 告祖父當遷 告新死者當入也

부 : 보주에 "부란 합한다는 것이다. 조부에게 옮기게 되었다는 것
을 고하고 새로이 죽은 사람에게 들어가게 되었음을 고한다.

非宗子則 大註 下同 : (按) 喪人非繼曾祖之宗子 不得主祔祭

종자가 아니면 대주. 아래도 같음 : 살펴보니, 상인이 증조를 계승한
종자가 아니면 부제(祔祭)를 주관할 수 없다.

宗子不拜 : (按) 此詣亡者前不拜

종자는 절하지 않음 : 살펴보니, 이것은 죽은 사람의 앞에 나아
가 절하지 않는 것이다.

大祥 : 記 孔子旣祥五日 彈琴而不成聲 十日而成笙歌 (按)
古今異禮 (補) 朱子曰 親喪 兄弟先滿者先除服 後滿者
後除服 以在外聞喪有先後者 ○問 妻喪 未葬已葬 未除

服 當祭否 祭宜何服 朱子曰 恐不當祭 某家廢四時正祭
朱子喪妻故云 猶存節祀 深衣凉衫之屬 亦以義起 無正禮
可考 忌者 喪之餘 祭似無嫌 然正寢已設几筵 無祭處 恐
可暫停

대상 : 「예기」에 "공자가 상(祥)을 마치고 5일만에 거문고를 탔
으나 성조(聲調)가 맞지 않았고 10일만에 피리를 불으니 곡
조가 맞았다."고 하였다. 살펴보니, 고금의 예가 다르다.

보주에 주자가 말하기를 "어버이의 상에 형제 중에서 기한
이 먼저 찬 자는 먼저 복을 벗고 기한이 뒤에 찬 자는 뒤에
복을 벗는데, 이는 외지에서 부고를 받는 데 선후가 있기 때
문이다."고 하였다.

문 : "아내의 상을 당하여 장사지내지 못했거나 장사는 지냈
으나 복을 벗지 않았을 경우에는 제사를 지낼 수 있습니까?"
제사를 지낼 수 있다면 어떤 옷을 입어야 합니까? 주자가
답하기를 "아마도 제사지낼 수 없을 것 같다. 나의 집에서는
사시의 정제(正祭)는 폐했으나 주자가 아내로 잃었기 때문이
다. 절사(節祀)는 지냈다. 심의(深衣)와 양삼(凉衫)의 등속 역
시 의리로 헤아려서 만든 것이므로 예문에는 상고할 데가 없
다. 기제(忌祭)는 상의 나머지 일이므로 제사지내도 혐의가
없을 듯하다. 그러나 정침에다 이미 궤연(几筵)을 설치해 놓
았기 때문에 제사지낼 곳이 없으니 잠시 중지하는 게 좋을 듯
하다."고 하였다.

如布服 小註 : 朱子大全 布作弔

여포복 소주 : 「주자대전」에 포(布)는 조(弔)로 되어 있다.

禫 : 記 孟獻子禫懸而不樂 此御而不入 夫子曰 獻子加於 人一等矣 (按)與喪大記異

담 : 「예기」에 맹헌자(孟獻子)가 담제를 지내고 복을 벗고서도 악 기를 걸어 둔 채 타지 않았고 아내나 첩과 동거할 수 있으나 들어 가지 않았다. 공자가 말하기를 "맹헌자는 보통 사람보다 한층 더 높구나!"하였다. 살펴보니, <상대기>와는 다르다.

下句卜日 : 曲禮 凡卜筮日 旬之外曰遠某日 旬之內曰近某 日 喪事先遠日 吉事先近日 註 喪事 葬與二祥 示不急 伸 孝心也

10일을 넘어서 날을 택함 : <곡례>에 "날을 가릴 때 10일 이 후로 가리는 것을 먼 아무날[遠某日]이라고 하고 10일 안으로 가리는 것을 가까운 아무날[近某日]이라고 하는데, 상사에는 10 일 이후로 날을 택하고 길사에는 10일 이내로 날을 택한다."고 하였다. 주에 "상사란 장사와 소상.대상인데, 급하게 효심을 펴 지 않는다는 것을 보인 것이다."고 하였다.

居喪雜儀 (상중의 여러 가지 범절)

如有窮 : 疏曰 事盡理屈爲窮 孝子匍匐而哭之 心形充屈 如
 急行道 極窮急之容也

궁한 것 같음 : 소에 "사리에 어쩔 수 없는 것이 궁한 것이다.
 효자가 엎드려 곡할 때에 마음과 모양이 당황하여 마치 급하게
 길을 걸을 때 몹시 다급한 모양과 같다."고 하였다.

瞿瞿 : 眼目速瞻之貌 如有所失 求覓之不得然也

구구 : 눈을 두리번거리며 보는 모양이니 무엇을 잃어버리고 찾
 아내지 못하는 듯한 것이다.

皇皇 : 猶棲棲也 親歸草土 孝心無所依托 如有望彼來
 而彼不至也

황황 : 방황과 같다. 어버이가 흙으로 돌아갔기에 효심이 의탁할
 곳이 없어서 마치 어떤 사람을 기다리는데 그 사람이 오지 않을
 때와 같은 모양이다.

練而慨然 : 至小祥 但慨嘆日月若馳之速也

연제를 지내고 나서 대단히 슬퍼함 : 소상에 이르러서 다만
 세월이 마치 달리는 말처럼 빠른 것을 개탄한다.

祥而廓然 : 至大祥 情意寥廓 不樂而已

대상을 지내고 나서 허탈함 : 대상에 이르러서 마음이 쓸쓸하
 고 허전하여 즐겁지 않을 뿐이다.

顔丁 : 魯人

안정 : 노(魯) 나라 사람이다.

小連大連 : 雜記註 東夷之人 不學而知禮者也

소련대련 : <잡기>의 주에 "동이(東夷)의 사람인데 배우지 못했
 으나 예절을 아는자"라고 하였다.

誦 : 補註 口所習也

외움 : 보주에 "입으로 익히는 것이다."고 하였다.

高柴 : 字子皐 孔子弟子 衛人 孔子稱其愚

※皐:못고 / 皐:언덕고

고시 : 자는 자고(子皐)이고, 공자의 제자인데 위(衛) 나라 사람이
 다. 공자가 그의 어리석은 듯한 것을 일컬었다.

身有瘍 : 瘍 余章切 瘍癰也 又病也 補 曲禮曰 居喪之禮 毀
 瘠不形 視聽不衰 註 居喪 許羸瘦 不許骨露見 又毀不滅性

○曲禮 升降不由阼階 出入不當門遂 註 執人子之禮 未忍廢
也 ○又不勝喪 乃比於不慈不孝 ○曲禮 五十不致毀 六十不
毀 七十 唯衰麻在身 飮酒食肉 處於內

몸에 종기가 있음 : 양(瘍)은 여(余)와 장(章)의 반절음이다. 종
기 또는 질병의 뜻이다. 보주. <곡례>에 "상중에 처하는 예는
너무나 수척하지 않게 하며 보고 듣는 힘이 쇠약해지지 않게 한
다."고 하였는데, 주에 "상중에 조금 마른 것은 허용하지만 뼈
가 드러나게 바짝 마른 것은 허용하지 않는다. 또 슬퍼하다가
몸을 훼손하여 생명에 지장이 있게 해서는 안된다."고 하였다.

<곡례>에 "조계(阼階)로 오르내리지 않으며 문 한 가운데로
드나들지 않는다."고 하였는데, 주에 "자식으로 행하였던 예를
차마 폐지할 수 없기 때문이다."고 하였다. 또 상을 이기지 못
한다는 것은 이에 사랑도 아니고 효도도 아닌 것을 비유한 것이
다.

<곡례>에 "50세에는 몸을 너무 훼손되지 않게 하며 60세에
는 훼손되지 않게 하며 70세에는 최마(衰麻)만 몸에 입을 뿐이
지 술이나 고기를 마시고 먹으며 내실에서 거처한다."고 하였
다.

强加饘粥 : 饘 同饘 諸延切 厚曰饘 稀曰粥

※ 饘(죽전)

억지로 된 죽을 먹음 : 전(饘)은 전(饘)과 같은 것이니 제(諸)와
연(延)의 반절음이다. 된 것을 전이라 하고 묽은 것을 죽이라
한다.

國譯龜峯集
(卷之九)

가례주설3
家禮註說3

감상시

宿水鍾寺　수종사에 묵으면서

斜陽橫篴入孤寺　석양에 피리 소리 외로운 절로 드는데
眼力無窮思渺然　끝없는 시야에 생각이 아득하구나.
軒倚龍門山上月　추녀에 기대니 용문산 달빛이 비추고
牖開斗尾水中煙　창을 여니 두 물머리 연기 속이로다.
雲含夜雨灑層砌　밤 구름 비 머금어 층계에 뿌려지고
風引晨鍾落九天　바람은 새벽 종소리 하늘가로 끌어가네.
兩道漁燈分小嶼　두 갈래 어선 등불 작은 섬으로 나뉘고
逆灘多少未歸船　여울에 돌아가지 않은 배 몇 척 있네.

家禮註說三 (가례주설3)
祭 禮 (제례)

祭 禮：記曰 祭者 所以追養繼孝也 註曰 追其不及之養 而繼
其未盡之孝也 ○朱子曰 古人誠實 直是見得幽明一致 如
在其上下左右 非心知其不然 姑爲是言以設敎也 ○朱子
曰 自吊魂復魄 立重設主 便是常要接續他些子精神在這
裡○又曰 聖人敎人子孫常常祭祀 也要聚得他 ○問旣往
爲鬼 何故謂祖考來格 朱子曰 所謂來格 亦略有神底意思
以我之精神 感彼之精神 盖謂此也 ○孔子曰 使天下之人
齊明盛服 以承祭祀 洋洋乎如在其上 如在其左右 問 洋洋
如在 朱子曰 亦須自家有以感之 始得 ○記曰 孝子之祭也
進退必敬 如親聽命 註曰 進退之間 如親聆父母之命 若有
使之者 ○問鬼神之義 來敎云 只思上蔡祖考精神 便是自
家精神一句 則可見其苗脉矣 某嘗讀太極圖義 有云 人物
之始 以氣化而生者也 氣聚成形 則形交氣感遂以形化 人
物生生 變化無窮 是知人物在天地間 其生生不窮者 固理
也 其聚而生 散而死者則氣也 有是理則有是氣 氣聚於此
則其理亦命於此 今所謂氣者 旣已化而無有矣 則所謂理
者 抑於何而寓耶 然吾之此身 旣祖考之遺體 祖考之所具
以爲祖考者 皆具於我而未嘗亡也 是其魂陞魄降 雖已化
而無有 然理之根於彼者 旣無止息 氣之具於我者 無復間
斷 吾能致精竭誠以求之 此氣旣純一而無所雜 則此理自
昭著而不可掩 此其苗脉之較然可覩者也 上蔡云 三日齋
七日戒 求諸陰陽上下 只是要集自家精神 盖我之精神 旣

祖考之精神 在我者旣身 卽是祖考之來格也 朱子曰 所喩
鬼神之說 甚精密 ○子思曰 夫微之顯 誠之不可掩如此夫
延平李氏曰 於承祭祀時 鬼神之理 昭然易見 ○問 旁親及
子是一氣 至於祭妻及外親 其精神非親之精神矣 豈於此
但以心感之而不以氣乎 朱子曰 蓋本從一源中流出 初無
間隔 雖天地山川鬼神 亦然也 ○記曰 治人之道 莫急於禮
禮有五經 莫重於祭 註 五禮 吉凶軍賓嘉 ○記曰 祭者 教
之本也 ○又曰 祭有十倫焉 見事鬼神之道焉 見君臣之義
焉 見父子之倫焉 見貴賤之等焉 見親疎之殺焉 見爵賞之
施焉 見夫婦之別焉 見政事之均焉 見長幼之序焉 見上下
之際焉 此之謂十倫 ○記曰 祭不欲數 數卽煩 煩則不敬
祭不欲疏 疏則怠 怠則忘 ○尚書大傳 祭之爲言 察也 察
者 至也 人事至 缺 祭 ○孔子曰 衆生必死 死必歸土 此
之謂鬼 骨肉斃于下 陰去聲爲野土 其氣發揚于上 爲昭明
焄蒿悽愴 此百物之精神之著也 朱子曰 鬼神之露光景 是
昭明 其氣蒸上 感觸人者 是焄蒿 使人精神凜然竦然 是悽
愴 ○問 天地山川 有箇物事 其神可致 人死氣散 如何致
之 朱子曰 只是一氣 子孫有箇氣在此 畢竟是因 何有此
其所自來 蓋自厥初生民 氣化之祖 相傳到此 只是此氣 ○
朱子曰 自天地言之 只是一箇氣 自一身言之 我之氣 卽祖
先之氣 亦只是一箇氣 所以纔感必應 ○曲禮 祭事不言凶
註 祭吉事也 吉凶不相干 ○易之萃曰 王假 吏白切 有廟
朱子曰 廟所以聚祖考之精神 人必能聚己之精神 可以至
于廟而承祖考也 ○程子曰 天下萃合人心 總攝衆志之道
莫過於宗廟祭祀之報 本於人心 聖人制禮 以成其德耳 ○
又易曰 萃不以正 其能享乎 ○曲禮曰 非其所祭而祭之 名

曰淫祀 ○北溪陳氏曰 今人於祭自己祖宗 却都鹵莽 外
面祀他鬼神 必極誠敬 不知他鬼神於己何相干涉 若是正
神 不歆非類 若是淫邪 竊食而已 必無降福之理 ○問 祖
先非士人 而子孫欲變其家風 以禮祭之 祖先不曉 却如何
朱子曰 公曉得 祖先便曉得 ○記曰 惟聖人爲能饗帝 孝子
爲能饗親 饗者 鄉也 鄉之然後爲能饗焉 註曰 志之所鄉
然後能饗 ○朱子曰 祭祀之感格 非有一物積于空虛之中
以待子孫之求也 盡其誠敬感格之時 此氣固寓此也 ○程
子曰 凡事死之理 當厚於奉生者 朱子曰 但以誠敬爲主 其
他儀則 隨家豐約 如一羹一飯 皆可自盡其誠 (按) 家家事
神 宜厚於奉生 亦不必拘此品數也 ○曾子問曰 宗子爲士
庶子爲大夫 其祭如之何 孔子曰 以上牲祭於宗子之家 祝
曰孝子某 爲介子薦其常事 ○記曰 夫祭者 非物自外至者
也 自中出生於心者也 註 盡其心者 祭之本 盡其物者 祭
之末也 ○孔子曰 父爲大夫 子爲士 葬以大夫 祭以士 父
爲士 子爲大夫 葬以士 祭以大夫 朱子曰 祭用生者之祿
(按)以士之祿大夫之祿 旣得豐殺于祭 則貧富亦然 不必拘
一例也 ○易之損曰 曷之用二簋 可用享 程子曰 損者 損
浮末而就本實也 享祀之禮 誠敬爲本 飾過其誠則爲僞矣
故云 二簋之約 可用享祭 享祭 誠爲本也 ○記曰 外則盡
物 內則盡志 按 物與誠交盡 然後可以爲祭 ○記曰 孝子
將祭 慮事不可以不預 比時具物 不可以不備 虛中以治之
註曰 比時 及時也 虛中 心無雜念也 ○易曰 東隣殺牛 不
如西隣之禴祭 實受其福 註 殺牛 盛祭也 禴祭 薄祭也 ○
經傳曰 庶子富則具二牲 獻其賢者於宗子 終事而後 敢私
祭 賢猶善也 疏曰 大宗小宗皆然 ○王制曰 喪祭 用不足

曰暴 有餘曰浩 祭豐年不奢 凶年不儉 註 暴 言不齊整也
浩 泛濫之義 (按) 禮有定制 亦不可加損也

※ 보관용글자:卽旣

제례 : 「예기(禮記)」에 "제사란 조상을 봉양하고 효도를 잇는 것
이다"라고 하였는데, 주(註)에 "미처 못다한 봉양을 뒤쫓아 하
며 미진한 효도를 잇는 것이다"라고 하였다.

주자(朱子)가 말하기를 "고인은 성실하여 곧바로 유명(幽明)
이 일치된 것으로 여겨, 상하 좌우에 항상 있는 것 같아 마
음속으로 그러한 것을 알아서, 짐짓 이것으로써 가르침을 베
풀었다"라고 하였다.

주자가 말하기를 "혼을 위로하고 백(魄)을 불러드린 것으로
부터 가묘(家廟)를 세우고 신주(神主)를 설치한 것은, 곧 그
의 정신을 접속(接續)하여 항상 여기에 있게 하려고 한 것이
다"하였다.

또 말하기를 "성인이 사람들의 자손에게 항상 제사를 지내
도록 가르치는 것은 그의 정신을 모으게 하기 위한 것이다"
하였다.

문 : "이미 떠나 귀(鬼)가 되었다 하였는데 무슨 이유로 선
조가 오신다고 하는가?" 주자가 말하기를 "이른바 오신다는
것은 또한 약간신(神)의 의미가 있다. 나의 정신으로 저쪽의
정신을 느끼게 한 것이니 대개 이를 말한 것이다"하였다.

공자(孔子)가 말하기를 "세상 사람들로 하여금 깨끗하게 제
계하고 제복을 차려 입고서 제사를 받들게 하는데 양양(洋
洋)하게 그 위나 그 좌우에 있는 듯 하다"하였는데, 양양하
게 있는 듯 하다는 무슨 뜻입니까? 주자가 말하기를 "그것,
역시 자신이 느껴 보아야 알 수 있다"하였다.

「예기」에 "효자가 제사지낼 때 나아가고 물러설 즈음에 반

드시 경건히 하여 직접 어버이의 분부를 들은 것처럼 한다"
하였는데, 주에 "나아가고 물러서는 사이에 친히 부모의 명
을 들은 것처럼하여 평소에 시키는 것 같이 한다"하였다.
문 : "귀신의 뜻에 대해서 물으니 그대가 말하기를, 다만 상
채 사씨(上蔡謝氏)가 말한 '선조의 정신이 곧 자신의 정신이
라는 한 구절을 생각해 본다면 그 단서를 볼 수 있을 것이
다' 하였는데, 내가 일찍이 태극도의(太極圖義)를 읽어보니
사람과 만물이 맨 처음에 기화(氣化)로 생긴 것이다. 기가
모이여 형체를 이루게 되면 형체가 서로 접촉하여 기를 감동
시켜 형화(形化)로 되어 사람과 만물이 번식하여 변화가 무
궁하다고 하였다. 이에 사람과 만물이 천지의 사이에서 번식
하여 끝이 없는 것은 물론 이(理) 이지만, 모여서 낳고 흩어
져 죽는 것은 기(氣)이다. 이 이가 있으면 이 기가 있고 기
가 여기에서 모이면 그 이 또한 여기에 부여 된다는 것을 알
수 있다. 그런데 지금 이른바 기가 이미 화하여 없다고 한
말대로라면 이른바 이는 도대체 어느 곳에 붙어 있겠는가?
그러나 나의 이 몸은 곧 선조가 남겨 준 몸이므로, 선조가
갖추어진 바로써 선조가 되고 모두 나에게 갖추어져서 없어
진 적이 없다. 이것은 혼은 올라가고 백은 떨어져서 이미 화
하여 있지 않지만 저쪽에 뿌리를 두고 있는 이는 이미 그침
이 없고 나에게 갖추어진 기는 다시금 끊어짐이 없으므로 내
가 정성을 다해 구하여 이 기가 순수하여 잡된 바가 없으면
이 이도 저절로 밝게 드러나서 가릴 수 없을 것이니, 이것이
그 단서를 분명히 볼 수 있는 것이다. 상채가 말하기를 '3일
간 제(齊)하고 7일간 계(戒)하여 음양(陰陽)과 상하(上下)에
구하는 것은 다만 자신의 정신을 모으려고 한 것이다' 하였
는데 대개 '나의 정신은 선조의 정신이므로 나에게 있는 것
이 모이면 선조가 오시게 된다'하니, 주자가 말하기를 "그대

가 말씀하신 귀신의 설이 매우 정미롭다"하였다.

자사 (子思 : 공자의 손자, 이름은 급(伋))가 말하기를 "대저 미묘한 것이 드러나고 정성을 가릴 수 없는 것이 이와 같다" 하였고 연평 이씨(延平李氏)가 말하기를 "제사를 지낼 때 귀신의 이치가 밝게 드러나 보기 쉽다"하였다.

문 : "방친(傍親) 및 아들은 하나의 기이지만 아내나 외친(外親)을 제사지내는 데 있어서는 그 정신이 친족의 정신이 아닌데 어떻게 이에 마음으로만 느끼고 기로는 느끼지 않는가?" 주자가 말하기를 "대개 본디 한 근원 속에서 흘러 나왔기에 처음부터 간격이 없는 것이다. 비록 천지 산천의 귀신이라 하더라도 마찬가지이다"하였다.

「예기」에 "사람을 다스리는 방법은 예보다 급한 것이 없고 예에는 오경(五經)이 있는데 제사보다 중한 것이 없다"하였는데, 주에 "오례는 길례(吉禮).흉례(凶禮).군례(軍禮).빈례(賓禮).가례(嘉禮)이다"하였다.

「예기」에 "제사란 교육의 근본이다"하였다. 또 "제사에는 열 가지 의의가 있다. 귀신을 섬기는 도리를 보이며, 임금과 신하의 의리를 보이며, 아비와 자식의 차례를 보이며, 천하고 귀한 등급을 보이며, 친밀하고 소원한 차등을 보이며, 작상(爵賞)의 베품을 보이며, 부부의 분별을 보이며, 정사(政事)의 균등함을 보이며, 어른과 젊은이의 차례를 보이며, 위와 아래의 사이를 보이는 것이니 이것을 열 가지 의의라고 한다"하였다.

「예기」에 "제사를 자주 지내려 하지 않는다. 자주 지내면 번거로와지고 번거로우면 경건하지 못하기 때문이다. 제사를 소홀히 하려하지 않는다. 소홀히 하면 게을러지고 게으르면 잊어지기 때문이다"고 하였다.

「상서대전(尙書大傳)」에 "제사란 말은 살핀다는 것이다. 살핀다는 것은 지극한 것이다. 인사가”하였다.

공자가 말하기를 “뭇 생명체는 반드시 죽고, 죽으면 반드시 흙으로 돌아간다. 이것을 귀(鬼)라고 한다. 뼈와 살은 아래에서 썩어 흙이 되고 기(氣)는 위로 떠서 소명(昭明), 훈호(焄蒿), 처창(悽愴)함이 되는 것이니 이는 온갖 물체의 정신이며, 귀신이 드러난 것이다”하였는데 주자가 말하기를 “귀신이 광경을 드러낸 것은 소명이고 그 기가 올라가서 사람에게 감촉한 것은 훈호이고 사람의 정신을 늠연(凜然)[87]하게 하고 송연(悚然)[88]하게 하는 것은 처창이다”하였다.

문 : “천지 산천은 사물이 있으므로 그 신을 오게 할 수 있지만 사람은 죽으면 기가 흩어져 버리는데 어떻게 오게 할 수 있겠는가?”주자가 말하기를 “다만 한 기일 뿐이다. 자손의 기가 여기에 있으면 필경 여기에 의지한다. 어디로부터 오겠는가. 대개 사람들이 태어날 때부터 기화(氣化)의 시조가 서로 전하여 여기에 이르기까지 하나의 기일 뿐이다”하였다.

주자가 말하기를 “천지로 말한다면 하나의 기일 뿐이고 한 몸으로 말한다면 나의 기는 곧 선조의 기이므로 또한 하나의 기일 뿐이다. 그러므로 느꼈다 하면 반드시 응하는 것이다”하였다.

<곡례(曲禮)>에 “제사에는 흉한 것을 말하지 않는다”하였는데, 주에 “제사는 길사이다. 길사와 흉사는 서로 간여하지 않기 때문이다”하였다.

「주역(周易)」의 췌괘(萃卦)에 “왕이 사당에 이른다”. 가(假)는 이백(吏白)으로 반절음이다. 하였는데, 주자가 말하기를 “사당은 선조의 정신을 모으는 곳이니 사람이 반드시 자기의 정

---

87)늠연(凜然) : 위엄이 있고 기개가 높다.
88)송연(悚然) : 두려워 몸을 웅숭그릴 정도로 오싹한 느낌이 있다.

신을 모아야만 사당에 이르러 선조를 받들 수 있다"하였다.

정자(程子 : 송(宋)의 학자 정이(程頤))가 말하기를 "천하의 인심을 모으고 중지(衆志)를 묶는 방도는 종묘보다 더 좋은 것은 없으니 제사로 보답하는 것은 인심에 바탕한 것이다. 성인이 예를 제정하여 그 덕(德)을 이룩한 것이다" 하였다.

또 「주역」의 정전(程傳)에 "모으기를 옳지 못한 방법으로 하면 형통할 수 있겠는가" 하였다. <곡례>에 "제사지내지 않아야 할 곳에 제사지내는 것을 음사(淫祀)라고 한다" 하였다.

북계진씨(北溪陳氏)가 말하기를 "지금 사람들이 자기의 선조를 제사지내는 데에 있어서는 도리어 소홀이 하면서 바깥 다른 귀신을 제사지내는 데에는 반드시 정성과 공경을 다하고 있으니 다른 귀신은 나와는 아무런 관계가 없다는 것을 모르는 것이다. 만일 올바른 귀신이라면 같은 종족이 아닌 사람이 지낸 제사는 흠향하지 않을 것이며, 만일 부정한 귀신이라면 훔쳐 먹기만 할 뿐이지 복을 줄 리는 없다" 하였다.

문 : "선조가 선비가 아닌데 자손이 그의 가풍(家風)을 바꾸어 예로 제사지내려 한다면 선조가 깨닫지 못할 것이니 어떻게 해야 합니까?" 주자가 말하기를 "그대가 깨달으면 선조도 깨달을 것이다" 하였다.

「예기」에 "오직 성인만이 상제(上帝)를 흠향하게 할 수 있고, 효자만이 어버이를 흠향하게 할 수 있다. 향(饗)은 향(向)하는 것이니 향(向)한 다음에 흠향한다" 하였는데, 주에 "뜻이 향한 다음에 흠향하게 된다"하였다.

주자가 말하기를 "제사에 감응하여 이르는 것은 어느 물체가 공중에 쌓여 있다가 자손의 구함을 기다리는 것이 아니라 그 정성과 공경을 다해 감응하여 이를 때에 이 기가 본디 여기에 의지해 있는 것이다"하였다.

정자가 말하기를 "무릇 죽은 이를 섬기는 도리는 산 사람을

받드는 것보다 후하게 해야 한다"하였고, 주자는 말하기를
"다만 공경과 정성을 위주로 하고 그 밖의 범절은 가정 형편
에 따라 하여야 한다. 예를 들면 국 한 그릇, 밥 한 그릇일
지라도 모두 스스로 그 정성을 다하여야 한다"하였다. 살펴
보니, 집집마다 귀신을 섬길 적에 산 사람을 받드는 것보다
후하게 해야 할 것이니 또한 이 정해진 가짓수에 구애될 필
요는 없다.

증자(曾子 : 공자 제자, 이름은 삼(參))가 묻기를 "종자(宗子)
가 사(士)이고 서자(庶子)가 대부(大夫)일 경우 그 제사를 어
떻게 하여야 합니까?"공자가 말하기를 "제일 좋은 희생(犧
牲)으로 종자의 집에서 제사를 지내고 그 축문(祝文)은 '효자
(孝子)는 아무개이며 차자가 그 상사(常事)를 올리나이다'고
한다"하였다.

「예기」에 "대저 제사란 물체가 밖으로부터 이르는 것이 아
니라 자신의 마음 가운데서 나오는 것이다"하였는데, 주에
"마음을 다하는 것은 제사의 근본이고 외물을 다하는 것은
제사의 말단이다"하였다.

공자가 말하기를 "아버지는 대부이고 아들은 사일 경우 대
부의 예로 장례를 치르고 사의 예로 제사지내며, 아버지가
사이고 아들이 대부일 경우 사의 예로 장례를 치르고 대부의
예로 제사지낸다"하였는데, 주자가 말하기를 "제사는 산 사
람이 받은 녹(祿)으로 지낸다"하였다. 살펴보니, 사의 녹과
대부의 녹에 따라 제사도 차등을 두었으니 빈부(貧富)도 마
찬가지이다. 한 가지 예에만 구애될 필요는 없다.

「주역」의 손괘(損卦)에 "어디에 쓰리요? 두 개의 대그릇[簋]
도 제사지낼 수 있다"하였는데, 정자가 말하기를 "손괘는
쓸데없는 것을 덜어서 알찬 데로 나아가는 것이다. 제사의
예는 정성과 공경이 근본이 되므로 겉치레가 정성을 벗어나

면 거짓이 된다. 그러므로 간소한 두 개의 대그릇으로도 제
사를 지낼 수 있다고 하였으니 제사를 지내는 데는 정성이
근본이 된다" 하였다.

「예기」에 "밖으로는 물건을 다하고 안으로는 뜻을 다한다"고
하였으니 살펴보건데, 물건과 더불어 정성이 사귐을 다한 연
후에 가히 제라고 할 수 있다. 「예기」에 "효자가 장차 제사
를 지내려고 할 적에 미리 생각하지 않을 수 없으며, 제때에
제물을 준비하되 빠진 것이 있어서는 안 되므로 마음을 비우
고 해야 한다" 하였는데, 주에 "비시(比時)는 제때이다. 마음
을 비운다는 것은 잡념이 없게 한 것이다"하였다.

「주역」에 "동쪽 이웃에서 소를 잡는 것은 서쪽 이웃의 약제
(禴祭)가 실상 복을 받는 것보다 못하다"하였는데, 주에 "소
를 잡는 것은 성대한 제사이고, 약제는 박한 제사이다"하였
다. 경전(經典)에 "서자(庶子)가 부유하면 두 마리 희생을 마
련하여 그 가운데 좋은 것을 종자에게 드리고 제사가 끝난
뒤에 자기의 제사를 지낸다"하였는데 소(疏)에 "대종(大宗)이
나 소종(大宗)이 모두 그렇게 한다" 하였다.

<왕제(王制)>에 "상례와 제사의 용도가 부족한 것을 포(暴)
라고 하고, 여유가 있는 것을 호(浩)라고 한다. 제사는 풍년
이라고 하여 사치스럽게 하지 않으며, 흉년이라고 하여 검소
하게 하지 않는다" 하였는데 주에 "포는 정제되지 못한 것을
말하고 호는 남용의 뜻이다"하였다. 살펴보니, 예에 정해진
제도가 있으므로 또한 더하거나 감할 수가 없다.

四時祭 : 孔子曰 春秋祭祀 以時思之 ○記曰 祭則觀其敬而
時也 註曰 禮時爲大 ○公羊子曰 士不及玆四者 則冬不
裘 夏不葛 註 四者 四時之祭也

사시제 : 공자가 말하기를 "봄 가을로 제사지내면서 때로 생각한다" 하였다.

「예기」에 "제사에서 그 공경히 제때에 하는 것을 본다" 하였는데, 주에 "예는 때가 중요하다" 하였다.

공양자(公羊子)가 말하기를 "사(士)가 이 네 가지를 하지 못하면 겨울에 가죽옷을 입지 않으며, 여름에 갈포(葛布)를 입지 않는다" 하였는데, 주에 "네 가지는 사시의 제사이다" 하였다.

何休 小註 下三條同 : 漢書 何休字邵公 研精六經

하휴 소주(小註). 아래 세 조목도 같다. : 「한서(漢書)」에 "하휴의 자는 소공(邵公)이다. 육경(六經)에 대한 연구가 정밀했다" 하였다.

特豚 : 士婚禮註 特猶一也

특돈 : <사혼례(士婚禮)>의 주에 "특은 일(一)자와 같다" 하였다.

春薦韭 止 以鴈 : 王制本註 韭之性溫 則陽類也 故以配邜陰物故也 麥與黍 皆南方之穀 亦陽類也 故配以魚與豚 皆陰類也 稱爲西方之穀 則陰類也 故配以鴈 鴈陽物故也 植物之陽者 配以動物之陰 植物之陰者 配以動物之陽 亦使陽不勝陰 陰不勝陽而已

봄에는 부추를 올리며, 기러기로써 : <왕제(王制)>의 본주(本註)에 "부추의 성질은 따뜻하니 양류(陽類)이다. 그러므로 그와 배석(配邜:배치되면)되면 음물(陰物)이다. 보리와 기장은

모두 남쪽에서 나는 곡식이니 또한 양류이다. 그러므로 물고
기와 돼지로 짝하는 것이니 물고기와 돼지는 모두 음류이다.
벼는 서쪽에서 나는 곡식이니 음류이다. 그러므로 기러기와
짝을 하는 것이니 기러기는 양류이기 때문이다. 식물의 양류
인 것은 동물의 음류인 것으로 짝하고 식물의 음류인 것은
동물의 양류로 짝하는 것이니 또한 양이 음을 이기지 못하게
하고 음이 양을 이기지 못하게 할 뿐이다" 하였다.

庶羞不踰牲 : 王制曰 庶羞不踰牲 燕衣不踰祭服 寢不
踰廟 註 此三者 皆言薄於奉己 厚於事神也 (按) 今
看本文 與高氏所引 義稍異

뭇 제찬을 희생보다 지나치게 차리지 않음 : <왕제>에 "뭇
제찬을 희생보다 지나치게 장만하지 않으며, 평상시의 복장
을 제복(祭服)보다 지나치게 만들지 않으며, 거처하는 곳을
사당보다 더 좋게 꾸미지 않는다" 하였는데, 주에 "이 세 가
지는 모두 자기를 받드는 데는 박하게 하고 귀신을 섬기는
데는 후하게 함을 말한 것이다" 하였다. 살펴보니, 지금 본
문을 보건대 고씨(高氏)가 인용한 것과 뜻이 조금 다르다.

諏此歲事 大註 下二條同 : 諏 聚謀也

이 세사를 꾀함 대주, 아래 두 조목도 같다. : 추(諏)는 의견을 모으는
것이다.

適其祖考 : 適意所必從曰適 皆出韻會

그 조고에게 나아감 : 적(適)은 뜻이 반드시 따르는 것을 적이라고
한다. 모두 운회(韻會)에 나옴.

來月某日 止 事于祖考 : (按) 禰祭 稱改祖考妣爲考妣 則今
於考下落妣字

모는 아무 달 아무 날에, 조고를 사함 : 살펴보니, 예제(禰祭)
에 조고비(祖考妣)를 고비(考妣)로 고쳐 호칭하였으니 지금 고(考)자
밑에 비(妣)자가 빠졌다.

孟詵 小註 下同 : 孟詵 唐鑑 登進士致仕 所在春秋給羊酒

맹선 소주, 아래도 같다. : 맹선은 「당감(唐鑑)」에 "진사(進士)에 올랐으
며, 치사(致仕)하자, 그가 있는 곳에 나라에서 봄 가을로 양(羊)과
술을 지급하였다" 하였다.

二至二分 : 問 時祭用淸明之類 或是忌日 則如之何 朱子曰 却不
思量到此 古人所以貴於卜日也 (按) 朱子之言又如此 二分二至
定不可爲式也

이지이분 : 문 : "시제(時祭)는 청명(淸明) 등의 속절을 사용하여 지내
는데, 혹시 이 날이 기일(忌日)일 경우 어떻게 합니까?" 주자가 말
하기를 "여기까지 생각해 보지 않았다. 그래서 고인이 택일을 귀히
여긴 것이다" 하였다. 살펴보니, 주자의 말이 또 이와 같으니 하지.
동지·춘분·추분으로 꼭 일정한 제도로만 정할 수 없다.

齋戒 : 記曰 齋之爲言 齊也 齊不齊以致齋者也 ○記曰 將齊也
防其邪物 訖其耆欲 耳不聽樂 又曰 心不苟慮 必依於道 手足
不苟動 必依於禮 ○又曰 散齋七日以定之 致齋三日以齊之 定
之之謂齊 齊者 精明之至也 然後可以交於神明 ○記曰 致齋於
內 散齋於外 ○記曰 齊者 不樂不弔 註曰 樂則散 哀則動 皆
有害於齊也

재계 : 「예기」에 "재(齋)란 말은 가지런히 한다는 것이니 가지런 하지
못한 것을 가지런히 하여 재계를 하는 것이다" 하였다. 「예기」에
말하기를 "장차 재계하려고 할 때 간사한 물건(邪物)을 막고, 즐기
는 것이나 욕심을 제거하고, 음악을 듣지 않는다"하였고, 또 "마음
에 구차한 생각을 하지 않고 반드시 도(道)에 따라 하며, 손과 발을
구차히 움직이지 않고 반드시 예(禮)에 따라 한다" 하였다. 또 "7일
간 산재(散齋)하여 안정을 하고, 3일간 치재(致齋)하여 제계하니, 안
정하는 것을 제(齊)라고 하는데, '제'는 정명(精明)의 지극한 것이다.
그런 다음에 신명(神明)과 합할 수 있다"하였다. 「예기」에 "안에서
치재하고 밖에서 산재한다"하였고 또 "제계하는 사람은 잔치에 참
석치 않으며, 조문도 하지 않는다" 하였는데, 주에 "즐거워하면 마
음이 흩어지고 슬퍼하면 마음이 동요되므로 모두 제계하는데 해가
된다"하였다.

不得茹葷 大註 : 葷 荀子註 蔥薤也 ○爾雅翼云 大蒜 小蒜 興渠
慈葱 茖葱爲五葷

훈채를 먹지 않음 : 훈채는 「순자(荀子)」의 주에 "파와 부추이다"하였
다. 「이아익(爾雅翼)」에 "대산(大蒜)·소산(小蒜)·흥거(興渠)·자총(慈
葱)·각총(茖葱)이 다섯 가지 훈채이다"하였다.

齋之日 思其居處 小註 下六條同 ：程子曰 思其居處 思其笑語 此孝子平日思親之心 非齊也 齊不用有思 有思則非齊 齊三日 必見其所爲齊者 此非聖人之語 齊者 湛然純一 方能與鬼神接 然能事鬼神 已是上一等人 (按) 程子之說高 而無下手處 恐或末穩

재계[89]하는 날 거처하는 곳을 생각함 소주, 아래 여섯 조목도 같다.
：정자가 말하기를 "거처하신 곳을 생각하며, 웃는 모습과 하신 말씀을 생각하는 것은 효자가 평일에 어버이를 생각하는 마음이지 재계하는 것은 아니다. 재계하는 때에 생각은 필요하지 않다. 생각을 하면 제계가 되지 않는다. 재계한 지 3일에 반드시 그 재계한 바를 본다고 한 것은 성인의 말씀이 아니다. 재계한 자가 고요히 순수하여야 비로소 귀신과 접할 수 있다. 그러나 귀신을 섬길 수 있으면 이는 최상의 사람이다"하였다. 살펴보니, 정자의 이 말씀은 너무 높아서 착수할 곳이 없으니 아마도 온당하지 않은 듯하다.

雖七廟五廟 亦止於高祖 ：王制 天子七廟 三昭三穆 與太祖之廟 諸侯五廟 二昭二穆 與太祖之廟 大夫三廟 一昭一穆 與太祖之廟 士一廟 庶人祭於寢 (按) 皆降殺以兩 ○朱子曰 祖有功而宗有德 是爲百世不遷之廟 ○朱子曰 天子太祖 百世不遷 一昭一穆爲宗 亦百世不遷 二昭二穆 爲四親廟 親盡則遞遷 諸侯則無二宗 大夫又無二廟 其遷毀之次 則與天子同 ○祭法 大夫三廟 無高祖廟 ○祭法 王立七廟 諸侯立五廟 王及諸侯月祭之 大夫立三廟 享嘗乃止 儀禮經傳傳曰 周日祭 註 日祭於祖考 謂上食也 漢亦然 ○朱子曰 太祖 太宗 仁宗 功德茂盛 宜準周之文武

[89]재계(齋戒):종교의식을 치르기 위해 몸과 마음을 깨끗이 하고 부정한일을 말라함.

百世不遷 號爲世室 宗亦日世室 (按) 朱子欲以僖祖爲始祖 百世
不遷 故以太祖 太宗爲世室 無常數 茍有功德則宗之 不可預爲
設數 殷有三宗 周公擧之以勸成王 由是言宗無數也 語意出朱子
大全 ○朱子又以高宗中興故 亦欲爲世室而不遷之 ○朱子曰周
制 后稷始封 文武受命而王 故三廟不毀 與親廟四而七者 諸儒
之說也 謂三昭三穆與太祖之廟而七 文武爲宗 不在數中者 劉歆
之說也 其數不同 劉歆說較是

비록 7묘 5묘라도 고조에서 그침 :

<왕제(王制)>에 "천자는 7묘이
니 삼소(三昭) 삼목(三穆)과 태조(太祖)의 묘이고, 제후는 5묘이니 2
소 2목과 태조의 묘이고, 대부는 3묘이니 1소 1목과 태조의 묘이고,
사는 1묘이고 서민은 정침(正寢)에서 제사를 지낸다"하였다. 살펴보
니 모두 내려오면서 둘씩 줄어들었다.

주자가 말하기를 "공이 있는 분으로 조(祖)를 삼고 덕이 있
는 분으로 종(宗)을 삼는 것이니, 이는 백세(百世)토록 옮기
지 않는 묘이다"하였다.

주자가 말하기를 "천자의 태조는 백세토록 옮기지 않으며, 1
소 1목이 종이니 역시 백세토록 옮기지 않으며, 2소 2목은
사친묘(四親廟)이니 친분이 다하면 번갈아 옮긴다. 제후는 2
종이 없고 대부도 2묘가 없으나 그 옮기고 철거하는 순서는
천자와 같다"하였다.

<제법(祭法)>에 "대부는 3묘로 고조묘는 없다"하였다. 제법
(祭法)에 "왕(王)은 7묘를 세우고, 제후는 5묘를 세우고 왕과
제후는 달마다 제사를 지냄. 대부는 3묘를 세운다. 상제(嘗
祭)에서 그침"하였다.

「의례경전(儀禮經傳)」의 전(傳)에 "주(周) 나라는 날마다 제
사를 지냈다"하였는데, 주에 "날마다 조상에게 제사지낸다는

것은 식사 때 밥을 차려 놓는 것을 말한다. 한(漢) 나라에서도 또한 그렇게 하였다"하였다.

주자가 말하기를 "태조(太祖)와 태종(太宗)과 인종(仁宗)은 공덕이 성대하므로 의당 주 나라의 문왕(文王)과 무왕(武王)에 준하여 백세토록 옮기지 않고 세실(世室)이라고 불러야 할 것이다". 종(宗)도 세실이라고 함. 하였다. 생각해 보니 주자가 희조(僖祖)로 시조를 삼아 백세토록 옮기지 않으려 하였기 때문에 태조와 태종으로 세실을 삼고자 하였다. 그 숫자가 정해져 있지 않으므로 참으로 공덕이 있는 분이면 종을 삼아야 하므로 숫자를 미리 정해서는 안 될 것이다. 은(殷)에 삼종(三宗)이 있었는데 주공(周公)이 이를 들어서 성왕(成王)에게 권하였다. 이로 말미암아 종은 정해진 숫자가 없다고 말한다. 이 말의 뜻은 「주자대전(朱子大全)」에 나옴. 주자는 또 고종(高宗)이 나라를 중흥(中興) 시켰다고 하여 또한 세실로 삼아 옮기지 않으려고 하였다.

주자가 말하기를 "주(周) 나라의 제도에 후직(后稷)이 처음으로 제후에 봉해졌고, 문왕(文王)·무왕(武王)이 하늘이 명을 받아 왕이 되었기 때문에 3묘를 철거하지 않고 친묘(親廟) 넷과 합하여 7묘라고 한 것은 제유(諸儒)들의 설(說)이고, 3소 3목과 태조의 묘를 합하여 7묘이고 문왕·무왕은 종이 되므로 그 숫자 가운데 들어 있지 않다고 한 것은 유흠(劉歆)의 설이다. 그 수가 같지 않으나 유흠의 설이 비교적 옳다"하였다.

月祭享嘗之別 : 經傳經曰　先王日祭月享時類歲祀　諸侯舍日 卿大夫舍月　庶人舍時　註　三日祭於祖考　月享於曾祖　時類 及二祧　歲祀於壇墠　出國語

월제향상지별 : 「경전(經傳)」의 경(經)에 "선왕은 일제(日祭) 월향(月

享) 시류(時類) 세사(歲祀)를 하였고, 제후는 날마다 사채(舍菜)90)하고 경대부(卿大夫)는 달마다 사채하고 서민은 사시(四時)마다 사채한다"하였는데, 주에 "三일마다 고조(祖考)에게 제사지내고 달마다 증조(曾祖)에게 제사지내며, 시류와 이조(二祧)는 해마다 단선(壇墠)에서 제사를 지낸다" 하였다. 「국어(國語)」에 나옴.

大夫有事 省於其君 干祫 : 大傳 大夫士有大事 省於其君 干祫 及其高祖 註 大事 謂祫祭也 不敢私自擧行 省於其君 而君賜之 乃得行焉 而其祫也上及高祖 干者 自下干上之義 以卑者而行尊者之禮 故謂之干祫

대부가 일이 있으면 그의 임금에게 찾아가 협제(祫祭)하기를 구함 : <대전(大傳)>에 "대부나 사가 큰 일이 있으면 그의 임금에게 찾아가 협제하기를 요청하는데 그의 고조(高祖)까지 한다"하였는데, 주에 큰 일이란 협제를 말한 것이다. 감히 사사로이 자기 마음대로 거행하지 못하고 그의 임금에게 찾아가 그의 임금이 허락하면 이에 거행하는데, 그 협제는 위로 고조까지 한다. 요구한다는 것은 아래에서 위에 요구한다는 것이니 신분이 낮은 사람이 신분이 높은 사람의 예를 행하기 때문에 협제할 것을 요구한다고 한 것이다" 하였다.

二主 : (按) 乃下文影與祀板也

이주 : 살펴보니, 아랫글의 영정(影幀)과 사판(祀板)이다.

---

90) 사채(舍菜):채소류를 놓고 지내는 공자의 제사.(舍菜=석채라고도 한다)

支子所得自主之祭 : (按) 支子自主之祭 乃繼禰繼祖等小
宗也 即祠堂章所謂祭之次日 却令次位子孫自祭者也

차자들이 주관할 수 있는 제사 : 살펴보니, 차자가 주관할 수
있는 제사는 아버지나 할아버지를 계승한 소종(小宗)이다. 즉
사당장(祠堂章)에 이른바 "제사지낸 다음날에 다음 자손으로
하여금 스스로 제사지내게 한다"는 것이다.

或以物助之 : 程子曰 支子雖不祭 齋戒致誠 與主祭者不異 可
與則以身執事 不可與則以物助

물품으로 돕기도 함 : 정자가 말하기를 "차자는 비록 제사에 참
여하지 못 하더라도 제계와 치성은 제사를 주관하는 자와 다
름이 없게 한다. 참여할 수 있으면 몸소 일을 거들어 드리고
참여할 수 없으면 물품으로 도와야 한다"하였다.

省牲 : 儀禮經傳曰 牲孕 祭帝不用 按 不但祭帝 凡祭皆宜不用

희생을 살핌 : 「의례경전(儀禮經傳)」에 "새끼를 밴 희생은 상제(上
帝)를 제사하는 데 쓰지 않는다"하였는데, 살펴보니 상제에게
제사할 때 뿐만 아니라 모든 제사에도 사용하지 않아야 한다.

具饌 : 按 四時具饌 泛言魚肉 而雖無用生明文 朱子曰 大抵
鬼神用生物祭者 皆是假生氣爲靈 古人釁鍾釁龜 皆此意
也 司馬公祭儀 亦用生 家禮 始祖亦用生 宜用生無疑矣

제찬을 준비함 : 살펴보니, 사철로 제찬을 준비하는데 보통 물고기와 육고기를 말한다. 생 것을 쓴다는 명백한 조문은 없으나, 주자는 "대저 귀신에게 산 제물로 제사지내는 것은 모두 싱싱한 기운을 빌려 신령스럽게 하는 것이니 옛날 사람이 종(鍾)이나 거북이에다 싱싱한 피를 바른 것이 바로 이 뜻이다"하였고, "사마온공(司馬溫公 송의 학자, 이름은 광(光))의 제의(祭儀)에도 생 것을 쓰고, 「가례」에도 시조에게 또한 생 것을 쓴다"하였으니, 생 것을 써야 한다는 게 의심할 것이 없다.

饅頭 大註 下二條同 : 韻會 饅頭 餅也

만두 대주, 아래 두 조목도 같음. : 「운회(韻會)」에 "만두는 떡이다"하였다.

糕 : 或作餻 周禮籩人 糗餌粉餈 註 方言餌謂之糕 餈 記註 稻餅也 炊米搗之粉餈 以豆爲紛 出內則

※ 糕 (떡고) : 가루떡, 쌀가루를 쪄서 만든 것.

고 : 고(餻)로도 쓴다. 「주례(周禮)」 <천관(天官)>의 변인(籩人)에 구이분자(糗餌粉餈)의 주에 "방언에 이(餌)를 고(糕)라고 한다"하였다. 자(餈)는 「예기」의 주에 "쌀로 만든 떡이니 밥을 지어서 찧은 것이고, 분자는 콩으로 가루를 만들어 묻힌 것이다"하였다. 내측(內則)에 나옴.

一串 : 韓詩 如以肉貫串 串 初限切 韻會 作丱 即既

일천 : 한시(韓詩)에 "마치 고기로 꼬치에 꿴 것 같다(如以肉貫

串)"고 하였는데 천(串)은 초(初)와 한(限)의 반절음 「운회(韻會)」에 관(弗)으로 되어 있다.

膾軒 小註 下同 : 內則 腥食 細切爲膾 大切爲軒

회헌 소주, 아래도 같다. : <내측(內則)>에 "날 음식인데 가늘게 자른 것을 회라고 하고 굵게 자른 것을 헌이라고" 한다 하였다.

隨鄕土所有 : 禮器云 天不生 地不養 君子不以爲禮 鬼神不饗也 居山以魚鼈爲禮 居澤以鹿豕爲禮 君子謂之不知禮 註 天不生 謂非時之物也 地不養 如山之魚鼈 澤之鹿豕

고장에 나는 대로 따라 함 : <예기(禮器)>에 "하늘이 낳지 않고 땅이 기르지 않는 것은, 군자(君子)는 예물로 쓰지 않고 귀신은 흠향하지 않는다. 산에서 물고기나 자라를 예물로 쓰고 못에서 사슴이나 돼지를 예물로 쓰는 것을 군자는 예를 모른 것이라고 한다"하였는데 주에 "하늘이 낳지 않은 것이란 제 때에 난 물품이 아닌 것을 말하고, 땅이 기르지 않은 것이란 산에서 물고기나 자라로, 못에서 사슴과 돼지를 제물로 쓰는 것을 말한다"하였다.

玄酒 大註 下同 : 禮運註 太古無酒 用水行禮 後王重古 名爲玄酒 祭則設於室而近北也 ○ 丘氏亦曰 實水以點茶

현주 대주, 아래도 같다. : <예운(禮運)>의 주에 "아주 오랜 옛날에는 술이 없었으므로 물로 예를 행하였는데, 후세의 임금이 옛 것

을 중요하게 여겨 현주라 부르고 제사를 지낼 적에 방에 진설
하였는데 북쪽에 가깝게 놓았다"하였다.
구씨(丘氏) 또한 "물을 담아 놓고 차를 넣은 것이다"하였다.

熾炭于爐 : 丘氏濬曰 熾炭炙肝肉 (按) 亦用煖酒

화로에 불을 피움 : 구준이 말하기를 "숯불을 피워 간을 굽는다"
하였는데, 살펴보니 술을 데우기도 한다.

質明 : 檀弓曰 夏后氏大事用昏 商人大事用日中 周人大事用
日出 夏尙黑用昏 故祭其闇 商尙白用日中 故祭其陽 周尙
赤用日出 故祭以朝及闇 (按) 子路祭於季氏 質明而行事
晏朝而退 孔子取之 此周禮也 然禮與其失於晏也 寧早

질명 : <단궁(檀弓)>에 "하후씨(夏后氏)는 큰 일을 치를 때 해가
질 무렵을 이용하였고, 상인(商人)은 한낮을 이용하였고, 주인
(周人)은 해가 돋을 때를 이용하였다. 하(夏)는 흑색을 숭상하
여 해가 질 때를 이용하였으므로 어두울 때에 제사를 지냈고,
상(商)은 백색을 숭상하여 한낮을 이용하였으므로 밝을 때에
제사를 지냈고, 주(周)는 적색을 숭상하여 해가 돋을 때를 이
용하였으므로 아침부터 어두울 때까지 제사를 지냈다"하였다.
살펴보니, 자로(子路)가 계씨(季氏)의 제사에 참여하여 새벽
에 행사하고 아침 늦게 돌아왔는데, 공자가 취하였다. 이는
주(周) 나라 예이다. 그러나 예는 늦게 행하다 실수하기보다
는 차라리 일찍이 행하는 게 낫다.

奉主就位 : 曲禮曰 凡奉者當心 提者當帶 ○朱子曰 神主之
位東向 尸在神主之北 又曰 夏立尸 商坐尸 周旅酬 先王
衣服 藏之廟中 臨祭衣尸 ○子曰 古者男爲男尸 女爲女
尸 自周以來 女無可以爲尸者 故無女尸 後世遂無尸 能
爲尸者 亦非尋常人 ○朱子曰 儀禮 周公祭泰山 召公爲
尸 ○(愚按) 無可尸而尸禮旣廢 無可祭而祭禮將廢 尸禮
廢 而有主可祭 祭禮廢而誰可爲祭 主祭者可不動念

신주를 받들고 신위로 나아감 : <곡례(曲禮)>에 " 무릇 물건을
받들 때에는 가슴에 대고 받들고, 내려 들 때는 팔을 허리에
대고 든다"하였다.

주자가 말하기를 "신주의 위치는 동쪽으로 향하고, 시동(尸
童)은 신주의 북쪽에 위치한다."하였다.

또 말하기를 "하(夏) 나라는 시동을 서 있게 하였고, 상(商)
나라는 시동을 앉혔고, 주(周) 나라는 제사를 지내고 잔치를
열어 손님이나 제자 및 형제의 아들들이 그의 어른에게 술을
권하고 서로가 즐겼으며, 선왕(先王)의 의복을 사당에다 넣어
두었다가 제사지낼 때 시동에게 입혔다"하였다.

공자가 말하기를 "옛날에 남자의 제사에는 남자로 시동을
삼았고 여자의 제사에는 여자로 시동을 삼았다. 그런데 주
나라로 내려오면서 여자가 시동이 될 만한 사람이 없었기 때
문에 여자 시동이 없어졌다. 그리하여 후세에 드디어 시동이
없어지고 말았으니 시동이 될 만한 사람은 역시 보통 사람이
아니다"하였다.

주자가 말하기를 "「의례」에 주공이 태산(泰山)에 제사지낼
때 소공(昭公 : 주공의 아우 이름은 석(奭))이 시동이 되었
다"하였다.

내가 살펴보니, 시동이 될 만한 사람이 없다고 하여 시동의 예가 이미 폐지되었으니, 제사지낼 것이 없다고 하면 제례 (祭禮)도 장차 폐지될 것이다. 시동의 예는 폐지되었으나 신주가 있으므로 제사는 지낼 수 있지만, 제사의 예가 폐지되면 누가 제사를 지내겠는가. 제사를 맡은 이는 생각하지 않을 수 있겠는가.

盛服 大註 下同 : 補 曲禮 有田祿者 先爲祭服 祭服獘則焚之 祭器獘則埋之 牲死則埋之 註人所用則焚之 陽也 鬼神所用則埋之 陰也

성복(盛服) 대주, 아래도 같다. : 보(補). <곡례>에 "영지(領地)가 있는 자는 먼저 제복을 만든다. 제복이 떨어지면 불사르고, 제기가 못 쓰게 되면 묻고, 희생이 죽으면 묻는다"하였는데, "주에 사람이 쓰던 것을 불사르는 것은 양(陽)이기 때문이고, 귀신에게 쓰는 것을 묻는 것은 음(陰)이기 때문이다"하였다.

主婦西階下 : 按 告日之儀 無西階位次 故今又別錄 皆同朔望儀

주부는 서쪽 계단 아래 : 살펴보니, 날짜를 고하는 의식에 서쪽 계단의 자리가 없기 때문에 이제 또 따로 기록한 것이니 모두 초하루 보름의 의식과 같다.

灌用鬱(鬯) 小註 : 郊特牲註 周人尚氣臭 先求諸陰 故牲之未殺 先酌鬯酒 灌地以求神 以鬯之有芳氣也 又搗鬱金香草 和合鬯酒 使香氣滋甚 以臭而求諸陰 其臭下達於淵

泉矣　蕭　香蒿也　取蒿及牲之脂膋　合黍稷而燒　使旁達於
墻屋之間　是以臭而求諸陽也　此天子諸侯之禮　丘氏濬曰
鬯用秬黍爲酒也　膋音僚腸間脂也　　　　※鬱＝欝

강신할 때에 울창주91)를 씀 소주 : <교특생(郊特生)>의 주에 "주
나라 사람들은 냄새를 숭상하여 먼저 음(陰)에서 구하였기 때
문에 희생을 죽이기 전에 먼저 울창주를 땅에 부어 신이 강림
하기를 구하였는데 울창주가 향기가 있기 때문이다. 또 울금
향초(鬱金香草)를 찧어 낸 즙으로 울창주에다 섞어 향기가 더
욱 더 나게 하여 냄새로 음에 구하니, 그 냄새가 깊은 연못과
샘에까지 이른다. 소(蕭)는 향기로운 쑥이다. 숙과 희생의 기
름을 짜 메기장과 차기장에 섞어 불태워 집 주위에 널리 퍼지
게 한다. 이는 냄새로 양에 구하는 것이니 천자와 제후의 예이
다"하였다.
구준(丘濬)이 말하기를 "울창주는 검은 기장으로 술을 빚은
것이다"하였다.

焚香 大註 下同 : (按) 祠堂章 降神 焚香再拜 酹酒再拜 所以
求諸陽再拜 求諸陰再拜也 今闕焚香再拜 不可不添入 ○
語類云 溫公書儀 以香代爇蕭 楊子直不用 以爲香只是佛
家用之 ○丘濬曰 按古無今世之香 漢以前 只是焚蘭芷蕭
艾之類 後百越入中國 始有之 雖無古禮 然通用已久 鬼
神亦安之矣

향을 사름 대주, 아래도 같다. : 살펴보니, 사당장(祠堂章)에 강신
(降神) 할 때 향을 사르고 두 번 절하며, 술을 붓고 두 번
절한다고 한 것은 양에 구하면서 두 번 절하고 음에 구하면

---

91) 울창주(鬱鬯酒) : 검은 기장에 울금초를 섞어 빚은 술.

서 두 번 절한 것이다. 지금 향을 사르고 두 번 절하는 조문이 빠졌으므로 첨가하여 넣지 않을 수 없다.

「어류(語類)」에 "사마온공(司馬溫公)의 서의(書儀)에 향 대신 쑥을 사른다고 하였는데, 양자직(楊子直)은 쓰지 않으면서 '향은 불가(佛家)에서만 사용한다' 하였다" 하였다.

구준이 말하기를 "살펴보니 옛적에는 지금의 향이 없었고, 한(漢) 나라 이전에는 다만 난초.어수리.쑥 종류를 피웠다. 뒤에 백월인(白越人)이 중국에 들어오면서 처음으로 있게 되었다. 비록 옛날의 예에는 없으나, 통용한 지 이미 오래되었으니 귀신도 편하게 여길 것이다" 하였다.

俛伏興再拜 : (按) 祠堂章 酹酒 伏興少退而再拜 今闕宜添入

엎드렸다가 일어나 두 번 절함 : 살펴보니, 사당장(祠堂章)에 "강신의 술을 붓기 위해 엎드렸다가 일어나 조금 물러서서 두 번 절 한다" 하였는데, 지금 빠져 있으니, 첨가해 넣어야 한다.

以茅縮酌 小註 : 周禮天官 祭祀供蕭茅 註 蕭讀爲縮 束茅立之 沃酒其上 酒滲下去 若神飮之 故謂之縮 ○ 又左傳 齊桓伐楚曰 爾貢包茅不入 無以縮酒

띠 다발에 술을 부음 소주 : 「주례(周禮)」<천관(天官)>에 "제사에 축모[蕭茅]를 준비한다" 하였는데, 주에 "소(蕭)는 축(縮)으로 읽는다. 띠를 묶어서 세우고 그 위에다 술을 부으면 술이 스며 들어 흘러내리는 게 마치 귀신이 마시는 것과 같기 때문에 축이라고 한다" 하였다.

또 「좌전(左傳)에 제 환공(齊桓公)이 초(楚) 나라를 정벌하면

서 "너희들이 포모(包茅)의 조공을 받치지 아니하니 축주 할
것이 없다"라 하였다.

進饌 : 曲禮 進食之禮 食居人之左 羹居人之右 疏曰 燥居
左濕居右

찬을 올림 : <곡례>에 "음식을 올리는 예에 밥은 사람의 왼쪽에,
국은 사람의 오른쪽에 놓는다" 하였는데, 소(疏)에 "마른 것은
왼쪽에 놓고 습한 것은 오른쪽에 놓는다" 하였다.

主人陞 主婦從之 大註 下四條同 : (按) 記曰 祭也者 必夫婦
親之 所以備內外之官也 自漢以來 后無入廟之事 相循至
今 古者 宗廟九獻 王及后各四臣一之禮遂廢

주인이 올라가면 주부가 따름 대주, 아래 네 조목도 같다. : 살펴
보니, 「예기」에 "제사에 반드시 부부가 몸소 하여야 하니 안
팎의 제관(祭官)을 갖추기 위해서이다" 하였는데, 한 나라로
부터 내려오면서 후비(姤妣)가 사당에 들어가는 일이 없어서
그대로 따라 오늘날에 이르렀다. 그리하여 옛적에 종묘에서
아홉 번 드리던 곧 왕과 후비는 각각 네 차례, 신하는 한 차
례 드리는 예가 드디어 폐지되었다.

祭之茅上 : 語曰 君祭先飯 ○胡廣曰 古者 賓得主人饌 則
老者一人 擧酒以祭地 故凡官名祭酒 皆一位之長 ○(按)
準以古禮 則宜高祖考獨祭 而每位皆祭 似未可知也 然朱
子渾祭各位 必有所見 今不可改

띠 위에다 조금 덜어 제사함 : 「논어(論語)」에 "임금이 제사를
　　지내면 신하가 먼저 밥을 먹는다"고 하였다.
　　　호광(胡廣)이 말하기를 "옛적이 손님이 주인의 음식을 받으
　　면 노인 한 사람이 술을 들어서 땅에다 조금 따라서 제사지
　　낸다. 그러므로 무릇 관직에 제주(祭酒)란 이름이 붙은 것은
　　모두 일위(一位)의 장(長)이다" 하였다.
　　　살펴보니, 고례에 의거하여 보면 고조고(高祖考)에게만 제사
　　지내야 하는데, 각 위(位)마다 모두 제사지내는 것은 알 수
　　없다. 그러나 주자가 각 위마다 모두 제사지내는 데에는 필
　　시 소견이 있을 것이니 지금 고칠 수 없다.

炙肝于爐 : 按 炙有二音 肉之方燔入聲 已燔去聲

화로에다 간을 구음 : 적(炙)은 두 가지 음이 있으니 고기를 구은
　　다고 하면 입성(入聲)으로서 '적'이라고 하고 이미 구어 낸 것
　　은 거성(去聲)으로서 '자'라고 한다.

粢盛 : 粢 廣韻 祭飯盛 古今韻會 在器曰盛 又曲禮註 祭祀之
　　飯 謂之粢盛

자성 : 자(粢)는 「광운(廣韻)」에 제사밥을 담는 것이라고 하였고,
　　「고금운회(古今韻會)」에는 그릇에 담겨 있는 것을 성(盛)이라
　　고 하였다. 또 <곡례>의 주에 "제사에 쓰는 밥을 자성이라
　　한다" 하였다.

柔毛剛鬣 : 曲禮天子以犧牛 諸侯以肥牛 大夫以索牛 士以
　　羊豕 (按)註 色純曰犧 養於滌者曰肥 求而用之曰索 ○

凡祭牛曰一元大武 註 元 頭也 武 足迹 牛肥則迹大 ○
豕曰剛鬣 豕肥則鬣剛 ○豚曰腯 音突 肥 腯者 充滿之貌
○羊曰柔毛 羊肥則毛細而柔 ○鷄曰翰音 翰 長也 鷄肥
則聲長 ○犬曰羹獻 犬肥則可爲羹以獻 ○雉曰疏趾 雉肥
則兩足開張 故曰疏趾 ○兎曰明視 兎肥則視明 ○脯曰尹
祭 尹 正也 脯欲 粵割方正 ○稾魚曰商祭 稾 乾也 商
度也 度其燥濕之宜 ○鮮魚曰脡祭 脡 直也 魚之鮮者直
○水曰淸滌 玄酒也 可濯故曰淸滌 ○酒曰 淸酌 古之酒
醴 有淸有糟 未沛者爲糟 旣沛者爲淸

유모강렵 : <곡례>에 "천자는 희우(犧牛)를 쓰고, 제후는 비우
(肥牛)를 쓰고, 대부는 색우(索牛)를 쓰고, 사는 양과 돼지를
쓴다" 하였는데, 주에 "색이 순일한 것을 희(犧)라 하고, 우
리에서 기른 것을 비(肥)라 하고, 구입하여 쓰는 것을 색(索)
이라 한다" 하였다.

무릇 제사에 쓰는 소를 일원대무(一元大武)라고 하는데, 주
에 "원(元)은 머리이고, 무(武)는 발자국이니 소가 비대하면
발자국도 크다" 하였다.

돼지를 강렵(剛鬣)이라고 하는데, 돼지가 살찌면 갈기털도
억세지기 때문이다. 돼지를 돌비(腯肥)라고 하는데, 돌(腯)은
충만한 모양이다. 양을 유모(柔毛)라고 하는데, 양이 살찌면
털이 가늘고 부드러워지기 때문이다. 닭을 한음(翰音)이라고
하는데, 한은 길다는 말이다. 닭이 살찌면 소리가 길기 때문
이다. 개를 갱헌(羹獻)이라고 하는데 개가 살찌면 국을 끓여
서 올릴 수 있기 때문이다. 꿩을 소지(疏趾)라고 하는데 꿩
이 살찌면 두 발이 넓어지므로 소지라고 한다. 토끼를 명시
(明視)라고 하는데, 토끼가 살찌면 보는 것이 밝기 때문이다.

포(脯)를 윤제(尹祭)라고 하는데, 윤(尹)은 바르다는 뜻이니 포를 방정(方正)하게 끊고자 하기 때문이다. 고어(槁魚)를 상제(商祭)라고 하는데, 고(槁)는 말랐다는 뜻이고, 상(商)은 헤아린다는 뜻이니 마르고 습한 정도가 적당한가를 헤아리는 것이다. 싱싱한 물고기를 정제(脡祭)라고 하는데, 정은 곧다는 뜻이니 싱싱한 물고기는 곧기 때문이다. 물을 청척(淸滌)이라고 하는데 현주(玄酒)이다. 깨끗이 씻을 수 있기 때문에 청척이라고 한다. 술을 청작(淸酌)이라고 하는데, 옛적의 술과 단술은 맑은 것이 있고 찌꺼기가 있는 것이 있으니 걸으지 않은 것을 찌꺼기라고 하고 걸은 것은 청이라고 한다.

初獻 : (補) 虞祭獻盞 執事爲之 時祭則主人爲之 ○(按) 虞祭 初用祭禮 喪人哭泣之餘 末堪自奠 何得與時祭同 不但虞祭 神位惟一 故異而已

초헌 : 보(補). 우제(虞祭)에는 집사가 잔을 올리고 시제에서는 주인이 한다. 살펴보니, 우제부터 비로소 제사의 예를 쓰는데, 상인이 곡읍(哭泣)하고 난 나머지, 스스로 잔을 올리기 어려울 것이다. 어떻게 시제와 같이 하겠는가. 다만 우제에 신위(神位)가 오직 하나이기 때문에 다른 것만은 아니다.

少牢饋食 ○士虞特牲 ○鄕射大射 小註 下同 ： 幷儀禮篇名

소뢰궤사 ○사우특생 ○향사.대사 소주, 아래도 같다. ： 모두 「의례」의 편명이다.

獲者獻候 ： 註 獲者 以候爲功 是以獻爲獲中也 鄕射 東方謂

之右箇 註 候以鄕堂爲西 疏 左右箇 不辨東西 故記人明之

획자헌후 : 주에 "획(獲)은 후포(候布)로써 공을 삼으니 이는 헌 (獻)으로 획중(獲中)이 되는 것이다. 향사(鄕士)에 동쪽을 우개 (右箇)라고 하였는데, 주에 후는 향당(鄕堂)으로 서쪽을 삼는 다"하였고 소(疏)에 "좌우개(左右箇)로 동쪽과 분별할 수 없 기 때문에 기록하는 사람이 밝힌 것이다"하였다.

扱匙飯中 大註 下同 : 扱 古今韻會 通作揷 ○按 匙揷飯中而西 柄 筋留楪上而正之矣

밥에다 숟가락을 꽂음 대주, 아래도 같다. : 삽(扱)은 「고금운회(古 今韻會)」에 삽(揷)으로 통용하여 쓴다고 하였다. 살펴보니, 숟 가락을 밥에다 꽂는데 손잡이는 서쪽으로 향하게 하고 젓가락 은 접상(楪上)에 놓고 가지런히 해 놓는다.

此所謂厭也 : 韻會 厭 與饜同 去聲 飽也 ○禮記註 厭有陰 厭陽厭 不知神之所在 於彼於此 皆庶幾其享之而厭飫也 出 曾子問

이것이 이른바 염(厭)이다. : 「운회」에 "염(厭)은 염(饜)과 같은 뜻 이니 거성(去聲)이고 배부르다는 뜻이다"하였다.
「예기」의 주에 "염은 음염(陰厭)과 양염(陽厭)이 있는데, 신 이 있는 곳을 알지 못하므로 여기에서나 저기에서나 모두 흠 향하여 실컷 들기를 바라는 것이다"하였다. <증자문(曾子 問)에 나옴.

一食九飯之頃 小註 ： 曲禮三飯 疏 三飯 謂三飯而告飽 勸乃
更食 故三飯竟 主人乃道客食胾也 此乃賓主之禮 ○天子
十五飯 諸侯十三飯 九飯 士禮也 三飯又三飯又三飯 出小
牢饋食禮疏 ○小牢饋食禮註 食 大名 小數曰飯 ○特牲饋
食禮註 三飯禮一成也 又三飯又三飯 禮三成也

일식구반의 사이 소주<곡례>의 삼반(三飯)에 대한 소(疏)에
"삼반은 세 번 떠먹고 배부르다고 고하는 것을 말함이다.
권하면 다시 먹기 때문에 세 번 떠먹고 나면 주인이 손에
게 고기를 먹도록 말하는 것이다. 이는 손과 주인의 예이
다"하였다.
천자는 열 다섯 번 떠먹고 제후는 열세 번 떠먹고, 아홉 번
떠먹는 것은 사(士)의 예이다. 삼반에 또 삼반을 더하고 또
삼반을 더한 것이다. 소뢰궤사례(小牢饋食禮)에 나옴.
<소뢰궤사례>의 주에 "사(食)는 크다는 이름이고 소수(小數)
를 반(飯)이라 한다"하였다.
<특생궤사례(特牲饋食禮)>의 주에 "삼반은 예가 한 번 이루
어지는 것이니 또 삼반을 하고 또 삼반을 하면 예가 세 번
이루어지는 것이다"하였다.

受胙 ： 胙 音怍 祭餘也

조를 받음 ： 조(胙)는 음이 조(怍)이니 제사지내고 남은 것이다.

啐酒 大註 下八條同 ： 禮記註曰 入口爲啐 酒至齒爲嚌 啐七內切

쵀주 대주, 아래 여덟 조목도 같다. ： 「예기」의 주에 "입에 대는 것을

쵀(啐)라 하고 술이 이에까지 닿는 것을 제(嚌)라고 한다" 하였다.
쵀(啐)는 칠(七)과 내(內)의 반절음이다.

嘏 : 禮運註 嘏爲尸致福主人之辭也 古雅反 ○禮運註 祭
禮 祝於始 嘏於終禮之成也

하 : <예운(禮運)>의 주에 "하(嘏)는 시동(尸童)을 위하여 주인에게 복
을 이루라는 말이다" 하였다. <예운>의 주에 "제례는 축(祝)으로 시
작하고 '하'로 끝마치니 예의 이름이다" 하였다.

工 : 詩楚茨註 善其事曰工

공 : 「시경(詩經)」의 초자(楚茨) 주에 "일을 잘 하는 것을 공이라
고 한다" 하였다.

承 : 詩楚茨註 承 傳也

승 : 「시경」의 초자 주에 "승(承)을 전하는 것이다" 하였다.

致多福于 : 記曰 賢者之祭也 必受其福 非世所謂福也 福
者 備也 備者 百順之名也 ○記曰 明薦之而已矣 不求
其爲 註曰 不求其爲 無求福之心 所謂祭祀不祈也

많은 복을 이룸 : 「예기」에 "어진 사람이 제사지냄이 반드시 복을 받
는데, 세상에서 말하는 복이 아니다. 복이란 갖춘다는 것이니 갖춘다
는 것은 온갖 일이 잘 된다는 이름이다" 하였다.

「예기」에 "순결한 마음으로 제사를 지낼 뿐이고 무엇을 구하지 않는다" 하였는데, 주에 "무엇을 구하지 않는다는 것을 복을 구하는 마음이 없다는 것이니 이른바 제사에는 빌지 않는다는 것이다" 하였다.

來汝 : 詩楚茨註 來讀曰釐 賜也

내여 : 「시경」의 초자 주에 "래(來)는 니(釐)로 읽는 것이니 준다는 뜻이다" 하였다.

勿替引之 : 詩楚茨註 引 長也

끊임없이 오래 가다 : 「시경」의 초자 주에 "인(引)은 길다는 뜻이다" 하였다.

實于左袂 : 少牢饋食禮註 實於左袂 便右手也 季 猶小也

왼쪽 소매 속에 넣다 : <소뢰궤사례>의 주에 "왼쪽 소매 속에 넣는 것은 오른손 쓰기에 편리하게 한 것이다. 계(季)는 소(小)자와 같다" 하였다.

告利成 : 儀禮 特牲饋食 註云 利 猶養也 供養之禮成 不言禮畢 有遣尸之嫌 ○(按) 朱子旣後韓魏公 而著受胙禮於此 宜從朱子行之無疑

공양의 예가 이루어짐을 고함 : 「의례(儀禮)」 특생궤사(特牲饋

食)의 주에 "이(利)는 봉양의 뜻이니 공양의 예가 이루어졌다
는 것이다. 예가 끝났다고 하지 않은 것은 시동을 보내는 혐의
가 있어서이다"하였다. 살펴보니, 주주가 한위공(韓魏公)의 뒤에
수조례(受胙禮)를 지었으니 의당 주자를 따라 행해야 한다는 게 의
심할 여지가 없다.

辭神 : 問 祖考精神旣散 必須三日齋七日戒 求諸陽求諸
　　陰 方得他聚 然其聚也 倏忽到得 禱祠旣畢 誠敬旣散
　　則又倏忽而散 朱子曰然

사신 : 문 : "선조의 정신이 흩어졌으므로 반드시 3일 간 재(齋)하
고 7일간 계(戒)하여 음과 양에 찾아야만 그 정신을 모을 수
있다. 그러나 그 모이는 게 갑작스럽게 이루어지며 제사를 마
치고 정성과 공경이 흩어지고 나면 또 갑작스럽게 흩어지는
것인가?"주자가 말하기를 "그렇다"하였다.

徹 : 祭儀曰 及祭之後 陶陶遂遂 如將復入然 不欲遽去 愛
　　敬之無已也 ○詩曰彼之祁祁 薄言還歸 朱子曰 祁祁
　　舒遲貌 去事有儀也 記曰 祭之日 樂與哀半 饗之必樂
　　已至必哀 註 必樂 迎其來也 禮畢則往矣 故哀也

철 : <제의(祭儀)>에 "제사를 마친 뒤에 마치 따라 다니는 것처럼
다시 들어갈 듯이 하며 급히 떠나려고 하지 않는 것은 사랑과
공경이 마지않아서 이다"하였다.
「시경」에 "저의 기기(祁祁) 함이여 돌아가지 못한다"하였는
데, 주자가 말하기를 "'기기'는 느린 모습이니 떠날 때에 예
의가 있는 것이다"하였다.

「예기」에 "제사날에는 즐거움과 슬픔이 반반이다. 제사를 드릴 때에는 반드시 즐거워하고 이미 이르러 제사가 끝나면 반드시 슬퍼하였다" 하였는데 주에 "반드시 즐거워하는 것은 그 오시는 것을 맞이하기 때문이며, 반드시 슬퍼한다는 것은 예가 끝나면 가시기 때문에 슬퍼한다." 하였다.

餕 : 記曰 餕者 祭之末也 古人有言曰 善終者如是 餕其是
已 註曰 謹夫餕之禮者 愼終如始也 ○記曰 祭者 澤之大
者也 上有大澤 則惠必及下 故曰可以觀政 註 由餕見惠
故曰可以觀政 ○經傳經曰 燕私者 何也 祭已而與族人飮
不醉而出 是不親也 醉而不出 是溷宗也 出不止 是不忠
也 親而甚敬 忠而不倦 若是則兄弟之道備

준 : 「예기」에 "준(餕)은 제사의 끝이다. 고인의 말에 '끝 마무리를 잘 지은 것이 이와 같다' 하였으니 준이 바로 이것이다" 하였는데, 주에 "준의 예를 삼가는 것은 마지막을 처음과 같이 삼가는 것이다" 하였다.

「예기」에 "제사란 못으로 말하면 큰 못이다. 위에 큰 못이 있으면 혜택이 밑에까지 미치기 마련이므로 '정사를 볼 수 있다'고 하는 것이다" 하였는데, 주에 "'준'으로 말미암아 은혜를 받기 때문에 정사를 볼 수 있다고 한 것이다" 하였다.

「경전」의 경에 "연사(燕私)란 무엇인가? 제사를 끝마치고 친척과 함께 술을 마시는데 취하지 않고 나가면 이는 친밀하지 않는 것이고, 취하였는데도 나가지 않으면 이는 종(宗)을 업신여긴 것이고, 나가고 그치지 않으면 이는 충성스럽지 못한 것이다. 친하면서도 매우 공경히 하고 충성스러우면서도 게

으르지 않아야 한다. 이와 같이 하면 형제의 도리가 갖추어
진 것이다" 하였다.

諸婦女 止 **獻男尊壽** 大註 下同 : 坊記 子云 禮 非祭 男女不
交爵 註 先儒謂同姓則親獻 異姓則使人攝

여러 부녀, 남자 중 어른에게 술잔을 올림 대주 아래도 같다. :
<방기(坊記)>에 공자가 말하기를 "예에 제사가 아니면 남자와
여자가 술잔을 서로 주고 받지 않는다" 하였는데, 주에 "선유
가 '동성이면 친히 술잔을 드리고, 이성이면 사람을 시켜서 드
린다' 하였다"고 하였다.

其日皆盡 : 語云 祭肉不出三日 朱子曰 過三日則肉必敗 是
褻神之餘也

그날 모두 소비함 : 「논어(論語)」에 "제사지낸 고기는 3일을
넘기지 않는다" 하였는데 주자가 말하기를 "3일을 넘기면 고
기가 부패하기 마련이다. 이는 신(神)이 흠향하고 남긴 것을
더럽히는 것이다" 하였다.

無筭爵 小註 : 有司徹 註 唯己所欲 無有次第之數也 ○(補)
記曰 文王之祭禮也 明發不寐 饗而致之 又從而思之 註
曰 祭之明日 猶且如此 況祭之正日乎 ○行五祀 曾子問
天子未殯 五祀 之祭不行 士喪禮 禱于 五祀 ○記註 自
天子至士 皆祭五祀 五祀 春祭戶 夏祭竈 季夏祭中霤 秋
祭門 冬祭行 ○按 今世五祀旣廢時祭罷 倣朱子行祭 恐
不得不爲也 ○記曾子問 孔子曰 過時不祭 禮也 註 如春

祭時 或以事故阻廢 至夏則惟行夏之祭 不復追補春祭矣
此止謂四時常祭 禘祫不然

술잔은 정해진 수가 없음 : 유사(有司)가 거둔다는 주에 "오
직 자기의 먹고 싶은 대로 먹기 때문에 정해진 수가 없다" 하였
다.

보(補). 「예기」에 "문왕(文王)의 제사지내는 예는 날이 밝도록
잠자지 않고 온갖 음식물을 차려 놓고 와서 흠향하기를 빌면서
또 생각한다" 하였는데, 주에 "제사지낸 그 다음 날도 이렇게 하
는데 더구나 제삿날이야 말할 것이 있겠는가" 하였다.

오사(五祀)를 행하는 데 대해서 <증자문(曾子問)>에는 "천자(天
子)가 죽어서 초빈하기 전에는 오사의 제사를 지내지 않는다"고
하였고, <사상례(士喪禮)>에는 "기(祈)에 빈다" 하였다.

「예기」의 주에 "천자로부터 사(士)에 이르기까지 오사(五祀)의
제사를 지낸다. 오사란 봄에는 호(戶)에다 지내고 여름에는 조
(竈)에다 지내고 6월에는 중류(中霤)에다 지내고 가을에는 문(門)
에다 지내고 겨울에는 행(行)에다 지낸다" 하였다.

살펴보니, 금세에는 오사가 이미 폐지되었으니 주자의 제례를
모방하여 제 사지내지 않을 수 없을 것 같다.

「예기」의 <증자문>에 공자가 말하기를 "때가 지나면 제사지내
지 않는 것이 예이다" 하였는데, 주에 "만일 봄의 제사를 소급하
여 지내지 못하고 여름에 이르면 오직 여름의 제사만 지내고 봄
의 제사는 소급하여 지내지 않는다. 이는 다만 사시의 일정한 제
사를 말한 것이지 체제(禘祭)와 협제(祫祭)는 그렇지 않다" 하였
다.

初祖 : 喪服傳 諸侯及其太祖 天子及其始祖之所自出 註
太祖 始封之君 始祖者 感神靈而生 若稷契也 自 由也 始祖

之所由出 謂祭天也 (按) 初祖始祖 異名而同一祖也 ○朱子
曰 祫祭 止於太祖 禘又祭祖之所自出 ○韓愈氏曰 祫者 合
也 毁廟之主 皆合食於太祖之廟 ○趙伯循曰 禘者 王者之大
祭也 又推始祖之所自出 祀於始祖之廟 以始祖配之也

초조 : <상복(喪服)>의 전(傳)에 "제후는 그의 태조(太祖)까지
제사지내고 천자는 그의 시조가 나온 데까지 제사지낸다" 하였는
데, 주에 "태조란 처음으로 봉해진 임금이고 시조란 신령에 감응
하여 태어난 분이니 직.설(稷.契)과 같은 분이다. 자(自)는 말미암
는다는 뜻이니 시조가 말미암아 나온 바란 것은 하늘에 제사를
지내는 것을 말한다" 하였다.

　　살펴보니, 초조와 시조는 이름은 다르지만 동일한 조상이
다.

　　주자가 말하기를 "협제는 태조에게 제사지내는 데에 그치고
체제는 조상이 말미암아 나온 데까지 제사지낸다" 하였다.

　　한유(韓愈)가 말하기를 " '협'은 합한다는 뜻이니 사당
을 철거한 신주는 모두 태조의 사당에서 함께 흠향하게 한다"
하였다.

　　조백순(趙伯循)이 말하기를 " '체'는 왕자(王者)의 큰 제사
이다. 또 시조가 말미암아 나온 바를 소급하여 시조의 사당에다
제사지내면서 시조를 배향한다" 하였다.

祠堂 大註 下七條同 : (按) 祠堂 未知何處 補註云 設於墓
所 卽祠堂章所謂始祖親盡 則藏主於墓所處也 楊氏復所云
必有祠堂 以奉遷主者也 然今所云祠堂未知定指此處也

사당 대주, 아래 일곱 조목도 같다. : 살펴보니, 사당은 어느 곳인가

모르겠다. 보주(補註)에 "묘소에 설치한다" 하였는데, 곧 사당장에 이른바 "시조가 친분이 다하면 묘소가 있는 곳에 신주를 넣어 둔다"고 한 것과 양복(楊復)이 이른바 "반드시 사당을 두어서 체천하는 신주를 모신다"는 것이다. 그러나 지금 이른바 사당은 어느 곳을 가리킨 것인지 모르겠다.

束茅之下 : (按) 之字 他本作以

속모지하 : 살펴보니, 지(之)자는 다른 본(本)에 이(以)자로 되어 있다.

杅六 : 杅 音干 旣夕禮註 盛湯漿 又食器

간육 : 간(杅)의 음은 간(干)이다. <기석례(旣夕禮)>의 주에 "탕(湯)과 장(漿)을 담는 것이다. 또는 식기(食器)이다" 하였다.

毛血爲一盤 : 祭儀 袒而毛牛尚耳 註 袒 示有事也 將殺牲 先取耳旁毛以薦神 毛以告全 耳以主聽 欲神聽之也 以耳毛爲上 故云尚耳

털.피로 한 접시를 만듦 : <제의(祭儀)>에 "웃옷을 벗어 어깨를 드러내고 소의 털을 취하여 바치는데, 귀의 털을 으뜸으로 친다" 하였는데, 주에 "웃옷을 벗어 어깨를 드러낸 것은 일이 있다는 것을 보이는 것이다. 장차 희생을 죽이려 할 때에 먼저 귓가의 털을 취하여 신(神)에게 드리는데, 털로 희생의 온전함을 고한다. 귀는 듣는 것을 맡은 것이므로 귀신이 듣게 하려는 것이다. 귀의 털을 으뜸으로 하기 때문에 귀를 으뜸으로 친다고 한 것이다" 하였다.

首心肝肺爲一盤 : 郊特牲 血祭 盛氣也 祭肺肝心 貴氣主 也 註 有血有氣 乃爲生物 肺肝心 皆氣之所舍 故云氣主 周 祭肺 殷祭肝 夏祭心 首亦陽體 魂歸天爲陽 此以陽物 報陽 靈也 儀禮經傳曰 有虞氏祭首

머리.심장.간.폐로 한 접시를 만듬 : <교특생(郊特牲)>에 핏 기가 있는 것을 제물로 쓰는 것은 그 기가 왕성하기 때문이다. 폐.간.심장으로 제사지내는 것은 "기(氣)가 주가 됨을 귀히 여긴 것이다" 하였는데, 주에 "핏기가 있어야 싱싱한 것이다. 폐.간.심 장은 모두 기가 머무른 곳이기 때문에 기가 주가 된다고 한다. 주(周) 나라에는 폐로 제사지내고, 은(殷) 나라에서는 간으로 제 사지내고, 하(夏) 나라에서는 심장으로 제사지냈다. 머리는 또한 양체(陽體)이다. 혼이 하늘로 돌아가서 양이 되는데 이는 양물(陽 物)로 양영(陽靈)에게 보답한 것이다" 하였다.
「의례경전」에 "유우씨(有虞氏)는 머리로 제사지냈다" 하였다.

左胖不用 : 旣夕禮 升羊左胖 註 反吉祭也 吉祭 升右胖 用 左胖 反吉祭也 ○少牢饋食禮 升羊右胖 脾不升 註 升 猶上也 上右胖 周所貴也 脾不升 近竅賤也 胖音判

왼쪽 반편은 쓰지 않음 : <기석례(旣夕禮)>에 "양(羊)의 왼쪽 반편을 올린다" 하였는데, 주에 "길제(吉祭)와 반대이다. 길제에는 오른쪽 반편을 올리는데, 왼쪽 반편을 쓴 것은 길제와 반대이기 때 문이다" 하였다.
　　<소뢰궤사례(小牢饋食禮)>에 "양의 오른쪽 반편은 올리고 넓적다리는 올리지 않는다" 하였는데, 주에 "승(升)은 올리는 것

이다. 오른쪽 반편을 올리는 것은 주(周) 나라에서 귀하게 여기였기 때문이다. 넓적다리를 올리지 않는 것은 항문에 가까워 천하게 여기기 때문이다. 반(胖)의 음은 판(判)이다" 하였다.

去近竅一節不用 凡十二體 : (按) 後足近竅一節不用則凡十一體也 二字恐誤 祭先祖 歷言支體 而後足亦用二端 則二字 乃一字之誤無疑也

항문에 가까운 한 부분은 버리고 쓰지 않으니 무릇 12체임 : 살펴보니, 항문에 가까운 뒷다리의 한 부분을 쓰지 않으면 무릇 11체이니 이(二)자는 아마도 잘못된 것 같다. 선조에게 제사지내는 데 쓰는 사지와 몸통을 두루 말하면서, 뒷다리 또한 두 조각을 쓴다고 하였으니 이(二)자는 일(一)자의 착오임이 의심할 것이 없다.

毛血腥盤 : 禮記曰 禮之近人情者 非其至者也 註 近者爲褻 遠者爲敬 郊祀皆有腥血 註 全乎天者莫如血 故郊特牲曰 至敬不鄕味而貴氣臭也

모혈성반 : 「예기」에 "예가 인정(人情)에 가까우면 지극한 것이 아니다" 하였는데, 주에 "가까이 하면 무람없고, 멀리하는 게 공경함이다" 하였다. "교사(郊祀)에 모두 날것과 피를 쓴다" 하였는데, 주에 "자연을 그대로 간직하고 있는 게 피만한 것이 없기 때문에 <교특생(郊特牲)>에 지극한 공경은 맛으로 드리지 않고, 냄새를 귀하게 여긴다" 하였다.

匾盂 小註 : 匾音扁 上聲 器之簿又不圓貌 盂音于 飯器

편우(변우) 소주 : 편(匾)의 음은 편(扁)이니 상성(上聲)이고 그릇 두께가 얇고 또 둥글지 않은 모양이다. 우(盂)의 음은 우(于)이니 밥그릇이다.

鉶羹大羹 大註 下三條同 : 鉶音刑 盛和羹器 ○(按) 大羹 卽 肉湆不和者 鉶羹 卽肉湆以菜者 大羹 太古之羹也 肉汁無鹽 梅之和 亦尙玄酒之意 鉶羹 鉶鼎所實者 具五味也 湆音急 去急反 煮肉汁也 今文湆皆作汁

형갱대갱 대주, 아래 세 조목도 같다. : 형(鉶)의 음은 형(刑)이니 화갱(和羹:오미(五味)를 넣은 국)을 담는 그릇이다.
　　살펴보니, 대갱은 고기즙으로 오미를 넣지 않은 것이고, 형 갱은 고기즙에다 나물을 넣은 것이다. 대갱은 상고 시대의 국으 로 고기즙에다 염매(鹽梅 : 조미료)를 넣지 않은 것이니, 또한 현 주(玄酒)를 숭상하는 뜻과 같다. 형갱은 형정(鉶鼎)에 담은 것이 니 오미를 갖추고 있다. 읍(湆)의 음은 급(急)이니 거(去)와 급 (急)의 반절음이고, 육즙을 끓인 것이다. 금문(今文)에는 읍(湆)을 모두 즙(汁)으로 쓰고 있다.

炙肝加鹽 : 特牲饋食禮註 肝宜鹽也 ○按祭無加鹽者 以庶 羞等饌 各調鹽梅故也 此禮則多用古禮 反本復古 所以交於 神者 非食味之道也 左傳曰 太羹不致 記曰 大羹不和 貴其 質也 然則加鹽何義 此亦古禮也 鹽在肝右 詳在小牢饋食禮

구운 간 곁에 소금을 놓음 : <특생교궤사례(特牲郊饋食禮)>의 주에 "간은 소금이 있어야 한다" 하였다.

살펴보니, 제사에 소금을 놓지 않는 것은 모든 제찬에 각각 염매를 넣어 간을 맞추었기 때문이다. 이 예는 고례를 많이 써서 근본으로 돌아가고 옛것을 회복한 것이니 신(神)과 접하는 데 맛있는 음식으로 하는 도리가 아니기 때문이다. 「좌전(左傳)」에 "대갱은 놓지 않는다" 하였고, 「예기」에 "대경에 오미를 넣지 않는 것은 질박한 것을 귀하게 여기는 것이다" 하였다. 그렇다면 소금을 놓는 것은 무슨 뜻인가? 이 또한 고례이다. 소금은 간의 오른편에 놓는데, <소뢰궤사례>에 상세하게 나타나 있다.

盤盞各二 : (按) 盞一位用二　未詳其義　或者先祖通稱 高祖以上　而只設一位　故設二盞耶

쟁반과 술잔은 각각 둘씩 : 살펴보니, 술잔을 한 위(位)에 두 개를 쓴다고 한 것은 그 뜻을 알 수 없다. 혹 선조는 고조(高祖) 이상을 통틀어 말한 것으로 다만 한 위만 설치하기 때문에 두 개를 진설하는 가 여겨진다.

瘞毛血 : (按) 丘氏濬禮 以瘞字作進字　○禮祭畢　瘞毛血　今於進饌言瘞　未詳

털과 피를 묻음 : 살펴보니, 구준(丘濬)의 예에는 예(瘞)자를 진(進)자로 썼다. 예에 제사를 마치면 털과 피를 묻는다고 하였는데, 지금 진찬(進饌)의 조문에 묻는다고 말한 것은 무슨 뜻인지 모르겠다.

禰 : 集說 考曰禰 禰 近也 禰 乃禮反 父廟曰禰

예 : 집설(集說)에 "고(考)를 예라고 하는데, 예는 가깝다는 뜻이다. 예는 내(乃)와 예(禮)의 반절음이다. 아버지의 사당을 예라고 한다" 하였다.

受胙 : (按) 嘏辭 應改祖考曰考

제육을 받음 : 살펴보니, 하사(嘏辭)에 응당 조고(祖考)를 고(考)로 고쳐서 써야 할 것이다.

忌日 : 禮記註 忌日 親之死日也 ○記曰 忌日不用 非不祥也 言夫日 志有所至 而不敢盡其私也 疏 非謂此日不善 此心極於念親 不敢盡其私情而營他事也 ○朱子曰 古無忌祭 近日諸先生方考及此 ○(按) 忌祭 朱子只設一位 程子配考妣 祭一位 禮之正也 ○(按) 朱子未祭之前 不見客 又母夫人忌日問服色 然則齊之不見客 可知 忌日祭後見人亦可知矣 ○記曰 文王之祭也 忌日必哀 ○曲禮 卒哭乃諱 鄭玄曰 敬鬼神之名也 諱 避也 生不相避 ○左傳 周人以諱事神 ○問 忌日當哭不 朱子曰 哀來時 自當哭 ○問 在旅遇忌 於所舍設卓炷香可否 朱子曰 這般細微處 古人不曾說 若無大礙義理 行亦無害 ○朱子曰 凡值遠諱 一家固自蔬食 其祭祀食物 以待賓客 ○橫渠理窟云 忌日變服 爲曾祖祖考考妣 布冠帶麻衣履各有差 爲伯叔父母與兄 素衣帶有差 父則冠亦素 爲弟姪 易褐不肉 爲庶母及嫂 一不肉

 기일 :「예기」의 주에 "기일은 어버이가 죽은 날이다" 하였다.
또 "기일에 다른 일을 하지 않는 것은 상서롭지 않아서가 아니다.
이 날에 뜻이 지극한 바가 있어서 감히 사사로운 일을 다하지 않는
것을 말한 것이다" 하였는데, 소에 "이날을 좋지 않다고 말하는 것
이 아니라 이 마음이 어버이 생각에 간절하여 감히 그 사사로운 정
을 다하여 다른 일을 경영하지 못하는 것이다" 하였다.

 주자가 말하기를 "옛날에는 기제가 없었는데 요즈음 여러 선생
이 고찰하다 여기에 이르렀다" 하였다.

 살펴보니, 기제에 주자는 한 위만을 설치하였고, 정자(程子)는
고(考)와 비(妣)를 함께 지냈는데, 한 위만 제사지내는 것이 올바
른 예이다.

 살펴보니, 주자는 제사지내기 전에는 손님을 만나보지 않았고,
또 어머니의 기일에 무슨 색의 옷을 입을 것인가 물었고 보면
제계할 적에 손님을 만나보지 않음을 알 수 있고, 기일에는 제사
지낸 뒤에 사람을 보았음을 알 수 있다.

「예기」에 "문왕(文王)이 제사지낼 때 기일에는 반드시 애통해
하였다" 하였다.

 <곡례>에 졸곡(卒哭)을 지내고부터 이름을 "휘(諱) 한다" 하였
는데 정현(鄭玄)이 말하기를 "귀신의 이름을 공경하는 것이다.
'휘'는 피하는 것이니 살아서는 서로 피하지 않는다" 하였다.

「좌전(左傳)」에 "주(周)나라 사람들은 휘하여 귀신을 섬겼다"
하였다.

 문 : "기일에 곡하여야 합니까?" 주자가 말하기를 "슬픈 마음
이 들 때 마다 저절로 곡하게 된다" 하였다.

 문 : "타향에서 기일을 맞이하면 머무른 곳에서 제사상을 차리
고 향을 피워야 합니까?" 주자가 말하기를 "이처럼 세미한 일은
고인이 말씀하신 적이 없으나, 만약 크게 의리에 구애됨이 없으
면 행하는 것도 괜찮을 것이다" 하였다.

주자가 말하기를 "무릇 윗대 할아버지 기일을 맞이하여도 온 집안 사람들이 소식(素食)을 해야 하고 제사지내고 나서 그 제물로 빈객을 접대한다" 하였다.

횡거92)(橫渠 : 송의 학자, 장재(張載))의 「이굴(理窟)」에 "기일에 옷을 바꿔 입는데 증조고비.조고비.고비를 위해서는 포관(布冠).포대(布帶)와 마의(麻衣).마리(麻履)를 사용하면서 각각 차등이 있게 하고 백숙부모(伯叔父母)와 형을 위해서는 소의(素衣).소대(素帶)를 사용하면서 차등이 있게 하며, 아버지는 관(冠)도 흰 관을 쓰고, 아우나 조카를 위해서는 갈의(葛衣)로 바꾸어 입고, 고기를 먹지 않으며, 서모와 형수를 위해서는 모두 고기를 먹지 않는다" 하였다.

主婦特髻去飾 大註 : 記原云 燧人始爲髻 舜首飾 文王又加翠翹 ○二儀實錄曰 髻 繼也 言女子有繼于人也 但以髮相纏而無物繫縛也

주부는 쪽만 틀고 꾸미지 않음 대주 : 「기원(記原)」에 "수인씨(燧人氏)가 처음으로 상투를 땋았고 순(舜) 임금이 머리를 꾸몄고, 문왕(文王)이 또 취교(聚翹 : 물총새의 깃털로 만든 부인의 수식)를 더 만들었다" 하였다.

「이의실록(二儀實錄)」에 "계(髻)는 잇는다는 뜻이니 여자가 다른 사람과 이었음을 말하는 것이니 다만 머리털로 서로 얽어 묶고 다른 물건으로 묶으지 않았다" 하였다.

---

92) 횡거(橫渠) : (본명은 張載,1020~1077)송나라의 학자, 성리학의 형이상학적 인식론적인 기초를 세웠다. 관리의 아들로 불교와 도가철학을 공부했으나 자신의 진정한 영감은 유가 경전에서 찾았다.

奉神主 出就正寢 : 朱子曰 忌日 諸位不可獨享 故迎出 雖
尊者之忌 亦迎出 雖無古制 可以意推

신주를 받들고 정침으로 나감 : 주자가 말하기를 "기일에 여러
신주가 있는 데서 혼자만 흠향할 수 없기 때문에 맞아 나온다. 비
록 웃어른의 기일에도 또한 맞아 나온다. 옛날 제도에는 없다 하더
라도 뜻으로 미루어서 할 수 있는 것이다" 하였다.

墓祭 : 程子曰 葬只是葬體魄 而神則歸於廟 古人惟專精祭
祀於廟 今亦用拜掃之禮 但簡於四時之祭也 ○ (按) 今世正朝
寒食端午秋夕 無異四時祭 寒食一節 用依三月上旬禮 讀祝行
祭 餘用奠體以殺之 似合古宜今 行之旣久 旣不可廢 而亦不
可行也 ○南軒曰 墓祭 非古也 ○補註 周禮 有冡人之官 凡祭
於墓爲尸 則成周盛時 亦有祭於其墓者 ○補 按 無進饌一節
墓祭從簡也 ○(按)禮攝主不厭墓 無侑食 亦從簡也 ○進茶一
節 恐不可闕也

묘제 : 정자가 말하기를 "장사지낼 때는 체백(體魄)만을 묻고 신
(神)은 사당으로 돌아오기 때문에 옛날 사람들이 오직 사당에서 제
사지내는 데 정성을 쏟았다. 지금도 묘소를 참배하고 청소하는 예
를 쓰고는 있으나 다만 사시(四時)의 제사보다는 간략하다" 하였
다.

　살펴보니, 요즈음 풍속에 정조(正朝).한식(寒食).단오(端午).추석
(秋夕)은 사시제와 다름이 없게 하고 있으나 한식의 한 차례는 3
월 상순의 예에 따라 축을 읽고 제사를 지내며, 나머지는 전례
(奠禮)를 써 삭감하고 있으니 옛날과 부합되고 지금에도 알맞을

듯하다. 행한 지 이미 오래되었으므로 폐지할 수 없으나 또한 시행할 수도 없다.

남헌(南軒)이 말하기를 "묘소에서 제사지내는 것은 옛날의 제도가 아니다" 하였다.

보주. "주례(周禮)에 총인(冢人)의 관원이 무릇 묘소에서 제사지낼 때 시동(尸童)이 된다고 하였고 보면 주 나라 성왕의 흥성했을 때도 묘소에 제사지내는 자가 있었다" 하였다.

보주. 살펴보니 진찬(進饌)이 한 절차가 없는 것은 묘제는 간편한 것을 따르기 때문이다.

살펴보니, 섭주(攝主 : 상경(上卿)이 임금을 대신하여 정사를 맡음)에게 맡기기를 싫어하지 않으며, 묘제에 유식(侑食)이 없는 것도 간편함을 따른 것이다. 차를 올리는 한 절차는 빠져서는 안 될 것 같다.

楮錢 小註 : (按) 朱子語類 先生家祭享 不用紙錢云 家禮 亦無此禮 不可用也

저전 소주 : 살펴보니,「주자어류(朱子語類)」에 "선생의 집에서는 제사에 종이 돈을 쓰지 않았다"고 하였고,「가례(家禮)」에도 이러한 예가 없으니 쓸 수가 없다.

祭變禮 : 記 曾子問曰 大夫之祭 鼎俎旣陳 籩豆旣設 不得成禮 廢者幾 孔子曰 九請問之 曰 天子崩 后之喪 君薨 夫人之喪 君之太廟火 日食 三年之喪 齊衰 大功皆廢 士之所以異者 緦不祭 所祭於死者無服則祭 註 士卑於大夫 雖緦不祭 ○無服 謂如妻之父母 母之兄弟姊妹 己雖有服 而所祭者無服則可祭 ○位尊則以事廢者少 位卑則以事廢者多 ○春秋經曰 有

事于武宮 篇入 叔弓卒 去樂卒事 胡氏傳曰 禮莫重於當祭 大
夫有變 變 謂死喪 祭而聞不可 內得盡其誠敬之心於宗廟 外
全隱恤之意於大臣也 然則有事於宗廟 大臣涖事 篇入而卒於
其所 去樂卒事其可也 緣先祖之心 見大臣之卒 必聞樂不樂
緣孝子之心 視已設之饌 必不忍輕徹 故去樂卒事 其可也 細
書大書 皆胡氏說 ○記曰 君子之祭也 身親莅之 有故則使人
可也 孔子曰 吾不與祭 如不祭 ○堯卿問 荊婦有所生母在家
間 養百歲後 只歸祔於外氏之塋 如何 朱子曰亦可 又問神主
歸於婦家 則婦家凌替 欲祀於家之別室 如何 曰 不便 北人風
俗如此 ○二程全書 侯夫人病革 命伊川曰 今日百五 爲我祀
父母 明年復不祀矣 朱子曰 是祀其外家也 然無禮經 ○朱子
曰 夫祭妻 亦當拜 ○曲禮曰 祭服弊則焚之 祭器弊則埋之 龜
筴弊則埋之 牲死則埋之 註 皆不欲人之褻之也　　※堯＝堯

제변례 : 「예기」에 증자(曾子)가 묻기를 "대부의 제사에 정조
(鼎俎)와 변두(籩豆)가 이미 진설되었는데 예를 이루지 못하고 폐
하는 것은 몇 가지 경우입니까?" 공자가 말하기를 "아홉 가지이
다" 하였다. 그 내용에 대해서 물으니 말하기를 "천자가 죽었을
때, 후비의 상이 났을 때, 군(君)이 죽었을 때, 부인의 상이 났을
때, 임금의 태묘가 화재를 당했을 때, 일식(日食)할 때, 삼년상.자
최(齊衰).대공(大功)에 모두 폐한다. 사가 다른 것은 시마(緦麻)에
도 제사지내지 아니하고 죽은자에게 제사를 지내는데 복이 없는
즉 제사지낸다" 하였다. 주에 "사는 대부보다 낮으니 비록 시마
라도 제사지내지 않는다" 하였다. 복이 없다는 것은 아내의 부모,
어머니의 형제 자매를 말한 것이니, 자기는 복이 있더라도 제사를 흠향
할 분에게 복이 없으면 제사지낼 수 있다.
　지위가 높으면 사연으로 폐함이 적고, 지위가 낮으면 사연으로

　폐함이 많다.

　「춘추(春秋)의 경문에 "무궁(武宮)에 제사지내는 일이 있어 약악(籥樂 : 관악기)을 들여 왔는데 숙공(叔公)이 죽자 음악을 거두고 제사를 마쳤다" 하였는데, 호씨전(胡氏傳)에 "예는 제사보다 중요한 것이 없으니 대부에게 변고가 있으면 변고는 사상(死喪)을 말함. 제사를 지낼 때 음악을 들어서는 안 된다. 안으로는 종묘에 그 정성과 공경의 마음을 다하고 밖으로 대신(大臣)에게 슬퍼하고 불쌍히 여기는 마음을 온전히 한다. 그렇다면 종묘에 제사가 있으면 대신이 제사를 임하는데 약악을 들여왔으나 그 곳에서 죽으면 음악을 거두고 제사를 마쳐야 할 것이다" 선조의 마음으로 인하여 대신의 죽음을 보았으니 음악을 들어도 즐겁지 않을 것이고 효자의 마음으로 인하여 이미 진설된 찬품을 보고 차마 가벼이 물릴 수 없기 때문에 음악을 거두고 일을 마쳐야 함이 옳다 하였다. 작은 글자와 큰 글자 모두가 호씨의 말이다.

　「예기」에 "군자는 세사에 자신이 몸소 임하지만 사고가 있으면 다른 사람을 대신 보내도 된다" 하였고, 공자가 말하기를 "내가 제사에 참여하지 않으면 제사지내지 않은 것과 같다" 하였다.

　요경(堯卿)이 묻기를 "아내의 생모를 제의 집에서 봉양하고 있는데, 죽은 뒤에는 외씨(外氏 : 처가 집안)의 선영에다 붙여 장사지내는 것이 어떻겠습니까?" 주자가 말하기를 "그렇게 해도 괜찮다". 또 묻기를 "신주를 아내의 친정으로 보내려고 하지만 아내의 친정이 쇠퇴하여 제 집의 별실(別室)에다 모시려고 하는데 어떻겠습니까?" 주자가 말하기를 "그렇게 하기는 거북하다. 북쪽 사람들의 풍속은 이와 같다" 하였다.

　「이정전서(二程全書)」에 후부인(侯夫人)이 병이 위독하였는데, 이천(伊川)에게 이르기를 "오늘이 백오(百五 : 한식(寒食))절이니 나를 위하여 외조부모에게 제사지내라. 내년에는 다시금 제사지내지 못할 것이다"하였는데, 주자가 말하기를 "이는 그의 외가의 제사를 지낸 것이다. 그러나 예경(禮經)에 없다"하였다.

주자가 말하기를 "지아비가 지어머니에게 제사지낼 때 절을 해야 한다"하였다.

「곡례」에 "제복이 떨어졌으면 불사르고, 제기가 못쓰게 되었으면 묻고, 귀협(龜筴 : 점치는 도구)이 못쓰게 되었으면 묻고 희생이 죽으면 묻는다"하였는데, 주에 "모두 사람들이 설만하지 않도록 하기 위해서이다"하였다.

尺圖 : (按) 家禮圖本 非朱子之作 不可爲則 又只圖其形 而 非圖長短者也 板各不同 又丘公儀節則太長 亦難取信 我國 今作神主 周尺傳來雖久 常以爲疑 今考徐居正筆苑雜記 世宗時 許稠得陳友諒子陳理家廟神主尺式 又得議郎姜天霆 家尺本 乃其父判三司事姜碩弟有元院使金剛所藏象牙尺所 傳也 面書云 神主尺定式 以今官尺去二寸五分 用七寸五分 則與家禮附註潘時華所云周尺當今省尺七寸五分弱之語同 二本相較不差 於是始定尺制 凡神主與天文漏器 據此以爲定 式 後赴京人 買得新造神主來 寸分相合 今我國所用周尺 與 中國同無疑矣云 今姑遵 世宗朝所定用今尺 似合道理

척도 : 살펴보니, 가례도(家禮圖)는 본디 주자가 만든 것이 아니므로 법으로 삼을 수가 없다. 또 그 모양만 그렸을 뿐 길고 짧은 것은 그려져 있지 않으며, 판(板)도 각각 다르다. 또 구공(丘公 : 준(濬))의 의절(儀節)은 너무 길어서 믿고 쓰기 어렵다. 우리 나라에서 지금 신주를 만들면서 주척(周尺)이 전해 온 지 오래되었으나 항상 의심하여 왔다. 지금 서거정(徐居正)의 「필원잡기(筆苑雜記)

를 살펴보니 "세종(世宗) 때의 허조(許稠)가 진우량(陳友諒)의 아들 진리(陳理)의 가묘신주척식(家廟神主尺式)을 구해 얻었고, 또 의랑(議郞) 강천주(姜天霔)의 집 척본(尺本)을 얻었는데, 곧 그의 아버지 판삼사사(判三司事) 강석(姜石)의 아우 유원원사(有元院司) 금강(金剛)이 소장한 상아척(象牙尺)이 전해진 것으로 그 면(面)에" 신주척정식(神主尺定式)'이라고 써 있었다. 지금의 관척(官尺)에서 2촌 5푼을 제하고 7촌 5푼을 쓰면 「가례」의 부주(附註)에 반시화(潘時華)가 이른바 '주척이 지금 성척(省尺)의 7촌 5푼보다 조금 부족하다'는 말과 같다. 두 개의 척본을 서로 비교해 보아도 차이가 없었다. 이에 비로소 척제(尺制)를 정하여 모든 신주와 천문루기(天文漏器)를 만들 때 이를 근거삼아 정식(定式)으로 삼게 되었다. 뒤에 중국에 간 사신이 새로 만든 신주를 사 가지고 왔는데 촌과 푼이 서로 맞았다. 지금 우리 나라에서 사용하는 주척이 중국과 한 가지라는 것을 의심할 것이 없다"하였다. 그러니 잠시 세종조에서 정한 바에 따라 금척(今尺)을 쓰는 게 도리에 합당할 듯하다.

國譯龜峯集
(卷之十)

附錄

附錄(1)

여산송씨대종회

감상시

惜春　　　아쉬운 봄

花開昨夜雨　　어제 밤 비에 꽃이 피었더니
花落今朝風　　오늘 아침 바람에 꽃이 지네.
可憐一春事　　가련 하구나 한 봄 날의 일이
來去風雨中　　비바람 속에 왔다 가는구나.

※ 위의 시는 중학교 교과서에 조선중기 운곡 송한필의 偶吟詩라
　소개하고 바람과 비속에서 왔다가 사라지는 인생무상(人生無常)
　덧없음을 읊은 것이라고 설명되어 있음. (偶吟詩=우연히 지은시)

附錄(1) 目次

附錄(1)

伸冤疏

乙丑二月 沙溪金先生 與藥峯徐公渻 守夢鄭公曄 菁川君柳公
舜翼　　竹西沈公宗直聯名

伏以民生於三　事之如一　師或橫罹罔測之禍　抱冤泉壤之下
則受業於其人者　其可無一言以負事之如一之義乎　臣等少從宋
翼弼受學　翼弼文章學識　超絕一世　與李珥成渾爲講磨之交　李
珥旣沒之後　李潑　白惟讓輩　仇疾珥　渾　延及翼弼　必欲置之死
地而後已　可謂怒甲移乙之甚者也　翼弼之父祀連　乃故相安瑭
孽妹之子也　祀連之母　旣已從良　祀連又至於雜科出身　則連二
代良役　且過六十年大限者　不得還賤　昭在法典　而潑等以祀連
上變　爲安家子孫不共天之讎　故乘機指嗾　蔑法還賤　其時訟官
或有執法之意　則潑等駁遞之　至再至三　而後始得行其志　夫法
者　祖宗金石之典也　祀連雖得罪士類　翼弼雖犯時怒　豈可以一
時私憤而屈　祖宗金石之典　以快其心哉　肆我　宣祖大王　昔在
西幸　因其訴冤　始發開釋之端　而刑官蒼皇　未暇奉承　姑以還
都辨快回　啓　其後臣師亦淪亡　無復申籲　遂成掩置　以至于今
日月重明　幽枉畢伸　而獨此亡師之冤　尚不瞑目於幽冥　噫　以
亡師博古通今之學　生未爲聖主之所知　死未免奴隸之賤名　豈
但臣等之隱痛於心　國法之壞　亦識者之所深憂也　臣等每欲以
此一籲於天日之下　而　國家多事　未遑於此　臣等自念　俱以衰
老之人　朝夕溘然　則終爲負師之鬼　故敢此冒死陳達臣等豈敢

阿好 上誣君父哉 伏願 聖明亟下該曹 照法洩宪 不勝幸甚 臣
等無任戰慄屛營之至 謹昧死以 聞 下該曹回 啓

신원소

을축(乙丑) 2월에 사계(沙溪) 김 선생(金 先生)이 약봉(藥峯) 서공 성(徐
公 渻), 수몽(守夢) 정공 엽(鄭公 曄), 청천군(菁川君) 유공 순익(柳公
舜翼), 죽서(竹西)심공 종직(沈公 宗直)과 함께 연명으로 하였다.

삼가 생각하건대 백성은 임금.스승.부모.세 분 가운데서 생성되
므로 모두 똑같이 섬겨야 한다고 하였습니다. 스승이 만일 뜻
밖에 엄청난 화를 입고 지하에서 원통해 하고 있을 때 그 사람
에게 가르침을 받은 사람이라면 한마디의 말도 하지 않고 똑같
이 섬기는 의리를 저버릴 수가 있겠습니까?

신들이 어려서 송익필에게 글을 배웠습니다. 익필은 문장과 학
식이 일세에 높이 뛰어나 이이(李珥).성혼(成渾)과 학행을 강론
하고 연마하는 벗이 되었습니다. 이이가 죽고 난 뒤에 이발(李
潑)[93].백유양(白惟讓)[94]의 무리들이 이이와 성혼을 원수처럼
미워하다가 익필에게 까지 미쳐 사지(死地)에 몰아 넣고야 말
려고 하였으니 갑에게 노한 것을 을에게 옮기는 자 중에서도
지나친 자라고 하겠습니다. 익필의 아비 사련(祀連)은 고 정승
안당(安瑭)[95]의 서매(庶妹)가 난 아들입니다. 사련의 어미가 이
미 양인에게 출가하였고 사련도 잡과(雜科)로 출신(出身)[96]하

---

93) 이발(李潑) : 1544~1589. 자는 景涵, 호는 東菴, 北山. 본관은 光州이다.
  仲虎의 아들. 1589년 鄭汝立의 사건에 체포되어 杖殺되었음.
94) 백유양(白惟讓):1530~1589. 자는 仲謙. 본관은 水原. 鄭汝立 사건에 연좌되어
  사직하였으나 西人인 白仁傑 白惟咸 등의 탄핵을 받고 유배되었다가 杖殺되었음.
95) 안당(安瑭): 1450~1521. 자는 彦甫, 호는 永慕堂. 본관은 順興이다.
  1521년 신사무옥에 아들 처겸(處謙)과 함께 賜死되었다.

기에 이르렀으니, 2대를 잇달아 양민이 되었고 또 60년의 큰 시한을 넘긴 사람은 천적(賤籍)으로 환원시킬 수 없다고 법전에 명백히 나타나 있는데도 이발 등은 사련의 고변(告變)이 안씨 자손의 불공대천지수(不共戴天之讐)라고 여겼기 때문에 기회를 틈타 사주하여 법을 무시하고 천적으로 환원하였습니다. 그 때에 송사를 맡은 관원(官員)이 혹 법을 고수하려는 의사가 있으면 이발 등이 논박하여 체직시키기를 두세 번까지 한 다음에 비로소 그들의 뜻대로 하였습니다.

대체로 법이란 조종(祖宗)이 세운 금석(金石)과 같은 법전입니다. 사련이 비록 사류(士類)들에게 죄를 지었고 익필이 비록 당시의 노여움을 건드렸다고 하지만 어떻게 한 때의 사사로운 분노로 조종이 만든 금석 같은 법을 굽혀 그들의 마음을 통쾌하게 할 수야 있겠습니까.

그래서 우리 선조대왕(宣祖大王)이 옛날 난리를 피해 서쪽으로 가셨을 적에 그 원한의 호소로 인해 비로소 방면의 실마리를 열어 주셨습니다. 그러나 형관(刑官)이 황급한 가운데 받들어 시행할 겨를이 없었기에 잠시 서울로 돌아온 다음에 밝혀 결정 짓겠다고 회계(回啓) 하였습니다. 그 뒤에 신들의 스승도 세상을 떠나 다시금 거듭 호소하지 못하여 드디어 가리워 진 채로 두고 말았습니다. 그리고 오늘날에 이르러 주상의 해와 달 같은 덕이 온 누리에 퍼져 억울하게 죄명을 쓰고 죽은 이들의 원한을 모두 풀어 주었는데도 돌아가신 스승의 원혼(寃魂)만 아직도 지하에서 편히 잠들지 못하고 있습니다.

아! 돌아가신 스승의 고금을 널리 꿰뚫은 학문으로 살아서는 어진 주상의 인정을 받지 못하였고 죽어서는 노예의 천한 이름을 면하지 못하고 있으니 어찌 신들이 마음속으로만 슬픔을 간

---

96) 출신(出身) : 처음으로 벼슬길에 나서는 것을 말하기도 하고 文武科, 雜科에 급제하고 아직 벼슬에 나서지 못한 사람을 말하기도 함.

직하고 있겠습니까. 나라의 법이 무너질까 또한 식견 있는 사
람들이 몹시 우려하고 있습니다.

신들이 항상 이 일로 한 번 해처럼 밝으신 주상께 호소하고 싶
었지만 국가에 일이 많아 여기에 마음 둘 겨를이 없었습니다.
신들이 스스로 생각건대 모두 노쇠한 사람들이기에 갑자기 죽
는다면 마침내 스승을 저버린 귀신이 되겠기에 감히 이렇게 죽
음을 무릅쓰고 아룁니다.

신들이 어찌 감히 스승이라고 하여 편애에 치우쳐 위로 주상을
속이겠습니까. 바라건대 어질고 밝으신 주상께서는 빨리 해당
관아에 분부하여 법에 따라 원한을 풀어 주시면 더 없는 다행
이겠습니다. 신들은 몹시 두려워 어쩔줄을 모르겠습니다. 삼가
죽음을 무릅쓰고 아룁니다.

行 狀

先生姓宋 諱翼弼 字雲長 礪山人 高麗貞烈公松禮之後 高
祖 鐵康(舊本根) 曾祖承山(舊本小鐵) 祖麟(舊本璘) 直長 娶順興
安氏某官某之女 生僉樞君 是爲先生之考 娶延日鄭氏 生四
子一女 長諱仁弼 次諱富弼 次卽先生 而雲谷居士翰弼季鷹
其季也 先生以嘉靖甲午二月初十日卯時生 年七八歲 已下筆
語輒驚人 及長 與弟雲谷俱發解高等 旣已不樂於京都朋儕間
遯居于高陽之龜峯山下 自甲申李栗谷旣歿 黨禍益深 壬人之
仇嫉牛 栗兩賢者 移怒於先生 丙戌歲禍遂作 乃與兄弟藏蹤
避仇 重峯趙文烈公上章亟訟其寃 且言其賢 請納其資級 以
贖其身 以爲鳴谷山長 丁亥戊子 重峯連疏論之 而戊子則又
言宋某徐起等俱有將帥之才 己丑冬 上有嚴命詣官自首 卽先

生所云庚寅春 坐趙汝式上章救我 自作楚囚于帶方者也 賦詩
有千里狂章那困我 聖心無滯若衡平之句 自注曰 時聞趙汝式
之救已 甚於張方平之疏云 辛卯春 將有士林之禍 又適湖南
前此己丑夏 重峯已被謫 至是松江又遠竄 先生皆有詩以傷之
是歲聞黨禁 自作楚囚于鴻山 時重峯又上章 白衣挾砧斧 伏
闕請死 先生聞而筆記曰 與汝式不相見近十載 以章中每稱鄙
人 故有此按 及壬辰正月 到熙川謫所 松江時於江界圍置中
與人書云 近又龜公來泊不遠處 未知將來又作何等災怪也 七
月 避賊入明文山 卽熙川地也 癸巳九月 蒙 恩放還 郡有寒
暄 靜菴兩賢祠 蓋寒暄被謫時 靜菴負笈於此也 先生感慨昔
賢遺跡 操文以祭而歸 甲午秋冬 寓身於楮塞之山中 哭仲兄
黙庵公 其後又哭弟雲谷 年月未詳 丙申 又居沔川之馬羊村
金僉樞進礪莊舍 牛溪寄書曰 備知寄居金家 主人仁賢 後生
向風來學者衆 晚暮漂泊得此人 可謂幸矣 先生自是棲遲馬羊
村凡數年 至己亥八月初八日 以疾卒于寓舍 壽六十六 葬于
唐津北面元堂洞 與配昌寧成氏同原 成氏以嘉靖癸卯生 前一
年戊戌卒 先生有一子 曰就方 側室有二子 曰就大 曰就實
一女適某 先生所著有太極問一卷禮問答一卷 與牛栗辨論書
尺一卷 藏于家 詩藁一卷 則門人竹西沈宗直 刊行於世 一時
及門之士 指不勝屈 而沙溪金文元公 愼獨齋金文敬公 以道
學名 守夢鄭公曄 藥峰徐公渻 畸翁鄭大學士弘溟 姜觀察燦
許處士雨曁吾外王父參判金公諱某 或以文學 或以宦業 俱顯
於世 噫 先生之世 今已遠矣 其平生本末 無所尋逐 間嘗見
前輩所記 其言曰 己丑十二月 宣祖大王傳于刑曹曰 私奴宋
某兄弟 蓄怨朝廷 期必生事 趙憲陳疏 無非此人指嗾云 此極
痛惋者 況以奴叛主 逃躱不現 尤爲駭愕 捉囚窮推 宋某 祀

連之子也 祀連以安瑭孼孽屬 告安處謙謀變成獄 得賞僉知
其諸子皆有才藝 翼弼初有詩名 與李山海 崔慶昌 白光弘 崔
岦 李純仁 尹卓然 河應臨等 號八文章 與弟翰弼 俱發解高
等 交遊甚盛 史官李海壽等 以爲祀連旣爲罪人 褫其賞職 其
子乃孼孫也 不當冒法赴擧 與同僚議停擧以錮之 山海等求釋
不得 某復從李珥 成渾 講論道學 識見通透 論議英發 開門
授徒 學者日盛 號稱龜峯某高自標置 與名卿士大夫抗禮序齒
不悅者亦多 當三司之攻李珥也 成渾欲上疏伸珥 而恐激怒反
傷 且自以山野賤士 以退爲義 忽極論時事 未知如何 以書問
于某 某答曰 尊兄受聖君知遇 旣陟朝端 則何不歷論時事 使
前後殊命 不歸於虛文耶 雖欲以不出自處 今旣出矣 宜有所
施爲 見其不可 然後可以歸來也 渾從之 自是重爲朝論所嫉
安氏子孫 從而起訟 決還賤籍 方欲殺而報讐 某等皆逃 李
山海 鄭澈等 互相藏匿 得不死 至是有飛語聞于上 故有是命
某詣官自首 與翰弼俱竄極邊 由此 鄭仁弘等以交遊匪類 咎
成 李矣 於此可見其得禍源委也 後 仁祖乙丑 文元公與守夢
及諸同門陳疏 請滌賤籍 章下該曹 而事竟寢 後遂無再言者
謹按先輩之公評 則曰天稟甚高 文章亦高云者 象村申文貞公
之言也 曰天資透悟 剖析精微 人所不及云者 澤堂李公之言
也 而象村之又其論詩 則以爲材取盛唐 故其響淸 義取擊壤
故其辭理 和平寬博之旨 不失於羈窮流竄之際 優遊涵泳之樂
自適於風花雪月之間 其庶乎安時處順 哀樂不能入者矣 又曰
如柳深煙欲滴 池淨鷺忘飛之句 度越諸人 非徒淸范可貴 理
亦自到 至若當時名賢如李土亭 則其所贈詩篇曰 曩遇雲長初
實爲芸所幸 有意於汲古 從君借修綆 玄黃方寸間 鄒魯豈非
廻 鑢錫我須執 沙石子須磨 私情如或起 在邇還在遐 重峯則

稱之曰 到老勵書 學邃經明 行方言直 牛 栗皆作畏友 常如
諸葛之於法正 且其敎誨之際 善發人意思 感奮自立 徐孤靑
則語其學者曰 爾輩欲知諸葛之何狀 須見宋龜峯也 非但龜峯
似諸葛 卽諸葛似龜峯也 其大爲諸老所重如此 蓋嘗聞之 先
生風儀俊整 言論灑落 人之一接其面而聽其言者 莫不心醉起
敬 北渚金相 少負氣 不下於人 遇先生於山寺 爲撤業聽其言
閱旬不去 及其身都將相 語人曰 吾之得至今日者 緊當日親
炙於龜峯是賴也 洪參議慶臣 初諫其兄寧原君可臣曰 吾兄何
可與宋某友乎 吾見宋某 必辱之 寧原笑曰 爾能辱宋某乎 必
不能也 後慶臣遇先生於寧原宅 不覺降階以迎 將禮甚敬 其
言論風儀之有足動人者乃如此云 噫 以先生精博之學 通透之
識 華國之文 經濟之才 限於門地 阨於黨禍 流離竄謫 不能
少行其志 而終於窮悴以歿世 豈非斯文之厄而志士之所可慨
耶 惟當世立言之君子 儻有以論撰著述 使其道學之實 昭揭
於今與後 以爲不朽圖 則亦庶幾焉 重峯丙戌丁亥兩疏一段及
甲子伸寃疏 幷附之於左 以備參攷云爾

　　歲甲寅(1674,현종15)季秋 後學 李選 謹述)

행 장

　선생의 성은 송(宋), 휘는 익필(翼弼), 자는 운장(雲長)이니, 여
산인(礪山人)으로 고려 정렬공(貞烈公) 송례(松禮)의 후손이다. 고
조(高祖)는 철강(鐵康: 舊本에는 根) 증조는 승산(承山: 구본에는
小鐵) 할아버지는 인(麟:구본에는 璘)[97]으로 직장(直長)이다. 순
흥안씨(順興安氏) 모관 모(某官某)[98]의 딸에게 장가들어 첨추군

---

97)초기에는 인(璘)으로 쓰다가 나중에 인(麟)으로 바꿈 (여산송씨대동보 卷
　之一五쪽 참조). ※ 이선(李選):(1632~1692)

(斂樞君:宋祀連)을 낳았다. 이 분 송사련(宋祀連)이 선생의 아버지인데, 연일정씨(延日鄭氏)에게 장가들어 아들 네 명과 딸 한 명을 낳았다. 맏이의 휘는 인필(仁弼)이고 다음의 휘는 부필(富弼)이고 다음은 곧 선생이고, 운곡거사(雲谷居士) 한필(翰弼) 계응(季鷹)이 막내이다.

선생은 가정(嘉靖99) 갑오년(甲午 중종(中宗)29년 1534) 2월 10일 묘시(卯時)에 태어났다. 나이 7~8세부터 글을 지었는데 글마다 사람들을 놀라게 하였고, 성장하자 아우 운곡과 함께 고등으로 합격하였다. 이윽고 서울의 벗들 사이에 있기를 즐거워하지 않아 고양(高陽)의 구봉산(龜峯山)밑에 살았다.

갑신년(甲申 선조(宣祖)17년 1584)에 이율곡(李栗谷)이 죽은 뒤로부터 당쟁의 화가 더욱 심해져 우계(牛溪), 율곡 두 선현을 원수처럼 미워하던 간사한 자들이 선생에게 분풀이 하려고 하였는데, 병술년(丙戌 선조(宣祖)19년 1586)에 드디어 화가 일어났다. 이에 형제들과 함께 종적을 감추어 해를 피하였다. 중봉(重峯)100) 조 문열공(趙文烈公)이 상소를 올려 그의 억울함을 극열히 호소하였고 또 그의 어짐을 말하면서 자신의 자급101)을 바치겠으니 대신 그의 몸을 풀어 주어 명곡정사(鳴谷精舍)의 산장(山長)102)으로 삼기를 청하였다.

정해년(丁亥 선조 20년 1587)과 무자년(戊子)에 중봉이 잇달아

---

98) 某官某(=安敦厚) : 송린(麟)이 안돈후(安敦厚)와 중금(重今)사이에서 난 안감정(安甘丁)을 계배로 맞아 아들 송사련(宋祀連)을 낳음. (祖父와 父 2대 양역면천으로 송익필은 庶出과 無關함)
99) 명(明) 세종(明世宗)의 연호
100) 중봉(重峰) : 조헌(趙憲 1544~1592)의 호(號)이다. 자는 여식(汝式)이며 본관은 배천(白川)이다. 동인(東人)이 스승인 이이(李珥)와 성혼(成渾)을 추죄(追罪)하려고 할 때 반대 상소를 올리고 고향으로 간 사실로 파직 당하였다.
101) 자급(資級) : 정3품 통정대부(正三品 通政大夫)이상의 품계를 올리는 일을 가자(賀資)라고 하는데 가자의 등급을 곧 자급 이라고 한다.
102) 산장(山長) : 벼슬을 하지 않고 있으면서 학식과 도덕이 높은 숨은 선비를 말하며 더러 서원(書院)의 원장과 동일한 의미로 쓰이기도 한다.

상소하여 논변하였는데, 무자년(戊子年)에는 또 송익필과 서기(徐起)[103]등이 모두 장수의 재질이 있다고 말하였다.

기축년(己丑 선조22년 1589) 겨울에 주상이 관에 나와 자수하라고 엄히 명을 내렸다. 이는 선생이 말씀하신, "경인년(庚寅 선조23년 1590)봄에 조 여식(趙汝式 조헌(趙憲))이 상소를 올려 나를 구하려고 한 것에 연루되어 스스로 대방(帶方)에서 죄인처럼 행세하였다"는 것이다. 그때 지은 시에

"천리 밖에 미친 상소 어이 나를 괴롭히나. [千里狂章那困我] 주상 마음 막힘없이 저울처럼 공평하네"[聖心無彳帶若衡平]라는 구절이 있다. 자주(自注)이 때에 조여식이 나를 구함이 장방평(張方平)의 상소보다 더 심하였다고 들었다.

신묘년(辛卯 선조 24년 1591) 봄에 사림(士林)의 화가 있게 되자, 또 호남(湖南)으로 갔다. 이에 앞서 기축(己丑)년 여름에 중봉이 이미 귀양 갔었고, 이때에 이르러 송강(宋江:정철(鄭徹))이 또 멀리 귀양 갔었는데, 그때마다 선생이 시를 지어 슬퍼하였다.

이 해에 당금(黨禁)의 영이 내렸다는 소식을 듣고 스스로 홍산(鴻山)에서 죄인(罪人)처럼 행세하였다. 이때에 중봉이 상소를 올리면서 흰 옷차림으로 도끼를 가지고 대궐 앞에 엎드려 죽기를 청했는데, 선생이 듣고 기록하기를, "여식과 서로 만나보지 못한 지가 10년 가까이 되었다. 그의 상소 가운데 늘 나를 거론하였기 때문에 이러한 처벌이 있게 되었다"고 하였다.

임진년(壬辰 선조 25년 1592) 정월에 희천(熙川)의 유배지에 이르렀다. 송강이 이 때 강계(江界)에서 귀양살이를 하고 있던 중이었는데, 어떤 사람에게 편지를 보내면서 "요사이 또 구봉공이 여기와 멀지 않는 곳에 와 머문다고 하니, 앞으로 또 어떤 재

---

103) 서기(徐起 1523∼1591) : 자는 대사(待司). 호는 고청(孤靑). 본관은 이천(利川)이다. 죽은 후 지평(持平)에 추증되고 공주(公州)의 충현사(忠賢社)에 제향(祭享)되었다.

앙과 괴변이 일어날지 모르겠다."고 하였다. 7월에 왜적을 피해 명문산(明文山)으로 들어갔는데 희천의 땅이다.

계사년(癸巳 선조26년 1593) 9월에 주상의 은혜를 입어 풀려 돌아왔다. 그 고을에 한훤당(寒暄堂:김굉필(金宏弼)) 정암(靜菴:조광조(趙光祖)) 두 선현의 사당이 있었는데, 대개 한훤당이 귀양살이를 할 때에 정암이 여기에 와 유학 하였던 곳이기 때문이다. 선생이 옛날 선현들의 유적을 보고 감개하여 글을 지어 제사지내고 돌아왔다.

갑오년(甲午 선조27년 1594) 가을과 겨울에 저색산(楮塞山)에서 임시 살면서 둘째 형 묵암공(黙庵公)의 상을 당했고 그 뒤에 또 아우 운곡의 상을 당했다. 어느 해이며 어느 달인가 상세치 않음.

병신년(丙申 선조29년 1596)에 면천(沔川)의 마양촌(馬羊村)에 있는 김첨추(金僉樞) 진려(進礪)의 별장에서 살았는데, 우계(牛溪)가 보낸 편지에 "김씨네 집에서 붙여 살면서 주인이 어진데다 후생들이 풍문을 듣고 배우러 오는 사람이 많다는 걸 잘 알고 있소. 늙으막에 떠돌아다니다가 이러한 사람을 얻었으니 다행이라 하겠소"라고 하였다. 선생이 이로부터 마양촌에 몇 년 동안 머물러 살았다.

기해년(己亥 선조32년 1599) 8월 초8일에 이르러 병환으로 임시 살던 집에서 작고하시니 향년 66세였다. 당진(唐津) 북면(北面) 원당동(元堂洞)에 묻히었는데, 배위(配位) 창녕성씨(昌寧成氏)와 자리를 같이 하였다. 성씨는 가정(嘉靖) 계묘년(癸卯 중종(中宗)38년 1543)에 태어나서 선생보다 1년 전 무술(戊戌:1598)년에 죽었다. 선생은 한 명의 아들을 두었는데 취방(就方)이고, 측실(側室)에서 두 명의 아들을 두었는데 취대(就大)·취실(就實)이고 딸 한 명은 아무에게 출가하였다.

선생이 쓴 글로는 태극문답(太極問答) 1권, 예문답(禮問答) 1권, 우계·율곡과 함께 논변한 편지 본집에 현승편(玄繩編)의 제목으로 되어 있음. 1권이 집에 소장되어 있으며, 시고(詩藁) 1권은 문인 죽서(竹西) 심종직(沈宗直)이 인쇄하여 세상에 펴냈다.

한때 선생을 찾아와 수업한 선비들이 손꼽아 셀 수 없을 정도였는데, 사계(沙溪) 김 문원공(金文元公)과 신독재(愼獨齋) 김 문경공(金文敬公)은 도학(道學)으로 이름이 났고, 수몽(守夢) 정공 엽(鄭公曄), 약봉(藥峯) 서공 성(徐公渻), 기옹(畸翁) 정 태학사 홍명(鄭太學士 弘溟), 강 관찰사 찬(姜觀察使燦), 허 처사 우(許處士雨)와 나의 외조부 참판(參判) 김공(金公) 휘 집(集) 등 여러 분들이 문학이나 벼슬로 모두 세상에 드러났다.

아! 선생이 살았던 시대가 지금 이미 멀어져 일생 동안의 줄거리를 찾아볼 길이 없게 되었다. 그런데 이따금 선배들이 기록한 바를 보건대, 다음과 같은 이야기가 있다.

"기축년(己丑 선조22년 1589) 12월에 선조대왕이 형조(刑曹)에 전교(傳敎)하기를, 사노(私奴) 송익필의 형제가 조정에 원한을 쌓아 왔으므로 반드시 일을 꾸미고야 말 것이다. 조헌의 상소는 모두 이 사람의 사주에 의하여 한 것이라고 하니, 이는 매우 통탄할 일이다. 더구나 사노로서 주인을 배반하고 달아나 숨어 나타나지 않고 있으니 더욱 놀라운 일이다. 빨리 잡아다 끝까지 추국(推鞫)104)하라고 하였다.

송익필은 사련(祀連)의 아들이다. 사련이 안당(安瑭)의 얼속(孽屬)으로 안처겸(安處謙)105)이 난을 꾸민다고 밀고하여 옥사를 만들어 그에 대한 상으로 첨추(僉樞) 벼슬을 얻었다. 그의 여러 아들들이 모두 재주가 있었다. 익필이 처음에 시를 잘 한다는 이름

---

104) 추국(秋鞫) : 의금부에서 임금의 특지에 의하여 국가의 중죄인(重罪人)을 심문하는 일을 말함.
105) 안처겸(安處謙1486~1521) : 자(字)는 백처(伯處), 호(號)는 겸재(謙齋),본관은 순흥(順興). 1521년 기묘사화(己卯士禍)를 일으킨 심정(沈貞),남곤(南袞) 등의 숙청과 경명군(景明君)의 추대를 모의 했다는 송사련(宋祀連)의 고변으로 죽음을 당했는데 이것이 곧 신사무옥이다.

이 있어 이산해(李山海), 최경창(崔慶昌), 백광홍(白光弘), 최립
(崔岦), 이순인(李純仁), 윤탁연(尹卓然), 하응림(河應臨)등과 함께
8문장(文章)으로 불리었다. 아우 한필과 함께 높은 성적으로 시
험에 합격하여 벗의 교유가 매우 성대하였으나, 사관(史官) 이해
수(李海壽)106)등이 '사련은 이미 죄를 지은 사람으로 상으로 준
관직을 박탈당하였으며 그의 아들은 서손(庶孫)이다. 법을 무시
하고 과거를 볼 수 없다'고 하여 동료들과 함께 의논하여 과거에
응시하지 못하게 묶어버렸다. 이산해 등이 풀어주려고 하였지만
해내지 못하였다.

그는 다시 이이.성혼을 따라 도학을 강론하여 식견이 통투하였
고, 논의가 뛰어났다. 문호를 열어 학도를 가르치자, 학자들이 날
로 늘어났는데 구봉이라고 불렀다.

그는 스스로 몸가짐을 높이 하여 이름 있는 경사대부(卿士大
夫)들과도 대등한 예로 연치의 순서에 따라 대하니, 싫어하는 이
들도 많았다. 삼사(三司)107)가 이이를 탄핵할 때 성혼이 상소를
올려 이이를 변호하려고 하였으나, 그들의 분노를 격동시켜 도리
어 해를 입힐까 염려되었고, 자신은 초야의 천한 선비로서 물러
서는 것이 자신에게 맞는 분수로 여기고 있는데, 갑자기 시국의
일을 극열히 논의하는 게 사리에 맞는가에 대해 편지로 물었는
데, 구봉의 회답에, '형은 어진 주상의 알아줌을 받아 이미 조정
에 나갔으니, 어찌 시국의 일을 두루 논의함에 있어서 하여금 주
상의 특별한 교지를 헛된 글로 돌리지 아니하게 하여야 하지 않
겠습니까! 비록 나가지 않는 것으로 자처 하고자 하였으나 지금
이미 나섰으니, 마땅히 무언가 베풀어야 함이 있어야 됩니다. 그
리고 나서 안 되겠다고 여겨진 다음에 돌아와야 할 것입니다'하

---

106) 이해수(李海壽,1536~1598) : 자(字)는 대중(大仲), 호(號)는 약포(藥
圃), 경재(敬齋)이고, 본관은 전의(全義).
107) 삼사(三司) : 조선조에서 사헌부(司憲府), 사간원(司諫院)의 양사(兩司)
와 홍문관(弘文館)을 합하여 부르던 이름.

니 성혼이 이를 따랐다. 이로부터 거듭 조정의 미움을 받았으며, 안씨의 자손들이 뒤따라 소송을 일으켜 결단코 천적으로 환원하고 죽여 원수를 갚으려고 하자, 그들은 모두 피해 다녔는데, 이산해와 정철 등이 서로 숨겨 주어 죽음을 면하였다. 이에 이르러 유언비어가 주상에게 들렸기 때문에 이러한 명을 내리게 되었다. 그가 관아에 나아가 자수하여 한필과 함께 먼 변방으로 귀양 갔다. 이로 말미암아 정인홍(鄭仁弘) 등이 부정한 사람과 교유하였다고 하여 성혼과 이이를 헐뜯었다"하였는데 여기에서 화를 얻게 된 원인을 볼 수 있다.

그 뒤 인조(仁祖) 을축년(乙丑 3년 1625)에 문원공(文元公)이 수몽(守夢) 및 여러 동문들과 함께 상소하여 천적에서 지워 주라고 주청하자 상소를 해당 관아에 내려 심의하라고 하였으나 일이 끝내 이루어지지 않았고, 그 뒤부터 다시금 말한 사람도 없었다. 삼가 선배들의 공정한 평론을 살펴보건대,

"타고난 자품이 매우 높고 문장 또한 뛰어났다"

고 한 것은 상촌(象村)[108) 신 문정공(申文貞公)의 말이고,

"타고난 자질이 투철하며 정밀하게 분석하는 데 있어서는 사람이 미치지 못할 바이다" 고 한 것은 택당(澤堂)[109) 이공(李公)의 말이다. 그리고 상촌이 또 그의 시를 논평하기를, "소재(素材)는 성당(盛唐)[110)에서 취하였기 때문에 그 여운이 맑고, 의의(意義)는 격양(擊壤)[111)에서 취하였기 때문에 그 말이 정연하다. 평화

---

108) 상촌(象村 1566~1628) : 신흠(申欽)의 호. 자(字)는 경숙(敬叔)이고 본관은 평산(平山)이다. 장유(張維) 이식(李植) 이정구(李廷龜)와 함께 조선 중기의 한문 4대가로 문명(文名)이 높았다.

109) 택당(澤堂 : 1584~1647)이식(李植)의 호. 자(字)는 여고(汝固)이고, 본관은 덕수(德水)이다. 시를 잘 하기로 이름이 있던 행(荇)의 현손(玄孫)이다.

110) 성당(盛唐) : 당(唐)나라의 시를 이야기 할 때 크게 초당(初唐), 중당(中唐), 성당(盛唐), 만당(晩唐) 네 부분으로 나누어서 이야기 하는데 이중 만당(晩唐)의 시를 가장 높이 평가함. 대표적인 시인으로 이백(李白)과 두보(杜甫)가 유명하다.

111) 격양가(擊壤歌) : 요(堯)임금 때에 태평성대(太平盛大)를 구가(謳歌)하던 노래.

롭고 너그러운 뜻은 기구한 타향살이 머나먼 귀양살이 속에서도 잃지 않았고, 한가롭게 노니는 즐거움은 바람·꽃·눈·달 사이에서 마음대로 누렸으니, 오는 대로 받아들이고 순리대로 살아 슬픔과 즐거움이 거의 마음속에 파고들지 아니하는 분이라고 하겠다."고 하였다. 또 말하기를,

> "버들 숲 그윽하니 안개 맺혀 떨어질 듯,　　柳深烟欲滴
> 　연못물 깨끗하니 백로 날 줄 잊었구나.　　池淨鷺忘飛

라는 구절은 사람들보다 뛰어나 한갓 청아(淸雅)함 만 귀할 뿐 아니라 이치도 극치에 도달하였다"고 하였다. 당시의 명현 이 토정(李土亭)112) 같은 분이 그에게 준 시(詩)에,

> "옛날에 운장(雲長)을 처음으로 만났을 때,　　曩遇雲長初
> 　정말로 지운(芝芸)의 다행이라 여기었네.　　實爲芸所幸
> 　깊은 샘물 길러보자 뜻이 있어서,　　有意於汲古
> 　그대에게 긴 줄을 빌리어 왔지.　　從君借修綆
> 　천지 현황(玄黃)도 마음속에 있으니,　　玄黃方寸間
> 　공맹이 참으로 멀지 않다네.　　鄒魯亶非逈
> 　줄이랑 대패는 이내 몸이 잡을 테니,　　鑢錫我須執
> 　돌이나 모래는 그대가 갈 게나.　　沙石子須磨
> 　만에 하나 사정이 그 사이에 일어나면　　私情如或起
> 　가까이 있으면서도 도리어 멀게 되리라"　　在邇還在逈

고 하였다. 중봉은,

"늙도록 공부에 힘써 학문이 깊어지고 경술(經術)에 밝았으며, 행실이 방정하고 언론이 경직하였으므로 우계와 율곡이 모두 어렵게 여기는 벗으로 삼아 항상 제갈공명(諸葛孔明)과 법정(法正)의 사이와 같았다. 또 가르칠 적에 사람의 의사를 잘 열

---

112)이토정(李土亭) : 이지함(李之菡 1517~1578)을 말하는데 토정(土亭)은 그의 호이고, 자(字)는 형백(馨伯),형중(馨仲)이었으며 본관은 한산(韓山)이다.

어 주어 감동 분발하여 스스로 뜻을 세우게 하였다."
라고 칭찬 하였다. 서 고청(徐孤靑:서기(徐起))은 제자들에게 말
하기를,

"그대들이 제갈공명이 어떤 사람인가 알고 싶으면 모름지기 송
구봉을 보아라. 구봉이 제갈공명을 닮은 게 아니라 제갈공명이
구봉을 닮았느니라."

라고 하였으니 그가 여러 노선배들에게 이처럼 대단히 여겨졌다.

대개 일찍이 들어보건대, 선생은 풍채(風采)가 고결하고 언론이
통쾌하여 한 번 얼굴을 뵙고 말씀을 들은 사람이면 누구나 마음
에 흠뻑 젖어 자기도 모르게 공경심이 우러나왔다.

북저(北渚) 김상류(金相鎏)[113]가 젊어서 자부심이 많아 남에게
굽히지 않았는데, 산 절에서 선생을 만나 하던 일을 미루고 그의
말씀을 들으면서 열흘이 넘도록 떠나지 않았다. 그가 장상(將相)
이 되어 사람들에게 "내가 오늘날 이 지위에 이르게 된 것은 참
으로 그 때 구봉에게 가르침을 받았던 것에 힘입었기 때문이다"
라고 하였다.

참의(參議) 홍경신(洪慶臣)[114]이 처음에 그의 형 영원군(寧原君)
가신(可臣)에게 간하기를, "형님으로서 어떻게 송익필과 벗을 삼
으십니까? 제가 송익필을 보면 반드시 욕을 보이겠습니다."고 하
자 영원군이 웃으면서 "네가 송익필을 욕보일 수 있겠느냐 필시
못할 것이다."고 하였다. 그 뒤에 경신이 영원군의 집에서 선생
을 만나자 자기도 모르게 계단에서 내려와 맞으면서 예모(禮貌)
를 갖추어 매우 경건히 했다고 하니, 그의 언론과 풍채가 넉넉히
사람을 감동시킴이 이와 같았다고 하겠다.

---

113)김류(金鎏 1571~1648) : 자(字)는 관옥(冠玉), 호는 북저(北渚)이며 본
    관은 순천(順天)이다.
114)홍경신(洪慶臣 1577~1623) : 조선 중기 문신(文臣). 자는 덕공(德公), 본관은
    남양(南陽), 호는 녹문(鹿門). 온(昷)의 아들. 내수사별제로 재직중 1594년(선조
    27) 별시문과에 병과로 급제 하였다.

아! 선생의 정박(精博)한 학문과 통투(通透)한 식견, 그리고 나라를 빛낼 수 있는 문장과 세상을 다스려 구제할 수 있는 재능으로도 문벌의 제약을 받고 당화의 고난을 당하여 이리저리 떠돌아다니며 귀양살이 하느라 조금도 그 뜻을 실천해 보지 못하고 끝내 기구하게 일생을 마쳤으니 어찌 사문(斯文)[115]의 불행이며, 지사(志士)의 개탄할 바가 아니겠는가. 당세의 입언(立言) 군자(君子)가 혹 논찬(論撰), 저술(著述)하여 그 도학의 실상이 지금부터 밝게 드러나 없어지지 않게 해 주었으면 하는 바램이다.

중봉의 병술(丙戌) 정해(丁亥) 두 상소 중 한 부분과 갑자신원소(甲子伸冤疏)를 아울러 다음에 첨부하여 참고의 자료로 갖추어 둔다.

갑인(甲寅:1674)년 9월에 후학 이선(李選)[116]은 삼가 기록한다.

丙戌疏

乃若宋翼弼 雖是祀連之子 而到老勤書 學邃經明 行方言直 足盖父愆 珥渾皆作畏友 常如諸葛之於法正 且其教誨之際 善發人意思 感奮自立 爲生進者亦克有徒 如金長生許雨 行義著于京外 姜燦鄭曄 俱有英發之才 以祖典言之 訓人有成 例有賞職 以華制言之 立賢無方 亘古以達今 珥之力通庶類 其意只在求賢以補闕 不是私一翼弼 而人多歸咎於珥 山海則謂翼弼曰 應南之爲濟牧 人言由君之囑也 君若自珥之死 卽與絶交 則可無此患 潑洁惟讓 又憎其兄弟與澈素厚 疑議已短 陰囑該官 盡廢四朝良籍 而枉法還賤 至使幾斃杖下 而幷子孫七十餘口 咸畏安氏報仇 破家

---

115)사문(斯文) : 유학(儒學)의 문화를 일반적으로 일컫는 말이기도 하며, 유학자의 경칭(敬稱)으로 쓰이기도 한다.
116)이선(李選 1632~1692) : 자는 택지(擇之), 호는 지호(芝湖),소백산인(小白山人). 본관은 전주(全州)이고 송시열(宋時烈)의 문인이다.

奔竄　無所於歸　或云散丏京外　或云船飄海島　散丏則七十
餘口　擧將爲溝中骨矣　船飄則七十餘口　擧將爲水賊之殲矣
嗚呼　聖恩如天　無物不春　至如大辟者　亦皆三覆　刑之少有
疑端　必使廣收公議　以求生道　至有禽犢哀鳴　亦軫聖慮　至
減酏酪之進　區中草木　皆有生意　而獨此七十餘口　迫之死
域　而無一人愛惜也　臣之所管公州有孔巖精舍　舒川有鳴谷
精舍　孔巖則有良人徐起者　曾學於李仲虎　學博而行全　傍
人就學者　或中生進　多有易教之士　而鳴谷則別無主張之師
頃歲臣嘗一過　多見其開爽可教者　而今此遍講　一無大進益
者　臣意以爲宋翼弼及其不死於溝壑水賊　納臣資級　以與安
氏　贖其身貰其罪　使道人漁子　遍招于邦域　儻其至也　則以
爲鳴谷山長　因其才而善導之　則厥有成效　必勝於愚臣之十
年提督矣　(선조19년 1586년)

병술소

송익필은 비록 사련의 아들이지마는 늙도록 공부에 힘써 학문
이 깊고 경술에 밝았으며, 행실이 방정하고 언론이 경직하여
넉넉히 아비의 허물을 덮을 수 있었으므로 이이.성혼이 모두
어려운 벗으로 삼아 항상 제갈공명과 법정의 사이와 같았습니
다. 그리고 가르칠 적에 사람의 의사를 잘 열어주어 감동 분발
시켜 스스로 뜻을 세우게 하여 생원.진사(生員 進士)를 한 문
도들이 상당수가 있었으니, 김장생(金長生).허우(許雨) 같은 이
는 행의(行義)가 온 나라에 드러났고, 강찬(姜燦), 정엽(鄭曄)
같은 이는 모두 뛰어난 재능이 있습니다.

　조종의 법으로 말한다면 사람을 가르쳐 인재를 육성한 공이
있으면 상으로 관직을 내리는 상례가 있고, 중국의 제도를 말

하더라도 어진 사람을 구해 쓰는 데는 일정한 규정이 없이하여 옛날부터 지금까지 그렇게 하고 있습니다.

이이가 애써 서류(庶類)들에게 과거를 볼 수 있는 길을 열어 주려고 하였던 것은 그 뜻이 다만 어진이를 구하여 부족함을 메꾸려는 데에 있었지 한낱 익필만을 위해서가 아니었는데, 사람들이 흔히 이이에게 허물을 뒤집어 씌웠습니다. 이산해는 익필에게 말하기를, "김응남(金應南)이 제주목사(濟州牧使)가 된 것은 그대의 촉탁이었다고들 말하고 있으니, 그대가 만약 이이가 죽은 뒤로 즉시 의리를 끊었더라면 이러한 우환이 없었을 것이다"고 하였습니다.

이발·이길·백유양 등도 그들 형제가 정철과 평소 친분이 두텁게 지내고 있다는 것을 미워하고 자신들의 단점을 논의하였으리라 의심하여 은밀히 해당 관아에 사주하여 사조(四祖)의 양적(良籍)을 모두 폐기하고 법을 무시하고 천적(賤籍)으로 환원시켰으며, 심지어 가혹한 곤장 아래 죽을 뻔하기까지 하였고, 아울러 자손 70여 명이 모두 안씨(安氏)의 보복이 두려워 집을 떠나 뿔뿔이 흩어져 돌아갈 곳이 없게 되었습니다. 혹은 서울 밖에 흩어져 비렁뱅이 노릇을 한다고 하며, 혹은 배를 타고 섬으로 떠돌아다닌다고 하는데, 흩어져 비렁뱅이 노릇을 한다면 도랑에 굴러다니는 뼈가 되고 말 것이고, 배를 타고 떠돌아다닌다면 70여 명이 앞으로 모두 수적(水賊)에게 죽음을 당하게 될 것입니다.

아! 주상의 은혜가 하늘과 같아 어떤 사물이든지 소생되지 않은게 없습니다. 사형수에 있어서도 모두 세 번씩이나 살핀 다음에 형벌을 내리고, 조금이라도 의심스러운 점이 있으면 반드시 널리 공론을 모아 살려 줄 길이 있는가 찾아보고, 심지어는 짐승들의 슬픈 울음소리에도 주상께서 마음 아파하시어 타락(駝酪)의 진상(進上)을 줄이게 하기까지 하시므로 온 강토 안에

초목들도 모두 생기에 차 있습니다. 그런데 오직 이 70여 명만 사지(死地)에 헤메고 있으나 하나도 애석하게 여기는 사람이 없습니다.

신이 관할하고 있는 공주(公州)에 공암정사(孔巖精舍)가 있고 서천(舒川)에 명곡정사(鳴谷精舍)가 있습니다. 공암정사는 양인(良人) 서기라는 사람이 있었는데, 일찍이 이중호(李仲虎)[117]에게 글을 배워 학식이 해박하고 행실이 원만하였습니다. 주위의 그에게 가 배운 사람들이 더러 생원.진사시(生員進士試)에 합격하여 남의 자식들을 가르칠만한 선비가 많이 있었으나, 명곡정사에는 주관할 만한 스승이 없었습니다. 지난해에 신이 일찍이 한 번 그곳을 지난적이 있었는데 가르칠 만한 인재를 많이 보았으며, 이번에 두루 강론을 받아보니 크게 진취한 사람이 하나도 없었습니다. 신의 생각으로는 송익필이 도랑과 골짜기에서 죽거나 수적에게 죽음을 당하기 전에 신의 직급을 바치겠으니 그것을 안씨(安氏)에게 주어 그의 신분을 회복하고 그의 죄를 용서해 주게 하고, 길손이나 어부들을 통하여 두루 방방곡곡을 찾아보게 하소서. 그리하여 나온다면 명곡정사의 산장(山長)을 삼아 그 재질에 따라 잘 이끌게 한다면 그 성과가 반드시 못난 신이 10년 동안 제독관(提督官)[118]으로 일하는 것보다 나을 것입니다.

---

117) 이중호(李仲虎,1512~1554) : 字는 풍후(風后), 號는 이소재(履素齋), 본관은 전주(全州)이다.

118) 제독관(提督官) : 조선조 선조(宣祖) 때 교육을 감독하고 장려하는 일을 맡아보던 관원. 선조(宣祖)19년에 팔도에 한 사람씩 두어서 관하의 각 향교(鄕校)의 학사(學事)를 감독하게 하다가 25년에 폐지하였음.

丁亥疏

必使如宋賀之爲珥所棄者 俾治宋獄 舞法枉典 決使其百口
飄亡 然後快於其意 嗚呼 珥之平生 惟以憂國憂民爲志 何負
於此輩 而今之朝野 是珥者無老無少 無不中禍 非珥者無愚
無不肖 無不超揚云云 (1587년 선조20)

정해소

　반드시 이이에게 버림받은 송하(宋賀)[119] 같은 사람으로 하여
금 송익필의 옥사를 다스리게 한다면 법을 오용(誤用)해 그 많은
사람들이 떠돌아다니게 하여 죽게 한 다음에야 그들의 마음이 시
원할 것입니다.

　아! 이이가 일생 동안 오직 나라와 백성을 걱정하는 것으로 뜻
을 가졌는데, 이 무리들에게 무엇을 저버린 것이 있었기에 지금
조정에서나 초야에서 이이를 옳다고 하는 사람들은 늙은이 젊은
이 할 것 없이 모두 화를 입었고, 이이를 그르다고 하는 사람들
은 어리석거나 부정한 사람 할 것 없이 모두 출세하였습니다.

　甲子伸冤疏在上
　갑자신원소는 앞에 있다. (1624년 인조2)

---

119) 송하(宋賀) : 자(字)는 경숙(慶叔)이고 본관은 진천(鎭川)이다. 기유(己酉)
　　식년시(式年試)에 병과(丙科)에 등과(登科)했으며 옥당(玉堂) 좌승지(左承旨)
　　를 지냈다.

墓碣文

宋時烈撰

　曩　同春宋公浚吉謂余曰　文元公金先生　師事栗谷李先生
以至道成德尊　然考其抽關啓鍵　導迪於一簣之初　則自龜峯先
生　不可誣也　然其門下名賢巨公　不爲不多　而歿世七十餘年
墓道無刻　豈有待於吾儕耶　余諾其文而欲考其源委　則其子孫
僅有存者　而亦不足徵也　旣而同春又歿　則無與成其事者矣
今刑曹參議李選擇之　卽金先生外曾孫也　嘗爲史官　遍考朝野
載籍　仍得以悉其事之本末及諸公議論之詳　遂爲狀文一通以
示余　昔洪景盧　爲作前人所未作者　以明道術源流　則朱先
生以爲作史者　於此爲有功矣　擇之　抑其人乎　諸老先生所未
遑者　將有成乎　謹按先生姓宋　諱翼弼　字雲長　家在高陽龜峯
山下　教授學者　故學者稱以龜峯先生　其知舊亦以龜峯稱焉
其先出自礪山其顯者　高麗貞烈公松禮也　其後微弊不振　祖麟
舊本璘　始爲雜職直長　父祀連　受通政階　事載栗谷先生所撰
安貞愍墓碑　娶延日鄭氏女　生四子　先生其　第三也　年七八歲
詩思淸越　有山家茅屋月參差之句　稍長　與弟翰弼　俱發解高
等　自是聲名著聞　首與友善而推許者　李山海　崔慶昌　白光勳
崔岦　李純仁　尹卓然　河應臨也　時人號爲八文章　然先生知科
擧之外　有用心處　遂取性理諸書　日夕講討　不由師承　刃解氷
釋　其文主於左馬氏　詩主於李白　至其論說理致　則通透灑落
無所礙滯　學者帖帖於前者　終日不絕　而酬酢不倦　其中虛往
實歸者甚多　栗谷李先生　牛溪成先生　知其有學術　投分相交
論辨義理　切磨甚篤　李先生嘗入場屋　對天道策　謂擧子來問
者曰　宋雲長高明博洽　宜就而問之　於是擧場奔波　先生左酬
右應　愈扣而愈無窮　擧子轉相傳錄　不但爲取應之具也　先生

以古道自處 雖公卿貴人 旣與之友 則皆與抗禮 字而不官 人
多竊罵 而亦不以爲意也 嘉靖癸未 栗谷先生慍于羣小 其所
構誣 甚於紹 聖之世矣 成先生適被 召至京 欲上章以明淑慝
之辨 而又慮山野之人 常以退爲義 忽於此時 極論時事 無乃
非語黙之道耶 先生以書勸之曰 尊兄受 聖主知遇 旣陟朝端
則不可以不出自處矣 何不於陰陽消長之際 明言善議 使公議
得伸耶 成先生從其言 上益知讒邪娼嫉之狀 明示好惡之典
於是成先生大被詆毀 而於先生愈甚 遂謀所以報之者 會李先
生遽棄後學 延平李公貴欲爲李先生訟寃 先生爲草疏本 於是
羣憾益怒 爭欲甘心於先生 而無言可執 遂喉安貞慇子孫 謂
先生祖母本安氏家婢 欲還其賤籍而滅其家 盖貞慇公叔父監
司寬厚有婢 侍貞慇考司藝公敦厚而生女 是爲先生祖母 生祀
連 而屬天文學 安氏子孫 謂祀連之母非司藝女 卽前夫所生
而未良者也 李山海謂先生曰 君知今日之禍乎 崇在栗谷 若
隨衆訾謗則免矣 先生曰 雖死何忍 安氏旣起訟 先生知禍且
不測 遂與兄弟避仇 山海與鄭松江澈諸公 互相保納 時山海
附於時輩 又結奧援以固寵 先生嘗作詩以譏之 詩中有荔枝連
理等語 大忤山海 又重峯趙文烈公憲上疏 力辨栗谷牛溪之誣
而譏斥時輩 山海益御之 遂有飛語入內 一日 上下于刑曹曰
私奴宋某兄弟 畜怨朝廷 期必生事趙憲陳疏 無非此人指喉
此極通惋 捉囚窮推 先生遂自就理 與其弟翰弼 俱竄極邊 盖
翰弼亦能詩好議論 多怨於人也 壬辰倭變 先生自熙川謫所
避賊明文山中 癸巳 蒙宥 郡有寒暄 靜菴兩先生祠 先生感慨
當日遭罹 爲文以祭 以見其志而歸 自是先生擧家失所 又時
輩慫惠安氏不已 先生雖蒙 上意覺察寃狀 猶畏約懾處 知舊
門人 爭相館待 學徒坌集 嘗寓沔川金僉樞進礪家 成先生寄

書曰　主人仁賢　後生向風　晚暮漂泊　得此於人　可謂幸矣　萬
曆己亥八月八日　卒于沔川寓舍　壽六十六　門人會葬于唐津治
北元堂洞　其配昌寧成氏　前卒而同原　子就方　側出就大　就實
先生以高才邃學　始拘於門地　中被世累　終爲成李兩賢之株連
流離厄窮　以歿其世　可勝惜哉　惟其講明理致　以修其身　且以
傳之來世　今金先生之學　爲世所宗　則先生之於斯文　亦可謂
與有功焉　其餘開導成就者　如金文敬公集　守夢鄭公曄　藥峯
徐公渻　畸翁鄭公弘溟監司姜公燦　許處士雨　參判金公槃　或
以道學　或以宦業　傳道後生　轉毗王家　同春之先考郡守爾昌
亦受學於先生　以毈同春　卒爲名儒　則先生之身　雖困於世　而
其道則不可謂不有光矣　若考於諸公論述　則重峯以爲到老勤
書　學邃經明　行方言直　足盖父愆　故成　李兩賢　皆作畏友　且
其教誨　善於開發　使人感奮有立云　而至願納其官級　以雪其
冤　李土亭之菡則曰　玄黃方寸間　鄒魯豈非迥　象村申公欽則
曰　天禀甚高　文章亦妙　澤堂李公植則曰　天資透悟　剖析精微
徐孤靑起謂其學者曰　爾輩欲知諸葛孔明乎　惟見宋龜峯可也
仍曰吾以爲諸葛似龜峯也　洪參議慶臣　每諫其兄寧原君可臣
曰　兄何爲與宋某友乎　吾見宋某　必辱之　寧原笑曰　爾果辱宋
某乎　必不能也　其後見先生至　不覺降階迎拜曰　非我拜也　膝
自屈也　昇平金相公瑬　少自負不肯下人　一日邂逅先生於山寺
爲撤其業　日聽其言議　久不能去　及其成大勳業　身都將相謂
曰　吾之得至今日　緊當日親炙於龜峯之力也　一時稱道　不可
勝記　而於此數者　足以知其大略也　惟是抱負旣大　自任甚重
頗有志於世道　金先生盖嘗　微諷曰　恐爲屬階　先生不以爲然
天啓甲子　金先生與鄭守夢上疏　略曰　臣等少從宋翼弼受學
翼弼文章學識　超絶一世　與李珥　成渾　爲講磨之交　李珥旣歿

李潑惟讓輩 仇嫉珥 渾 延及翼弼 必欲置之死地而後已 可謂
怒甲移乙之甚者也 翼弼之父祀連 乃故相安瑭孽妹之子也 祀
連之母 旣已從良 祀連又雜科出身 連二代良役 且過年限者
不得還賤 昭載法典 而潑等以祀連上變 爲安家子孫之大讎
乘機指嗾 蔑法還賤 其時訟官 或爲守法之論 則潑等輒駁遞
之 至再至三 而後始得行其志 祀連雖得罪善類 翼弼雖犯衆
怒 豈可以一時之私憤而屈 祖宗金石之典 以快其心哉 肆我
宣祖大王 復發開釋之端 而翼弼尋亦淪亡 至于今日 日月重
明 幽枉畢伸 而獨此亡師之寃 尙不瞑目於泉下 噫 亡師生未
爲聖主之知 死不免賤隷之名 此豈但臣等隱通於心 國法一壞
末流難防 此亦識者之深慮永歎者也 先生有文集若干 刊行於
世 象村嘗評之曰 材取盛唐 故其響淸 義取擊壤 故其辭理
和平寬博之旨 不失於羈窮流竄之際 優游涵泳之樂 自適於風
花雪月之間 其庶乎安時處順 哀樂不能入者矣 又有玄繩集一
編 所與李 成二先生往復書也 谿谷張公維嘗論之曰 栗谷之
言 眞率坦夷 牛溪之言 溫恭懇到 而龜峯則意象峻潔 自得甚
重 其言辨矣 其學博矣 又曰 觀此議論 此老胸中 殊不草草
此不但可知其詩文 而亦可以知其爲人矣 余與同春 久在老先
生門下 得聞先生言行熟矣 其以先生爲無一疵可指者 固失於
稱停 而若乃吹毛索瘢 以助潑讓之誣者 亦非平心之論也 成
先生平日 固不無不滿之意 而此則春秋責賢者備之義也 益見
先生之高且大也 蓋嘗以老先生所言而論之 則志大宇宙 勇邁
今古者 實先生之所心 而其於細密隱微 不能無疏脫者 豈先
生才高識博 鍊達世務 謂此足以入得聖賢門庭 做得皇王事業
而或少涵養本源之功耶 以是權度 則其於先生 或庶幾焉

　此固碣文也 文元公玄孫金公鎭玉 官隋城 有意刻樹 力綿

未就　先立小表　欲以此姑作幽誌　尙書閔公鎭遠　同春先生外
孫也　樂聞而成之　嗚呼　陵谷變遷　必有見此而還掩者　二公
眞不忘其先志云爾　尤菴文正公曾孫　宋婺源謹記

묘갈문

송시열(宋時烈) 엮음

　그전에　동춘(同春)　송준길(宋浚吉)[120]공이　나에게　말하기를,
"문원공(文元公)　김선생(金先生　김장생(金長生))이　율곡　이선생에
게　배워　도(道)를　이루고　덕(德)이　높게　된　데　이르렀다.　그러나
그　관문(關門)을　열어　대성(大成)의　첫　걸음을　이끌어　준　것을　살
펴　본다면　구봉선생으로부터　비롯되었음을　속일　수　없다.　그러
나　그의　문하에　명현　거공(名賢巨公)이　많지　않다고　할　수　없는
데,　세상을　떠난　지　70여　년이　지나도록　묘소에　비석　하나　없으
니,　어쩌면　우리들을　기다렸나　보오"　하였으므로　내가　그　글을
짓기로　허락하고　그의　내력을　상고해　보려고　했으나　그의　자손들
이　겨우　몇　명　있었지만　또한　문헌이　부족하였다.　이윽고　동춘마
저　세상을　떠나니　함께　그　일을　이룰　사람이　없었다.　그런데　지
금　형조참의(刑曹參議)　이선　택지(李選　擇之　택지는　이선의　字)
는　김선생의　외　증손인데,　일찍이　사관(史官)이　되어　조야(朝野)
의　여러　전적들을　두루　상고하여　그　일의　본말　및　여러　사람들
의　상세한　의논들을　모두　뽑아　드디어　행장(行狀)　한　통을　지어
나에게　보여　주었다.　옛날에　홍경노(洪景盧)가　지난　시대　사람들
이　미처　쓰지　못한　바를　써서　도술(道術)의　원류(源流)를　밝히자
주자(朱子)가　말하기를　"역사를　편찬한　자가　공로가　있다고　할
것이다"하였는데　택지는　아마도　그러한　사람인가　보다!　여러　노

---

120)송준길(宋浚吉　1606～1672) : 字는　명보(明甫),　호(號)는　동춘당(同春堂),
　　본관은　은진(恩津)이다.　사계(沙溪)　김장생(金長生)의　제자로서　송시열(宋時
　　烈)과　함께　학문적으로나　정치적으로나　같은　노선을　지향했던　인물이다.

선생들이 미처 하지 못한 일이 장차 이루어지려나 보다!

삼가 살펴보건대, 선생의 성은 송(宋), 휘는 익필(翼弼), 자는 운장(雲長)이다. 고양(高陽)의 구봉산 밑에 살면서 학자들을 가르쳤기 때문에 학자들이 구봉선생 이라고 불렀고, 그의 벗들도 구봉으로 불렀다.

그의 선조는 여산(礪山)으로부터 나왔는데, 그 가운데 드러난 분은 고려 때 정열공(貞烈公) 송례(松禮)이다. 그 뒤로는 쇠약하여 떨치지 못하였다가 할아버지 인(麟 구본(舊本)에는 인(璘)으로 되 있슴)이 비로소 잡직(雜織)으로 직장(直長)을 지냈고, 아버지 사련(祀連)은 통정대부(通政大夫) 품계를 받았는데 그의 사실은 율곡 선생이 지은 안 정민공(安貞愍公 안당(安瑭))묘비에 실려 있다. 연일정시(延日鄭氏)의 딸에게 장가들어 아들 네 명을 낳았는데, 선생이 셋째이다. 나이 7~8세에 시상(詩想)이 맑고 뛰어났는데, "산기슭 띳집에 달빛이 어린거리네"(山家茅屋月參差)라는 글귀가 있다. 조금 자라서 아우 한필(翰弼)과 함께 높은 성적으로 시험에 합격하였다. 이로부터 명성이 드날리어 맨 먼저 친하게 사귀어 서로 허여(許與)했던 사람은 이산해(李山海).최경창(崔慶昌).백광훈(白光勳).최립(崔岦).이순인(李純仁).윤탁연(尹卓然).하응림(河應臨)이었는데 당시 사람들이 8문장(八文章)이라고 불렀다 그러나 선생이 과거의 밖에 마음을 쓸 곳이 있다는 것을 알고는 성리학(性理學)의 여러 서적을 밤낮으로 강론하여 스승의 가르침을 거치지 않고도 일을 처리하는데 조용하고 여유가 있어 인해(刃解)[121] 얼음이 녹듯 시원스럽게 뜻을 풀어나갔다. 그의 문(文)은 좌구명(左丘明).사마천(司馬遷)의 글을 위주로 하였고, 시는 이태백(李太白)의 시를 위주로 하였으며, 이치를 논설하는 데 이르러서는 통투 쇄락하여 막힌 곳이 없었다. 학자들이 줄줄이 앞에 늘어서서 온종일 끊이지 않았지만 물음에 응답하기를 게을리

---

121)인해(刃解): 遊刃의 뜻으로 일을 처리함에 있어 조용하고 여유가 있는 모습.

하지 않았는데 그 가운데 빈 그릇으로 왔다가 가득 채워서 돌아 가는 이가 매우 많았다.

율곡 이선생과 우계 성선생이 그가 학술이 있음을 알고는 신분을 버리고 서로 사귀어 의리를 변론하면서 절차(切磋)를 매우 돈독히 하였다. 이선생이 일찍이 과장(科場)에 들어가 과제 천도책(天道策)에 대해 시험지를 쓰는데 응시자들이 와 그 뜻을 물었다. 율곡이 "송운장은 고명(高明)하고 해박(該博)하니 그 사람에게 가 물어 보라"고 대답하자 이에 온 과장의 사람들이 물밀 듯이 휩슬렸다. 선생이 주위의 물음에 응수하는데 물으면 물을수록 더욱 무궁하였다. 과거보는 자들이 서로 돌려가며 베껴 보았는데 과거를 보는데 필요한 자료만은 아니었다.

선생은 옛 도로 자처하여 공경 귀인(公卿貴人)일지라도 이미 그와 벗이 되었으면 모두 동등한 예로 대하여 자(字)를 부르고 직함을 부르지 않았으므로 사람들이 욕을 많이 하였지만 역시 마음에 두지 않았다.

가정(嘉靖 명(明)나라 세종(世宗)의 연호) 계미(癸未)년에 율곡 선생이 뭇 소인들에게 미움을 받았는데, 그 모함이 소성(紹聖)[122]의 시대보다 더욱 심하였다. 성선생이 마침 주상의 부름을 받고 서울에 이르렀으므로 상소를 올려 선악(善惡)의 구분을 밝히려고 하였으나 초야의 사람이기에 항상 물러서는 것으로써 자신의 분수로 삼고 있는데, 갑자기 이 때에 시국의 일을 극론한다면 말할 때 말하고 침묵할 때 침묵하는 도리가 아닐런지 묻자, 선생이 편지로 권하기를, "형께서는 어진 주상의 알아줌을 받아

---

122)소성(紹聖)의 시대 : 소성(紹聖)은 송(宋)나라 철종(哲宗)때인 1094년부터 1097년까지의 4년의 기간을 말함. 철종(哲宗)이 어린 나이로 제위(帝位)에 올라 처음에는 여러 어진 사람들을 등용하고 언로(言路)를 열더니 옛 간신들이 모두 제거되지 않아서 얼마 있지 않아 다시 그들이 득세를 하여 선량한 이들에게 보복을 하고 당파(黨派)를 조장하여 화를 일으키니 송(宋)나라의 정치가 더욱 피폐하게 되었던 때를 말한다.

이미 조정에 나섰으니 나가지 않았다고 자처할 수는 없소. 어찌 음양(陰陽)이 성하고 쇠하는 즈음에 확실히 말하고 잘 논의하여 공의(公議)가 제대로 퍼지게 하지 않소?"라고 하니, 성선생이 그 말을 따랐다. 그리하여 주상이 참소배들의 헐뜯고 미워하는 실상을 더욱 자세히 알고 상벌(賞罰)의 법을 분명하게 제시하였다. 이에 성선생이 그들의 비방을 크게 받았고 선생에게 더욱더 심하여 드디어 보복하려고 꾀하였다.

마침 이선생이 갑자가 후학(後學)을 버리고 세상을 떠나자, 이공 귀(李公貴)가 이선생을 위해 억울함을 호소하려고 하였는데, 선생이 상소의 초안을 작성했다. 이에 뭇 원한을 품은 자들이 더욱 노하여 선생에게 자기들의 울분을 풀고자 하였지만 트집잡을 말이 없었으므로 드디어 안정민의 자손들에게 종용하기를 "선생의 할머니는 본디 안씨 집안의 종이었는데 그의 천적을 환수 하려고 그대들의 집안을 멸망하려고 한다"고 하였다. 대개 정민공의 숙부 감사(監司) 관후(寬厚)에게 여종이 있었는데, 정민공의 아버지 사예공(司藝公) 돈후(敦厚)의 사비로 딸을 낳았다. 이가 선생의 할머니로서 사련을 낳았는데, 천문학(天文學)에 종사(從仕)하였다. 안씨의 자손들이 사련의 어머니는 사예공의 딸이 아니라 그전 지아비가 낳았으므로 양인이 아니라고 하였다.

이산해(李山海)[123]가 선생에게 "그대가 무엇 때문에 오늘의 재액을 겪고 있는지 알고 있는가? 화의 빌미가 율곡에게 있으니, 만약 여러 사람들을 따라 율곡을 헐뜯는다면 면할 수 있을 걸세"라고 하자, 선생이 말하기를 "비록 죽을지라도 어찌 차마 그렇게 할 수야 있겠는가"라고 하였다. 안씨들이 송사(訟事)를 일으키자, 선생이 앞으로 닥칠 화가 헤아릴 수 없음을 알고 드디어 형제들과 함께 해를 피했는데, 이산해와 송강·정철 등 여러 분들이 서

---

123)이산해(李山海) 1538~1609 : 字는 여수(汝受), 호는 아계(鵝溪), 본관은 한산(韓山)이다. 문장에 능하여 팔문장(八文章)의 한 사람으로 일컬어졌다.

로 보살펴 주었다. 이 때에 산해가 당시의 무리들에게 빌붙었고 큰 권력들과 인연을 맺어 총애를 굳히자 선생이 일찍이 시를 지어 풍자하였다. 그 시 가운데 여지 연리(荔枝連理)124) 등의 말이 있었으므로 산해의 비위를 거슬렸다.

또 중봉 조 문열공 헌(憲)이 상소하여 율곡·우계가 억울하게 무고 당했음을 힘써 변론하고 당시의 무리들을 비난하여 배척하니, 산해가 더욱 원한을 품었다. 드디어 유언비어가 대궐에 들어가게 되어 어느날 주상이 형조(刑曹)에 분부하기를, "사노(私奴) 송익필 형제가 조정에 원한을 쌓아 왔으므로 일을 꾸미고야 말 것이다. 조헌의 상소는 모두 이 사람이 사주하였을 것이니, 분하기 그지없다. 빨리 잡아 끝까지 추구하라"고 하였다. 선생이 드디어 자수하여 그의 아우 한필(翰弼)과 함께 먼 변방으로 귀양갔는데, 대개 한필도 시에 능하고 논평을 좋아하여 사람들에게 원망을 많이 샀기 때문이었다.

임진왜란에 선생이 희천(熙川)의 유배지에서 왜적을 피해 명문산(明文山)으로 들어갔다. 계사년(癸巳 1593)에 사면을 받았다. 그 고을에 한훤당(寒暄堂 김굉필(金宏弼))·정암(靜菴 조광조(趙光祖)) 두 선생의 사당이 있었는데, 선생이 그 당시 두 분이 액운을 만나게 된 데 감개하여 제문을 지어 그의 마음을 표시하고 돌아왔다. 이로부터 선생의 온 집안이 살 곳을 잃었고 또 당시의 무리들이 안씨를 종용해 마지 않았으므로 선생이 비록 무고한 실상을 깨닫고 방면의 은혜를 입었지만 그래도 두려워 조심스럽게 처신해야만 했는데, 벗들이나 제자들이 서로 앞을 다투어 맞이하였으며, 학도들이 많이 모여들었다. 일찍이 면천(沔川)의 김 첨추

---

124)여지·연리(荔枝連理) : 여지는 식물의 이름인데 복엽(複葉)으로 되어있고 연리는 뿌리와 줄기가 한데 어울려서 한 몸을 이룬 것인데, 이것은 사람이 한데 어울리는 것을 비유한 것으로 당시 이산해(李山海)가 집권층에 결탁해 있었던 것을 풍자한 말로 쓰였던 것으로 생각 된다.

진려(金歛樞進礪)의 집에서 붙여 살았는데, 성선생이 보낸 편지에 "주인이 어질고 후생들이 소문에 휩쓸리어 모여든다고 하니, 늘으막에 떠돌아 다니다가 이러한 사람을 얻게 되니 다행이라 하겠소"라고 하였다.

만력(萬曆 명(明)나라 신종(神宗)의 연호) 기해(己亥 선조 32년 1599) 8월 8일에 면천(沔川)의 임시 살던 집에서 죽으니, 향년 66세였다. 제자들이 모여 당진(唐津)의 북쪽에 있는 원당동(院堂洞)에 장사지냈다. 그의 배위는 창녕성씨(昌寧成氏)로 앞서 죽었는데 같은 자리이다. 아들은, 취방(就方)과 소실에서 난 취대(就大).취실(就實)이다.

선생이 높은 재주와 깊은 학문으로 처음에는 지체에 구애되었고 중간에는 세상의 누를 입었으며, 마침내는 성혼.이이 두 선생과 연루되어 떠돌아 다니며 곤궁하게 살다가 일생을 떠나니 애석함을 금할 수 있겠는가! 오직 그 이치를 강론하고 밝히어 그 몸을 닦고 또 후세에 전하여 지금 김선생(金先生 김장생(金長生))의 학문이 온 세상이 높이 떠받들게 되었으니 선생 또한 사문(斯文)에 공로가 있다고 하겠다. 그 밖에 이끌어 성취시킨 자로서 김문경공 집(金文敬公集).수몽 정공 엽(守夢鄭公曄).약봉 서공 성(藥峯徐公渻). 기옹 정공 홍명(畸翁鄭公弘溟).감사 강공 찬(監司姜公燦).허 처사 우(許處士雨).참판 김공 반(參判 金公槃)과 같은 이들이 도학이나 벼슬로써 후생들에게 도학을 전하기도 하였으며, 왕가(王家)를 보필하기도 하였고, 동춘(同春)의 아버님 군수 이창(爾昌)도 선생에게 학업을 전수받아 동춘을 가르쳐 마침내 이름난 선비가 되었으니 선생의 몸은 비록 세상에서 곤궁을 받았지만 그 도는 빛나지 않았다고 할 수 없다.

여러 분들의 논술을 살펴본다면, 중봉은

"늘도록 공부에 힘써 학문이 깊고 경술이 밝았으며, 행실이 방정하고 언론이 곧아 넉넉히 아버지의 허물을 덮을 수 있었으므로 성우계.이율곡 두 선현이 모두 어렵게 여기는 벗으로 삼았으며, 또 제자들을 가르칠 적에 의사를 잘 열어 주어 그들이 감동 분발하여 스스로 뜻을 세우게 하였다."

하고, 심지어 자신의 관직을 나라에 바치겠으니 그의 원한을 씻어 주라고 주청하기까지 했다. 토정(土亭) 이지함(李之菡)은,

"천지는 마음에 달려 있으니,　　　　　玄黃方寸間
공맹이 멀지 않다네"　　　　　　　鄒魯亶非迥

라고 하였고, 상촌(象村) 신공 흠(申公欽)은,

"타고난 자질이 매우 높고 문장 또한 절묘하다"

라고 하였고, 택당(澤堂) 이공 식(李公植)은,

"타고난 자질이 영명하여 이치 분석이 정밀하다"

라고 하였고, 고청(孤靑) 서기(徐起)는 그의 제자들에게

"너희들이 제갈공명(諸葛孔明)을 알고 싶은가? 송구봉만 보면 된다."라고 말하고, 이어 말하기를,

"나는 제갈공명이 구봉을 닮았다고 본다"

라고 하였다. 참의 홍경신(參議 洪慶臣)이 매양 그의 형 영원군 (寧原君) 가신(可臣)에게 간하기를

"형님은 어찌하여 송익필과 사귀십니까? 제가 송익필을 보기만 하면 반드시 욕 보일랍니다." 하니 영원군이 웃으면서,

"네가 과연 송익필을 욕보일 수 있겠는가? 필시 못할 것이다."

라고 하였다. 그 뒤에 선생이 오는 것을 보고 자기도 모르게 계단에서 내려와 맞으면서 절을 하고 나서는

"내가 절을 한 게 아니라 무릎이 저절로 굽혀진 것이다."

라고 하였다. 승평부원군(昇平府院君) 김상공 류(金相公瑬)가 젊어서 자부심이 강하여 남에게 굽히려고 하지 않았다. 어느날 산절에서 우연히 선생을 만나니, 하던 일을 미루고 날마다 그의 말씀을 듣고 오래도록 떠나지 못하였다. 그가 큰 공을 이루어 몸이 장상(將相)의 지위에 이르러

"내가 오늘에 이를 수 있게 된 것은 참으로 그때 구봉에게 가르침을 받은 힘이다."
라고 하였다. 한 때의 칭송들을 이루 다 기록할 수 없으나, 이 몇 가지에서 넉넉히 그 개략적인 것을 알 수가 있다.

　포부가 이미 원대하였고, 자부심이 매우 컸으므로 자못 세상을 바로 잡으려는 뜻이 있었는데 김선생이 일찍이 "재앙을 가져올 빌미가 될까 염려됩니다"라고 넌즈시 간하였지만 선생이 신경을 쓰지 않았다.

　천계(天啓 명나라 희종(喜宗)의 연호) 갑자년(甲子 인조(仁組)2년 1624)에 김선생이 정수몽(鄭守夢)과 함께 상소를 올렸는데, 그 대략에

　"신들이 어려서 송익필을 따라 글을 배웠습니다. 익필은 문장과 학식이 한 시대에 뛰어나 이이.성혼과 강마(講磨)의 벗이 되었는데, 이이가 죽자 이발(李潑).백유양(白惟讓)의 무리들이 이이와 성혼을 원수처럼 미워하였고 익필에게 까지 파급되어 꼭 사지에 몰아넣고야 말려고 하였으니, 갑에게 노한 것을 을에게 옮기는 자 중에서도 심한 자들이라고 하겠습니다.
익필의 아비 사련은 옛날 정승을 지낸 안당(安瑭))의 서매(庶妹)가 낳은 아들입니다. 사련의 어미가 이미 양인(良人)에게 출가하였고, 사련도 잡과(雜科)로 출신하여 2대를 연이어 양인이 되었으며, 또 기한이 넘은 이는 천적으로 환원할 수 없다고 법전에 분명하게 실려 있는데도 이발 등이 사련의 고변이 안씨 집 자손들의 크나큰 원수일 것이라고 여기고 기회를 틈타 뒤에서 사주하여 법을 무시하고 천적으로 환원시켰습니다. 그때 송사 담당자가 법을 지켜야 한다는 주장을 하면 이발 등이 그때마다 논박하여 체직시키기를 두세 번까지 한 다음에 비로소 그들의 뜻대로 하였습니다. 사련이 비록 선류들에게 죄를 지었고 익필이 비록 여러 사람들에게 노여움을 샀지만, 어찌 한때의

사사로운 분노로 조종(祖宗)의 금석(金石)과 같은 법을 굽혀서 그들의 마음을 통쾌하게 할 수가 있겠습니까?

그리하여 선조대왕(宣祖大王)께서 다시 방면해 줄 수 있는 단서를 열어 주셨으나 익필이 이윽고 죽었습니다. 오늘날에 이르러 해와 달 같은 주상의 덕이 다시 더욱 밝아 억울하게 죄명을 쓰고 죽은 원한을 모두 풀어 주셨으나, 오직 돌아간 스승의 원통한 넋은 아직도 지하에서 눈을 감지 못하고 있습니다. 아! 죽은 스승이 살아서는 어진 임금의 알아줌을 받지 못하였고, 죽어서는 천한 노예의 이름을 면하지 못하고 있습니다. 이를 신들만이 마음 아파하겠습니까? 나라의 법이 한 번 무너지면 끝판에 생기는 폐단을 막아내기 어렵게 될 것입니다. 이 역시 식견 있는 사람들이 깊이 염려하고 길이 탄식하고 있는 바입니다." 라고 하였다.

선생이 남긴 얼마 되지 않는 문집이 세상에 간행되고 있는데 상촌(象村)이 일찍이 평하기를, "소재(素材)는 성당(盛唐)에서 취하였기 때문에 그 여운이 맑고, 시의(詩義)는 격양(擊壤)에서 취하였기 때문에 그 말이 정연하다. 평화롭고 너그러운 뜻은 기구한 타향살이와 머나먼 귀양살이 속에서도 잃지 않았고, 한가롭게 노니는 즐거움은 바람·꽃·눈·달 사이에서 흠뻑 누리었으니 그것은 오는대로 받아드리고 순리대로 살아 슬픔이나 즐거움이 거의 마음속에 파고 들지 못하는 분이라고 하겠다."

라고 하였다. 또 현승집 한 편이 있는데, 이율곡·성우계 두 선생과 주고받은 편지이다. 계곡(溪谷) 장유(張維)가 일찍이 논하기를, "율곡의 말씀은 솔직 평탄하고, 우계의 말씀은 온순 간절하다. 그런데 구봉은 뜻과 기상이 높고 맑으며, 자부심이 매우 컸으니 그의 언론이 통쾌하고 그의 학문이 해박하다."

고 하였다. 또

"이 의논을 보건대, 이 어른의 포부가 자못 범상치 않다."

고 하였으니, 이는 다만 그의 시(詩)와 문(文)만을 알 수 있을 뿐만이 아니라 또한 그 사람됨도 알 수가 있다.

내가 동춘과 함께 노선생의 문하에 오랫동안 있으면서 선생의 말씀과 행실을 익히 들었다. 선생에게 한 점의 허물도 지적할 게 없다고 한 사람은 참으로 공평성을 잃은 것이지만, 억지로 사소한 허물을 들추어내 이발과 백유양의 모함을 부추키는 자도 공평한 마음에서 나온 의논이 아니다. 성선생이 평소에 진실로 불만의 의사가 없지는 않았으나, 이는 「춘추(春秋)」에서 어진이에게 모든 것을 완벽하게 갖추기를 책망하는 뜻이었고 보면 더욱 선생의 위대함을 볼 수 있겠다. 대개 일찍이 노선생께서 말씀하신 것으로 논해 본다면, 뜻은 우주처럼 크고 용기는 고금에 뛰어났던 것은 실로 선생이 가진 마음이었는데, 그 세밀하고 은미한 데에는 소홀한 게 없지 않았다. 어쩌면 선생이 재주가 높고 학식이 넓어 세상의 일에 노련하였기에 이것으로 넉넉히 성현의 경지에 들어갈 수 있고 3황 5제(三皇五帝)의 사업을 할 수 있다고 여기어서 마음을 함양하는 공부가 조금 부족했던 것은 아닐런지? 이로써 헤아려 본다면 선생을 보는 데 있어서 혹 가까이 접근하였다고 할 것이다.

이는 본디 묘갈문(墓碣文)이다. 그런데 문원공(文元公)의 현손(玄孫) 김공 진옥(金公鎭玉)이 수성(隋城 지금의 수원) 고을원으로 있으면서 비석에 새겨 세우려고 하였으나 재력이 모자라 뜻을 이루지 못하자, 우선 조그마한 표석(表石)을 세우고 이 글은 잠시 묘소에 묻는 묘지명(墓誌銘)으로 쓰려고 하였는데, 상서(尚書) 민공 진원(閔公鎭遠)이 동춘의 외손으로서 기꺼이 도와주었기에 이루게 되었다. 아! 언덕과 골짜기가 변천되더라도 반드시 이를 보고 도로 묻어 줄 사람이 있을 것이니 두 분은 참으로 그의 선조 뜻을 잊어버리지 않았다고 하겠다.

우암 문정공(文正公)의 증손 송무원(宋婺源)은 삼가 기록한다.

墓表陰記

惟此唐津縣元堂里負坎原　卽龜峯宋先生諱翼弼　字雲長衣履
之藏也　當時門人　略備象設　且伐碣石　而顯刻則有竢也　歲久
石不保　子孫屚微　修掃或舛　而封域夷　牛馬踐　可勝悲哉　尤
菴宋先生嘗撰碣文　先生道學始卒　可徵百世　而惟栗牛二先生
友之　吾先祖文元公師之者　斯可以知其爲先生也　尤菴每以鑴
樹碣文　續刊遺集　勉勗於先生門人之子孫弟子　小子亦面承提
命　而藏諸中矣　適官隋府　密邇佳城　顧力綿於大琢建　只書數
行於小石之陰　使　先生四代孫三昌　立之墓前　嗚乎　如是而尚
可謂不負先志師敎也耶　其碣文　士友議移幽誌　庶或有成云爾
崇禎紀元後再庚子秋　後學光山金鎭玉謹書

(숙종46년 1720년)

묘표음기

이곳 당진현(唐津縣) 원당리(元堂里) 감좌(坎坐)의 무덤은 구봉
송선생 휘는 익필, 자 운장의 의리(衣履)가 묻힌 곳이다. 당시의
문인들이 약간 상석을 갖추고 또 조그만 표석은 세웠으나 큰 비
는 세우지 못했다. 세월이 오래되어 석물이 보존되지 못하고, 자
손들도 쇠약하여 성묘를 거르기도하여 무덤이 허물어지고 소나
말들이 밟고 다니고 있으니 통탄을 금할 수 있겠는가!
우암 송선생이 일찍이 묘갈문을 지었으므로 선생의 도학 시종을
영구히 전할 수 있게 되었으며, 우계.율곡 두 선생이 벗을 삼았
고 나의 선조 문원공(文元公)이 스승으로 모셨던 분이니 이에 선

생의 인품을 알 수 있다. 우암이 매양 묘갈비를 세우고 유집(遺集)을 이어서 간행하라고 선생 문인의 자손이나 제자들에게 권고하였으므로 소자(小子)도 직접 그 말씀을 듣고 마음속에 간직해두고 있었다. 마침 수성의 고을원으로 오게 되어 묘소가 매우 가까웠으나, 돌아보건대, 큰 비석을 세우기에는 힘이 모자랐으므로 다만 조그마한 돌의 뒷면에 몇 줄의 글을 써서 선생의 4대손 삼창(三昌)으로 하여금 묘소 앞에 세우게 하였다.

아! 이것으로 오히려 선조의 뜻과 스승의 가르침을 저버리지 않았다고 할 수 있겠는가? 그 묘갈문은 벗들이 의논하여 묘소에 묻는 글로 쓰자고 하였으니 이루어지리라 여겨진다.

숭정(崇禎) 기원후(紀元後) 재경자(再庚子 숙종(肅宗) 46년 1720) 가을에 후학 광산(光山) 김진옥(金鎭玉)[125] 삼가 쓴다.

---

[125] 김진옥(金鎭玉) : 자는 백온(伯溫), 호는 유하(柳下)·온재(韞齋), 본관은 광산(光山), 판서 익희(益熙)의 손자, 만균(萬均)의 아들, 우암(尤菴) 송시열(宋時烈)의 문인. 음보(蔭補)로 기용된 뒤 1714년(숙종40년) 청주목사(淸州牧使), 1718년 수원부사(水原府使), 1725년 승지(承旨), 1727년 강원 관찰사를 역임했던 인물.

祭文 庚子立墓表時祭文

龜峯宋先生之歿 于滋百有二十二年 而墓道尙闕表額 豈非士林之羞 而後人之責歟 後學光山金鎭玉 謹具一笏短表 略記顚末于其陰 使楊浦後孫崔潝與先生四代孫三昌 同往 役以庚子八月十四日戊申 建于墓前 而文以告之曰 嗚呼先生 我文元師 文章道學 冠冕一時 西京筆力 宋儒義理 皇王帝霸 布羅胸次 世險莫容 寧貴我趾 尙弘友道 獨抗師席 賢者賢之 愚者則謫 怒移於乙 禍慘在緦 棲遑南北 備嘗艱厄 逮其易簀 在沔之曲 惟時吾祖 一其終始 生而濟難 歿且營隧 有石無鐫 盖待來後 歲久因循 旋作烏有 是以尤翁 眷眷銘述 以朂門生 俾顯其刻 今余小子 適官于隋 睠彼堂封 一帶限之 先志師敎 亟遵是宜 顧坐力綿 未能張大 片石單辭 姑記其左 樹諸原壟 庯戢樵牧 哲人攸宅 罔或毁觸 猶有未遑 刊稿藏誌 士友交勉 耿耿于此 幸而有成 庶卒餘責 凡玆事由 宜自敬告 官守有拘 替伸微臆 尙冀尊靈 勿震斯役

제문 경자(庚子)년에 묘표(墓表)를 세울 때의 제문임

구봉 송선생이 돌아가신 지 지금 122년이 되었으나 묘소에 아직까지 표석(表石)조차 없으니, 사림(士林)의 부끄러운 일이며 후인들의 책임이 아니겠습니까. 후학(後學) 광산(光山) 김진옥(金鎭玉)은 삼가 한 조각의 짧은 표석을 마련하여 그 뒤에 전말(顚末)을 대략 기록하고는 양포(楊浦)의[126] 후손 최흡(崔潝)과 선생 4대손 삼창(三昌)으로 하여금 함께 가 일을 하여 경자(庚子) 8월 14일

126)양포(楊浦) : 최전(崔澱 1567~1588)의 호. 본관은 해주(海州), 字는 언침(彦沈), 율곡(栗谷)의 문인으로 서화(書畵)에 능통했으나 요절하였다.

무신(戊申)에 묘소 앞에 세우게 하고 제문으로 고합니다.

아아! 선생은 우리 문원공(文元公)의 스승이었습니다.

문장과 도학이 한때에 으뜸가니 서경(西京)시대 필력(筆力)에다, 송유(宋儒)의 의리였네.

왕도(王道)와 패도(覇道) 경륜, 흉금 속에서 있으나 세상이 용납 못해 내 의리 지키었네.

높은 벗 사귀고 스승으로 자처하니 어진이는 존경하고 우매한 자 헐뜯었네.

벗에게 연류되어 참혹한 앙화 입고 남북으로 떠돌면서 갖은 곤욕 겪으셨습니다.

돌아가실 무렵에는 면천(沔川)에 계셨는데 그때에 내 할아버님 끝까지 모시었네.

살았을 땐 도와 주고 죽어서는 묻었지만 무덤 앞에 표석만은 후인을 기다렸네.

세월이 가다보면 잃기가 마련이라 그래서 우암(尤菴) 어른 묘갈문을 지으시고 비석을 세우라고 제자에게 당부했네.

지금에 어린 내가 수원고을 원이 되어 무덤을 바라보니 강 건너편 계시었네.

선조와 스승 말씀 빨리 실행해야 하는데 재력이 모자라서 성대하게 못 하였네.

조그만 돌 왼쪽에 몇 마디만 임시 새겨 묘소에 세워 놓고 초동목수 경계하니 철인(哲人)이 묻힌 곳을 침해하지 마라했네.

아직도 못한 일은 유고와 지석(誌石)이라 벗들과 권면하며 항상 잊지 못했는데, 다행히도 이뤄지니 남은 책임 마치었네.

이러한 사연들을 제가 직접 고해야 하는데

관직에 얽매이어 대신 제 맘 아룁니다.

바라건대 존령(尊靈)께선 이 일에 놀라지 마십시오.

又 癸卯埋誌石時祭文

歲次癸卯三月庚午朔十六日乙未　後學光山金鎭玉　謹使
從姪天澤　告于龜峯宋先生之墓曰　往在庚子　樹石有告　誌
用碣文　略陳其故　今幸有成　士友之力　惟閔與宋　實相其
役　俱追先故　曁我一般　猶有餘責　稿未續刊　世難人散　疇
與相託　敬埋磁燔　徒增感戚

또(又) 계묘년(癸卯年)에 지석(誌石)을 묻을 때의 제문

유세차(維歲次)　계묘(癸卯)　경오삭(庚午朔)　16일　을미(乙未)에
광산 김진옥은 삼가 종질(從姪) 천택(天澤)으로 하여금 구봉선생
의 묘소에 대신 고합니다.
지나간 경자년에 표석을 세우면서
갈문(碣文)을 지석(誌石) 대용 그 사유 고했는데,
오늘날 이뤄지니 사우(士友)의 힘이었네.
민진원과 송무원이 그 일을 도왔는데
모두 다 선의(先義) 생각 나 역시 똑같았네.
아직도 남은 책임 유고(遺稿)의 속간(續刊)인데
세상이 어려워서 사람이 흩어지니
그 뉘와 의지하여 성취한단 말이요
지석을 묻으면서 슬픔만 더합니다.

請 褒贈狀 　庚午六月十五日

忠清監司 洪啓禧

　臣伏見續大典獎勸條云　外方孝烈特異者　觀察使詳察啓
聞旌褒　此乃有國扶植之懿典　外藩承宣之要務是白如乎　自
臣到藩以後　士庶呈文　守令轉報　言孝烈事者積爲卷軸　奇範
異行　非止一二　臣以法典所謂詳察之文　加意咨訪　而新到無
幾　見聞未周　或有未及知者　或有知而未能曉然於心者　一有
爽誤　便是欺誣朝廷　故趑趄不決　今於遞歸之際　又不敢爲牽
率應文之計爲白乎矣　獨臣區區之意　別有所在　雖非國典所
載　而其所關係　似不下於旌褒孝烈者　茲敢出例申　聞　極爲
惶悚是白在果　本道儒學　始自　中　仁之世　至　明　宣以後　儒
宗輩出　士林蔚典　家有詩書　人行孝悌　風俗之美　冠於諸路
此固我　國家導化之盛　而實亦諸儒先斅學之烈是白如乎　近
歲以來　士習日壞　民風日偸　庠序[127]絶絃誦之聲　鄕黨無禮
讓之俗　如水益下　不可復挽　臣自受任以來　不敢不盡心於此
而學蔑能薄　無所報效　日夕兢惕是白如乎　臣伏見本道儒賢
已從祀及方請從祀外　名儒碩士　幾盡崇褒　無有遺典是白乎
矣　獨有宋翼弼　徐起學行之懿，敎迪之功　實爲卓絶　而特以
門地微賤　生無所稱薦於前　死不蒙褒贈於後　泯歿無稱　甚非
所以重儒道而勸後學之方是白如乎　宋翼弼　本高陽之人　遭
難流徙　晚寓沔川　葬於唐津　徐起　本洪州之人　來居公州　葬
於家側　宋翼弼子姓中絶　香火永斷　徐起則雖有孱孫　而亦已
荒頹　臣訪問遺故　不勝悲慨　此實　聖朝之闕事　而士林之深
恨　若蒙　离明　特賜府察　亟加褒獎　則閭巷之士　必有激勸興

---

127) 상서(庠序=庠校):중국 주나라 때 학교를 이르던 말, 상서(庠序)를 주나
　　라에서는 상(庠), 은나라에서는 서(序)라고 부른데서 나온 말.

起之效是白乎等以　臣謹具二臣事實　開列于後　以備察納爲
白齊　宋翼弼聰明英邁　絶出倫類　少爲文章　與崔岦　崔慶昌
白光勳等齊名　稍長向學　不由師承　窮深造妙　洞悟性理　爲
人灑落高朗　材識宏達　先正臣李珥　成渾　蚤定道義之交　切
磨之義　老而采篤　凡兩賢之於天人性　命出處日用之間　鉅細
精粗　無一不與翼弼講究　而翼弼所論是非得失　兩賢又莫不
信服而聽用　往復書尺　今有玄繩　一編　備見其朋友相與之美
此實前世所罕有　百代之下　尚足使見者感發而興起　非兩先
正之賢　固不能及此　以大賢而取友如此　則翼弼之賢　不問可
知是白乎旀　此外一時推重　不可勝記　而略擧其大者　先正臣
趙憲　則以爲到老勤書　學邃經明　行方言直　足盖父愆　故珥
渾皆作畏友　又稱其可爲將帥　李之菡　則曰　吾友成浩原　李
叔獻　宋雲長　皆學問高明　至行範世　文正公李植則曰　天資
透悟　剖析精微　徐起則謂其學者曰　爾輩欲知諸葛孔明乎　惟
見宋龜峯可也　文忠公張維論其遺文曰　氣像峻潔　自待甚重
其學博矣　其言辨矣　龜峯　宋翼弼之號　而雲長　其字也　浩原
叔獻　兩先正之字也　至其教誨後進　則尤善感發　學徒響集
所在盈門　其所成就者　如先正臣金長生　金集　故名臣鄭曄
徐渻　鄭弘溟　金槃　姜燦　許雨　宋爾昌等　或以道學　或以政
事　開導後生　毗補　王家爲白如乎　以其朋友師弟之盛　稱道
論述之辭　參互以觀　則翼弼邃學高才　實是一代之儒宗　間世
之偉人分叱不喩　其所以輔仁於珥　渾　傳道於長生者　慇切之
益　啓迪之正　莫不有功於斯道　浚發淵源　夾輔正脉者　有非
尋常他儒之比是白乎旀　徐起幼而神悟　遇物必窮其理　志慕
聖賢　人稱神童　事母至孝　年八九歲　母疾嘗危　割指進血　得
以復生　及長　師事李之菡　李仲虎　躬耕讀書　以聰睿之姿　加

刻若之工 識解精微 而尤邃於易 天文地理 莫不旁通 德性
淳愨 制行淸高 初隱智異 後歸公州 隱於孤靑山下 學者稱
爲孤靑先生 及門之士 殆以千數 起篤信朱子 嘗以眞像自隨
立祠而奉之 作講堂 與門徒講學其中 其祠與堂 今爲忠賢書
院 公州儒學之盛 自起而始 其倡明之功 可謂甚大是白遣
成悌元 宋翼弼先正臣趙憲 金長生 皆與之從游講論 而當世
大人君子 多爲尊禮 文忠公朴淳 稱其超然林下 爲儒者之勇
礪城君宋寅 則稱以讀書慕古 昭代逸民 李之菡則稱其忠信
可仗 誠通金石 趙憲則稱其學博行全 前輩又有稱其沉潛聖
賢 刻苦一心 山林日長 問學功深 是數賢之一言 宜爲百世
之所信 則其學問之篤 德行之純 可證無疑 誠亦稀世之賢者
是白乎旀 從學之士 如李德胤 宋爾昌 閔在汶 朴希哲 希聖
等 皆以經學行義 有名於時 先正臣宋時烈撰宋翼弼墓碣曰
同春之考郡守爾昌 受學於先生 以敎同春 卒爲名儒 則先生
之身 雖困於世 而其道則不可謂不有光矣 同春 先正臣宋浚
吉之號也 爾昌實亦受學於徐起 則其道之有光於後 起與翼
弼同焉 其設敎之功 於此益驗是白如乎 竊念兩人門地 至爲
寒賤 而當 明 宣極盛之時 傑狀 挺生 學明德尊 爲一時所
推服 名公大賢 相與師友 流風遺澤 至今有賴 盖間氣之所
鍾而 聖世之異事是白乎矣拘於國法 老死草萊 無以表見 有
不可使聞於有道之國是白如乎 臣曾聞 國朝故事 敎訓門徒
多有成立者 則或給祿 或除職云 今翼弼 起 敎導成就 若彼
之茂 則宜不但與句讀老師若干敎授者 爲一例是白遣 况其
羽翼斯文之功 又章明如是 則必不可使其泯滅 伏望 睿慈
特命有司 亟加褒贈 使遐方人士 有以知 聖朝崇儒尙道之意
不以側陋 而有間焉 則其於興起儒化 裨補風俗 必有賢於一

節一行之襃奬是白如乎 翼弼 起 人旣卑微 世已久遠 必欲
發隱闡幽 以備 离明之詳察 故論列之際 自不厭其煩復是白
乎旀 翼弼見嫉羣小 受禍甚慘 雖今世之人 亦或有未見文字
未詳事實者 先正臣金長生 嘗於 仁廟初 與鄭曄等諸門人
上疏訟寃 而先正臣宋時烈 取載墓碣 故今亦尾陳 以冀 鑑
照爲白如乎 其疏略曰 臣等少從宋翼弼受學 翼弼文章學識
超絶一世 與李珥 成渾 爲講磨之交 李珥旣歿 李澄 白惟讓
輩 仇疾珥 渾 延及翼弼 必欲置之死地而後已 可謂怒甲移
乙之甚者也 翼弼之父祀連 乃故相安瑭孽妹之子也 祀連之
母已從良 祀連又雜科出身 連二代良役 且過年限者 不得還
賤 昭載法典 而澄等以祀連上變 爲安家子孫之讐 乘機指嗾
蔑法還賤其時訟官 或爲守法之論 則澄等輒駁遞之 至再至
三 而後始得行其志 祀連雖得罪善類 翼弼雖犯衆怒 豈可以
一時之私憤 而屈 祖宗金石之典 以快其心哉肆我 宣祖大王
始發開釋之端 而翼弼尋亦淪亡 至于今日 日月重明 幽枉畢
伸 而獨此亡師之寃 尚不瞑目於泉下 噫 亡師生未爲 聖主
之知 死不免賤隷之名 此豈但臣等隱痛於心 國法一壞 末流
難防 此亦識者之深慮永歎者是如爲白遣 疏下該曹 該曹覆
啓淸如其言 而屬有适變 蒼黃去邪 事竟寢而更無以申暴哥
表章之意 聞于 朝者 誠爲慨然是白乎旀 以先正一疏觀之
則其受誣顛末 可以洞燭 是白去乎 竝乞 留神照察爲白只爲

(영조26년 1750.6.15)

표창을 청하는 글 경오(庚午) 년 6월 15일

충청감사(忠淸監司) 홍계희(洪啓禧)

신이 삼가 보건대, 「속대전(續大典)」[128]의 장권조(獎勸條)에 "지방에서 효성과 정열이 특별히 뛰어난 사람은 관찰사(觀察使)가 자세히 살펴서 임금께 아뢰어 정려(旌閭)를 세워 표창한다"라고 하였으니, 이는 국가의 윤리를 붙잡아 세우는 아름다운 법이며, 외직 관원으로서 받들어 시행해야 할 중요한 임무입니다.

신이 외직에 도착한 뒤로 선비들이 올린 글과 수령들의 보고에 효성과 정열에 관한 일을 말한 것이 첩첩이 쌓여 책을 이루고 있는데, 기특한 절개와 특이한 행적이 한 두 가지 뿐만이 아니었습니다. 신이 법전에 이른바 '상세히 살핀다'라는 글처럼 마음을 써서 찾아보았으나, 부임한 지 얼마 되지 않았고 두루 보고 듣지 못하였기에 혹은 미처 알지 못한 것도 있었으며, 혹은 알면서도 마음에 깨우치지 못한 것도 있었습니다. 하나라도 사실과 틀린다면 이는 조정을 속이는 것이므로 머뭇머뭇 결정짓지 못하였습니다. 이제 체직되어 돌아가려는 즈음에 또 감히 억지로 책임만 메꾸려고 할 수는 없었습니다. 오직 신의 좁은 뜻은 딴 데가 있습니다. 비록 나라의 법전에 실려 있지는 않지만 그 관계되는 바가 효자나 열녀에게 정려를 세워 표창하는 것보다 못하지 않을 듯한 일이 있기에 감히 상례를 벗어나 아룁니다만 몹시 황공합니다.

본도(本道)의 유학은 처음에 중종(中宗).인조(仁祖) 시대로부터 명종(明宗).선조(宣祖) 이후에 이르기까지 선비들의 지도자가 배출되었고 사람들이 성대히 일어났으며, 집집마다 시서(詩書)가 있고 사람마다 효제(孝悌)를 실행하여 풍속의 아름다움이 다른 도들보다 으뜸이었습니다. 이는 참으로 우리 국가의 교화가 성대

---

128)속대전(續大典) : 조선시대에 「경국대전(經國大典)」이후의 교령(敎令)과 조례(條例)를 계속 모아서 편찬한 법전. 영조(英祖) 20년에 간행됨.

하였기 때문이나 또한 여러 선유들이 가르친 공로입니다. 그런데 근세로 오면서 선비들의 습속이 날로 무너지고 백성들이 풍습이 날로 야박해져서 상서(庠序)에는 거문고 소리와 시 읊은 소리가 끊어지고, 향당(鄕黨)에는 예절을 지키고 사양하는 풍속이 없어져서 마치 물이 내려갈수록 다시 끌어올릴 수 없듯이 되었습니다.

신이 직임을 제수 받으면서부터 감히 여기에 마음을 다하지 않은 적이 없었지만 학문이 모자라고 재능이 적어 은혜를 갚을 길이 없었으므로 밤낮으로 걱정하고 있었습니다.

신이 삼가 살펴 보건대, 본도의 어진 선비로 이미 문묘(文廟)에 배향(配享)되었거나 바야흐로 배향을 청하고 있는 분 이외에, 명유 석사들에게 거의 다 큰 표창이 주어져 빠진 사람이 없습니다. 그런데 오직 송익필과 서기는 학문과 행실의 아름다움과 후학들을 이끌어 준 공로가 실로 드높은데도 불구하고 단지 지체가 미천하다는 이유만으로 생전에는 천거한 바가 없었고, 사후에는 포상의 증직(贈職)을 받지 못한 채 그대로 없어져 드러나지 않고 있으니, 이는 매우 유도를 소중히 하고 후학을 권면하는 방법이 아니라고 봅니다.

송익필은 본디 고양(高陽)의 사람으로 액운을 만나 이리저리 떠돌아다니었고 늙으막에 면천(沔川)에서 임시 살다가 당진(唐津)에 묻히셨고, 서기는 본디 홍주(洪州) 사람으로 공주(公州)에 와 살다가 집 근처에 묻히었습니다. 송익필은 자손들이 중간에 끊기어 향화(香火)가 영구히 끊어졌고, 서기는 비록 몇 명의 자손이 있지만 또한 이미 황폐되었는데 신이 그들의 유적지를 찾아보고 개탄을 금하지 못했습니다. 이는 실로 성스런 조정의 흠된 일이고 사람들의 깊은 한입니다. 만약 주상의 밝으신 보살핌을 입어 특별히 굽어 살피시고 빨리 표창을 내려 주신다면 여염의 선비들이 반드시 감격 권면하여 흥기하는 효과가 있을 것입니다. 신이 삼가 두 신들의 사실을 갖추어 다음에 하나하나 열거하여 살펴보시도록 준비하겠습니다.

송익필은 총명과 영민이 보통 사람들보다 매우 뛰어나 젊어서 글을 지을 때 최립(崔岦).최경창(崔慶昌).백광훈(白光勳) 등과 똑같이 이름이 났고, 조금 장성하자 학문에 뜻을 두어 스승의 가르침을 거치지 않고 깊이 궁구하여 오묘한 데까지 이르러 성리(性理)에 대해 환히 깨달았습니다. 사람됨이 티없이 깨끗하여 높고 맑았으며, 재질과 식견이 크고 달하여 선정신(先正臣) 이이(李珥)와 성혼(成渾)이 일찍부터 도의(道義)의 벗을 삼아 서로 절차탁마(切磋琢磨)하는 의리가 늙어갈수록 더욱 독실하였습니다. 무릇 두 선현이 천인(天人).성명(性命).출처(出處).일용(日用)의 사이에 있어서 크고 작거나 정미하고 거친 것에 어느 하나라도 익필과 함께 강론하고 연구하지 않은 것이 없었으며, 익필이 논한 시비(是非), 득실(得失)에 대하여 두 선현들이 또한 모두 믿고 따르지 않은 것이 없었습니다. 서로 왕복한 편지들로 지금 현승편(玄繩編) 한 편이 있는데, 벗들과 서로 허여(許與)했던 아름다움이 자세히 나타나 있으니, 이야말로 지난 시대에 드물게 있던 바로써 먼 뒷날에도 보는 사람으로 하여금 감동하여 흥기시키고도 남습니다. 그러나 두 선정의 어짊이 아니었다면 참으로 여기까지 미칠 수 없었을 것입니다. 큰 어진이로서 이와 같이 벗을 취하였으니 익필이 어질다는 것을 물어보지 않고도 알 수 있습니다. 이 밖에도 일세가 떠받든 일들을 이루 다 기록할 수 없으므로 대략 그 큰 것들만 열거하겠습니다. 선정신 조헌은,

"늙도록 글에 힘써 학문이 깊고 경술에 밝았으며, 행실이 방정하고 언론이 곧아 넉넉히 아비의 허물을 덮을 수 있었으므로 이이.성혼이 모두 어렵게 여기는 벗으로 삼았다. 또한 가히 장수가 될 만하다고 일컬었다."

고 하였으며, 이지함(李之菡)은,

"나의 벗 성호원(成浩原).이숙헌(李叔獻).송운장(宋雲長)은 모두

학문이 고명하고 행실 지극하여 세상에 모범이 될만하다."

고 하였으며, 문정공(文正公) 이식(李植)은

"타고난 자질이 영특하고 이치의 분석이 정미롭다."고 하였으며, 서기는 그의 제자들에게 말하기를

"그대들이 제갈공명(諸葛孔明)을 알고 싶은가? 오직 송구봉을 보면 된다"고 하였으며, 문충공(文忠公) 장유(張維)는 그가 남긴 글을 평론하기를,

"기상이 높고 맑으며, 자부심이 매우 컸으며, 그의 학문이 넓고 언론이 달하였다"고 하였습니다. 구봉은 송익필의 호이며 운장은 그의 자이고, 호원과 숙헌은 두 선정의 자입니다. 그가 후진들을 가르치는데 있어서는 더욱 의사를 잘 분발시켰고, 학도들이 풍문을 듣고 몰려들어가는 곳마다 뜨락을 가득히 메웠습니다. 그 성취된 사람은 선정신 김장생(金長生).김집(金集), 옛적의 명신 정엽(鄭曄).서성(徐渻).정홍명(鄭弘溟).김반(金槃).강찬(姜燦).허우(許雨).송이창(宋爾昌)[129]들로 도학이나 정사(政事)로 후생을 지도하고 왕실을 도왔습니다. 그의 벗들이나 사제의 성대함과 칭송과 논술의 말로 참작해 본다면 익필의 길은 학문과 높은 재능은 실로 한 시대 유학자들의 영수였으며, 세상에 드문 위대한 인물일 뿐만 아니라 그가 이이와 성혼에게 인(仁)으로 돕고 김장생에게 도학을 전하였으니, 그가 선행을 권면 격려한 도움과 가르쳐 인도한 올바른 사도(斯道)에 공로가 있지 않음이 없으며, 근원을 깊이 파내어 바른 맥을 도운 것은 보통 선비들과 비할 바가 아닙니다.

서기는 어려서부터 매우 영명하여 사물과 접촉하면 반드시 그 이치를 궁구하였고, 마음속으로 성현을 흠모하였으므로 사람들이 신동이라고 일컬었습니다. 어머니를 섬기는 데 효성이 지극하여 나이 8~9세 때 어머니의 병이 위급하자 손가락을 베어 피를

---

129) 송이창(宋爾昌,1561~1627):조선중기 문신,학자,영천군수,宋浚吉의 부(父)

드려 다시 소생시켰습니다. 커서 이지함(李之菡).이중호(李仲虎)에게 글을 배웠고, 몸소 밭을 갈면서 글을 읽었습니다. 총명하고 슬기로운 자품으로 피나는 공부를 하여 정미한 데까지 꿰뚫었는데, 그 중에서도 더욱「주역(周易)」의 이치에 깊었으며,「천문(天文).지리(地理)」까지도 두루 정통하지 않음이 없었습니다. 덕성(德性)이 순실하고 몸가짐이 맑고 높아 처음에는 지리산(智異山)에 숨어 살다가 뒤에 공주(公州)로 돌아와 고청산(孤靑山) 밑에서 숨어 살았으므로 제자들이 고청선생 이라고 불렀는데, 그이 문하에 와 배운 선비가 거의 천여 명이나 되었습니다. 기는 주자(朱子)를 독실히 믿었으니 일찍이 주자의 초상화를 가지고 다니면서 사당을 세워 봉안하고 강당을 지어 문도들과 함께 그 가운데서 학문을 강론하였는데, 그 사당과 강당은 지금 충현서원(忠賢書院)이 되었습니다. 공주에 유학이 흥성하게 된 것도 서기로부터 비롯된 것이니, 그 앞장서서 밝힌 공로가 매우 크다고 하겠습니다. 성제원(成悌元).송익필(宋翼弼), 선정신 조헌과 김장생이 모두 서기와 함께 교유하면서 학문을 강론하였고 당시의 대인군자들도 대부분 존경하였습니다.

문충공(文忠公) 박순(朴淳)은 "초야에서 높이 빼어나 선비들의 용장(勇將)이 되었다"고 말하였으며, 여성군(礪城君) 송인(宋寅)은 "글을 읽고 옛 도를 흠모하여 태평성대에 숨어서 사는 백성이다"라고 하였으며, 이지함은 "충성과 신의가 믿을 만하고 정성이 쇠와 돌도 뚫을 수 있다"고 하였으며, 조헌은 "학문이 높고 행실이 완벽하였다"고 하였으며, 선배들도 "성현의 글에 몰두하고 한 마음으로 피어나는 노력을 하여 초야에 묻혀 날이 갈수록 학문의 공정이 깊어졌다"고 하였습니다. 이 몇몇 현사(賢士)들의 한마디 말씀이 의당 먼 후세에도 믿을 만하다고 보면 그 학문의 독실과 덕행의 순수성이 증명되어 의심할 것이 없으니 참으로 세상에 드문 어진 사람입니다. 그를 따라 배운 선비로서 이덕윤

(李德胤).송이창(宋爾昌).민재문(閔在汶).박희철(朴希哲).박희성(朴希聖) 등과 같은 이들은 모두 경학(經學)과 행의(行義)로 당시에 이름이 있었습니다.

선정신 송시열은 송익필의 묘갈문을 엮으면서,

"동춘의 아버지인 군수 이창이 선생에게 수업하고 동춘을 가르쳐 마침내 이름난 선비가 되었으니 선생의 일신은 비록 곤궁하게 세상을 살다가 갔지만 그 도는 빛났다고 아니 할 수 없다"고 하였는데, 동춘은 선정신 송준길의 호입니다. 이창은 사실 서기에게도 수학하였고 보면 그 도가 후세에 빛나는 데 있어서 역시나 익필이 마찬가지이므로 그들이 가르친 공로가 여기에서 더욱 징험할 수 있습니다.

삼가 생각컨대, 두 사람의 지체가 몹시 미천하였지만 명종(明宗).선조(宣祖) 시대에 문물이 매우 왕성하였을 때 높이 빼어나 밝은 학문과 높은 도덕이 일시의 숭배를 받았으며 명공(名公), 대현(大賢) 들이 서로 스승과 벗을 삼았으므로 그 유풍(流風)과 유택(遺澤)이 오늘날까지 힘입고 있으니 대개 특수한 기운이 모아 태어난 것이며 성세(聖世)의 특이한 일입니다. 그런데 나라의 법에 얽매어 초야에서 늙어 죽은 채 드러날 수가 없으니 도가 있는 나라에서 들을까 싶습니다. 신이 일찍이 들어보건대, 우리 나라의 고사에 제자들을 가르쳐 인재를 육성한 이가 있으면 봉록을 주거나 관직을 제수한다고 하였는데, 지금 송익필과 서기는 가르쳐 육성한 것이 이처럼 성대하였으니 글줄이나 아는 늙은 선생이나 조금 가르친 교수들과 일례로 논할 수 없을 것입니다. 더구나 그들이 사문을 도운 공로가 또 이처럼 명백하고 보면 반드시 사라져 없어지게 해서는 안될 것입니다.

바라오건대, 영명 자애하진 주상께서는 특별히 유사(有司)에게 빨리 표창하고 관작을 주라고 명하시어 먼 곳에 있는 인사들로 하여금 성조에게 선비를 높이고 도덕을 숭상하는 뜻이 미천하다고 하여 차이를 두지 않고 있다는 것을 알게 한다면 그 유학의 교화를 흥기시키고 풍속을 돕는 데에 반드시 하나의 절개나 하나의 선행을 표창하는 것보다 나을 것입니다.

송익필과 서기는 신분이 이미 미천한데다 시대도 오래되었으므로 반드시 숨겨진 것을 드러내고 가리워진 것을 밝히어 전하께서 상세하게 살필 수 있도록 준비하였기 때문에 거론하는 즈음에 번거롭고 되풀이 된 것을 가리지 않게 되었습니다. 송익필이 뭇 소인들에게 미움을 받아 화를 매우 참혹하게 입었으므로 금세의 사람이라 하더라도 더러 문헌을 보지 못하여 사실을 상세하게 알지 못하는 사람이 있으므로 선정신 김장생이 일찍이 인조(仁祖) 초기에 정엽(鄭曄) 등 여러 문하생 들과 함께 상소를 올려 신원(伸冤)해 줄 것을 호소했는데, 선정신 송시열이 묘갈문에 인용하여 실었기 때문에 지금 말미에 잇대어 써서 올리니 살펴보시기 바랍니다. 그 상소는 대략 다음과 같습니다.

"신들이 어려서 송익필을 따라 글을 배웠습니다. 익필은 문장과 학식이 한 시대에 높이 뛰어나 이이.성혼과 강마(講磨)의 벗이 되었습니다. 이이가 죽고 난 뒤에 이발.백유양의 무리들이 이이와 성혼을 원수처럼 미워하였는데, 그 재앙이 익필에게 까지 미쳐 반드시 사지에 몰아 넣고야 말려고 하였으니, 갑에게 노한 것을 을에게 옮기는 짓 중에서도 심한 짓이라고 하겠습니다.

익필의 아비 사련(祀連)은 고 정승 안당(安瑭)의 서매(庶妹)가 난 자식입니다. 사련의 어미가 이미 양인에게 출가하였고 사련이 또 잡과(雜科)로 출신(出身)하였으니 2대 연이어 양인이 되었고, 또 연한이 넘은 사람은 천적(賤籍)으로 환원할 수 없다고 법전에 명백하게 실려있는데도 이발 등은 사련의 고변이 안씨 자손들의 원수라고 여기고 기회를 틈타 뒤에서 사주하여 법을 무시하고 천적으로 환원시켰습니다. 그때에 송사를 맡은 관원이 법을 지켜야 한다는 논란을 제기하면 이발 등이 그때마다 논박하여 체직시키

기를 두 세 번까지 한 다음에 비로소 그들의 뜻대로 할 수 있었
습니다. 사련이 비록 선류들에게 죄를 지었고 익필이 비록 뭇사
람들의 노여움을 샀다고 하지만 어떻게 한 때의 사사로운 분노로
조종이 세운 금석과 같은 법을 굽혀 그들의 마음을 통쾌하게 할
수야 있겠습니까. 그리하여 우리 선조 대왕이 비로소 조금 이해
하기 시작했으나 익필도 이윽고 죽어 오늘날까지 이르렀습니다.
해와 달 같은 주상의 덕이 거듭 밝아 억울하게 죄명을 쓰고 죽
은 원한을 모두 풀어 주셨는데, 오직 죽은 스승의 원통한 혼령만
아직도 지하에서 편히 잠들지 못하고 있습니다.
아아! 죽은 스승이 살아서는 어진 임금의 인정을 받지 못하였고
죽어서는 천한 노예의 이름을 면치 못하였으니 이게 어찌 신들만
이 마음 아파하겠습니까. 나라의 법이 한 번 무너지면 그 여파로
생기는 폐단을 막아내기 어렵게 될 것이니 또한 식견 있는 사람
들이 깊이 염려하고 깊이 탄식하는 바입니다."

고 하였습니다. 상소를 예조로 보내 의논하라고 하였는데, 예
조에게 상소의 말대로 해 주기를 아뢰었습니다. 그런데 때마침
이괄(李适)[130]의 난이 있었기에 허둥지둥 난을 피한 중이었기 때
문에 그 일이 결국 잠잠해지고 다시금 원한을 해명하여 표창하자
는 뜻으로 조정에 아뢰는 사람이 없었으니 참으로 슬픈 일입니
다. 선정의 한 상소로만 보아도 그가 모함을 받은 전말을 꿰뚫어
볼 수 있을 것이니 아울러 유념하시어 살펴 주시기 바랍니다.

---

130)이괄(李适)의 난 : 평안도(平安道) 병마절도사 겸 부원수(副元帥)로 있던 이
　　괄(李适:1587~1624)이 1624년에 영변(寧邊)으로부터 군사를 일으켜서 서울
　　로 진격하여 서울을 점령하고 인조(仁祖)는 공주(公州)로 피난하였던 사건으
　　로서 뒤에 정묘호란(丁卯胡亂)의 한 원인이 되기도 하였다.

辛未十二月十二日筵說

禮曹判書李益炡 兵曹判書洪啓禧[131] 同爲入 待時 禮曹判
書李益炡所啓 兵判爲忠淸監司時 以徐起 宋翼弼贈職事狀聞
矣 兩人學行 爲一國士林所推許 而以其坐地徵賤之故 無贈
職之典 兵判以此爲慨然 有所狀請 而此與尋常襃贈有異 大
臣亦以爲宜有一番陳禀於 大朝 故敢達 上曰 兵判詳陳之可
也 啓禧曰 徐起 卽李之菡之門人 而五六歲時 取柴晩歸 其
父母問之則曰 見小鳥隨陽氣而上 欲窮其理 故晩歸 其窮理
之學 出於天分 一生尊尙朱子 學問精深 居鷄龍山之孤靑峯
下 故號孤靑 享於公州忠賢書院別廟 湖中學問之盛 徐起之
力居多 宋翼弼 是先正臣李珥 成渾之道義交 而先正臣金長
生之師 則其經學之爲一世標準者 可見矣 輩小之怨嫉兩先正
臣者 移鋒於宋翼弼 一生受困 窮餓而死 而至今學者稱之爲
宋龜峰先生 此兩人豈宜無一官之贈 而以其坐地卑微 子孫殘
弱 故尙無襃贈之事 實爲寒心矣 宋翼弼墓在唐津 而無子孫
香火冷落 臣在湖營時 遺人祭之 殊可惻然 兩人遺文 臣有略
略收拾 而徐起遺稿 則文字不多 故印出若干件 宋翼弼遺稿
則尙不得刊行 亦可惜矣 襃贈一事 則決是不可已者 故臣有
所狀請矣 上曰 兵判之刊出徐起文字者 誠稀貴之事也 若行
襃贈之典 則當爲何官乎 啓禧曰 先賢之贈職者 或有贈以執
義者 或有贈以持平者 不必高官爲好也 上曰 可許之 而以旣
承 大朝筵敎之意爲辭 覆達於 東宮可也

---

131)홍계희(洪啓禧,1703~1771):조선의 문신, 본관은 남양, 자는 순보, 호는
담와, 참판 홍우전의 아들,1737년 별시 갑과 장원급제 일본통신사,1750
년 병조판서, 충청감사 때 구봉선생 신원회복을 위한 상소를 올렸음. .

신미 12월 12일 경연에서의 대화　(1751.12.12)

　예조판서(禮曹判書) 이익정(李益正)과 병조판서(兵曹判書) 홍계희(洪啓禧)가 함께 입시(入侍)했을 때 예조 판서 이익정이 아뢰기를, "병조판서가 충청감사(忠淸監司)가 되었을 때 서기와 송익필의 증직에 대한 일로 장계를 올렸습니다. 두 사람의 학문과 행실은 일국의 사람들이 숭배하는 바입니다만 그들의 신분이 미천하다는 이유로 증직의 은전이 없었습니다. 병조판서가 이를 개탄하여 장계를 올려 청하였나, 이는 보통의 표창과 다른데다 대신들도 마땅히 한 번 주상에게 아뢰어 여쭈어야 한다고 하였으므로 감히 아룁니다"고 하니, 주상이 이르시기를,
"병조 판서가 상세하게 말하라."고 하자, 계희가 아뢰기를,
"서기(徐起)[132]는 이지함의 문인입니다. 5,6세에 땔나무를 하러 갔다가 늦게 돌아오자, 그의 부모가 무엇 때문에 늦게 왔는가 물으니, 대답하기를 '작은 새가 양기(陽氣)를 따라 날아오르는 것을 보고 그 이치를 궁구하고 싶었기 때문에 늦게 돌아오게 되었습니다'라고 하였으니 그의 이치를 궁구하는 학문이 천부적으로 타고 났던 것입니다. 한 평생 주자(朱子)를 숭상하였고 학문이 정미롭고 깊었으며, 계룡산(鷄龍山)의 고청봉(孤靑峯) 밑에서 살았기 때문에 호를 고청이라고 하였고, 공주(公州)의 충현서원(忠賢書院)의 별묘(別廟)에 봉향되었는데 충청도 지방에 학문이 흥성하게 된 것은 서기의 힘이 많았습니다.
　송익필은 선정신 이이와 성혼이 도의(道義)로 사귀었던 벗이었고 선정신 김장생의 스승이었으니, 그의 경학(經學)이 한 시대에 표준이 되었음을 볼 수 있었습니다. 뭇 소인들이 두 선정신을 원망하고 모함하다가 그 칼날을 송익필에게 옮기었으므로 한 평생 핍박을 받아 굶주림 속에서 죽어갔는데 지금까지 학자들이 송구

---

132) 서기(徐起,1523~1591):조선중기 학자, 이천서씨, 자는 大可, 호 孤靑.

봉 선생이라고 부르고 있습니다. 이 두 사람에게 어찌 하나의 관
직이라도 추증하지 않아서야 되겠습니까마는 그의 처지가 미천하
고 자손들이 잔약하기 때문에 아직까지도 벼슬을 내려 표창한 일
이 없었으니, 참으로 한심스럽습니다. 송익필의 무덤이 당진(唐
津)에 있지만 자손이 없어서 향화(香火)가 끊어졌기에 신이 충청
감영(忠淸監營)에 있을 때 사람을 보내어 제사 지냈었는데 자못
가여웠습니다.

　두 사람이 남긴 글을 신이 조금씩 거두어 모아 놓았는데, 서기
의 유고는 글이 많지 않았으므로 몇 질 간행하였습니다만 송익필
의 유고는 아직도 간행하지 못하고 있으니 또한 애석스럽습니다.
벼슬을 내려 표창하는 한 일만은 결코 그만둘 수 없는 것이기에
신이 장계를 올려 주청한 것입니다."

하니, 주상이 이르기를, "병조판서가 서기의 글을 간행한 것은
참으로 희귀한 일이다. 만일 벼슬을 내려 표창의 특전을 시행하
려면 어떤 관직이 적합하겠는가?"

하니, 계희가 아뢰기를, "선현을 증직할 적에 집의(執義)나 지평
(持平) 벼슬로 주었으니 반드시 높은 관직이어야 만이 좋은 것은
아닙니다." 하니, 주상이 이르기를, "허락한다. 그러나 이미 연석
(筵席)에서 나의 분부를 받았다는 뜻으로 말하였으니 동궁(東宮)
에게 다시 아뢰는 것이 좋겠다"고 하였다.

禮曹覆達　辛未(1751년) 十二月十五日 判書李益炡(1699~1782)

觀此忠淸前監司洪啓禧狀達　則以爲本道名儒碩士　幾盡崇
褒　而獨有宋翼弼　徐起學行之懿　敎迪之功　實爲卓絶　而特
以微賤　泯沒無稱　甚非所以重儒道而勸後學之方是白如乎
宋翼弼邃學高才　實是一代之宗儒分叱不喩　其所以輔仁於
先正臣李珥　成渾　傳道於先正臣金長生　偲功之益　啓迪之

正 莫不有功於斯道 浚發淵源 夾輔正脉者 有非尋常他儒
之比是白乎旀 徐起幼而神悟 遇物必窮其理 志慕聖賢 人
稱神童 事母至孝 年八九歲 母病嘗危 割指進血得以復生
及長 師事李之菡 李仲虎 躬耕讀書 以聰睿之姿 識解精微
而尤邃於易 天文地理 莫不旁通 德性淳愨 制行清高 及門
之士 殆以千數 公州儒學之盛 自起而始 其道之有光於後
與翼弼同焉 兩人流風遺澤 至今有賴 而老死草萊 無以表
見 令有司亞加褒贈 亦爲白臥乎所 今十二月十二日 大朝
入侍時 臣益炡 兵曹判書臣洪啓禧 備陳狀聞辭意是白乎
則宋翼弼 徐起兩人 依狀請竝爲褒贈之意 回達于 小朝事
臣益炡親承 傳教是白臥乎所 宋翼弼 徐起之道學懿範 旣
如是卓絶 而爲一世所推仰 則其在激勸興起之道 不可湮沒
特令該曹 竝施贈職之典 以樹風聲何如 年月日 左副承旨
南泰耆 次知 達依準

예조에서 의논하여 다시 아룀 신미(辛未) 12월 15일 판서 이익정

전 충청감사(忠靑監司) 홍계희가 올린 장계를 보니,
"본도의 명유(名儒), 석사(碩士)들이 거의 다 높은 표창이 주어졌
으나 오직 송익필.서기의 아름다운 학행과 교육의 공로가 실로
다른 사람보다 훨씬 뛰어났는데도 다만 미천하다는 이유로 민몰
되어 일컬어지지 않고 있으니 매우 유도(儒道)를 존중하고 후학
을 권장하는 방도가 아닌가 봅니다.
송익필의 깊은 학문과 높은 재능은 실로 한 시대 선비들의 영
수일 뿐만 아니라 그가 선정신 이이와 성혼에게 인(仁)으로 도
왔고 선정신 김장생에게 도학을 전하였으니, 그의 선행을 권면
격려한 도움과 가르쳐 인도한 올바름이 사도(斯道)에 공로가 없

지 않으며 근원을 파내어 정맥(正脉)을 도왔던 것은 보통 선비들과 비할 바가 아닙니다.

서기는 어려서부터 몹시 총명하여 사물에 부딪치면 반드시 그 이치를 궁구하였고 성현을 흠모하였으므로 사람들이 신동(神童)이라고 일컬었습니다. 어머니를 섬기는 데 효성이 지극하였는데 나이 8,9세에 어머니의 병이 위급하자, 손가락을 베어 피를 드리니 다시 소생하였습니다. 커서는 이지함과 이중호에게 글을 배웠고 몸소 밭을 갈면서 글을 읽었습니다. 총명하고 슬기로운 자품으로 정미한 데까지 파헤쳤는데, 그 중에서도 「주역(周易)」의 이치에 깊었고 천문.지리까지도 정통하지 않음이 없었습니다. 덕성이 순실하고 몸가짐이 맑고 고고했습니다. 그의 문하에 와서 배운 선비가 천여 명이나 되었는데 공주에 유학이 흥성하게 된 것은 기(起)로부터 비롯된 것으로, 그의 도가 후세에 빛남에 있어서는 익필과 마찬가지입니다. 두 사람의 유풍(流風)과 유택(遺澤)이 지금까지도 힘입고 있으나, 초야에서 늙어 죽었기에 드러낼 길이 없습니다. 유사(有司)로 하여금 빨리 표창하여 벼슬을 주게 하소서.”고 하였습니다. 올해 12월 12일에 주상을 뫼시었을 때에 신(臣) 익정과 병조판서 홍계희가 장계를 올리게 된 사연을 낱낱이 아뢰었는데 송익필과 서기 두 사람에게 장계의 주청한대로 모두 벼슬을 주어 표창하라는 뜻으로 동궁에게 다시 아뢰라는 전교를 신 익정이 직접 받았습니다.

송익필.서기의 도학과 의범이 이미 이처럼 높이 뛰어나 한 시대의 추앙한 바가 되었고 보면 격려하고 흥기시키는 도리에 있어서 파묻혀 없어지게 할 수는 없습니다. 특별히 예조로 하여금 모두 증직의 은전을 베풀어 풍성(風聲)을 수립함이 어떻겠습니까? 연 월 일에 좌부승지(左副承旨) 남태기(南泰基)는 준허하시도록 다시 아룁니다.

吏曹政事望　　壬申(1752년) 正月十一日

贈通德郞行司憲府特平　學生宋翼弼　學生徐起同贈

道學懿範　俱皆卓絶　而爲一世之所推仰　贈職事承　傳

이조정사망　　임신(壬申) 정월 11일

증통덕랑(贈通德郞) 행사헌부지평(行司憲府持平)

학생(學生) 송익필 학생 서기도 증직함

도학의 아름다운 범절이 모두 높이 뛰어나 일세의 추앙한 바가 되었기에 증직한다는 일로 승전(承傳).

詩集後序　三首　(정엽, 신흠, 김장생)

先生之詩　膾炙於人口　雖一時文章鉅公　無不推讓　不敢與竝
而顧余於詩　昧昧焉有同聲者之於綵繡　加以六七年來　塊處荒
野　不與知舊接　無由蒐集遺篇　以慰樑榱之慟　而時得一二於
傳誦者　詠歎之滛泆之而已　同門友沈君士敬宰鴻山　收得長篇
短律五七言各略干首　覲鳩材力剞劂之　以一通貽余　且屬余序
其後　余手披目閱, 口詠心惟累日　不但灑然如犯寒門而濯淸

風 怳若復承謦 咳於皐比之下 不禁涕淚自潛然也 因念先生
自七八歲 凡下筆 語輒驚人 與李鵝溪 李栗谷諸人 竝號爲文
章 而其詩格之淸爽奇絶 先生獨登壇焉 及長 不樂於京都朋
儕間 家于高陽龜峯下 遁光晦彩 沉潛乎經籍 體之於心 驗之
於身 所期者第一等事 則其於文墨舊娛 不暇爲也 亦不屑爲
也 然或於晩年 感物寓懷 或於羈旅顚沛之中 紀行酬人者 渾
然天成 不假雕琢 而自契乎風雅之旨矣 淸而不隘 奇而不聲
樂而不放 憂而不怨 邇而遠 隱而顯 豐而切 約而盡 一字一
句 皆出於性情之正 根於義理之奧 得意於上下同流之妙 寄
興於陰陽變化之態 貧賤泥塗之中而氣猶健 縲絏死生之際而
語益平 信乎有德者必有言也 世之論詩者 尊古而卑今 雖名
家大手 無不求疵 至於先生則吃吃嘖嘖 咸曰 盛唐之淸調 堯
夫之自得 兼焉 先生之偶發於吟詠詞句之 間者若此 則其稟
氣之高 造理之深 所養之厚 盖可想矣 噫 余於是尤有所感焉
以先生英特之氣, 博古之學 蘊之於心 吐之爲言論者 出爲世
用 則其施諸事業者當如何 而卒老於蓬蓽簞瓢之中 又爲當路
仇栗谷者所移乙 流離困辱之狀 有不忍言者 易簣之後 今且
餘二十年 而門人弟子 又不克發揚幽光 使平生言行之可矜式
者與牛溪栗谷辨論精微之書 皆泯泯無傳 擬傳諸今與後者 惟
是先生不屑爲而偶發者 則時耶命耶 何先生之生死於世也 其
不遇之若是耶 門人弟子 亦不得辭其責矣 雖然 當時摳衣於
丞丈者 惟士敬曁余三四人在世 而士敬淸操惠澤 歌頌一境
則其持身及物者 可謂不負所學 而又能廣拾遺稿於兵火飄散
之餘 割俸鋟梓 圖永厥傳 亦庶幾不負敎育之恩矣 若余者
早承提撕 行之不力 汨沒侵尋 今則兀然爲庸人 將無以發明
先師之學 於門人弟子 不得辭其責者 余其尤者 今因士敬之

懇 把筆臨紙 不覺愧汗之霑衣也

 天啓二年七月日 門人資憲大夫 行龍驤衛司直鄭曄[133] 謹序

 余不得見龜峯 而得龜峯詩稿於竹西所見之 眞所謂一唱三嘆 而有遺音者也 才高而意曠 趣逸而調絶 出於性情而不侈以文也 根於天得而不絢以色也 紆乎其餘也 泰乎其舒也 和平寬博之旨 不失於羈窮流竄之際 優游涵泳之樂 自適於風花雪月之間 其庶乎安時處順 哀樂不能入者矣 竹西云 材取盛唐故其響淸 義取擊壤 故其辭理 余觀之信然 恨不及其在世時 提安樂窩中經 世大法一討之 九原不可作 噫

 天啓一年(1621년)孟秋上浣 東陽 申欽[134] 書 于黔遂書舍

 詩本性情 隨感而發 其善惡之不可掩 昭昭也 誦其詩讀其書 而不知其人 可乎 先師平日讀聖賢書 講說程朱 以小學自律 文詞特其緖餘耳 迹其詩 高雅簡逸 悠然自得 皆自學問中出 非吟風詠月者之所可髣髴其萬一 信有德者之言也 惜其坐與栗谷牛溪松江相善 重被媢嫉者移怒 巧設禍機 擠陷不測坎軻不容於世而終 人心之險乃如此 可懼也夫 詩集見抛久 同門友沈君士敬 爲鴻山之數月 卽刊行之 庶或有後世子雲 能知之耳

 皇明天啓二年壬戌七月日 門生光山後人金長生[135] 謹跋

---

133) 정엽(鄭曄,1563~1625):조선중기 문인, 성리학자, 정치가, 호는 守夢 시호 文肅, 본관 草溪, 李山甫의 사위, 이이, 성혼, 송익필의 문인이다.
134) 신흠(申欽,1566~1628):조선의 문신, 자는 敬叔, 호는 玄軒, 象村, 시호 文貞, 본관 평산(平山)이다.
135) 김장생(金長生,1548~1631):호는 沙溪, 시호 文元, 조선의 유학자, 정치인, 문신, 해동18현, 사헌부 대사헌 김계휘의 子, 구봉, 율곡의 문인,

시집 후서 3수 (정엽, 신흠, 김장생)

선생의 시가 세상 사람들의 입에 회자(膾炙)되어 비록 한때의 문장 대가라 하더라도 누구나 추양(推讓)하여 감히 대등하게 여기지 못하였다. 그런데 나는 시에 어두워 마치 소경이 채색 비단을 보는 것과 같은데다가 6,7년 이래로 벽지에서 외롭게 지내었기에 친구들과 간행에 참여하지 않았으므로 남긴 글들을 수집하여 선생을 잃은 슬픔을 달랠 길이 없었고, 때때로 사람들의 입과 입으로 전해오는 데서 한 두 수를 얻어 읊조리면서 탄식하고 도취하여 즐거워 할 뿐이었다. 그런데 동문의 벗인 심군 사경(沈君士敬)이 홍산(鴻山) 군수로 있으면서 장편과 단편 5언 7언시 약간을 수집하여 어렵게 준비한 재력으로 인쇄하려면서 한 통을 나에게 보내고 또 책 끝에 서술해 달라고 부탁하였다. 나는 책장을 넘겨보면서 읊조리고 생각하기를 며칠 동안 하였는데 시원스러움이 한문(寒門)136)에 날아가 맑은 바람을 쏘이는 듯 하였을 뿐만 아니라 흡사 선생님 곁에서 다시 기침소리를 듣는 것 같았으므로 저절로 흐르는 눈물을 금할 수가 없었다.

인해 생각건데, 선생이 6,7세부터 무릇 종이에 붓을 댓다하면 말마다 사람들을 놀라게 하여 이아계(李鵝溪).이율곡(李栗谷) 등 여러 사람들과 함께 문장을 잘 한다고 불리웠는데 그 시격의 청상(淸爽)함과 기절(奇絶)함은 선생만이 홀로 등단(登壇)하였다.

장성하자, 서울의 벗들 사이에 있기를 즐거워하지 않아 고양(高陽)의 구봉산(龜峯山) 밑에 집을 짓고 광체를 숨기고서 경적(經籍)에 침잠하여 마음에 체득하고 몸에 체험하면서 기대하였던 바가 가장 으뜸간 일이었고 보면 옛날에 즐겨 하였던 글이나 짓고, 글씨나 쓰는 것은 할 여가도 없었으며, 또한 탐탁하게 여기지도 않았다. 그러나 혹은 늙으막에 사물에 감동되어 회포를 풀

---

136)한문(寒門) : 북극(北極)의 문을 말함.

어 보기도 하고 혹은 떠돌아다니면서 위급한 가운데서 행적을 기록하며 사람들과 서로 주고 받은 것들이 혼연(渾然)히 자연스럽게 이루어져 수식을 빌리지 않고도 저절로 풍아(風雅)137)의 뜻과 합치하였다. 트였으면서도 좁지 않고, 기발하면서도 드러나지 않으며, 즐거우면서도 방종하지 않고, 근심스러우면서도 원망하지 않으며, 가까운 듯 하면서도 멀고, 숨은 듯 하면서 드러나며, 넉넉한 듯 하면서도 간결하고, 간략하면서도 곡진하여 한 글자 한 구절이 모두 성정(性情)의 바른 곳에서 나왔고, 의리(義理)의 깊은 곳에서 바탕을 두었고, 천지와 함께 유행(流行)하는 묘처(妙處)에 뜻을 얻었고, 음양이 변화하는 모습에 감흥을 붙였으며 빈천하고 어려운 가운데서도 기운은 여전히 강건했고, 누명을 뒤집어 써 죽고 사는 찰라에도 말은 더욱 평화로왔으니, '덕이 있는 사람은 반드시 그만한 말이 있다'는 말이 허언이 아니다.

세상에 시를 논평하는 자들이 옛것은 높게 알고 요즈음 것은 낮게 여겨 비록 이름난 작가의 큰 솜씨라 하더라도 어느 것이나 흠을 잡고 있으나 선생에 이르러서는 입에 침이 마르도록 칭찬하여 모두 "성당(盛唐)의 맑은 격조와 요부(堯夫)138)의 자득(自得)을 겸했다"고들 하고 있으니, 선생이 우연히 읊조린 글귀 가운데 나타난 것이 이와 같고 보면 그 타고난 자품의 높음과 이치 조예의 깊이와 소양의 두터움을 대개 상상해 볼 수 있다.

아! 나는 이에 더욱 느낀 바가 있다. 선생의 여특한 기질과 옛을 널리 통달한 학문이 마음에 쌓이고 언론으로 토출된 것으로 세상에 나와 쓰였더라면 그 사업에 베풀어진 것이 어떠하였겠는가. 그런데 초야에서 곤궁한 가운데 일생을 마쳤고 또 율곡(栗谷)을 미워하던 당로자(當路者)들의 미움을 받아 떠돌아다니면서 곤욕

---

137)풍아(風雅) : 시경(詩經)의 풍·아·송(風雅訟)에서 말하는 '풍아'로서 시의 모범이 되는 정격(正格)을 지칭하는 의미로 사용됨.

138)요부(堯夫) : 宋나라의 학자인 강절(康節)·소옹(邵雍)을 말함. 특히 역리(易理)에 뛰어났던 학자임. 그의 자(字)는 요부(堯夫)이다.

을 치루었던 참상은 차마 말할 수 없었다.

돌아가신 지 지금 20여 년이 되었는데도 문인 제자들이 또 선생의 숨겨진 빛을 드러내지 못하여 평생의 말씀과 행실 가운데 본받을 수 있을 만한 것과 우계(牛溪).율곡(栗谷)과 함께 정미하게 변론한 편지들로 하여금 모두 없어져 후세에 전할 수 없게 되었다. 지금이나 후세에 전하는 것은 선생께서 탐탁하게 여기지 않은 것으로서 우연히 토출된 것이었고 보면 시운이었는지? 어찌하여 선생이 세상에 태어나 죽을 때까지 이처럼 불우하였는가? 문인 제자들도 그 책임을 회피하지 못할 것이다. 그렇지만 당시 선생님께 가르침을 받았던 사람들은 오직 사경(士敬)과 나, 서너 사람만 세상에 남아 있는데, 사경은 청백한 지조로 백성들에게 베푼 혜택이 온 지방에서 칭송하고 있으니 그 몸가짐과 사물에 미친 것이 배운 바를 저버리지 않았다고 할 수 있으며, 또 전쟁으로 이리저리 흩어진 나머지에서 유고를 널리 수집하여 봉급을 쪼개 출간하여 영구히 전하고자 도모하였으니 또한 선생이 가르쳐 주신 은혜를 저버리지 않았다고 하겠다. 그런데 나 같은 사람은 일찍부터 지도를 받았으나 실천에 힘쓰지 않고 세상살이에 점차로 휩싸여 지금은 올연(兀然)히 쓸모없는 사람이 되어 장차 돌아가신 스승의 학문을 드러내 밝힐 수 없게 되었으니, 문인 제자들 중에서 내가 가장 책임을 회피할 수 없는 자이다. 지금 사경의 간절한 부탁으로 인해 붓을 들고 종이를 임해 나도 모르게 부끄러워 땀이 옷을 적시었다.

천계(天啓 명(明) 희종(憙宗)의 연호) 2년(광해군(光海君)14년 1622) 7월 일에 문인 자헌대부(資憲大夫) 행 용양위(行龍驤衛) 사직(司直) 정엽(鄭曄)139)은 삼가 서(序)한다.

내가 구봉을 보지는 못하였으나 죽서(竹西)에게 구봉시고(龜峯詩

---

139)정엽(鄭曄 1563~1625) : 호는 수몽(守夢)이고 본관은 초계(草溪)이다.

稿)를 얻어 읽어보니 참으로 이른바 한 번 읊을 적마다 세 번 감탄하고도 여운이 남아 있는 것이었다. 재주가 높고 뜻이 넓으며, 정취가 뛰어나고 곡조가 빼어났다. 성정(性情)에서 우러나와 문식(文飾)으로 치장하지 않았고 자연히 얻은 데에 바탕을 두어 색채로 꾸미지 않았다. 활달하여 여유스럽고 태평하여 차분스러웠다. 평화롭고 너그러운 뜻은 궁한 타향살이나 먼 귀양살이 중에서도 잃지 않았으며, 한가롭게 노니는 즐거움은 바람·꽃·눈·달의 사이에서 마음대로 누리었으니, 오는 대로 받아들이고 순리대로 살아 슬픔과 즐거움이 거의 마음속에 파고들지 못하는 분이라고 하겠다.

죽서가 말하기를 "소재(素材)는 성당에서 취했기 때문에 그 여운이 맑고, 의의(義意)는 격양가(擊壤歌)에서 취했기 때문에 그 말이 정연하다"고 하였는데, 내가 보기에 참으로 그렇다. 그가 미처 세상에 살아 계실 때 안락와(安樂窩) 가운데서 세상을 다스리는 큰 법을 끄집어내 미처 한 번 토론해 보지 못한게 한스럽다. 그러나 지하에서 다시 돌아올 수 없으니 아! 슬프다.

천계 1년 맹추(孟秋) 상완(上浣)에 동양(東陽) 신흠(申欽)은 검포서사 (鈐浦書舍)에서 쓴다.

시는 성정(性情)에 바탕을 두어 느낀 바에 따라 드러나므로 그 선악(善惡)을 가릴 수 없음이 명명백백하다. 그러니 그 사람의 시를 읊어 보고 그 사람의 글을 읽어보고도 그 사람을 모른다면 되겠는가. 선사(先師)께서 평일에 성현의 글을 읽고 정자(程子)와 주자(朱子)의 학문을 강설(講說)하고 「소학(小學)」에 따라 스스로 몸을 가누었으니 시문은 다만 그 나머지이다. 그의 시를 살펴보건대, 고상 우아하고 간략 안서하여 유연(悠然)히 자득(自得)한 것들이 모두 학문 가운데서 우러나온 것이므로 한가로이 바람을 쐬고 달을 바라보며 시나 읊고 짓는 자들이 그 만분의 일이라도 모방할 수 없으니, 참으로 덕이 있는 군자의 말이다.

애석하게도 그가 율곡(栗谷).우계(牛溪).송강(松江)과 함께 서로 친한 이유로 거듭 질투를 입어 성냄을 옮기게 되어 교묘히 화의 덫을 꾸며 망측한 곳에 밀어 넣어 세상에 용납되지 못한 채 일생을 마쳤다. 이처럼 인심이 험악하니 두렵기만 하다.

시집이 버려진 지 오래되었는데 동문우(同門友) 심군 사경(沈君士敬)이 홍산(鴻山)의 군수가 된 지 몇 달 만에 곧 간행하였으니 후세에 자운(子雲)이 있다면 알아주리라 여겨진다.

　황명(皇命) 천계 2년 임술(壬戌,1622년) 7월 일에

문생(門生) 광산후인(光山後人) 김장생(金長生)은 삼가 발문을 쓴다.

次雲長韻　　운장(雲長)의 시운(詩韻)에 따라 지음
土亭李之菡 토정(土亭)이지함(李芝涵)

曩遇雲長初　　예전에 운장을 처음으로 만났을 때

實爲芸所幸　　정말로 지운(芝芸)은 행운이라 여겼네.

有意於汲古　　깊은 샘물 길러보자 뜻이 있어서

從君借脩綆　　그대에게 긴 줄을 빌리어 왔지.

玄黃方寸間　　천지가 다 마음속에 있으니

鄒魯亶非逈　　공맹이 참으로 멀지 않다네.

鑢錫我須執　　줄이랑 대패는 이 내 몸이 잡을 테니

沙石子須磨　　돌이나 모래는 그대가 갈게나.

私情如或起　　만에 하나 사심이 그 사이에 일어나면

在邇還在遐　　가까이 왔어도 멀어지고 말 것일세.

　　土亭初名之芸　토정의 처음 이름은 지운(芝芸)이었다.

書宋龜峯玄繩編後

谿谷 張 維

玄繩一編 得見諸老先生往復言論 其講問之勤 友誼之篤 皆可以想見 今世那有此事耶 栗谷之言 眞率坦夷 牛溪之言 溫恭懇到 龜峰則意象峻潔 自待甚重 其言辨矣 其學博矣 然 往往亦有未妥處 略記鄙見于左

龜峯曰 未動是性 已動是情 從前諸儒之說 大抵如此然終 覺有病 未謂已動是情可也 若曰未動是性 則已動之後 便爲 無性耶 程伯子言性無內外 旣無內外 則何有動靜 盖動靜 言 乎其時也 性之理無不在也 今只以未動者爲性 則天命之全體 無乃歸於偏枯空缺之地耶

不善屬之情 爲不善屬之意 剖析則精矣 然亦傷太鐵巧 盖 情固有善不善 意亦有善不善 爲之一字 乃見於行事者也

答栗谷曰 出非不可 出而無所事不可 善哉言乎 朋友責勵 不當如是耶 以栗谷退歸後上章論事 爲偏於憂國 過於犯冒 恐非深知栗谷意者

答牛溪曰 不必以微渦人爲欲 自家袵席之上 天理人欲分界 亦甚分明 而不能一任天理 可畏也已 旨哉言也 又曰 欲之生 於形氣者從之 生於胸臆者去之亦好 又曰 食亦同色 患不在不 足而在於多 此亦名言 大抵觀此等議論 此老胸襟 殊不草草

答許公澤問曰 性是理 知覺是氣 性是靜 知覺是動 性是性 知覺是情 其曰性是理 知覺是氣 甚當 性是靜 知覺是動 知 覺是情 皆有病 盖性卽理也 知覺是心也 理該動靜 心統性情 若偏擧一邊 則又歸於偏枯空缺

答松江曰 以辭爵祿之勇 移於酒色 明取與之節 絶其戲侮

抑疾惡之剛 弘取善之度 勿尚淸白而僻其行 勿輕儕輩而易其
言 其於箴規松江 可謂明且切矣 以幾字屬靜 極無謂 龜峯之
辨 甚當 閔景初 未詳何人 無乃是杏村之字耶 若爾則杏村之
學 恐欠精透 自不動靜者 理也 有能動靜者氣也 此語欠妥欠
瑩盖立意則不至大非 而造語有病

善是理也 惡是氣也 善是理也之云 未爲不可 然不有理通
氣局一義 則亦未免偏枯之患 而理有所未到處矣 若曰惡是氣
也 十分不是 盖氣之本 元無不善 必其流蕩乖戾而後 方有惡
耳 夫謂氣兼善惡 猶欠於本末源流之辨矣 今直以爲惡 其害
義傷道 非細失也 性卽理心卽氣 今若曰惡是心也 人將以爲
如何 惜乎龜老之失於言也 大抵近世儒先之論 看得理氣判作
二物 立論之際 每每是理而非氣 不知此本妙合不貳之物 分
而二之 則不成天道 不成造化無有是處也 繫辭曰 一陰一陽
之謂道 陰陽不測之謂神 明道曰 器亦道 道亦器 若見得如此
則安有理善氣惡 如龜峯之說者乎 羅整菴理氣一物之論 雖曰
有病 比之此等見解 亦自超詣 此栗谷所以有取也

答栗谷 恐其作隨時宰相 前輩箴警之道 誠可思服

구봉 현승편 뒤에 쓰다

계곡(溪谷) 장유(張維)

현승 한 편에서 노선생들이 주고 받은 언론을 보건대, 그 강론
(講論)의 부지런함과 우의(友宜)의 돈독함을 모두 상상해 볼 수
있다. 지금 시대에선 어찌 이러한 일이 있을 수 있겠는가. 율곡
(栗谷)의 말씀은 솔직 평탄하고, 우계(牛溪)의 말씀은 온순 간절하

다. 그런데 구봉은 뜻과 기상이 높고 맑으며 자부심이 매우 컸으니, 그 언론이 통쾌하고 그 학문이 해박하다. 그러나 가끔 타당하지 못한 곳에 있으므로 대략 나의 견해를 다음에 기록해본다.

구봉이 말하기를 "움직이지 않았을 땐 성(性)이고, 이미 움직였을 땐 정(情)이다"고 하였는데, 종전의 선비들의 말이 대체로 이와 같으나 결국 병통이 있다고 느껴진다. 대체로 이미 움직였을 때를 '정'이라고 한 것은 옳지만 만약 움직이지 않았을 때를 '성'이라고 한다면 이미 움직인 뒤에는 성이 없단 말인가? 정명도(程明道)가 "성은 안팎이 없다"고 하였으니 이미 안팎이 없다면 어찌 동정이 있겠는가. 대개 동정은 그 때를 말한 것으로, 성의 이치가 항상 있다. 그런데 지금 다만 움직이지 않았을 때를 '성'이라고 한다면 천명(天命)의 전체가 편고(偏枯) 공결(空缺)한 곳으로 돌아가지 않겠는가.

"착하지 않은 것은 정(精)에 속하고, 착하지 않은 일을 하는 것은 의(意)에 속한다"는 말은 분석이 정밀하다. 그러나 역시 너무 공교로운 데 손상되었다. 대개 '정'은 물론 착함과 착하지 않은 게 있지만 '의'도 착함과 착하지 않은게 있으니, 한 자(字)는 일을 시행하는 데에 나타난 것이다.

율곡에 답하기를 "나가는 게 옳지 않은 것은 아니나 나가서 실제로 일한 바가 없으면 옳지 못하다"고 하였으니, 참으로 좋은 말이다. 벗에게 이와 같이 권면해야 하지 않겠는가.

율곡이 물러나 돌아간 뒤에 상소를 올려 일을 논한 것으로 국사(國事)를 너무나 근심하고 임금을 지나치게 간범(干犯)하였다고 한 것은 아마도 율곡의 뜻을 깊이 이해하지 못한 듯 싶다.

우계(牛溪)에게 답하기를 "반드시 여자를 좋아하는 것으로 인욕(人欲)이라고 할 것은 없다. 자신의 이부자리 위에서도 천리(天理)와 인욕의 한계가 매우 분명한데도 일체 천리에 따라 하지 못하니 두렵기만 하다"고 하였는데 참으로 의미가 있는 말이다.

또 말하기를 "형기(形氣)에서 나온 욕심은 따르고 뜻에서 나온 욕심은 버린다"고 하였으니 역시 좋은 말이고, 또 "식욕(食慾)은 색욕(色慾)과 같은 것으로 부족한 데 근심이 있지 않고 많은 데 있다"고 하였으니, 이 역시 명언이다. 대체로 이런 등등의 의논을 살펴보건대 이 어른의 가슴에 품은 생각이 자못 범상치 않다. 허공 택(許公澤)의 물음에 대답하기를 "성(性)은 이(理)이고 지각(知覺)은 기(氣)이며, 성은 고요한 것[靜]이고 지각은 움직이는 것[動]이며, 성은 성(性)이고 지각은 정(情)이다"고 하였는데 '성은 이(理)이고 지각은 기(氣)'라고 한 말은 매우 옳지만 '성은 정(靜)이고 지각은 동이며, 지각은 정(情)이다'고 한 말은 모두 병통이 있다.

대체로 성은 이이고 지각은 마음이다. 이는 움직이는 것과 고요한 것을 다 포함하고 마음은 성과 정을 거느리는 것이니, 만약 치우치게 한 쪽만 든다면 또 치우치고 메마르고 비고 이지러진데로 돌아갈 것이다.

송강(松江 정철의 호)에게 답하기를 "벼슬과 봉록을 사양하는 용단(勇斷)을 술과 여색에 옮기어 삼가고, 가지고 주는 절의(節義)를 밝히어 그 놀리고 업신여기는 것을 끊고, 악을 미워하는 강직함을 억누르고, 선을 취하는 도량을 넓히며, 청백을 숭상하느라 편백된 행실을 하지 말고 동료들을 가벼이 보고 쉽게 말하지 말라"고 하였는데, 송강에게 경계하는 데 있어서 밝고도 절실하였다고 하겠다.

'기(氣)자를 정(情)에 예속시키는 것은 매우 무리하다'고 한 구봉의 변론이 매우 타당하다고 하겠다. 민경초(閔景初)는 어떤 사람인지는 자세히 알 수가 없으나 혹시 행촌(杏村, 민순(閔純)의 호 1519~1591)의 자(字)가 아닐런지? 만약 그렇다면 행촌의 학문이 아마도 정미롭게 꿰뚫지는 못한 것 같이 여겨진다.

"스스로 동하거나 정할 수 없는 것은 이이고, 동하거나 정할 수 있는 것은 기이다"라고 한 말은 타당성이 부족하고 분명하지 못하다. 대체로 뜻을 세우는 데 있어서는 그리 크게 잘못 되지는 않았으나 말을 만드는 데 병통이 있다.

"선은 이이고, 악은 기다"라고 한 말에서 '선은 이이다'고 한 말은 불가하다고 할 수 없다. 그러나 이는 통하고 기는 국한된다는 한 뜻이 있지 않으면 치우치고 메마른 근심을 벗어날 수 없으니 이에 통투[140]하지 못한 곳이 있는 것이다. 만약 '악은 기이다'라고 한다면 전혀 타당치 않으니 대체로 기의 본 바탕은 선하지 않는 것이 없다. 반드시 그 방탕한 데 흘러서 어긋나야만 바야흐로 악이 있게 되기 때문이다. 대체로 '기가 선악을 겸했다는 말도 여전히 본말(本末)과 원류(源流)의 분변이 부족한 지금 바로 악이라고 하니, 그 의(義)를 해치고 도(道)를 손상시킨 데 있어서 작은 잘못이 아니다. 성은 이이고 심은 기인데, 이제 '악은 심'이라고 말한다면 사람들이 앞으로 어떻게 말하겠는가? 애석하게도 구봉이 실언(失言)했도다. 대체로 근세의 선비들의 의논이 이와 기를 두 가지 물건으로 나누어 보고 있으므로 의논을 세울 적마다 이는 옳게 기는 그르게 여기고 있으니, 이는 본디 신묘하게 합해져 둘로 될 수 없는 것으로서 나누어서 두 가지로 만든다면 자연의 법칙이 이루어질 수 없고 조화의 유행이 이루어지지 못하여 옳은 곳이 없게 된다는 것을 모르기 때문이다. 계사(繫辭)에 "한 번 음(陰)이 되고 한 번 양(陽)이 되는 것을 도(道)라고 하고, 음양의 조화를 헤아리지 못하는 것을 신(神)이라고 한다"고 하였으며, 정명도(程明道)는 "기(氣)도 또한 도(道)이고, 도도 또한 기이다"고 하였으니, 만약 이와 같은 견해를 가진다면 어떻게 '이는 선하고 기는 악하다'고 구봉처럼 말한 이가 있겠는가. 나정암(羅整菴)[141]의 "이와 기는 한 가지 물건이다"고 한 변론은 비록

---

140) 통투(通透) : 사리를 꿰뚫어 환히 알다.

병통이 있다고는 하지만 이러한 견해와 비교해 본다면 나름대로 뛰어난 점이 있다. 이 때문에 율곡이 취한 것이다.

율곡에서 회답하면서 "때에 따라 적당히 넘기는 재상이 될까 염려된다"고 하였는데, 선배들의 서로 일깨우고 경계하는 도리는 참으로 감복할 만하다.

張谿谷駁玄繩編辨

南溪 朴世采

夫謂已動是情可也 若曰未動是性 則已動之後 便謂無性耶 程伯子言性無內外 既無內外 則何有動靜

中庸曰 喜怒哀樂之未發 謂之中 發而皆中節 謂之和 朱子釋之曰 喜怒哀樂 情也 其未發則性也 由此言之 未發已發 卽龜峯所謂未動已動之分 此豈有可疑者耶 谿谷所引程伯子之說 與此不同 正古人所謂以竪準橫 以橫合竪者也 橫渠先生本以定性未能不動 猶累於外物爲問 其意盖以性與外物 判而二之 爲不相干涉 其所謂定者 亦欲一定於此 而不應於彼 故伯子解之曰 所謂定者 動亦定 靜亦定 無將迎無內外 捄失之言 豈不然乎 夫子思論中和 直指道之體用 故以未發已發爲性情 明道論定性 欲明體用之一貫 故以性爲無內外 此可謂道竝行而不相悖者也 且子思所謂已發之情 豈能有外於此性 而明道所謂無內外之性 亦豈能漫無動靜之分耶 今谿谷欲以性無內外之故 遂以性不可謂未動 而憂其歸於偏枯空缺 豈

---

141)나정암(羅整菴) : 明나라의 나흠순(羅欽順)의 호가 정암(整菴)이다. 字는 윤승(允升)이며 태화(泰和)사람. 20년간 격물 치지설(格物致知說)을 연구하고 저서로는 곤지기(困知記), 변석정심(辨析精審) 등이 있다.

其然乎 有人於此 以陰陽是一氣之 故而不欲言兩儀 太極是
統體之故 而不欲言各具 則谿谷必以爲非 而今云云 是亦不
免於執言迷指者矣

若曰惡是氣也 十分不是 盖氣之本 元無不善 必其流蕩乖戾
而後方爲惡耳 夫謂氣兼善惡 猶欠於本末源流之辨矣 今直以
爲惡 其害義傷道 非細失也 善是理也 惡是氣也之言 果未圓
活周偏 然谿谷之辨 則失其本旨者多矣 夫惡固是氣之流蕩乖
戾之所致 然人有問之曰 惡之其爲理與氣 將何所分別耶 則
必應之曰 是氣也 非理也 盖氣之本源 雖無所不善 而發用之
際 流而爲惡者 亦其理也 何可以本源之善之故 而不以惡歸
之氣之一邊耶 龜老之言 於界限處 亦未有所失 但只擧氣字
而不擧下一節流而爲惡者 故以起谿谷之疑 而是亦語意之不
能無病者也

장계곡이 현승편을 논박한 데 대한 변론

남계(南溪) 박세채(朴世采)

「대체로 이미 움직인 때를 정(情)이라고 하면 그렇다고 하겠지만,
동하지 않는 때를 성(性)이라고 한다면 이미 움직인 뒤에는 성이
없단 말인가? 정명도(程明道)는 성은 안 밖이 없다고 하였는데,
이미 안팎이 없다면 어찌 동정(動靜)이 있겠는가?」
「중용(中庸)」이 이르기를 "희.노.애.락(喜怒哀樂)이 드러나지 않았
을 때를 '중(中)'이라고 하고, 드러나서 모두 절도에 맞았을 때를
'화(和)'라고 한다"고 하였는데, 주자(朱子)가 풀이 하기를 "희.노.
애.락은 정(情)인데, 드러나지 않았을 때는 성이다"고 하였다. 이

로 말미암아 말한다면 아직 드러나지 않고, 이미 드러났다는 것은 구봉이 이른바 아직 동하지 않은 때와 이미 동한 때를 구분한 것이니 이게 어찌 의심 할 것이 있겠는가.

계곡(溪谷)이 인용한 정명도(程明道 ; 송(宋)의 학자 정이(程頤)의 호)의 말은 이것과는 같지 않은 것이니 참으로 옛날 사람들이 이른바 "세로를 가로에다 맞추고 가로를 세로에 합하려고 한다"는 말과 같은 것이다. 장횡거(張橫渠 송(宋)의 학자 이름은 재(載)) 선생이 "본디 정해진 성(性)인데 동하지 않을 수 없어서 외물의 영향을 받는다"는 것으로 물었는데, 그 뜻은 대체로 성이 외물과 둘로 분리되었기 때문에 서로가 영향을 끼칠 수 없다고 여기었고, 이른바 '정해졌다' 라는 것도 이쪽에서 한 번 정해 놓고 난 다음에는 저쪽에 응하지 않으려고 하였기 때문에 정명도가 해석하기를 "이른바 정해졌다 라고 하는 것은 동한 것도 정해진 것이고 정한 것도 정해진 것으로서 보내거나 맞이하는 것도 없고 안과 밖도 없다"고 하였으니, 잘못을 바로잡아 주는 말이니 어찌 그렇게 하지 않을 수 있겠는가.

대체로 자사(子思 공자의 손자, 이름은 급(伋)가 중화(中和)를 논할 적에 바로 도(道)의 체용(體用)을 가르쳤기 때문에 아직 드러나지 않은 것과 이미 드러난 것을 성과 정이라고 하였고, 명도가 정해진 성을 논하면서 체용이 일관(一貫)된 것임을 밝히고자 하였기 때문에 "성이 안팎이 없다"라고 하였으니, 이는 도가 함께 운행하여 서로 어긋나지 않는 것이라고 하겠다. 그리고 자사가 이른바 "이미 드러난 정"이 어떻게 성에서 벗어나겠으며, 명도가 이른바 "성이 안팎이 없다"는 것도 어찌 막연히 동과 정의 구분이 없겠는가. 지금 계곡은 성이 안팎이 없다고 한 이유로 드디어 성은 동하지 않는 것이라고 할 수 없다고 여겨 그 치우치고 메마르고 비고 이즈러진 데로 돌아갈까 우려하였으니, 어찌 그럴 수 있겠는가.

가령 어떤 사람이 음양(陰陽)이 한 가지 기라는 이유로 양의(兩儀)를 말하지 않으려 하고 태극(太極)은 통체(統體)라는 이유로 각기 구비한 것을 말하지 않으려 한다면 계곡은 반드시 그르다고 여길 것인데, 지금 이렇게 말하고 있으니, 이 역시 말에 집착되어 가리키고 있는 의도에 어두움을 벗어나지 못한 것이다.

만약에 악을 기라고 말하면 전혀 옳지 않다. 대체로 기의 본디 바탕은 불신이 없으니, 반드시 방탕한 데 흘러서 어긋나야만 비로소 악이 된다. 대체로 "기가 선악을 겸했다"고 한 말도 오히려 본말과 원류(源流)의 구분에 부족한데, 지금 바로 악이라 하니, 그 의(義)를 해치고 도(道)를 손상시킨 데 있어서 적잖은 잘못이다.

"선은 이이고 악은 기이다"라고 한 말은 과연 원활하고 주변(周編)하지는 못하다. 그러나 계곡의 변론은 그의 본뜻을 잃은 게 많다. 대체로 악은 참으로 기가 유통되어 잘못된 소치이다. 그러나 어떤 사람이 "악이 기인지 기인지를 어떻게 분별할 수 있겠는가?"고 묻는다면 반드시 '이것은 이이지 이는 아니다'고 대답할 것이다. 대개 기의 본원은 어느 하나도 선하지 않은 게 없지만 느끼어 드러날 때에 흘러서 악이 되는 것도 이치이다. 어떻게 본원이 선하다는 이유만으로 악을 기의 한쪽에다 돌리지 못할 것이 있겠는가. 구봉의 말씀이 한계를 가르는 데에 있어서 잘못 된게 있지는 않으나, 다만 기자만 거론하고 아래 '흘러서 악이 된다'는 한 대목을 거론하지 않았기 때문에 계곡의 의심을 불러일으킨 것인데, 이 또한 어의(語義)에 병통이 없지 않은 것이다.

龜峯集 後識

龜峯集有詩一卷雜著一卷書一卷　刊行於世者　其詩則光海
壬戌　先生門人沈竹西宗直　宰鴻山時所刊　而鄭守夢申象村曁
我文元公先祖所叙跋者也　雜著書則尤翁使宋公時杰　任公墅
及我從曾祖知事公　分刊於茂朱　山陰　臨陂而未卒者也　始先
生見子就大所收拾辨論書尺及私稿雜録　合而成帙曰　汝安用
此爲　往托於連山金某可也　愼獨齋晩年　以伝於尤翁　使爲不
朽之図　所以有雜著書之始刊　而刪定未卒　因有事故而止　及
至戊辰冬　時事將大變　尤翁又以授我祖考韞齋府君曰　不可使
此集無傳　君其圖之　祖考羅州時　亟欲鋟梓　屬芝村與遂庵　商
訂較讎　芝村以爲玄繩編　旣經先生所自編　而載於碣文中　且
尤翁所刪定　未及其半　今可一從本草收入　而仍其名以存其舊
遂庵則以爲尤翁旣始刪定　今當用其例而刪定之　未郞歸一　而
祖考已解職　未果入刊　以至于今　則斯文長老不在　無可任其
事者　而世遂無龜峯全集矣　相聖適得嶺邑之事力　永念先志
敢以爲功　取其全帙而摠括之　竹西所刊詩集　蒐輯而成之　故
有拾遺　而今以本草編次而無所存刪　則去其拾遺之名　只分爲
二卷　而五七古律絶　用其例而類分之　雜著　並收刊本所遺者
三篇而爲一卷　玄繩編之栗牛二先生書　其非往復者殆將半焉
若并編入則便三賢簡牘而非龜峯集　尤翁之刪定者　盖以此也
而仍其名存其舊之說　亦不可廢也　妄以己意折衷之　其非往復
之書　則用尤翁例而刪之　長牘汗漫之中　雖只一二語　其有相
往復者　則皆以全文收入　以存其舊而仍其名　分爲二卷　禮問
答　以問者類聚爲一卷　家禮註說則先君子追得於崔同知邦彦

氏所　難於別行而編入者　今校其傳寫之誤　分爲三卷　又收碑
狀等文字　爲附録一卷　雲谷稿一卷者　即先生弟翰弼季鷹所著
也　尤翁始刊原集時　雲谷外裔白海明稟請而許其附刊　令不可
違　故亦附于末　合爲龜峯先生集十一卷　以付剖厥氏　嗚呼艱
哉　文集之行　其亦有数耶　以先生道學文章之盛　無所施爲於
當世　終身奔竄流離　窮阨以殁　而其垂後之緒言亦湮没　数百
載不得傳　今乃以相聖急於了債　未暇梳洗而牽率苟成之　文集
之行　其亦有数也夫　其亦有数也夫　仍記其始終於卷末　以見
諸老先生曁先輩長老之眷眷於斯集如此云爾　歳壬午暮春之日
後学　光山　金相聖　謹識　　　영조38 (1762년)

구봉집 뒤에 쓰다

　구봉집은 시(詩) 한 권, 잡저(雜著) 한권, 서(書) 한 권으로 세
상에 간행된 것이 있는데, 그 시는 광해(光海) 임술(壬戌,1622,광
해14)년에 선생의 문인인 심죽서 종직(沈竹西宗直)이 홍산(鴻山)
을 맡았을 때 간행한 것인데, 정수몽(鄭守夢)과 신상촌(申象村)
그리고 나의 선조 문원공들께서 서문과 발문을 붙인 것이다. 잡
저와 서는 우암(尤菴)이 송공 시걸(宋公詩杰)과 임공 방(任公埅)
그리고 나의 종증조(從曾祖) 지사공(知事公)으로 하여금 무주(茂
朱).산음(山陰).임피(臨陂)에서 나누어 간행하게 하였으나 끝마치
지 못했었다. 처음에 선생께서 아들 취대(就大)가 거두어 모은
변론의 편지들과 사고(私稿).잡록(雜録)으로 책을 만든 것을 보시
고 "네가 어찌 이런 짓을 하는가? 연산(連山)의 김모(金某)에게
가서 부탁해야 할 것이다"고 하셨다. 신독재(愼獨齋)가 만년에
우암에게 전하면서 영구히 전할 수 있는 계획을 세우라고 하였기
때문에 잡저와 시가 처음으로 간행되었으나 산정(刪定)이 끝나기
전에 사고로 인하여 중지하였다가 무진(戊辰 숙종(肅宗)14년

1688)년 겨울에 이르러 시사(時事)가 크게 변해 가자 우암이 또 다시 나의 할아버님 온재부군(韞齋府君)에게 주면서 "이 문집은 후세에 전하지 않아서는 안 된다. 그대가 계획을 세우라"고 하였다. 할아버님이 나주(羅州) 원으로 있을 때 빨리 간행하고자 지촌(芝村)과 수암(遂菴)에게 헤아려서 바로 잡게 하였는데, 지촌은 "현승편(玄繩編)은 이미 선생의 손을 거쳐 편집되었다고 묘갈문(墓碣文) 가운데에 실려 있고 또 우암이 산정한 바도 그 반에도 미치지 못하였으니, 지금 일체 초고에 따라 거두어 들여서 그 이름을 그대로 쓰고 예전대로 보존하자"고 하였고 수암은 "우암이 이미 산정을 시작해 놓았으니, 지금 그 예(齝)를 따라 산정하여야 한다"고 하여 의견이 하나로 귀결되지 못하였다. 그런데 할아버님도 해직이 되어 간행에 들어가지 못하고 오늘날까지 이르고 보니, 사문(斯文)의 어른들이 계시지 않아 그 일을 맡을 수 있는 이가 없어서 세상에 구봉전집이 없게 되었다. 그런데 상성(相聖)이 때마침 영읍(嶺邑)의 일을 맡아 힘이 부족하지마는 항상 선조의 일을 생각해 왔기에 감히 이 일을 해 보겠다고 그 전질을 한데 엮었는데 죽서가 간행했던 시집도 수집하여 편성했기 때문에 습유편(拾遺編)이 있어야 하겠지만 지금 원본의 초고대로 편집만 하고 두거나 버린 바가 없었으므로 그 습유라는 이름을 버리고 다만 두 권으로 나누어서 오언(五言)·칠언(七言)·고시(古詩)·율시(律詩)·절구(絶句)를 그 예로써 종류대로 나누고, 잡저는 간행된 책에서 빠진 것 세 편을 아울러 거두어서 한 권으로 만들었다.

현승편에 율곡·우계 두 선생의 편지는 왕복하지 않은 것이 거의 반이나 되는데, 만약 그것도 편차에 넣는다면 세 선현의 서간(書簡)이지 구봉집 이라고는 할 수 없다. 우암이 산정한 것은 대개 이 때문이었으나, 그 이름을 그대로 쓰고 예전 것을 그대로 두어야 한다는 지촌의 말도 폐지할 수가 없어서 망령스럽게도 나의 뜻으로 절충하여 왕복했던 것이 아닌 것은 우암의 예에 따라서 깎아내고 그 편지의 말이 번거롭게 많은 것 가운데서도 한 두 마디 말이라 하더라도 서로 왕복한 것이었으면 그 글 전부를 거두어 들여서 예전대로 두었고 이름도 그대로 써서 두 권으로 나누었다. 예문답(禮問答)은 물어온 자의 류별로 모아 한 권을 만들고, 가례주설(家禮註説)은 아버님께서 동지(同知)의 최방언 (崔邦彦)씨 한테서 뒤에 얻은 것으로, 별도로 간행하기가 어려워서 편입하였는데 지금 전해 보면서 베껴 쓸 때 잘못된 글자를 교정하여 세 권으로 나누어 만들고 또 비문.행장 등의 글들을 모아 부록(附錄) 한 권을 만들었다.

운곡고(雲谷稿) 한 권은 선생의 아우 한필(翰弼) 계응(季鷹)이 저술한 것이다. 우암이 처음에 원집을 간행할 때 운곡의 외손인 백해명(白海明)이 말씀드려 청하자, 덧붙여 간행하라고 허락 하였다. 지금 어길 수가 없기 때문에 또한 끝에다 붙여서「구봉선생집」11권을 만들어서 인쇄하는 이에게 맡겼다. 아! 어렵도다. 문집이 간행되는 것도 미리 정해진 운수가 있는 것인가? 선생의 성대한 도학과 문장으로 당시에 하나도 써보지 못하고 한평생 피해 다니고 떠돌아다니면서 곤궁과 고난을 겪다가 죽었으며, 후세에 남긴 말씀도 없어져서 수백 년 동안이나 전하지 못하였는데, 지금 상성이 밀린 일들을 끝마치기에 급급한 나머지 머리 빗고 손 씻을 겨를도 없었지만 억지로 구차스럽게 이를 이루었으니, 문집의 간행에 아마도 운수가 있는가 보구려! 아마도 운수가 있는가 보구려! 인하여 책의 끝에 이 문집에 대한 처음부터 끝까지 일들을 적어서 여러 노선생들과 선배 어른들께서 이 문집에 마음을 썼다는 것을 보인다.

임오(壬午,1762) 모춘(暮春) 어느 날에
후학 광산(光山) 김상성(金相聖)[142]은 삼가 쓴다.

---

142) 김상성(金相聖,1705~1766) : 사계 김장생의 현손, 수원현감

구봉선생연보 (龜峯先生 年譜)

年代	歲	龜峯의 事跡	備考
1534 (중종29)	1	한성(현,서울삼청동)에서 음력2월10일 父 사련과 母 연일정씨 사이에서 4남 1녀 중 3남으로 출생	
1535	2	成渾(牛溪)生卒(1535.6.25~1598.6.6)	※ 浩原 우계의 字
1536	3	鄭澈(松江)生卒(1536.12.06~1593.12.18) 李珥(栗谷)生卒(1536.12.26~1584.01.16)	※ 季涵 정철의 字 ※ 叔献 율곡의 字
1539	6	아우 翰弼(雲谷) 出卒(1539~1594)	
1540 (중종35)	7	산가모옥월참치(山家茅屋月参差)라는 시를 지음 (산기슭 띳집에 달빛이 어른거리네)	
1545 (명종1)	12	을사사화(乙巳士禍), 소윤과 대윤이 반목	
?연대 미상		향시에 급제함	
?연대 미상		창녕성씨(1543~1598)와 혼인	
1553 (명종8)	20	이 시기를 전후해서 성혼, 이이 등과 친교를 맺음. 이 외에 20대에 정철, 이산보 및 구봉과 함께 8문장으로 불리던 이순인, 최립, 백광훈, 최경창, 이산해, 윤탁 연, 하응림 과도 사귐. ※武夷詩壇(무이시단)좌장역할 ※심종직 출?~1614	
1554	21	우계, 율곡과 도의지교를 맺음	※ 율곡 연보 참조
1558 (명종13)	25	소과 초시에 아우 한필과 함께 합격됨.이때 시험 제 목이었던 '天道策'에 대하여 수험생들에게 잘 설명해 주어 그 박식함이 널리 알려지게 된 결과 교유의 범 위도 넓어짐.	
1560 (명종15)	27	이 나이를 전후한 시기에 교육자의 길로 나섬. (교육 장소는 지금의 경기도 파주군 심악산의 구봉 아래에 있 는 집이었음) 성혼으로부터 중절. 부중절(알맞게 절도가 있는 것과 그렇지 않은 것)에 관한 견해를 질문 받음.	

1564	31	우계의 부친 청송 성수침의 만사(輓詞)를 지음	
1566	33	안당(安瑭)이 신원(伸寃)되어 복권(復權)됨, 문정왕후(文定王后) 죽고, 사림 세력 진출	
1568 (선조원)	35	성혼으로부터 至善(지극한 善)과 中에 관해 질문을 받음. 율곡 千秋使의 서장관으로 明에 다녀옴,	
1569 (선조2)	36	신사무옥(辛巳誣獄)의 추국이 시작됨 ???확인	퇴계 이황 (生 ~ 卒) 1501~1570
1572 (선조5)	39	1571년 율곡 청주목사 복직	남명 조식 (生 ~ 卒) 1501~1572
		1573년 율곡 직제학	
1575 (선조8)	42	부친 송사련(宋祀連)사망, 정철과 '禮問策'을 함. 죽은 安瑭에게 貞愍이라는 시호가 주어 짐, 동서朋党이 뚜렷해짐	
1576 (선조9)	43	제사 지낼 때 서모(庶母)의 자리를 어떻게 정하느냐를 두고 이이와 서신을 교환함. ※ 율곡 서모 위차 문제	
1577 (선조10)	44	율곡 이이가 지은 격몽요결'擊蒙要訣'에 대해 그와 논변을 벌임	이이, **격몽요결** 완성
1578 (선조11)	45	성혼에게 '處變爲權'을 논함 ※ 토정 이지함 사망 (1517~1578) 62세	
1579 (선조12)	46	이이로부터 그가 쓴 '小學集註'의 잘못된 점을 보아달라는 부탁과 함께 원고를 받음. 이이와 습관과 성품에 대해 논함. 이이가 대사간을 사양하며 왕에게 올린 상소에 대해 임금의 마음을 바로 잡기위한 내용이 아니라고 보아 그 잘못을 충고함. 성혼의 부탁을 받아 '銀娥伝'을 지음	이이, 5월에 대사간의 명을 받았으나 이를 사양하고 '辞大司諫兼陣洗滌東西疏'를 올려 왕에게 시국을논함. 成渾의 從叔父大谷成運 사망

1580 (선조13)	47	세상의 구설을 피해 한적한 산속으로 이사를 했다가 다시 구봉산 아래의 집으로 돌아옴. 성혼으로부터 오복(五服)을 입는 기간의 계산법에 관해 질문을 받음. 제자인 許雨,金長生,그리고 서경덕의 제자인 閔純과 四端七情, 人心道心説과 太極説에 관해 論함. 이이가 '醇言'을 쓰는 것에 반대의사를 표하고 그가 쓴 '小學輯註'의 원고를 열람 후 보냄. 이이가 '擊蒙要訣'을 출간한 것을 비판함.	이이, 대 사간이 되고 성혼도 왕으로 부터 부름을 받음.
1581 (선조14)	48	이이에게 三代至治의 정치를 해야 한다 강조함.	
1583 (선조16)	50	율곡이 '계미삼찬'사건으로 동인인 박근원등에게 탄핵을 당하자 우계에게 도와주도록 당부함	
1584 (선조17)	51	道友 이이의 죽음을 슬퍼하는 '祭栗谷文' 지음 경상도 관찰사가 된 李山甫에게 '答李仲擧別紙'를 써서 줌. 8월에 이이를 변호하는 생원 李貴의 상소를 초안해줌. ※ 이이, 이조판서 재직 중 사망 郭士源의 토지소송 문제로 아우 한필이 송사에 연루됨.	
1586 (선조19)	53	安瑺 집안에 의한 소송 제기와 李浇 등의 공작으로 환천되어 70여 가솔들 뿔뿔히 흩어짐. 이산해와 정철의 도움으로 피신처를 마련함. 이산해가 이이를 비난하도록 권유했으나 완강하게 거절함. 정철의 주선으로 전라도광주로 피신함. 10월 중봉 조헌이 신원소를 올렸으나 무위로 끝남	송사련의 관작이 삭탈되고 안 처겸. 처근의 伸寃이 이루어짐. 조헌, 송익필을 변호하는 상소를 올림.

1587 (선조20)	54		
1588 (선조21)	55	조헌이 구봉선생과 고청 서기를 군사로 추천함,	
1589 (선조22)	56	정여립의 난이 일어남. 광주에서 한성으로 올라옴, 왕명으로 아우 한필과 함께 구속됨. 기촉옥사 처리과정이 조작사건이라 모함, 이에 조헌이 또다시 무죄상소를 올렸으나 동인들의 화를 더욱 키워 배후자로 지목 왕의 체포령이 내려짐,	정여립의 역모사건이 발각됨. 정철 우의정이 되고 정여립사건처리의 委官이됨. 조헌, 이산해를 비난하는 상소올림
1590 (선조23)	57	구속에서 풀려남/감옥에서 유성룡과 대화	통신사 황윤길(서인), 김성일(동인) 일본보냄
1591 (선조24)	58	유성룡 이조판서 우상겸직, 국본 송강과 의논, 이산해 확인, 전라도 광산으로 피신함. 아우 한필이 구속된 후 자신도 부여군 홍산현(현, 충남홍성)에서 자수하여 한성(형조)으로 압송됨. 10월 북인 일파인 정인홍 등이 사헌부 간관을 사주하여 구봉형제의 논죄를 주청함,12월에 평안도 희천으로 유배됨. 아우 한필은 전라도 이성으로 유배됨,	정철, 우의정에서 좌의정이 된 뒤 왕세자를 정하는 건저(建儲)문제로 실각 후 유배를 당함. 구봉도 연관하여 유배길에 오름,
1592 (선조25)	59	1월에 유배지 희천에 도착함. 4월 임진왜란발발, 평안도 강계에 유배된 정철로부터 위로의 편지를 받음. 임진왜란이 일어나자 당국의 명에 따라 희천에 있는 인근 明文山으로 거처를 옮김(7월). ※ 4월 임진왜란 발생. 金汝岉 충주서 전사 조헌의병장 금산서 전사	

1593 (선조26)	60	9월 유배에서 풀려남, 희천에 있는 양현서원 에서 한훤당 김굉필, 정암 조광조를 참배함. ※ 12월에 도우(道友) 정철 사망
1594 (선조27)	61	둘째형 부필과 동생 한필 사망/이산보 사망
1595 (선조28)	62	3월 안민학과 함께 고산의 용계처사 이영원을 심방 함.
1596 (선조29)	63	충청도 당진군 마양촌(현,당진군 송산면 매곡리에 있는 숨은골(隱谷))에 있는 斂樞 金進礪의 농막에 거처를 정 함.
1597 (선조30)	64	※ 정유재란 (1월, 원균패전, 7월 원균전사, 　※ 7월 이순신 재등용, 명량해전 승전)
1598 (선조31)	65	"가례주설"을 지음. /道友 성혼 사망, 부인 창녕성씨 사별
1599 (선조32)	66	아들 취대(就大)에게 현승편(玄繩編)을 엮게함, 8월 8일 마양촌에서 운명, 문인들과 인근의 유림들이 당 진현 북면 원당동에 장사 지냄.
1622 (광해14)	사후 23	제자 죽서(竹西) 심종직(沈宗直)에 의해서 "批選龜峯先生詩集"5권 1책이 간행됨
1624 (인조2)	사후 25	스승에 대한 억울함을 풀고자 김장생, 김집이 갑자소(甲子疏)를 올림.
1625 (인조3)	사후 26	제자 정엽, 서성, 유순익, 김장생 등이 스승(송익필) 의 노비신분이 잘못된 법적용에 의한 것임을 들어 양민으로 환원시킬 것을 주장하는 신원소(伸寃疏)를 왕에게 올렸으나 받아들여지지 않음.
1717 (숙종43)	사후 118	이종신등 200여인의 성균관 유생들이 적서의 차별과 서얼을 금고 시키는 것에 대하여 상소를 올림.
1720 (숙종46)	사후 121	김장생의 후손 김진옥이 글을 짓고 써서 묘표 를 세움, 屛溪 尹鳳九가 墓所 옆에 재각인 立 限齋를 건립함.
1724 (영조즉위)	사후 125	정진교 등의 유생들이 상소를 올림.
1745 (영조21)	사후 146	이주진 등의 유생들이 상소를 올림
1751 (영조27)	사후 152	2월 예조판서 이의정과 병조판서 홍계희가 조정에 청포증장(請褒贈狀)을 올림.

1752 (영조28)	사후 153	충청감사 洪啓禧가 왕에게 올린 상소'請褒贈狀'에 의해서 신원 면천 되고, 통덕랑행사헌부 지평에 추증됨.
1762 (영조38)	사후 163	김장생의 6대손 현감 김상성(金相聖)에 의해서 11권 5책으로 이루어진 구봉선생집(龜峯先生集)이 간행됨. 4대손 金鏡玉 基碑竪
1778 (정조2)	사후 179	삼남의 유생 황경헌 외 3,272 명이 상소 올림,
1874 (고종11)	사후 275	유생들의 庶孼許通을 주장하는 상소올림,
1885 (고종22)	사후 286	적통시비로 소송 (판결, 공주명사보)
1905 (광무9)	사후 306	여산송씨 족보(乙巳年)에 원윤공파로 첫 등재
1910 (순종4) 왜정1	사후 311	규장각제학(奎章閣提學)에 추증(7.26)되고 '문경(文敬)'이라는 시호(諡號)가 주어짐(순종실록,권4/7월20일/순종3년),족후손 송종필(宋鍾弼)이 구봉집을 다시 간행.
1989 (한국41)	사후 390	여산송씨 대동보(己巳譜)에 원윤공파로 등재 됨.
1991 (한국43)	사후 392	경기도 파주시 교하읍 산남리183-3, 심학산 기슭에 봉우(鳳宇) 권태훈(權泰勳)이 구봉 송익필 선생의 유허비 세움. (산남리 주민들에게 전해지는 본래의 집터에는 그 뒤로 궁녀가 살았었다는 산남리 175번지 유역에서 30여m 떨어진 곳에 유허비가 세워짐)
1993 (한국45)	사후 394	묘전에 새 묘비를 세움(신도비)
2007 (한국59)	사후 408	8월 문화부 주관 이달의 문화인물로 선정
2015 (한국67)	사후 416	●구봉 송익필선생 기념사업회 창립 (5/16 파주시 서패동 회동길363-15 청아빌딩 404)
2016 (한국68)	사후 417	기념사업회를 "구봉문화학술원"으로 명칭 변경 ●새 사무실 파주로 (8/12) 이사. 다시 세종시로 이사. (충남 세종시 보듬4로111,도램마을@1904-602) ㉾30097
2017 (한국69)	사후 418	"龜峯漢詩詳考"의 題로 漢詩集 대종회명의 출간 ●천안시 서북구 천안천4길20, 동아오피스텔105-1004호 (여산송씨종보편집주간) ㉾62381 ☎050-2424-3333
2019 (한국71)	사후 420	●새 사무실 4차이전(2019.12.17) "구봉문화학술원" (서울시종로구삼봉로81,두산위브오피스텔603호)
2020	사후 421	● "國譯龜峯集3卷" (2020.11.15.) 편저자 송남석 (서울시강남구수서동로즈델1921호여산송씨대종회)

宿江村　　　　강마을에 유숙하며

過飮村醪臥月明	마을 술 실컷 마셔 명월 아래 누웠고
宿雲飛盡曉江淸	자던 구름 다 걷혀 새벽 강도 맑은데.
同行催我早歸去	동행인 나를 재촉 빨리 가자하는 건
恐被主人知姓名	주인이 이름 알까 염려되어 그러겠지.

龜峯集

(卷之十二)

구봉집

木版原本

1762년 제작

여산송씨대종회

頭白　　　　머리가 희어지다

人言頭白爲多愁　　근심 많은 사람 머리털 희어진다지만
我自無愁亦白頭　　나 절로 근심 없어도 머리털 희어졌네.
白頭雖許人同老　　다른 사람과 같이 머리 희어 늙겠지만
不老存中死不休　　마음 안 늙은 건 죽을 때까지 여전하리.

國譯龜峯集(下)

개정판 1쇄 인쇄 2023년 04월 03일
개정판 1쇄 발행 2023년 04월 17일
　　　　　　　대황조기원 10,010년
지은이 송익필
엮은이 송남석

펴낸곳 도서출판 맑은샘
출판등록 제2012-000035
주소 경기도 고양시 일산서구 중앙로 1456(주엽동) 서현프라자 604호
전화 031) 906-5006
팩스 031) 906-5079
홈페이지 www.booksam.kr
블로그 http://blog.naver.com/okbook1234
이메일 okbook1234@naver.com

ISBN 979-11-5778-595-7 (04810)
ISBN 979-11-5778-592-6 (세트)

▲ 삼현수간(三賢手簡)의 구봉친필

편집자 프로필

편집자는 광주교육대학교와 조선대학교 대학원을 졸업 공학석사학위를 취득하였으며, 초·중등 교육공무원으로 35년을 봉직했고 2000년 2월말 서울 경기고등학교에서 교감으로 퇴임하였다.

등산, 여행을 좋아하여 일본 후지산, 백두산을 비롯하여 국내 등반 300산 600여 회를 기록하였고, 청소년야영수련 지도자로 24년 봉사했고, 여행으로는 십여년 동안에 3대양 6대주 50여국을 돌아보고 나서 **'세계는 하나'**라는 세계일주 여행기도 펴냈다.

시와 수필로 등단하여 국제펜클럽회원, 한국문인협회원, 서울강남문인협, 서울교원문학회, 한국공무원문인협회등 13년 동안 문단동아리 활동을 하면서 시집1, 수필집10, 한시번역 등 저서 20권을 상재하였다. 2012년 방송통신대학교 국어국문학과 고전문학전공 3학년과정을 마치고

고향 광주로 내려와 여산송씨 종친회의 카페를 만들어 종문에 봉사하고 있다. 원윤공파종회총무이사,년1회발간하는 대종회 종보 편집주간과 한국성씨총연합회 이사및 뿌리문화보존회 편집인으로 활동하고 있다.

수상 경력으로는 근정포장(대통령), 스카우트무궁화금장 스카우트총재표창7회, 교육부장관상 2회, 교육감상 6회, 신인문학상 2회, 문학 작가상 2회 등을 수상하였다.

송남석

▲ 삼현수간(三賢手簡)의 구봉친필

龜峯集原文
(木版縮小本)

龜峯先生集卷之一

賦　詩上

影賦

幽人獨居而觀物憑几者幾年思入風雲之外
道通天地之先日杲杲而自東四無雲而靑天若有
物兮何物憑有形而呈形於樹扶疎於山峯嶙峋學妍
而妍模姸而姸動又動而靜又靜速則速兮遲則遲
不然自默無爲有爲兮鬼耶非鬼神耶非神老下庭而
散策乃自試之以吾身形枯槁兮瘦鶴影蕭疎兮飛
蓬不我先而我後隨乃西而刀東進退進退徘徊
何疾走欲逃轉爲入哈彼如我而非我我如彼而非
彼荒斯是非難分矣信默不言學顏子者耶虛無
寡慾慕老氏者耶效他變化過勿憚改者耶時晦隱
迹韜槓有待者耶其形間默藏文章者耶其行無軼
得翱翔者耶與謫仙而成三幾粲花下之詠詩散東
坡而爲百相供水中之娛嬉靑鸞匣裏效畫君之
眉者耶若耶溪傍情粧採蓮之兒者耶花鈿戒孝程
之晚漢池涵武皇之娥隙過白駒空發宋祖之嗟寸
重尺壁曾垂大禹之勸芥山河於明月謾成好事之
恨倒金柱於落月嘗助驪人之句皆爾幻之使然固

一

端倪之難喻噫天地之有象亦斯理之一影從虛無
不昧之境因有物有爲而逞旣於影而又影豈斯影
之能竊君不見魍魎之問影孰爲崔兮孰爲雄崑
崙之烏匿忽萬形之爭汊世間萬事無不照唯見秋

林睨瞵瞵

樂天四言一首

惟天至仁天本無私順天者安逆天者危君子有樂屋漏
莫非天理憂是小人樂是君子君子有樂危荷襲福祿
修身以俟不貳不尤我無加損天豈厚薄存誠樂天
俯仰無作

雨後登山 以下五言古詩二十八首

天近日月明騰身積霧中連峯碧崒嵂幽逕泬不窒
林虛籟歸寂水定淵涵空朗兮倚層壁長袖拂彩虹
曠堂極人目地遠來淸風天門勢漸通九扇何處通
回看舊時伴鶯鳩藏蒿蓬

挽金敬叔惕庵

子生不古時子生又東國貧病無子比獨抱君子德
曲肱樂有餘滿庭春草生我病不出門耿耿空聞聲
城西薄暮雨此生唯一商論學夏無人露祺淚如霰
丁寧百年期不忍看夜月我亦豈久世卽今生白髮

二

和人

鳥啼人尚眠曉雨凉生席柴戶靜無過滿案青山色
城南故人使聊以慰寂寞披襟許相問頻拂溪邊石

晚題

山家值晚晴池面息纖纇天容落其中一色同上下
池難上含天天遠九萬里終然天隔地生風池不止
風定豈無時定時天可逢也既不改清天亦不改容

別人

人生豈無別此別今我悲白髮去留心相見何年時
金多醜作妍天外愁蛾眉慇懃邈流水貞心無遷移

次謫仙韻

棄捐玉何言卞氏空淚垂

次謫仙韻

寂寞青樓女單居白雲端玉齒未曾啓芳春無所歡
有郎何人識無言心片丹重重翠雲屏不許他人觀
却笑秦家女輕身乘彩鸞

次友人韻寄友人

次楓崖韻

伊人阻歡會秋風搖夕悼隔水愁芙蓉塞露霑我衣

山中

孤舟夜波渡頻叩月中扉不惜流光遷但恐始願違
始願雖可違攜君同有歸

三

山上泠泠水出山爲濁泉山中廠爲友山外塵滿天
功利聲何及琴樽道自玄草閒露花靜午禽眠
悅忽人間夢逍遙物外仙身生秦漢後神合禹湯先

次謫仙感興韻

捲簾春已晚芳華枝上稀隨雨又隨風紛紛何處歸
寧從流水去莫向塵泥飛塵泥能滯物恐爾失光輝

送人

獨自立空山回看蒲衰雪

朔風吹不休河橋水流凘迤邐城下路坌子愁欲絕
稚子不知心牽衣求就席就夜長奈此愁寂寞
雷衣謂早歸旋驚秋葉落不歸亦不恨生死難測

別赴防閩人

子來何遲遲告歸何促迫揮我淚暮投何人宿
脉脉出重門前山看夕行人過又盡幾家占喜鵲

挽客死

客遊病未歸故園春草生悠悠隔親愛獨此長安城
家人日又日佇望平安音死者卽無知生者空悠悠
懷懷哭君淚不忍同里心送君漢水上普時迎君道

挽權同知真卿嚴君

薄宦有何好君歸苦不早送君一長吁他鄉吾亦老

四

仁廟卽祚時羣賢初有　鐵蕭艾忽孟嶹血泣人事遷
異鄉生白髮海曲爲孤囚歸來一身存零落悲舊遊
玄都千樹花獨立無限愁卽今事惟新時堂歸碩光
一疾竟不起重門掩秋草靈輀待曉發山郭鷄鳴早
悽凉溪上居萊落無復掃

挽張良人
哀哀廣陵盧孝子情獨苦攀號樹盡枯淚滴無乾土
一疾仍至孝良劑嗟無及癯悴衣帶寬不忍着歛襲

挽叔獻外舅
弱妻與二子那堪聞血泣

龜峯集　卷之一　五

白首惠清臒休官殊未早曳疾尋良醫復涉長安道
白日臥空廊舊遊稀相過情激館下塯死生勤苦多
一哭江祖罷丹旐浮西波改平有遺愛泣涕三州老
二兒哭隨柩小者初離抱悲風生絲頻曉月下前島
行立水悠悠山回棹聲少

山花
山人獨出門蒲山山花發清香夜應多爲待花間月
狂風吹不休佇立空嗟咄

聞京報走筆別親舊
萬世枉吾後百世枉吾上此身立其中浩然一俯仰

事業豈不大無窮非與是少小慕先師孳孳勤行政
不讓第一等欲止所止今古異其道虛名增謗毀
以無謂我有不爲謂我賢哲古亦厭於吾君莫諼悲
求生固非道輕死亦非義其間有至理毫差謬千里
休將禍與福於學爲勸沮勖哉歲暮心無忘臨別語

有懷
衆草醫孤芳幽香何損益白露滴夜半清風吹日夕
貞心空自持不許傍人識

又
吾友謂吾曰古人吾可期有爲卽其人古今無異時
出言戒無信行身惟不欺成已又成物吾道淇狂茲

龜峯集　卷之一　六

吾友忽先逝大志中道衰好學今也無傷心非爲私
相觀夏無賓隻影吾亦衰學將大有爲吾東不幸未

走筆書懷
蒲目未掩骼霜風蕭瑟今一飯祭不得臥聞烏夜啼
百目干戈裏偷安一枝棲萍蹤無遠近行伴是夫妻
骨肉斷音書生死隔東西白髮寒落盡別久魂夢迷
萬里同明月他鄉又鼓鼙農桑無舊業秋草任萋萋

雲谷哀辭

人言吾弟死　地是東海湄　有生誰不死　爾死爲最悲
白頭四弟　蓬轉各千里　飢寒兩不知　所慶惟不殞
畏人哭吞聲　淚滴聲相連　吾家鶴鴒原　汝年爲少年
常擬我先死　使汝藏我骨　憶在提哺時　慈愛於汝別
飲乳汝最後　含飯汝何先　汝病我必痛　我病汝亦然
今日死不知　呼天天漠漠　汝死我不我　土孤骨委何塞

其二

汝有三女子　丁難未歸人　汝有一男兒　啼飢病嬰身
旅櫬地盡頭　家鄉知幾里　死後卽無知　臨絕情何已

其三

日巴爲汝昏　江流爲汝咽　含聲哭不得　有怨何時淺

汝病不得救　汝死不得哭　一影落坎井　千里悲骨肉
吾門兄及弟　少小情愛篤　今春歐先定　孤墳土三尺
相持哭一聲　是哭爲永訣　吾欲祔汝骨　世亂何可必

其四

少我汝巳死　老汝能久去　春握汝手　相視悲白首
昔病今不病　人皆謂汝壽　生旣不我壽　死何不我後
身病又時疚　無知美汝天　死者或相逢　絕知別時少

瞷後又弟書嫡疑其生拜呼泣數月
始知其虛骨而釋服盖其時丁大憲自刃嬰前身不得用

如柱妹書信中赤義

白髮

春風吹白髮　吹落白花中　髮白難少年　花落又春風
無情物無窮　有情人有終　浩然一長嘯　千古弔英雄

天

君子與小人　所戴惟此天　君子又君子　萬古同一天
小人千萬天　一一私其天　欲私不得　反欲欺其天
嶔天天不欺　仰天還恐天　無心君子天　至公君子天
窺天不失其天　達不違其天　斯須不離天　所以能事天
聽之又敬之　生死惟其天　旣能樂我天　與人同樂天

贈別友人

幽居萬籟息　行立千峯寂　翩翩故人使　溪臺初成跡
書云客鐵瓮　待君吟月夕　浮生百年間　此會能幾日
昨夢落華山　纔見旋言別　東海風不止　兵戈行時畢
死者旣巳矣　生亦爲永訣　脉脉兩無言　相對看白髮

寓羊馬村曉次李白談玄韻

千山鳥聲曉　幽入夢先覺　歸雲流靜態　落月掩塞貌
露花瀼不飛　旣落還有要　林端白巴生　漸入窓間照
盈虛只一理　黙契闃中妙　味淡尊內守　暮寂輕外召
獨坐誰同賞　無私豈異調　遐想忽有會　時或宛爾笑

足不下庭戶何年事登眺
折竹吟　以下七言古詩八首
半夜狂風折竹數叢曉起對竹翻撫躬雖照可折不
可凋落同蒲柳歸來高卧一慰一忡忡
江月吟
我烏江上客烏江上月江空月亦白月白心亦白
浩然相對洞相照清夜漫漫天寂寂
枉雲陽山中次友人見寄韻
清夜沉沉洞壑幽獨鶴頻驚松上雪曉風吹落何處
鍾一聲逈度千峯月叩氷玄寶煎茶遲小奚斷夢香

龜峯集　卷之二
　　　　九
煙濕山中住久道心全山外不信風塵急參差靈巘
埋早紅隔窻曙色分又集靜閒還嫌日月遲冲虛翻
訝詩書漱神仙只在方寸中休道颷輪遠無及武陵
終未絕世間有友却向蒼生泣

白髮
白髮無端至春風偶爾來前年共尋我長沙萬里隈
今年又來尋風波湖海頭不須慇懃尋我至年年添
我故國愁
懷人
皎皎雲間月月缺有時圓有時雲散會無期悠悠水中舟

水流潮或來冊去何年廻情入浮冊逐雲去萬里一
望唯見天獨對有信潮帳怅看缺圓
　歷金城故墟避亂躋攘處也
金城烏國問何時城帶金名今古流金城不改國已
無羊堞塞月空悠悠烟開碧水千年色烏拂紅楓萬
壑秋與仁不關山河美極目還成過客愁

龜峯集　卷之一
　　　　十
足不足
君子如何長自足小人如何長不足不足之足每有
餘足而不足常不足樂在有餘無不足憂在不足何
時足安時順處何憂怨天尤人悲不足求在我者
無不足求在外者何能足一瓢之水樂有餘萬錢之
羞憂不足古今至樂在知足天下大患在不足二世
卜他生曾未足匹夫一抱知足樂王公冨貴還不足
高桃望夷宮擬盡吾年猶不足唐宗路窮馬嵬坡謂
天子一坐不知足匹夫之貧美其足不足皆在枉
巳外物烏烏足不足吾年七十卧麁谷人謂不足吾
則足朝看萬峯生白雲有去自來高致足暮看滄海
吐明月浩浩金波眼界足春有梅花秋有菊代謝無
窮興足一床經書道味渡尚友萬古師友足德比
先賢雖不足白髮滿頭年紀足同吾所樂信有時卷

藏于身樂已足俯仰天地能自任天之待我亦云足

名者實之實詩

山家潑鎖武陵春烟霞十載修天眞美玉從來少韞
其實固在內實在外物何有於吾身璞雖非和
檟姓名不許來紅塵在邦在家慕必聞笑他怎實爭
璞則璞豈待名後能爲珷珉即鳳凰踐不生
億萬封豈君三千同德周非臣儒名墨行歎兼世
德稱麒麟名之是好實反葀鐵爐冒號顏紛續離心
康稱馬識狂泰宋愚藏寶定是石穆王刻木誠非人
草皆麒麟名亦無
當初無物名亦無以指喻指都無因一自篆成渾沌

龜峯集　卷之一　　十一

死萬物化化如洪鈞高以云山潑以水黃遂稱金自
又銀名於是乎自他來遂爲君臣日以新寶盜爲寶
渾眞僞月朝異號鈵頻頻不觚稱觚慢尚浮世道一
洿無由淳安石言堯行豈原憲家食道不貪皆指
其虛不指實此間實主誰能陳嗟我早定內外分曳
尾塗中樂隱淪耕田莫入有莘野垂釣不到磻溪濱
讓堯天下反有名却向箕潁笑逸民

赤壁奇巖上一村　以下五言絕句三十九首

小店倚絕崖柴門向水開汲泉雲外去採藥鏡中廻

主人出不還偶題

寂寂掩空堂悠悠山日下出門又入門佇立還成坐

下山

殘夜鳴淸磬擔節下碧山巖花猶惜別隨水出人間

詠樓霞寓客

念時生白髮閉戶落寒梅京友斷書札山禽惟去來

雨夜

獨客耿無夢竹間山雨寒還如倚孤枰秋夜猶少難

泉源驛樓次松江韻

路窮南極海心逐日邊雲遙憶松江老時掩竹門

驛亭殘日酒征馬楚山雲樓下瀲瀲水隨人出洞

龜峯集　卷之一　　十二

原韻

慕詠

偶吟

怡竹翳寒烟涼生近夕天一身千里外無事是神仙

竹

我似梅花樹南移厭北還長安桃李日誰復問孤寒

竹

遠保千年碧他時鳳下來三春能幾日桃李夢中閒

南溪暮泛二首

一棹依芳渚千峯看白雲回頭喚酒處花雨落紛紛

迷花歸島晚待月下灘遲醉睡猶垂釣舟移夢不移

靜坐

不出南庭畔　遊觀唯敬天　心中無一物　默契未形前

次韻二首

沉吟成一醉　孤夢倚晴霞　睡起香生石　無風落晚花
他鄉又過飛盡洛陽花

川上

長風吹夕霞　微月動川華　白露落高樹　香生幽谷花
極目晴天外　歸禽伴落霞

七月初一日

乙巳終天痛　于今二十秋　年年今日淚　一一爲民流

【十三】

夜行

風雪窮山路　騎牛夜獨過　村遙溪見火　江靜逈聞波

鴻山

鴻花凌霄志　來投絆緤中　開籠應有日　一擧海山風

南土多蠅戲題

偶吟

北山愁白額　南海困蒼蠅　壯士今無搏　騷人謾賦憎

獨坐

萬死投南國　孤棲竹杖寒　杜鵑悲獨苦　鷗鷺羨長閒

隱几愁將夕　秋陰滿小樓　流螢欺白日　穿樹各爭頭

次邑倅韻以報二首

歷血竟無言　愛民心轉苦　九天漱復漱　悵望五雲間
簾中日月長　戶外風霜苦　閭虗是仙宮　莫言山海間

客中次人憶京韻七首

白麥秦城骨　崇莪連楚塞　烽上陽宮裏月　依舊掛西峯
千官披草莽　幾夜依新烽　雨泣宮中樹　春殘伏外峯
念弟題新句　傷時占遠烽　夢裏仙宮近　蓬萊第幾峯
萬井春無火　千山夜有烽　行立空仃立　寒雨落危峯
旅館人虛老　何時有捷烽　落花漲滿膝　門掩萬重峯
手撫龍泉釰　天遙照烽　白頭空仃立　漏轉花落危峯

【十四】

江上書懷四首

直視扶桑路　頻年困海烽　誰將三尺釰　高掛日邊峯
萬里天連水　孤舟未歸　白屋悲魚尾　青山落楚圓
繫舟人卧病　湖海又春風　虎視三韓國　堯心萬國同

來時敎兵

白首英雄田　干戈歲月驚　天書方罷已　邊策又徵兵
勢失龍魚服　爭多鹿虎皮　沉吟終夕落　月滿江湄
覽李謫仙四皓詠鴻時　願爲儲皇死　休言定是非
酖碁季虎日成翼詠鴻時　願爲儲皇死　休言定是非

別人次所贈韻

逢人問死生同樂負初計　斑斑兩袖痕非爲別離淚

衣坐

層城聞遠笛月照紗窗明　展轉不成眠爲誰無限情

江上

寒角斜陽外江村一二家　秦將吾豈致滄海亦風波

鳥鳴有感

足足長鳴鳥如何長足足　世人不知是以長不足
次粟谷韻以下七言絕句一百二十三首

微霜一夜早京生千樹隨風落葉輕窗外孤松雞下
蜀無情還似有漢情

龜峯集　卷之一　十五

風塵局束二毛生一葦歸來萬事輕　江上秋山不
相厭世間交道在無情
原韻

好片時風雨亦堪愁
池荷蕩漾珠定堤柳顛狂影不留月到晴天應憂
秋夜蓮堂四首　典故人對雨　急遽逢風雨

簾外狂風落晚定樽中綠酒漾微波世間摠是無情
物休問傍人夜幾何

風欲還時雨點稀一盃傾處百憂微田府不待雲中
月爲惜紅芳逐樽飛

玉杯美酒全無影雪頻微霞乍有痕無影有痕皆樂

龜峯集　卷之一　十六

意樂能知戒莫留恩第一首　謂有憂患終必有喜樂
第三首　謂云去泰來亦不可窺其　第四首　謂謂戒敬人以酒邑云

不欲見人蒙兄勸之敢題

靜中眞味逾淡醉醒來柳轉陰琴自無絃絃不
斷世間非謂少知音

病中寄人

病惱秋蟬簾不開隔簾看月應徘年年減卻前年
事誰對黃花把酒盃

獨臥

芳草如煙對鹿眠落花流水夕陽邊無爲覺覺爲眞
樂誰信閒中別有天

望月

未圓常恨就圓遲圓後如何易就虧三十夜中圓一
夜百年心事總如斯

詠閒

微吟徐步養天眞盡日山中不見人松上白雲松下
水世間萬致狂清食

見地圖黃河水有感

禹跡荒涼不可尋見何日只長吟臨流有歎無人
識萬古誰傳不濟心

讀孟子說滕以井田之制掩卷有感。

商周寂寞困蒼生孟氏當年忘未成儂後橫渠嗟又
遠謨將王制付殘經。

偶吟

千峯白雪靜無塵一炷香烟伴此身山外催租官事
急不知人世有閑人。

雲庵次友人韻。

連宵寒雪壓層臺僧到何山宿未迴小榻香消靈籁
靜獨看晴月過松來。

龜山道中二首

無心進取坐忘行袜馬松陰聽水聲後我幾人先此
路各歸其止又何爭。

過盡前溪宿雨晴海棠花邑漸分明離邊細草眠黃
憤牧笛時聞弄太平。

宿江村

過飲村醪臥月明宿雲飛盡曉江清同行催我早歸
去恐被主人知姓名。

宿山寺

坐對孤僧兩不猒焚香一夜聽蕭蕭曉雲滿座無歸
路童子開門掃石橋。

龜峯集 卷之一　十七

朝起獨坐

春花落盡曉慵開惟放風琴出竹關白雲來宿還歸
去應惟經年不下山。

立春後

靜榻初驚日影斜觀書還喜畫功多庭梅春意無偏
化不別南柯與北柯。

宮怨

幾處承歡樂未休夜殘歌管向西樓宮中一樣黃昏
月鎻到長門便作愁。

曉詠

曉露雲花滴滴香入簾山邑滿衣裳紫雁日上無人
喚不信塵寰萬事忙。

贈叔獻家相逢詩釋

發夢入青溪茅幾峯

去喪同兄侍母獻杯。

泣血三年未死身還將絲管慰孀親海山秋邑運依
舊含淚相看白首人。

送陳慰使赴京求詩題賦　時嘉靖天子崩求詩賦。

輕簑短笠太平人手理荒園二十春悲淚數行臨別

龜峯集 卷之二　十八

意始知巢許亦堯民

挽鄭生龜應二首

昔時君母哭君父君在懷中初歠乳哭君今日不堪

聞夜到五夏聲轉苦以嘶母

弱妻來對銘旌哭一枉腹夜雨無端春浪

生靈車曉出身逾獨以摟

挽從父巍假守釈地將一人

東郭僑居二十春抱關寒夜鬢毛新追思舊日重陽

會諸父行中只一人

挽大老慈闈

龜峯集卷之一

二家慈母偏憐子憂疾當年信使頻孤露餘生猶帶

疾忍看袁経又吟呻

挽聽潮堂主人子

同里情深祖子孫生雖先後卽隨肩江扉晝掩添新

病自首誰知哭少年

霞堂四夕　松江分

題品如何失重輕牧丹紅紫近中庭蒼髯古栢疎

外半夜風來有怨聲　右蘿栢外不合

剖竹冷冷水有源池邊瑤草細相分無雲擬見全天

影莫遣青絲慈殼紋　右池邊弱嶺

十九

百日嬌然松竹叢元色不相同前灘正對輪

蹄路合作行人照眼紅薔花外難上紫　右薔花移植上　松江

不向春天競桃李却將紅艷寄霜風豈知傍有松

千樹一邑蒼蒼序中間病欹拔新裁松　松江

挽內弟平原妻

舅氏謫中爲客魂靈槃老毋哭堂北可憐靈又棄而

歸老毋如今誰爲哭

昭君辭二首

龜峯集卷之一

休向胡沙別離長門咫尺亦天涯花間畱灑君

淚早晚隨風上玉墀

玉無遷轉海無窮虛取丹砂試辟宮一識君王辭漢

日百年心枉漢宮中

林石川席上呼韻二首

相國詩篇元不俗狂生身世本無關醉後欲歸山月

落白雲來濕羽衣寒

山川決決路登登半夜無人月作燈　挾挾

雪游仙三四踏成氷

憶昔毗盧頂上登歸來霞屋一青燈　叩門何處神　洞雲初罷

仙骨瀟灑入皆出壑求

春畫

石川

二十

雲誑扶手枕金罷夢裏尋仙醉未迴。山鳥不鳴春寂

寂閑花移影下層臺。

雪曉

鍾鳴古寺僧初起蓬掩孤舟釣不歸。一點孤松埋未

盡獨看寒碧映朝暉。

田家

映水踈籬三四家微風吹送小桃花田翁排戶望官

道兒子不來山日斜。

桃村曉起宿客已歸矣。

春鳥催人睡起遲日高猶未啓山扉閑居寂寬休烟

偶題

火懶愧詩仙华夜歸。

龜峯集　卷之一　　二十一

我不謝人人不來白雲山徑長青苔室中自有無窮

謝人寄花

樂萬卷經書酒一杯。

仙盡阶得清江水捗寄寒香病臥家堦笑一春渾似

夢夢中還待夢中花。

詠西湖處士

片片梅花步步詩柴門有客鶴先知人間一樣黃昏

月月在西湖分外奇。

曉

童子穿林叩氷虀熟烹茗留歸僧主人窗下足春

睡山外不知朝日昇。

過清溪峽

繁花飄落一溪紅白鳥雙飛錦繡中醉客無心尋道

士小舟浮在去來風。

舟中睡起

棹歌一曲廣陵西芳草萋萋日欲低過盡名山渾不

省夢隨流水入晴溪。

雜詠

門閑猶鳥下空庭人臥松陰醉未醒邊水有花風政

急春先流過幾山青。

宿山寺曉出

院上層嚴聽曉溪。

萬壑雲生去路迷一聲清磬斷橋西前林月落僧歸

山中

獨封千峯盡日眠夕嵐和雨下簾前耳邊無語何曾

洗青鹿來遊飲碧泉。

雜詠

日過茅簷掩短扉叩氷炊爨午烟遲不知夜雪埋寒

龜峯集　卷之一　　二十二

竹步出東橋問小兒。

雲從夜坐
瓊瑤一色四無垠。鷗鳥江空夜欲分。心源靜與乾坤
合。宥物還嫌月作痕。

龍鶴爲村童頁作二首
多情湖更動籠護無意街童襁劣毛恩怨世間不
肖碧霄曙夢跌迢迎
九皇清響反戒身欲象無心近世塵軒上殊恩非所
卷夏段沙碛是何人

尋光隱大 磯磯

龜峯集 卷之一

一禾囲通萬疊山闢花浮出碧雲間幽人採藥前山
去芳草連溪掩竹關。

二十二

無題二首
一行垂柳掩紅蕖畫雙眉樣纖自折嬌花調外
客伴羞還下水晶簾　時
荔枝一齣江南草連理無情半夜言男子幾人還固
罷香羅巾下有宠塊　非謂妃子 無罪也

獨臥
入簫山邑碧依依盡日微吟掩竹扉即笑白雲無定
態既西何事又東歸。

送舅氏
行出摩雲雲滿程。郵亭遞夜客愁生海濤聲裏家千
里曉起頻着故園星。

贈舅氏妾
日日江頭望遠人今年楊柳去年春分明記得前宵
勇試上粧樓拂鏡座

睡起
千里飄蓬六尺身十年虛負洛陽春樽前醉夢真吾
土窗外青山是故人。

龜峯集 卷之一

廣寒前溪夜泛二首
滿船風露夜凄凄何處青山杜宇啼烏鵲橋通銀漢
水一天花月使人迷。

二十四

一溪移棹夜雲長兩岸幽花拂面香扶醉下船渾不
記夢回沙渚月盈裳。

對梅懷人二首
超遙江南信使稀幾宵歸夢月明時攀枝欲寄春風
晚不是梅花舊意移。
開何不早落何忙昨夜狂風蒲地香北望佳人頭欲
白一年春盡又他鄉。

睡起郵亭

客夢頻驚聽早鷄。曉天殘月影高低。道平如砥愁辛苦。風作飛塵雨作泥。

尋連山新都

人和當日秉龍盤。仙跡猶存萬歲山。回首漢南春寂寂。夕陽高掛五雲寒。

次金希元黃山亭韻三首

池荷香動醉魂清。沙明十里映疎雨。日照千林猶晚晴。

天容雲彩撼山亭。石礫方塘活水清。休道此翁無可友。一雙幽鷺下秋晴。

秋先濃翠滴幽亭。晚醉醒來扶篁清。遙想夜深奇絕事。一輪明月萬山晴。

贈人

午夜承歡下九天。羅衣香帶御爐煙。花容如昨恩還斷。咸曰休言未十年。

有感

花竹咸生雨露天。心期誰信雪霜前。太平同樂非難事。憂處方知雅守堅。

中秋月寄牛溪

為雲為雨任紛紛。富貴繁華換主頻。獨有中秋天上月。年年依舊屬閑人。

曉起

吹角孤城月影沈。池荷香濕曉雲深。幽人初罷秦關夢。脈脈憑欄無限心。

曉霽

秋空冪冪烏鷺棲。餘滴玲瓏竹影低。曉雲含雨歸前島。落月猶留古蝶西。

秋夜

那堪千樹葉曾飛。一別經秋夢亦稀。家落海西消息斷。月明何處擣寒衣。

流離中用謫仙韻五首

投壁出門煩抱負。大兒吞哭小兒啼。行人過盡無歸路。極目萋萋芳草齊。

人語傷心殊處處。山禽猶作故園啼。為傭笑未除前習。老妻悲眉與案齊。

兄寄山東弟海西。臨歧不敢向人啼。江南再見梅花發。孟子無心久於齊。

欲祭吾親家萬里。隔窗愁聽夜烏啼。來時手種庭前樹。聞道如今不復西。

東海悠悠不復西。丈夫邪效婦人啼。希賢希聖當年

志國可治之家可齊

憶兄學二首

今在何堂亦虛夢傳書信賞還疎前揖後唁當詩
事念及辛勤淚澌據
心非一事書難盡居轉東南夢亦達窹我後生今自
首共攀松柏夢何時

曉起

鴈行零落江天遠姜被凄凉曉月寒十載弟兄雲外
隔故山松柏夢中攀

秋夕

龜峯集　卷之一　　二十七

千植高松入採薪鄉孃何處托孤魂太平人作流離
子誰酌清泉慰履墳
逃亂而臥不孝通天罪也

贈金而精

人言不到公明地風雲偏侵獨立姿雙鬢各隨時事
變水鍾秋月是心期
路出平山而精鳥平山宰嚴然呼然相見

化鶴樓

寺不相見近三十年事曾逢而橋于水纖

池面烟消柳影齊
聯仙夢初回海島西一聲長笛夕陽低朱欄縹緲人猶

粟串津上次南窓韻　玄翁　贈別韻

相逢又作別離人白髮飄然映碧津津上有松經世
亂美渠長占四時春
班荊江畔送行人漠漠寒潮正滿津柳卷君行
跡去天涯幾日可逢春
原韻

江上吟四首

問江月悠悠照玉琴
耳聞目見殊滾滾口說身行有易難戶外僂僂隨春夢
散滿江風露一簑寒
先聖見心難見面世人知面不知心春風萬里無相

龜峯集　卷之　　二十八

一葉扁舟四海心萬山回首白雲深儒家功業身中
事今古英雄謾外尋
舟欲返時風夏惹釣將投處水偏漾萬事無心成一
醉臥看明月出遙岑

讁在威城　龍御西移衣冠多死對鏡吟得以

贈故人

洛陽花發春無主千里長沙作帝畿回首昔年知舊

獨臥

何人能復濟生靈隱几堂中萬里情春夢半隨風雨
裏幾人能得鬢邊綠

散洛陽花月未分明

次友人見贈韻

天戈東出凜秋霜問罪雕題慰死傷獮閣何人切弟

一老龜無用合支床

張良三首

衣繡楚猴悲玉淨食芝秦老下仙山從容帷幄無多

說指示追奔總不閒

不獨傷心向故墟殘凶兼疾匹夫除祖龍戴首魂先

碎莫恨沙中剚車

吾薛在楚非私漢當世稱帝者師不事詩書難久

處赤松高跡少人知

龜峯集　卷之一

次友人韻二首

題柱雄心墨未乾掩蓬孤臥雨聲寒人間平地多風

浪覬得冊中一桃安

雨後秋山染不乾扁舟身世一簑塞莫道無心治亂

事有時魂夢到槐安

松下會酌

滿目干戈四海同偶來松下聽清風一枝無處安巢

鳥三顧何時起臥龍

新到經亂地灰人

二十九

會玉漏聲遲萬樹春

次同宿友人韻

隔窗飛雪曉風輕松籟依然故國聲歸夢不知湖海

遠却隨殘月落寒汀

贈同約避寇人

雲外行裝月一簑輕舟隨處足生涯傍人錯訝漁郎

至懶惰無心又種花

獨往

洞裏尋春微雨餘蹇驢獨訪桃花水林巒景黑還歸

來此外應雷避世子

落花淒處獨眠人虛頁山中漉酒巾追思煙月名園

旅寓中次友人見寄韻

白馬盟寒頁乃公安危只係採芝翁天理至明終不

隱一人空與萬人同

次人

事却將興廢笑英雄

長嘯仰天天浩浩俯臨滄海海無窮獨立此間無一

獨立

後孤城何處見新煙

數林殘柳夕陽天芳草開花覆古阡啼烏一聲寒食

三十

龜峯集　卷之一

對十日菊歎過時

九日香非十日衰今朝何事使人悲遙知獨立東門外不似唐虞玉帛時

有所思

門外漠漠迷去路眼中依依見遼西自折梅花眠不得覺聽明月子規啼

病中

琴書一室性情清卧病年年草自生山外不知人事憂錯將花月咏升平

懷斗溪〔夢夢轄令時與朴淡翰相期以第一悲哉〕

不上蓬萊峯第一當時猶未許尋眞萬里相看天外月百年長憶夢中人

偶吟

九萬迢迢夜氣清片雲飛盡月分明世無屐子知仙跂槎到天河只獨行

夜坐

仙漏遲遲萬念灰一聲長笛月中來只緣慕道誠猶猶頭白薄休說天關不大閒

頭白

人言頭白爲多愁我自無愁亦白頭白頭雖許入同

〔三十一〕

龜峯集　卷之一

老不老存中死不休

楮子島次友人

弄月平湖懶上山滿船風露一簑寒醉來歸卧松根石盡夜無眠聞遠灘

次擎壞韻

林間無物撓清懷天月流光入酒盃何處仙翁調鶴盡起來虛奏戀春音

朝起

昜啼綠樹曉雲澳病醉微醒倚玉琴窓外不知花落盡數聲風蓬落雲街

閒中

世遠始知無毀譽山深方信有神仙白首都忘天下事一瓢高卧月中眠

曉起

幽夢初回海日明落花啼鳥掩山扃白雲澳處堪伸陶誰向君門作客星

對酒吟

有花無月花香少有月無花月色孤有月有花兼有

送人

酒壬喬乘鶴是家奴

〔三十二〕

龜峯先生集卷之一

無邊落木送君歸　錦水西風日暮時　夜看明月維孤

棹回堂天南故舊非

謝人送粟抄醬油作果

嚼未吞之可儆　仙花開何必待三千　囊歸海上吾多

計莫學林中鑽核賢

三十三

龜峯先生集卷之二

詩下

遊南嶽以下五言律詩一百二十九首

衣草人三四　於塵世外遊　洞燧花意槑　山墨水聲幽

斷嶽杯中畫　長風袖裏秋　白雲巖下起　歸路駕靑牛

曉行

夷險無人問　高低任馬行　寒鍾何處寺　流水隔林聲

徑轉孤星沒　天開遠岫生　遙看滄海日　此路喜重明

君山鐵邃

鐵邃紫荊曲　洞庭湖上山　引風經鴈背　和月落雲間

偶吟

數闋腸能斷　三成氍欲斑　孤舟何處客　千里未曾還

龜峯集卷之二　一

郊居述懷

長空獨鳥没　落日靑山多　佇立有遐想　幽期無奈何

人間悲白髮　天外望仙槎　芳草起嵐氣　夕風增水波

寂寞心無累　繁華夢亦驚　省中眞有悟　身外總虛名

宿楮子島

舟泊春灘下　眠依躑躅花　香烟迷醉夢　風露滴漁簑

未曉人猶語　回檣月欲斜　計程知幾夜　雲水入無涯

觀瀾臺

驪落平丘夜花連斗尾春半江殘月影孤棹獨眠人

灘急聲依桃山長翠瀋巾沙禽鷺短夢曙巴起青蘋

繫纜清江曲騎驢日欲斜一溪南北岸垂柳兩三家

野廠眠芳草山禽落晚花幽居知漸近小路入晴霞

尋老隱丈

江上別詩僧

白鷗同伴宿孤島夜雲隈笠重西村郊（一作雪笻香古）

寺梅尋眞惡歲月閒鶴守蓬萊行止皆無地從今幾

日迴

龜峯集　卷之二　二

赤壁奇巖上一村

明河連戶牖嶽氣惹几送夕炊烟歲月朝漱雨落天

離塵真興府鍊魄豈神仙何能占連溪高躅繼泠然

歎北報

運籌每嗟瘠枯骨盡黔黎海月連戈劒山風響鼓鼙

將軍貂纊狗謀士鶴同雞聞說天驕子稱王鴨綠西

聞故人作功臣奉奇二首

雅信文經國還驚武秉忠借籌貢上策無戰秦成功

彩着陽鳴鳳威行草憬風為霖仍洗甲調鼎夏和戎

顧定內難信非一相之動勢

額出奇運神以一朝外侮

龜峯集　卷二

天假交河虜兵屯細柳菅桃戈眠老將吹角掩孤城

鷄犬初分散釋兒未長成安邊應有策賈誼是書生

（慶源陷城之後及連歲被）

宿赤壁村二首

倦客投塞店踈篁薄暮風一僧歸野寺幽鳥下蘆叢

布席雲霞溼開門水月空主人來問姓相對兩衰翁

小屋隣殘寺疎鍾隔片風歸心隨逝水孤夢倚寒叢

月入秋山靜鷄鳴曉洞空欲行前路遠重問主人翁

朝發赤壁

童子喚幽夢客窻朝日紅懷鄉水萬里問程山幾重

龜峯集　卷之三　三

送邏伯蟾　移守錦城四首

學道愧童甫行身悲斷腰問三尺劒無計倚崆峒

念埜歸高智移旋壓遠威聲秋渡海浩氣月臨陴

壯志三韓小孤忠欲居夷塞雨迷秦樹秋雲復楚陴

綺黃非避世夫子欲居夷簡書增彩色誰復歎時危

文志今日用名許後人知鳳霜驅海瘴歌詠擁山陲

文起湖中學魂驚日下夷鳳霜驅海瘴歌詠擁山陲

獨立持吾義輕生信主知省煩非自養東土卜安身

東晉思安石西京念富民一州非聖意五斗豈謀身

略秘肯藏甲仁深虎渡岸島間聞設祭波定日邊春

贈新窩隣人用杜詩韻

紉薜成長佩裁荷作短裳無家常旅食不飲亦清狂

新識烏親戚他山是故鄉秋天看夏遠歸鳥帶斜陽

宿歸鶴亭四首

歸鶴亭猶在亭空壇明天漢近簾重海雲流

月落泉鳴夜山高露滴秋無由聞遠遂歧路雪盈頭

吾友客南國高亭墨尚酉孤舟無繫處風海憶安流

別裏看明月愁邊又一秋浮雲連漢樹遙夜雪盈頭

匹馬尋真路千峯落木秋思人簾故捲孤在山頭

浮海嗟吾晚曇鄉跡久酉感時天北堂懷舊憶東流

龜峯集 卷之二

四

一鶴歸玄圃千年亭獨醒星光依砌落山影入溪流

竹驚天外夢荷破月中秋逸志超塵世長吟愧白頭

獨坐松樓

雲散前宵雨樓高霽色明一年今夜月千里未歸情

簷啻聱峯小庭虛曲水清阮窮猶自適無愧笑青生

雪

無等山頭雪隨風落滿庭近簾催曙色巴入竹助寒聲

浩渺迷關路嶺紛慈客情霽天東海月何事又來明

旅館清曉

幽人自無夢雨過虛堂寒花濕明新旭竹低多遠山

塵心窮處盡真味靜中看半世交遊事浮雲聚散間

客中用杜詩韻

海近雲連竹裘寒夕翠霜溪穿落葉秋巴下重簾

地盡青山遠時危白髮添北窓歸未得何處卧陶潛

秋夜宿剛泉寺

氣蕭千峯靜天虛萬象懸邪知興國寺夏滯問津人

鳳去悲今世言危悼昔賢淳風何寂寞塵外姜泰民

曉自剛泉過蓮臺上月淵臺

兩散蓮臺曉餘寒掛石門林搖秋巴落鳥起蘿聲分

壺酒綠蒼壁囊詩上白雲漸高天宇大不必歎離羣

龜峯集 卷之三

五

九九之明日投士人村居云是士人初度日子

中司馬新婦獻鵝

泛菊重陽節明朝是吉辰桃凉藏舊堂穩藏新斑

婦德天中鳳君恩崔外春慇懃詩禮訓慶溢壽杯間

曉雪

窓虛夢自驚米厚水無聲竹壓禽頻起僧寒磬不鳴

寂照心魂定迢遥世界明森然成獨坐真味孰能爭

曉起見故人書

客睡未曾冷夜長聞遠灘晨光連雪白行意帶雲寒

有守窩猶泰無憂隙亦安大明能照物親舊莫嫌歡

念弟
孤愛猶關塞人傳繫洛師生存皆聖澤不罪信明時
獨鶴歸無托殘梅折寄誰割恩終未得溝壑有啼兒

夜登廣寒樓
靈光生別舊仙蒙枉方塘獨立愛山靜步虛耽夜涼
白連天色遠清入水聲長風落霞如雪紛紛映羽裳

偶題
道直恩先貸情渙枉易分功將天鎮物事以靜持喧
有信雲中日無形霖後爲是非真不隱休歎若絲芬

書懷廣寒樓前皆西流

千里又千里白頭爲楚四天同春一邑山換水西流
信道遵中守遺名斷外求念時空蓮曛不是故鄉愁

獨坐
芳草掩閑扉出花山漏遲柳渡煙欲滴池靜鷺愆飛
有恃輕年幕無爭任彼爲升沉千古事春夢自依依

客中
旅鬢渾如雪交情總是雲艱危明物理寂莫見心源
世遠言誰信蹤孤謗未分山花閑又落江月自辭圓

靜坐
味淡無夷險情輕任去留功程看草長世道付江流

三八九

物外莊生馬人間范蠡冊高翔雖可樂靜坐亦忘憂

道上
曠野悲風愁蕭條間井稀時危門閉早山遠客行遲
落照孤雲外長天一鳥歸東南居未定惆悵夏臨歧

尋蛟龍山
一路綠流水窮源入翠微廉開眠草久人醉出花遲
巖護經朝雨林藏未夕暉仙風吹老鬓玄我短長絲

獨立
何晚洞門靜一聲何寺鐘孤眠溪上石醉起竹間風
落照映疎雨晴雲開遠峯澄心空佇立飛鳥入長空

夏滯松樓
有命安吾義無私樂彼天客竄藏寶劍世道付閑眠
五落楚江葉三爲吳市仙去留何計較遲速任當然

秋夜
地僻犬猶吠村荒門不局臨溪有老樹半夜連寒聲
獨客耿無夢懷鄉瞻遠星龜峯絲蘿月應向舊池明

夕風吹片雨寒日照孤城隔島有蕭寺響雲來聲聲
獨坐寓中用李白韻

曠然凝道想黙坐蕩塵情身老轉無事時危空遠征
夜宿豆陵溪上

短夢驚頭石冷冷入夜清谷湲一杵響村遠數燈明
鬢上寒螢度牆中白露生無家來伴爾宿鳥莫相驚

秋夜

夢寒驚落葉身遠愴飛霜白髮餘無幾黃花又異鄉
虛名憎一世儒術慕三王夜起看孤劍雄心萬里長

客中二首

有路吾何適無家夢不歸避人非避世言志豈爲師
道狂才難試時危計轉違出圖嗟已矣浮海慕先師

錦水浮雲外光山一醉中心能念久違地不問西東
消息言難信歸來夢亦空在懷兒學字爲客父成翁

八

偶題

蹈海懷高節談玄鄙保身清湘愁落日先見又逢春

戰北多新鬼憂南少舊臣自登千古恨玄莵幾年春

聞洛報寄趙汝式 汝式上章被謫

魂忠能安白刃氣欲動星文按及衡門老芳名愧金

狂言雖近訕誠意只憂君海潤悲精衛江滾怨楚

偶題

存誾死草中華楠辭人云故抹向句及之

次醉翁韻

青春辭漢早白日臥雲湲一島桃花雨長空海鳥心

醉鄉愁不到仙鬟雲難使塵世相忘久維舟莫浪吟

三九〇

隱几滾雲水窮經長薜蘿不求知事少有守得天多
山靜香生草江澄月在波心源虛已久無噚亦無歌

獨坐

春草上巖扉幽居塵事稀花低香襲桃山近翠生衣

幽居

雨細池中見風微柳上知天機無跡處波不與心違

睡

眾鳥歸飛盡清風生夕林人眠石上月露滴花間琴

一水天機遠千峯靜味漫古今誰不睡高致少知音

暗曉

九

碧嶂雲連草紅低雨壓花暗泉鳴遠谷初日在湲霞

獨臥巖爲席無門樹作家千峯迷去住長嘯倚天涯

高臥

高卧養玄牝霞棲傍寂寥林聲晴作雨江色夜連朝

山靜春期遠天長鶴路遙寄懷雲漢表風御任逍遙

寄勉汝受

懷君眞有意不是恨相離村絆雞聲斷雲沉曙色遲

無眠空獨起有淚只心知志在天必遂休道我何爲

送人

交道知心貴相尋豈在顏臨行來別語平昔是情親

易水看新月　長城弔古秦　歸來君有得　莫作一般人

贈友人

塵囂聞弱水　仙界有銀河　一別音容斷　相思鬢鬓華
良辰如夢裏　跫卬天涯好會秋期近　傍人莫怨嗟

有把捐思慮　冲虛道味長　水逢淩處　唯白髮識詞但青香
有把好義有誠所謂旅投林心倦妹妹清到靜時香

高桃山禽斷　開簾夏夕凉　神仙非物外　成毀總凶羊
夜橋同南北　方言異後前　傷心箕子國　無跡問遺賢

謫澠川途中卽嶼正月

隻影捐親愛　雲山路幾千　隨身唯白髮　識詞但青天

香山

山嶽威靈赫　田原雨露均　日星休徙復　天地失昏晨
寶開千年雪　花開五月春　康衢歌帝德　聞昔降神人

山中有感

山外黃埃合　山中白日晴　茹芝憂世道　卧石念民生
沉滅誰兼濟　渡藏愧成三都風火急　何處是王城

聞百官在道多心　經亂瑜時末見中興之篆傷

歎歌題二首　闇鄉眠似酒食勞

講學府中久　金與香莫還　魚頭安萬姓　鳥道散千官
果熟新誰薦　壇空火巳寒　傷心京洛路　不見漢衣冠

三九一

（龜峯集 卷之二）

萬命危朝露　十門鎖夕陽　洄迎新部曲　血減舊濃桑
聞金士秀戰歿不埋　將非其人有
白羽追黃屋　金聲入玉堂　唯聞全佐幸　不見效忠良
南土猶征戰　忠臣未返骸　丹心應照日　青血豈生苦
為鬼知殲賊　升天庶有墳　多少死休歎　死無埋

憶趙次弍

屈子非宗戚　張慤未戰功　分逾淮上守　忠邁楚江魂
老憫生應走　威靈死亦奇　全軀簪佩者　論說任紛紛

避亂在山中次伯兄韻

境僻風煙隔　山開月月新　爭茅非作戲　尋水笑迷真

採藥

始惜府中指　還追鶴上人　三千桃結子　長占紫霞春

採松

真人避人世　世人那得逢　夜吟天月白　晨卧海雲空
玉貌經千歲　花冠遍五峯　採松傳秘術　歸與萬邦同

夢詩補其一句枕上作

夢裏逢仙子　相持酌紫霞　香分贈月摧　碧亂渡銀河

名傳非隱逸　身死下神仙　笑落奇謀裏　慚為威賓
肇健傾天夢　詩清發雪范　東來流水急　怕恐早迴槎

覽李謫仙過四皓廟詩有感

高山宜遁跡　瑤草可長年　已歎無堯舜　何煩異漢秦

春畫獨坐
畫永鳥無聲雨餘山夏青事稀知道泰居靜覺心明
日午千花正池清萬象形從來言語淺默識此間情

山中寓久
火樸藏聲臭心閒得自如盤中供藥草孕棄見詩書
泉關人多壽山靈虎不居桃源非卜地仙子是秦餘

偶題
吾年六十一日覺俗緣空有壽仙何學無愁酒不功
養多心轉靜有久理逾通末路相知少迢脈出世翁

吾年

龜峯集 卷之二

十二

獨醒非逐子三黜前賢落盡愁中髮空懷鶴上仙
一身長作客萬事總關天有俠看明月無窮歎逝川

宿開平村曉別主人
片月隱西山行人愁路難翁言覬野外曙色來雲端
縹紗星河落分明世界寬樽中吾有酒取醉莫輕還

次從臣韻
一片峨嵋月傷心蜀道除拂雲旗落畫眠雪甲生花
氷厚江為路沙長馬是家千官衣上淚一一灑恩波
大定江村迥嘉平驛路除他鄉對青眼十月見黃
花一死靈論命浮生着處家杯行莫放手留待照

金液

宿瑞興之五雲山寺
仙境遺塵跡迢迢鎖玉扃沉吟秋老高卧醉初醒
流水無留響閒雲不定形道心隨鶴去天遠入冥冥

姜德輝期會山寺姜時却賊成功余自謝所初
歸
百戰三年別長沙一影還相思餘白髮有約宿青山
知止鳥飛豈無心雲去閒關忙皆自得斜日獨遲攔

宿寺山寺次前二韻
獨寺山寺戶一后月為局王篆迷難記仙桃醉不醒
千峯雲作戶一后月為局

龜峯集 卷之二

十三

風清天逈遂霞斷鶴呈形碧落渡如水銀橋掛秋宴
獨立中宵靜高眠盡日閒有期人不至乘醉倚華欄

次唐侍郎來應昌韻二首
風御本無跡仙遊自往還天開明一月水止暎千山
雲盡乾坤大風清月月高除殘飛玉劒滌垢倒銀濤
侍郎以盤軍來東退卿斯養騎龍種偏椑耆錦袍何煩掠虎穴橫槊夏揮毫

白日旌旗動青天劒戟高風行山偃草退海藏濤
殺氣攪蠻雨歌聲擁漢袍軍還無一物千里察秋毫
軍多求貨故末句戒之

柳根

麗國山川好，開亭風物高。林廢無虎豹，海近不波濤。黃鳥鳴青柳，幽香接素袍。溪流清且淺，水底見纖毫。

原韻

寓在逐安山村

居高仙縹緲，心遠契從容。賓斷鶴無報，花閑山不逢。林明川受月，窻黑洞移龍。孤坐多廢首，神遊變態中。

宿廣坪金村

月映溪秋水，天開過雨山。十年湖海夢，人世有神仙。撥遠結蘿戶，選幽治藥欄。草長牛不返，松老鶴高眠。

旅中

西塞仍留跡，南州未息戈。居僻發天見少，山靜雨聞多。白髮又千里，黃花餘幾家。連城秋寂寂，荒菣渺無涯。

寓新坪次隣人

蝶夢家千里，萍蹤海一隈。信天心自得，安分物無求。對月省圓缺，依雲任去留。逢人唯盡醉，世道付悠悠。

懷海中人二首　用李白韻

悵望人何在，瓊臺浩渺中。白雲生幕海，黃葉落秋風。山盡天形遠，波漓月影空。高蹤追不及，霞外有冥鴻。

靈槎天外至，仙信落雲中。止水肴明月，裁花花不記風。白首三春約，青山一面空。耦耕時早晚，尺素付晞鴻。

有友來自新漢次邑守韻以贈敢失二首

長江會失險，海賊峽中過。廢縣傳新疆，空城有幾家。秋風塞角外，落日遠山多。蜀道雲間沒，村民說翠華。

官事今秋急，徵租吏夜連。阡迷草邑，獨樹記誰家。守死王事少，乘虛虜計多。空將腰下劍，孤負鬢邊華。

山居

雨過山逾靜，風閑柳倚垂。乏花流水慢，擇樹鳥聲移。病久人來少，居閑月過遲。無心年去住，不賦送春詩。

何地寄餘生，日閒金鼓鳴。家鄉無處所，遠近不關情。

猪塞旅寓

海上猶傳箭，池中亦弄兵。白頭逢世亂，妻子笑窮經。

與友人新卜幽居

避亂兼辭世，幽棲並祝雞。花閑香覆水，松老綠藏鬣。境靜天還近，機忘物欲齊。從今無甲子，休歡久蟠泥。

海曲逢故人巑

海隔人間暑，風傳島外秋。兵塵憂萬國，落日倚孤舟。有別皆黃壤，相逢亦白頭。無心同所樂，長向古賢羞。

火楓崖韻二首

亂後入烟少，沿江一二門。松高聞落重，天迥見歸雲。白髮親交盡，青山故國存。繫舟心萬里，憂道淚雙痕。

慮稀夜夢息嗜淺天機渡邈涼一時事快活萬古心

江空唯見月山靜不聞禽休歡知音少昭文未鼓琴

恠古

故國秋多感鶺危未早迴城空明在樹老夜風來

繁華流水盡歌管子規啼寂寞荒村菊無情爲誰開

偶題

詩書人卧病戎馬夢頻驚地摝鄉愁轉時危事業輕

夜角山何處邊烽海幾程經綸皆念慮誰復念民生

書懷

憂世觀天象逢人每問兵爲農頭已白卧病月生明

名隱關牛去光潛野老爭卷舒知在手豐約豈攖情

霽夕寄人

晚風吹病雨把釣下沙汀天曉疑盡江晴物影明

高松猶落照幽谷已沉冥坐久還成閒朝生鷗鷺驚

鄭友先到待林友不來　西湖說樑鄉

谷口人來待西湖處士期前歡尋梅何太晚兼燭醉無歸

雲裏看山意樓前歡尋悠悠成獨生魂夢亦相違

餞送金友又別林友

飢送金友言至道偏知音末路取義有何人

江花憂裏落山漏靜中傳芳草送君路老來離別頻

龜峯集　卷之二　　十六

所居

幾落秦關葉三達楚水春所居皆樂土何往不安身

寄興山河遠無求志願伸一瓢眞有樂先聖豈欺人

病起訪隱

清瀹銀一出窮戶占無風白髮新秋恨青山舊日容

碧窈歸鳥鶴紅映倒江楓行路入多少誰尋物外蹤

曉坐憶舊

孤月當簷上寒潮動曉扉出山知世亂浮海覓吾衰

白首猶憂道青春又夢歸兵戈連十載不獨恨分離

靜中二首

心安身自泰分定又何希松下開眠久溪邊獨步遲

還將無事樂吟作有聲詩吾道同今古誰煩說伏羲

一鶴雲天遠千岐世路難藏客門掩嶺春寒

老益幽居樂貧添靜者安泥途頻甲子無得是爲歡

偶題二首

白髮青山遠兵戈歲易流一聲江上篴千里月中舟

杯酒唐虞志殘扉映竹林水村橋上市山郭雨中砧

午桃驚黃鳥嚴經四海憂折梅無可贈雲漢政悠悠

時危輕別恨身病減鄉心慕古終違世幽居不卜渡

渡大津

龜峯集　卷之三　　十七

洋吏迎行拜論程却　自愁死生天有命忠信海安流
波外千山藍雲中一影浮險夷知在我平地亦多憂。

寓柱控海堂

慮澄爲聖域人斷是仙家玩易開朝閭擁琴下晚沙
坐看雲出岫行跡水浮花無事眞天放何勞上漢槎。

題馬村塵　并根書古

驛家昔避羊馬別區春吼石仙無問騰龍物返眞
嚴前松霞水雲外鳥窺人塵世那堪恨桃源跡又陳。

新居

傍間圓洞連雲陰白苧花因迎鶴掃泉爲煉丹調

龜峯集　卷之二

室貳狷齋宿烟孤認遠庖無心眠食外萬事寄逍遙
次韻謝人來訪

海曲飛黃葉柴扉掩落暉道心塵外見人事靜中稀
馬入連天水雲生坐石衣山淺前路遠匹馬憁君歸。

秋暮

策策鳴黃葉家家傷我心暗雲隱夕月獨樹來棲禽
入戶近明燭對靑空正襟追思昔年志白首愧如今。

夕坐

殘暑樓滾翠微涼入　淒寥捲簾山出憑檻水皆朝
洞黑雲移雨沙明月趂潮仙期河漢近塵跡是非遙

十八

風林靈籟集雲洞象形潛照寂迎新月澄昏對遠岑
古心由我得眞趣未他尋朗悟同前後休言有淺深。

閑樓

一棹避人世單居裨海涯山高逢雨少波遠見天多
桃聞雲漢水窓摘月宮花不待仙槎至超然倚大羅

天將晴　時日本自壬辰倭　到戌未延至七年大

天將下天壇天晴翻戢戰雲收山登翠風定海流安
復訊孤魂泣除殘萬姓歡堯仁能一視膏澤遍三韓

逢夜不扨鬬奸兵路之　我

夕吟

千里纍生白幾年雲水濱片氷雙袖淚殘夢故園春
四海亦王土一天同此仁止戈知在武神聖豈虛嚬

獨卧

閑居眈獨藥林外曠幽期隔靜雲蓋沙明落照移
性隨天邑淡心與水聲遲高桃羲皇上安范莫問時。

獨坐

泠泠入耳聲隔簷春水生蘊眞山寂寞聽道歲崢嶸
分定形骸逸神凝志慮淸遙看雲出岫來去任無情。

不吟

每欲除吟味終難自不吟題時徒信筆得處亦無心。

十九

天遠清風至江空月邑溪此間多逸興樽酒莫頻斟

春曉

寶鴨香猶在金壘夜易闌夢長簾閉曉雲閑

聽草將尋藥罷僧夏閉山前湖春浪急無意把長竿

對月吟

溪上觀漁有感

雲晴俯可數蒲短不藏身避網風生鷺跳波日映鱗

游梁誰問樂登級未通神東海今無釣相忘萬里春

天上無圓缺人間有晦明靈從高樹隱莫許眾星爭

雲歛千峯靜江空夜氣清孤懸惟一照悵望却多情

龜峯集　卷之二　二十

病中

潮生畫扉白潮退暮島青空林來遠籟疎屋見寒星

月過山分影天隨水作形一牀饒靜味經歲不遊庭

閑中

無欲為尊貴幽居是太平筆因行氣落詩或寫閑成

求去雲多事盈虛月有情超然真契定萬古此心明

時還有私古今慥有絕物以懷

獨行

一鳥天邊去高巘何處尋夜行隨片月朝夢對孤岑

有膜肝猶越無私古亦今停節時獨坐流水是知音

次李白山樽韻轍

不琢清貧合無文富貴疎遠林花落後相對細雨餘

作酌枯腸側高眠萬事虛

次李白愁鏡

歡笑紅顏倒悽悲白髮前學公無厚薄羞非君全素朴那得伴幽居

寶匣藏何日珠臺照幾年閑開非我念妍醜任天然

幽居

身老無相識幽居絕世紛山花朝映日池草夜生雲

坐看瑤篆迎風辨異芬昏明非我力時事付朝曛

出林

倚杖海村夕出林懷政冲數峯片雨外一徑花影中

龜峯集　卷之二　二十一

閑行隨鶴引風乘槎餘宿念脈脈坐晴空

坐愛溪沉月

閑居

白髮荷衣老雲棲鶴獨居善幾星寂寞靈響空虛

逸跡隨天放澄源近太初晴窓無一事長對伏羲書

夜坐偶題

攝浚憂世道錯道愛炯霞一鶴無留跡千峯不定家

心懸天此極坐久月西斜白露多情思流光濕夜花

贈兄子歸自漢北以下五言排律八首

頄食諭千里巖棲寄一城懍渠頭盡雪尋我跡浮萍

古國悲長鋏秋窓憶聚螢沙虛驚共宿江遠雨同行

白眼辭人世黃花趁月明翠巖久斷絃聲劍孤鳴
境僻風霜苦時危歲月驚綸音求武士天意薄書生
世外秦遺老人間漢客星相看天欲暮風愁醉還醒

送人秋成

降虜傳蕃事君王夏藥壇一心持漢節何路出秦關
草盡眠依雪永輕戰在山月隨弓影遠霜拂劍光寒
犧闢功誰記龍沙夢獨還蛾眉空出塞金幣未成歡

寓居病中

竄陰生獨樹秋葉響空壇慕道稀開戶眺開只對山
王鳳歸寂寞儒術轉艱難殘月隨潮落孤雲傍鳥還

偶題

名巖吳市遠夢入楚江寒一疾緣憂世干戈鬢自斑

龜峯集　卷之二

二十二

望北猶馳檄來南亦黷兵邊愁迷旅泊高貴媚升平
鄉路圖中近喬懷夢裏輕丁搖搜寡婦成籍到書生
田慶連蓑草村虛但月明夜長人事少寒露滴螢聲

聞趙應倡義兵勤　王

直道曾囚楚先吾已着韉堂中醉鶴髮下撫龍泉
七縱泉黃白三驅慕聖賢棄城誰長首無位奮空拳
雜草傷非命燎原痛始然綺羅啼暮雨鵑逐朝煙
無勇知非孝忽軀倡晉天豹韜今一試龍家昔頻搴

正氣橫秋表孤忠掛日邊影山青入眼愁鬢雪分肩
飲血悲中夜緘章幾年投毫成戰哭高貴哀金錢
花樹連三域鷄鳴達二千琴歌成戰哭高貴哀金錢
請劍終何益沉湘只可憐中興誰作頌名映色絲傳

無書

矣字汝比上章鋪識罪者數
愁終至封章欲上而懶不得納

灭友人見寄二十韻以歎時事

玉苾曾連屋丹書未滿囊紗寒螢不照月落漏空長
喜易編誰裁絕栽芟萊自香吾襄言莫記世遠壁無藏
挾冊徒除禁尊經設床人文將寂寞王業轉悲涼

龜峯集　卷之三

二十三

揮涕祺虛出傷心鳳不迴猗蘭琴裏秦紅杏日邊栽
漢塞窺婚議夥婚海賊周臺斷子來鳳門降白骨玉戚
寄黃埃隝背山河美骰消歲月催有生知命矣無養
莫傷武羽絕三句舞龍盤七縱才劍光曾射斗鈎業
謾分台辭醉悲尋卜爲仙笑問梅山芐多鬱答雲裳

少進陪金鵲飛煙雨龍孫散草來每嫌銅有臭識
慶無災賊墨金人側王畿鴨水隩龜龍停綵筆圖繪
行雲臺保子生無澤死可炅魂招虛起土苧縮
遽傾杯殘疾吾同愛高明鬼所禍唐虞何寂寞宇宙
獨排徊商嶺碁爲伴桃源錦作堆那知秦火後經籍

龜峯集　卷之二　　二十四

又成灰

見姜德輝書有感　瀚西元時鳴

避死寧無歲衞戈又　近秋南烽方報是北牒夏傳憂
血滿忠臣袖霜驚志士頭　農桑千里絕喪祭十年休
白骨無人問青山夜月愁其魚桑徒抱恨誰是濟川冊
兩中尋三角山中興寺　以下七言律詩一百首

驚風急雨暗峯文石瀑飛珠滿洞門清磬響空歸鳥
遠小磴穿木落霞分花淡古塔紛無掃僧閉松關靜
不言客至相看翻有悔寒驢踏破曉山雲

痾水鍾寺

斜陽橫蓬入孤寺眼力無窮思渺然軒倚龍門山上
月牎開斗尾水中烟雲含夜兩瀰層砌風引晨鍾落
九天兩道漁燈分小嶼逆灘多少未歸船

赤壁暮泛

清風吹送下灘船一影浮空謝世牽山巴淨無雲斷
隔天光逾與水相連闋中旣自歲明月物外何煩美
挾仙廻首塵豪今古能觸蘂興廢夢依然

三月初舊疰念步出郊外

樂事今朝屬此身沉疴初散又逢春烟郊向暖二三
月童子相攜六七人花開誰道天多兩酒熟何嫌我

龜峯集　卷之三　　二十五

有賓隨分醉眠芳草晚任他香露滿衣巾

尋燕巖亭

紅藥花殘拖竹扉亂山淡處一僧歸危欄獨立愛秋
色寒蓉數聲來夕暉金柱影翻踈兩過碧羅紋破白
鷗飛粉粉爭取無閒物清境如何有主稀

偶題　禍結東西分鸞　時束西分鸞

甲第春無十日紅朝能斷腸暮隨風
迨京大門東恨不窮崔慶互爭移厚薄蕭朱交奪換
誰雄誰知飲水蓬身下一樂相傳萬古同

醉題　時有故人客
　　　少年誤身

傷哉大耋從黃口張網何人遲宿心斗牛先收初劇
寶峨洋聲斷夏藏栗花飄風外香逾遠月隱雲中堅
轉汲醉後高歌天宇潤一般豪氣屬山林

挽聽松先生

坡山淡處拖雲屬化止于家歎獨成霜菊一雛靖節
趣石田三頃有華耕漵溪人去空春草安樂窩存自
月明仁則棻爲傳子葉德公徒擅不危名

挽金參判重晦史入對經遒

手爭加額自連蹄台望中年走卒知明月欲生雲暘
合好花將發雨傻遲月言驚世珪成珀一鄒觀周巽

已絲問夜如何朝奏事王聲無復下廿墀

連夜夢見鳴咽因咏其人〔字仲繁李名山甫〕

連夜持衣淚散絲分明辭說只傷時人寧負我我無
負我不疑人入豈疑信可托孤忠許死憂逾推已食
如飢煖民變主平生事敢託吾知俟後知

挽許公澤慈氏

有子傳賢教自胎友于兄弟順于親以直廉官表行連
命養心為孝樂清貪臨喪盡禮遵先訓章輝
近隣十年畫笑邪堪聽曾作陶家截髮賓

內禁婦戰死〔內禁〕

春期將軍歌舞迴旗鼓記驪驪換主騎
到心在交河夢不移抽箭招魂何日事擲錢虛卜趙
慈雪慈風餲寄衣桃花紅減恨歸遲身初轉戰書猶

閒中

人世之凶物外存凶無識夔何言神遊古今常危
坐志在乾坤不掃門庭草綠連前夜雨溪花紅漲去
年痕非求有得多求者堪笑紛紛以隸尊

客去後獨坐書懷

物理同源無厚薄世情多徑有猜疑攜杖遠望雲歸
處桃石畔吟月出時邪說豈留君子耳閒愁難近達

三九九

人眉身安夏覺茅齋大不獨仙宮刻漏遲

答人

殘夢悠悠不可尋楚九成毀古猶今落花流水渾無
跡屬秋月春風豈有心萬里報離如尺尺一簞酬德費
千金盈虛往復皆關數恩怨何人較淺淺

偶題

不齗何由要求全休向危中說此安富貴枉天無一
念屬伸由我任高眠月方生處攜琴待花正開時把
酒看誰問世間經濟事有莘畎叟未幡然

靜中有感

心知遠山自保天然巴鏡裏何嬾學畫眉

偶得寄牛溪

物情每歎賓為主世態難堪假不歸固有命焉求豈
得莫非天也更何疑值會意時常獨坐到無形處只

萬物從來備一身山家功業莫云賒經綸久斷塵間
夢詩酒長留象外春氣有閒開猶異馬理無滾滾彝
同人祥雲疾雨皆由我要覺天心下覆坤

靜中

看盡千山掩竹扉靜中真得老何疑只為分內當為
事莫問人知與不知天理洞觀無厚薄世情休問有

公秘白鷗與我相忘久兩兩連羣立釣磯

有思

學古生今世莫親杜門非爲病纏身空洲漠漠起幽
思芳草萋萋愁遠人摶酒莫辭連日醉風花難住一
年春晚來琴弄荷蘭曲栗里淒涼憂不貧

懷人代其人作（相知而不至謂諸至而或被殺云云）

只可思之不可恃近能相信遠相疑見天猶喜無達
誰悲孤心願托雲間月夜夜飛光到玉墀
東邊夢終難慰別離隨水分流花易謝連根同死草

龜峯集　卷之二　二十八

慎疾

用藥曾知似用兵用兵終不致升平醫前自有方便
地病後那能善攝生神未定時求寡欲義歸通虛却
無情舟中献國旹由我誰向邊胡夔藥城

暮江獨坐

憑高心事正淒淒歷世空悲雙鬢蒼望眼欲窮暮帆
遠島飛飛不盡秋江長平沙烟氣沒孤島古寺鐘聲來
夕陽吟罷遊迷去路黃花坐久衣生香

聞京報春曉獨坐

歸棹聲高江水慧登樓迢遞故園心一春開物無先
後百草生香有淺渡青山盡出達朝霽白日孤昇斷

宿陰壯志欲窮滄海遠男兒何必費長吟

追記晚生多病以寄伯仲二兄

有子雖同撫育恩吾親於我最辛勤死懷當日先憂
疾問禮中年未畢婚詩廢蓼莪天罔極慕泫霜露血
成痕平生風樹傷心處鶴髮明時始學言

偶吟

織雲飛盡霽雷霆依舊中天日月明言路再開周道
狹國經重植泰山輕夕陽扶杖獨何事回首望雲多
遠情千里往章那因我聖心無滯若衡平武岡崛嶮
（之天蘸又世命扵間趙汝玉其之敝已）

龜峯集　卷之二　二十九

日夕寄人

危樓寂寞倚斜暉芳草連天靄所思人斷小橋垂柳
合眼窮窈蝶暮鴉邅懷君萬里此時恨長笛一聲何
處吹滿掬幽蘭無可贈白頭惆悵少相知

客中

早江連白馬夕陽多路通南北君恩足身歷艱危學
力加于柱秦城兄在外夢中歸去亦無家
食披蓑竹宿依霞行計蕭然只一簑山近鷄龍秋氣

白馬江

百年文物總成丘歌舞煙沉杜宇愁投馬有臺雲寂

寂落花無跡水悠悠孤舟白髮傷時淚一蓑青山故
國秋欷弔忠魂何處是令人長憶五湖遊

次湖南按使韻二首
醉裏光陰木不忱謫仙來伴賀知章樽中明月知心
少竹外清風引興長當戶晴峯看不厭近床幽鳥坐
相忘披雲臥夏臥松間石露滴秋香入羽觴
息化宣南極舜風長寄專金鑰廷無事愛在民心澤
不怨訪隱有時兼載酒太平春色滿瑤觴

偶吟

龜峯集 卷之二　　　三十

長堤雲捲露初晞溪水分流小柳垂行見好花無意
月遲親舊風塵多佩綬浮名贏得鬢邊絲
實偶逢攜者不因期由來心上营為息要覺見山中日

訪故人勸開閭

青山過盡又青山長路高懸落照間未死相尋真有
意不迷能復莫云難泰兵起空堅壁湯沐維新夏
戒謹君子所期須正國白頭山下失平安

見京報題贈沙翁
心欲安來身不安生今慕古事多艱鳳凰肯顧鷗鷺
嚇松栢難為桃李顏畫臥清風林下石夜吟明月雪

中山十年蹤跡烟霞外笑許浮名滿世間

謝贈主人
爭開新釀慰吾衰到處逢人若舊知一世有名難避
跡百年無伴獨吟詩雨收殘角投江島風引餘霞落
酒卮有月何須愁日暮坐苦隨意告歸遲

送松江朝　　　天靖峨嶄出
紛紛名實混真僞妾婦爭夸大丈夫花柳又迴行樂
日山河空鎖霸王圖無求飲啄為仙藥不出門庭是

歸光山途中芊柳父遜湖甫
埋途臨別易君安義命豈將時事載錨銖

龜峯集 卷之二　　　三十一

梅花消息阻秦關南瀍行崆旅夢寒今日餘生歸自
首昔年為客記青山一天之下皆安宅萬事無心是
最閑人或勝時或勝先師虛老路歧間

有懷
帶方山下廣塞懷每欲登臨宿計違今日楚囚吟老
迴一春仙夢隔烟霏銀橋近上星辰大桂檻浮空海
獄微無地入間埃着足願驕孤鶴脫塵鞿

秋日憶兄弟
無家何處尋生死仁覆恩濊亦一天南菊再開人卧
病北鴻三返信難傳魂隨亂葉流江外夢逐歸雲落

月邊霜露颯邊香火斷白頭孤恨到幽泉。

偶題

家國分爲二物看國危誰信保家難尋魚沙鳥非尋
水戀草村羊不戀山仙界紅桃春浩浩霜天明月海

春睡客還歸

瑤琴爲我桃蝶飛飛吟罷雲謠半醉時烟柳碧濃風不

海運偶趁溪流來又去相念何用兩相知

轉池荷紅漏雨無絲鶴歸霄漢開門久夢入蓬萊渡

山居避暑

識雲外遊仙世莫招巖泉一道常飛雪備竹千竿不

逢下低禽訝九霄冷然風御樂逍遙閒中眞趣人誰

受敲病甚夏畦多少子熱如焦火競錐刀

秋夜風雨次人

紛紛成毀寄南柯桃外秋聲夜夏多楚澤羈人懷舊

宇漆圜歸計員無何風摧秀邑傷孤栢雨浥餘香惜

晚荷偶語非爲明世禁隔門傳意費沉哦

客裏偶題

大雅微茫竟不陳回看東土又荊榛鷄鳴狗吠三千

里把酒吟詩二百年蘭佩黃昏悲阬路桃源明月歎

三十二

四〇二

迷津秋風白髮曾無約何事相尋萬里天

夢見匕友

初如明月隔烟輕言笑開來漸沛冲淡精神雲外

鶴從容光彩水中蓮風霜歲暮偏侵竹成毀人間不

到仙憂道十年頭共白歎將滾契付閒眠

憶松江

東山春晚罷民望楚澤秋滾恋獨行楊子返金神鬼

識萊公升殿緋紳驚凌霜節青松立夏國孤忠白

日明三黜高名傳萬古百年榮寵一毫輕

懷人

獨鶴忍飢馬啄粟高松雖折不憂霜思君淚盡千山

遠報國心懸一夢長月下如聞傳玉漏風廻時記送

天香蒼生有問知前席司馬何年返洛陽

酬醉翁　時醉翁赴召命

醉挑天上玉欄空下滴爲仙隱酒中日日携壺芳草
路家家推桃落花風能騎馬翁猶健　一作雲歸北
月在西山夜未終樽裏四時春一色鶴書來住謾忽

忽

偶題二首

鳳不司晨撻不駕閒忙殊道有相宮一林笑傲傳歸

三十三

我四海安危竟任誰偏向靜中看彼動夏於無處笑
他爲人間旣占順神地物外何煩採玉芝
爲人爲幸作男兒又識天人理不迷有樂旣觀舒卷

詠採蓮

義無心休問古今時綠樹日高千疊影黃鸝山靜百
破啼窗中睡起窗前坐未信塵寰有路歧

礫花藏紅頰渾嬋娟香分船路羞尋跡刺着膚痕的
開能共蔕折能連兒女多情盡日牽珠映明眸雙的
有鐵誰識低頭金不顧採桑高節玉逾堅

對博山香火有感

坐對寒窗靜不言隔簾秋葉落紛紛四環波向三峯

龜峯集 卷之二　三十四

能熏片時相煖終難保長夜辛勤謾自焚
合雙樓烟從一體分爐到成塵心獨苦香㽞帶氣
客裏逢秋顏有時〔本通信彼回之端〕
語秋鴻無信怨新騷雨來地盡滄溟闊北望天長故
（曾驚胡牧過臨洮日下舟廻歎轉嬌春燕歸林傷古）
國逈一箭柱腰猶未發時人誰識魯連高

累在秋府

年逾四十心初定案位猶存死亦安義奧義經論未
易仁滾湯網解何難一生身服古人禮三日頭無君

子冠落盡春花山下宅曉天歸夢永雲間
閱世身登百尺竿目觀尖物已能安明夷隨處稱
停熟義理何言運用難斷夏侯猶授學肺肺由
也又櫻冠丁寧一誦古人事泣向吾兄倜仲閭　牛溪次韻

春晝睡起

春隨逐客度千山花似長安帶笑看直道難容會魂
柳曲眩眩爲樂晚希顏魂迷芳草生夢片挾㧞花錦
作灘午醉欲醒雲漏日不知微雨過林問

偶題

龜峯集 卷之二　三十五

悠悠萬事任蒼天醉倚幽花樹樹眠學道非求今世
用吟詩無意後人傳時危皷角青山外春盡江湖白
髮前志氣未衰年已晚夢魂來徃伏羲先

次松江所贈韻二首

松風竹月真消息澗飮霞萃水鳳綠終性達人離道
遠夏知窩處雅懷學他鄉萍水悲凄鬢京國烟花憤
舊年萬事浮雲空起滅澹然相照此心全

天地無私均覆載此經須信督能緣彈飛可惜隨珠
遠浮海邦嬈魏鬠堅菫荅五作君臣用菌蟪誰知大
小年我有一琴君莫嗷分爲成也〔古全用一文體〕　賤爲全

趙憲高敞命等戰死賊據三都歲律欲暮武夫
還視退卻不戰北京諸臣盡被囚縶請兵　天
朝冠盍相望曉聞牛溪得達　行在敢題
忠魂未作凶胡鬼　龍御遙巡郇序移漢北遺民音
變梵箕西武卒翖生衣　燕獄歸列轉成稀
哭幾時聞道一人能定國莫愁鵷列轉成稀
寄牛溪件在溪沙有所建明時勢歔嘘也
安土誰知是太平日頭多病燕城胃中大計終歸
誤天下男兒不復生花欲開時方有巴水成潭處卻
無聲千山雨過琴書濕依舊晴空月獨明

傷歎二首

日日通衢盡醉歸金吾無禁夜遲遲花香低曆三春
雨瑞彩高懸萬歲期鍾皷未曾民感頌未曾民感頌
垂衣非常天命非天意敵在卅中守柰夷巇巇無游詢
驚飛歷定一枝巢治亂嬰懷髩髮凋分鼎角懷悲摵
懼一家心逸易生驕宮花散落鳥邊土胡角悽悲外
彝部富貴無歡貧亦苦何時麟閣畫嫖姚 友思三國之安其苦

奇韻

夜雪次張萬里　雲韻
風驅神氣壓層雲雪作長氷鎖海門玉斾增光廻日

月龍旗添彩耀乾坤朝有亂轍林無伏夜縛元凶虜
不喧盈尺呈祥瑞賣劍家家持酒待吾君
次唐大將李如松韻　李將軍以擊倭破竹功成風
鴨江春曉舞金干　天子東憂席不安破竹功成風
雨霽接山威定皷旄匹夫雖復黃童躍妖鬼啼
白日寒四海一家爭解劒伏波歸去且休鞍
提兵星夜渡江干爲抆三韓國未安明日懸旌
鈒報微臣夜釋酒杯春來斗氣猶壯此去妖
氣骨已寒談笑敢云非勝事夢中相憶跨征鞍
原韻

有僧回自賊陣云嶺南名勝久爲所擄姬侍婦
人也刀筆士子也傷歎成一律
將無父子與君臣非聖誰知管氏仁千里山河區外
寶百年樓閣夢中春簷藏棄索齊眉女立入膋義學
禮人文物友爲夷虜用尊甲何處見天倫
天兵之過瑞興者賦一律求和甚愛適趙伯玉
到瑞興次送　余至瑞興　聞之敢次
蕭扶桑雲盡海天高箕表月生秋夜
遠逃功奏未央誰第一滿城歌誦擁歸花 賦城之生還
齊驅燕士勒呉豪將刀恢恢不夏刀筆表生秋夜
到瑞興次送余至瑞興聞之敢次

大將東征膽氣豪腰橫秋水鴈翎刀風吹歌皷龍
蛇動電閃旌旗日月高天上麒麟元有鍾石中螻
蟻豈能逃太平待詔歸來日勒鼎鐫名解戰袍

原韻

地盡雷霆忿擊仰天高箕城一皷鯨鯢裁香浦千
帆鬼魔逃勒積燕然牙纛逐東民何路慘征袍

趙伯玉

移山轉海萬人豪手把青龍偃月刀蛇尔噬吞憂

金希元有書海西遠賊稍安來同避亂云

桃花流水混眞源天外矯頭只斷魂醉睡不知山過
再醒來猶記遍逅晚節夕陽雖好近

三九

黃氏戈兵避遍皆同走芝脚何人守此門

亂後寓居寄人

空餘舊物鬂邊絲一掩柴扉萬事稀君意如川無斷
積世情同月易圓齒虛天大荷初破林壓山長果
已肥時序變遷懷正苦靜中真味只心知

寓居海村

畫角聲中霜鬢催故園花竹鳥空啼客舊橋過潮初
落前浦林昏障不開天外片雲縈卷雨島邊殘照又
生霓丹砂有契哇吾晚渡海傳書鶴不來

南賊方劇北冠又至與同志將隱居海上依其
韻敢題二首

何山無歌水無魚獨恨吾民幾人知頭
子孽廬無壁可藏書車頓有粟來肉敗猶鐘聚
眾蛆鑿井畊田遺跡在卧有天月自盈虛
風花一散不歸樹拜收難滿盡吾傷時浮島
海晉狂迷醉江窮途人間此日多艱事天下何時有
大夫濟世未能終避世桃源休說是仙區

贈人長洲

松存君卧洞明宅酒盡吾師屈子醒謾讀詩書逢世
亂歡無功力及生靈一輪明月心中事千疊青山世
外情雜下波連滄海水扁舟身世自鷗輕

海畔與諸公飲酒

三九

芳州香濕曉雲輕春草連空宿雨晴白首孤舟千里
客清湖海十年情謾春花月絃歌耳嚴聽風塵皷
角聲袖裏龍泉先射斗皇華城下愧尋盟

聞京報

閭京報悵臣隨天使入賊
周鼎傷心問重輕皇華迢遞掩孤城茫茫海月生寒
翎獵獵陰風在夜旌天外忽逢新甲子洛中何目是
清明江都聞議移春伏虛想鵷班玉有聲

有感

姜姜芳草長亭草極目斜陽無限情盖不迎人里

斷羽書無應主威輕百年冠劍隨風散千墨關河鎖

月明金鼓聲中花落盡前山何日看春耕

伯兄年近八十軀健無疾既不服藥又不慕仙

流離兵革艱困百態人所不堪處之有餘窈逢

怊悵不足以動其心萬事信天眠食自如敢以

一律形容其樂而呈焉

千里遊心覓彼天誰知天狂此心邊身能慎疾何求

樂壽不傷生笑學仙今世無憂高臥者吾兄清操獨

超然人情安處人爲足花影連床任醉眠

春後書懷

春歸愁不追春歸卷卷眠耍上眉雨滴幽簷塊斷

穠花連香霧夢依俙江南金鼓無消息塞北風沙恨

別離故國傷心烟火盡滿城芳草鳥空飛

有感　時路出轅門

烟開日出啓重門盡角聲高劍戰分外府琤膏堆似

土內庭珠翠擁如雲蟲生虎鷗切誰記淚落塵沙怨

不言山上焚烽報慧繡闈孤夢謾慇懃

訪友人別業

迷天殺氣接兵塵白骨纍中作隱淪折柳却悽風在

手捅花搶喜蝶隨入山河無賴空千墨草木多情又

一春鶯到鹿門棲息地琴樽長伴太平身

亂離後友人以山庄相贈詩以謝之三首

物外田園關戰塵桃源仙容是秦人初驚燕子巢林

花春耕雲未畢先謀酒頭上從今不負巾

吾今已逢歸山訏休問風塵雯問岐浪把齊治爲已

任不知途卷山上烟波靜千榼花中白

月遲莫道關人無所事北窗長嘯傲軒羲

語還作美天擊壞民一枕輕風微雨夕數聲啼鳥落

白首青山不掩扉看花出洞獨吟詩童隨流水携琴

遠鶴愛清風引步遲有道心懷無慮慕忌機身世火

嘗爲烟霞亦枉人間物唯喜仙家斷是非

詠閑

洞門何處別尋春花映千峯竹掩關老後讀書知至

樂靜中觀物得天真溪沙有月乾坤大仙峽無風草

木閑君子居仲皆是道豈將巢許繼清塵

送人入洛

遠靈臺影年摧夷陳何處吊秦灰方城漢水空傳

險堤柳池荷只助衰咸世綺羅春一夢昔年親舊鶴

重來蕭條閭井投無所回首南天鼓角催。

閒居
迴世淡居獨不羣兵戈遍聞血粉紛瑤琴卜築荷香
入海島初歸竹影分斜日尚留花下照層陰還結嶺
頭雲憂先天下雙行淚為寄東風掃宿氛

秋後答人　次楓崖韻
病催匡世無期仙侶遠傷心秋晚故山隈
昨夜圍池夢裏迴荷花不待主人開有時風向庭前
過依舊香從月下來孤舟自髮烟波備千里丹砂老

龜峯集　卷之二　四十二

有感
耀德觀兵策不同往秦無下漢無中臨河飲馬多驕
膚撫御輸驅少放忠籠經白首全吾樂填整蒼生嘆
爾躬撫劍幾年誇小勇代人謀虜是為功

人有口誦杜牧之洛陽長句者愛慕之敢次
人自傷心物自閒落花芳草夕陽間玉風墜地今誰
繼寶鼎沉河歎不還邢子再九春浩浩嚴陵歸釣水
浮湲繁華富貴浮雲散田得清風掛碧山

夢仙
朝朝白日雲中影眇睨青天鳥外人遠近高低風不
限東西政路海無津龍飛九五輕蟬翼桃結三千劇

草塵蠻蜀楚凡誰得失虫沙猿鶴任紛紜

浮舟南歸贈人
欲謝難謝叔李世未愁如愁別離膓千山卜築踏將
遍碧海乘桴歸興長白髮耳經年甲午黃花又見簷
重陽壯心不逐先陰老嘴向扶桑筒夜檣

泛海
衆山收盡渺無碍日月高懸晝夜燈西指　帝京雲
一點東省徐島水千層治河有跡源猶近浮海空言
竟未能今夕始知經緯大浩然如跨九霄鵬

龜峯集　卷之二　四十三

控海堂
桃源來客本無期偶繫孤舟宿翠微海鶴夜歸松月
藹天仙朝下彩雲腣波搖華表乾坤大門接扶桑刻
漏遲長備一聲秋邑遠半空疎雨落瑤基

馬羊村
耕釣悠悠去不還綺黃非獨避往秦花藏靈滾沉丹
井鶴啄餘香擣藥塵少日只期行此道暮年方信守
天真東周夢斷追仙跡一囬空山萬樹春。

偶題
半輪明月一枝梅長占無為造物猜虛室白非由外
得滿堂春不自天來風花勦利傾吏盡河海肯襟萬

古開客至休論治亂事唐虞謙讓酒三杯。

靜中聞松聲

老來浮念隨雲滅安命非關學有功髮盡何須憂鬢
白樽空無意借顏紅自樂到頭齊得喪不爭誰復問
唯雄松風猶學高低態葉葉寒聲笑不同

自歎 丙申春

可惜韋編三絕後古今誰復讀義經白圭無點爲真
寶淡色黃金豈太平休讓人間第一事期成天下不
爭名扁舟白髮乾坤老滄海波淼歲月驚

偶坐臥峴之杏樹下 翁日日劉郜于林下。時邂亂挨皮與主人 四四

龜峯集 卷之二

兵塵莫到卽仙區一入偸然吾喪吾醉臥何須林是
竹隱居休用谷名愚論透古今無吟域禮忘賓主任
歡娛莘耕渭釣曾嬝獨偶坐方知德不孤

偶題

逃心宇宙興凶跡寮理公私進形泰漢無儒傷絕
學鳳凰侯德豈虛鳴程朱孔孟殊煩簡今古功程異
晦明辭說漸多儒漸少白頭何日見河淸

夕泛

酒盡孤眠倚斷霞花搖紅露滴寒簑夢迴篆末香初
散蓬揭天心已斜待月幾時舟可泊有風何處水

無波河流淸濁休來問與柱寅寅上漢槎

記夢

大羅如海泓洞風御飄然不受埃餌遠蓬壺瑤草
拾服輕銀漢彩霞裁網薈猶紀凌雲宇瓊府微醒飲
月杯始信三天眞契熟一朝那得任徘徊

客中贈人

年年湖外鼓鼕鼕每筭歸程鬢髮明故國閒花飛欲
盡驛亭殘柳折還生宿客遊人狷隱姓山禽何事變
呼名兵塵到處無安土迂溺那能老耦耕

九月望時有感

山中花月非閒事有待翻爲造物猜如鏡圓時雲欲
合重陽過後菊方開午醉杯濃春浩夜琴絃遠鶴
排徊自家眞得無成毀高揖庬義任去來 四五

對花吟得寄友人 時機勢

花不頁人人頁花對花人病臥天涯靑春每向憂中
過白髮還從別後多村間玉帛淹丹介慶會雲烟隔
堅華榻外鼻聲猶未息荷衣山老亦長嗟

一日

一日頻來作一年一年無幾鬢蕭黙鶬巢得意烟霞
外鶴列驚魂皷角邊隨水落花追不返入雲明月缺

還圓時光欲暮心逾壯一室胷藏萬古天

晚題

垂柳陰濃夏日遲居閑還與懶相宜風搖簾影頻驚
夢酒和愁痕更上眉脉脉獨坐悲世晚蕭蕭雙鬢歟
吾衰淡煙芳草黃昏近天外佳人又負期

憶牛溪死病時有書

一封書到淚連連病裏言死後傳浩氣平生爭自
日斯文此夕閉黃泉荷傾玉露三夏月門掩秋江萬
里天風物卻隨人事變神交溟漠只依然

龜峯集　卷之三　四十六

挽水使

鯨伏波心甲胄眠醒籌無復顧雨天連超虎陛揚穿
百始展鵬程水擊千搜穴粗酬投筆志懿衰誰試據
鞍年父書盈壁家無讀有對家非璨瑋賢

挽將軍

投筆當年學射鵰牙旗壇上映金貂手搗一命幾千
里身率三軍歷四朝生八王門餘白首死隨箕尾返
青霄南州片土埋金甲鍾鏤何人夏度遼
間故人遠謫奉寄十四韻以下七言排律三首
天門九扇法宮幽玉邑一頃震宇愁雲外鬼闕由義
近別中危淚信天收持身今古殊愚智念主升沉一

龜峯集　卷之二　四十七

閒中有感

喜憂萬里一天皆樂土毋何處不安流忠曾保
唯盰際金拳紅塗同夢蘇求風定香生蘭蕙草天晴春
入鳳凰樓辭勳每守將軍樹戀國暹登范蟲卅鮮血
不乾初告帝丹心繞瘁未廻疏臨危必見秦庭哭後
夜應求楚澤回仰俔星辰皆鏈彩回看草木已成秋
劍一溪收跡伴沙鷗花生幽谷空開落雲在長天任
去酉聞道鯨波擒蕩漾潄歸來須借子房籌

馘驅召還

溪響潑潑樹影遲午涼生處坐移時風驅雲葉來選
去魚動荷珠合又離玉來球前誰灑泣金鱗鑑後敢
容私先賢道味眈凌澁今世人言有是非切玉若泥
真寶劍運治如掌是男兒兵爲禍器何勞用貴在先
幾保未危

漢光武二十韻

威斗餘姦戮義聲絳衣柔德遺家兄民懷眞主來呈
瑞士恥非招卧作旨白水莫言與道地赤心能定悔
降情角角基綿一旅同新創法商三章悉後征轡篆
歸目角蓋名紛若置基枰滉陽歊什風沙急浴北

高父老驚河作堅氷神有助人歸慈毋土無爭叵中
旣已資長策圖上何嫌得一城塵掃圍陵天地蕭捷
成南北劒弓鳴逼眞域驚神聖香到遺胎感至誠
岢憤幽舊新引客駐車荒那夏酉卿宛中襄德忠良
辭馬武保全金券戒韓彭扠權歸佩黃金印共擊何
披荊祥揮甘露棠謙德文起靈臺偃義施淢鎖玉門
勤灘外求朋節義成天子笑誅安閩虎將軍珠玉
煩白馬盟纏抑大臣臺議重却親微薄主威輕
圖讖傷文學旋見巡封誤太平錢轂豈能酹死直驚
犀猶復藏聰明睨移私愛輕天下愧許奸回籍爾名

龜峯集 卷之三　四十八

雜著

太極問

余倣屈子天問設太極問以觀後學所答如
何後患答者多不合理略成說以傻看○
理一而已太極問答憂轉雖殊終歸一理亦
非自家私論也皆朱子語意但因一問一
答而有易曉易知處敢錄而自觀焉

問老氏之出無入有莊氏之自無適有佛氏之空說
各不同而先儒之同謂之不是何也至如柳子之無
極之極邵先生之前周夫子之無極而太
極

子知理而言氣

答邵子言氣周子言理老莊佛柳亦皆言氣但邵
子知理而言氣

問老子之言有無以有爲二也周子之言有無以
有無爲一也而朱子曰無極而太極只是說無形而
有理朱子之又以有無分言何也又朱子旣曰將有
字訓大字不得而今又以有理釋太極何也

答無形而有理之云是所謂以有無爲一也且有
理之有非訓太極也理是太極也

龜峯集　卷三

一

問夫子曰易有太極周子曰無極而太極理一也而
易則謂之有於太極則謂之無夫子周子之異其說
何也

答主太極則不可謂有主易則不可謂無也此正
朱子所謂以理言之則不可謂之有以物言之則
不可謂之無者是也

問道與太極之二其名。何也至如一木一草之分而
為枝為幹又分而生花生葉生生不窮太極也而指
千果萬果又自生生是所謂無限太極也是指流行
處為言而又謂之太極何耶孔子曰吾道一以貫之

龜峯集　卷之三　　二

孟子曰夫道若大路然皆指至極處為言而又謂之
道何也朱子所謂語至極則謂之太極語流行則謂
之道此說非是耶何相反之若此也

答流行處固是道而不得為太極云則是太極非
活底物至極處固是太極而不得謂道云則是道
是偏底物況立言各有所指耶

問無極而太極此而字重耶輕耶抑有積漸之義耶
既曰無極又曰太極何也無極執先執後亦有方位
耶

答無太二字添減不得者也而字輕無積漸無先

後無方位因不知一而字之輕儳生陸氏議論
問極是何名取他論此耶抑理之一名為極耶南極
北極屋極民極爾極皇極商邑四方之極太極同一
物事耶

答物之至極而莫能有加者其名為極古之稱極
處各有收指

問指一物之理為太極耶指天地萬物之理為太極
耶

答總天地萬物之理為太極也照一物之中亦有
一太極故有天下共公之理有一物所具之理同

龜峯集　卷之三　　三

一理也

問凡物有其形則有其名蒼蒼者為天博厚者為地
高者為山淡者為海未知太極其形如何而有此名
也圓耶方耶高耶下耶大耶小耶斜耶正耶

答物之有其形有其名者氣以成形者也物之無
其形有其名者理也太極理之尊號也無形則何
方圓大小之有

問上天之載無聲無臭而又曰太極何也所云上天
太極耶載乃太極耶無聲無臭可謂之太極而亦可
謂之無極耶無聲無臭之與無極之三無同耶異耶

答太極無聲而無臭者無聲無臭之妙也無
聲無臭者就其中說無也無也而太極者就其中
說有也說有者說無無所碍蒼蒼者上天而載是
太極也○巳上皆朱子語意也北溪陳氏專欲以
無聲無臭解無極恐非是

問天地之間只有動靜兩端太極其動耶其靜耶抑
在此動靜之間耶抑在此動靜之外耶抑動靜者太
極耶其所以動靜者太極耶
答不動不靜而含動靜者太極也動靜兩端之循
環不巳者氣也盖動靜者氣也所以動靜者太極
也

問未有動靜之前先有太極耶旣有動靜之後繼有
太極耶動時太極寓在何處靜時太極寓在何處動
靜陰陽也陰陽之與太極二其名則其二物耶抑一
物而二其名耶
答理之與氣非彼無我非我無所取所謂二而一
一而二者也彼之動靜即我之動靜也動則動
則靜何嘗少離

問太極形而上者也陰陽形而下者也形而下亦可
謂有太極則形而上亦可謂有陰陽耶陰陽太極竟

無先後之可言歟
答理氣旣不相離則固不可分先後而然朱子曰
自形而上下者言豈無先後必欲言之則其先後
亦可想矣太極理也陰陽氣也形而上豈有氣哉
於氣理未嘗不在而於理或有氣未嘗用事處

問太極之與陰陽取譬一身上性則心是太極
耶性是太極耶抑何者爲陰陽也惟性惟心性是一
物心是一物而不相干涉耶抑一物而二其名耶孟
子只說一性而伊川之以本然氣質分說二性何耶
上自聖賢下至土石昆蟲咸得一性而今就賦人處

別作二性何耶
答朱子曰性猶太極也心猶陰陽之與太
極非二物也咸得一性以理言之氣質千萬以氣
言也氣質之與本然卽一性也物得氣之襄故而
變化之理人得氣之通故可以爲濬愚可以爲
智而此大小學之所以設也孟子程子豈異其說
朱子曰孟子剔出言性之本伊川兼氣質而言要
之不可離也

問南軒張氏曰太極之體至靜其果靜耶至靜之云
指已發之用而言則何如指未發之體而言則何如

貫未發已發而言則亦何如也。

答太極動靜之理也。至靜之用於貫未
發已發皆不是朱子也如此却成一不正當尖斜

問太極謂太極之體涵動靜則太
極動而生陽靜而生陰則太極自能動靜耶太
極理也理無形焉有形者能動靜而無形者又能動
靜何也。

答非先有太極而後乃能動靜也。即動靜而知太
極也。

問既曰一陰一陽則似乎二氣又曰陰根陽陽根陰
則似乎一氣是何立言之無定也所謂陰陽做一箇
說耶做兩箇說耶

答朱子說陰陽之流行者爲陽陽之凝聚者爲陰非
眞有二物相對但立言處各有攸主或合說或合
說故朱子曰陰陽作一箇看亦得做兩箇看亦得。

問眞理也精氣也理氣合噯處只言無極而不言太
極何也。

答所謂無極之眞便是太極也。

問在地成形則水火在地而流動閃爍其未定形何
也水是陰物而其中反明火是陽物而其中反暗亦

何義也稱水爲陽稱火爲陰互言無定亦有義耶水
有溫水火無冷火抑何義也以五行成時而四時之
止於四抑何義也。

答天地生物先其輕清水火其體尚虛不離於氣
者也水質陰而性陽火質陽而性陰此張橫渠所
謂陰陽之精也土包水火木金此所以木火金
變而陽不可變也土之寄旺於四時者也。

問五行之中惟水火能動而木金土不能動者亦何
義也合天地人物而就動靜上總論之動而無靜
而無動者是何物而然也動而無動靜而
無靜者亦何物也動而無動可動而靜亦何
靜之理可靜而動可動而靜者不得其動之
理靜而不得其靜而不失其靜動一動一靜
可靜而靜而不失其動一動一靜
自合其中者亦何名也。

答物之屬乎天者動屬乎地者靜水火木金屬地
者也空靜而水火之或能動者以不離於氣也大
抵動而無靜者天也靜而無動者地也動靜者氣
也動靜而無動靜者理也動靜之反其理者桀跖
也動靜之合其中者堯舜也。

問妍醜美惡高下淡淺之能使之異之者何物也千狀
百態之所以貫乎一者乎一物也既不能無妍媸貴
賤之殊則是乃物之情也亦何物也聖人之必欲使愚不肖同
歸於正心誠意之域而一其德者亦何義也
答千百其狀者氣也貫乎一者理也稟得氣之偏
且塞者物也正且通者人也於通正之中又不能
無清濁之殊而同得仁義禮智之理故聖人設教
欲返其理

龜峯集　卷之三　八

殊何也所謂明德不分聖狂而同得則明德之與仁
義禮智其同耶異耶其異於
人者何也既曰人得五行之正而於人亦有聖狂之
德之不在於物者抑何義也
答物亦具五行而得其偏者物也人受其正而得
其清者聖也明德之不分聖狂同得其正也仁義
之均賦人物同得其理也仁義禮智全指其理明
德並舉理氣而言
問九人之生先有陽而後有陰陽在內而陰包外今
曰形既生矣神發知矣形是陽之關
也然則陰先於陽耶何先後之無序也

答成形之與形生陰陽先後固各不同
問吉凶者善惡也陰陽也陰陽不可偏廢而聖人之
於吉凶善惡常欲變惡而為善舍凶而趨吉者何也
竟舜之世比屋可封是可謂獨陽而無陰耶獨陽無
陰天下無是理而吾儒之每以抑陰扶陽者造化之本
答朱子於易坤之初六本義曰
消長有常非人之所能損益也然有淑慝之分則
入作易於其不能相無者既以健順仁義之屬明
之而無所偏主至其消息之際未嘗不致其扶陽
抑陰之意蓋所以贊化育於天地者其旨深矣

龜峯集　卷之三　九

以此說推之可知
問謂太極含動靜謂太極有動靜含之與有其一義
耶
答含以本體而言有以流行而言含之與有義有
所在朱子下語之精密處也
問動之所以必靜者根乎陰故也靜之所以必動者
根乎陽故也此所謂動靜無端陰陽無始也而今曰
大極動而生陽却以動而生陽為始何也來動之前
又如何也
答未動之前優是陰亦非以動而生陽為始也故

朱子曰今且自動而生陽處看去又曰動而生陽

其初是靜靜之上又須動蓋動靜無端陰陽無始

天道也始於陽成於陰本於靜流於動人道也

問太極既無動靜之可見則是乃空底物而可謂與

釋氏說性不同何耶朱子曰釋氏說性只言度殼以

君臣父子為幻妄然則其所謂君臣父子理儼氣歟

答太極有陰陽五行之理不是空底物事若空則

與釋氏說性何以異釋氏屏棄人事老氏清虛厭

事不知人事是天理背作下面粗底看是不知程

子之所謂器亦道道亦器欲把道理做事物頭頭

龜峯集 卷之三 十

玄妙底物此空之與太極異而竟將君臣父子之

理為氣者也初坐不知理而終亦不知氣

問南軒曰無極而太極言莫之為而為之其果信然

耶抑有不是處耶

答以莫之為釋無極以為之為太極是以無極太

極為二說看也又況為之氣也理固莫之為而所

以為之之理在其中此說非是

問動靜陰陽是皆形而下者也已發之時固不可謂

太極未發之時亦不可謂太極寂然不動之中喜

怒哀樂之無感通者也中之與太極其同耶異耶

答已發未發一是動一是靜太極含動靜所以與

中不同

問人人有一太極物物有一太極則於桀跖亦可

見太極歟於木石亦可見太極耶

答桀跖有是性故有是物亦有是理則未嘗不具耳

理外之物無是性則是無是理朱子曰天下無

性外之物又曰其所以為是物之理則合下有此

問至於成之者也方謂之性而後有是性則

有陰陽五行此時說性處不同何耶

答太極不可謂性必朱子初年說也

龜峯集 卷之三 十一

問未有一物之前先有太極耶既有萬物之後繼有

太極耶

答有物之後始知太極而然初無太極則物不能

為物矣

問先儒就人身以氣屬陽以血屬陰然則於血只有

陰而無陽於氣只有陽而無陰乎抑兼有陰陽乎

答九陽中有陰陽陰中有陽陽如魂為陽魄為陰吸

而亦各有陰陽亦互為陰陽氣血雖分屬陰陽

互相為陰陽耶

為陰呼為陽血為陽肉為陰之類可知

問動靜是太極動靜乎是陰陽動靜乎論動靜皆指
陰陽而圖曰太極動而生陽靜而生陰照則太極亦
能動靜乎
答太極之有動靜是天命之流行也盖太極有動
靜之理故陰陽能動靜也動靜者陰陽也所以動
靜者太極也
問陰陽定位等數分明而今乃候忽變化橫看則左
陽右陰竪看則上陽下陰仰手爲陽覆手爲陰向面
爲陽背後爲陰此之陽乃南之陰東之下乃西之上
如是幻易使人莫測亦何義耶

龜峯集　卷之三　十二

答二氣相樣相盪隨時隨處不可爲一此人事之
中無定體者也照陰陽定位則一定而無變
問易云有天地然後有萬物有萬物然後有男女圖
曰乾道成男坤道成女二氣交感化生萬物二說之
不同何也
答易與圖皆言有天地然後有氣化有氣化然後
有形化易繫辭天地絪縕萬物化醇氣化也男女
構精萬物化生形化也圖之兩儀立天地也乾道
成男坤道成女氣化也二氣交感化生萬物形化
也何不同之有

問五性感動而善惡分到五行處傻有善惡之分而
其上動靜則無善惡耶到人傻論氣質之性天亦有
氣質之性歟
答或問陰陽傻有善惡朱子曰陰陽五行皆善又
曰陰陽之理皆善此謂理皆善而氣有善惡也氣
有善惡故有人物偏正清濁之殊到人亦有幾善
惡之分皆氣中後說也故朱子曰此言眾人
具動靜之理而常失於主動也動靜之分眾人
爲照聖人全體太極與天同德聖人氣質之性純
善天則無氣質之性故朱子曰天地之性是理也

龜峯集　卷之三　十三

繞到有陰陽五行處傻有氣質之性傻有昏明厚
薄之殊
問周子則說靜字程子則說敬字二說之不同何耶
亦有詳略之可論耶
答靜則偏而敬乃通貫動靜照必以靜爲本平居
湛然虛靜如秋冬之秘藏應事方不差錯如春夏
之發生物物得所
問太極圖自一而二自二而四自四而八以至萬物易則自一
而二自二而四自四而八以至六十四西銘則止言
陰陽洪範則只說五行理一而已是何所論之各異

也。

答朱子既言道理未始不相值也只有詳略。

問太極之孔子未曾與顏曾語到此何義也朱子謂

程子不以授門人者蓋未有能受之者旣則顏之

於孔子亦枉未能受之列耶如此其難也而朱子之

編於近思錄初頭曾不何義也

知其不曾說孔子於易則鮮及焉程子之未及易

答孔子之於顏曾如一貫之類是也朱子亦曰焉

與圖猶此意也編枉近思之初頭呂東萊曰使之

知名義有所嚮望而已

龜峯集　※卷之三

問朱子曰滿山青黃碧綠無非太極是氣也而朱子

（十四）

問明道言人生而靜以上不容說旣曰不容說而周

子之說亦道也道亦器也非理無氣非氣無道

也先儒之論旣若有三等次第則漸說到高處似無

不可莊子之加一層於無極之上而又以爲非何

意也夫復坤之間乃無極而自坤反坤乃無極之前

此邵子所論也始也太極也未始有始也者無

也未始有夫未始有始也者無極之上又一層也此

莊子所言也周程莊邵同耶異耶。

答朱子曰非太極之上別有無極也無極太極無

大極邵子說到無極之前只論氣之循環程子不

容說謂難言也非不言也莊子架虛不須爲辨亦

專指氣爲言。

問朱子以太極動而生陽爲天地之喜怒哀樂發處

而延平謂做已發看不得抑何所見而然耶何說爲

是耶於至理之源大本達道處亦可以已發未發分

言耶

答延平之意以爲已發未發就人身上推於太極

龜峯集　※卷之三

之動靜闔闢絪縕萬物姑無只是此理一貫做已

發看不得於天地大本達道處難以分言故也蓋

天地之間實理充塞無一息之安徹上徹下不過

如此以動靜爲發則當以靜爲未發此必朱子初年

說也朱子曰一動一靜省命之行又曰靜亦動之

息爾此論爲是

問太極之動而生陽是繼之者善也靜而生陰是成

之者性也而朱子以繼爲靜之終動之始則似枉不

動不靜之間抑何義耶仁智交際之間繼枉仁那智

耶

（十五）

答既曰動之始則是乃動也此邵子所謂一陽初
動處萬物未生時即朱子所謂貞元之間也繼乃
仁也仁也元也元雖四德之長然元不生於元而生
於貞貞智也智能成終成始

問繼之者善所謂性而至成之者性然後方有氣
質之善惡否抑未可以善惡分耶

答謂之性則未可分善惡

問朱子嘗以太極爲體動靜爲用以太極陰陽分體
用抑何義耶又曰太極者本然之妙動靜者所乘之
機二說同耶異耶

答後說是不可分體用前說未穩

龜峯集　卷之三

十六

問物可見而理難知也太極圖欲使人知難知之理
也先儒之教後學皆明理一事也大學之反欲格物
而却不言窮理何耶

答形而上爲道形而下爲器器亦道也道亦器也
道未嘗離乎器大學之不曰窮理朱子曰只是使
人就實處究竟

問朱子曰天地形殼也乾坤性情也易所謂乾坤兩
坤乃氣也而朱子之反以爲理何也

答天地形殼也乾坤性情也易所謂乾坤兩儀也

天地乾坤分言也兩儀統說也只說一生兩也
優氣也

問乾道成男坤道成女是獨指人耶抑通萬物爲言
耶動物之有男女而植物之無男女亦何義耶

答通萬物爲言也植物亦有男女人自不察耳朱
子曰麻有牝牡竹有雌雄推此可知

問朱子曰觀萬物之異體則氣猶相近而理絕不同
也氣相近如知寒煖識飢飽好生惡殺趨利避害
然則理亦有不同者乎

答理絕不同物得氣之偏而理在偏中塞而不
通理絕不同

龜峯集　卷之三

十七

問通書所謂幾字在太極圖却在何節也

答五性感動則情也孟子言其正周子之異言何耶

問孟子言其情則可以爲善惡分優是幾

答朱子曰孟子言其正周子兼其正與惡者而言
也盖情未必皆善然本則可以爲善惟反其情故
爲惡

問人受天地之正氣物稟其偏塞然而鷄能司晨犬
能吠客牛能負重馬能致遠各能其事人反不及於

物而不能踐形子鮮孝臣寡忠何也曾謂人之靈而反不如物之塞耶

答物以塞而能天以心不虛靈也故莊子曰惟虫能天人能化氣質以不肖爲聖賢亦以通也人之舐犢吮癰終至於秡父與君行禽獸不爲少事亦以通也可不畏哉

問聖人定之以中正仁義此定字是自定耶抑定天下之定耶是立人極也定萬事以立人極也圖以動靜

答定是立人極也定萬事以立人極也圖以動靜言故言靜靜字只好作敬字看

龜峯集 卷之三　十八

問樂記云以靜言性則可以靜形容天地之妙則不可性則理也與天地之妙又何不同耶

答性與天地之妙初非二物而性卽喜怒哀樂未發之稱屬乎靜天地之妙卽太極之同一理也含動靜而不偏此中與太極之該動靜者也異者也其實性與太極之理無獨必有對

問程子曰天地萬物之理無獨必有對又曰惟道無對道則理也而立言之不一何耶

答有對以陰陽動靜屈伸消長而言也無對以太極而言也

問夫子曰智者動仁者靜而周子之反以智爲靜以仁爲動何也

答智屬陰靜固是靜仁屬陽固是動周子主陰陽爲言故也仁又安靜智又運用而用皆動爲喻恐或傳寫之未盡也又朱子則以仁智體皆動

問終萬物始萬物莫盛乎艮止也止是生息之意

答元不生於元而生於貞譬如穀種必經秋冬乃可爲生又以動爲生何也先儒…四德無非體靜用動

矣周子却到五性感動處各異則善惡之分安在斯

問至於成之者性然後氣質各異則善惡何耶

答性無善惡純善而已至情動處優分善惡優知有氣質之性

問受父母之氣在胞中是繼之者善也及其既生自成一箇物是成之者性也既成其性則又自繼善循環無窮而反以佛氏之循環爲無理則又何義耶

答流行造化處是善疑成於我處是性此程子所謂生生之理自然不息也豈佛氏所謂將既屈之氣復爲方伸之氣輪回不已者子

龜峯集 卷之三　十九

問朱子曰太極只是一箇實理太極圖一圈便是一
畫又曰太極二氣五行之理一與二五之互言何耶
答理一而已二氣五行之理卽一理也
挑出為圖作名字何耶
問太極是藏頭物事既無方所又無影響先儒之能
之外而未嘗不行於陰陽之中著存明顯無過於
答在無物之前而未嘗不立於有物之後在陰陽
此何為不知
問以事物看之陰陽中有太極而圖却謂太極生陰
陽何也

龜峯集 卷之三 二十

答原其生出之初則太極生陰陽也觀其見在之
端則陰陽涵太極也圖主生出故云太極生陰陽
問不偏不倚之中與太極同一理也而先儒論以中
訓極為非何也
答所指各異中是無過不及之義極是無加之稱
問漢志謂太極函三為一莊子謂道在太極之先老
子云有物混成先天地生易有太極此四說與
周子所謂太極同異可分耶
答漢志謂太極函三則形氣已具非周子所謂太極也
莊子謂道先太極則不以太極為道而道又太極

上一箇空底物非周子所謂太極也老子云先天
地生似指斯理而老子實非知理者也易所云易
有太極就陰陽變化中言有此理下語又與周子
不同然所謂理則一也周子所謂無極而太極不
雜乎陰陽而為言者也蓋漢志之太極莊子之太
極雜乎陰陽而為言者也老子之有物混成亦不得
言理之妙
問易曰一陰一陽之謂道而邵子曰道為太極朱子
曰心猶陰陽也而邵子曰心為太極邵子之異其說
何也

龜峯集 卷之三 二十一

答道是流行邵子之道為太極以流行者言也心
是統會邵子之心為太極以統會者言也易之一
陰一陽之謂道所以一陰一陽者道云也朱子之
心猶陰陽既曰性猶太極云故也萬理同出一源
曰統會萬物各具一理曰流行庸節之說何嘗有
異道是太極而心非二物則復何為疑
問宋子曰靜者性之所以立動者命之所以行而
然其實則靜亦動之息爾故一動一靜皆命之行而
行乎動靜者乃性之真也故曰天命之謂性動靜天
理也而朱子之以動靜皆屬乎動而却欠了靜一邊

何意也程子之動亦定靜亦定周子之主靜又卻火
了動一邊亦何意也
答太極之有動靜天命之流行也其靜亦何
也主天命而爲言也聖人合動靜之德而常本於
靜主修道而爲言也
問伏羲作易起於一畫文王演易肇自乾元皆未嘗
言愈密而理愈晦何耶
答人自不知理豈逾晦人之不知學不傳也
問形而上爲道形而下爲器道甚微妙器甚著現天
地形而下也乾坤形而上也日月星辰風雨霜露形
而下也其理卽形而上也如一身之形體形而下也
慈孝形而上也君臣父子形而下也心性之理仁忠
形而上也耳目形而下也聰明之理形而上也又如
一物一器形而下也其理形而上也如
照物之理形而上也交椅形而下也可坐之理形而
上也至如屈伸往來消長盈虛春秋寒暑終始晦明
奇偶皆形而下也其理則形而上也凡有形有象可
覩可聞者無非氣也如許其廣大著現而反以爲小
無聲無臭不可聽不可見者理也如許其微妙而反

二十一

以爲大何也
答氣有限量而理無限量故也
問朱子曰太極圖說陰陽五行之變不齊二程因此
始推出氣質之性於易旣言陰陽五行之變而孟子
之不言氣質之性何也
答五道理到後來辨釋愈精密
問天地之理生之者微成之者盛故水生於陽而爲
陰火生於陰而爲陽不特此也氣常勝理仁義體智
之理微水火金木土之氣盛終不可以微制盛而聖
賢之敎每欲以理勝氣何也
答理不微氣不盛則聖賢又何爲敎理雖微而益
著氣雖盛而可變此聖賢之所以無不爲可爲之時
無不可化之人而至於天地位萬物育氣常聽命
於理者也問之不特此以上微與盛皆言氣而不
特此以下微是理而盛是氣上下言勢亦有毫髮
之異不可不知蓋生亦生之理也
問天地造化之妙天一生水地二生火天三生木地
四生金而柱人一身亦初生腎水又生心火又生
肝木火土又生肺金而父母卽天地也以至昆蟲草
木之生莫不稟五氣以成形此孔子所謂精氣爲物

二十三

化之所以分何也今見物有氣化而人無氣化亦何
理也

答未有種類之初陰陽之氣合而生之謂氣化旣
有種類之後牝牡之形配而生之謂形化萬物之
始氣化而已旣形氣相禪則形化長而氣化消程
子云隕石無種麟亦無種厭初生民亦如是此氣
化也今見物有氣化者無物處也夫人亦然先儒
云海中島嶼稍大安知無種之人不生於其間若
已有人類則必無氣化之人如人着新衣便有蟣

虱生其間此氣化也氣旣化後便以種生此理甚
明
問陳幾叟月落萬川處處皆圓之譬此溪陳氏一大
塊水銀散而爲萬萬小塊箇箇皆圓之譬爲萬爲一
何者爲理何者爲氣
答萬爲一者氣也所以爲萬爲一而圓者理也
者理也自氣看之雖有大小離合之別自理看之
都無損益盈縮之分
問在天成象在地成形形是質象是氣也
氣五行是質氣是虛質是實虛者聚而實者成如人
精便是水氣便是火不過如此而於此便有氣化形

之噓呵出氣而成水然也凡有氣莫非天亦有質其
非地氣質之外便無可指可論者今周天三百度之
下大地九州之上非天非地處如此其多何也
答太虛之間便有氣窒無火缺處出地以上無
非天古詩云坎得一尺地便是三百
六十度是天也只以日月星辰光所見處爲言爾
六合之內非質處便是氣非地處便是天
謂禮智仁義換作中正何義也不曰仁義禮智而
問圖以禮智仁義其用曰中正要不越
答本乎易其德曰仁義

陰陽兩端而尤重中正又朱子曰中正較有力以
禮或有中不中智或有正不正也智禮水火水
火爲五行之先圖主生出之序故先言智禮
問太極一動至於爲陰陽爲五行爲萬物莫有其差
在入纔動便差何義也惟聖人無差是謂聖人與天
同德而天又或不能無差也聖人冬熱夏寒顏淵之
盜跖之善其終孔子之困於女后之爲天子致早
於湯世有年於魯宣天之反不及於聖人之天歟
賢希是聖聖希天則聖人反希不及聖人之天歟
答凡人之纔動有差氣使之然也聖人之無差得

氣之清也天之或不能無差亦氣使之然也盖聖
人純得其清九人清濁不齊天地之氣亦不齊故
朱子曰天地之性理也到陰陽五行處便有氣質
之昏明厚薄夫不得其常為變處疊含權枉聖人
有處變之權而天則無是天普萬物而無心故也
明道先生曰聖人無情天無心○聖人之氣比天
地愈精天地之氣比聖人猶雜故稟賦有人物之
殊時序有常變參異惟天地之性大本達道流行
發育無外無內不偏不二此所以聖希天也文王
之純亦不已者也

龜峯集 卷之三 二十六

問動靜陰陽如一連環連續無欠缺處未知此環著
枉何處
答動靜陰陽者枉動靜陰陽此環著枉此環
問圖兩儀中既有地五行中又有土是何以一物分
作二物也
答地是對天說也有氣者無非天成質者無非
土是五行中成形之一物也邵子曰方者土也禹
因畫州韓子曰草木山川皆地也朱子曰地言其
大槩
問元亨利貞是太極也元亨是陽利貞是陰也元是

木亨是火利貞是金貞是水合而言之則不過如是所
以各異其名便學者眩於名物何也
答太極是總言天地萬物之理枉天曰元亨利
貞理枉人曰仁義禮智陰陽以氣言也金木水火
以物言也雖欲不二其名何可得也
問五行之生也各一其性此性字是理之本原耶指
質之異耶張南軒之指以為本原何義也朱子之或指
為氣質或指為本原之性也但氣質之性實
答各一其性即此性字也
與本原之性同一性也或問恐學者莫知所從宋

龜峯集 卷之三 二十七

子曰陰陽五行之為性各一氣所稟而性則一也
又問兩性字同否曰一般又曰同者理也不同者
氣也
問其曰動而生陽靜而生陰是兩儀初判時耶其曰
動極復靜靜極復動尺舉此天地說耶命舉前天地
後天地說耶
答分陰分陽兩儀立焉然朱子曰太極之有動靜
天命之所以流行也又曰今且自動而生陽處看
○前後天地不須說惟邵子先天圖曰無極之前
陰含陽

問陰陽天也以氣言也剛柔地也以質言也仁義人
也以德言也天之道不外乎陰陽寒暑往來是也地
之道不外乎剛柔山川流峙是也人之道不外乎仁
義事親從兄是也天也地也如許其大而人以貌然
一身寄枉其中乃敢與天地立而爲三一念之善景
星慶雲一念之惡烈風疾雨得與天地混然無間者
何義也

答陽中之陰陽卽陰陽也天道也陰中之陰陽卽
剛柔也地道也陰陽合氣剛柔成質而是理始爲
人道之極者仁義也其實皆一理也着於上而爲
天着於下而爲地着於中而爲人雖理無不同而
以氣質言之枉人者又稍精備吾之心卽天地之
心也故無感不通

○答入說

或曰瞽瞍當死舜可以竊負而逃子負父負兄逃
其可乎答曰不然枉舜則可枉瞽瞍則不可當死則
死何可逃也或曰不然大杖則走之於父也或曰
不當死亦不可去也或曰若然則今日
走者其是是之謂乎答曰不然大杖則走者
民之於君雖不當死亦不可之於君
之夫負妻戴父子兄弟相攜而隱無乃未盡於道耶

陳東不避東市之誅季通怡然於南謫之日此君子
之死生不貳者也答曰避有可避有不可東漢之張
儉也我國之金堤也避死避謫者吾事則異於是非避命
東孝通之避死避謫者也其心之順乎天安命而是實陳
於君父也是乃避隱於一時託法之人也泛論則孰
不曰彼雖葵法固上君命父命以我爲靜則空悅首
以聽生死於其人乎精察乎理則不然夫天也且吾君
雖假秦爲帝而商山之隱源之避實非得罪於天
者也隔渭受刑築城被死豈皆樂義之民武且吾百
也同一理也先以天命忘愉以君命父命焉天

年傳襄今作凶家之人天雖凶漢亦不以到禪之甘
心忍辱服事曹魏爲順天知命必背城誓心圖存宗
杜如北地王諶也益爲合義則於此可見避隱圖存及
規之君命父命又有可驗者君命爵祿著君命割憂著
合天命而遵率之不合天命者也規之天命既如是
幽熙之民不以被髮左衽服夷狄教順夷俗安夷刑而
爲幽循命知義而又不以善避隱遠恥原者爲不達於
理也夫幽熙之民既無其君之命復爲中華之望而
旣如是則況吾君國法九公事枉抑有至三改伸之
典乎今若徑出而委命於初度枉法之下則後雖欲

舜三仲亮尚可得乎申生之就烹雖未及大舜之不
死而然謂之死得不爲申生之恭者以父命爲歸正之路也我
則不然有許平三就正其敢先死於誣罔之
初而不從吾　君累使辨理之仁法美意乎非但有
違大辨之不死得不爲申生之罪人乎　君命父
命又如是然則避隱不死以求歸正於天命於君命
於父命皎然無疑或釋然而退因記其說以俟知者
之辨

金隴李子直說

民之生也直直者天所賦物所受者也此所謂天地
之間亭亭堂堂直上直下之正理也有或不直者氣
稟物欲之使然也物之不直揉而直之者其名爲矯
吾友金君希元惡曲喜直者也將冠其子曰不直則道
墮隮爾余字之余以直伯爲字曰不直則道不見苟欲
直之直之道其不挂隮于矯乎之如何九容直其容
直之直也義以方外直
其外也九思直其思也敬以直內也至盡心知性無一事非直也
幼子常視母誰直於始也七十不踰矩直於終也一
元之氣不直則絕浩然之氣不直則餒直之於君子
之道大矣哉直之功程小而小學書備矣大而大學

三十

四二五

書盡之希元以大小二學曰教其子則名以橐而字
以直伯不亦支乎菱字孔嘉顧所以字之義事親
以直事君以直接朋友以直待妻子以直以直而
以直而死立天地以直貫古今以直不勝幸甚

銀娥傳

銀娥其名不知爲誰氏子也少喪父隨母流轉乞食
於人年十三投跡於交河南村秀城守家秀城憐之
衣食之越二年惜其容因以妾娥志慮清明性質
婉女職事事不學亦能守宗室也早喪耦家有二
妾娥寵爲專主中饋十餘年承上撫下恭且惠庭無
間言敏於文字嘗讀烈女傳處心行事動以爲式守
年高多病自念娥美少或有厭倦意試娥曰我且死
汝能守節乎抑有他耶娥憐然曰未可預言也屢問
對轍如是守沈綿病席侍者俱困娥獨左右奉護帶
不解藥必嘗小心敬謹久而愈謹雖至夜分跪伏其
側一呼卽唯守感其誠將歿以南村別業專付以
之衣食任汝自爲殉葬守制三年梳不上頭粲不入
截雙髻斷二指以殉吾子孫娥哭踊頓絕
口設衣枕服用于舊楊上日侍其下夜晝不離奠祭
盡禮夜畢不輟逾毀適戚每四時換節必製新服哭

三十一

而焚修窗戶掃堂階如平生時隣婦具酒食造慰曰
娘子妙年艷色獨閉空屋時日易邁如花零落良可
惜也再說三說欲動娥意娥怫然不答杜戶稀根終
身不對人坐語曰易世事一不介懷菜根終
麥飯有時進飯一人非我志也嚘泣塊居嘔血成疾
孫奉娥頗懇懃勸娥
守曰賤貧備丏之商麤牆其分安忍手進賜筆跡向
娥曰賤貧備丏求美衣食死葬之地又不肯曰誰非進賜之
孫如此則專而不能感慮非進賜心也且擅人財
物市恩一人非我志也

死年三十七守生時對客設酒必隱身酌水較輕重
過謹卽諫養性憂疾出於至誠及為嬬室中器用雖
至微細皆謹護完補日主家舊物不可慢也用意誠
懇不倦愛所愛敬而已臨絕有言棺歛之安從葬之
顧曲盡其情又錄先時遺衣服什物品目纖悉意狂敬
守而傳授之不敢自私也諸孫入治喪書冊几案筆
硯校秩秩各奠其所一如守所服用之日相與欷歔
服而附葬之以遂其志云嗚呼美哉娥美質懿性不
假修為得之天而全其正王潤金剛終始惟一使人
聞之凜然動心雖方古人亦無多讓誠使育德溪閭

早承姆訓服禮循道以進其德其所就亦可想矣夫
普死兵革之間捐生慷慨之餘潔其身全其義者亦
不多得況從容於無事之日老病盡其心不以流離
瑣尾汨其行不以必守貞信固其寵葬以義祭以禮
貪饞不能易其操利害不能奪其志處事慎有同
識理臨事不能踰常執德以安其命失身貽議者此
此有焉獨何心哉
坡山成浩原境接交河頗聞娥行對弼說不離口
邑莽娥傳屬弼改作弼之龜峯舍益交河南村
與秀誠守往來交遊之言又與浩原聞同又秀城
孫女為弼兄妻族逾聞其詳憑浩原傳謹改草
浩原傳外只數行而其他皆浩原所傳也惟隣婦不
義之諭一段守孫女云目所未經恐或非是自初
喪至終身未嘗見對人語後憑此傳　　上聞而旋

門

祭金黃岡文

惟靈襟懷飄灑風格超邁身無琢師事芼芼皮不岐
不求無片無私長不七又肯吞五湖童心之日國學
宏儒弱冠之後經幃碩輔鶴立一世燭照千古羽儀

兩朝暉映中國典籍挂手籌議田腹清文敏識不學
祀羅講往訂今虛來實歸數計龜上鴻濛眼中天下抉
一席外忽九容內篤心思行不自異清臭人知德不
標高學恥名尊里間歡心勿賤盡言門無停容問逾
響各官盛業食望逢權弱兄弟怡怡笑語一室朝簪
所歸年之不永又將尤誰既乖於人安合於天天又
實憑歉滋甚鳶朝習玉聲自公云啓沃未牛御纊
無效瑤墀一尺死生為訣皇比降天復巳三呼生何

龜峯集　卷之三　三十四

數奇死何恩殊朝天奉命年紀之衰道之云遠使我
心悲病巳膏肓換律來歸惠妻尚韶乳兒盈窒心懸
魏闕未暇于家趨庭胤子學特千人賢者有後國之
良臣憶在鄰鄰里擇其仁情洽鴒原義均鱸堂嘻嘻
其言燁燁其光在目在耳久而難忘伏惟尚饗

祭栗谷文

嗚呼哀哉天胡賦兄以溫潤和樂灑落清通之貨而
不斠假以期耄之壽天胡修兄以仁恕誠明從容純
粹之學而不兼畀以澤世之福使吾君信之如蓍龜
位極崇班而贊化之未試其術使儒林仰之如山斗

名振中華而雖咔旴者指摘其間德之厚祿之薄合
於古而乖於今優劣理而短於數頁一世經綸之堂
荷千載際遇之後若將有為而擴搆之者非一卒乃
乾旋坤轉事機方新加額之手未下云凶之歎矣至
輒王舍香抑而終天此所以舉國中外上自有志者
至匹夫匹婦之愚蠢推呼哭失聲相弔雖未識面而
涕泗先下者也嗚呼哀哉吾道之枉天地間或顯或
晦或抗或墜而終不至泯滅以淑諸人眞儒之肴雖
或遠而修諸書明其道以行其言者
亦能相繼而不絕也程朱旣遠聖學益孤人慾橫流

龜峯集　卷之三　三十五

天理將滅功利科第之習日以誤人兄於平日奮然
興歎謂余志同共策駕銶或對講而未洽又交書而
研窮兄之所是我或非之我之不然兄或然之糾紛
往復三十年于茲大之為天地山川小之為草木昆
虫陰陽鬼神之變誠幾動靜之妙近而麗掃應對遠
而盡性知命析之極其大聖賢之所未
窮夫婦之所可知行藏之義進修之方兄旣揆戱不
舍而我亦粗識其一二我以柴衛之賤簞一瓢白
首空谷兄又叔世嘉合投綬窮經相期百年庶卒斯
業中年兄被　聖明不世之知謂將推成巳之功以

及子人而異論夫閔斯民不幸既不能行此道於當
世又不能明此道於遺編使垂絕如綫之派否晦而
莫之知天意誠不可知而鬼神誠不可測也嗚呼吾
兄果棄吾東方而至於斯耶叩之無聞問之不答不
呼而莫我知已矣哉已矣哉如金之聲如玉之容不
可復見於今世矣何朋友講磨之有耶後修道之有
何門人開發耶政煩賦重流離繾繼引領行足活我生我
之憐耶何戍比將士擐甲周歲日望還我而不
而不之顧耶同朝縉紳謀議籌畫之倚以為夬
屬而不之憂耶何後世修道之有恃而不之恤耶何後世修道之有
之有待而不之哀耶何

龜峯集 卷之三　三十六

二百年　
宗社村之一介臣真有夏張而何死之體不
之奉耶何生之遲回眷戀不忘斯世而何死之相絕
之淩耶嗚呼哀哉嗚呼哀哉吾兄有水湧山出之文
而吾不以文章稱有通今博古之見而吾不以多見
稱有牛解水釋之識而吾不以能識稱有燭照數計
之智而吾不以智術稱有江河倒懸之辯而吾不以
善言稱恬淡寡慾而吾不以為清處
情而不以為孝處兄弟終始盡其愛而吾不以為友接
直撫幼賤猶恐有傷而吾不以為慈奉父母生死極其

人愀愀無華而不以為信事　君至誠無隱而不以
為忠者所望於吾兄渾然全體不欲以一藝一行列
成其名也嗚呼哀哉嗚呼哀哉吾兄天分超邁鳳翔
風表鶴立雞羣雲開碧落月照冰壼上無所傳不待
而興敬信小學尊尚近思旁通史氏發揮諸經苟能
登擢不早充養有序優將隱約之中涵泳本原之地
累以功程積以時日精思蓄斯者淺厚續響
沫泗接源濂洛的有端緒載書垂後玩心乎文武之
未墜收效於日月之重光則其遇乎一時者亦無
憾也卷亦無憾也其體天地之正任造化之運為斯

龜峯集 卷之三　三十七

道為斯人者固無損益於其間也今乃不愀愴於幽
獨未發之前者未及乎逾精逾密而望於設施事為
之間者及有以太露太速軒晃煌耀於下帷之時陰
珍蟄蝀於當軸之日求退不得大限俄窀在旬者有
啗燕未窮之歡入人者有時雨未洽之恨誠所謂造
物之所戲而吾道之將窮也天之將斯人之
意竟晚來所論漸無異我於學問上或有新見象
人皆以為燹而惟兄獨信之顯晦雖相期相待之
所見晚來所論漸無異我於學問上或有新見象
心白首逾大任重道遠共抱終身之憂耶知今日遠

先吾而死耶死而有知其亦知吾之戚戚也吾言之
而和者誰歟歟吾行之而酬者誰歟此子朱子所謂任
左肱而失右臂者也此所以吾兄之哀號痛惜獨異於
眾人者也嗚呼吾生先兄二歲今年五十有一也以
兄之如許精神而不能保如此我之衰朽殘劣亦
何能久於世乎只祈修身補過相見於地下而已復
何有心於人間世哉死前日月是皆報吾兄用力之地
生而殊異則未死前日月若於桑榆之末卒有所戚
就而不相負於冥冥之中也耶嗚呼言有窮而情不
終淚有盡而痛無極知乎不知長慟欲絕伏惟尚饗

祭寒暄靜庵兩先生文

龜峯集 ✕ 卷之三　　三十八

惟萬曆二十一年歲次癸巳九月壬子朔七日戊午
宋翼弼謹以酒果之奠祇獻于寒暄先生文敬公靜
庵先生文正公兩賢祠下率子泰山昭乎日月生死
福福浮雲起滅世變千換存者惟一千是一朝一乃
千秋合天達人何怨何尤遼矣其疇文獻無徵生死
先生此道誰弘九萬迢迢折初飛涪州講學顰眉
增輝調高和絕韋咮齊怒駿機踵武不俱代樹達文
兼澹窮窒未立言將明復晦天喪斯文今來祠下庭卑

長春天外斜陽霽已揄新小子何幸猿謫長沙二位
相對萬里天涯蒙　恩南首瀧掃辭歸。　王棐益覲
吾道逾厄不泯者存我又何悲

熙川有兩賢祠金斯文重晦氏爲方伯時所立李
栗谷有記于壁蓋寒暄先生謫來于熙川靜庵先
生受學于謫所追慕有祠而因亂荒廢可悲
也

祭仲兄默庵文

龜峯集 ✕ 卷之三　　三十九

嗚呼哀哉兄其已死耶弟生於兄生七年受氣偏嗇
兄不病而弟病兄未衰而弟衰常謂生雖後兄之遠
而死必先兄也耶知今日兄死我也嗚呼哀哉先
父母年享八十且有餘歲伯兄今年七十有六而眠
食猶少年人皆指我門爲壽門而兄何今徑其伯
兄而先死耶嗚呼哀哉兄於平日慮遠識長言時治
亂而有符說人死生而屢中常自撝退而人皆信
之今何獨不照耶嗚呼哀哉兵火經年或閭門被禍
或獨子而不免或兄弟連死吾兄第四老人白首道
服超然保存有若太平人人皆稱慶於厄窮之中而
兄何今使兄失此慶耶嗚呼哀哉弟自甲子一
周之後秋盡抵冬氣血日益微疾病日益加忽焉懼

一朝遽然先朝露載亮喘馳驅於積雪層氷之中四
日而至兄所經一旬爲別後七日越
是別爲永別耶丁寧在耳之言明春爲同居之計
忽之速耶而背之何忽耶相愛之漸而死何相
於世而奉已耶其果有餘於人而不足於已耶四老俱存之慶而
其果有餘於兵火之危而失之於衣服必慎寒暖之節而
得之於壽門不病之兄其果先死耶吾未之信
兄笑其泰弟於飮食必分損益之性而兄笑其擇弟

於寢處必欲其適而兄笑其任優弟於起居必欲其
時而兄笑其近慢櫛沐盥漱或伸或屈之安兄皆笑
弟之煩衣寒而不敢襲食飽而必飽之微弟之臨事則殫筋
力不惜之有會則犯寒暑而必遠之微弟之接必盡其
情單幼之疾親訪醫藥終以勤勤懇懇愛素之德而
天關百年天於吾門兄弟之壽非偏有厚薄人事勞
逸之報自不得不異也其果信然耶弟以德薄而苟
存兄以行篤而先逝寧有是理耶又未可信也死生
倘短孰主張是抑蒼泬無端而付諸不可知也耶顏
子三十而云亡德非不厚也郡翁時有不出會有不

弟第四人連襟共被喜則同喜憂則同憂笑語哭泣莫
之樂實非富貴家人力之所能致者自懷果兄弟愛
日泣樹之年以至負土擧栢履霜露霰義之日兄
皆成娶有子有孫秩秩成行盈席於父母之前長
弟又晚於吾耶撫育提哺之勤有不可忍言者雖有季
寒賤事事艱辛弟又晚生學言於鶴髮爲也嗚呼哀哉吾門
則攝生之漢淺踈密亦未眼議爲也嗚呼哀哉吾門
自眄自損之吾兄得六十有七之壽而無所加損
赴小車行處十二行於窩則自慎自重爲如何耶乃與

不皆然友愛之情窮而逾篤老而逾漢常欲聚居一
室以盡餘生忽被憐人嫁禍一東一西繼有海寇三
都覆没家國破未見中興可慟也季
弟末路取謗頗劇兄每戒我曰季於諸兄惟汝是長
汝愛季之才不加嚴責由於汝令而今
之益滾悲慘昔時同歡呼哀哉吾父母憂由諸之取謗實由於汝令而今
亂是皆子弟之非德鳴呼哀哉吾父母憂
喜滾居不逐外物性所然也成童之後關門外山棚
自顧游觀之壓死者甚衆父母之遍令招尋出自
滾戶曰吾豈隨人玩戲者耶咸以爲有大人氣度妹
子三十而云亡德非不厚也郡翁時有不出會有不

之名死之先後遠近亦何關也苟有不朽之實名之
傳不傳人之知不知又何關也今兄之死也既無子
孫又無朋友又無受業後生之可知心跡者回看一
世有淚如霰既曰傳不傳知不知何關而欲言之
不已亦可悲也鳴呼哀哉兄其知耶其不知耶尚
饗

梳貼銘　以下銘二首

頭上有垢既去還生一日或間濁穢其萌曉起千梳
目與心明

筆匣銘

腹淺易盈口潤無隱外方內廉君子所近

伯嫂崔氏哀辭　以下辭一首

倪首上堂聽訓誡兮恭且不違三十有歲被祁兮采
蘩采蘋齋沐尸之幾秋兮春丁太平多麥與黍兮儀
無斁爲婦爲母我伯氏兮花正開酒盈觴兮白首好
禮曰拜廟兮擬造端
自家令外若簡而內以和詠樛木兮恩均無虛苟兮
弟弟龜之陽兮花正開
任天眞篤追遠而字下兮一二家慕而相化彼愴人
令嫁禍家先危而國破山呼兮行行跋躓兮
跡軛飢燃巢林兮血濺金玉葦爲食兮木頭宿瘵長

夫王孫也伯兄以下頗有聲色之習弟於幼時引正
非之惟兄信弟說不以卑少而忽之吾門之以聲色
爲戒時由兄始武才絕倫以妨讀書而棄之不偏篤
古有隨時適用之村人之溈知兄者有此之有宋韓
富云時尚交遊而兄以無實而恥之時尚理學而兄
以逐名而愧之嘗曰天文天皇有變禍必起於文多
起之前私語於弟曰一家未然之幾亦有先見之明
士蒙辱言果有驗矣

龜峯集　卷之三　四二

鳴呼哀哉兄其已死耶人孰無子兄獨無後人孰無
而未能從吾皆省有弟無狀之致到今追念失聲欲絕
兄兄獨臨死而不得見人孰無弟弟罪負神明而病
不分痛哭不憑尸聞計於既空之後服麻於沉病之
日人孰無死死而舍兄者耶掩土千里禮
成於友人之手子二壻叩地叫天鳴呼曷歸於妻
有女而夏有如兄者耶鳴呼哀哉兄其已死耶人時丁
大亂國內遑遑伯兄寄跡關西而諸子不得爲養李
弟流落海東而消息久斷吾方寓身於豬塞之萬憂
山中而老幼呼飢將相續而有知其幾
能久於斯世耶死而有知其幾何離其無知悲何
時而不悲者無窮期正謂此也鳴呼哀哉苟有不朽

四三一

龜峯集　卷之三　四三

子於賊邊兮呑聲而西旋踏良席兮月幾數成朿
訣於一違昔嫂氏之返馬入門兮余實溪仲虞之恩
年雖逾昌黎之齒兮禮未戴馬援之冠誰知晚踏監
關之白雲兮還見指余撫兒之日未遂成家相致汝
之志兮遠效孔伋拜哭之位一杯土兮他山雖有麋
托之悲干戈定道路通豈無返葬之期

四三二

玄繩編上　一作辨諭書尺

玄繩編序

吾與牛溪栗谷最相善今皆去世吾獨生能復幾日
而隨死耶迷子就大嘗於兵火散亡之餘收拾二友
書尺及吾所報私稿及雜錄略干紙以示余遂合
已成帙爲未死前觀感之資且欲傳之一家云萬曆
已亥仲春宋翼弼題

答叔獻書別紙

北溪陳氏曰且如一件事物來接着枉內主宰者

是心動出來或喜或怒者是情裏面有介物能動
出來底是性運用商量要喜那人要怒那人是意
夫當喜怒而動出來喜怒者情也不當喜怒而動出
來喜怒者亦情也當而出來者善也不當而出來者
不善也故喜不善也苟必發於當而不發於不
當則皆當故運用之有能使不當者當之之功
當不當皆運用之有能使不當者當之之功
朱子曰人情易發而難制明道云人能於怒時遽
忘其怒亦可見外誘之不足畏
情只發於善而不發於不善則朱子難制之戒明道

外誘之懼何指夫心者該寂感貫動靜該之本
既得其正則感而動安得不善故情之有善不善心
之正未正時也情之無不善心之已正後也發皆中
節則情之無不善心

朱子曰聖人氣清而心正故性全而情不亂耳學
者當存心以養性而節其情也

所謂聖人之情非不謂或有不善邪不謂皆善也所謂學者之
節其情者非不謂或有不善故訓學者以節之
之不亂時有有不善故貴聖人

或問性善而情不善乎程子曰情者性之動也要
歸於正而已亦何得以不善名之

所謂何得以不善名之者不可以專言不善也原於
性命之正者固無不善原於形氣之私者亦何能皆
善惟聰明睿智者情無不善以能盡其性也自其下
則有善有不善○既粟先儒之說而以已意明其義
又申之以已說焉夫未動是性已動是情而包未動
已動者爲心心所以統性情也譬之水心猶水也性
水之靜也情水之動也四端單舉其流也七情金言
其波也水不能無流而亦不可無波之遇沙石而平地而
波之溶溶者波之得其正也波之遇沙石而波之汹

汹者波之不得其正也雖默然以溶溶者爲波而汹
汹者不爲波哉故曰情有善不善夫引平地溶溶
之波而返走沙石者意也引沙石汹汹之波而還走
平地者亦意也是以聖人之情一汹汹於三月之後
子之情雖或汹汹於三月之後而可使爲汹汹可使爲
溶溶益踏人之情既往沙石汹汹者溶溶之時亦
溶溶之少間默而四端之流無時或息情之無不善云者
拈出四端也情之有善不善云者統言七情也

吾兄以鄙說爲皆可而但以爲不善專是情愚恐未
然也朱子曰爲不善情之遷於物而默也蓋發或不中
節固可謂爲不善而不可謂爲不善也情雖發或不善
而至於爲不善則意是其初情之遷於
施諸事物上顯然已作之不善豈無運用之效是爲不
物而默也默者謂爲不善情之遷於
意而默者謂爲不善指發不中節底時
爲不善者意也指運用底後故曰遷於物者情也爲
不善者意也兄又云性水之源此亦未盡兄意豈不

曰心統性情向是性向外是情而以喻性也但
既以理之着在人身上論之而又以性似涉
於當初自上天命之之云而不合於喜怒哀樂未發
之喻朱子曰性猶水之靜情猶水之流斯無間然矣
謹復。

與叔獻書別紙

以蔡邕所作郭林宗碑文觀之林宗壽纔四十二其
生順帝永建三年戊辰其卒靈帝建寧二年巳酉
也綱目書黃憲卒在安帝延光元年壬戌憲死後
七年林宗始生也安得發汪汪之稱美於未字前耶

龜峯集 卷之四　四

蔡邕以一時之人歷舉有道生死甚詳而且嘆不壽
此頗難曉若謂黃憲卒史之誤書於前則又黃憲無
一語及黨錮事亦未可知也史多此類可嘆。

答叔獻別紙

潯暑挾纊人氣不寧向懲方潑忽承情憑審道
況冲裕何慰如之頑氣稍蘇耳未拜諫長時其陳
情小疏不可輕進素食之義且請恬退疏未上
而　召以諫長尤增惶恐欲待厥疏
行止而疏上之後自　上卽命迪諫長不待玥變
辭矣從此可免紛紜除拜得以遂其優游之志此

則幸甚俱優游中工夫事業不可不惜寸陰此則
仰恃吾兄有以提撕警策使不至虛作野人也西
歸之思浩然而發加以家人避病奔竄尤不可不
愨往護視故念間發西翺耳第恨
國恩未由上
報此不無耿耿耳示諭別紙果如伯嗜碑文則綱
目誤矣促綱目
見此碑文乎且此碑文經朱子之手以朱子之博學豈不
間浮靡之文此亦可惜徐俟夏考耳相奉似遠未
前琭嘗爲橋浩原無恙矣蔡碑文出於何書切欲
知之六月十七日珥拜。

龜峯集 卷之四　五

尊兄以綱目爲經朱子之手而欲盡信之恐未照也
綱目只以凡例規模屬人爲之其未照管處甚多又
碑文之不似伯嗜作亦無據東漢文章體段類如是
亦未可輕易斷定後人若效蔡作則其年次變愎史
而不須差違以起後疑也只合闕疑以俟知者之辨
如何如何。

記牛溪栗谷書後

伏問比來學履靜養安否馳仰不可言前者魚
君之訪奉承手札兼領松花之餌其後又拜栗谷
抵書展讀三復益深傾馳第審賢亂未廉入城省

視憂念作客之餘未委起居何如仰慮仰慮卽日
冬溫想疾真俱安已返田盧否渾奉別之後一向
勤慕殆同新契函欲奉一書相聞而村中催科如
蝟毛未得偃暇及承來諭始知入城而貞陵舊里
亦無謂委之是以遷延未能愧恨無已道窟之
事謹悉來敎尚恐期日太遠人謀或有遷就也竊
況後學之疎略乎如渾慶疾終日昏昏摧頹消沮
觀古人雖大賢之資尚不能無待於師友之旁助
俊則慨然有豎立之意稍覺數日氣味之厚此豈

吾之所能自辨耶不論講論之益而扶植本原之
功爲尤重也賢兄高明超邁獨至無助然道體易
偏人見無盡渠安可謂全無所資於人耶頃與叔獻
相語以此無意渠亦竦然懷使道窟賢兄掛牌
秉拂於其中與後生輩周旋則敎學相長之益不
可誣也其與遠入長山滅跡於麋鹿之鄉者得失
相萬矣伏願前定不貽築室先鄉此事以爲不動之計
恝後道窟亦可成矣來書有觀此事非湖湘之地地歟
恐爲倒說潑慮潑道窟亦非湖湘之地地歟權獻
時來慕尋四方之士亦當有至者渾則追陪下席

四三五

竊自此於答問之一豈非吾之大幸耶伏惟潑諒
之幸其幸甚幸甚松花良餌琭感無此近看本草
花難久之言恐此稍失眞性修服多年宿諦其
性幸有以受敎也免絲子三升送上一升半爲新
採其餘入小帒者爲前歲之扠藏謹密無所損
也試服之餘之爲祝不宣丙子十月念一日渾拜病困
草草恐悚
謹問侍候何如戀仰瑢受由來坡期限甚促
雖欲侍拜不可得也可恨廉廉受靮不知能忍餞
許時耶能潭事切欲一見方叔細論而迄不能得

可知卯酉無暇也若此度却光陰終至做什麼事
乎初二日欲與告原作夜話君若健人則或可臨
陋奈不能冒寒何可歎可歎十一月二十九日瑢
拜

魚公之來覆承惠手簡披閱欣感如對雅儀第審
調況尚未康復瑢亦極珚緣客煩不能邀話原
昨日投宿厥家今日始還耳能潭事若成則幸可
言耶當扣方叔若蒙許諾則築室之費珚亦略
爲計且下示進退之義是平日鹵莽所講也敢不
敬佩第念久速有義雖不可貪戀亦不可悻悻此

事言不可悉也。十二月三日玥拜。

十六日僂回伏承手札恭審安達南村慰幸慰幸

第未知風雪中還家氣味何似馳漾正漢山中三

日之會漢荷不鄙之賜陪奉誨言聞所未聞察已

病而觀人善其有發於昏耗大矣幸其幸今又

和敬失皆身欠整肅競起而戲謔諕多恭已而

少定見敬如今不決之論可謂定矣即修書

展讀轉覺四十非之語令人九慨然也弟恨觀理

之旨不勝欣贊如今不決之論可謂定矣即修書

沈君以致其意耳雖然以賢兄之清疏脫略常有

龜峯集　卷之四　八

超世獨立之志馳神泉石意思欲動又有利害二

三言計多岐之惑則鄙人猶慮來言之易易也子

萬不退轉至祝至祝且僕卧田間垂四十年飽諳

田家之事請言佃人之態夫佃人之備耕也志不

著於其誠力不盡於其勤隨衆而循循悠悠而率

歲如斯而已及其出分而為其家也凌晨而作其

容欽欽望田而趨其行促促內志達於四體外志

積於勤動村人遇之皆知其為非昔日之佃客也

夫然後知其人之為已務實心立而實功行也

嗚呼今之君子為學皆大家之佃客也鄙人詳於

龜峯集　卷之四　九

農能望其外而知之矣如何如何斯言鄙且俚不

足以為獻然不可不使金希元知之非促希元知

之希元之先生亦妄知之如渾者謹已自言而自

知之矣元相與勉之武道窟之益非所憂也君子

居之何陋之有盖賊無常居亦聞交河多盍盍非

君子所所空憂也自此何以祠書黔黔不宣丁

丑仲春旬八渾拜神昏草怵

此日寒風微骨病人最不堪此時仰戀尊兄尤切

於懷不審攝養起居何如奉別不聞安信久

不任其懸懸也其後日渙魚彥休歸路相過裁書

置床頭怪其久不至今聞已過去愧淺淺矣前修

鄙書同封送納且有問魚一書亞乞傅布道信

幸矣道窟換田問于方叔答以許之而又有吾曾

居云否鄙人拙計每思人生强半餘日幾許唯當

汲汲定居數間茅屋一架書冊醋飲其中粗窺一

望矣然徐侯此地之語是雖空言而似嘗撓吾黨之渡

有卜築此地之語是雖空言而似嘗撓吾黨之渡

斑道理是為至切至重事堂合奔走道路求田問

舍賢了幾生使清溪白石環繞門前何益身心

道德而日月如流衰老擇至因而溘死空負一生

龜峯集　卷四

者多矣顧兄母如叔獻之易其言計也前日山中
之會承慰鈍滯之望第恨分手之遽使清歡無多
也展讀兄書轉覺四十非之語令人渙有感於斯
中夜而作不覺慨然兄亦母念於此言也尋
使奉此伏冀回賜安信不宣丁丑仲春念八日渾
拜虛損日增流汗如產婦可悶
謹問邇來道況何如戀仰頃者攻來得承兩
度手簡慰遠懷珥緣妻妾避寓山中屋舍廚疎
婦人多畏其不能棄還坡山必待新築稍成可使妻
妾入接然後乃可還也還期當在孟秋之末相奉
似遠恩之悵悒怔罪進學座下誠得其所第處俯
教費力耳安峽溪山誠可愛玩田土亦肥可以耈
藥事之成不成在於力之如何耳魚君已還耶此
君定居則兄業亦成矣珥則初無移卜之計但兄
弟當會坡山人糊糧少故欲作農野以添數月之
糧兄若卜居則珥亦築數間以爲相從之所爲計
見得李鷹書無意移居可歎卜居之事須是自定
魚君若還則伏冀同往夏見早定何如李鷹答書
適偶忙忙當後復仰丁丑四月十九日珥拜
道寬卽坡山之熊潭也水后不清曠土又不饒葉之

四三七

與叔獻夏卜于安峽之于麓而先築書室于龜山之
松楸下其後安峽亦未得成就禹初以龜山濱漁多
風不空病人欲卜得好山水或雲谷或屏嚴或上院
指點十餘區旣無物力又嬰疾病竟未一遂焉
答叔獻書
花石佳會承照如夢追思悵惘因沈仲悟得承手
簡感慰溢仰卽今道況何如前日之會連值外客
講論未穩迨恨迨恨珥因事到西湖適被恩命
拜詮曹叅議進退狼狽可憫可憫撥以出處之義
則只合退歸夏有何疑第今近事日非士林橫潰
國勢岌岌莫如今日如珥者受國厚恩似當念
身殉國難友多有以此相責者亦似有理未知
雅意如何精思回諭切仰切仰國勢若下於今
日一等則將有捐生赴難之擧與其已敗而捐生
寧救止於未敗爲得也今日與珥敘別桂亭子
之時迥不同矣殊可痛哭流涕矣十月三十日珥
拜進奴持糧矣
謹承遠示仁民殉國之意溢於言表不覺長歎吾兄
早應科第未定進退之際爵已高義已遜出處之節
與起身草萊以道自重者或似不同苟能有補時事

延國脉扶士林解民倒懸則吾兄雖白首紅塵愚同
武子亦無所愧第未知上未得君下無知已而顧能
有施設者乎今日之出如召之役往役之義能當其
役則可以出矣不治役而赴其召之役往役之義
伏願勿為輕動以全吾義使襄叔尸素有所愧作是
役亦報君之一義也無使悔吝生乎動而井有人其從
之幸甚鄙人身雖山野仰觀俯察憂已溪矣如或外
冠乘時終歲饑饉之民其能為上死敵耶雖欲安居
林下與二三道友從容詩禮亦何得也持危於未其
是亦不果忘國愛物之盛心也實在吾兄自度一出

龜峯集 卷之四 十二

一入有功無功處得其中此非愚見之所及憂仰一
日有一日之功一月有一月之功無如向日之往來
頗頗竟無所事也苟無所事莫如不為不可○念身
非不可出而無所事不可○念身殉國於凶國之日
只有同死之義也今承欲出之動與此不同如無王謝漢晉
之功決不可為今承欲出之書既一賀矣若聞拜
命治任將再賀三賀不一賀而已謹復

題缺

俠程端蒙字訓之所之趨向期必皆由是為四字不標
謂志皆由是為四字不標趨向期必是乃志也若曰

皆由是為則似心訓也非志訓也無此四字為是

答浩原書

示謂為外懼者謂雖畐畐此惠不至云以
此病存則身以病去則身一存一以不可與同
也何可以是為得也亦豈身入長山大谷絕
跡人世然後以時然後也近來憂思治病為
有為避何有補武以外禍福一任聽天之為而已又
何慮為

龜峯集 卷之四 十三

答浩原別紙

古云聖人與天合德而天多可疑治亂之不常聖
人之不得位不得壽天之如是何也憂有惑焉云
云

不得其常為變處變為權在聖人有處變之權而天
則無是天普萬物而無心故也

別來懸慕殊甚日劇怱承手札慰
遠仰慮殊甚日運自兄還後一向虛損始不復支
日得齒痛晝夜大痛出入息不及廻旋氣息垂絕
病人精力餘許存者幾希自苦如此不如無生之便
利可歎可歎兼又家僕臥病垂死日日為走避之

龜峯集（卷之四）

計所以欲伻人取藥而未果數日以來粗爲安泊
耳通津行未嘗一忌渾若未死終必得之此時
信宿齋下乃大願也一日忌渾若變爲權四字精湥簡
當不勝服義渾當納一拜於老兄矣又獲聞斯義諸
兄之賜也天眞九拜賜珎珎感無以報也叔獻
無事生事資糧已竭坐滯津上兼有暑疾殊可念
也伯生遠致專問此友相厚之義殊無以爲報
也鄙人每仰浞疎淡自與鄙夫患夫氣象不類而
盡心　王室爲時淸流補益不小豈不可好耶弟而
少堅疑力量厄於傾危交爛之言未能不動渡恐

棄之而去益無可恃也願兄力扶護之至祝至祝
此柱世道差非小益所以出位言之願有以會我
意也魚彥休前還布謝悃願亦傳告伏惟尊照朝
虛草謝不一戊寅六月初五日渾拜

答叔獻書

謹問道況卽今何如前枉海鄉謹承手字備悉道
覆悠悠至於左脣不仁湥用驚憂不能已已想今
差息矣卽今在栗谷來初三日將陪寡嫂西行九
事怱怱不能進拜兄又難出恐失避近歎恨罔喻
兄若平康則二十六七日間可一柱否珥則拘於

十四

四三九

職名未遞尤難一進也成性之說每以涵養成甚
生氣質例之故看作氣質之性今承來說又見朱
子語類以爲成性猶云踐形若照則當看作本
然之性矣成性存存之成性乃渾成底性也知禮
成性之成性乃知體成其性云爾文義不同
而性則皆以指本然之性也語類云有些乘墊
處夏思爲計今送交河引簡照傳切仰尊伯氏前
別後消息渺茫戀戀懷日積卽日溫暖道況何如
問安李氏無恙否戀戀殊切二月二十四日珥拜
几百粗保只是傍無畏友目絕規警學方日退是

湥可懼懼耳尺聞兄與賢季暮春之初訪浩原信宿
恨不叅席末也小學輯註想多疵尤伏乞細評付
標送于浩原處且留跋語切仰切仰須因無事周
覽海州山北泉后得一瀑布長可准九淵偃巖非
斗起而橫卧故水勢遠迤布流巖上此不及朴淵
之壯耳水淸巖潔使人愛玩盡日忘歸適有山人
請搆屋其側鄕士耳有助者屋就則殊可棲息而
去珥家只二十餘里往返之路亦平易願兄與李
鷹一來同宿卧聽風雷也習與性成之說夏檢看不
商書則伊尹之言曰兹乃不義習與性成旣云不

十五

義性成則其爲氣質之性明矣成性之論則朱子
以爲踐形云然則性成之性氣質之性也成性
之性本然之性也如此看何如夏思回示伏望已
卯四月十二日珥拜。
幽棲隱跡忘世兩爲閑人不得連扉讀書以遂初志
斯亦命也其受灸飴藥未試醫語一榻呻吟坐待曉
懼垂示山北水石明麗可玩又有構舍相宿之許苟
有餘命可致忠兄期待之重潢同愧一副近看時事日益紛紜
去春花巨徜約未成暮年離思有增前昔賢兄已之

龜峯集　卷之四　十六

谷如不可共妻孥爲生今欲合處于龜峯一定單
飄夏不遷易耳以成性之性爲本然以性成之性爲
氣質兄見未盡豈以一字上下便爲別文義兄只爲商
兹乃不義習與性成之說爲此論也某見則此與
習慣如自然之語同義習之旣久還同本然云本
然者本然之性也且朱子曰知禮成性性成爲
性成之意則夏何爲疑宋子既以成性性成爲一而
又以成性論以本然者非一以此爲定勿生他意如
何如何小學輯註當如教考較付以已見送于浩原
跋亦依示述上是料今觀古人註習與性成處論語

小學近思錄性理羣書或稱本然或稱氣質無定見。
呵呵宝一以朱子語爲斷謹復。
　答叔獻書
一別音斷甚苦懸若承辱復感慰良淚俚偏證
未瘳云煎念困瑜岡喻浴泉或可致試之爲良
如兄資高見明可以大進而乃乃爲二堅所燒不能
安居修業進德豈非命耶可歎可歎珥九百粗遣
雖一味窘乏而山中寂寞却無悶是非是可樂也
習與性成之說高誦殊未相契大抵說經先得本
文義然後可以旁及此四字本出商書伊尹之意

龜峯集　卷之四　十七

則曰太甲不義之習久而慣熟若出於天性云爾
夏無他意天性如文王天性聰明至如今人論人
物曰某人性本云云此是氣質之性也若做本然
之性則不義二字襯貼不得上下文義各成胡越
不問義理何如而文字已不通矣此外旁引之說
則合則取之不合則舍之耳何必爲彼塞制而曲
爲之辭乎老兄思若虛心不主先見而夏思之
則必曉然無疑矣伊尹則以惡爲性成豈非性成
善爲性成或以惡成或以善成豈非同爲氣質之
性乎朱子之說雖或如此或是記錄之誤或是少

時之說未可知也曷如伊尹口道底經孔子刪取
者之爲可信乎未審高見如何若說不
善之習亦同本然之性云爾則恐不成義理也交
河所傳文記送于城西小家爲得尹錫議親事澆
合部意當勸成之兄亦酉意何如李鷹忙未上札
耶想惟安之若命不至過傷也珥杜門依昔無可
向戀日積忽悤因浩原優得承中元日手書感慰不
已信後道況何如似聞又遺紙諭天何不祐善
否是第幾徜耶驚悼罔愉天何不祐善人至此極

龜峯集 ☒ 卷之四 十八 ☒

言者性成之說來說亦不爲無理但古人所引文
字以本義觀之逗辭不通照後乃可求他義也今
者程子性成之說以本義觀之乃少成若天性之
義也十分通得而乃求他義何耶未子所論本文
時未檢看徐當考出爲計來諭專心讀書日新已
德者眞鄙人所當服膺也感佩感佩但審欲移家
屬入山益淡從此影響尤難相接不勝悽黯之至
第恐兄之物力不能辦此也舟到楊江果有是計
火色尚盛退照中止未由一奉去月以書寄
浩原倩傳未知下照吾季氏今枉何處恭承寄問

澆慰澆慰戒勗之辭敢不虛受珥受 國厚恩常
切仰報之念有時不免輕發眞是屈原之病也有
時不覺自笑況傍觀識者豈不發笑乎每欲匹馬
獨往以叩幽局而不可得徒切馳慕耳秋涼漸生
伏惟二兄爲道益珍己卯八月六日珥拜
仲秋晦墨六日書選慰夢想某連歲哭兒白
髮滿頭每想程大中至喪明道先生而以理自遣也
世道其身之不能於前歲而語言之欲救於今日前
吾兄言不用計不施辭歸非一今又遠緻文字眞哭
之典今日不帝千百難易則是非偏於寡國過於

龜峯集 ☒ 卷之四 十九 ☒

犯冒耶亦無異辭歸之嫠擅主中饋能不爲室人之
輕侮而傍觀者笑詆乎苟能使主家一朝廻心召延
入室則治家齊目次第舉行而門僮庭僕自無分背
之患矣此某之每以格君心有望於吾兄者也吾兄
今日之樂無異馮婦之復下車而孟子之再發棠也
未子以天下爲已任而章奏相望亦或禁莩不達者
爲其不可救而禍有甚也滾慮禍機不測以吾言爲
赤幟吾兄所聞無異僕所聞兄夫人敎胎之慶己論
七月之傳也以吾言爲季涵書季涵自爲
此說恐或如是而兄薔六云兄言想必自季涵來而

季涵又轉一層也世道多私如訟家借重爲肰某
言則必無借矣儻踐微地解牢接人面朝暮待死而
未免左之疑右之疑左右之疑左出入於齒頰中亦
實稼與尊兄諸軰往來音信或讀古人書心知非
之所致也欲自今爲嗜爲愚以避世鋒或問朱子
恐未深遂也成性之同成性之註已盡付標於心可疑處
語類明載之矣性成之爲本肰易繫辭大學或問朱子
二卷知棠天也之註小學兄註已盡付標於第
懸慕中謹承八月二十九日下書勤諄諄縷縷感荷
亦起已說當送浩原使閩而傳兄謹奉復

龜峯集 X 卷之四　二十

感荷信後消息復如何秋老寒生且承偏虛之疾。
至今未瘳仰慮仰應旦審秋事不實又將移家入
淡尤用悵惘淡念也玥杜門如昨他無可言示諭
淡切敢不欽服欽服玥非不知過忠爲偏而自不
能止抑從今以後庶知自處矣倮來示所謂孟子
之去齊與玥休官有些不同此等處不可泥着陳
跡恐當夏畏思若孟子枉他國則齊宣王被圍必無
赴救之理如玥則能坐視。主上之危急乎此恐
非一律也其間曲折則玥固有過中處矣服膺來
訓切計切計亦恔云者果出於季涵怡浩原書

矣其他云云者亦以爲草茅志同之士皆非之云
而指兄與浩原則兄必夏語他人矣此不足言但
如兄遽世深藏而未免出入人口此可歎也夏子
而理遣固難爲力倮亦須知命樂天何至今尚未
忘懷耶玥明春決歸栗谷此時母違作會于一處
幸甚餘具別紙尹聃之行寄上一狀茲不一已卯
九月二十三日玥拜。

答浩原書別紙
謹問侍況何似馳仰馳仰。城裏勤勤訪乃蒙舊高而
病既困之境又煩賁荷提誨之賜而未猝領解。

龜峯集 X 卷之四　二十一

且多有發端而未竟之說歸求尋繹良增追慕竊
以所講之義只爲下語輕重之際鈍根者有所窒
礙而未達如其叔獻之超然則一語之外不用言
句太多矣倮於此粗解語意後日之見當以奉
質焉就中春川大丈之事其時直述所由而不退
而思之頗爲未可幸乞諒察鄙意不至再舉言議
何如渾在城時客有吟君僧到何山宿未廻之句
發我清曠之氣幸一吟卑棲寬閒寂寞之趣以寄
山中也求尋山水之行未知作於今秋耶如蒙歸

路枉顧於牛溪則可以從容一室陶寫不盡之懷
矣濱企淰企李鴈侍下未能各狀鄙懷如右八秋
八月四日渾病草○

先儒之於詩朱子詩最多是所謂無所不通也明道
詩清曠而傳者無多伊川則以不欲作閒言語止之
後學終不能學朱子則莫如不爲之爲得○

答浩原書

冬塞始瘧惟靜養神相冲勝區區懷仰之私蓋
不可以言喻自向陽奉別以還專使馳問之計未
嘗一日忘而田家収稼催租之務極冗又堂兄歸

龜峯集　卷之四　　二十二

葬諸役皆由此辦是以尤不能送入殊負宿志愧
恨千萬此來冬溫舒解病人最難將理懍日忽成
嚴沍尤不可抵當寒憼未委尊兄近日起居稍勝
於奉拜之時否乎叔獻尊兄書來此旣久今乃送
納其時蒙許開拆故敢發封一讀知渠鋒穎尊屈
於老兄意味平和極可慰也且向陽一會自是難
得之事而客至未靜似不成模樣殊可恨也聚奉
兄數日有以服仰尊兄英發不可及處旣別而思
殊警昏蔽不勝感幸也第病物昏昏垂死每愁沮
於憂患物欲之侵不能自援則安得日日相從於

東阡北陌之間以攄欲見之懷乎言不可盡
臨書悵惘而已別紙有小稟正不宣己卯十一月
初六日渾再拜○

伏奉今月八日書三紙繼承六日專使二紙書情義
俱濱石潭兄書並至開緘三復病若去體不但心知
處長進而已謝仰謝仰衰叔謗毀或有自家致之者
亦不能無少助暢畏則苟善用之何莫非爲吾勸勉
之地石潭兄容受人言別有過人處非物我無阻氣
像平和能若是耶衰年斷欲養生要訣之示不但形

龜峯集　卷之四　　二十三

體是護亦有克去物慾之誨漢仰靜中所得此一節
每可歎以循理之自照不容人爲而未免人慾之勝
可歎可歎何必以微過爲人慾乎自家祉席之上天
理人慾分界亦甚分明而未能一任天理可畏也已
且永斷亦異術也非吾儒合理事也旣不能勉以勝
理則慾之出於形氣者從之慾之生者不須勉加任
庶乎合理食亦同色食亦不須勉加任其適空而已
患不枉不足而枉於多古人加蔾飯之語恐未合理
也○

與浩原書

今冬塞暖闡闢無常病人將息極艱伏未審信後靜
養如何痾未死一事高同前日杜戶呻痛他又何言
日者抽一使裹事忽迫之饒遠誨憝勲起懦滌煩爲
賜不淺弱形體之疾與心性之病爲朋相煽昏官終
日來見清明止定之界控手黙坐有時收欲一物來
觸便覺散渙動上之靜竟不可得其所謂收欲反同
禪學理不勝氣衰老又迫多愧尊兄山中住久定性
愈光弱質還健也

夜來魂夢悅接顏範擁衾孤榻遲遲馳思茲者忽
承手敎是披疾讀恭審冬塞靜養有相起居如宓
靜中之功遇動而撓此正眞經歷語如渾者開門
靜坐三兩日無客則精神意思甚專且安也遇開
應接則氣德於外神泪於內不能收拾得來此非
徒自家養不得也恐是贏病所使然也當看此吾心
與吾氣所養各有攸屬不可躱坐以吾學之偏也
渾疾秋冬勝似春夏然老兄見屬之語豈其嘉獎
引誘使之自奮耶何如是過情乎擲回葱蓉價何
不以是市得銖兩子渾近與京中達官漸疏通書

乞藥亦不得爲也何處夏夏舍入司耶前書下喻
與叔獻書易以寄上二字鄙見殊未然朱子大全
目錄書類雖延平籍溪皆以與字況朋友抗禮豈
合用上字記錄之體與書相往復之禮不同今
今日客來怱怱甚夜潑困草不一一已卯十二
士友傳去兄書尺正安錄以與某書可也如何如何
何動靜之說分明感發多矣伏惟尊察
月朔渾拜木綿渾當送京市茯蓉以呈

答浩原書

示銀娥傳傳信後世以倡風化玄憑吾兄雅望豈淺
淺者所甚當也只爲娥行有未盡載於兄所傳者又
重遼勤敎敢此草上刪敎如何

答浩原書

伏承初三日手札恭審署雨道覆如宓極慰阻絶
之憂渾每謂兄作浴沂之行也怛以未得聞安信
爲慮而安知其輟行也前月之晦奉狀以獻五味
子數升又答李氏書同封託習之以傳其未呈徹
耶習之其已還耶音問之阻一至於此良歎良歎
渾家門不幸從叔父大谷先生考終于報恩千里
承計不勝號痛先君堂兄弟於今無在世者矣

山林高義從此寂寞摧慟之情曷已曷已見示銀
娥傳改草文字一讀之不覺歎服兄之筆也金精
玉潤可謂作者之手也鄙人所述眞厮僕之下者
安足云云耶且惟轉語士友間使娥之義烈昭著
於世此事所繫豈俾發潛德之幽光而已耶其有
助於世敎豈小小哉要顧力加表章使善善有終
則幸甚叔獻上章末知何以有此殊切歎息其言
之得失口噤不敢道尤令人介介耳渾病浚何能
一進闕下耶况又衆口汚衊不直一錢百古山
林之下寧有是耶愧及愧及不宣六月十四日渾

狀復遽草恐

遙想曇有亥愯修養有徑瞻應瞻慮彌塞疾轉苦浚
閉一床人事斷隔一味淸苦有時心或有定病若去
潭書信似阻念澆念銀娥里人及太守轉報娥行
體靜裏裏有些少好意思是知養心養病同一法也石
文字送上一覽如何此乃憑僕傳爲報者也只廬末
路好善不優方伯遲使皎皎之行淪於草間也僕
送石潭一書聞人有傳看者云末端幸今欲糸集古禮以釋
事兄見以爲如何垂示爲幸僕今欲糸集古禮以釋
家禮之未解處以爲家塾中後學之覽季適所送自

希元處來禮雜錄一冊命送如何或有考事敢仰
示喻明道伊川事誠爲来安鄙人前疑未解者以
此也伊川之子不體傳家之學處之悖義自是後
来事無乃不干伊川乎厮子之失禮亦伊川之過
也如何如何伏惟照察氣甚乖違草奉狀不宣
己卯十二月十九日渾再拜

答浩原書

向熱伏惟道履萬安瞻馳之切到近境而愈浚前
承兩度賜礼三復感幸慰藉無量每欲伻候起居
少伸蕣用之懷而外舅疾作荊布窆親于京寓居

益窘近未之果良歎良歎渾獨典二兒女居諸況
益不佳贏疬轉添古人言當學處患難年眞試
一着矣且申撲報申都事之意云江舍已借于他
人盖申都事外姑未凷前借其侄送京鄙狀今
如此處未諧殊可恨未知何以計送京鄙狀今
巳呈徹否近來風日不甚炎熱尙蒙戒飭諸委何
出野因顧窮廬忌堂切而亦不敢言也尊伯氏史
人前奉狀陳謝幸達下懷如何且渾遭舅小車徐行
在前月九八翌日間計今月初三日服布帶夹犬
抵五服從聞計日計月乎抑從成服日計月乎又

見禮經有異姓無出入降之文是以不降從總而
服元服小功矣右二段伏乞批誨定論至祝至祝
不宣庚辰後四月十三日渾再拜
築底二字未知何義底字是虛字乞詳示
其訓且見叔獻錄示答尊兄論庶母禮書其言多
主於情而不据於禮又忽忽說過欠精詳殊可恨
也未委今已達關聽否渠於此少虛心採納之意
要須博考前書据實以屈心口舌爭也渠之難以
所謂舜受瞽瞍朝之喻恐不照家長生時妾生
室則自可盡尊敬之禮而陪家長則恐不照照則
婢妾立婦女之後者也鄙見如此
未知何如人倫上有父母下有子婦其間若着妾
位則爲嫡位矣叔獻平日每疑喪禮
立婦女後之語口欲着庶而爲庶位之前從前所
見如此非但促今日也豈不誤哉伏惟批誨何多益
書所稟葬禮乞因風答示幸甚渾數日來困乎多益
其可憫孝鷹尊兄今柱何處所布如右不能別狀
也不宣後四月十八日渾拜

子娶婦者子婦則柱諸子諸婦之列而妾則不得
與於其間則平日之禮有時而子在正位矣柱私

二十八

既奉傳自洛中書又專使致札益感厚意獨濘荒
寓護養兒女反學處患之道云一慰何莫非學
異姓無降之問固當從禮遭服於月將晦以成服月
許月數之問恐未可也期以重服而既以死月計
數則他月又何疑且之叔獻奉庶母禮前
後往復連作一通以上叔獻情勝禮失奈何奈何

與浩原書

心有生熟熟是循理生是反此者也如馬有生熟生
者或專不循道也雖似有時能熟而每有還生之患
馬終無不熟者理得其效也吾人治心反不如理焉

年垂五十其生如初念來惕熙

答叔獻書

謹承後四月七日書道履神相慰仰土亭之子虎食
其外聞來驚悼古有爲孝子馴服之虎今反來食乎
家之子虎亦有今古之異耶今見奉之訢兄上言乘
時作恠於兄何損只歎世道耳兄今作湖南接使知
兄病禒劇地呵呵僕今已定卜龜峯近地小泉之
傍開一菴穿池秋間當結幕移棲往日品題山水都歸
無用計較從此淡泊守拙待死山運
先墓門臨薄田南阡北隴與兄弟杖屨相隨吾事畢

二十九

矣他又何望小學輯註已附已見送洭原所兄奉

庶毋禮終未得安情過而禮失未敢爲是也謹復

炎威比劇想惟道履神沖裕頃承閏月念二日
手札圭復不能去手恭審靜履未健藥不見喜浴
調攝服藥乃得也賢亂年長而未得成童此殊
亦勢阻潑用煎廬切思浴溫浴冷皆是范道不如
可惋歎莫非命也奈何奈何奉訃乃至膽送潑荷
潑荷言雖誣罔大槩是鄙人自取尙何怨尤古人
有毀名而揚弟之聲使之得仕者珥亦毀名而教
兄之飢良所甘心且審定居先隴之側李氏亦來

就肄莘之樂豈不淺哉好山好水終難入手珥亦
從前馳騖今始得成下計兄計亦得矣豈不勝於
鄙人之離鄉寓居耶珥仲間欲歸掃塋此時可
得奉唔庶毋位次終未得可據之禮使人煩憫姑
從今日所見耶亦問候不宣庚辰五月二十日珥

答公澤問
來示四端發於理七情發於氣之說甚未穩四端七
情何莫非理氣之發但偏言則四端全言則七情四

拜乾石首魚全者十箇裂者二十箇裂呈

端重向理一邊而偏言者也七情兼擧理氣而全言
者也來說似有病更詳之

近思錄論政十一板有曰須是就事上學至何必
讀書然後爲學此亦非欲敎人不讀書也
理是讀書上學判爲兩行恐未穩
事商量處得其理是就事上學讀書窮思講明義
非曰讀書應事爲兩件事也亦非欲敎人不讀書也
如今世一樣人或坐能讀書而出昧應事接物者是雖讀
書而亦何所取用讀書窮理本欲應事接物之各當
其理也此段只言重在應事處也如此看如何如何

答洭原書
積雨初晴伏惟道履起居支勝阻絶已久不勝馳
情渾前月之初來修歲事于先堂因値大霖雨道不
通不得還寓舍昨日般家來此自是益與宅里脩
隔令人尤悵然也前日叔獻書來而大霖雨山崩
谷夷道路湮塞是以迄未得送今始賞納也欲見
庶毋論禮處敢開封矣不罪幸甚至渾比來尤
毀瘠骨立暫爾勞動輒生虛損看書寫字亦不得
終日致勤殊憫歎也如此生活雖百歲何益武今
年水災民生可哀未知何以收濟也田禾皆卷沙

石濱江累日沈没無望於西成叔獻居潭家前亭
舍三間為狂瀾所卷而去田禾隨流者幾五十餘
石秋間立見飢餓天乎何困賢者之若是乎沈歎
沈歎且叔獻徵余小學跋語不敢辭之敢效頻于
尊兄謹以先槀座前乞賜斤正何如文字固是本
色無拙無所復請所欲望於鵠海者乃其議論如
何耳伏乞批還何如前來盛魚物三器今始回納
牛脯七乾魚片一柱柳筍中矣伏惟笑察何如李
氏自椒井回果有神功否餘千萬不宣秋間富
久晤向陽不敢欲奉邀清駕作三四日潑欵所望之
切柱於此也庚辰七月初二日渾拜

龜峯集 卷之四

三十二

日者承傳自交河書慰豁之餘聞獨入溪上阻水無
歸濱用憂廬今承委示內外同堂謁祠廟撫卑匆
掃門庭家政如舊賀仰賀仰而審原生方圖就近會
向陽論講旋聞潑入道里隔遠潑恨向慕不歝後時
致慢也僕轉覺衰暮眼神之聰明日退是誠不學
之致遍想吾兄克勤病日蘇氣日健而毀瘠之
喻乃至此極奉示疑歎海溢山崩歷死傷遠近相
望致灾者非民而當灾者小民為先可哀也已叔獻
豐歲中窮民也漂家流粟天困最劇云潑念潑念聞

兄居稼穡亦顏沉没言未及此只憂叔獻兄可謂為
人誠潑於已潑默者也聞 經席以叔獻為鄉居致
冊之問久侍幄上下不相知果如是耶可歎可歎
後有以海土不干叔獻而食貪艱困解釋上疑之
近有云嗚呼亦末矣不於其初而欲救其末亦何益
矣臣示小學輯註跋旨平和可嘉倘此是小學跋
而輯註意似久夏須黙綴數語使合本意如何改得
文字不敢承教敢空還叔獻論庶母位久講禮甚疎
猶守已見狆待一對歸正平和可嘉但此是小學跋
此仰荷盛念寄季生書時未得奉餘柱後優謹復

龜峯集 卷之四

三十三

答許公澤兩

張子曰由太虛有天之名由氣化有道之名合虛
與氣有性之名合性與知覺有心之名兩於上三
句粗識其義下一句未能覺得旣曰性則知覺運
動盡是性中物事今曰合性與知覺何也
性是理知覺是氣性是靜知覺是動性是性知覺是
情所以知覺之理雖在乎性所以知覺者氣也看心
統性情之說可知

答浩原書

朱子樂記動靜說曰物至而知者心之感也好之

惡之者情也形焉者其動也今以幾善惡之際字

幾與感是一事也皆屬乎動乎抑屬之於情動乎

於感與幾者此於動上極論等級也今人每欲以幾

屬靜論多未盡伏惟澄察焉

答鄭李涵書

昨昨因京使寄一書昨晚承下問彼此同樣此可知

也別紙所賜寫出昏愚病痛如明鏡止水纖介無所

迤形非愛我厚念我澄至誠不遺無一毫有所阻隔

必欲收之同歸君子之故人何以及此無亦尊兄所

見有大於此而先以小試之以觀所受之如何耶僕

讀書無定見欲身無積功別無人世上大段物欲有

所難制而亦無超出凡倫任道日造之力是由氣質

輕淺舊習纏繞亦未能實見得自已上病痛之所由

來屏跡田野益無朋友之相觀不覺日退年近五十

何幸今日得奉至論僕所自求自反而不自得者一

紙數字如見肺肝此誠曾對書籍未嘗有得者也苟

有此外所遺繼賜不倦以畢成物之仁當佩服而期

於日新夏俟作別樣人亦不虛辱厚望也及人者明

白著顯焉如是自治誠切亦可見也夏仰尊兄日日

猛着無少間斷言非正不雷于心

以辭爵祿之勇移於酒巴明取與之節絕其戲侮無

信乎已能而辟其行勿輕儕董而易其言必須十分

致力於疑聚權歛之地幸甚幸甚邪知白首故人今

作一嚴師乎僕得嚴師當有以自勉兄作嚴師必有

以自勵者既以自勵而又以望兄焉

與叔獻書

秋仲承尊兄二札修答憑浩原傳上踰兩月未見報

澄慮滯中道入他眼聞尹生來洛思兄不得見思見

尹如兄焉傳得尹報今歲取小用多無以卒歲君子

所念雖不枉此亦不能無念焉某雲谷結廬未遂趑

冬計還來龜村閉戶呻吟左體不仁歲晏愈劇屈伸

俯仰只任一邊一身分二一死一生可憐湖西良土

病艱就遠守飢一隅人世飲啄何莫非命日者與浩

原相會于同陽見兄新編諄言一帙似爲才氣所使

爲兄致疑焉抑無乃未悔舊恭同契遺意耶重烏世

道與歎屈異而欲同之失老子本旨而於吾道亦有

苟同之嫌註又牽合兄以繼絕爲期空日不暇及而

弄文墨於餘地非吾所望於兄也又籍家間舊書欲

龜峯集　卷之四

試浩原是難前日之戲恐非待人以誠也又兄所輯
註小學亦多未盡處如小子之事親三諫不聽則號泣
而隨行某以微子言親三諫不聽則逃之子之
子曰子三諫不聽則號之人臣三諫不聽則去行字恐非古微
義可以去矣隨之只不去之云也行字斷其不稽古微
事親也三諫而不聽則號泣而隨之子之禮三諫而不聽則逃之子之
是如此處多矣侯相見講廝廳後印行爲妙聞之許印
曲禮全文云爲人臣之禮三諫而不聽則逃之本文之意又
擊蒙要訣中俗禮處某常多不滿之意未知兄
其加刪正耶不然則只可爲一家子弟之覽恐不可

三十六

爲通行之定禮也小學之印更須十分商議無如擊
蒙之易千萬幸甚常疑伊川之不歸宗於明道之
某今看家禮云無立嫡之法子各得以爲後長
子少子不異又朱子歡自漢及今宗法之廢又繼
經傳宋后祖仁之祖父從簡成服以此觀之雖有
凶祖仁請已乃叔父重服以此觀之雖有繼禮
嫡孫而庶子得爲父後宗法之廢久矣時制既如是
伊川家恐未能擅改也家禮雖載家禮而其不得行亦可知矣尊以禮
存羊爲說則雖載家禮而其不得行亦可知矣尊以禮
以爲如何家禮中庶子不得爲長子三年不必然也

龜峯集　卷之四

上閔景初氏書

遺命伊川使主之耶

剳州從事既孤而遭祖母喪爲嫡孫未果承重先
生推典而告之天下始習爲常云明道行古法而
伊川家不行之亦不能無疑焉豈非程大中因國法
疑亦釋一朝見理苟有其實想條分縷析自無難事
而病廢一床近死猶旦復何有望小學註已表已見
送在浩原跋從嘗成上〇又游酢書明道未果承重云
之文之久未曉得今因伊川事立而知之噫一有實見他

伏想定性益明某秋間來往雲谷便道取疾阻絲床
下愛道無誠此可知矣昔者之拜以幾字屬于靜某
渙以爲疑厥後一拜不暇出一言以幾不可屬于靜爲
言某渙幸淺見之得符先生丈者今又人有傳者曰
又欲屬靜云又不能無缺然於懷也幾字或
歸以愛道無誠而紛紛厥定也夫不自動靜者何一幾字或
能動靜者氣也歸靜而善是理也善惡是氣也無兆朕無見
聞理也有兆朕可見可聞氣也幾微之發見於理能發見者
之微則其不可安有無氣而理能發見者幾
乎未幾之前可謂之惟理而已是所謂誠無爲也幾

三十七

之則不可謂無氣是所謂幾善惡也若欲將幾字屬
靜則是納幾於太極之中也太極之中不可着一物事
也着幾則何可謂之太極也太極之中不可着一物事
之清也衆人之幾有善有不善得氣之或清或濁也
朱子之論幾也兼舉善惡多單舉善處少兼舉者
能無善惡故於初纔動處審之察之使不善者歸善
焉其他先儒之許多論幾處空只以濂溪之幾善惡
三字爲主而紊看可也既曰幾善惡則幾可謂獨善
耶如欲着幾於善惡之前而屬乎靜則幾善惡三字

龜峯集 卷之四　三十八

不成文理將何以爲解耶幾是靜則幾是誠無爲也
其上誠無爲三字又不剩乎又何以爲看耶伏惟文
字之外必有實見好惜垂示幸甚

答希元書

寄示縷縷學力有加戴服歎服幾善惡一說溪庄閒
尺景初氏初論中符而末又異之也關尺學篤年
高見又如是他又說去夜成一札方欲合其具而
同歸焉今承來示又及幾字人有異論不敢自是亦
同老拙此於十雖學瞻人難處可佳可佳夫天地間
體用闔闢動靜之外更無他道非動即靜非靜即動

四五一

安有不動不靜而寄柱動靜間物事耶幾之一字彼
亦知動之微則曰動之微也而反謂之靜耶既曰
非靜則不可謂太極也不可謂無爲也不可謂惟
理也不可謂無氣也不可謂非情也不可謂獨善
不可謂無善惡也惟聖人得氣之清幾無不善自聖
人以下善惡厚薄千萬不同如此處心雖昏惑體驗
氣不貫比來愈劇加以左車疼痛終知前道不遠結
茅水竹有計未就開蝸室吟病萬事何言雖病未能
專意讀書謝絕人事亦有靜中一味須一來對床連
渡察自有定見雖欲舍已從人不可得也老拙半體

龜峯集 卷之四　三十九

夜如何祠堂空近朱子語也朱子曰家廟要就人住
居神依人不可離外做廟詳見語類寄來二峽六冊
架上所無謝仰筆楷二種良果一封春惠至此無以
爲言夜溪使忙不一

答希元心經問目書

道心惟微朱子曰微妙而難見目暗人見之則微
無聲臭可言微而難見故曰微譬如此遠山本微
而難見愚見則不照道心之發如火始照如泉始
者著愚見則不照道心之發如火始照如泉始
所發者小故微而難見不知所以治之則微者愈

微使人心常聽命於道心則微者著所謂擴而充
之也

二說皆盡理本不微枉氣中故微而難見此枉眾
人說在聖則何嘗有微氣質之品千萬不同自聖以
下之道心有微者有微而又微者有又微而又微者
雖或至微而終無泯滅之理苟能充之還與上聖同
其著此朱子之所謂微者著也聖人之不微蓋可知
也聖人全其著者也學者求其著者也以我
著與人心之安危相爲消長人心之危者道心微道
心之著者人心安

微少而不言所以微小之故皆有所失且道心之微
公亦只言所發之
微朱子獻以理無聲臭而云理本微
無加損則是果本微者乎莫著乎理而以枉氣中故
其著此朱子之所謂微者著也

二者雜於方寸之中愚意或有因形氣而發之時
或有因性命而發之時二者所發皆出於方寸之
中故謂之雜栗谷先生曰人心道心皆指用而言
之若如前說犯未發之境二者所發皆枉於一事

者云云發於人心而爲道心者有發於道心而爲人
有發於人心而爲道心者
人心則似未穩若以道心而轉爲人心則卽爲人

慾也凡言人心亦可兼言人慾而此書則朱子不
雜以人慾爲言也未知如何

吾賢所論發之之時等說不可知故似犯未發之境雜
獻所言二者皆發於一事殊不可知故以二者只一心之
發故謂之道心之雜聲色臭味之爲發謂之人心仁義智之
出於之道心能治則公勝私而道心爲主不能治則
私勝公而人心爲主轉爲人慾而莫之禁焉吾心經則
去善惡而只公言道心人心專言善而不言惡何也
賢以叔獻之發於人心而爲道心之說爲可云亦不
可人心亦聖賢合有底心何必變爲道心也然則聖

人無人心耶
道心四端也人心四端七情之總稱也七情則兼
善惡而朱子之訓人心專言善而不言惡何也
朱子只舉形氣上雖聖賢不可無之心以訓人心而
又著危殆字則善惡之雜出可知也

西山眞氏曰聲色臭味之慾皆發於氣所謂人心
也仁義禮智之理皆根於性所謂道心也愚謂道
心之用也且曰仁義禮智之理皆根於性之體也
也仁義禮智之理皆根於性之體也不可以仁義禮
智爲道心也且曰仁義禮智根於性之理且人心道
外又別有所謂性乎不可言根於性也且人心道

心所發分屬理氣恐未可也。真氏說理字不是以理字作端字看則是心是理氣之合而人心道心皆發於此則固不可以理氣分屬而言人心道心知覺之不同處則亦不可不以形氣性命分言也西山之說下字有未穩處亦恐傳寫之誤也。

龜峯集 卷之四　四十二

答鄭李涵〔關東按使時爲〕

一札遠慰離思若開聽潮堂池荷紅又謝往歲披心經靜對今不可得可歎可歎故人今既出爲王臣其不忘前日所讀及所講而有所設施耶某爲民田野慣知按使一心向背有關吾民生死不有其生必有其死故人勉之下示鬉髮催白惡於居閒聞來潑賀任專一方屬念如傷故人雖病鑲寡於其蘇愛人以德敢不爲賀惟堂克有所終振新羅舊風於今日也奉訴時事可惜聞於　經席問及致富栗谷朝晡屢何害得冨誚世間何謗不如是也今秋山下結幕果空反計當奉妻子共治田原從此與縉紳故人音問遂拙計銷何堪示有退歸有計有所事遲遲所事必轉疎老懷何堪待其效悠悠何旣謹復非尋常仁待

龜峯先生集卷之五

或細編下

答浩原書

文年積雪伏惟道履靜養超勝美矣

対六日被　聖旨不許辭疾依前促行今日死生安否有不眠恤矣以不得借馬迄未能發尤爲惶惘九借馬及舁疾之具當於明日粗辦二日欲起程宿向陽矣前書切願老兄枉駕子碧蹄者謂其行安改請吾兄冒雪寒遠出吾兄又安肯犯不出

龜峯集 卷之五　一

之辰勤顧屢屢疾人乎悵惘悵惘渾背寒持重灑灑寒痛流汗如許雖不死道路得至京師亦恐不能一赴　闕下拜章乞骸也照近聞京報　朝紳之無遠慮者以賤臣譽于　榻前者有之萬一誤恩許一陛見則必有清問故事愚陋者亦不知所以應對矣伏願尊兄錄示可言之空不勝至祝至祝今日之最悬尸是培植本原以成　君德至於外朝得失猶爲第二義也況草芋之人未容遽及時事者乎伏願明以回教至祝疏草付還亦望答誨不及於初二日向陽之宿則直送于京使李氏

傳吾旅室幸甚幸甚不宣庚辰除日渾再拜叔獻二十
七日已入城來書即傳納矣初三日欲宿碧蹄
道昇疾赴　闕重義輕生一喜一憂遐想
行十載起敬前席左右寂默　天語丁寧富此之時
本原澄澈物欲消退已乘此幾陳正議匡世道在此
一舉叔獻承　命趨洛道中有書奉來爲幸今日獲
見二兄同朝之盛事渾以爲賀而反以爲憂者本根
無恃而未抄是柰耳叔獻前未暇別裁將此意相勖

答叔獻書　　二

謹承今月八日書慰懷慰懷頃得家兄報兄將分祿
相眡云是兄欲久留意兄非素殘者也渼賀渼賀前
書所謂積誠迴天庶有其日柰國其蘇豈但病儀忝
分祿苟活而已第目見農家憂遭飢荒流入過半上
元占月老農亦以極凶歲報今歲雖登未見新穀之
前民將填壑殆盡若又逢秋不稔則餘存無幾何
以爲國吾兄亦此民之一也曾身經困之而然未若
獨之困乏又甚於兄能詳知此間情狀故然復云
云噫蚩蚩之中能守飢處命不怨不尤者幾人厭死

四五五

烏盜則不可盡誅而外冠乘釁前執圖措爲民父
毋不動心登對前席之餘思所以處之之道如何
如何失稔等君進上雖減而八珍之設所麼多租
賦雖除而經費之外節用則可給古昔帝王遇凶修
省之道如君食不兼味臺榭不塗弛候迎道不除百
官修去螻省禮殺哀蓄樂多婚索鬼神除盜賊弛力
雖多大躲殿損自奉責已事天杜絕無用之費多設
賑救之策而已又如勸富民獻米補資枉朱子亦
得不爲者也今不一設是見幼子入井而無惻隱之

心也可不寒心大人格君心此固在吾兄第一事之
後而吾兄今日之事實異乎孟子之於齊梁則何可
受國恩立本朝而不思所以報之者乎就大今年
十五欲加冠於首爲字說以勖是望子雖無所教無
他世累只合自修終身者也只祈賴兄賜成始成終
者耳謹復

答浩原書

伏承今月六日手札誨之而復之恭審春和靜養超
然不勝羨慕之渼況辭旨脫灑定已喚醒昏憒展
讀以還佩服無已渾入城凡匝七十餘日人事擾

擾精神日微比之在家什損七八靜而每不甚□篇
瘁者驟動而至於此亦安也第遇　國家不擇人
而加以殊禮渾爲束縛之勢所逼手足盡露惶駭
無地欲歸不得欲摸此事勢誠可憂歎也
毅日之後欲以封事　上聞而歸歸卧向陽當與
兄相聞也清詩意到之作辭句超邁非可及也複
玩吟釋琤謝無已叔獻得眩疾略如淸州時會雖
不可扠拾者此兄之憂容有既耶世事付之于天
亦甚省事默內外本末少可靠處使渾身健作仕

亦必得心善矣伏惟下察此言秘之勿廣可也登
對榻前語極無倫次何足觀耶還家日當偕封
事草封納辛巳三月二十一日渾再拜
動靜一道而自兄之出無一日敢忘吾兄無乃動或
有難於靜時者耶聞晉接之後　天意有歸使之起
坐麋人繼翠聖代敬賢之禮自吾兄始爲烏賀又
欲修一狀相報聞兄處多事又兄所動作人人來傳
非如山中時必待書札始知消息今姑欲停幸勿爲
託聞兄以不札責我耿陳吾抱

與叔獻書

伏聞一蹋朝端神采減舊云應接之煩不若山中靜
時而厭耶抑旣出多月無所設施有愧初志而厭耶
吾兄動止曾欲以道之行不行而今日之出久長諫
職言不聽計不用上無相信之實下多猜嫌之跡勉
勉隨行眞見少利貞不亦苟乎相見無期敢以書報
浩原不自進退空作楚囚病卧京寓云渙渙歎歎謹
拜

答叔獻書

遙觀近日之事時論之非吾兄則空矣林下之非吾
兄則僕亦不能無疑焉頗有遷就苟合之疑云是雖

時事而有害吾心也僕自兄之出毀謗日積亦未知
仁民愛物不能自已之盛心而安有同朝異議終能
成事之理乎只今早歸來林下自修而已浚恐無益
果何道理也謹復
曾審入城方謀穩叙遽聞還山悵惘殊極今承情
翰三復感慰近若逖流達漢可以蘇奉翻企翻企下他
用仰慰近若□□兒之癰亦未息渙
意思先悃可歎珥失計一入樊籠事不從心欲決
之計豈能成就兄與鄙人俱過半生費力之事則
去則又有區區納約之志眞所謂鷄肋無可食而

棄之還可惜者也近以改貢案倂州縣久任監司
三事上劄則自 上不卽揮斥而命議大臣似有
可望而左右呈病諭議時未結局又恐多魔爲憂
耳珥令春得眩疾自後氣尚未復玆致瘦適耳戒
勅激屬謹當佩服苟且之跡固如來示但古人亦
有爲之兆者故不敢決退坐受朋友四面之誚可
歎浩原進退俱難病臥客榻可悶此中別紙綱目
落丈事玆閒無相知者恐圖之不易然致力爲計
乾雉一首蜜果三十箇汗上舍弟有故欲裏齎鄲
從今果子難得六月九日珥拜

龜峯集 卷之五　六

與浩原書

頃奉叔獻報知吾兄退休無路潛念潛念所貴乎儒
者入有自治之效出有及人之澤也若徒拘形跡久
荷 天春心狂山野身縻爵祿側足朝端噤口靑蒲
此何等出處也何不以平昔所講先賢事業日有所
陳可之則鼆不可則歸自由進退也聞叔獻當作相
於未久二云爲國爲幸而爲叔獻不幸也周公之後未
聞以儒作相也但百萬億蒼生命在頃刻二人君子
所當動心何暇他論惟望相勸毋虛彎世之加額厚
望也謹復

答叔獻書

聞吾兄旣典文衡又將卜相支衡之任重在扶植斯
文豈徒尚詞華應世求而已且三代以下未見以儒
作相者三代以下夏無三代之治故也儒若作相則
豈無三代之治所貴乎儒者一行一止必以其道無
一毫謀利計功之念不以三代事業爲已任則不敢
在其位苟或不然是王良之詭遇而大匠之改規矩
能不寒心每着後世之儒靜則談道守義動優失
切志敢陳鄙抱謹拜

與叔獻書

龜峯集 卷之五　七

聞兄疏中政亂浮議一條至斥爲非君子之言其他
指摘爲謗非一云出無所事反遭排擯林下讀書者
有好境界何必遲回眷顧內損己德外招羣忌古人
出處恐不如是 聖君禮遇雖殊計不見施斯亦不
可謂知遇
謹承垂翰感噴唪承手字還上復書且寄乾魚未
知尚未達否珥役役逐隊他無可言示諭儒者事
業固是如此必敢不佩服倨道理千差萬別古人有
以天民自處必見斯道之大行然後乃出者亦有
漸救世道納約自牖者若遽以三代之政羅列建

請而不得施則輒引去恐非今日之時義也浩原
一向求退亦恐太執大抵億萬蒼生在漏船上而
匡救之責實實往吾輩此所以惓惓不忍去者也示
事若見豐川則當曲囑十一月十五日玗拜

答叔獻書

相念之溪伏見前月念八手札三復慰豁不勝感
愧恭審冬序道履靜養萬安欣慶之至不容于懷
渾二十八日出 國門寓居迎曙尹沔川農舍耳
坡山向陽兩處俱病家屬再遷入城渾彷徨無所
於歸乃來此地病人夾所於冬寒之月安危置之度

外耳渾前月初一日上章陳乞 聖旨欲遣歸下
大臣收議大臣建請勿遣至於邀求陛職 聖意
不悅熙姑從之超陸資窮大臣又請給薪炭又許
之當初乞骸有必歸之志者冬塞癃藝不供厥職
而空受 國恩爲不可畱一也出入 經筵雖有
命而無各位渾則匪人也固不足論矣熙 國家
開此好門路以待後之賢者渾首先居此不敢苟
且冒進於其間使後之真賢不得正其始則莫大
之恥也其不可畱二也其於所陳瞽說之採納之
望則不敢言也不意仍此賭得 國家優賢之盛

典題給新炭而求退得進超陸職名撥之私義齗
不可拜受悝窘悶迫不知所出二十日乃上辭免
陳乞之章殫竭情狀而其末欵有曰臣勢窮理極
寧爲匹夫逃遁之行延頸蓮 命之誅以求私義
之所安者臣之志決矣云云 聖批依前不允渾
疾出 國門爲足以略成初心而稍勝畱京故云
退於此矣熙 君恩罔極而莫報涓埃春變慚惶
情未能忘中心豈能安乎嗚呼賤臣負 國至此
晝夜苦思以冬塞癃藝蟄日享 聖眷而安臼病坊
甘心 恩豢者全無義理不如只據逃遁之語異

而極矣畱此欲待向陽稍安昇歸于彼耳且旣出
國門可以忻快而不能忘情如許不如枉野之無
事可笑物情何以如此乎苦事苦事不足爲高閒
道也冬曉農氣大行處處皆照坡山舊廬人死者
三盡室奔竄氣祭祀久廢不勝感傷躊躇歧引領
瞻思而已治聞忍冬草濃煎
痛飮於初發三四次出汗則全愈云清遠香數枝
送呈伏惟尊照渾所寓乃入城之路也倘因來京
一衲穩討而行則殘生垂盡幸而言耶不宣十二
月朔渾拜招魂葬事其時渾以不可告其家故其

家不爲墳墓近公私劇務所困虛眩復

作呈告不出云。願兄時惠誓責勿使作隨時宰相
則幸甚。

謹承外事勞擾致疾非輕遙慮遞處今日陰陽進退
生民休戚咸繫吾兄一身屬望甚重十分愼攝惠墨
多荷滾眷用記身過以爲規戒今見浩原寄僕書
兄之作隨時宰相屬僕相警隨時宰相乃隨時俯仰
者也兄豈容有是模樣但僕處荒野與兄日遠浩原
共蹋朝端安相知近間事而乃云無乃吾兄作事
欲平易得中而反少嚴毅愼重凜然不可犯之氣像

須商量謹復。

典浩原書

耶達不離道古人所難夏仰公退之暇日讀經籍毋
負初志幸甚幸甚大小清濁立得容接焉有是理夏

　　龜峯集 ▨卷之五▨　　　　十　▨▨▨

因叔獻報知兄復入城中又登　經席乞身蒙許浩
然歸去幸幸憂喜相半叔獻每云兄之出處似非
循理頗有果武之藥僕或以爲然而但歷觀古君子
進退之節毋以此說報叔獻耳今蒙枚歸能不爲故人
濡滯者毋以此說報叔獻之誠不待修假賣吾東數百
喜且幸乎但吾君好賢之誠不待修假賣吾東數百

四五九

年未見之盛事而竟作無用之虛文是非　國家之
不幸而可憂之甚者乎。叔李求進兄之自守雖或過
中而聞風者煬慰養廉羽節自今日由兄而作則亦
可謂報　聖君殊遇之一端也。

答浩原書

夏氣漸熱伏服夬起居如何仰慮頌者伏
見初七日所賜手札三復感慰第審京外禱發盡伏
室般移于龜村令人凄念未委兄百安泊無大憂
惠否耶運自津寬流寓後大段柴毀冬日亦不能
少歎入春來骨立羸痺見者驚嗟但未沉綿床席

　　龜峯集 ▨卷之五▨　　　　十一　▨▨▨

耳荊布治疾入城初歸之後委兩什地今亦未甦
此疾何能望其存活耶兩病各處不能相養諸況
益窘所以虆頓增添形容焦枯却不如前年夏日
臨訪之時矣開居其家尙不能支撐而被　下書
招延者于今三度。　聖旨丁寧懇至如家人父子
賤臣讀之不覺感泣但羸廢如許則不敢承當
嚴旨但人臣分義不敢堅臥于家欲扶輿至京
控辭于　闕下矣雖然以賤疾而言則入京則必
死何則以往家不能久坐久坐則面青氣竭不自
支撐故也以如此之疾而乃敢入京其爲冒昧之

罪抑又甚矣如粟谷寬緯曰甚本不足與言苦勸
鄙人必來京城責以人臣不當如是云斯言恐
不是也昔崔與之之被召也至於十三疏而不就
與之大臣也所拜丞相也以大臣而被召尚且如
此況萎爾將死之一匹夫乎義理精微隨所遇而
不同何嘗有定本乎出處進退惟義之當然乎今渾疾如
許而必欲爲生行死著之間豈非初非捨生取義之地
而區區顚什於朝著之間豈非　清世之一大羞如
辱也武是以三思未定心欲不行今以就決於兄

龜峯集　卷之五

十二

顧爲我決之何如一以義理之正救拔垂死之人
至祝至祝二度　聖旨騰書送上幸一覽之何如
聖主蓋欲用愚臣矣被疾如許無路報答只得
中宵潛悲慨然流涕而已不宣癸未四月二十一
日渾拜
渾事終難處置者非但此　召命而已今番雖上
疏陳乞得蒙　開允而堂上重秩未蒙改正則枉
家一疏陳乞改正似無卸從之望然則當臥家而
紛紛拜章耶若以枉家爲未安則終至於控辭而
闕下矣　闕下三四章之後若不蒙　恩則棄而

歸家亦不敢爲拜　命受爵則予非初心此等鄙
目種種至難除非速死無可安頓處殊以爲憫也
顧兄指示平坦一路無便病人煎迫於無益之愁
也至祝至祝
第二疏　批答觀爾前後上疏予心缺然今予待
爾經綸欲與共濟時艱此志士有爲之日也爾其
黽勉改圖斯速乘駟上來云
第三疏　批答觀爾上疏知爾有病未卽上來今
日氣和暖爾須調理上來雖臥而謀猷亦何所妨
予之待爾正如飢渴長往不返豈爾所願況今兵

龜峯集　卷之五

十三

判乃爾之舊友也予今擢爾爲總知豈無其意同
心同德正在今日爾何不瀝然上來以副予側席
之望耶爾安勿計念勉强登道云
長夏江村畫掩柴扉情使遠到滿紙苦語皆進退難
安之義憂念彌以昏迷今奉三思不定之問惘
然不知所爲報也兄疾可堪安車到洛調息入對兄
敢自不能得又不待問人而知浚想尊兄所以難處
拜自不能得又不待問人而知浚想尊兄所以難處
靡定之旨以棠遇難當而亦恐雖欲入
以乖初志不惟憂疾而已伏見前後　聖批兄若不

龜峯集 卷之五

與浩原書

起是當代無前之好事自兄而泪不亦未安耶一入
陳大計可罷則罷不可罷則還亦何所不可超超於
幾之發疑運逕於陽復之初恐未盡善也吾人所事
善之發疑運逕於陽復之初恐未盡善也吾人所事
平坦底中自有道理願兄勿潑思逆撥瘁於一行
從此城市漸遠不聞人聲兩餘絲樹唯山鳥時鳴而已
坐潑室耳邊無疾相繼不壽白首衰病來歸單瓢初定靜
少日親舊強健無疾相繼不壽白首衰病來歸單瓢初定靜
一止之間而枉費精力願兄勿潑思撥瘁於一行
於斯世耶一烏死者痛一烏生者憂謹復
玨仕苦氣痹漸不可支可慨玆廢人事闕然不候
想不爲評承審避病永歸不勝悵然玨事不如意
恐歸期非遠也浩原之嗍固安佢溺人之必援他
人勢所不免如之何且金應均事上提調欲夏試
才奈何應初以陽復欲音入聲夏思之則動靜無
端陰陽無始音以去聲爲是以其不一動也如何
復動之復初亦有他人此所以難成也靜極而
日者謹承專使相問潑用感佩前使告忙且有疾
復未盡情追悚追悚沉言則優懷不一不再可不
如何缺下

龜峯集 卷之五

出而以時事精察之則非佢出無所事亦恐顯沛又
同叔獻也當今唯兄獨全節無欠缺人也甚爲兄憂
應也曾朝叔獻每援吾兄則答以溺人之援人亦不
得不爾云堂吾兄無爲共溺人也今年無意相會信
痛如去年時衰境可憐

答浩原叔獻書

閉戶吟病遙想方劇忽承二兄被召入洛一喜一憂
栗谷兄路中慇和示爲念爲家弟賈疏驚怪驚怪
弟殊不知易之困有言不信之道也弟終始無一語
及此日昨有書云欲獨身當禍不通是以其身異候
看愚亦深矣慮亦憂喜亦喜之理安在弟僻虛潑谷
不聞京洛事如是安動弟非昏庸而屢夫
於動斯亦命矣夫是曾僕無自修之致潑愧僉兄來
示諸葛孔明之有愧於吾儒者必欲恢復而有些謀
利計功事是無學故也雖然孔明之示栗谷兄之意甚正
不爲者也不知而不爲者也所示栗谷兄之意甚正
安持而勿失若夫成敗則天也如或少出入於此而
又復較長利害則是孔明之罪人也夏以自守嚴而
正使外邪不得窺覘謙恭禮士等事仰勉喬夫市恩
瓊美碌碌細人之行而敢以是有望於左右耶或人

之說未可知也牛溪兄當今日似不可遲廻退托如
承夏召則不俟駕盡心力是幸大抵不能守已以正
何可責人以正當進而不進或生他念則是亦非正

夏仰精思謹復。

答浩原書

暑熱方熾伏想靜居萬安無任散慕之至數日前
承兩度手札來自金選仲家三復展玩不勝慰藉
渾柴銕目甚至於臥不能起不得已辭免至四則
聖旨有曰爾若不起當如蒼生何縱不顧于一
人其不念 祖宗乎云云承 命震怖驚魂屢歎

龜峯集 卷之五 十六

自欲奉章堅辭而又念人臣分義堅臥于家為不
能自安乃異疾起行今宿碧蹄尚不死於道路則
欲拜章 闕下以請改正而歸矣雖然氣息如絲
莫保朝夕如其死於京師則死猶作無耻之鬼也
可悶可悶然連命猶可冀其日厚餘外千萬
不宣癸未五月十二日渾拜。

霖雨鬱蒸未委起居何如戀戀無已過高陽時奉
一狀託太守傳達其已呈徹否渾到京僅臥十日
始得赴 闕拜疏則其日 除授吏曹恭議且賜

品帶兢惶震越狼狽而退矣渾今有一事未決屈
兄決之吏曹初非可仕之地決不可供職則三上
章倘未蒙 允渾欲退而席藁待罪以待官限之
滿而臣子之情如此持久極為未安而勤三辭未
得則當謝 恩退而呈辭遞免云渾以為不供職

之官義難謝 恩未蕭拜而經遞則亦無他路殊
以為悶也退待限滿與 蕭拜呈辭二者得失如
何伏願垂誨如何屢疾不死而遭此事上以產
辱 朝廷不量而入固當喫此憂煎也愧死愧死

五月二十五日渾拜。

龜峯集 卷之五 十七

向承宿碧蹄一書憂奉入洛情翰慰謝特移銓
衙品帶之錫 恩寵兼至聞來感動下示退待限滿
與 蕭拜呈辭二事俱似未安心欲不供其職而徑
拜義所未安 聖上虛心傾佇坐待限滿亦非事
君以誠之道兩未知其可也胡文定曰人之出處語
黙如寒溫飢飽自知斟酌非決於人亦非人之所能決
也抑未知今日尊兄自定之如何也禮遇旣如是病
若可堪則出而拜 命治其任若或未堪則出而還
入似亦無妨亦未知今日銓曹有何等事而山野人
就不就當不當如何也惟望勉得其中適偏頭蕭其

龜峯集 卷五

復朱二

答浩原書

浮謗之至任之而已自修而已介懷致意雖欲百計
防塞亦何有補吾兄之潛德林泉叔獻之盡心朝堂
聞方困指摘世道可惜如僕淺庸應不在數計中而
亦且云云可笑爲所當爲豈以自外至者爲吾勸

沮謹復

答叔獻書

久阻徽音窮斜方切忽承情緘蘇慰可言珂困瘁
方劇而毀謗日澆至於兩司交章論劾而猶不敢
爲退計有若包羞無恥者此生良苦良苦北報日
意兵單食少無以支撐未知今冬如何枚殺也量
田籍軍二事今已啓罷州縣何不周吉民間告急
原辭爵不得今將拜　恩猶以抵死辭銓任斷定
於心此人固執可憫士習日非朝政日亂此憂甚
於北報而廟堂方眠奈之何汝式書謹崇枚校篤
則事已過矣言之無益今冬可善處再加平田役
只給綿布一疋而送之厥後無一言矣羨君事人亦
有言此者弟未知虛實其人果是雅儒也賊魁授
首則珥亦歸田矣第天災憐酷百年來所未見也

十八

四六三

民生何辜可憫可憫管城二玄一笏蓉香二柄唐
香二十餘柄汗上適惠疾謹草六月二日珥
芳緘與浩原書俱至兩司論兄爲目甚峻驚駭駭
久知有此而安知遽見於今日耶天災旣酷北賊又
熾受國滅　恩勢不可奉身歸去亦不可爲人沮抑
無所事濡滯而至今吾國顚沛此間進退良
可寒心然無益國事有損五義莫如早歸此日得嘗
見邵堯夫詩云士老林泉誠所願民顚溝壑諒何辜
好工夫爲惠不淺頭白眼昏漸知讀書之爲樂死日
此政吾兄今日事也寄來淸香筆墨添得閑中一般
且迫樂不可久可歎可歎浩原何不有所施爲有不
可處乃歸也謹復

答浩原書

謹奉情札裵尊兄　聖批攻叔獻駁機一時兼至喜
少憂多驚惶靡定安有事勢若此而能有成就者乎
但尊兄以山野之人一朝受　聖君知遇何遇若不
不淹盡肯中所蘊論時事日非邪正倒置其迴
何不漫使前後起兄之殊　命終不歸無用虛文而少
聖棄使前後起兄之殊　此乃理所當爲奉章時亦不可
有所補益於今日也此乃理所當爲奉章時亦不可
含糊緩辭只作奉身自全計而已叔獻被斥兄何忍

十九

獨保尊兄雖欲以不出自處既出矣空有所施為違不煕後歸來何可先斷自畫來無所事去無所述。

徒往來紛紛耶謹答。

答叔獻書

積戀之際謹承手翰良用感慰關居有相道況清勝幸甚幸甚珥積勞致傷長卧呻吟可歎藥朝力攻。天鑑孔昭雖免禍患退計則決矣只念國勢岌岌。天恩罔報是用癭食不安耳前後朝報散亂不杈只一丈送上此可見 天心之所存矣浩原去就尚未定而遭此震薄豈能為畱計乎朝起眩作書不能悉委夏二十四日珥拜。

二十

謹奉回示與朝報不倦於 國事無復可為將有前頭黃測之患只合舍車貪趾而已萬事何船歸故里道況何若京友有書云自兄去國間里小民下至牛童馬卒相弔歡息而遂時論求進取者莫不彈冠自得云公論竟歸於庸陋下流時事可歎仰所謂匹婦匹夫之不可欺者耶惟願濫藏自修俯讀仰思所養說厚立言垂後梓補風化亦豈淺淺吾兄報答聖君恩寵在此有餘又誰能禁我不亦多於立朝端無設施抱志躊躇動遭人謗者乎謹復

答浩原書

伏承手札三復慰諭恭審學履佳勝欣慰無此渾只為辭職而來只見病之一字而不得已拜受堂上之 命令將歸矣而叔獻之事遽出其於為吐舌可勝言哉渾令已草疏以明叔獻之無他其言直截無少回護則渡恐大致激怒重傷叔獻無益世道而祇以取禍以此方善思不已矣且如渾者山野賤士以退為義屢疾垂死不知其他而忽欲極論邪黨以蹈世患未知語默之節如何也宋子草疏而焚之以避禍古人以侍從之臣而尚如此。可勝言哉

二十一

況如我不仕者乎如有來便切願夏示也此則論我耳今所憂者只恐激發禍機使叔獻重受酷烈之患也諫院啟辭有據法請罪之說若以無君之罪加之則運必與之同死矣尚何說哉尚何說哉六月二十三日渾拜。

叔獻去國兄獨畱洛心事可想叔獻欲還海西猶帶坡山吾兄還若趑趄未還可遂三人相對一敘寔若春年難再之幸事聞叔獻事無一人排時議正其論至如思庵為首相亦且含糊云可歎 聖上既以叔獻之友待吾兄吾兄不以叔獻之友自處其身耶此實國

家與喪之幾非為叔獻一身私事也僕意前書盡之
今又何煩下示焚疏等事恐與此事不同也僕之謂
以叔獻之友自處者以正直處已也謹復

與鄭喪人時晦書
聖人制禮節以天理以不克喪為非孝而生固
不可也非義而死亦不可也今得朋友來傳及鳴谷
書經冬禰衣盛夏不脫或露坐烈炎中以助痛楚如
哭泣之過度毀瘠之及奠祭時小小藜飦如
等事必一一身自為之不假僕人之助云無非喪生
白盡之道間來驚歎孝侍平日讀書講理以中正自

二十二

期待今臨大事反為偏急危迫之行心甚未安君子
愛人以德況僕之於孝侍非姑為綏辭愛其身不愛
其禮只欲其生者耶望須追思先大人憂疾之念事
死如生繼以慈聞為念以滅性為非義無為不孝之
歸天下事無二道過則非禮非禮則何可行也

書叔獻別紙後
吾兄論九容處論議雖好推衍過渙凡一身動靜
言語處事皆欲以九容蔽之此恐未然九容者只
言其形體當如此恐不如來說足容重只是不輕
舉耳所謂周旋折旋等之說何其太廣耶手容恭則

四六五

來說是也謹改之耳聲容靜與安定辭亦不同近
來學者語聲多低微無乃主兄說耶君子其言也
厲豈可以低聲為之乎且其所謂無非喪生者亦謂
其可不出而不出耳非故忍而不出也氣容蕭則
分明是似不出而不息也人固不可無聲氣者鼻中出聲
氣使人聞之則不可謂之調和也貌思恭似是主
於端莊熙熙添入謙遜意思亦不妨
立志章我又何求不瑩故謹改之耳
時時云者先儒之言亦有時時習之之語恐不妨
且無時不猛省則無乃太過於用心而生病耶

二十三

持身章合論持身正心之功恐不妨中庸只說誠
身而正心在其中矣
讀書章童云云者亦有意思何必盡剛
事親章云云父母之恩莫大焉者是生我之故也
若以生我為非恩而別求他義理恐不能也但兄
說如此他人亦有疑之者故謹改之耳
若兄長乘屋則或可呼名故云耳
復時若兄不脫衰者乃古禮也古禮之不行已數
千年以朱子之大賢尚不能復古以墨衰出入矣
孝子出入不能復古以墨衰出入矣
今人不顧前後而帶経出入者乃生乎今之世反

古之道者也。吾兄以此爲禮之當然，恐未三思也。
到家卽成服之卽字，非吾意也。浩原考家禮而加
之矣。倂家禮與古禮稍異，恐不能一遵古禮也。
朋友麻之說，載在禮文，恐難違也。
守令之饋云者似未穩，云故已改之耳。但吾兄
以爲肥已媚竈之徒，乃讀費錢附作美饌，此則過憂也。諸
祠堂叙立之圖，鄙意諸兄當稍前，諸弟則旣立於
主人之右，不必稍後。
脯稱佐飯似未穩，俗依俗禮，故易以俗名耳。

龜峯集 ❋ 卷之五

經旬當依舊文。
朔望用紅直領者取盛服也。
時祭用分至，是程子式也，大書何妨。
祭禰恐豐于昵也。
題贈當添入其儀。
墓祭旣已兩度再拜而旋，又条神恐非禮意。
喪服中行祭儀謹改之。

右叔獻書別紙也。論所作擧家要訣非是處，所答做
官多事不省古禮，忽忽說過多不是，其後一一遵吾
言欲改云，而未及改，卽而辭世，悲哉。前後吾說詳在
禮問答別錄。

二十四

記栗谷書後
屢承手翰，良以爲慰。頃上部答置于尊仲氏弟，未
知下照否。浩原誠是不世之　際遇，夏無逆義之
路，猶懷退縮之計，可憫然終必不得歸去矣。承審
衰病之相已現，不勝歎慮。珥亦世間百味皆淡，此
非學力乃老相也。任運遷化，奈如之何哉。小學方
有所較正，故不能送上，恨無副本也。別錄答上美
味，隨得隨盡可笑。小文魚二尾汗表，良愧。十二月
三日珥
鄙人引接後生之說，亦浮于實，而勸入京時多有

龜峯集 ❋ 卷之五　二十五

來見者，到今漸罕矣。氣常不平，仕罷必臥，痛雖欲
吐哺，筋力不逮，可憫。所謂欲引用者，指何人耶。雖
欲用某人，豈敢先唱于街路中乎。僕之迂踈，洒之
好酒，原之退縮，皆誠可憂矣。應接務簡，敢不佩服。
此爲始病之書，先知任運遷化而後，月長逝。每一開
見，悲慟如初。

答希元書
千山白雪，燕汳路絕。守寂寞，安淡泊，顔得靜中意味。
恨不得與同志共之也。洪生袖傳書，謹奉。日間交道
之分離，時勢使然也，豈今世全無好底人之致。松江

之言偶得兩中幸爲我謝之無以子貢之先見爲多
也自非豪傑之人莫不勸沮於一時之向背只恐向
時有立志之士日變前得而夏無收拾於桑榆也惟向
公卓然有立定脚跟務眞實以古人自期待日有所
事勿以艱危而撓其中勿以非笑而迴其功千萬年
甚鄙人身病與世誹謗日積每念溘然夕死而終無所
也此外紛紛固非枉我分內事却旣不得而取之亦
難願勿拘枉靈臺而以爲損益也近觀僉賢書札每
以外患爲憂而無一語及問學上質其疑論其得或
聞把羞於無窮也敢以自勉而未能者相勸於僉公

二十六

慮已爲禁廢而不能特立於亂流中也周文演易於
幽閉而僉公在明窗靜室中反欲停之耶謹復

答洁原書

冬威已嚴兩成瀒蟄逝想如何苟能遲一死於今冬
則明春趙早哭冀窣谷枯土投溪上信宿伏計世亂
客斷身病事稀閒中眞味淡泊愈噎吾人所患只
在自家所養之如何苟有所樂外物藥悴無非助我
者也今聞吾兄故人李澂經席上觝斥吾兄等事

慌駭惺駭鄙人以草野孤蹤名字亦出入其中云呵
呵楅楅枉命何敢大人謹拜謝

四六七

日間嚴寒羹之所謂五十年中所無以僕難堪盖想
吾兄攝養之如何也屢承吾兄苦於呻痛寧欲一死
悲歎悲歎但非欲之而得避之而免者也只合任
彼所爲而不容吾力而已近間兄礼危辭苦語令人
動念無乃乃屈於此欲存之欲長存久視者淸濁不同恐非守正聽
耶雖與世相長存乃者淸濁不同恐非守正聽
黃枯氣不持體得相保護以圖相見於和妍之時亦
未敢爲期也旣到窮谷回看初志今日所事無異背
天之道也屈指明春日子尚多僕亦身病比僬攃

二十七

水一戰惕然競惶若無所容措李生來玉音頻枉病
懷若蘇爲賜不淺謹復

答關北按使鄭季涵書

聞找風采北塵乍息讀書人不動聲色之威亦可想
矣屬望非輕益礪籌書以雪　宗社之羞幸甚其白
首垂盡身枉病席雖欲一試戰陣之勇亦末由也已

答洁原書

千萬堂外忽領李生袖間手札開緘展讀不覺喜
慰之溌燕審臨到舊宅起居萬福欣慕不可喻渾
今年五十一比前歲夏減九分氣力焦枯柴毀面

如黑鬼脛如瘦竹長卧昏昏不能看一字書疾痛
之苦旁人亦不能知也雖然尚賴一事得以連命
賒死天公之饒我於是而極矣幸甚幸甚一事云
者自今年來柴門晝關無人來叩自朝至暮無非
閑卧之時唯有溪聲鳥語歷於吾耳此外無餘事
也取一束紙置床頭以擬書來報答而近百日
不用一片手之閑可知而心閑誠可樂也新造學
堂未完僅得設板于中央晝卧其中清風徐來天
下之勝亦無以加此矣城中浪子輩相笑曰今日
安有一人書生往見汝者方教汝作書院守直好

龜峯集 卷之五

守窻戶也僕樂應之曰是余所欲爲也今亦卧此
堂中書此書可謂書院之守戶也聞季涵今來高
陽墓下旁邊着一紅粧遲回眷戀不忍南去誘曰
無懍馬又日天熱想秋冬間必不能渡漢水天下
安有如許極好笑耶栗谷以此公爲賢不顧其身
之危辱而與擧國之人相失者專由此公也而栗
谷死後遠胶素守爲後日千古笑四每一念也
未知如何經過滲滲念渠所謂我員栗谷亦有
覺痛恨也安智之處送吊狀後不見渠答謝之書
事段後日相見時當一道之然遽執此復待以負

二十八

死者而自謀脫禍則豈非待人之薄耶今日僕其
能脫禍乎大抵此友用心過當便以妄邪無狀待
平日相善之友而亦不少惜此爲可歎耳然任渠不
所爲何敢一毫分疎於其前耶且聞狼川事將不
僕一生孤獨獨立山谷中擧一世無一人相友知
者如兄又遠送狼川山中亦不得數歲一臨南村孤
信乎命之窮也奈何奈何秋來倘蒙一相接也
墳之前因來一訣病人則亦幸甚也李生之回作
書付此未知能達於左右否也千萬不能宣寄乙

龜峯集 卷之五

酉六月二十二日渾拜

二十九

滿紙情語令人起懶海琛三十亦念病悴心神形骸
內外受賜爲謝不淺僕前月舟返故里擬哭栗谷新
阡信宿溪上聞迷子外祖病重未暇他事悵恨歎恨
下示李涵事暢叙增愧屢煩鄙書規戒微言不足爲
動觀其辭意憂憂無以天理人欲分界相爭之道奈何
不聽爲阻且進退有義不可毫髮容私而吾兄每以
夏爲心友愴懷焉願兄極加嚴辭不以數爲嫌不以
圖便厭煩之意致此狼狽渡以爲念養疾有效一來
陳悃永辭就閑於理似穩已往之悔追思何益末路

復。

極險如我衰朽永斷與親舊通信空忘之擲之不之
齒論於短長間也然且云云云未知終欲何為也謹

答李仲舉別紙　楸峴嶺南崎嶇

龜峯集卷之五

一風化政刑之源在吾方寸至密之地邑宰震惴惟
恐不善其不在我乎治人本於自治正物務在正已
一酒邑二事百行之賊酒以先王之終日不醉為度
邑以先正之禽獸不若為戒
一監司而邑宰邑宰而吏胥以至里正等數分明條
約嚴正可以成績

三十

一列邑之可立而未立之規可革而未革之弊令邑
宰一一自思而自錄之又各邑各面各里可立規可
革弊令其面其里大少貴賤各自一一齊議鄉長有
司及九民之曉事可應對他日訪問者令各押名署
以呈擇其切要意先馳文相報答以施焉餘則咸議定
於迎命之時大則驛聞小則立變九不盡心及或私
漏不盡者摘發治罪
一列之志學者隱逸及有行者有才者各其守令
各面雖小必錄郞報監司以待監司之處置志學志
于道學也隱逸抱才德不出也有行孝子順孫烈女

四六九

孝婦友愛忠信也有才畜奇謀遠略能文章善射御
也可致者當致于公不可致者監司親往訪問焉
一令列邑採訪老人男女七十以上及鰥寡孤獨廢
疾飢塞無所歸無所養及處子年二十以上過時未
婚及已死眞儒隱士名宦忠臣義士孝子烈婦子孫
及妻妾及墳塋所在不拘年代遠近一一詳實錄呈
而或設燕尊享之或以時賑救之或助禮物勸婚嫁
或送酒食除徭役表章之或具酒饌奠祀而修其廢
等差隨宜連上有遺不實有罪
一為政通下情為照惟公可以察之

龜峯集卷之五

三十一

一至誠空空無不服故古語云防小人密於自修
一營吏之有才能者例多恣橫待空嚴明薛文清公
曰一年頗敏捷使之稍爨下人郞有趨重之意余遂
逐去之當官者當正大光明不可有一毫偏向此可
為法

一勤而廉明可以濟事廉明之要在無私心

右十條想在明公度內重運勤教敢錄呈第一條在
方寸及末端無私心二事傈方致功於屋漏而未得
者獻於故人而求勉焉以人所能而反求他
人爲忽也弊鄉荒涼草樹茂密高軒遠臨無以為謝

答浩原書

白首爲別後會無期千里寄問慰懷何言去歲荷磁
念情問曩至機中卷織之貽杼下分番之錫連辱習
坎之中令胃勤訪不怠淸詩勤戒益漬不獚興歎之
教破家相容之許獷及無狀尚闕一謝雖緣蓬飄南
北輸悃無路耿耿于中頁恩不淺僬方圖扁舟浮海
以絶人世生可以追樞源之跡死終爲魚腹之魂生
逢聖世事至此樞未知自處於事理何如也僬之
多病尊兄所知靜坐一室亦知死日不遠何況毒病
癉烟鼙谷架巖能忍得幾時而徑死耶如或此計未
遂則一夜投門長對舊儀渡閉堅坐主客爲一身生
而入死而出未無相離之恨亦一計也悠悠何餲謹
謝

龜峯集　卷之五　　　三十二

答趙汝式書

吾典兄別今五載矣閉身習坎吟病守寂罪積于天
萬事何言會奉懃懃情訊出於衆棄之中不一不再
尚稽一字相報實非弱桑困之都忘舊義而然也亦
非學書不渡淮之古規也今承兄示懃懃見及無狀
於未已寘心吾身而不負吾學犯謹孤言及無狀
此皆爲國忠憤大公至正無一臺有所私念於微物

者也漢應鄙文字一到兄邊有況淸明直截之氣像
而亦欲自處向無私謝之意也幸勿爲訐於隔
絶多歲也旦聞舊友對僬說數句亦入兄疏中兄何
從得此耶至溢天聽惶悚惶悚未晚奄曰顏子島
當敢是已非人而交道之分背不欲與懷耳倪僬禍
迫虜髓子子孤影飄落無所生逢聖世人生到此
亦可愧也非兄聞兄抱戚鴒原天不佑仁何歎何歎叔獻
姪女年僅笄冒倭夫造物偏厄吾儕理不可信兄
使怵迫書不盡情

龜峯集　卷之五　　　三十三

答浩原書

千里相望死往朝暮三紙情書忽及於溢死之先慰
懷何言去春松楸之省夜行畫止不測之鋒迫迮在前
求訣之恨吾豈有淺於吾兄而然哉耿耿于中未嘗
一日忘于懷也某尚閟一字酬答於親舊間而向於
後非無意一叙而竟莫之就下示心語口不相逢將
吾兄馨竭下情無少避諱寧過切偲而不效嚅嚅者
誠爲荷知之久而奴取之渡也今承兄示懃懇以爲實
心相副未若兄之待僬者熙愓熙增愧不知所云書

日禍未及焚坑相期修業進學以延行古人心跡逾
月未見書則念之。經時未見面則憂之。逢一事未議
則疑之。行一禮未講則憂之。豈燕將拍肩之爲比武
少日同志亦非不多。而或以文章或以美質交道各
異僕雖無似與吾兄及栗谷忝在相觀之末策驚專
心。不以外物嗜欲有所天閼者于今三十年有餘矣
不幸栗谷云亡吾兄世所擯獨立無與僕猶生
邇邊中野未知竟作何山之委骨也頃憑一答書吐
出誠素反致未盡之教噫至此而尚或未盡何處盡
其心乎來示如非前言之藏則無奈我不逮而益
欲發我於垂死耶無以爲措南來二脚疼痛不良
屈伸患侵于外病攻于中一死無惜只以於人世有
多少未畢事爲慨耳朱子曰孟子自許行王霸不動
心而其原只任識破詖淫邪遁四說病處夐以此言
爲吾兄一誦焉伏惟雷念已所未能而反以勉人九
增覗覼。

記牛溪書後

去歲金集傳寄兩封手札開緘三復不覺悲慨厭
後音徽淪絕無異隔世人唯有一念不忘往來心
曲而已今兹魚孝子齎示一封手書發在舊歲之

仲冬九日披讀寄懷尤極悲酸信後又經三時未
知開况安佳否吾輩今到白首唯餘一死人世故
舊靈復有幾箇得見耶渾運盡垂凶云幸矣幸矣况世亂
如此彷徨無所求生耶渾運盡垂凶阮窮頭頓理
勢之常耳正月大風火發旁舍父子兩廬俱急俱
焚靈栗谷書冊入烈炎莒蓮遺樓食俱空欲西
入龍川求食奴婢間而腰脊之疾大作今已四箇
月元氣摧殘卧不能起煩熱厭食以勢觀之不能
支矣栗谷大賢一卧旬時俄爾而去如我汚下
得疾久苦速盡爲喜而辛苦莫此此爲可恨然無
非命也任運安分不敢不自勉焉清詩兩章諷詠
以還脫然沉病之去體恩欲步武以伸溯情而神
昏困乏不可爲矣習之事也不覺痛惜吾輩晚節皆
不能保厥初自謂如我無狀買罪稽誅顛顇沛最大
累及師友而以此觀之習之習之事也康寅
年渾到京渠指我爲趙時嗜利棄背吾友又謂渾
將加大罪於渠向松江作書求袞渾見之莫知端
倪潑惟之而已然故舊不可絕故和顏色而問之
渠亦不潑辨以此至今僅能如舊而何意復向
希元及老兄作此態耶痛傷之極寧欲無聞渠之

此爲絕筆此疾竟不起看來不覺涕零。

惟金集所傳而已餘未承見良恨。

照方痛僅草萬萬不宣戊戌燈夕渾拜前書所見

音問亦不知兩歲矣空仲無恙在永平耳伏惟尊

龜峯先生集卷之五

三十六

四七二

禮問答

答季涵問

問祥服未有定見黑笠則無義而國俗已久白笠
則中朝與我國之制斳則家禮未定而宋儒以非素冠
爲論恐不必盡用家禮斳用之書今之用禮者兄
緇衣素裳承祭詫潀衣白笠及哭黲制旣苦難冠
餘亦有顧慕之者矣今欲略倣黃圖之說以縞冠
以駿俗爲懼此所以古禮之終不得行也苟有好
禮一二君子考禮甚精身先倡之則作然驚駭之
以難行而黃圖之規摹次榮實承於朱子晚年則
家禮之不甚明備可疑可稽之禮叅以黃圖略其
煩而存其大綱推其可行者行之有何不可或以
爲黃圖之未證無異家禮之未成哀意竊以爲不
然黃氏所編喪記之說著非朱子所定及末卷所
以祥用朝服一依禮記之說矣則其編中所
觀其首卷西蜀劉氏之序朱廷立之記及末卷
三山揚氏之跋則益無疑矣圖之證不證恐不必
論也歷觀古人論祥服之說喪事有進而無退接神
不可以純凶故縞冠以示有喪朝服以示漸吉祭

龜峯集 卷之六

一

龜峯集 卷六

103

龜峯集　卷之六　　二

訖哀情未忘故反著微凶之服素縞麻衣是也聖
人制禮義意微密情文相稱隆殺得中固不可以
私情常識議其方也白笠雖近時人既祥之服殊
非古人朝服承祭有進漸殺之意云。

答謂家禮之黲制難考欲倣黃圖似爲未然家禮之
與儀禮經傳其意固不同也經傳歷集古禮之用家禮之
付已意有所損益以爲國者制禮之用古禮之爲也可而必取司馬氏程
糸今推以家居已所自用之義不得不爾也禮自初喪至
氏高氏等說者隨時之義不知直用古禮朱子至

虞卒哭受服非一而家禮皆剛是不泥古而從簡也
且喪服之從古制朱子亦有說焉吉服雖已從今制
而喪服尚存古制則不必又變而從今之意也今家
禮祥服已從時制安敢又越而從古于黲天色也淺
青黑色近今玉色今玄用黲色今冠與黲圓領承祭
以從家禮所無而換却白衣白笠以從時王制而用白
雖家禮黲幞頭與衫之意而承祭旣祭之變服則
及哭如何白是王制雖非微凶似難議爲從俗用
而欲用淡黑者皆似未穩家禮未盡處固不枉此等
黑定不可爲來示又云未穩家禮未盡處固不枉此等

龜峯集　卷之六　　三

處辛勿致疑滾衣雖用司馬氏僅用於獨樂園則今何
得用於道上耶

問今笠代幞頭未安欲用程子子巾如何

答冠巾異制用亦不同家禮忌日行祭時變服黲紗
幞頭祭後是日素服巾巾恐非承祭所用家禮歷
言有官無官之用而無用巾處且幞頭實非古制乃
南北朝胡制則今笠之代幞頭亦家禮幞頭代冠之
意也今笠之制似不可論其可否

問家禮黲幞頭布裹角帶之制無官者通用如冠
禮三加之用否。

答我國法有官者時散通用紗帽則無官者不得用
紗帽家禮祠堂章下有官用幞頭無官用帽子而朱
子語類不應舉者祭服亦用幞頭帽子亦可云幞頭
則乃是當時上下通用也

問虞後朝夕上食及儀

答以家禮看之雖不言罷而當罷於罷朝夕奠之日
以遵家禮而伹張先生日祭溫公朝夕饋之日不
害其爲厚且當從之之語則行亦可也儀則旣用初
喪禮空用初喪儀今似不可創作別儀也

問虞後朔望奠儀初不考禮經如何先降而後參
拜成李栱頫二侍以先參為得云
答二說皆似未穩三年內奉几筵自虞卒哭至祥禫
有入哭而無參神拜渙有其義安敢違家禮而行參
拜朱子曰柩前無拜亦此意也子事父母俟起乃拜
几筵無拜尚生之禮也

問朔望奠儀欲從初喪儀未知如何
答虞後朔望奠儀家禮雖無明文用初喪儀太略未
穩用祠堂章朔望儀而惟參神之有哭無拜辭神之
哭奠之一哭用三年內禮如何

龜峯集 卷之六　四

問朔望奠儀今方服行下敎而成浩原以三哭似
同虞祭未安云未知如何
答如曰朔望不可行參辭則祠堂章有之如曰几筵
無參辭則虞亦有之几筵參辭皆有哭而奠之一哭
又實用本禮則虞欲無之几哭也來示似未穩

問練後止朝夕哭是一日之內自不忍無哭朝
夕上食之哭與上食哭非一件事以古禮看之未知如何
答朝夕已罷上食及上食哭而練後又罷朝夕哭耳
今用朱子行且不審爲厚之意而旣不罷上食於三

年內則是因行初喪禮也撗去其哭未安且三年內
無不哭之奠與祭
問練後朔望哭只於其日晨祭時哭之否
答家禮哭止朝夕哭之下惟朔望未除服者會哭云則
朔哭之哭是一禮也奠之哭亦一禮也虞卒哭旣有
朝哭又有祭時入哭之禮似不可兼行是日曉哭又
行奠哭爲得

問用牲式國用須全一肩盛別匣家禮別無全薦
之文或用少數熟或生膽未知今何以爲之
答家禮惟祭初祖先祖有用生之文於祭禰日同時

龜峯集 卷之六　五

祭時祭魚肉無用生之文但朱子語類平日所論祭
必用生神道見生血則靈怪不可不用生也全肩之
薦同國禮恐不可用也家禮祭初祖前後脚皆作三
段
問扱匙飯中西柄之義須是令匙皆背向西如生人
舉匙拈飯之爲合而或云令匙內向此如生人
所扱而微偃匙柄於西可也恐是非西柄之義
奠之日已將食之狀後說以匙取飯之狀後
說似是
問祥日祭之後反哭又設盛祭於舊堂倣虞儀行

之敢非東

知古人制禮之意而循吾意見耶此是超詣者能

何示三年內無不哭之祭者誠至論也然安能灼

止朝夕哭又實是大節目則上食之哭非朝夕哭而

上食而今且行之則上食既違禮哭又無據練後

問練後上食哭來示藹然忠厚然若曰家禮雖罷

有其數不可墨行倣祠堂章告事之儀告已及哭之

答孝子之情不得不爾但祭則家禮三年內所行

意行奠禮如何

答未止朝夕哭之日不以上食哭爲朝夕哭而必行

朝夕之哭又行上食之哭則今安敢用止朝夕哭之

文幷罷上食之哭乎上食實初喪之禮而及練後

是固未安然自宋時已爲見行之禮朱子既有雖行

無害之說且不論哭與不哭且家禮於三年內奠祭

皆無哭今若無哭設奠則可矣今既不得不哭於

生之禮也奠跪想慕之際自不可不哭如曰上食於

禮而罷於虞後則可矣今既不得不哭而欲以上食於

前無一哭於後甚無漸殺之意朝夕之哭如何若上食則不

上食之哭因朱子從厚之說行之如何若上食則不

四七五

可不哭

問受弔若於觀母京家遇客則何以處之將軍文

子除養越人來弔受於廟某今遇客於京尊者諱

之敢者謝之如何

答禮異今且異其勢故舊親厚或欲問婿母病侯

或欲察孤子疾容拒以几筵在他於情未穩隨時量

宜以處勿拘文字如何如何

問所諱正當某亦竟不行文子之事且亡兄禪祭

將近而兄妻舅服未除未知如何

答非促尊嫂氏有服尊伯凶靈亦不可受

問祥服曰祥服禪服曰禪服今於家禮大祥章陳

禪服云者未知何義至禪又無正服亦何義耶且

朱子大全云忌日服制用黲幞頭布衫脂皮

帶如今人禪服之制云某竊安以爲陳禪服一句

當入於禪章而錯在祥下如飲酒食肉之節也此

是大項議論幸乞曲賜誨帶用脂皮亦如何又

脂皮何物也

答看來家禮禪前一月卜日云主人禪服則家禮之

自大祥後禪前所服皆稱禪服無疑於養受服多

前今皆刪之朱子用司馬氏黲制而從俗亦豈苟然

節今皆刪之

若如所示黲色空在禫後甚無謂且卜日之用黲語

又誣矣別無他義而何敢以家禮皆錯云耶用黲於

祥宴無他論家禮云布暴角帶則今有官用此無用

白布如何脂皮家禮所無空不用古有脂韋之語必

入脂皮也韓詩曰行行正直慎脂韋言其柔也

哭服亦欲用白而直領團領何可爲用溪衣則已

問反哭之祭倣虞未安來敎極當欲一獻文告反

問祥服時用之尊服用白圈領如何

知未安云

答圈領用之尊服用白圈領如何

龜峯集 卷之六

八

答圖領時用之尊服當罷然乍離空山來歸故室神

問祥後上食據禮當罷然乍離空山來歸故室神

禮奉安別室耳

答家禮節文甚詳既撤几筵則雖奉安別室几筵猶

道人情依遲感痛固不是初既及虞三年行事皆

於舊堂者之比欲行之未知如何某且無祔廟

狂而實非几筵也是則几筵未撤而猶撤從禮爲正

問祥後罷上食情有所不忍初欲從俗而不罷今

承來敎已得以禮斷情且祥服男子既用白衣復

人服如何家禮用鷰黃青碧儀節用白衣復未知

何從祥後晨祭拜用直領黲服奠用團領如何以

答婦人祥服家禮亦有皂白等語綵用儀節如何以

今所用則青碧似吉不可用也今世以直領代用溪

衣已久晨謁用直領朔望綵用圈領似合綵亦有用

溪衣之語綵用直領亦似無妨而但有官者則似略

未安

問出入之告若經宿以上則用家禮祠堂章秊香

告由以行耶某則只行綵拜未知如何

答依家禮祠堂章秊似合

問先親生日祭儀如朔望莫而不設飯羮何如家

禮會成有生忌此禮如何

答家禮祭有其數無先親展祭只生子於季秋祖

云祭不可瀆只祠堂章莫無定禮有俗節之薦倣此

龜峯集 卷之六

九

行奠禮如何稱生忌用祝似難行矣

問四時卜日环玟古者用王今中朝禮以老竹根

微鬘者爲之良三寸許徑一寸許先裁刷根節瑩

爭而中剖之以爲二常置之盤中同燭瑩香爐香

盒等物供于神前盤徑一尺二寸圓周三尺六寸

底蓋相合用時開盤取玟而擲之以卜吉凶其

法一俯一仰者曰聖卦是爲吉兆两玟俱仰者曰

陽卦俱俯者曰陰卦俱爲不吉以竹根制如右用

之恐無害

答來示亦無害但不如盡用古制今世無用玅之家
其亦欲用之而未能果也朱子亦曰卜日無定處有
數段酌處處如何
不虞又欲用二分二至而又以或值忌日為難將此
問三年內時所謂四名日行墓祭倣虞行之今復
答來教似當
思之非虞祔練祥而三獻無據欲一獻如何
問三年內墓祭灑掃前後兩再拜似是平時禮今
日在墓側每日灑掃則此一節略之何如然則只
當俯伏否

答灑掃及兩再拜固宜略之俾先俯伏一哭以行祭
神禮又奠而一哭又辭神時一哭凡拜哭倣几筵禮
如何三年之內似不可用事神禮故也
問國恤卒哭前大祥祭挨之古禮固難行矣然今
不可一遵古禮未知當如何
答古禮烏君母不杖朞而臣妻無服記云於所祭有
今國恤在嬪祥祭都下大夫之家似難行矣家禮
服則不祭而哀侍先夫人則當享而哀侍則似難行矣
之祥忌日也忌日略行奠禮告不得行祥之由用古
禮卜日行祥於卒哭後似無妨未知何如

問國衰未變用黲何如
答何得用黲恐未安也
問祫祭後奉神主權安于祠堂東壁下西向禫後
行祫奉安于府君櫝內如何
答於曾祖妣奩內略用祔禮行古禮之遺意如何
問祥後禫前朔望略行新主正寢伸情事如何
享一堂如何奉新主正寢倣禮儉行祔禮似無不祫同堂
答祫一如平日祠堂禮既行祔禮似無不祫同堂
之嫌奉正寢別祭未安家禮不如是遵思禮文本意
如何似豐于昵

問祫祭碼善儀節在禫前未知何從也
答當以家禮為正行禫後無疑橫渠說及朱子論甚
詳皆三年喪畢行祫云三年喪以二十七月為言二
十七月堂位禫前
問因時祭祫否別行祫否
答朱子大全云祭祫無明據以義起可也其家所自行則
從家禮三年喪畢有祫之文
問國恤中朔望祭改題時服色如何
答禮宜用黲而白乃今之國喪服改他似未穩則以
不阿朔望行祫年略白暽登古禮則以白行祭國已

唲覷綐不

問國恤卒哭後祫祭與時祭猶可行否

答古禮則不可行國法若曰行之則姑依從法未知
如何。

問如古禮則國喪未除不得行私喪二祥明矣然
今人行不得示恳日略行奠禮又卜日行祥雖古
意似難行未知何如也某以在服中國法不得服
國喪恐有別也尊李氏以私喪祥祭幷有喪皆行
而惟君喪不得行以小君喪異國君當行祥祭云
此論如何。

龜峯集 卷之六　十二

答小君國君雖服有輕重同是國法且今國法卒哭
前不得行祭以大夫違法而行不可如日卜日行祥。
又有未穩則祥日告文並告以國恤不得備三獻禮
之意設奠脫衰如何如何家國異禮小君服雖輕行
祥拾殯日未安

問示於祖妣龕內略行祔禮以遵家禮遺意但廟
之意設奠脫衰如何如何家國異禮小君服雖輕行
只有入親舅姑神主恐難強行此禮

答果如所示祠堂東壁下前示西向之位亦似可矣

問國恤卒哭前撤几筵行入廟禮安在他日今若行
祥若不行則入廟禮安在他日今若行祥則入廟

禮安在其日皆示行之日此不可與祥別論也。

問祥前一日告明日入廟辭當如何几筵則不告
否。既入廟後奠無文似只待朔望入廟行祭禮
否。既入廟後奠別無奠告只待朔望行祭禮
之告皆做有事則告之禮如何告辭用古意自述如
何。

問馮善集中大祥祝文此家禮有增損用此如
何。

答今看朱子祭文亦不必無加損於家禮曰何必一
遵馮善用已意增損合宜似亦無妨

龜峯集 卷之六　十三

問示卒哭前不安服驟當用白笠布裹紗帽布裹
角帶燕服用白笠白帶一以遵國法如何

答古入君在殯行私喪殷奠當用何服是必脫國服
服私服明矣但墨衰向吉以不可奪國凶用家吉今
之用白如曰國喪追服則不可用承私祭如曰國法
以白定祥而用則白是純凶心家亦承達
法之白國服中行祥如是多違如何既然矣寧用來示

問初以示意示成浩原浩原以示意合義今又見
白色等服如何
李氏所論以李氏言爲合云云不審如何李氏云在

父喪猶行母喪小君喪朞服則何得於父喪
曾子問只舉君喪不行祥祭云小君喪朞服不可
並論也九五祭之喪皆廢祭而並有喪喪祭則
廢故君在殯猶許私喪殷奠昆弟在殯亦許行
祥祭朞服在殯固有輕重欲待朞年服闋而行
祥祭朞服在殯亦許行祥祭亦曾
小君喪之與君喪必不同矣家兄所論不
同鄙意更議如何云
答君在殯許行者莫也在父喪行母喪祥者無所壓也
子問君喪云與小君服同也今國祭亦廢而大夫
喪則是誠引小君服同君服也

龜峯集　卷之六　十四

家於都下敢行三獻私祭於國有殯之日情義未穩
私養與國服禮有所異似難直行私情小君服非國
服而何小君之在殯不行私祥祭國君之喪不行私
既有輕重懸殊何有同之之嫌
問裕是四時祭也否復寢宅在何時
答祫祭之於四時祭同不同在朱子亦未定也然觀
答胡伯量文意則非必欲行喪大記疏說也答李繼
善書引橫渠說三年後祫祭於太廟而周禮亦有此
意云三年喪畢朱子之意亦欲有祭則是乃吉祭之
朱子於答伯量云以義起者是欲於祫祭後復寢
也

朱子家禮禫等禮皆用倣司馬公書儀而飲酒食
肉復寢寢在大祥下者此是錯簡無疑小學是晚年書
引書儀禫而飲酒食肉亦無復寢一事則飲酒食肉
是禫後事禫後復寢是吉祭後事明矣丘瓊山儀節復
寢於禫後亦非朱子之意也旦必欲待四時吉祭之
月祭而復寢如疏說則又似未穩今玄禫後祫祭而
復寢也旦禮大祥後復寢云者乃復殯宫之寢云古
禮實難究講今從朱子所定如何

問　恭懿殿奄葉長樂儀僕適以姊喪到洛下既非
前街欲入高陽官成服赴　闕則九百多有所碍

龜峯集　卷之六　十五

某頃以一書具道盛意於浩原答以國母喪較輕
不可以此呈身蹣跚朝班也司馬公遇神宗喪疑於
赴闕明道勸入臨亦爲世道此足據依云未知如
何

答司馬公是在洛時也不可以是爲證尊候若在南
鄉則是矣今以私喪而在洛下嫌於進退遷國服晏
厭於十里之地一不赴　關殊失情禮以前街例成
服於　關門外似合義
問如我秩高人帶職居鄉遇正至誕日恐不可全
無節次入州官參望　關禮否不然無以伸臣子

犬馬之誠未知古人遇此何以處之此非載於五
禮儀又非如我病人所能遵行然欲預講定幸
示下趙靜菴讀綾陽時缺此一面以堅此云兩
今烏世所擬似難入官事在外則固安入州府行禮之靜菴所爲精忠所激
出拾常儀恐不可援以爲例

答或曰乙退歸或以官事在外則固安入州府行之撤幾筵

龜峯集 ⊠ 卷之六　十六 ⊠

問再碁而返魂祔祭於何日幾筵至於祔禮後行其無妨耶
答宋子云既祔祥撤幾筵其主且祔于祖父之廟俟三
年喪畢合祭而後遷今者返魂在再碁祔祭似當祔
撤幾筵之曰夏設幾筵之俗禮似不可行白笠之曰
僕曾自行則用白布綱巾且古禮接神不可以純
故家禮之黲邑承之此意也用黲布冠承祭祭則
着白笠既用古禮又用國法似合情禮僕曾自行則
如是團領亦以黲與白笠焉
問家禮斷衰條下經帶散垂三尺而無復絞之
三年不絞則無哀殺之意至哭乃絞則非禮經之
旨今者乃絞於成服則無乃遑家禮乎以此一事
頗覺未安今見胡泳問於朱子朱子曰經帶則兩

頭皆散垂之以象大帶又曰此等處註疏言之甚
詳然則三年散垂不絞乎言之如其違
禮何以處之且欲用油灰未知如何油待陽而乾
冒陰而濕十丈黃泉豈有陽暴而油乾之理乎家
禮亦用油灰如其意如何且喪人欲廬墓側時以展
省其情則哀而其禮則古人亦有行之者然上有
老祖母病偏母不可久離而喪人欲守墓者未知
如何

答禮經腰絰小歛時散垂而成服時絞又啓時如
小歛禮還散去家禮則成服散垂夏無絞禮又答胡
泳禮經腰絰小歛時散垂而成服及啓殯斂服則家禮
所削今不夏論只成服時絞之似合若從
家禮文散垂於成服則又當絞於卒哭油灰既非古
禮又典賣家產以成之亦非古禮也莫如不爲入
或用者得國葬多財力故耳夏恩之廬墓一事鄭孝
外舅承旨前已修書言其無所賴須從禮
有年高王母兩世一身醫藥奉養皆有病偏毋又
問以兄題主兄妻在奉祭柜者有嬪辟之稱而未
返哭而結廬墓下時往省以便孝理如何
聞今亦行之也如此而猶旁註孝子某奉柜耶妾

龜峯集 ⊠ 卷之六　十七 ⊠

子亦稱孝否。

答禮婦人無主祭之文家禮云主人有母則特位於
主婦之前於此可知其有母而子爲主人之意也主
人之旁題稱孝子亦家禮也何得違之妾子之子無間稱孝
亦可知矣嬪辟之稱恐非謂此也

問丘兄卒哭後家廟時祭來月二十四日卒哭
哭後晦前無丁亥旣當行祭則奈何三獻乎止一獻不

讀祝雖無丁亥可以何服邑

龜峯集 卷之六 十八

之意嘗定可行之日而行之恐無害也孔子曰宗子
雖無不稱孝註云但言子薦其祥事疏曰不言介
宗子凡不得稱介也然則宗子喪雖改題先世奉祀
者厭後可以稱孝祭祀不厭祭
不歸肉攝主謂介子代孝子者也朱子欲喪內於卒
哭後用墨衰祭廟又於子喪不舉盛祭用澹衣幅巾
致薦並此意爲用如何

問發靷曰四爰頭柱家行朝上食而出及墓臨壙
爰無上食節次至於終日而後虞上食人情不安故云
奈何鄙家前後喪一依禮文而情則未安故云

答虞無上食之文具饌進饌皆無飯羹而有侑食亦無
扱匙飯中之節至卒哭乃始有飯羹則虞亦無上食亦明
矣俎食時上食乃初喪哭後有飯羹當如是無疑

問葬服卒哭後家廟晨祭及出入告用黑帶否

答此非入廟接神之此白衣白帶恐亦無妨

問兄妻在是曰主婦主奉先世神主祭祀婦粲祭而已乎
然則祝文題辭何以爲之

答此段則於答第一第二條甚詳矣
耶可以象定辭辭主兄妻以此間

龜峯集 卷之六 十九

問家禮主人以下各歸喪次註大功以下旣殯而
歸居宿於外父在爲母爲妻齊衰杖朞者大記布
終喪不御於內父在爲母爲妻齊衰杖朞者大功布
衰九月皆不御於內而復寢之文大功以下縄小功
朞皆終喪不御乎大記則父在爲母無分別
則大功與縄等是三月不御乎大記大功縄小功
外凡應服朞之不御乎止言三月則父在爲母
之不與可知也且齊衰朞布衰九月之文未曉焉
伏乞詳示

答喪大記曰朞居廬終喪不御於內者父在爲母云

云其義曰齊無居廬而終喪不御內之節惟父在爲
母者爲然也其外則自齊衰朞之重

至大功布衰九月皆無居廬終喪之禮只三月不御
于內云也。旦齊衰朞朞無變故齊衰朞大功服而朞

服自齊衰三年制未有變故齊衰朞大功始用功
布故稱布衰九月言止于大功則其下之不與何待

說爲家禮註未備如此處以喪大記爲補疎乎得中
也

龜峯集　卷之六

問前監司啟聞道內三陜　穆祖皇考皇妣陵
墓頹圯既無碑文又絕香火其時禮官啟曰周以
后稷配天而姜嫄以上柱推不去之中載　朝追

崇四王陵藏一年一祭外不及於他祖崇未嘗行
之禮斷不可行也今欲覈啟而修改陵墓一祭之
未知如何

二十

答修陵墓之毀追崇之祭自是二條子孫安可見先
墓崩毀而晏然不修曰是乃追崇不在追崇而曾不
顧惜之乎周祖后稷始封于邰爲周始祖而后稷之上皆
自后稷也若如禮官之言則周見帝嚳姜嫄之墓
崩壓而無意修治耶修治而設祭一告者禮在修治

而亦非追崇之祭也混論而并停修治甚似無理且
后稷之封於邰在唐堯時歷唐虞夏商世代極遠而
猶祭之安敢恐見　穆祖皇考妣陵毀而不之致念
耶安速啟行無疑。

答浩原問

問國喪辛哭之前大小祀并停故　國家陵寢香
火亦絕然則人民在畿甸之內者如正朝寒食等
節祀可以祭其先墓乎此義殆未安而亦無所見
於禮經疑而未能斷也時祭吉祭也雖非朝官服
衰者固不敢行也至如朝堂衆忌祭亦可略設時

龜峯集　卷之六

二十一

物行奠獻於家矣以此推之墓祭亦可倣此而以
陵寢廢祭臣民獨舉爲未安尊兄有見於禮經可
據者示以定論至祝嘗見禮記被私喪而服
君喪者不敢行練祥之祭俟君喪畢卜日追行無
官者不柱此類然則朝官與士民固異然畿甸之
土又與居遠方者不同目見　陵寢廢祭而舉先
墓之節祀亦有未可乎伏願詳證而四敎至祝至
祝季涵尊兄今在何處懍與通書及之慱採衆
見何如國喪當何如以成服爲節而
則太早以辛哭爲節則太遠禮家因變除之節而

為之禮則成服卒哭之間亦無可據之節伏乞證
誨且五服大功以下月數當從受服日計之耶抑
從死日計之乎人有月晦遭服者難於計月并乞
據經批示。

答國喪卒哭前大小祀并停祭者五禮儀本意是
當以古禮為準禮國君齊衰三月君妻君母無服但
舉國家之大小祀也於士庶無行廢之定草野民庶
禮於所祭有服則不得行祭所祭之祖考若有官而
於禮陜　懿殿當有朞衰則祭似難行惟朔望參朱
子身有重喪者亦欲使輕服入廟行之則所祭雖有

服而奠之行無疑矣且朱子於廢祭一事潑以為重
於古禮之斷然不可行處每着顧欲行之則忌祭今
欲薄設只行奠禮而告文並告　國喪在殯之由墓
祭亦欲如忌祭之儀惟魚肉卒哭前國禁恐不可用
也朔望之只設酒果之廢無所損益行之何嫌
禮有等殺父或有廢子或行之君或有止臣或為之
何可以陵寢之廢為難行武曾有所問亦以報兄為
朱子之意欲不停喜季涵教行素食一條非有官
報渠頃以欲遵鄙見非報矣教行素食一條非有官
者當以情意氣力為視自卜遲速只恐尊兄既一謝

四八三

命非如傑九民之為比也示禮中因變除用酒肉之
節於無服之地恐不可壽也當以義起必欲卒哭後
則太晚而過君喪三月之服宜於成服日後自酌其
宜而止爾示大功以下遭服於月晦者欲從成服月
計云情雖未關而義有不同以上既以死月為
計獨於朞以下恩殺處反以成服為未穩而又
非喪禮有進無退之義恐不可引而長之日數雖小
宜以死月為準。

問今時祭設饌無一定之規如吾黨數人家亦
有具同處殊欲講究十分精當以定垂後之規伏
願詳示尊兄宗家祭饌作小圖以送至祝至祝

魚肉恐非生魚生肉兄用何許子前見鄭道可言
家禮祭饌圖脯醢蔬菜用六品却是古意非俗饌
也是以吾用脯二器醢二器蔬菜二器而不用今
俗盤床之羞去清漿不陳云云未知此言如何鄙
意以為脯醢蔬菜相間次之者却非末時之羞也
於何見得古意平去清漿則時羞有未備也
渠却不以然矣又欲作正寢于祠堂之前以太
廟祫享昭穆位排列高祖居奧而其餘昭居
此穆居南以祭之云同堂西上之制雖曰習之陋

而程朱以國家未復古故不敢私焉古禮之正則
今日行之無有干僭未安乎又義乎伏願批誨何如
渾家用五色果脯醢蔬各二器湯三色爲二十五
器或恐過優不儉謹作圖以上伏乞證示
答祭品用生魚肉與不按朱子曰大抵鬼神用生物
明文而以義推之則用生無疑也伹今世私家無用生
又家禮之祭始祖亦有用生之禮又溫公祭儀亦曰
用生然則家禮之四時祭具饌汎言魚肉雖無用生
省牲之禮必以生爲式恐難爲辨朱子又曰伹以誠
敬爲主其他儀則隨家禮約如一羹一飯皆可自盡
其誠以是論之則省牲之家可以用生而自其下則
恐未能也不品數多少某宗家所備一以家禮爲準
而於常食品數不能無加減者如四時物亦或不同
故也朱子語南軒曰於端午食粽乎以是看之隨能
不食菜黃酒乎而自享於汝安乎如是則鄭道可
時物薦享或恐人情之不得不焉者也如是則鄭道
可之不設清漿與非俗饌之語皆非朱子意也朱子
又曰溫公祭儀庶羞麵食共十五品今須得簡省之
法方可以是看之雖豐於奉生而不煩之意亦可知

矢又鄭道可位次欲從昭穆之未安誠如來示又作
正寢於祠堂前又非家禮立祠堂寢東之意似難爲
用朱子曰家廟在東此人子不死其親之義也恐不
可擅改也來示祭器品數圖清漿置東失燥居左濕
居右之意似未合以他皆與某家所行相符且看古禮
醬爲飮食之主乎云云
問小斂變服斬衰用環経白布巾腰経帶散垂三
尺且絞帶絞服見於丘氏儀節而喪次無儀禮不
知經據未知此節一出於儀禮節而以補家禮之闕
者歟免布家禮只用一寸絹裹頭而丘氏用白布
巾以代之何歟家禮言露首而丘氏用頭巾未知
古禮原委何如腰経散垂只行於斬衰耶葬襲以
下亦可爲耶以上皆昨日已行之禮而欲詳其得
失故敢問凡奔喪之人已成服後則到家後四
日成服禮也若及小斂前則亦將待四日乎抑同
柱家之人成服也家禮只言成服後儀節而不言
其餘意其初終奔喪之人當不計四日而從養主
成服也伏乞詳諭
答環経等變服一節雖載於丘氏儀節而家禮之所
剛也自初終至成服其間變服節次家禮甚有等級

不可棄朱子所定而又尋古禮免制度亦空從家禮
而棄瓊山如何腰絰散垂詳具於齊衰之下○則
及脊以下皆曰服制同上則空其以下通用古禮
至成服乃絞於卒哭而家禮則成服時散垂古禮又散於
啓殯又絞於卒哭○而家禮皆削似是闕文又朱子曰散於
腰絰散垂象大帶以是看之似終喪散垂而此說孤
也疏者與主人皆成之親者修其麻帶絰之日數註
禮經傳奔喪條末及服麻而奔喪及主人之未成服
知如何奔喪人成服之禮雖載於家禮默未詳悉儀
單今若從家禮散垂則卒哭後從古禮絞之爲可未

古禮
云親者大功以上疏者小功以下疏者及主人之節
則用之其不及者亦自用其日數云從儀禮如何腰
絰從古禮成服日絞又散啓殯時又絞卒哭日亦合
亦無明文今不知何據

問家禮服位只有襲後爲位而成服位則無儀節
旣殯之後則似當與襲後爲位不同而丘氏儀節
答襲後位次南上者以在屍傍以屍首爲上也殯後
旣位于堂下則位次當此上亦以襲時尊屍之義爲
也今人多膠守襲時位次而不改於殯前之位衆下

龜峯集　卷之六　二十六

四八五

者居近屍首尊者及居於下甚不可仍作圖以上

殯位次　[圖]　南

此非創爲乃襲時尊屍之義也儀禮
朝夕哭夫位于門外西面北上此
是明文也更無可疑

問神主旁題左右
答旁題宜置於書者之左旁此非並列神主以爲上
下位次者也雖居神道尚右亦何嫌乎並旁題
爲一位次者也書者之左筆勢旣順而家禮立小石碑
皆用小學何氏圖以主身之左爲定又看退溪先生
身又何異看儍少時問于聽松先生答云已卯諸儒
有一書中一以書者爲之左則文勢逆而不可讀矣安
所論亦云用書者之左無疑且主式始於伊川而伊川文集
則用書者之左無疑且主式始於伊川而伊川文集
之圖亦如家禮恐無所疑也世人以家禮圖多誤而
不信其圖至於是處亦欲改之甚未穩又國禮亦用
書者之左

問男子練受服絞帶以何物爲之乎古禮則卒哭

龜峯集　卷之六　二十七

時已用布為之家禮別無儀節未知何所從乎某
外舅練制已至喪人輩改製衰服葛腰絰而絞帶
則通解續却言未詳今欲据卒哭用布例以布為
之未知如何

答以布似合。

問出嫁女蘗喪畢月欲製淡甘察帩盖頭淡甘察
髮縱白布長衣姑以易喪服而哭之以此居心喪
之未知此制無大悖否。

答來示未穩何得變製喪服只空不服華盛而已。

問旁親服給暇式未知倣自何代豈漢文之詔耶

龜峯集 卷之六　　　　　　　　二十八

國家之法豈令給暇而已耶。抑短喪如漢文之意
耶。以為給暇而已則不應居官之式又少於凡民
而凡民又何用給暇耶。今俗制旁親略成風俗。
固當從之然時制以為短喪也則豈非未安乎渾
今遺重服為義服也前日季父之喪所見如今不
定而又諸兄服有所未盡而又疑於法也怲欲制
服而義服情有所未拘礙未能制服則欲制服布
帶一月厰後白衣素帶終其月數未知如何此
處置無大悖理否某今遭重服以禮搉之且當廢
業而一家常有外客為實主極為未安欲於卒哭

之前妗今外舍諸君歸其家未知此意如何朱子
語錄有問遭服而祭於祠堂者答以重服百日前
難於祭至於碁功穂今沚上日子甚少可以入家
廟燒香拜云然則似是短喪也

答家禮五服月數明載無可致疑楊氏補入式暇一
條本意非欲使棄家禮本文而從此式也况無短喪
之據乎此式倣於何代不須議為朱子以其時人既
知斯式而於五服月數及服制生熟麄細甚詳密
今空從朱子家禮而楊氏補入式暇一條何可疑論
於五服月數中乎且我國大典亦不曰短碁喪為三

龜峯集 卷之六　　　　　　　　二十九

十日而於五服皆從古禮月數只於式暇云三十日
以下日數則使人人家行五服如禮而國家給暇日
數之如是明可知矣如或一從國典給暇日數則妻
父喪亦用碁制乎式暇日數枉職少於非枉職是必
國法以枉職為任重而少私喪也所云非枉職亦非
如所示小民也疑或解官也士人也喪固廢業示
退外舍諸賢似合禮朱子既有使輕服者入家廟行禮
之語則不必無服然後可入家廟示今法上日子甚
少之語語意於國事既無所避則家廟厰尊燒香拜
似可之云不可以是疑短喪也今見朱子語類有云

横渠有季父之喪三歳時祀却令竹監弟爲之縗竹
監在官無持服之寿則宋法之非短喪亦昭然矣願
勿以疑似者阻其明前之未鳥沮於後断然制服従
禮經月数千萬幸甚漢文短喪雖非講禮君子皆知
如尹聃之父後於叔獻而叔獻呼之爲兄弟一位以年
在上云聞之極未安鄙見以姊妹爲一位以年之
而坐婿與男子兄弟爲一位以年而坐恐得倫理
兄若不釋然則爲一世弊甚鉅
之正也

龜峯集〈X〉卷之六　　　三十

答禮左右前後皆得合理是爲得中叔獻雖欲尊尹
公之父尹公之父安得挟妻年居長我之叔獻上乎
問姊妹夫以姊妹之年紀而爲之序此於義理何
來示正合頃見叔獻講其不可答以姊是長我者也
姊之所夭其夫也勢不得坐其上云吾以爲不然似
别行少爲優而如難别行處則叔獻之坐尹上鳥是
而尹之坐女之歯非且禮云女坐以夫之歯今何
敢以夫而坐女之歯乎又男女異長
問隣有弱死不得歛其屍欲招魂爲墓爾蹉過豈不傷孝子之心
何此事於人倫甚重儻爾蹉過豈不傷孝子之心

乎。

答金希元　論小祥練服

前後二札極盡情禮濱服禮學有進恒練服裳必
欲用生似爲非是其意以爲總乃裳中精細之極而
尚曰有事其縷無事其布則自總以上皆不可有事
於布以是爲定曰五服之裳皆生也練用功裳則斬
用生無疑矣是大不然先以用布一事言之古禮斬

龜峯集〈X〉卷之六　　　三十一

衰冠布用水濯齊衰冠以下布用灰鍛治之云是皆
織成後或水濯或灰鍛也何以知其然也若皆以此
爲織成前治絲之事則斬衰之布縷不見水織成
後乃合等殺而麤於水濯之冠也安有不見水織成
之理以衰之縷者是乃治其布之極
精者也聞今世織工亦然甚無謂縷禮之總冠同衰
次之且五服之裳皆生其布上後用練
總裳苟生也總冠亦不可不用練則五服之裳皆
豈有是理也小祥冠既不用練而小祥冠用裳
生之説不攻自破矣司馬公書儀大功以下用絹若

五服皆生則亦不如是之經用精也。朱子以熟定功
衰亦非自出已意而無有所據也。且用功治則
功布之不生。亦明矣禮曰既練服功衰又以卒哭
後冠受其衰卒哭後冠即功衰也功衰又曰以卒哭
然古禮近古諸儒亦或難知今生數千載之後雖可
以已見爲空只以有宋先儒之說及朱子家禮爲
定也。朱子於家禮既以熟布定功衰而小祥用練布。
已質於墨衰之問親械鳶禪小祥揆練布示餼
鍛練大功之布爲上之衣非横渠之說予用熟之証

龜峯集 **卷之六**　　三十二

用練之意相合哥來示云横渠無用練意亦未然以與横渠
如是而黄氏儀禮經傳無明文云練服圖只據疏家
之說而疏說生熟亦未詳悉則未知欲用生者何所
取而爲法耶因古禮用之意采横渠之節而祥之用
以質問朱子之語依家禮功布用熟之論粲
熟無可疑矣衰見如是幸勿爲訐苟或用生而是用斬
衰之布於小祥而只以升數爲别也。夫升數之設自
斬至總起於三盡於十五甚有其殺此則朱子之所
難分也。故朱子於家禮只以龐細爲定安敢越家禮
而論升數武且治布等級古禮則有勿水濯水濯灰
鍛又灰治之别而家禮則以生熟爲定今世斬衰既

龜峯集 **卷之六**　　三十三

用是生而小祥又用是生則是非用斬衰之布於小
祥者耶若李粟谷亦有用生之示今不暇別錄將此狀
以傳幸甚眼皆不一

與浩原論叔獻待庶母禮

几禮守名分别孃疑爲重故自古禮家未許庶母位
妾者良以此也禮莫重於祭而祭禮序立之次未有
庶母之位其餘家衆大小之禮具未見庶母之序雖
於昏禮有及中門申命之文此亦非序次也但衰禮於
妾婢立婦女之後云云此妾云者乃衆者之妾也於
喪主爲庶母以此觀之庶母不得已而衆則必在婦女之後
之會者别孃疑也。不得已而衆則必在平日家衆
守者之名分也。或云庶母不當在子婦之後者
衆者之子也何獨於此據衆者之子而爲言乎且
妾衆者之妻率其子婦狂夫則妾回不得與於其間而
據衆者之妻率其子婦狂夫則妾回不得與於其間而

在其後於禮會情不亦安乎且今設若有一家長奉
母而行禮會於堂中則子婦輩亦當聚於堂中矣庶
母若不得已出於則豈可入此堂中耶固當在於檻外
外耳今者栗谷以未奉先妣之禮也豈經次五等之服
處之堂中尊位此豈別嫌之故而推此檻外之人
以節中入後者爲其母只降一等而爲父後者則
庶母乃無服而庶母有子照後爲其母其照
是豈節中人情也尊且無服此無服者
服必至於緦然後合禮者以別嫌故也何以知其照
也凡爲人後者爲其父而母其嫡母恐有二母

其母乃至於緦者既後其父而母其嫡母恐有二母
之嫡故也必降與父之他妾同服然後方合嫡之
明法矣以此推之先王制禮之微意亦可想矣鄙意
栗谷奉先妣之時則庶母雖或入中堂只是犯分矣
今日而許入於中堂則無乃失禮之大本乎栗谷之
尊庶母者以謂奉御先君耳以謂繼母則雖無子服
子婦之上獨不念嫡耶凡嫡疑之禮雖甚絕
遠猶有千名犯分之弊故繼母則雖無子服三年而庶
母則猶雖有子服緦相去五等之服豈可絕遠乎而後
世猶有匹嫡之僭冀栗谷乃欲以坐之差後爲嫡妾

四八九

之別無乃不可乎自三代至于今日千百載之間行
禮與說禮家不可量數而未聞有今庶母雖坐於嫡
婦女之間而行禮者以庶母未有位次
之明文故信其不可厠於嫡婦女之間也而栗谷
則反以無明文而加於嫡婦女之上未知如何朝望
讀法之禮廢之已久栗谷獨舉而行之非徒當今好
禮之家或慕其禮之盛大而反爲無窮之害可不念哉栗谷
毋作來世之規範矣其爲世教之盆大矣然而或失
於嫡庶盛大之禮則一動一靜之謬拾以
爲一世盛大之禮而反爲無窮之害可不念哉

示以尊兄有云庶母可參於餕與宴之說鄙見則不
然既不參於祭之序立而何敢參於餕禮乎祭與餕
之不得參者以無位次故也既無位次而可得參於
宴禮乎栗谷家示以庶母常時奉上云云此亦不
別房而尊之而已豈得爲一家之上者乃其伯嫂氏也庶母則宏處
然栗谷家奉之爲上者乃其伯嫂氏也大凡妾與妾
子甚有分別姜子則從父故其於五服與嫡無殺
則不得從父故不匹於嫡而不與於族是以漢惠之
庶兄肥等之母得厠於宮中之位次也此其三代之禮到
肥兄肥不嫌於兄弟褻帝未聞

漢猶然而今世之人視庶母兄弟則欲退之奴僕之間
而推尊庶母則不避與嫡同席之嫌區區之所常痛
惜者也栗谷示以唐世名卿受揖於庶母云云此則
只出於一時情勢而然耳非關禮節矢韓愈拜乳母
云云此亦未知合禮與否但其拜也弟未知坐之一
房而上不干嫡婦女下不與婢妾凡一家之事不須
稟而不敢決決朝望禮畢家衆以次就拜於其室相見
如是夏須盞量以定至當之歸何如大凡有妻有妾
者或有愛憎之私而不敢把分者只賴其分甚遠位

龜峯集　卷之六　　三十六

甚絕也然而或有非常之變罵詈待妾之道不以差於
妻亞於妻爲別必直與待婢同列然後嫌疑自下爲
子者待庶母之道亦不以差於母亞於母爲別必直
與而疢同而無服然後名分始定矣今既以妾婢爲
名而有加之子婦之上之理乎所謂名不正則非難爲
順者是已栗谷亦既有妾妾嫡之分不可不明白矣
○某適有故此錄今舍弟將某意爲錄者也而唯不
得餕不得宴之條下文之間語意與某見稍異其則
謂條拜乃於庶母房中而餕與宴室出往後行之高
雖高柱于婦上而以後爲別非混雜位序故也此謂

子奉父之主中饋之妾禮或如是而未見古禮未敢
爲定也。
賜喻別紙複玩數過極有說到處不勝歎服竊以
禮家無庶母之位非無位也朔望祭溫公儀婢妾往
家衆之中九祭狂執事之列故不序庶母位也若
果異位而纖至悉豈有遺此一節使後人無所承用耶
鄙意禮無庶母位者乃在婢妾之列已明言之也
如明誨極分明叔獻見之必起疑端未知答書以
爲如何也且鄙見欲叅於餕與宴者祭與朔望叅以

龜峯集　卷之六　　三十七

乃禮之嚴敬處不可以父之婢妾尊於其間餕與
宴乃一家合同和豫之禮賓客自外而至亦
可序坐故庶母可出叅禮以展親愛之情耳雖然
禮學精淡未易窺原豈可据今所見以爲斷定禮經
有婦呼庶母爲小姑而有服者要當從考禮經叅
合思經觀博古事且待吾學之進可也不敢妄爲
之論也如何
垂賜批錄精分微意欽仰講禮之至庶母非無位之
喻甚明白同居家自當有庶高祖母以下及旁親從
曾祖父以下亦各有妾凡序位在婢妾之列而只分

高下之次而已。如是則祭與朔望饋宴九禮無所不
可系矣。若如叔獻之說，則庶祖母在母乃貴妾也，不
庶母在嫂之上而差後，庶母在家衆之妾亦各在其班而差
後耶。所謂婢妾在家衆之中，婢妾在婦女之後等云
云者，非獨指主人之妾，凡家衆九族之妾皆在其中，
有別禮也。叔獻所答連下以上。

庶母之禮，思之未得其中。雖承盛諭旁引曲譬辭
亦甚明白，未知如何。

示諭且待吾學之進，尤切歎服歎服。不敢自是已見，
大槩似此。而又恐喪母之子奉父主中饋之妾，亦或

嚴意正，而揆之情理終是未安夾然，行不得。略言
其難。幸夏思而回教如何。祭時婢妾立於婦女之
後云者，亦難曉解。古人所謂婢妾者多是女僕，豈
必庶母乎。懼使庶母立於婦女之後，則非但嫡婦
居前，雖庶婦亦居前矣。欲避匹嫡之嫌，
而使姑居婦後，無乃虞舜受瞽瞍朝之禮乎。此一
難也。庶母亦多般，父若幸婢婢而有子者謂之庶
母，則此固賤妾不能處子婦之上矣。使妾於喪
室之後，得良女主饋，以攝內政，厥父生時已居子
婦之上矣。今以父歿之故還抑之，使坐子婦之下

則於人情何如。武此二難也。父之婢妾，則有子者
有服，無子者無服矣。若主家之妾，則乃貴妾也，不
論有子無子，而其家長尚有服，則況子爲父之貴
妾，豈可以爲無子而無服乎。況子同爨緦者著之禮
文，恐不可目之以無服也。今兄定論以爲無服，此
三難也。古人慕親者所愛亦愛之。犬馬尚然庶母故
既經侍湯，則子不可不愛敬也。今以位夫之婢故，
使之塊處一室而飲泣終日，則是乃
不得出。系母以上繫而率衆宴樂乎。

武此四難也。大抵禮固主於別嫌，而位次相隔則
非所憂也。若使庶母主此壁受諸子之拜，則固是
干名犯分矣。今者坐西壁而與諸子婦相對而耶，
則是果相逼於先妣乎。以坐之差後分嫡庶云者，
亦不然乎。若先妣在，則其可坐於西壁而差前乎。君
臣之分嚴於嫡妾，而君坐北壁，臣坐東西壁，先妣
之位在北壁，庶母之位在西壁，有干名犯分之嫌。
近世人心薄惡，多視庶母如婢妾，至於所生之子，
亦喚厥母爲婢妾者或有之，珥亦見之矣。吾兄不
此之憂，而乃爲時俗之推尊庶母，無乃過乎。又以
爲庶母居尊，則凡事必稟命者，亦不然。庶母只是

位次居上耳家政則當屬家長母子之間尚有三
從況於庶母乎凡事宜歷然後乃知其難吾兄不
親歷故立論甚易若使兄遇珥家事則亦必難處
恐不能信口信筆如此之快也
叔獻所答如是禮難或過情則可取伹舜之於瞽瞍
也舜雖為天子而瞽瞍則不得居主婦之前者以嫡母為其母
先姊則其生母不得居主婦之前故也叔獻斷之為居前一失也
而嫡母特位主婦前故也叔獻之為同爨而同之二失
父妾之無服者必欲有服是亦非禮也
妾之有子者總自是二條也叔獻欲合而同之二失

龜峯集　卷之六　四十

所知所定為講而取其正也
答叔獻問
也欲待吾學有進來敎合義而然亦不可不以今日

奉祀妾之母固不當立于主婦之前矣亦豈可
立於主婦之後乎不得立於前者嫡妾之分也不
得立於後者母子之倫也頃者有承重妾子來問
祭時厥母之位余答以當立於主婦之西稍前云
兄必非之矣雖然三代以後亂嫡妾之分者多有
之矣若亂母子之倫則人情尤駭無若母子重於嫡
妾數高論以行列之多為不可行此則未然若曰

禮不當然則已矣於禮無害則雖千行百列何傷
武子孫若分產數代則其行列亦多矣豈可以
列之多而合昭穆代為一行武衆妾亦然苟以分
則雖多行列亦不可已也大抵貴妾之異於婢僕
妾雖無子亦總妾無子者尚可總況庶母之貴者雖
無子豈可無服云爾則非汎指人之庶母而言也
三代以來皆然恐不可一切斥以婢禮大夫為貴
非謂父妾之無子者也珥豈不知武禮大夫為貴
此則指珥之庶而言也非汎指人之庶母也

龜峯集　卷之六　四十一

答奉祀妾子既以嫡母為母則所生母何得位居主

婦之前來示既自誤而又敎人使誤甚不可此何等
禮也嫡母柱則室柱母位嫡母不柱則空虛其位安
有以父妾僭居母位之行乎生母以居婦後之難安
不出於此而已行以之多亦非如昭穆堂後之行
妾既無位而而兄自辨別位混於諸位種種多行終不
得成禮是傑之未安者也且以父妾以未穩貴妾之稱柱諸
等輩而言也欲引以父妾亦以未穩貴妾之稱指指
侯大夫古禮未曾見士有貴妾也凡人於父之妾亦
貴妾者應有別禮而未得其據制禮作樂亦非人人之

所敢爲也莫如於庶母所往房中尊爲極高之位恭
拜於其中正寢中之私會私禮或出於後行之高
處於祭於婚朔望讀法等禮避嫌不出使情禮兩得
之爲佳愛思之如何犬九兄於禮上自生已意頗用
活法遮似不當。

答叔獻書論叔所述擎蒙要訣非是

龜峯集 卷之六　　四十二

尊兄所論如九容註云足容重者不輕動也若趨于
尊丈之前則不可拘此此註非是凡用足不輕而不
蹕不蹕周旋中規折旋中矩當趨則趨以采齊當行
則行以肆夏是足容重也若如兄說足容重是半邊
語也可行於燕閒而不可行於接尊丈安有是理註
手容恭云手無事則當端拱不可弄手撫物此亦未
穩手容恭豈徂在無事時乎執玉奉盈非手恭而能
乎註聲容靜云不可出嚏咳等聲此亦未盡聲容靜
者謂安定辭也且嚏咳等聲人所不得不爲者也故
小學往父母舅姑之所禁嚏咳等聲安有平居而爲
之之理雖有聲氣而當使之肅安能使之無也此註
未安全云雖有聲氣而鼻息不可使有聲氣此亦
九思之貌恭思恭一身儀形無不端莊此亦以端莊
訓恭字不足欠謙遜意故也至如立志章云志之立

四九三

知之明行之篤皆在我耳我又何求武此亦文勢之
誤也不如又何他求之爲合也又革舊習章云時時
每加猛省之功此非無時不習之義也時時字不可
時時字雖在論語書註中而莫如去時每三字而
下一常字之爲合也又持身章自學者必誠意向道
者而其章目以正心修身故也又讀書章自小學至
目以持身章目以正心志以下至眞實心地一段空往心
術工夫而編在持身雖自身修在正其心而敎小兒
身者其章目以正心志亦未分明大學之言正心於修
不以世俗雜事亂志以志空往心
春秋詳玩等說逐條變文或雷同或別無意思非如
韓子所謂易奇而法詩正而葩各稱其義也不如刪
去以避煩文之爲簡也又事親章云今有遺人以財
物者隨其物之多少輕重而感恩之意爲之淺淺焉
父母遺我以身父母之恩爲如何武等語雖承盛喩
終未解惑父子天理也慈母之保赤子豈有計較假
借其間家爲著現難至愚至微至暴至戾者本無求
子之心終絲無泯滅之理提携奉負鞠我撫我者本無
於子愛念思慕抑搔省觀者亦無圖報之心則以財
物之多少輕重酬恩滾淺之比亦似不當又喪制章

四十三

云復不必呼名此亦未善呼名非禮而猶曰不必何
也不必云者猶或可爲之云也室只曰隨生時所稱
而已且孝子無脫経之禮禮稱入入軍門不可脫也
而兄云経非出入他處則不可脫也是教人失禮也
今之後學好禮者亦有不得已出入而戴経者頗多
兄說若行及奔喪則至家卽成服此卽宇未合古禮
處聞計奔喪者之親者終其麻帶経之日數註曰疏者顏多
人皆服之親者終其麻帶経之日數註曰疏者與主
以下親者大功以上疏者及主人之節則用之其不

龜峯集　卷之六　　四十四

及者亦自用其日數則其禮等級如是分明而兄者
親疏乏言曰卽成服甚無據朱子家禮又無舍古禮
卽成之文也而強欲引而如此看雖承傍據爲說亦
未敢信也又服制月數則雖宰重不過三月如
此斷定也似亦未安古禮於師服自三年以下不定月
數者甚有其意師友一體愚意以爲師之合行心喪
三年義同生我者是眞所謂師也自其下則皆是友
服也友亦情意輕重甚有等級何可以一定論武居
家章云我　國守令別無私捧受守令之饋乃是犯
禁也守令之饋除酒肉飲食之外若米菽之類不可

龜峯集　卷之六　　四十五

受也此論亦偏若以　國法所禁言之飲食菽米菽
同一罪也不可分辨也若以時弊言之守令之善事
人者必多費米菽以致琇邪異味者比比有焉一啓
此門爲宰相者托此論謳受而不辭爲守令者托此
論巧捧而無避是敎孫升木也甚似未穩酒食米菽
咸不可受而或有分厚邑長之能守法者有所贈遺
則勿論米菽窮則或可受也何可以一槩論也此條
執事室直枉主人後重行而今移于東不可也主婦
後子婦孫婦內執事亦重行而今不然亦不可也
諸弟亦稱後主人之肩而今乃竝肩亦不可也設饌
之圖脯醢蔡物之重而今以佐飯易脯名飯羹盞等
亦禮移其位皆似不可蔡儀章出入必告祠堂若遠
出経句則開中門再拜之家禮如此而今以月字換
句宇亦似不當朔望黍服色以家禮推之今之白直
領卽古之涤衣也白直領亦可不必只用紅直領
也時蔡之用二分二至不必大書烏式也亦恐非朱
子意也或曰時蔡用仲月淸明之類或值忌日則如
之何朱子曰却不思量到此古人所以貴於卜日也
然則今不可畢是日爲式也蔡禰蔡之大也而關不

見録告贈告事之大禮也題贈玫題之重禮也而亦
關其儀似當添入凢祭儀以巳見加減處或似未安
今不可一一羨稟如墓祭哭後以生布巾與衣薦子神
如喪服中行祭一條卒哭後以生布巾奠衣薦子神
主者大違禮制生布巾極凶之制也時祭極重之
吉禮以凶接吉古人之服中行祭事其例非一
又無制度旣屈冠而只着是巾則是免冠而拜先
祖會合之盛禮也安有是理朱子以墨衰行禮之不
忍純凶而接神明也古人之廟行禮及橫渠之遺薴服三
如朱子之使輕服者入廟行禮及橫渠之遺薴服三

容易幸甚幸甚兄禮一定不但一時後學之宗師而
專故也先賢處置甚有曲折伏惟尊兄潛思剛定勿
廢時祀而使竹監弟代行之以竹監在官無持服之
禮記本文亦異兄說兄須更詳之

重答叔獻書　亦論擧豪要訣非是處

承下札伏審違攝仰應仰應山中習靜應事致勞病
或安然千萬慎重但外無所事內添身病恐非吾輩
之所期待也不食無欵傑爻安分閒兄亦朝晡假偱
貴而能貪一慰一慰一念所示九容所爭只枉於偏說全

說之異尊兄旣以手容恭許見之是而於足容重
獨守偏說未知其可也苟如兄說足容重合於靜
坐不動時也似不成說近有解頭容直者曰上下正
直不動時是頭容直也或揖或拜則非直也此近兄
說夫頭容直則上下拜揖之時則不
偏於左右者也以此推之則皆可知矣兄以聲容靜
異安定辭者亦未知其義也又以安定辭爲語聲低
微者以其言也屬大其聲者也則恐未然也
或氣應色作聲多低微是可謂安定辭乎大槩兄說
主王藻本註而泥着不得恐未然也氣容只以鼻

息爲定亦恐未穩貌思恭亦謙遜爲主端莊次之者
也時時云者此常字似未洽好故秋改以常字以
常常省云恐其太過而生病所謂猛省者果何事而
恐其生病耶若曰時時而亦無時不習之義也與常字
同其義則可也若曰猛省是不可常常可爲之事則
兄說似爲非是則中庸之說誠身而正心在其中者
身色誠意正心修身也今旣目以持身而引此爲證
似爲未穩讀書章云者苟欲存之堅兄夏爲默綴
剛正也又於春秋使學者求抑揚操縱之奧義此
未盡孟子之論春秋亦不如是朱子之論春秋亦不

如是抑揚操縱於一字加減乃後世不知春秋者所
論而胡丈定或不免此病故為朱子許論其非而至曰
今之說春秋者將聖人之經為權謀機變百將之傳
以此觀之抑揚操縱恐非聖人之本義也大學中庸
或問皆朱子成書不可取舍而於大學今讀或問於
中庸闕之似宏添入復之呼名而不攷云似為未穩荀或

龜峯集　卷之六　　四八

兄欲待於
兄長乘屋或可呼之而不攷云似為侍者乘屋而
乘屋則是變禮皆可書耶變禮云侍者乘屋而
兄以尊行乘屋變屋各有念亦未知其可也況隨生時所
稱云弟勿尊丈各有合稱之號兄何不思之浅也攷
之無疑經無可脫之禮而兄擅許脫經於出入之時
既違禮矣何得合禮況一二好禮者不忍脫經則兄
何致憂於及古之溌也朱子時喪服有欲用古制者
或以為吉服既用今制而獨喪服用古制恐徒駭俗
則兄之許駭俗猶些小事若果考得是用之亦無害
朱子曰許脫經恐非朱子意也兄今之喪服一用喪
制習人耳目篤孝子不得已有出入處雖全用喪
服亦無可駭何況兄之擅許使人人肄熙詳
經於出入時也不欲兄之擅許脫經以為禮也更詳
之家禮之攷古禮雖或有之而家禮之所未攷處亦

龜峯集　卷之六　　四十九

欲以已意攺古禮則無乃未安耶如至家即成服家
禮亦不如是而不思攺古禮以為未穩朋友此是
泛說而兄不如是是似不合於祠堂叔立之禮
朱子既令諸弟稍後恐其不照又況介子介婦無避肩於家
曰不必稍後恐其不照又況介子介婦無避肩於家
子冢婦之禮而小學家禮既詳其儀猶曰恐未可也邊
也必欲攺以佐飯是亦非至於古今通用之祭神
定之禮而小學家禮既詳其儀猶曰恐未可也塟
為兄致疑焉時祭之用二分二至朱子既論其非而
尚曰程子之武強欲行之恐亦未可也塟祭之祭神
降神既定於朱子家禮而遽欲攺之亦未合又況禮
意難知乎伏惟盛諒

答浩原書

問石潭書院諸賢遺我書言今年欲立栗谷祠版
以配食于朱子祠云蓋石潭書院立朱子祠以靜
庵退陶兩先生配食丙戌秋已奠安祠版故也且
今渾主張此事云未知於高見何如鄙意允為此
事事體至重非可輕舉為者石潭門人力學自立待
數十年道明德立之後潝惟道理大會同門斷
然推尊而行此盛舉可也或有後世子雲者出而

龜峯集　卷六

行此未舉之禮亦可也今日鄙人獨斷爲之恐未
爲十分取信而又恐有傷於忽遽也顧示定論何
如
答來示懃重不欲獨斷千里相問誼荷盛意惶此舉
栗谷舊里門生欲尊奉栗谷吾東鄉先生立祠非一
實非大段舉措也必欲待門生爲道明德立與後世之
子雲則或恐未然也死栗谷爲當代鉅儒此非一時
同輩之私見實後世之公論鄙見如是未知如何

龜峯先生集卷之六

四九七

龜峯先生集卷之七
家禮註說一

黃氏幹曰聞諸先師曰禮者天理之節文人事之
儀則也蓋自天高地下萬物散殊而禮之制已存
即其中矣於五行則爲火於四序則爲夏於四德
則爲亨莫非天理之自然而不可易人稟五常於
性以生禮之體雖具於有生之初形而爲恭敬辭
孫著而爲威儀度數則又皆人事之當然而不可

夏爲家禮以惠後學蓋以天理不可一日而不存
則是禮亦不可一日而間缺也〇丘氏濬曰成周
容巳也隆古習俗醇厚亦安於是理之中出降俗
末入心邪僻天理堙始以强世之具矣〇先生
以禮持世王朝士庶莫不有禮秦火之厄所餘無
幾漢魏以來民庶之禮蕩然無餘士夫之好禮者
唐有孟詵而宋有韓琦或有著述駁而不純文公一
書實萬世通行之曲也〇朱子曰禮時爲大有聖
人者作必將因今之禮裁酌其中必不復取古人
繁縟之禮也孔子從先進恐已有此意

先進

程子曰先進於禮樂文質得宜後進於禮樂文過
其質。

謹終追遠

朱子曰慎終者喪盡其禮追遠者祭盡其誠。

楊氏復 小註下十一條同

龜峯集 卷之七 二

字志仁受業文公與黃直卿相友善。

先生

朱子曰先生父兄也。○曲禮註先生父兄之稱可
為人師者。猶父兄故學者自比於弟子。

那毋袗

李氏方子曰乾道五年九月先生丁毋祝令人憂。

童行

童行童稈之行也。

先生易簀

檀弓。曾子寢疾病樂正子春坐於床下。曾元曾
坐於足童子隅坐而執燭童子曰華而睆大夫之
簀與子春曰止曾子聞之瞿然曰呼斯季孫之賜
也我未之易也。元起易簀曾元曰夫子之病革矣。
不可以變幸而至於朝請敬易之曾子曰爾之愛

我也不如彼君子之愛人也以德細人之愛人也
以姑息吾何求武吾得正而斃焉斯已矣舉扶而
易之反席未安而没○朱子曰季孫之賜曾子之
受皆非禮
人謹於禮法又曰季孫之賜曾子易簀結纓但看古

易簀始出

陳氏淳曰先生李子云○於僧寺有士人錄得會

其書始出

或者因仍習俗未能正耳
病革之

士冠禮疏周禮取別夏殷故言周儀禮不言周者

先生甞曰攜來因得之

儀禮為經

欲見兼有異代之法同是周公攝政六年所制

司馬氏

名光字君實贈溫國公謚文正。

高氏

名開字抑崇。

遺命治喪

慶元六年庚申三月甲子午初刻文公終于正寢。
享年七十一三月巳未夜為諸生說太極圖改庚申
夜說丙銘甚詳辛酉改大學誠意章甲子命移寢。
于中堂黎明諸生入問疾因請曰萬一不諱當用

龜峯集 卷之七 三

廟

士虞禮註鬼神所在曰廟經傳註前曰廟後曰寢。

文潞公

名彦博封潞國公。

太子 小註下六條同

王制註太子以大於天下之子也。

心便與祖考之心相通。

祭天地嶄巋內人家子孫貟荷祖宗許多基業此

朱子曰天子統攝天地貟荷天地間事諸侯不當

祠堂

龜峯集 卷之七　　　四

宗法故云

子死則適孫不得奉宗而庶子主祀朱子猶且存

存羊

事見論語按以寓存羊之意者當時宗法不行長

韓魏公

名琦封魏國公。

使正之揮婦女無近諸生揖而退良久恬然而逝

儀禮書儀亦用之乎乃領之就枕誤觸巾目門人

書儀乎朱子然則當用儀禮乎亦搖首既則以

四九九

廟是接神尊故在前寢是衣冠所藏卑故在後○

通典前制廟後制寢以象人君之居前有朝後有

寢廟以藏主以四時祭寢有衣冠几杖象生之具

以薦新物○左傳清廟茅屋昭其儉也○春秋莊

公丹桓宮楹刻桓公桷穀梁子曰天子諸侯黝堊

大夫蒼士黈丹楹非禮也 色黑堊色黃 ○天子之桷

斲之礱之加密石諸庶之桷斲之礱之大夫斲

之士斲本刻桷非正也○經傳右杜稷左宗廟

廟面東

按語類亦曰廟面未詳面字恐誤

龜峯集 卷之七　　　五

祠堂

補註堂字皆作室字蓋古者南為室北為堂張子

曰祭堂後作一室藏位板○韻會室實也斯物充

室也。

杜佑

唐書佑嗜學撰通典二百篇

寢

兩雅室有東西廂曰廟無東西廂有室曰寢

先立祠堂於正寢之東

曲禮曰君將營宮室宗廟為先厩庫為次居室

四九九

龜峯集 卷七

為後。○朱子曰家廟要就人住居神依人不可離
外做廟。○問家廟在東莫是親親之意否曰此人
子不死其親之義。○士昏禮註廟無事則閉以鬼
神尚幽闇也。○朱子曰古之家廟甚濶所謂寢不
踰廟是也。按今宏立祠堂結搆精備於所居以嚴
事神之道。

遺書衣物　大註下二條同

經傳註遺衣服大斂之餘也祭祀尸服卒者之上
服以象生也。

廳事

小學註廳所以治事故曰廳事。

神主

問有其誠則有其神無其誠則無其神否朱子曰
鬼神之理卽此心之理。○上蔡謝氏曰人以爲神
則神以爲不神則不神矣按神主之神不神柱人
敢不盡心。○鬼神有三天地之日月風雨晝夜寒
暑鬼神之常有者也祭祀之來格鬼神之邪暗不正有無
有者也嘯于梁觸于形鬼神之感而後

定者不可不辨。○朱子曰不是如今泥塑底神之
類只是氣祭祀聚精神以感之。○問不交感時常
柱否曰若不感而常有則是有餒鬼矣。○又曰非
有一物積于空虛之中以待子孫之求也盡其誠
敬之時此氣寓此也。問鬼神祭祀交感是以有感
二氣氤氳無非鬼神恐有兩樣天地之間
爲鬼神祭祀交感是以有感無朱子是所以道天
神人鬼神便是氣之伸此是常有底鬼便是氣之
屈然以精神合他又合得柱

神主皆藏於櫝中　大註下同

書儀云府君夫人共爲一匣。○問生時男女異席
祭祀夫婦同席同何朱子曰夫婦同牢而食。○記
曰鋪筵設同几爲依神也註凡人生則形體異夫
婦之倫柱於有別死則精氣無間共設一几故祝
辭曰以某妃配。○儀禮經傳曰鬼神之祭祀單席
曰神道異人不假多重自溫故單席。○藍田呂氏
曰主祭者出仕告于廟以櫝載位版以行於官所
權立祭堂以祭之。
見衰禮及前圖
丘氏濬曰圖與本書多不合通禮云立祠堂圖以

為家廟一也浚衣緇冠包武而圖則安梁於武
之上二也黑履圖用白三也夜禮圖用浚衣不用
質殺圖乃陳之四也大斂無布絞之數而圖有
五也無棺中結絞之文而圖八字南攤家禮舊本
章下有主式見夜禮治葬及前圖
只云主式見夜禮治葬章無見前圖三字不知近
本何據改治葬章三字爲見前圖也圖爲後人贅
入昭然

宗子法 小註下七條同

程子曰凡言宗者以祭祀爲主言人宗於此而祭

龜峯集 卷之七 八

祀也朱子曰今祭孔子必於學其氣類亦可想○按
祭聖必於學祭先必於宗其義如是而今世大家
世族亦不免題紙榜行祭於諸子之家甚不可也
況接續常祭處其鬼神乎○朱子曰子孫是祖先
之氣他氣雖散根却在這裏盡其誠敬則亦能
呼召得他氣聚在此如水波後水非前水後波
非前波然却通只是一水波子孫之氣與祖考之
氣亦如此○又曰大抵人之氣傳於子孫猶木之
氣傳於實也此實之傳不泯則其生木雖枯毀無
餘而氣之在此者擒自若也

陸農師
宋鑑陸佃字農師居貧苦學受經王安石不以新
法爲是

顧成廟
漢文自爲廟制度卑狹若顧望而成猶靈臺不日
成之故曰顧成

別子爲祖
儀禮經傳曰諸庶不敢祖天子大夫不敢祖諸
庶○朱子曰別子爲祖是諸庶之庶子與他國之
人往此邦居者○禮記喪服小記註別子有三一

龜峯集 卷之七 九

是諸庶適子之弟別於正適二是公子來自他國
別於本國不來者三是庶姓之起於是邦爲卿大
夫而別於不仕者皆稱別子也

大宗小宗
按儀禮經傳大宗有一小宗有四是爲五宗有百
世不遷者卽大宗也有五世則遷者小宗也小宗
祖遷於上宗易於下疏曰小宗至五世不復宗四
從族人各自隨近爲宗○朱子曰如
魯之三家李友李氏之太祖也慶父孟氏之太祖
也公子叔牙叔孫氏之太祖也然則單舉李氏者

李嫡也。

玄孫

爾雅玄言親屬微昧也。

滕文之昭

滕文王少子也支王為穆故滕為昭也。○顏師古
曰父為昭子為穆孫復為昭昭明也穆美也朱子
曰左昭右穆以次而南○朱子曰太祖居北

有大宗而無小宗

朱子曰謂如入君有三子。一嫡而二庶則庶宗其
嫡是謂有大宗而無小宗皆庶則宗其庶長是謂

龜峯集 卷之七　　十

有小宗而無大宗只有一人則無入宗之已亦無
所宗焉是謂無宗亦莫之宗也○按儀禮經傳及
註疏公子不得宗其君故君命一人為宗以領公
子而諸公子宗之適子為宗則宗之以大宗之禮
庶子為宗則宗之以小宗之禮皆公子中禮也他
族則無之。

以其班祔

朱子曰儀禮所謂以其班祔檀弓所謂祔于祖父
者也。○曲禮云君子抱孫不抱子此言孫可以為
王父尸子不可以為父尸鄭氏云以孫與祖昭穆

同也。

姪之父 大註下同

按姪之父兄弟行也姪無後當祔祖而祖尚存不
得祔故就祔于宗家祖位及其祖死而其父立祠
堂則乃遷從親祖也盖此云姪之父從兄弟及再
從兄弟也若親兄弟則自家已立祠堂之祔其姪
何遷之有

殤

經傳傳曰孔子曰宗子為殤而死庶子不為後也
註疏殤無為人父之道代為宗子主其禮其祭之

就其祖而已

嫂妻婦小註下二條同

按兄嫂已妻弟婦也

就裏為大

按就裏為大之大尊也語出左傳新鬼大之大盖
僖公閔公之兄故以僖公之鬼為大。

祭

程子曰凡物知母而不知父走獸是也知母而不
知祖飛鳥是也惟人則能知祖若不嚴於祭祀殂
與鳥獸無異矣。

龜峯集 卷之七　　十一

墓下子孫之田　大註下同

按非田在墓下乃其墓子孫之田也。

典

主也。

晨謁

按出入告諸子婦既同主人主婦則諸子之與長子同居者恐不可獨廢晨謁隨宗子晨謁合禮

俠拜大註

少牢饋食禮主婦無俠拜註云士妻宅簡耳按少牢大夫禮特牲士禮也

盥巾

蓋托大註下四條同

韻會作拭手承物也音托。

龜峯集　卷之七　　十二

按男女不同柂枷則盥巾必具而今不然恐關文

○坊記曰禮非祭男女不交爵註交爵相獻酢疏主婦獻尸酢主婦也○又曰大饗屨夫人之禮註大饗饗諸侯來朝也按婦人交爵惟祭而巳其嚴乎

盛服

朱子曰與叔祭以古玄服乃作大袖皂衿亦惟不

五〇三

如著公服朱子曰祭服○問士祭服朱子曰應舉者用襴衫幞頭不應舉者用皂衫幞頭帽子亦可按幞頭非當時有官者服也家禮之用幞頭亦此意也

茶筅

調茶之物薛典切。

正至朔望

按若值高祖忌則忌祭畢行祭禮曾祖以下則祭畢行忌祭乃先祭始祖之義也。

襴

按俗作襴衣與裳連曰襴出韻會音闌。

龜峯集　卷之七　　十三

除夕前三四日行事　小註

按此所謂有故使人何得前其日行事恐不可從

俗節則獻以時食

程子曰嘗新必薦享後方可薦數則瀆必因告朔而薦按物有不可久者如不可雷待溯望俗節之獻則依几筵薦新之禮薦亦合玄但小小不關新物則不須爾○少儀曰未嘗不食新註嘗謂薦新於寢廟

中元大註下四條同

七月十五日也。

龜峯集　卷之七　十四

告子故某親

丘氏濬曰家禮舊本俱加皇字今本改故字故字
近俗不如用顯字蓋皇與顯皆明也

某之某某
【按】上某主人炙某行第炙某名

元孫
丘氏曰宋諱玄故經傳玄皆改元故家禮稱元孫

今悉改從玄

非宗子不言孝
經傳傳孔子曰宗子死稱名不稱孝身沒而已註

云俚言子某薦其常事疏曰不言介者宗子既死
不得稱介也按宗子死無後則庶子主宗者安做
此禮而宗子喪畢當以庶子奉祀改題主傍不必
用此禮也

焚黃小註下同
丘氏濬曰先日命善書者以黃紙錄制書一道以
盤盂置香案上宣制辭並祝文焚之

張魏公
名浚不主和議為秦檜所惡封魏國公

水火先救祠堂

龜峯集　卷之七　十五

檀弓曰有焚其先人之室則三日哭〇春秋成公
三年新宮災三日哭穀梁子曰禮也

諸位　大註下同
【按】諸位祖先位也主宗者迭掌之

高祖親盡
補註高祖親盡請出就伯叔之親未盡者祭少親

盡則埋

襚衣
襚衣

禮記註曰朝祭服喪服皆衣與裳殊惟襚衣不
殊被於體也襚遂故名襚衣又方氏曰以其義之
襚故曰〇純之以采曰襚衣純之以素曰長衣純
之以布曰麻衣著在朝服祭服之內曰中衣喪服
亦有中衣練衣黃裳緣緣是也〇玉藻曰長中繼
袷尺註云長中者長衣也中衣也繼揜尺者幅廣二
尺二寸〇按欲其純也註外服是布不可用帛中
以帛裏之半幅繼續袂口而掩覆一尺也〇記曰
月者天數袷圜規而圜者天之體曲袷如矩而
方者地之象也負繩應直齊如權衡者直與平人

之道也盖天之大數不過十二月至十二月而成

歲功必十二幅而後可以爲衣之良也○又袂袪

前以動而致用圓者動故也袼衽中以靜而成體

方者靜故也○記註十二幅應十二月者仰觀於

天也直其政方其義者俯察於地也格衣袼處袖黄

之高下可以運肘者近取諸身也應規矩繩權衡

者遠取諸物也其制度固已袗矣○記曰制十有

二幅以應十有二月也按此通言一衣幅數非指裳

也先儒亦互言之幅數莫不以愚見言之衣

前後四幅袂左右二幅裳六幅爲十二幅恐或如

是也家禮亦曰衣四幅袂二幅裳六幅○記曰可

以爲文可以爲武完且不費盖衣之次也朝祭服

之次也○記註袗衣之用上下不嫌同名吉凶不

嫌同制則男女不嫌同服諸侯朝朝服夕袗衣大夫

士朝玄端夕袗衣而庶人吉服袗衣而已此上下同

也有虞氏袗衣而養老將軍文子除喪受弔練冠

袗衣親迎女在道而婿之父母死袗衣縞總以趨

喪此吉凶男女之同也簡便之服非朝祭皆可服

也。

指尺

也。

十六

按用指尺各自與身相稱矣。

長過脇

按衣長當以過脇爲準以定尺數而其長卽二尺

二寸與幅廣正方盖用八尺八寸而四墨之也今

縫法除負繩二寸接袖前後四寸而襟左右各一

寸反屈爲邊者兩腋之餘前後左右各二寸合殺

一尺六寸而要圍七尺二寸也盖布幅二尺而八

寸又二寸以削幅不用正用二尺也衣圍八尺而八

旁之屈積各寸顧前寸反兩腋之餘前後各三

寸外連袂故也○記曰衣四幅除負繩之縫領

圓袂

云此亦合殺一尺六寸也要之廣

古註兩腋之餘前後各三寸者通削幅一而爲言

也。

王藻曰袗衣三袪縫齊倍要袼當傍袂可以回肘

○註袪袖口也尺二寸圍之爲二尺四寸要之廣

三尺二尺四寸則七尺二寸故云三袪縫齊倍

要者謂縫下畔之廣一丈四尺四寸是倍要之七

尺二寸也袪衣裳交接處也在身之兩旁故云

當旁袂袖之連衣也上下之廣二尺二寸故可以

十七

回肘。按裁衣時衣長二尺三寸而一寸爲連裳時
縫自可回肘。

袷 小註下同
音刦交領也。○玉藻曰袷二寸。緣廣寸半按家禮
則無袷尺以黑緣二寸廣袷而用之盖袷約也宋
子大全亦酌定非關文也。○王藻註袷曲領也又
方氏曰以交而合故謂之袷。按丘氏欲擬玉藻袷
二寸緣寸半俾領少露也合古而違朱子也。

龜峯集　卷之七　　十八

跟
音根足踵也。○記曰短毋見膚長毋被土註短無
見晛膚雖約而不失於儉長毋被土雖隆而不過
於奢。

黑緣 緣去聲

大帶
記曰帶下無厭髀（於甲反）髀上無厭脅當無骨者此衣
帶上下之中也。○大全曰以黑繒緣紳之兩旁及
下表裏各半寸。

緇冠
大全曰前後三寸左右四寸上爲五梁辟積左縫
下着於武外反屈其兩端各半寸內向黑漆之。

武 大註
禮記註文者上之道武者下之道足在體之下者
曰武卷在冠之下者曰武。

幅巾
大全曰當中作帆又曰以額帆當頭前向後圍累
而繫其帶○補註衰裳帆與幅巾橫帆少異幅巾
橫帆屈其兩邊相轙在裏衰裳帆屈其兩邊相轙
在上

居家雜儀
龜峯集　卷之七　　十九

凡爲家長
此節言家長御羣子及家衆之事。

凡諸卑幼
此節言卑幼事家長之道。

不敢私假
此下九節猶小學言父子之親。

許語 小註下五條同
許責讓也。

鄭軍成
後漢書云鄭玄字庚成。

不牽卑幼之禮。

幸循也。

飲至
左傳歸而飲至。至而飲酒于廟也。

晉武惑馮統之讒
晉書泰始中帝及齊王攸侍疾太后謂帝曰攸與
攸至親吾沒後善遇之言訖崩後為馮統所構憤
怨嘔血而死

唐高宗溺武氏之寵
唐書貞觀末帝疾篤詔長孫無忌等入卧內謂太
子曰無忌盡忠勿令讒人間之。有頃帝崩高宗欲
立武昭儀為后無忌切諫命引出尋殺之

龜峯集　卷之七　二十

凡為宮室
此下一節猶小學言夫婦之別。

不共浴堂
男所浴室女所浴室異。

凡卑幼護尊長
此節猶小學言長幼之序。

凡受女婿及外甥拜
此一節言接女婿外甥外孫之拜。

五福

五〇七

命
一曰壽二曰富三曰康寧四曰攸好德五曰考終

凡節序及非時
此節言家宴上壽之儀。

凡子始生
此節教男女之道。

凡內外僕妾
此節言奉事主父母御僕妾之道。

九女僕同羣
此下三節言主父母御僕妾之道。

冠禮

龜峯集　卷之七　二十一

冠禮
鄭玄曰於五禮冠昏屬嘉○朱子曰冠禮昏禮不
知起於何時○冠義疏曰冠禮起早脫書傳無正
文世本云黃帝造旃冕起於黃帝也黃帝以前以
羽皮為冠以後乃用布帛其冠之年天子諸侯皆
十二○朱子曰惟冠禮最易行自家屋裏便可行
須兩家皆好禮方得行○士冠禮傳曰夫禮始於
冠本於昏重於喪祭尊於朝聘和於射御此禮之
大體也經傳禮○丘氏濬曰今人未必習禮請習

禮者一人爲禮生導唱○經傳曰五十而爵何大
夫冠禮之有廳跪諂音○又儀禮行事之決賤
者爲先故士冠爲先諸族冠次之天子冠又次之
按制禮皆自士而始故儀禮昏禮皆然

男子年十五至二十

冠義經曰男子陽也二十陰之數二十而冠者以
陰而成乎陽女陰也十五陽之數十五而筓者以
陽而成乎陰也

必父母無朞以上喪

雜記曰大功之末可以冠子可以嫁子父小功之
末可以冠子可以嫁子可以取婦已雖小功既年
哭可以冠取妻下殤之小功則不可○按家禮雖
曰大功既葬冠昏情有所不可者義理無窮記此
說使行禮者臨時折中俱晕記說似有錯簡

二十二

笙日大註下二條同

前期三日

士冠禮前期三日空二日也

笙日大註下二條同

士冠禮筮日主人以著問日吉凶於易也○記曰喪
事先遠日吉事先近日喪謂葬與二祥吉謂祭祀
冠昏之屬喪奪家之義也非孝子所欲卜完遠日

五○八

若某之某親之子某

[按若下某宗子親上某冠者之父子下某冠者

介子

[介副介之義

戒賓

戒賓也告出儀禮士冠禮註戒賓古者有吉事
則樂與賢者歡成之有凶事則欲與賢者哀戚之
○冠義註筮日求天之吉筮賓擇人之賢筮而不
卜何哉古者大事用卜小事用筮天下之事始爲
小終爲大冠用筮喪祭用卜聖王重其始非大事
也○左傳曰筮短龜長按龜曰卜著曰筮

[按所戒者賓戒者主人也

所戒者大註下同

以病吾子

士冠禮病猶辱也

宿賓

補註宿賓隔宿戒之○宿賓又作肅戒見士冠禮

將筮之大註下二條同

士冠禮筮臨也

二十三

帟幕

古今韻會在上曰帝音亦。

至

韻會曰善土也音惡。

設洗直於東榮南北以堂渙小註下二條同

按洗承盥洗者棄水器也盥洗手洗爵也冠禮〇鄉

飲酒義曰洗當東榮主人之所以自潔而事賓也

〇又曰水在洗祖天地之左也註云〇鄉

也天地之間海居于東東則左也法祖而之意

盛之罍滌之於洗〇士冠禮云直吉值反渙申鴗

反几度渙淺曰渙〇鄉飲酒禮云榮屋翼南北以

龜峯集　卷之七　二十四

堂渙堂渙謂從堂廉北至房屋之壁堂下洗北去

堂遠近渙淺取於堂上渙淺假令堂渙三丈洗亦

去堂三丈以此爲度屋翼若鳥之有翼

罍洗

按古今韻會罍畫爲雲雷之象取其雷震之威以

起敬也

敬冠事

冠義曰敬冠所以重禮重禮所以爲國本也

櫛縰掠大註下二條同

丘氏濬曰櫛梳子縰卽總裂練繒以束髮也掠髮

五〇九

禮解免字謂裂布廣寸自首項向前交於額上却繞

髻後如掠頭則其制可推矣今以綱巾代之。

皆卓子

按下恐有以字。

東領北上

士冠禮疏喪禮或西領或南領此東領者嘉禮異

於凶禮故也北上傻也

冠了又不常著小註

按丘氏濬曰緇布冠亦當時不用之服似是存古

之意空從之不必泥程子此說也又曰孟懿子曰

始冠必加緇布之冠何也孔子曰示不忘古冠而

弊之註云此冠不復用初冠暫用之不忘古也則

今亦冠畢藏之可也

親戚大註下七條同

父黨曰親母黨曰戚。

雙紒

丘氏濬曰紒卽髻子疑是作兩圓圈子書儀註童

子髻似刀鐶

四襖衫

按不知其制此服非渙衣之比不用可也。

龜峯集　卷之七　二十五

勒帛
按用以裹足者也。
采屨
按屨木履今云采屨疑是以采帛代木爲之勒帛
采屨以帛裹足納履中也今隨童子常服者代之
似亦無害。
出房南面
士冠禮將冠者南面立房外之西待賓命也。
祝曰吉月
按冠禮三加之時出門之戒若只以古語告之被

問謂何朱子曰只以今之俗語告之使之易曉乃
佳。○集註祝辭賓或不能誦紅紙書之看誦
南向立良久
士冠禮曰冠者出房南向立疏童子着成人之服
使衆觀知也按良久者爲此也。
再加帽子
丘氏濬曰帽子自衫其制不可考此亦非古服擬
代以時制
卽席跪 大註下同
按冠者卽席跪下當添入賓降主人亦降盥主

入揖升復位。
享受遐福
按享受遐福之下當添入賓者徹冠巾執事者受
冠巾入房亦當添入
三加幞頭
丘氏濬曰幞頭在宋上下通服也今唯有官者得
用襴衫專爲生員之服且世未有旣官而冠者公
服笏不可用擬代以時制

嘉薦令芳 大註下二條同
丘氏濬曰禮辭曰甘醴唯厚嘉薦令芳註嘉薦謂
脯醢溫公改醴爲酒以不可虛僞也況嘉薦令芳
一句令旣舉之覆脯醢一節補入
就席末
鄉飲禮疏末席之尾於席末言是席之正非專
爲飲食也此貴禮而賤財也。○曲禮曰席南鄉北
鄉以西方爲上東鄉西鄉以南方爲上
啐酒
啐七內反嘗入口也。○禮記註酒入口爲啐至齒
爲嚌
加有成也。 小註

郊特牲曰適子冠於阼以著代也醮於客位加有
成也三加彌尊喻其志也冠而字之敬其名也註
著代顯其爲主人之次酌而無酬酢曰醮客位在
戶牖之間加有成之人也三加彌尊
服彌尊則志之空彌大故曰喻其志也

字冠者
楠註子生三月父名之既冠賓字之接○劉屏山字
朱子吳草廬字虞采虞皆有訟今空爲式又朱
子劉瑾槐恪二字說皆可爲式
伯某父　大註下二條同

龜峯集　卷之七　　二十八

白虎通義曰伯仲叔季法四時適長稱伯伯舍是
也庶長稱孟魯孟氏是也○曲禮曰男女異長註
各爲伯仲示不相干○士冠禮註伯仲叔季長幼
之稱甫是丈夫之美稱或作父○檀弓曰幼名冠
字五十以伯仲死謚周道也註此皆周道也殷以
上有生號仍是死後之稱堯舜禹湯是也○朱子
曰儀禮疏少時稱伯某甫五十乃去某甫專稱伯
仲此說爲是如今人於尊長不敢字之而曰幾丈
之類○按若孔子始冠但字尼甫至年五十乃稱
仲尼亦此禮也○曲禮曰國君不名卿老世婦大

五一一

夫不名世臣姪娣士不名家相長妾
空之于煆

儀禮作假古雅反叶音古大也○禮記作假與煆
通用○朱子曰假與煆同福也註說非是
敢不夙夜秪奉
丘氏澔曰下文見于鄉先生有誨且拜況賓祝之
以辭乎今補入再拜
出就次
士冠禮次門外夏家處也
諸叔父兄在東序　大註
爾雅曰東西牆謂之序註所以序別內外
毋拜之　小註
冠義註母之拜先儒疑爲石梁王氏記者不
知此禮爲適長子代父承重者與祖爲正體故
之異於衆子也○儀禮經傳母拜受子拜註婦人
雖其子俠拜○又朱子冠禮雖見母毋母亦俠拜○
儀禮註禮經傳冠義疏曰毋拜其酒脯非本文正意恐不然也○
子曰疏說非本文正意恐不然也○儀禮子窹廟
酒脯持以見毋○儀禮子窹廟
云則石梁王氏及疏說恐皆不然也

龜峯集　卷之七　　二十九

冠變禮

乃禮賓

士冠禮註飲賓客而從之以財貨曰酬○孔子曰
其禮也無樂註曰無樂思嗣親也○左氏傳曰不可以樂取父
之家不舉樂左氏說未許何指○士冠禮註
賓者衆賓也皆與亦飲酒朱子曰贊者主人之賓
者衆賓恐誤○朱子曰主人酢賓實飲賓主人
曰酢主人又自飲而復飲賓曰酬

后之樂鄭之謂無樂亦諸庚之冠也雖
國君冠亦不用樂左氏說○朱子之謂無樂亦諸庚之冠也

曾子問曰將冠子未及期日而有齊衰
之喪如之何孔子曰內喪則廢外喪則冠而不醴
撤饌而埽即位而哭如冠者未至則廢註冠者實
乃哭也○又曰如將冠子而未及期日而有齊衰
大功小功之喪則因喪服而冠註因喪冠俱成人
之服○雜記以喪冠者雖三年之喪可也既冠於
次入哭踊三者雖冠當三年之喪可也三九三灾
因成喪服而冠註喪三年之喪五服之喪則
三踊也疏曰假令正月遭喪則二月不得因喪而

五一二

冠之○孔子曰武王崩成王年十三而嗣立明年
夏六月既葬冠而朝于祖按此亦變而冠也○
司馬溫公曰因喪而冠恐於今難行○丘氏瀋曰
今世俗有行之者

笄

龜峯集　卷之七

音鷄其端刻鷄形記註笄所以卷髮鑪韻○曲禮
曰女子許嫁笄而字註許嫁已受納徵禮也○儀
二十而笄○士昏禮註許嫁已受納徵禮未許則
禮經傳曰燕則鬈首註鬈音權疏曰未許嫁雖笄猶
以少處之故燕居則去笄而分髮為鬌紒也○朱
子曰未許嫁而笄則不戒女賓自以家之諸婦行
笄禮也○補註婦人不冠以聲固髻而已○丘瀋
曰主人以笄者見子祠堂又見于尊長

三十一

昏禮

白虎通義曰不要耻與禽獸同外屬國外屬小功巳
上亦不得要也按同姓○曾子問孔子曰宗子雖七十無無主婦非宗子
雖無主婦可也註此大宗之無子或子幼者若有
子有婦可不再娶矣○朱子曰天子諸庚不再娶

只以一娶十二女九女推上此儕法濟再娶於大夫娶三
士二却再娶因論今之士大夫多死於慾曰古人
老則一齊老都無許多惠毅敀也不再○經傳古者婦
先嫁三月祖廟未毀教于公宮祖廟既毀教于宗
室教以婦德婦言婦容婦功註謂天子諸侯同姓
者也按必就尊者教成之為內和理而後家可長
久也今人閨女淡室不教不遵任情驕姤甚不可
○白虎通義曰與君總麻之親教于公宮三月○家
無親者各教於宗婦之室學一時足以成矣○家
語魯泉公問於孔子曰禮三十而室二十而有

夫豈不晚哉孔子曰夫禮言其極也不是過也二
十冠有為人父之端十五許嫁有適人之道○士
昏禮行事必用昏昕註用昏壻也鄭玄
曰以昏者陽往而陰來日入三商而為昏刻漏
之名昕所詩所謂旭旦也又曰以昏為期因以名
焉○經傳曰婦人事夫有五平旦纚筓而朝則有
君臣之嚴沃盥饋食則有父子之敬報反而行則
有兄弟之道受期必誠有朋友之信瀼席之交而
有夫婦之別
宗子自昏大註

按孤子冠自稱主人而獨於昏禮不稱主人為義
廉遠恥也○士昏禮不稱毋婦人無外事也○
士昏禮曰支子則稱其宗弟則稱其兄

媒氏
媒謀也謀合二姓也

婚姻 大註下同
白虎通義曰昏時成禮故曰昏婦人因人故曰姻

伊川曰世人謹於擇壻忽於擇婦其實壻易見婦
難知所繫甚重豈可忽哉○按禮王者嫁女必使

察其壻與婦之性行

同姓諸族主之欲使女不以天子乘諸族古人
之禮謹於此亦可為求婦富貴者戒也○虞
詡與弟書曰長子容當為婦求婦遠求小姓足使生
子天福其人不在貴族芝草無根醴泉無源著為
家法○王氏達曰貴家大族富不仁福已泯而
禍已至與之締姻鮮有不為其所及者也

納采
士昏禮疏曰以其始相采擇恐女家不許故言納
吾子有惠貺室某也大註下二條同
士昏禮註吾子女之父毋貺賜也室猶妻也某壻

名也。

攘袂案

佞者避不答拜

士昏禮註不答拜者不敢當其盛禮○丘氏瀋曰

此拜乃謝書

使者復命壻氏主人復以告于祠堂○

丘氏瀋曰女氏受書既再拜壻家受書亦可再拜

○丘氏瀋曰以盤盛所復書置香案上。

納幣

士昏禮納徵玄纁束帛儷皮註徵成也納幣以成

龜峯集　卷之七　　三十四

昏禮玄纁束帛十端也儀禮經傳曰

昏禮玄纁象陰陽備也束帛可制爲衣此亦教婦誠信之義○

皮帛可制疏曰可制爲衣皆以幣交女非禮不行止

昏儀註古之聘士聘女皆以幣交女非禮不行止

非招不往○按程伊川聘定啓朱子回啓可爲書

式

釘釧大註下同

釧韻會屑環音穿去聲。

順先典

典法也。

納采問名小註

補註云納采者納采擇之禮於女氏也問名問女

氏之名將歸而卜其吉凶也納吉者歸卜於廟得

吉兆復使使者往告昏姻之事於是乎定也納徵

者徵成也納幣以成昏禮請期者請成昏之期也

親迎者親往迎歸至家成禮也士昏禮疏問名問

親。

主人女爲誰氏者恐非主人之女㧞養之女也○

孔子曰嫁女之家三夜不息燭思相離也○

燭不瘞也○又曰取婦之家三日不舉樂思嗣親

也。

親迎

經傳曰男子親迎男先於女天先於地君先乎臣

龜峯集　卷之七　　三十五

其義一也。

褥大註下四條同

音辱藉也。

某物若干

干字從一從十若干數之未定者也。

騶僧

史記貨殖傳騶僧二家交易者駔子郎切僧音檜。

酒壺在東位之後

士昏禮尊于室中北牖下有禁註疏尊甒也禁所

以脤瓠者酒器也脤承也禁者因為酒戒故以禁

言之。

花勝

荆楚歳時記人日剪彩為花勝而以相遺後人因

而帖首以為餙。○韻府群玉勝餙婦人首餙

也。

攝盛 小註下二條同

攝假也。

左傳曰圍布

按左傳圍楚公子名後為靈王莊共楚莊王共王

主人告于祠堂

鄭公子忽如陳遂婦嬀先配而後祖陳子曰是不

為婦毋誣其祖矣非禮也何以能育。

先配後祖

白虎通義曰遣女於禰廟者重先人之遺體不敢

自專也。 大註下二條同

姆相之

士昏禮註婦人年五十無子出而不復嫁能以婦

道敎人者

父醮命之

三十六

五一五

補註穀梁傳曰禮送女父不下堂毋不出門○經

傳註父醮之而南面重昏禮也○白虎通義曰去

不誠不諼者盖恥之重去也○按三月以前不

敢反馬則此所以去不敢辭故也。

欽帔

帔被同朱子曰首餙也韓愈氏曰著冠帔

壻入奠鴈

補註生色繪生恐五字之誤○士昏禮贄不用死

士昏禮疏昏禮有六五禮用鴈唯納徵不用鴈有

幣帛可執故也按家禮只用鴈於親迎從簡也○

疏恐用死鴈故云○止氏瀶曰刻木近死無刖代

以自鴈○李涪云鴈非時莫能致故以鵝替之兩

雅云舒鴈鵝鵝亦鴈之屬也○曲禮曰執禽者左

首註云首尊主人在左故橫捧以首授主人○儀

禮經傳註曰贄質也子見父執贄何○士昏禮贄

至親也臣之事君以義合也有贄○按以義合者

必有贄親迎及婦見舅姑皆有贄○士相見禮贄

者致也所以致其志也。

主人不答拜

經傳疏不拜明壻拜爲授女不爲主人

三十七

姆奉女出登車

按儀禮壻婦皆乘車而此只云女登車士昏禮婦

〇車亦如之有裧反占註亦如之者車同裧車裳

裧

主人不降 大註

婿乘馬先婦車

授綏親之也敬而親之先王之所以得天下也

輶廉乃古禮壻親授綏者也故經傳昏義曰壻親

賓主各一人今婦既從主人不降○按壻舉

士昏禮主人不降送禮不繠釋曰

經傳曰壻出門而先男帥女女從男夫婦之義由

此始也

龜峯集 卷之七　　　三十八

二燭前導 大註下同

經傳註持炬大焰道程子曰今用燭四或二

婦下車揖之

按女出壻揖之女下車壻揖之之揖非揖拜之揖

也昏義曰揖婦以入註卑抑以延之不敢慢也

壻婦交拜

朱子曰婦入與男子爲禮皆俠拜婦先二拜夫答

一拜婦又二拜夫又答一拜

不繠無殺 大註下同

士昏禮主人婦皆祭贊以肝從祭再醮無從三醮亦

如之○按家禮初醮之外皆無殺者本此義也

壻從者餕婦之餘

韻會從去聲隨行也○士昏禮曰媵餕主人之餘

御餕婦餘疏亦陰陽交接之義

古者同牢之禮 小註下二條同

經傳曰共牢而食同尊卑也故婦人無爵從夫之

爵坐以夫之齒○王制註牢者圈也以能有所畜

故所畜之牲皆曰牢也○疏共牢不異牲也

龜峯集 卷之七　　　三十九

匏

古今韻會短頸大腹曰匏○莊子剖之以爲瓢半

匏也○經傳曰器用陶匏尚禮然也註此太古之

禮器也用太古之器重夫婦之始也

共牢而食合爸而酳

士昏禮註醮所以潔口演安其所食既食而又

餕之所以樂之○按醮反 漱口也以酒曰醮以

水曰漱

復入脫服

士昏禮主人入親脫婦之纓註婦人許嫁着纓○

經傳媵侍于戶外則聞疏不使御侍于戶外者。
以女爲主也。○經傳夫也者以知輅帥人者也。○
韻府續篇今世昏禮取夫與婦髮合而結之○士
昏禮曰御衽于奧媵衽良席在東皆有枕北止御
當爲訝婿從者迄媵送也女從者也夫曰良止作
趾夫席在東婦席在西同牢席夫在西婦在東爲於
陰陽交會今夫東婦西取陽往就陰故男女各於
其方也。

女賓大註

補註賓即從者。

龜峯集　卷之七　　　罒丫

婦見于舅姑。

經傳婦沐浴以俟見。

奠贄幣大註

春秋經大夫宗婦覿用幣在傳御孫曰男贄玉帛
禽鳥女贄榛栗棗脩今男女同贄無別也由夫人
亂之無乃不可。○曲禮曰婦人之贄椇榛脯脩棗
栗稹音矩一名石李○士昏禮婦執笲斂棗栗拜
奠舅舅坐撫之○受笲服䰼䰼脩拜奠姑舉以授人
疏東栗撫取其早自謹敬䱫脩取其斷斷自脩辟竹
○按古禮無贄幣家禮用幣未詳古語云贄不稱

德不足爲義此玉帛禽鳥榛栗棗脩之用所以不
一也。

舅姑禮之

經傳士昏禮註禮婦者以其婦新成親厚之○又
曰席于戶牖間註曰室戶牖東南爲位疏曰禮子
禮婦賓客皆於此尊之故也。

小姑大註

爾雅夫之庶母爲小姑○李白詩夫之妹也回頭
語小姑莫嫁如兄夫。

饋于舅姑

龜峯集　卷之七　　　四十一

補註饋者婦道既成成以孝養也。

合升側載小註

儀禮經傳註合升合左右胖升於鼎○士昏禮註
、載胖故側載○少牢饋食禮右胖固所貴也○經
傳註在鼎曰升在俎曰載

舅姑饗之

經傳序義曰舅姑降自西階婦降自阼階授之室
也。○又經傳曰以著代也。○士昏禮註以酒食勞
人曰饗。

三月而廟見大註

經傳曰舅姑既没則三月乃奠菜註祭菜也○按

生死異禮舅姑生存則明日敢見而没則延三月

其禮嚴矣○朱子曰三月方見可以爲婦及不可

爲婦此後方反馬至馬是婦初歸壻所奏○又儀禮

疏曰三月一時天氣變婦道可成也○朱子曰古

人是從下做上其初行夫婦之禮次日方見舅姑

及三月不得罪於舅姑方得奉祭祀○朱子曰

義廟見舅姑之匕者不及祖今只共廟如何只見

禰而不見祖此當以義起也亦見祖可也

壻往見婦之父母。

丘氏瓊曰壻見婦黨諸親而無廟見之義於死者。

漠然不相干况有已孤而嫁者乎補廟見。

皆有幣 大註

士相見禮贄冬用雉死雉用夏用腒○按不必

用幣也雉用死不可生服也○士昏禮曰東面奠

贄註贄雉也。

婦家禮壻如常儀。

丘氏瓊曰有尊壻太過者有卑壻太甚者酌中以

爲儀。

吾變禮

曾子問曰昏禮既納幣有吉日女之父母死則如

之何孔子曰壻使人弔如壻之父母死則女之家亦

使人弔父喪稱父母喪稱母父母不在則稱伯父

世母壻已葬壻之伯父致命女氏曰某之子有父母之

喪不得嗣爲兄弟使某致命女氏許諾而不敢嫁。

禮也女之父母死壻亦如之註父喪稱父母喪稱

母禮宛各以其敵者也未成兄弟以夫婦有兄弟

之義故云致命致還其許昏之命也女嫁於他人禮也

雖許諾而不敢以女嫁於他人禮也○世母爾雅

世有爲嫡者嗣世統故也○爾雅又曰父之昆弟

先生爲世父後生爲叔父○曾子問曰女親迎女在

塗而壻之父母死如之何孔子曰女改服布深衣

縞總以趨喪註婦人始喪未成服之服縞白絹也

總束髮也女在塗而女之父母死則女反註既往

塗親迎女未至而有齊衰大功之喪則如之何孔

子曰男不入改服於外女入改服於內次後

即位而哭註不問小功緦者小功輕不廢昏禮待

禮畢乃哭也○齊衰大功之喪女不反歸改服即

龜峯集　卷之七　四十四

位與男親同○若婦已指遜入門聞齊衰大功內
喪則廢外喪則行昏禮○曾子問曰除喪則不復
昏禮乎孔子曰祭過時不祭禮也又何反於初註
祭重而昏輕者過時尚廢禮輕者不復可知○開
元禮除喪之後束帶相見不行初昏之禮朱子曰
男居外次女居內次目不相見除喪而始入御開
元之制必有所據矣○曾子問曰女未廟見而死
則如之何孔子曰不遷於祖不祔於皇姑壻不杖
不菲不次歸葬于女氏之黨宗未成婦也註不遷
不遷柩朝壻之祖廟也疏菲草屨也不次不別處衰
次也○曾子問曰取女有吉日而女死則如之何
孔子曰壻齊衰而弔旣葬而除之夫死亦如之註
女以斬衰往弔旣葬而除也○問有吉日夫死用
斬衰恐難往朱子旣未見難行處但人自不肯行
耳○孝述問先兄几筵未撤老毋乃齊衰三年之
服復有妨礙照朱子曰若叔父主昏卽可娶但
從淡素不知可否朱子曰是叔父主昏卽可娶但
毋在而叔父恐亦未安可更詳考也○孝述
問謹按禮壻將親迎父尊在旁尊叔父不知往迎之時當受毋
没上惟毋在父尊叔父命之今孝述當受毋

龜峯集　卷之七　四十五

命耶受叔父之命耶朱子曰當受於毋照毋旣有
服又似難行記得春秋公羊傳有毋命其諸父兄
而諸父兄命之以命使者可檢看爲叔父稱母之命以
命之更詳之○儀禮士昏禮宗子無父毋命之親
皆没已躬命之註宗子無父母自命之往春秋紀裂繻來逆女
而傳八十齊衰之事不及若是者有有父者七十老
子其取也父没命之毋命之○在春秋紀裂繻來逆女
是也疏公羊傳曰裂繻紀大夫也不稱主人爲養
廉遠恥也不稱母婦人無外事但得命諸父兄師
友稱父兄師友以行耳躬命之宋公使公孫壽來
納幣是也疏其稱主人何無毋也有毋當命諸
父兄○無毋莫使命之辭窮故自命之則不得不稱
使○白虎通義曰人君及宗子無父毋自命娶者
卑不主尊賤不主貴也○按家禮宗子自昏以族
人之長爲主與此義不同。

龜峯先生集卷之七

龜峯先生集卷之八

家禮註說二

喪禮

疾病遷居正寢。

補註古之堂屋三間五梁中架以南三間通爲堂
以北三間用板隔斷東西二間爲房中間爲室卽
正寢也○遷居正寢惟家主爲然○按經傳及喪
大記士處適寢東首適寢齋室也非爲子也

疾者齊正情性也撤琴瑟以病者爲齊也東首向生氣也
內外皆掃撤褻衣加新衣終於正也御者持體體

龜峯集□卷之八　一

一人□四人坐持手足四體禱于五祀盡孝子之情
也○喪大記妻皆死于寢○經傳喪不忍言死而
言喪喪者棄亡之辭○春秋經公憮薨于小寢左
氏曰卽安也胡氏曰小寢燕息之地也。

孫宣公小註

宋鑑孫藥虸師王徹徹死門人數百皆從藥問經
諡曰宣。

復

喪大記惟哭先復○復而後行死事○復衣不以
衣尸不以歛○士喪禮復衣初以覆尸浴則去之

龜峯集□卷之八　二

○[按復衣不用襲歛也○註復各以死者之祭服
以其求於神故也○喪大記婦人不以嫁時盛服
以非事鬼神之衣也○禮復而不生尸復登床○朱
子曰人死雖是魂魄各自飛散要他復不獨是要他活是
是招魂來復這魄不致散他相合復不獨是要他又較定須
要聚他魂魄不致散了聖人教人子孫常常祭祀
也是要去聚得他

自前榮升屋中霤止三呼大註

註榮屋翼也中霤室中也○喪大記升自東榮中
屋履危北面三號疏中屋當屋之中也履危立屋
之脊也北面求諸幽陰也三號冀魂自天來自地
來自四方來也○喪大記在野則乘其乘車之左
轂而復○檀弓邾婁復之以矢蓋戰死志在勝敵
矢是心之所好冀其復返也

立喪主

[補]楔齒用角柶柱也○綴足經傳用燕几綴拘也

按○喪大記爲後者不在竟內則俟竟外則殯
其喪○喪大記不擯女君之妾則君不主
葬可也不在柩外也俟之俟其還殯葬也境與
徒跣大註下同

跣典嬻蔣足親地也

扱上衽

喪大記註扱衽扱渙衣前襟於帶也○扱之字恐
誤於字也

治棺

喪大記君盖用柒大夫盖用柒士盖不用柒盖棺
之盖板也柒以柒合縫也

必用衽君棺三重大棺屬椑○士二衽二束每束處
寸下大夫六十士六寸○大夫棺柒大夫八
方絲繒貼四角大夫用玄綠四面玄綠柒繒貼四
君裹棺柒綠柒繒貼不

龜峯集卷之八　三

絲卷用玄○檀弓衽註兩端大中小連合棺與盖
之際故名衣之縫合處曰衽衽形如之
○易繫辭古之葬者厚衣以新葬之○檀弓有虞
氏尾棺夏后氏堲周昁殷人棺椁周人牆置翣
周人棺椁葬長殤聖周葬中殤下殤尾棺葬四
之殤○家語孔子為中都宰制送死之節為四寸
之棺五寸之椁　大註下同

秫米灰大註

林米本草云能殺瘡疥似黍米而粒小者○丘氏
云糯米○一說云今大都呼粟糯為秫稻為糯

臾又粟秫非秫也又黍秫也
按溶瀿則既為死物同歸朽爛恐不然也

千年為茯苓

沐

喪大記君沐粱大夫沐稷士沐粱沐粱也君與
士同不嫌僭上也浙粱稷之汁以沐髮也

設幃

經傳帷堂註鬼神尚幽暗故也

遷尸

禮記註尸陳也往地氣絕復陳列枢床也枢久也
無使土親膚欲其久也○經傳註枢床曰尸在棺

龜峯集卷之八　四

曰枢○儀禮死于適室幠用斂衾○按始死及襲
皆無用斂衾家禮從簡幠覆也斂衾為斂之衾
也

陳襲衣

喪大記允陳衣不紬註舒而不卷也○又非列采
不入疏列采謂五方正氣之采非列采謂雜色也
○又絺綌不用註當暑亦用袍○按不用閭邑與

絺綌大註

西領大註

冠禮疏冠禮東領喪禮西領吉凶之異也

祿衣小註下六條同

祿他亂反黑衣裳赤緣之謂祿緣也

纂

儀禮註今文爲纂。

綴旁

質與殺相接之處使相連也

緇冒經殺

經赤巴貝貞反○〔按本經緇冒經殺冒當作質〕

握手

龜峯集〈卷之八〉　五

儀禮曰握手用玄纁裏長尺二寸廣五寸牢中旁

寸著組繫　欪音註年讀作欪欪爲削約握之中央

以安手也今文襊爲綏旁爲方疏此衣爲握以

其在手故言握手不謂以手握之爲握手云

廣五寸牢中方寸者則中央廣三寸廣三寸中央

又容四指而已四指指一寸則四寸四寸之外仍

有八寸皆廣五寸也讀從襊者義取襊欪挾小之

意云削約者謂削之使約少也○儀禮曰設決設

握乃連繫註設握者由蒹繫鉤中指由手表與決

帶之餘連結之此謂右手也〔按上文握手長尺二〕

寸裏手一端繞於手表必重空於上掩者屬一繫

於下角乃以繫繞手一匝當手表中指向上掩中

指又反而上繞取繫鄉下與決之滯餘連結之云

此謂右手也以其右手有決者以握繫鉤中指與

決言與決者鄭云左手

無決也○儀禮曰設握裏親膚繫鉤中也手無決者以握繫鉤一端繞擊還

從上自貫反與其一端結之云

是右手也下記所云設握者裹親膚繫鉤中指結于擊

經巳云右手有決者不言左手無決者故記云其

以握繫一端繞擊還從上自貫反與其一端結之

龜峯集〈卷之八〉　六

者按上文握手用玄纁裏長尺二寸今東親膚擦

從手內置之長尺二寸中掩之手繞相對也兩端

各有繫先以一端繞擊一匝還從上自貫又以一

端鄉上鉤中指反與繞擊者結於掌後節中既夕

○按儀禮右手握一繫左手握二繫家禮無決皆

當有兩繫連結之握繫在上掩之下角今空左右

握各有兩繫今世欲用握繫一不可

繞擊

擊作挽烏亂反堅手後節中也經註擊一稱掌後

節一稱手後節中。

慎目
儀禮慎目註著充之以絮也組繫爲可結也。
陳于盤 大註下三條同
論語升堂矣未入於室按室外皆稱堂。
實于盤
盤鄓管切小也與椀同
補儀禮士有冰用夷槃可也疏云先納冰槃中設
床上夷槃承尸之槃也謂夏月。
摻爲簪
摻攦括切挽也取也。

龜峯集 卷之八 七

剪爪
儀禮瓜揃如他日註斷爪揃鬚如平日。
補經紀御者四人抗衾而浴。
徙尸床
按尸既移襲床沐浴床及戸床二當各徙也。
洗盞斟酒 大註
儀禮註用吉器器未釁也〇曾子曰始死之奠其
餘閣也與閣架也不容改新仍用閣上養老病之
餘。
開元禮 小註

通鑑唐玄宗紀開元十九年開元禮成初命張說
刊定說蔖蕭嵩繼之
主人以下爲位而哭
按經坐位於室中戸外堂下之分喪之精蔖爲
西家禮從記略之〇經傳經曰以喪服之精蔖爲
序以次主人主喪者雖有父兄猶不得序齒必位
於主人之下註又曰袞蘿者在前精者在後〇經
疏云喪大記婦人無立法士喪主人父兄子姓皆
坐惟大夫之喪尊者坐卑者立尊卑以爵言

飯含

龜峯集 卷之八 八

喪大記士飯三貝〇儀禮貝三實于笄辮音竹器
〇檯弓云不忍其口之虚用此美物而實之
慎 大註
或作冪覆也慎音覓。
萃襲
本經紀既襲爲帱于中庭宵夜也。
古有襚禮 小註下同
經註襚遺也衣服曰襚〇穀梁傳曰乘馬曰賵衣
衾曰襚貝玉曰含錢財曰賻
古人遺衣

按自古人至廟中一本作註。

設魂帛

朱子曰自弔魂復魄立重設主優是常要接續他

些子精神在這裏 大註下同

鑿木爲重 大註下同

補註或曰重或曰主始死有柩而又設中所以爲

重也既有廟矣廟必有主是爲主也○儀禮註懸

物爲曰重以疏以木有物懸下相重累故得名○檀

弓重斬主道也註始死未作主以重主其神既虞

埋之乃復作主

龜峯集　卷之八　　　九

乗輴輇

輴音箌車前後皆蔽斬音鉼婦人車以有屛蔽故

曰斬。

補註倚上置衣服置魂魄設於帷外此謂靈座

遺衣裳必置於靈座 小註

立銘旌

按儀禮作重置銘家禮設魂魄置銘旌郎其柩也

立於阼在殯後○按儀禮始死作銘置于西階作

重之後置于重殯後置于殯懸之二反埋也疏曰銘所

以表柩故也當立於殯後故疏亦言殯前不用之

義立銘之立字恐誤

五品以下 大註下同

按下字當作上字。

某公之柩

儀禮註曰在棺爲柩

司馬溫公曰銘旌 小註

按溫公此語空在殯後恐引時誤入。

不作佛事

問親意欲用之當如何朱子曰以委曲開釋爲先。

如不可回則又不可咈親意也。

出拜靈座 大註下同

補註出帷拜靈座。

龜峯集　卷之八　　　十

主人以哭對

喪大記子勼則以衰抱之入爲之拜。

小斂

喪大記王制絞給衾冒死而後制絞給衾冒一日二日可

爲複者 大註

爲按不用舊衾可知。

斂用複衣複衾註複有綿纊者。

設奠

儀禮經傳奠以素器註後凡奠通用。

曁葬華反
〔補按童子不免劉氏問喪註喪必著免嫌於不冠
也童子未冠喪亦不免童子當室則免當成人之
禮也。

左袒不紐大註下二條同
喪大記小斂大斂皆結袒結絞不紐註袒衣襟也
生向右斂便也死向左示不復斂也生時帶爲紐
使易斂死無復斂義故結之不爲紐也按不紐示
不復解之義也死乃復解結之不紐也今拊左

龜峯集　卷之八　　十一
袒不紐乃舉送死之禮也。
夫於妻執之。

本文妻於夫拘之君於臣撫之拘微引其衣喪大
記嫂不撫叔叔不撫嫂君不撫僕妾註君撫大夫
及命婦大夫撫室老及姪娣僕賤於室老者妻賤
於姪娣者恩不及之。

舅於婦
〔按考喪大記舅字下落姑字。
至第四日小註
按第他本作家。

乃奠
〔按襲奠在尸東斂奠在靈座前。

乃代哭

經傳註禮防其以死傷生使之變哭。
大斂

喪大記註士猶用複衣複衾○按大斂君用褶衣
褶衾褶衣衾之夾者君衣多故用袷○按家禮大
小斂衾皆用有綿者○記子思曰喪三日而殯凡
附於身者必誠必信勿悔焉耳矣三月而葬凡附
於棺者必誠必信勿悔焉耳矣註附身附棺之具

龜峯集　卷之八　　十二
附棺明器用器之屬必誠於死者無所歎必信於
生者無所疚。

舉棺入室置于堂中少西
檀弓曰飯於牖下小斂於戶內大斂於阼殯於客
位祖於庭葬於墓所以卽遠也註一節遠於一節
飯飯含也○按小西郎殯於客位之義
承以兩檠大註下三條同
檠或作橙牀屬丁鄧切去聲。
又揣其空缺
揣上聲楚委切度高下曰揣。

櫕蟄塗之

禮註塗之為火備○既殯主人脫髺尊奐同三日也三日不生亦不生矣○蟄言擊未燒磚之也○按

中門之外擇朴陋之室

本經記居倚疏中門外倚東壁為廬一頭至地既

雜記妾殯歛不於正室練祥皆使其子主之註攝

女君之妾同惟枏君自主

虞之後挂捐剪屏○非喪事不言

成服

龜峯集　卷之八　十三

性理大全陳氏曰大宗始祖合族皆服齊衰三月

不以親屬近遠論是為百世不遷之宗小宗是親

盡則絕繼禰者親兄弟宗之為之服蕃繼祖者從

兄弟宗之為之服小功繼曾祖者再從兄弟宗之

為之服大功繼高祖者三從兄弟宗之為之服緦

麻是為五世則遷之宗○易繫辭上古喪葬無數

後世聖人以前心喪終身不變也唐虞以上吉凶同

心喪三年亦未有服也唐虞三王

○儀禮註黃帝以前心喪終身不變也唐虞之日

用白布冠白布衣因為喪服矣

生與來日死與往日外註

曲禮與擂數也生數來日除死日三日成服死數

斬

往日三日而殯矣

經疏斬取痛甚之意

厭大註下十五條同

平聲物不精也

作三帆

補註帆音輒楫也裳帆與幅巾橫帆小異幅巾橫

帆是屈其兩邊相湊在裏裳帆是屈其兩邊相

湊在上也

綴

龜峯集　卷之八　十四

株衞切去聲連綴也

相脊

沓達合切合也

冠

記喪冠不緌註垂其餘謂之緌不緌去飾也

首經以有子麻為之

經疏象緇布冠之缺頂○儀禮註經實也明孝子

有忠實之心也○補註首經用有子麻帶黑邑者

腰經

為單股繩也

經疏象大帶。

絞帶用有子麻。

按喪服傳絰與帶去五分之一以爲殺。

苴杖。

補註苴子餘切平聲苴麻之有子者喪服小記註。

心如斬所貌若蒼苴所以纕絰杖俱備苴巴。

粗。

上聲麁也。

大袖

補註用極麁生麻布爲之長至膝袖長一尺二寸。

長裙

其邊皆縫向外不緝邊準男子衰衣之制。

補註用極麁生麻布六幅爲之六幅共裁爲十二

蒙之制

破䟶以爲裙其長拖地縫向內不緝邊準男子衰

盖頭

補註用稍細麻布爲之凡三幅長與身齊不緝邊

布頭㡘

補註用稍細布一條長八寸用以束髮根垂

其餘於後儀禮布總是也

龜峯集　卷之八　　十五

竹叙

補註削竹爲之長五六寸。

麻屨

補註婦人優周禮散屨註云散屨去飾。

庶子不得爲長子三年。小註下六條同

補註宋皇祐中石祖父中立凵叔從簡成服

而繼凵祖仁自請巳乃適孫乞下禮院定奪承祖

父重服云則雖有適孫而庶子得爲父後宗法之

廢可知程太中之喪明道凵明道之喪朝此法而歸伊川

亦恐遵宋朝此法而大中之遺命也

摺

疊也入聲。

領必有袷

袷音刼交領也。○袷音夾或作俠衣也。

箭笄長尺

記南宮縚之妻之姑之喪夫子誨之墓曰爾無從

從兩爾無扈扈爾榛以爲笄長尺而總八寸註縚

妻夫子兄女也從從高也扈扈廣也言墓不可太

高又不可太廣又教笄總之法齊衰用榛笄

外其飾向外編之

龜峯集　卷之八　　十六

五二八　卷八

疏曰収其餘末向外取醜惡也

祖父卒而後爲祖母後者

〔按儀禮爲人後者於祖毋及毋如所生子也皆服
齊衰三年於父祖旣卒之後○按家禮無父在爲
毋期一條而於楊氏以祖父卒而後爲祖毋後者齊
衰三年不知祖雖在而亦三年也〕

爲所後者之妻若子也

〔按所後者之毋如生毋也〕

大功

〔補註言布之用功粗大也〕

龜峯集　卷之八　　　　十七

小功

〔補註言布之用功細小也〕

姑爲適婦不爲舅後者小註

經傳註註適婦不爲舅後者謂夫有癈疾若他故若

死而無子不受重者小功

緦麻

〔補註緦麻絲也治其縷細如絲也〕

漢戴德小註下二條同

西漢儒林傳戴德與姪聖同受禮於后蒼若德剛禮

記號大戴禮宣帝時人也

徐邈

〔晉書徐邈下帷讀書不遊城邑學者宗之〕

今人吉服旣不古而凶服古

問吉服旣用今制獨喪服用古制恐徒駭俗朱子

曰駭俗些小事

女適人者降服未滿被出大註

〔補註宋朝宗法廢嫡孫不得爲後而少子亦得爲父
後故石祖仁祖父中立死未葬其叔從簡爲父後
而又凶祖仁請追服博士宋敏求議曰服可再制

明矣已葬未葬用再制服折衷情禮云則嫡子兀

追服祖父母者父已柱期內已服未除則因變服之

節未葬之成服旣葬之卒哭期之練㝎成斬衰以

盡餘月若期已除而吉服則空用女適人被出已

除本宗降服不得追服之義不得追服明矣

今之墨縗小註下二條同

左傳墨以葬文公○按晉文未葬晉襄從戎墨染

其衰喪服之變於是始矣

唐前上元元年

通鑑唐高宗上元初詔行之

申心喪三年

龜峯集　卷之八　　　　十八

補程子曰師不立服不可立也如顏閔之於孔子
雖斬衰三年可也其次各有淺深輕重制服
○丘氏曰宋儒黃斡喪其師朱子吊服加麻制如
渙衣用冠絰絰王栢喪其師何基服渙末加絰帶栢
卒其弟子金履祥加絰于白巾絰如緦麻而小帶
用細苧黃王金三子皆朱子之適傳非無稽也後
世欲服師之恩義者宜準之以爲法○檀弓註心
喪身無衰麻之服而心有哀戚之情所謂若喪父
而無服也○孔子之喪顏淵若喪子而無服喪子路亦然請喪
夫子之喪門人疑所服子貢曰昔者

龜峯集　卷之八

十九

夫子若喪父而無服○孔子之喪二三子皆絰而
出羣居則絰出則否註羣者諸弟子相爲朋友之
服也出外而不免絰所以隆師也朋友爲服緦之
經帶出則免之吊服加麻者出則變之今出而不
免絰隆師也無服謂吊服加麻疏云疑衰麻謂環
絰也五服經皆兩股惟環絰一股

朝夕哭奠
儀禮朝夕哭婦人即位于堂南上按初喪東向南
上位次也○丈夫卽位于門外西面北上按男子
位于階下北上尊殯也初喪堂上南上之位亦尊

尸也以尸首向南也○儀禮辟門也廟門無事則
閉尚幽暗也朝夕哭及奠辟有事則開○雜記不
帷孝子欲見殯思念其親乃塞帷哭竟帷之○
儀禮經傳撤大歛宿奠○檀弓朝奠日出夕奠逮
日陰陽之交庶幾遇之○今按儀禮經傳先朝哭
次撤奠次朝奠撤奠次大歛奠○補註奉帛出入

靈床捧出也

罩小註

入就靈座 大註

都敎反去聲竹籠也

龜峯集　卷之八

二十

補註云本註靈座當作靈床

哭無時

按儀禮疏哭有三無時未殯不絕聲一無時也卒哭
以前盧中思憶則哭二無時也既練之後盧中或
十日或五月思憶則哭三無時也

不用金銀錢飾 小註

錢河西疑當作鑱

弔

經君使人吊徹帷主人不哭北面弔者致命哭○
禮記主人出迎送衆主人不出而袒尸東之位衰初

〇曲禮曰知生者弔知死者傷知生而不知死弔
而不傷知死而不知生傷而不弔〇註曰弔者禮之
恤乎外傷者情之痛於中〇經傳曰弔族人之相爲
也宏弔不弔免不免有司罰之註弔謂六世以
往弔不弔宏免有司罰之五世〇經傳曰魯人有
疏遠殯往弔總喪古禮如此情所不能恐難行也
義無絕也〇檀弓曰有殯雖緦必往〇檀弓曰
三年之喪弔乎子思曰古之道也
右同姓　右骨肉　姑姉妹

乎註哭爲彼則不專於親爲親則是妄弔之喪不亦虛
〇檀弓子張死曾子有母之喪往哭之或曰齊
衰不以弔曾子曰我弔也與武註痛甚而往哭非
若凡弔　右弔朋友　〇孔子兄子孔箴與宰子賤偕仕
于問孔箴曰何得何亡對曰未有所得而所亡者
三公事多患不得弔死問疾是朋友之道闕也子
賤對曰雖有公事無廢弔死問疾是朋友之篤也子
唁然曰君子武若人　右義弔　〇檀弓宋陽門之
介夫死司城子罕入而哭之哀晉人覗宋者報於
晉曰宋城子罕之家殆不可伐也孔子聞之曰
善哉覗國乎詩云凡民有喪扶服救之介夫甲士

以爲盜盍黎之所以見賊皆由宗魯也〇經傳傳
曰公族之刑者不弔不爲服哭于異姓之廟爲忝
祖遠之也素服居外不聽樂私喪之也骨肉之親
無絕按不倡公族私喪亦可飮而行之也　右殺桃排
〇檀弓魯哀公使人弔蕡尚遇諸道書宮而受弔
曾子曰蕡尚不如杞梁之妻之知禮也杞梁妻迎
柩於路齊莊公使弔之對曰有先人之弊廬在君
無所辱命　右檀弓弔於有先人是日不樂　〇行
弔之日不歡酒不食肉〇左傳弔生不及哀非禮
也謂綏弔也〇曲禮曰哭日不歌〇少儀尊丈於

也右賤哭　〇左傳襄仲哭公孫敖不以怨廢親也哭右
怨〇子晳攻殺伯有子產枕之股而哭之子晳欲
攻子產子皮曰殺有禮禍莫大焉乃止難鞅不
有畏而死者乎君子不立乎巖墻之下其有壓而
死者乎孝子不弔君子三畏壓溺戰陣無勇也其非
正命故不弔一說見理不明畏慎而不知出自
記死而不弔者三畏壓溺註戰陣無勇也〇
經滿瀆此眞死於畏似難尊指戰陣無勇也〇左
傳滿張聞宗魯死將往弔之仲尼曰齊豹之盜孟
縶之賊女何弔爲註宗魯雖死不避亂齊豹之所

賻

已踰等俟事不植弔事謂待朝夕哭時不植弔謂
不檀弔植作○檀弓齊者不弔註哀則動
曲禮曰弔喪不能賻不問其所費問疾不
問其所欲註曰徒問爲可愧也○餼夕知死者
知生者賻疏贈是玩好施於死時是補不足施於
生○左傳魯有齊怨孝公薨不廢喪紀禮也弔贈
之數不有廢○又贈死不及尸非禮也
主人哭出西向稽顙後再拜○記孔子曰拜而稽顙
先稽顙後再拜○記孔子曰拜而稽顙頎乎其順
者頎音註拜以禮賓稽顙以自致順者先加敬於
也稽顙而後拜順乎共至也三年之喪吾從其至
賓顧者惻隱之發也至者以其哀常在親極其自
盡之道也

聞喪

補記伯高死於衛赴於孔子孔子曰吾惡乎哭諸
兄弟吾哭諸廟父之友吾哭諸廟門之外師吾哭
諸寢門之外所知吾哭諸野於野則已疏於寢門
則巳重夫由賜也而來者勿拜
之主曰爾爲爾哭也來者拜之知伯高而來者勿拜

二十三

也接兄弟内所親者哭之廟父之友哭於父而外所
親者哭之廟門外師親哭父哭諸寢友哭其親視
兄弟哭諸寢門之外所知從交者孔子哭伯高以
野爲太疏哭於子貢之家君子行禮詳審於哭位
之次如此弔生而傷死或拜或不拜稱其情如此
○記孔子哭子路於中庭有人弔者夫子拜之旣
哭進使者而故註哭之中庭師友之禮也

三月而葬
王制士三日而殯三月而葬○記太公封於營丘
比及五世皆反葬於周君子曰樂其所自生禮不
雖封於齊留周爲太師死葬於周子孫不敢忘本
自齊反葬五世親盡而後止也○周公封魯子孫
不反葬於周者次子在周世承其采地春秋周公
是也方葬衆

先兆

廉范千里負喪 大註下二條同
漢書廉范年十五往迎父柩郫沉俱溺以救得免
明帝時舉茂才治蜀民歌其政

郭平自賣營墓
漢書郭平家貧力學親死賣身營墓

二十四

葬日皆決於卜筮。

曲禮喪事先遠日吉事先近日。

祠后土

問后土之祭朱子曰極而言之似僭然此卽古人中霤之祭只以小者言之非如天子所祭皇天后土之大者也○丘氏濬曰文公大全有柩土地祭文今擬改后土氏爲土地之神云○按與語類所載朱子前說不同前說論祭之當否此說稱號恐不相背也。

葬　大註下同

龜峯集　卷之八　二十五

小記祔葬者不筮宅宅葬地也前葬旣筮之○王制大司徒以本俗六安萬民二曰族墳墓同宗者。

生相近死相迫。

擴枢

擴音竈擴也。

興化漳泉小註下五條同

補主人拜工匠爲槨有功主人拜之。

一統志漳泉二州名興化郡名。

槨內實以和沙石灰。

接槨內用灰未穩槨朽而灰孤立旣不得外與炭

隔爲一又槨之底板腐陷則灰不能安其基似不可。

拖朴子

晋書葛洪家貧力學尤好神仙導養之術求爲句漏令曰非欲爲榮以有丹耳入羅浮山著內外百餘篇號拖朴子尸解而去。

侯滿加蓋復布沙灰。

按棺上面灰恐無安頓處棺朽終亦陷落恐不可用棺上之灰旣厚又與外物同心可無崩陷。

籍溪先生

龜峯集　卷之八　二十六

宋鑑胡憲安國從子一意下學力田奉親朱子師事最久世號籍溪先生。

不敢用全石

先生葬長子其壙用石上蓋厚一尺許五六段橫湊之兩傍及底五寸許內外石灰炭末細沙黃泥築之謂頻。

毋氏某封大註

毋字下恐落某字。

明器

檀弓曰之死而致死之不仁而不可爲也之死而

致生之不知而不可爲也是故竹不成用瓦不成

味瀆木不成斲琴瑟張而不平竽笙備而不和其

曰明器神明之也。

苞
補註古稱苞苴是也曲禮註苞者苞裹魚肉之屬。

苴者以草藉器而貯物也。

筲
論語註筲竹器容斗二升。

五穀　大註
稻黍稷麥菽也出孟子朱子註

龜峯集　卷之八　二十七

淪　音小註

藍　大註下五條同

馨夷切平聲酸也。

圓鑒　圓柄

蓋音滑窄孔也柄音稅刻木端入鑒者也。

扎　音札

流蘇

考索倦將錄五絲錯爲之同心而下垂者曰流蘇

里

胡卦切碨也。

帷幌　小註
幌謨郎切上聲在上曰幌所以衣柳也。

娶
喪大記註柩路障車入槨障柩。

五寸五分約小註
約他本作弱

致柩於其上北首　大註
朝廟時此首順死者之孝心

遂匠小註下三條同

本註遂人匠人也遂人主引徒役匠人主載柩夔

職相左右也疏周禮遂人匠人主其葬事。

夷床

既夕禮夷之言尸也。

遷于祖
遷他本作朝

不設柩東

本疏小歛奠設于尸東者以其始死未忍異於生

大歛以後奠皆設于堂中亦不統於柩。

遂遷于廳事

補註遷柩在廳事正中所以倣古啓殯之意也。

龜峯集　卷之八　二十八

設祖奠

既夕註將行而飲酒曰祖。

置席上北首大註

[按記曰死者北首生者南鄉今始北首是用死道
也禮運註死者仆故言首生者興故言鄉

乃纁

窆下棺也陂險切去聲○張子曰安穴之大設如
其穴安

尊穴南鄉北首陪葬者前爲兩列亦須北首各於

玄纁大註

書禹貢註玄亦黑邑幣也纁絳邑幣也。

龜峯集　卷之八　　十九

加灰隔內外盖

按灰隔隔灰之薄板也狀如外棺內外盖乃隔灰
薄板之內外盖也內盖在柩上隔灑青外盖在灑
青上隔灰沙

府君神主大註下同

朱子曰無爵曰府君官謂之明府父謂之家府。

形歸窀穸

左傳襄十三年註窀厚也窆音夕夜也厚
夜猶長夜謂葬埋也

墳

記孔子既得合葬於防曰古也墓而不墳今丘也
東西南北之人也不可以不識也封之崇四尺註
孔子生三歲而叔梁紇死也○記防墓崩孔子泫
然流涕曰吾聞之古不修墓註敬謹之至無事於

修也

隋文帝小註下同

隋書文帝名堅篡周平陳混一天下。
嗚呼有吳延陵季子之墓。
一統志李札墓在常州江陰縣孔子題碑歲久遷

龜峯集　卷之八　　三十

沒宋守朱彥明復取孔子所書十字刻碑表識。

反哭

問喪曰入門而不見也上堂又不見也入室又不
見也凶矣不可復見矣故辟踊盡哀

詣靈座前焚香再拜大註

按降神禮焚香再拜酹酒再拜與祠堂章降神禮
同時祭奠無一再拜恐落。

進饌

[按既再日如朝奠而具饌進饌皆無飯羹今於祝
文有菜盤羹盤也祭似不可曉丘濬儀節有飯羹恐

無害也然侑食又無扱匙飯中之節家禮則無飯

丁寧矣又卒哭始云主人奉羹主婦奉飯虞之無

飯羹亦明矣

柔日　曲禮外事以剛日內事以柔日外事治兵巡狩

朝聘盟會內事祭冠昏接與此少異

也

袝　補註袝之爲言祔也告祖父當遷告新死者當入

非宗子則　大註下同

龜峯集　卷之八　　三十一

宗子不拜　按袝人非繼曾祖之宗子不得主袝祭

按此詣凶者前不拜

大祥

記孔子既祥五日彈琴而不成聲十日而成笙歌

接古今異禮

補朱子曰親喪兄弟先滿者先除服後滿者後除

服以杖外聞喪有先後者○問妻喪未葬巳葬未

除服當祭否何服朱子曰恐不當祭某家廢

四時正祭蘇劬瘵猶存節祀湌衣凉衫之屬亦以

義起無正禮可考恐喪之餘祭似無嫌然正寢

巳設几筵無祭處恐可暫停

如布服　小註

朱子大全布作弔

禫

記孟獻子禫懸而不樂比御而不入夫子曰獻子

加於人一等矣按與喪大記異

下旬卜日

曲禮凡卜筮日旬之外曰遠某日旬之內曰近某

日喪事先遠日吉事先近日　喪事葬與二祥示

龜峯集　卷之八　　三十二

不愿伸孝心也

居喪雜儀

如有窀

疏曰事盡理屈爲窀孝子罔窀而哭之心形充屈

如愿行道極窀愿之容也

瞿瞿

眼目速瞻之貌如有所失求覓之不得照也

皇皇

猶棲棲也親歸草土孝心無所依托如有望彼來

而彼不至也

練而慨然

至小祥但慨嘆日月若馳之速也。

祥而廓然

至大祥情意寥廓不樂而已。

誦

雜記註東夷之人不學而知禮者也。

小連大連

魯人

顏丁

補註口所習也。

龜峯集　卷之八　　三十三

高柴

字子羔孔子弟子衛人孔子稱其愚。

身有瘍

瘍余章切瘍癰也又病也。

補曲禮曰居喪之禮毀瘠不形視聽不衰註居喪
許羸瘦不許骨露見又毀不滅性○曲禮升降不
由阼階出入不當門隧註執人子之禮末忍廢也。
○又不勝喪乃比於不慈不孝○曲禮五十不致
毀六十不毀七十唯衰麻在身歛酒食肉處於內
強加饔粥

饔同饘蕭延切厚曰饘稀曰粥。

龜峯先生集卷之八

卷之八　　三十四

龜峯集卷之九
朱禮註說三
祭禮

即得幽明一致如在其上左右非心知其不照姑
為是言以設教也○朱子曰吊魂復魄立童設
主便是要接續他些子精神在這裡○又曰聖
人教人子孫常常祭祀也　要聚得他○問既　往

記曰祭者所以追養繼孝也註曰追其不及之養
而繼其未盡之孝也○朱子曰古人誠實直是見

為鬼何故謂祖考来格朱子曰所謂来格亦　有
神底意思以我之精神感彼之精神蓋謂此也○
孔子曰使天下之人齊明盛服以承祭祀洋洋乎
如在其上如在其左右問洋洋如在朱子曰亦須
自家有以感之始得○記曰孝子之祭也　必
敬如親聽命註曰進退之間如親聆父母之命若
有使之者○問鬼神之義来教云只思心脉進退
精神便是自家精神一句則可見其苗脉矣其嘗
讀太極圖義有云人物之始以氣化而生者也氣
聚成形則形交氣感遂以形化人物生生變化無

窮是知人物在天地間其生生不窮者固理也其
聚而生散而死者則氣也有是理則有是氣氣聚
於此則其理亦命於此今所謂氣者既已化而無
有矣則所謂理者抑於何而寓耶然吾之此身即
祖考之遺體祖考之所具以為祖考者皆具於我
而未嘗亡也是其魂陞魄降雖已化而無有然理
之根於彼者既無止息氣於我者一而無復間斷
吾能致精竭誠以求之此氣既純一而無雜則
此理自昭著而不可揜此其苗脉之較然可觀者
也上蔡云三日齊七日戒求諸陰陽上下只是要
集自家精神蓋義之精神即祖考之精神在我者
既身即是祖考之来格也朱子曰諭鬼神之說
其精密○子思曰夫微之顯誠之不可揜如此夫
延平李氏曰子思於承祭祀時鬼神之理昭然易見○
問旁親及子是一氣至於祭妻及外親其精神非
親之精神矣豈於此怳以心感之而不以氣乎朱
子曰蓋本從一源中流出初無間隔雖天地山川
鬼神亦然也○記曰治人之道莫急於禮禮有五
經莫重於祭註五禮吉凶軍賓嘉○記曰祭者教
之本也○又曰祭有十倫焉見事鬼神之道焉見

君臣之義焉見父子之倫焉見貴賤之等焉見親踈之殺焉見爵賞之施焉見夫婦之別焉見政事之均焉見長幼之序焉見上下之際焉見此之謂十倫○記曰祭不欲數數則煩煩則不敬祭不欲踈疏則怠怠則忘○尚書大傳祭之爲言察也察者至也人事至

祭

○孔子曰眾生必死死必歸土此之謂鬼骨肉斃于下陰爲野土其氣發揚于上爲昭明焄蒿悽愴此百物之精也神之著也是焄蒿悽愴使人精神凜然竦然是悽愴○問天地山川有箇物事其神可致人死氣散如何致之朱子曰只是一氣子孫有箇氣在此畢竟是因何有此其所自來盖自厥初生民氣化之祖相傳到此只是此氣○朱子自天地言之只是一箇氣自一身言之我之氣即祖先之氣亦只是一箇氣所以纔感必應○曲禮祭事不言凶註祭吉事也吉凶不相干○易之萃曰王假有廟朱子曰廟所以聚祖考之精神人必能聚已之精神可以至于廟而承祖考之精神也○程子曰天下萃合人心志之道莫過於宗廟祭祀之報本於人心聖人制

禮以成其德耳○又易曰萃不以正其能享乎○曲禮曰非其所祭而祭之名曰淫祀○北溪陳氏曰人於祭自己祖宗却都漠外面祀他鬼神必極誠敬不知他鬼神於已何相干若是正神不歆非類若是淫邪竊食而已必無降福之理○問祖先非士人而子孫欲變其鄉風以禮祭之先不曉却如何朱子曰公欲得祖先饗得○記曰惟聖人爲能饗帝孝子爲能饗親饗者鄉也鄉之然後爲能饗焉註曰志之所鄉然後能饗○朱子曰祭祀之感格非有一物積于空虛之中以待

子孫之求也○盡其誠敬感格之時此氣固寓此也○程子曰凡事死之理當厚於奉生者朱子曰但以誠敬爲主其他儀則隨家豐約如一羹一飯皆可自盡其誠按家事神宜豐於奉生者亦不必拘此品數也○曾子問曰宗子爲士庶子爲大夫其祭如之何孔子曰以上牲祭於宗子之家祝曰孝子某介子薦其常事○記曰夫祭者非物自外至者也自中出生於心者也○孔子曰註盡其心者祭之本盡其物者祭之末也父爲大夫子爲士葬以大夫祭以士父爲士子爲大夫葬以士祭以

大夫朱子曰祭用生者之禄按以士之禄大夫之
禄既得豐殺于祭則貧富亦然不必拘一例也○
易之損曰曷之用二簋可用享程子曰損者損浮
末而就本實也○祀之禮誠敬為本飾過其誠則
為偽矣故本實也○記曰外則盡物內則盡志接物與誠交盡然後
可以為祭○記曰孝子將祭慮事不可以不預比
時其物不可以不備虞中以治之註曰比時及時
也虞中心無難念也○易曰東鄰殺牛不如西鄰
之禴祭實受其福註殺牛盛祭也禴祭薄祭也○

龜峯集　卷之九　　　五

四時祭
孔子曰春秋祭祀以時思之○記曰祭則觀其敬
而時也註曰禮時為大○公羊子曰士不及茲四
者則冬不裘夏不葛註四者四時之祭也。

何休小註下三條同

漢書何休字邵公研精六經

特豚
士婚禮註特猶一也。

春鴈韭止以鴈

王制本註韭之性溫則陽類也故以配郊陰物故
也麥與禾皆南方之穀亦陽類也故配以魚與豚
皆陰類也稻為西方之穀則陰則陽類也故配以鴈鴈
陽物故也動物之陽者配以植物之陰
者配以動物之陽亦使陽不勝陰陰不勝陽而已。

庶羞不踰牲

王制曰庶羞不踰牲燕衣不踰祭服襚不踰廟註
此三者皆言薄於奉已厚於事神也按今看本文
與高氏所引義稍異。

諏此歲事大註下二條同
諏聚謀也。

適其祖考
適意所必從曰適贈會出

来月某日止事于祖考

[按禴祭稱改祖考妣為考妣則今於考下落妣字。

孟說小註下同

五四〇

孟說唐鑑登進士致仕所在春秋給羊酒

與鬼神接然能事鬼神已是上一等人〔按程子之

問時祭用清明之類或是忌日則如〇何朱子曰
却不思量到此古人所以貴於卜日也按朱子之
言又如此〇二分二至乏不可爲或也

齊戒

齊七日以定之致齊三日以齊之乏之謂齊齊
者精明之至也然後可以交於神明〇記曰致齊
於內散齊於外〇記曰齊者不樂不吊〇註曰樂則
散家則動皆有害於齊也

記曰齊之爲言齊也言齊不齊以致齊者也〇記曰
將齊也防其邪物記其耆欲耳不聽樂又曰心不
苟慮必依於道手足不苟動必依於禮〇又曰散
齊七日以定之致齊三日以齊之乏之謂齊齊

不得狃葷　〔大註〕

董荀子註恙雜也〇爾雅翼云大蒜小蒜葷渠慈
恙耆恙爲五葷　〔小註下六條同〕

齊之曰思其居處思其笑語此孝子平日思親之
心非齊也齊不用有思有思則非齊齊者湛然純一方能
程子曰思其居處思其笑語此孝子平日思親之
其所爲齊者此非聖人之語齊者湛然純一方能

說高而無下手處恐或未穩

雖七廟五廟亦止於高祖

王制天子七廟三昭三穆與太祖之廟諸侯五廟
二昭二穆與太祖之廟大夫三廟一昭一穆與太
祖之廟有功而宗有德是爲百世不遷之廟〇朱
子曰天子太祖百世不遷一昭一穆爲宗亦百世
不遷二昭二穆爲四親廟親盡則遞遷諸侯則無
二宗大夫又無二廟其遷變之次則與天子同〇

祭法大夫三廟無高祖廟〇祭法王立七廟諸侯
立五廟〔王級諸侯大夫立三廟〕〇嘗禘儀禮經傳傳
曰周日祭註曰祭於祖考謂上食也漢亦然〇朱
子曰太祖太宗仁宗功德茂盛宜準周之文武百
世不遷號爲世室〔禘祭〕曰周公太祖之不可預爲
祖百世不遷故以太祖太宗爲世室無常數苟有
功德則宗之不可預爲設數殷有三宗周公擧之
以勸成王由是言宗無數也予嘗鈕朱〇朱子又
以高宗中興故亦欲爲世室而不遷之〇朱子曰
周制后稷始封文武受命而王故三廟不毀與親
其所爲齊者湛然純一方能

龜峯集　卷之九　九

廟四而七者諸儒之說也謂三昭三穆與太祖之

廟而七文武爲宗不在數中者劉歆之說也其數

不同劉歆說說較是

月祭享嘗之別

經傳經曰先王日祭月享時類歲祀諸侯舍曰卿

大夫舍月庶人舍時註三日祭於祖考月享於曾

祖時類及二祧歲祀於壇墠語出國

大夫有事省於其君干祫

大傳大夫士有大事省於其君干祫及其高祖註

大事謂祫祭也不敢私自舉行省於其君而君賜

之義以甲者而行尊者之禮故謂之干祫

二主

按乃下文影與祀扳也

支子所得自主之祭

按支子自主之祭乃繼禰繼祖等小宗也即祠堂

章所謂祭之次日卻令次位子孫自祭者也

程子曰支子雖不祭齋戒致誠與主祭者不異可

或以物助之

與則以身執事不可與則以物助之

省牲

儀禮經傳曰牲孕祭帝不用按不但祭帝凡祭皆

宜不用

具饌

[按]四時具饌泛言魚肉而雖無用生明文朱子曰

大抵鬼神用生物祭者皆是假生氣爲靈古人纂

鍾簠龜皆此意也司馬公祭儀亦用生家禮媍祖

亦用生宜用生無褻矣

饅頭　大註下二條同

韻會饅頭餅也

糕

龜峯集　卷之九　十

或作餻周禮籩人糗餌粉餈註方言餌謂之餻餈

記註稻餅也炊米搗之粉餈以豆爲粉出內則

一串

韓詩如以肉貫串串朔限韻會作弗

膾軒　小註下同

內則膾食細切爲膾大切爲軒

隨鄉土所有

禮器云天不生地不養君子不以爲禮鬼神不饗

也居山以魚鱉爲禮居澤以鹿豕爲禮君子謂之

不知禮註天不生謂非時之物也地不養如山之魚鼈澤之鹿豕。

玄酒大註下同
禮運註太古無酒用水行禮後王重古名爲玄酒祭則設於室而近此也。○丘氏亦曰實水以黲茶。

熾炭于爐
丘氏濬曰熾炭炙肝肉按亦用燧酒。

質明
檀弓曰夏后氏大事用昏商人大事用日中周人大事用日出夏尚黑用昏故祭其闇商尚白用日中故祭其暘周尚赤用日出故祭以朝及闇按子

龜峯集　卷之九　十一

路祭於季氏質明而行事晏朝而退孔子取之此周禮也然禮與其失於晏也寧早。

奉主就位
曲禮曰凡奉者當心提者當帶○朱子曰神主之位東向尸在神主之北又曰夏立尸商坐尸周旅酬先王衣服藏之廟中臨祭衣尸。○子曰古者男爲男女爲女自周以來女無可以爲尸者故無女尸後世途無尸能爲尸者亦非尋常人○朱子曰儀禮周公祭泰山召公爲尸。○愚按無可尸

灌用鬱小註

龜峯集　卷之九　十二

而尸禮既廢無可祭而祭禮將廢尸禮廢而有主可祭祭禮履而誰可爲祭主祭者可不動念

盛服大註下同
補曲禮有田祿者先爲祭服祭服獎則焚之祭器獎則埋之牲死則埋之註人所用則焚之暘也鬼神所用則埋之陰也。

主婦西階下
[按]告日之儀無西階位矣故今又別錄皆同朝望儀

郊特牲註周人尚氣臭先求諸陰故牲之未殺先酌鬯酒灌地以求神以鬯之有芳氣也又搗鬱金香草和合□酒使香氣滋甚以臭而求諸陰其臭

下達於淵泉矣蕭香蒿也取蒿及牲之脂膋合黍稷而燒使旁達於牆屋之間是以臭而求諸暘也此天子諸侯之禮丘氏濬曰鬯用秬黍爲酒也謂

焫香大註下同
按桐堂章降神焫香再拜酹酒再拜所以求諸暘再拜求諸陰再拜也今闕焫香再拜不可不添入

○語類云溫公書儀以香代蓺蕭撈子直不用以
為香只是佛家用之○丘濬曰按古無今世之香
漢以前只是焚蘭芷蕭艾之類後百越入中國始
有之雖無古禮然通用已久鬼神亦安之矣

俛伏興再拜
按祠堂章酹酒伏興少退而再拜今關宜添入

以茅縮酌 小註
周禮天官祭祀供蕭茅註蕭讀為縮束茅立之沃
酒其上酒滲下去若神飲之故謂之縮○又左傳
齊桓伐楚曰爾貢苞茅不入無以縮酒

進饌
曲禮進食之禮食居人之左羹居人之右膴曰燥
居左濕居右。

主人陞主婦從之。大註下四條同
按記曰祭也者必夫婦親之所以備內外之官也
自漢以來后無入廟之事相循至今古者宗廟九

獻王及后各四臣一之禮遂廢。
者一人舉酒以祭地故九官名祭酒皆一位之長。
語曰君祭先飯○胡廣曰古者實得主人饌則老
祭之茅上

○按準以古禮則宜高祖考獨祭而每位皆祭似
未可知也然朱子運祭各位必有所見今不可改。

炙肝于爐
按炙有二音肉之方燔入聲已燔去聲。

薺盛
薺廣韻祭飯盛古今韻會在器曰盛又曲禮註祭
杞之飯謂之薺盛

柔毛剛鬣
曲禮天子以犧牛諸侯以肥牛大夫以索牛士以
羊豕按註色純曰犧養於滌者曰肥求而用之曰

索○九祭牛曰一元大武註元頭也武足迹牛肥
則迹大○豕曰剛鬣豕肥則鬣剛○豚曰腯肥腯肥
腯者充滿之貌○羊曰柔毛羊肥則毛細而柔○豚曰
鷄曰翰音翰長也鷄肥則聲長○犬曰羹獻犬肥
則可為羹以獻○雉曰疏趾雉肥則兩足開張故
曰疏趾。○兔曰明視兔肥則視明○腊曰尹祭尹
正也度其燥濕之宜○鮮魚曰脡祭脡直也魚之鮮
者直。○水曰清滌玄酒也可濯故曰清滌○酒曰
清酌古之酒醴有清有糟未涉者為糟既涉者為

清

補虞祭獻盞執事爲之時祭則主人爲之○按虞
祭初用祭禮喪人哭泣之餘未堪自奠何得與時
祭同不但虞祭神位惟一故異而已

少牢饋食○士虞特牲○鄉射大射小註下同
并儀禮篇名

獲者獻侯
註獲者以候爲功是以獻爲獲也鄉射東方謂
之右箇註候以鄉堂爲西疏左右箇不辨東西故

龜峯集　卷之九　　　十五
記人明之

扱匙飯中大註下同

扱古今韻會通作挿○按匙挿飯中而西柄筯留
楪上而正之矣

此所謂扱厭也

韻會厭與魘同去聲飽也○禮記註厭有陰厭陽
厭不知神之所在於彼於此皆庶幾其享之而厭
飲也出贈子

一食九飯之頃小註

曲禮三飯疏三飯謂三飯而告飽勸乃更食拔三

飯竟主人乃道客哉食哉此乃賓主之禮○天子
十五飯諸侯十三飯九飯士禮也三飯又三飯又
三飯出禮疏饋○小牢饋食禮註三飯大名小數曰飯
○特牲饋食禮註三飯禮一成也又三飯又三飯禮
三成也

受酢
胙音昨奈餘也

啐酒大註下八條同
禮記註曰入口爲啐酒至齒爲嚌啐七內功

酳
禮記祝於始酳於終禮之成也

祭禮註酳爲尸致福主人之辭也　古雅○禮運註

龜峯集　卷之九　　十六

工
詩楚茨註善其事曰工

承
詩楚茨註承傳也

致多福于
記曰賢者之祭也必受其福非世所謂福也福者
備也備者百順之名也○記曰明薦之而已矣不
求其爲註曰不求其爲無求福之心所謂祭祀不

祈也。

來汝。

詩楚茨註來讀曰釐賜也。

勿替引之。

詩楚茨註引長也。

實于左袂

少牢饋食禮註實於左袂傍右手也李猶小也。

告利成

儀禮特牲饋食註云利猶養也供養之禮成不言

禮畢有遺尸之嫌。○按朱子既後韓魏公而著受

龜峯集　卷之九　　十七

辭神

胙禮於此宜從朱子行之無疑

敬既散則又倏然而散朱子曰然。

諸陰方得他聚然其聚也悠忽到得禱祠既畢誠

問祖考精神既散必須三日齋七日戒求諸陽求

徹

祭儀曰及祭之後陶陶遂遂如將復入然不欲遽

去愛敬之無已也。○詩曰祓之祁祁薄言還歸朱

子曰祁祁舒遲貌去事有儀也記曰祭之日樂與

哀半饗之必樂已至必衰註必樂迎其來也禮畢

往矣故哀也。

餕

記曰餕者祭之末也古人有言曰善終者如是餕

其是已註曰謹夫餕之禮者慎終如始也。○記曰

祭者澤之大者也上有大澤則惠必及下故曰可

以觀政由餕見惠故曰可以觀政。○經傳經曰

燕私者何也祭已而與族人飲以□□□□□□

□醉而不出是謂□宗□出不止是不忠也親而甚

敬忠而不倦若是則兄弟之道備

諸婦女止獻男尊壽大註下同

龜峯集　卷之九　　十八

親獻異姓則使人攝

坊記子云禮非祭男女不交爵註先儒謂同姓則

羞神之餘也。

無算爵　小註

語云祭肉不出三日朱子曰過三日則肉必敗是

其日皆盡。

有司徹註唯所欲無有次第之數也。○補記曰

文王之祭禮也明發不寐饗而致之又從而思之

註曰祭之明日猶旦如此況祭之正日乎。○行五

祀曾子問天子未殯五祀之祭不行士喪禮禱于

龜峯集 卷之九

五祀○記自天子至士皆祭五祀五祀春祭戶
夏祭竈季夏祭中霤秋祭門冬祭行○按今世五
祀既廢時祭罷做朱子行祭恐不得不為也○記
曾子問孔子曰過時不祭禮也註如春祭時或以
事故阻廢至夏則惟行夏之祭不復追補春祭矣
此止謂四時常祭禘祫不然

初祖

喪服傳諸侯及其太祖天子及其始祖之所自出
註太祖始封之君始祖者感神靈而生若稷契是
自由也始祖之所由出謂祭天也按初祖始祖異
名而同一祖也○朱子曰祫祭止於太祖禘又祭
祖之所自出○韓愈氏曰祫者合也䄟廟之主皆
合食於太祖之廟○趙伯循曰禘者王者之大祭
也又推始祖之所自出祀於始祖之廟以始祖配
之也

祠堂 大註下七條同

[按]祠堂未知何處補註云設於墓所卽祠堂章所
謂始祖親盡則歲主於墓所處也楊氏復所云必
有祠堂以奉遷主者也然今所云祠堂未知定指
此處也

十九

龜峯集 卷之九

東茅之下 [按]之字他本作以

杆六

杆音干既夕禮註盛湯㯿又食器

毛血為一盤

祭儀趨而毛牛尚耳註趰示有事也將殺牲先取
耳旁毛以薦神毛以告全耳以主聽欲神聽之
以耳毛毛為上故云尚耳

首心肝肺為一盤

郊特牲血祭盛氣也祭肺肝心貴氣主也註有血
有氣乃為生物肺肝心皆氣之所舍故云氣主周
祭肺殷祭肝夏祭心首亦陽體魂歸天為陽此以
陽物報陽靈也○儀禮經傳曰有虞氏祭首

左胖不用

既夕禮升羊左胖註及吉祭也吉祭升右胖用
胖及吉祭也○少牢饋食禮升羊右胖脾不升註
升猶上也上右胖周所貴也脾不升近竅賤也胖
音判

去近竅一節不用凡十二體

[按]後足近竅一節不用則凡十一體也二字恐誤

二十

祭先祖歷言支體而後足亦用二端則二字乃一
字之誤無疑也。

毛血腥盤

禮記曰禮之近人情者非其至者也註近者爲褻
遠者爲敬郊祀皆有腥血註全乎天者莫如血故
郊特牲曰至敬不饗味而貴氣臭也。

匜小註

匜音扁上聲器之簿又不圓貌匜音于飯器

鉶羹大羹　大註下三條同

鉶音刑盛和羹器○按大羹即肉湇不和者鉶羹

龜峯集　卷之九

即肉湇以菜者大羹太古之羹也肉汁無鹽梅之
和亦尚玄酒之意鉶羹鉶鼎所實者具五味也湇
音急去急及黄肉汁也今文湇皆作汁。

炙肝加鹽

特牲饋食禮註肝宜鹽也○按祭無加鹽者以庶
羞等饌各調鹽故也此禮則多用古禮反本復
古所以交於神者非食味之道也左傳曰大羹不
致記曰大羹不和貴其質也然則加鹽何義此亦
古禮也鹽在肝右詳杜在小牢饋食禮。

盤盖各二

按盖一位用二未詳其義或者先祖通稱高祖以
上而只設一位故設二盖耶

瘞毛血

按丘氏潘禮以瘞字作進字○禮祭畢瘞毛血今
於進饌言瘞未詳

禰

集說考曰禰禰近也禰乃禮及父廟曰禰

受胙

按虞辭應改祖考曰考

忌日

禮記註忌日親之死日也○記曰忌日不用非不

龜峯集　卷之九

祥也言夫日忌有所至而不敢盡其私也疏非謂
此日不善此心極於念親不敢盡其私情而營他
事也○朱子曰古無忌祭近日諸先生方考及此
○按忌祭朱子只設一位程子配考妣祭一位禮
之正也○按朱子未祭之前不見客又毋夫人忌
日問服色然則齊之不見客可知忌日祭後見人
亦可知矣○記曰文王之祭也忌日必哀○曲禮
辛哭乃諱鄭玄曰敬鬼神之名也諱避也生不相
避○左傳周人以諱事神○問忌日當哭不朱子

五四八

日哀來時自當哭。○問柱旅遇忌於所舍設卓牲
香可否朱子曰這般細微處古人不曾說若無大
礙義理行亦無害。○朱子曰凡值遠諱一家固自
蔬食其祭祀食物以待賓客。○橫渠理窟云忌日
變服為曾祖祖考考姒布冠帶麻衣履各有差為弟姪
伯叔父母與兄弟為庶母及嫂一不肉
易褐不肉為庶母及嫂一不肉

主婦特髻去飾　大註

記原云戀人始為髻舜首飾文王又加翠翹○二
儀實錄曰醫繼也言女子有繼于人也偃以髮相
經而無物繫縛也。

奉神主出就正寢。

朱子曰忌日諸位不可獨享故迎出雖尊者之忌
亦迎出雖無古制可以意推。

墓祭

程子曰墓只是藏體魄而神則歸於廟古人惟專
精祭祀於廟今亦用拜掃之禮便簡於四時之祭
也。○按今世正朝寒食端午秋夕無異四時之祭
食一節用依三月上旬禮讀祝行祭餘用奠禮以
殺之似合古宜今行之既久亦不可廢而亦不可

行也。○南軒曰墓祭非古也。○補註周禮有家人
之官凡祭於墓為尸則成周盛時亦有祭於其墓
者。○補按無進饌一節墓祭從簡也。○按禮攝主
不厭墓無侑食亦從簡也。○進茶一節恐不可闕
也。

楮錢小註

按朱子語類先生家祭享不用紙錢云家禮亦無
此禮不可用也。

祭變禮

記曾子問曰大夫之祭鼎俎既陳邊豆既設不得

成禮廢者幾孔子曰九請問之曰天子崩后之喪
君薨夫人之喪君之太廟火日食三年之喪齊衰
大功皆廢士之所以異者緦不祭所祭於死者無
服則祭註士甲於大夫雖緦不祭。○無服所謂如妻
之父母之兄弟姊妹已雖有服而所祭者無服
則可祭。○位尊則以事廢者多
多。○春秋經曰有事于武宮籥入叔弓卒去樂卒
事胡氏傳曰內得盡其誠敬之心於宗廟外全隱
恤之意於大臣也照則有事於宗廟大臣薨事篇

入而卒於其所去樂卒事其可也。緣先祖之心見
大臣之卒。必聞樂不樂。緣孝子之心視已設之饌。
必不忍輕徹故去樂卒事其可也。細書大書皆胡
氏說。○記曰君子之祭也身親涖之。有故則使人
可也孔子曰吾不與祭如不祭。○克卿問荆婦有
所生母在家間養百歲後只歸祔於外氏之塋如
何朱子曰亦可。又問神主歸於婦家則婦家凌賤
欲祀於家之別室。如何曰不便此人風俗如此。○
二程全書侯夫人病革命伊川曰今日百五為我
祀父母明年復不祀矣朱子曰是祀其外家也照

無禮經。○朱子曰夫祭妻亦當拜。○曲禮曰祭服
弊則焚之。祭器弊則埋之。龜筴弊則埋之。牲死則
埋之。註皆不欲人之褻之也。

尺圖

按家禮圖本非朱子之作。不可為則又只圖其形
而非圖長短者也。扳各不同又丘公儀節則太長
亦難取信我國今作神主周尺傳來雖久常以為
疑今考徐居正筆苑雜記。世宗時許稠得陳友
諒子陳理家廟神主尺式。又得議郎姜天霆家尺
本乃其父判三司事姜碩䓁有有元院使金剛所藏

二十五

象牙尺所傳也。面書云神主尺寸。或以今官尺去
二十五分用七寸五分則與家禮附註潘時舉所
云周尺當今省尺七寸五分弱之語同二本相較
不差於是始定尺制凡神主與天文漏器攄此以
為尺式後赴京人買得新造神主來寸分相合。今
我國所用周尺與中國同無疑矣。云今姑遵
宗朝所定用今尺似合道理。

龜峯先生集卷之九

龜峯先生集卷之十

附錄

伸寃疏　乙丑二月沙溪金先生與藥峯徐公省　守夢鄭公曄晴川君柳公舜翼竹西沈宗直　聯名　宗直

伏以民生於三事之如一師或橫羅罔測之禍抱寃
泉壤之下則受業於其人者其可無一言以貞事之
如一之義乎臣等少從宋翼弼受學翼弼文章學識
超絕一世與李珥成渾爲講磨之交李珥既没之後
李澄自惟讓輩仇疾珥渾延及翼弼必欲置之死地
而後已可謂怒甲移乙之甚者也翼弼之父祀連乃

龜峯集卷之十　一

故相安瑭孽妹之子也祀連之母既已從良祀連又
至於雜科出身則連二代良役且過六十年大限者
不得還賤昭在法典而瀅等以祀連上疂還賤安家子
孫不共天之雠故乘機指嗾意法還賤其時訟官或
有執法之意則瀅等駁逐之至再至三而後始得行其
志夫法之雠等也　祖宗金石之典也
弼雖犯時怒豈可以一時私憤而屈　祖宗金石之
典以快其心哉肆我　宣祖大王昔在西幸因其訴
寃始發開釋之端而刑官蒼皇未暇奉承始以還都
辨決回　啓其後臣師亦論凶無復申額遂成掩置

以至于今　日月重明壁枉畢伸而獨此凶師之寃
尚不瞑目於幽冥噫以凶師悖古通今之學生未爲
聖主之所知死未免奴隸之賤名豈但臣等之隱痛
於心　國法之壞亦識者之所深憂也臣等每欲以
此一額於天日之下而　國家多事未遑於此臣等
敢此冒死陳達臣等豈不好上誣君父爲員師之鬼故
自念俱以衰老之人朝夕溘然則終爲員師之鬼故
聖明或下該曹照法涵寬不勝幸甚臣等無任戰慄
犀營之至謹昧死以　聞

龜峯集卷之十

行狀

先生姓宋諱翼弼字雲長礪山人高麗貞烈公松禮
之後高祖根曾祖璉君小鐵祖璘直長要順興安氏某官
其之女生金楗君是爲先生之考娶延日鄭氏生四
子一女長諱仁弼次諱富弼次卽先生而雲谷居士
翰弼季膺其季也先生以嘉靖甲午二月初十日卯
時生年七八歲已下筆語輒驚人及長與弟雲谷俱
發解高等既已不樂於京都朋儕間避居于高陽之
龜峯山下自甲申李栗谷既殁黨禍益深壬人之仇
梗牛栗兩賢者移怒於先生丙戌歲禍稔遂作乃興兒
弟藏凝避仇重峯趙文烈公上章亟論其寃且言其

賢請納其贄殺以贖其身以為鳴谷山長丁亥戊子
重峯連疏論之而戊子則又言宋某徐起等俱有將
帥之才已丑冬　上有嚴命詣官自帥先生所云
庚寅春坐趙汝式上章救我自作楚囚子帶方者也
賦詩有千里狂章那困我聖心無滯若衡平之句耶
曰時開趙汝式之救已辛卯春將有士林之禍先
甚怒愿抒平之脉云
湖南前此已丑真重峯已被謫至是松江又遠竄先
生皆有詩以傷之是歲聞當禁自作楚囚于鴻山時
重峯又上章白衣挾砥斧伏關請死先生聞而筆記
曰與汝式不相見近十載以章中每稱鄙人故有此

龜峯集　卷之十

三

按及壬辰正月到熙川謫所松江時於江界圍置中
與人書云近又龜公求泊不遠處未知將來又作何
等興恠也七月避賊入明文山卽熙川地也癸巳九
月蒙　恩放還郡有塞暄靜卷兩賢祠蓋塞暄被謫
時靜卷頁菱於此也先生感慨昔賢遺跡操文以祭
而歸甲午秋冬寓身於楮塞之山中哭仲兄默卷公
其後又哭弟雲谷耕朝丙申又居沔川之馬牟村金
僉樞進礪庄舍牛溪寄書曰備知寄居金家主人仁
賢後生向風來學者衆晚景漂泊得此人可謂幸矣
先生自是棲遲馬牟村凡數年至己亥八月初八日

以疾卒于寓舍壽六十六葬于唐津北面元堂洞興
配昌寧成氏同原成氏以嘉靖癸卯生前一年戊戌
卒先生有一子曰就方側室有二子曰就大曰就實
一女適某先生所著有太極問一卷禮問一卷與
牛栗辨論書尺一卷藏于家詩棠一卷則門人竹西
沈宗直刊行於世一時及門之士指不勝屈而沙溪
金文元公愼獨齋金文敬公以道學名守夢鄭公曄
藥峯徐公渻畸翁鄭大學士弘溟等觀察許頤士
暨吾外王父參判金公譜其或以文學或以官業
俱顯於世噫先生之世今已遠矣其平生本末無所

龜峯集　卷之十

四

尋逐間嘗見前輩所記其言曰己丑十二月　宣祖
大王傳于刑曹曰私奴宋某兄弟蓄怨朝廷期必生
事趙憲陳疏無非此人指嗾云此極痛惋者死以奴
叛主逃躬不現尤為駭愕捉囚窮推宋某祀連之子
也祀連以安瑅等屬告安處謙謀變成獄得賞僉知
其諸子皆有才藝豈弼初有詩名與李山海崔慶昌
白光弘促李字純仁尹卓然河應臨等號八文章與
弟翰弼俱發解其子乃尊孫也不當冒法為
祀連既為罪人祝其實職其子海壽等以為
赴舉與同僚議停舉以錮之山海等求釋不得某復

從李珥成渾講論道學識見通透論議英發開門授
徒學者日盛號稱龜峯其高自標置與名卿士大夫
抗禮序齒不悅者亦多當三司之攻李珥也成渾欲
上疏伸珥而恐激怒及傷且自以山野賤士以退為
義忽論論時事未知如何以書問于其咎曰尊仍
受聖君知遇旣陳朝端則何不歷論時事使前後有
所施於見其不可照後可以歸來也渾從之自是更有
命不歸於虛文耶雖欲以不出自廬今旣出矣亞有
為報離其等皆述李山海鄭澈等互相藏匿得不死

龜峯集　卷之十　　五

至是有詆謗聞于上故有是命其詣官自首與李翰弼
俱竄極邊由此鄭仁弘等以交遊匪類咎成李矣於
此可見其得禍源委也後　仁祖乙丑文元公與守
夢及諸同門陳疏論滌賤籍章下該曰天稟甚高文章
途無毋言者謹按先輩之公訐則曰天資透悟剖析
亦高云者象村申文貞公之言也而象村之又
其論詩則以爲材取箴唐故其響淸義取擊壤蓋其
精微人所不及云者澤堂李公之言也
辭理和平寬傳之旨不失於羈窮流竄之際優遊涵
泳之樂首適於風花雪月之間其庶乎安時處順哀

先生風儀俊整言論灑落人之一接其面而聽其言
者莫不心醉起敬止渚金相少員氣不下於人遇先
生於山寺爲撤簫聽其言閱旬不去及其身都將相
語人曰吾之得至今日者緊富日親炙於龜峯是賴
也洪參議慶臣初謁其兄宋之寧原君可臣曰吾見
與宋其友平吾見宋必辱之寧原笑曰爾能辱宋
其平必不能也後慶臣遇先生於寧原宅不覺降階
以迎將禮甚敬其言論風儀之有足動人者乃如此
云嘻以先生精博之學通透之識華國之文經濟之
才限於門地阨於黨禍流離竄謫不能少行其志而

樂不能入者矣又曰如柳渡烟滴池淨覽忘飛之
句度越諸人非徒淸範可貴理亦自到至若當時名
賢如李主亭則其所贈詩篇曰襄遇雲長初實爲芸
所幸有意於汲古從君借修穀亥黃方寸鄰魯壹
非適餹錫我須執秒石子須摩秈情如或起柱遇還
拄遷重峯則諸蔫之曰到老勍書學遂經明行方言直
善發人意思須舊見宋龜峯也非但善似諸蔫
欲知諸蔫似龜峯也其大爲諸老所重如此蓋嘗聞之

龜峯集　卷之十　　六

耶惟當世立言之君子儻有以論撰著述使其道學
之實昭揚於今與後以為不朽圖則亦庶幾焉重峯
丙戌丁亥兩疏一段及甲子仲寃疏弁附之於左以
備參攷云爾歲甲寅季秋後學李選謹述

丙戌疏

乃若宋翼弼雖是祀連之子而到老劬書學遠經
明行方言直足盡父從珥運皆作臭友常如諸篤
之於法正且其教誨之際善發人意思奮自立
為生進者亦克有徒如金長生許兩行義著于京

外若姜燦鄭曄俱有英發之才以祖典言之訓人有
成例有賞職以華制言之立賢無方亘古以達今
珥之力通庶類只在求賢不是私一
翼弼而人多歸谷於珥山海則謂翼弼曰應南之
為濟牧入言由君之囑也君若自珥之死卽與絕
交則可無此患澈浩洁惟讓又憎其兄弟與澈素厚
疑讓巳短陰鴆該官盡廢四朝良籍而枉法還賤
至使幾斃扶下而幷子孫七十餘口咸皆安氏報
仇破家奔竄無所於歸或云散丐京外或云舩飄
海島散丐則七十餘口竟將為溝中骨矣舩飄則

七十餘口竟將為水賊之殲矣嗚呼聖恩如天無
物不春至如大辟者亦皆三覆刑之少有疑端必
使廣收公議以求生道至於有禽犢哀鳴亦輒聖慮
至減酲酪之進區中草木皆有生意而獨此七十
餘口迫之死域而無一人愛惜臣之所管公州
有孔巖精舍旬川有鳴谷精舍孔巖則有良人徐
起者曾學於李仲虎學博而行全傍人就學者或
中生進多有易教之士而鳴谷則別無主張之師
頃歲臣嘗一過見其開爽可教者而今此遍講
一無大進益者臣意以為宋翼弼及其不死於溝
年提督矣

丁亥疏

螯水賊納臣資級以與安氏贖其身甚其罪使道
人漁子遍招于邦域懍其至也則以為鳴谷山長
因其才而善導之則庶有成效必勝於愚臣之十
必使如宋賀之為珥所棄者俾治宋獄戢法枉典
決使其百口飄凶然後快於其意嗚呼珥之平生
惟以憂國憂民為志何負於此輩而今之朝野是
珥者無老無少無不中禍非珥者無愚無不肖無
不超揚云云

甲子伸冤疏狂上。

墓碣文　宋時烈撰

龜峯集　卷之十　　九

曩同春宋公浚吉謂余曰文元公金先生師事栗谷
李先生以至道成德尊賢考其抽關啓鍵導迪於一名賢巨
賢之初則自龜峯其文而歿世七十餘年墓道無刻豈有待於
吾儕耶余諸其文旣而同春委則其子孫僅有存於
公不為不多而亦不足徵也旣而同春又歿則無與成其事者
者而亦不足徵也今刑曹參議李選擇之卽金先生外曾孫也嘗為
史官遍考朝野載籍仍得以悉其事之本末及諸公
議論之詳遂為狀文一通以示余昔洪景盧為作前
人所未作者以明道術源流則朱先生以為作前
於此為有功矣擇之抑其人乎諸老先生所未遑者
將有成牛謹按先生姓宋諱翼弼字雲長家在高陽
龜峯山下教授學者故學者稱以龜峯先生其知舊
亦以龜峯稱焉其先出自礪山其顯者高麗貞烈公
松禮也其後微弊不振祖璘始為雜職直長父祀公
受通政階事載栗谷先生所撰安貞愍墓碑娶延日
鄭氏女生四子先生其第三也年七八歲詩思淸越
有山家茅屋月參差之句稍長與第輪翩俱發解高

龜峯集　卷之十　　十

等自是聲名著聞首與友善而推許者李山海崔慶
昌曰先輩崔岦豈李純仁尹卓然河應臨也時人謂為
八文章然先生知科擧之外有用心處遂取性理諸
書日夕講討不由師承刃解氷釋其文主於左馬氏
詩主於李白至其論說理致則通透灑落無所礙滯
學者歸者甚多栗谷李先生嘗入塲屋徙
投分相交論辨義理切磨甚篤李先生知其有學術
天道策舉子來問者曰宋雲長高明博洽玄就而
問之於是舉塲奇波先生左酬右應愈扣而愈無窮
舉子轉相傳錄不啻為取應之具也先生以古道自
虜雖公卿貴人旣與之友則皆與抗禮字而不官人
多竊罵而亦不以為意也　嘉靖癸未栗谷先生慍
于羣小其所搆誣甚於紹聖之世矣成先生適被
召至京欲上章以明淑慝之辨而又廬山野之人常
以退為義忽於此時捄論時事無乃非語默之道耶
先生以書勸之曰尊兄受　聖主知遇旣陟朝端則
不可以不出自處矣何不於陰陽消長之際明言善
讒使公議得伸耶成先生從其言　上益知讒邪媚
嫉之狀明示好惡之典於是成先生大被誣毀而於

先生愈甚遂謀所以報之者會李先生遠葉後學延
平李公貴欲爲李先生訟㝨先生爲草疏本於是舉
憾盆怒爭欲甘心於先生而無言可執遂嗾安貞慇
家蓋謂先生祖母本安氏家婢欲還其賤籍而滅其
子孫貞慇公叔父監司寬厚有婢侍貞慇考司藝公
敦厚而生女是爲先生之母非司藝祖連而屬天文學安
若隨眾詈謗則免矣先生曰雖死何忍安氏既起訟
者也李于山海禍且不測遂與兄弟避仇山海與鄭松江澈
先生知禍且不測遂與兄弟避仇山海與鄭松江澈

龜峯集 卷之十　　　十一

先生嘗作詩以識之詩中有荔枝連理等語大忤山
海又重峯趙文烈公之遂上疏力辨栗谷牛溪之誣而
護斥時輩山海益街之遂有詭語入內一日上下
于刑曹曰私奴宋某兄弟畜怨朝廷期必生事趙意
陳疏無非此人指嗾此撜痛挻因竄推先生遂自
就理與其弟翰弼俱竄極邊蓋翰弼亦能詩好議論
多怨於人也壬辰倭變先生自熙川謫所避賊明文
山中癸巳蒙宥郡有寒暄靜菴兩先生祠先生感慨
當日遭羅爲文以祭以見其志而歸自是先生棄家

失所又時董徼惠安氏不已先生雖竄
㝨狀徇畏約慍處知舊門人爭相館待學徒企集嘗
寓泗川金僉樞進礪家成先生寄書曰主人仁賢後
生向風晚暮漂泊得此於人可謂辛巳萬曆己亥
八月八日卒于泗川寓舍壽六十六門人會葬于唐
津治北元堂洞其配昌寧成氏前卒而同原子就方
側出就大就實先生以高才遠學始拘於門地中被
世累終爲成孕兩賢之株連流離尼竄以歿其世可
勝惜哉惟其講明理致以修其身且以傳之來世今
金先生之學爲世所宗則先生之於斯文亦可謂與

龜峯集 卷之十　　　十二

有功焉其餘開道成就者如金文敬公集字夢鄭公
曄藥峯徐公渻時翁鄭公弘溟監司姜公燦許處士
雨象判金公槃或以道學或以宦業傳道後生輔此
王家同春之先考郡守兩昌亦受學於先生以數同
春卒爲名儒則先生之身雖困於世而其道則不可
謂不有先矣若老於諸公論述則重峯以爲到老勤
書學遠經明行方立足盖父於故峯李兩賢皆作
裒友且其教誨善於開發使人感奮有立云而顧
納其官級以雪其寃李土亭之薖則曰玄黃方寸間
鄭賢豈非適蒙村申公欽則曰天稟甚高文章亦妙

澤堂李公植則曰天資透悟剖析精微徐孤青起謂
其學者曰爾輩欲知諸葛明乎惟見宋龜峯可也
仍曰吾以爲諸葛似龜峯也洪參議慶臣每諫其兄
寧原君可臣曰兄何爲與宋友乎吾見宋必辱
之寧原笑曰兄拜迎拜曰非我拜也膝自屈也其後見先生
至不嘗降階拜宋其子不能也昇平金相
公逾少自負不肯下人一日避近先生於山寺爲撤
其業曰聽其言議久不能去及其成大勳業身都將
相謂曰吾之得至今日繁當日親炙於龜峯之力也
一時稱道不可勝記而於此數者足以知其大略也

龜峯集　卷之十　　十三

惟是抱負既大自任甚重顧有志於世道金先生蓋
嘗微諷曰恐爲屬階先生不以爲然　天啓甲子金
先生與鄭守夢上疏略曰臣等少從宋翼弼受學翼
弼文章學識超絶一世與李珥成渾爲講磨之文李
珥既沒李潑惟讓輩仇嫉珥渾延及翼弼必欲置之
死地而後巳可謂怒甲移乙之甚者也翼弼之父
連乃故相安瑭壻妹之子也既巳從良祀
連又雜科出身且過年限者不得還賤
昭載法典而潑等以祀連上變爲安家子孫之大雕
乘機指喉簧法還賤其時訟官或爲守法之論則潑

等輯綴遠之至再至三而後始得行其志祀連雖得
罪善類翼弼雖犯衆怒豈可一時之私憤而屈
祖宗金石之典以快其心哉肆我　宣祖大王復發
關釋之端而翼弼尋亦淪凶至于今日日月重明幽
枉畢伸而獨此凶師之寃尚不瞑目於泉下噫凶師
生未爲聖主之知死不免賤隸之名此豈但臣等隱
痛於心國法一壞末流難防於世象村嘗評之曰才
者也先生有文集若干刊行於此亦識者之潑尚
取咸唐故其響清義取聲壞故其辭理和平寬博之
旨不失於羈窮流寬之際優游涵泳之樂自適於風

龜峯集　卷之十　　十四

花雪月之間其庶乎安時處順哀樂不能入者矣又
有玄繩集一編所與李成二先生往復書也谿谷張
公維嘗論之曰栗谷之言真率坦夷牛溪之言溫恭
懇到而龜峯則意象峻潔自待甚重其言辨矣其學
博矣又曰觀此議論此老胷中殊不草草此學
知其詩文而亦可以知其爲人矣余與春久往老
先生門下得聞先生言行熟矣以先生爲無一疵
可指者亦非平心之論也而若乃吹毛索瘢以助潑讓之
誣者則亦不平心之論也成先生平日固不無不滿之
意而此則春秋責賢者備之義也盖見先生之高且

大也。蓋實以老先生所言而論之。則志大宇宙。夐邈
今古者。豈先生之所心。而其於細密隱微。不能無踈
脫者。豈先生才高識博。鍊達世務。謂此足以入聖
賢門庭。做得皇王事業。而或少涵養本源之功耶。以
是權度則其於先生。或庶幾焉。

此碣力鎮文也。文元公玄孫金公鎮玉官隋城有意
刻樹力鎮未就先生外孫也。欲以此姑作幽誌尚書
閔公鎮遠必有見此而還掩者。二公眞不愧先生志
谷夔遷必有見此而還掩者。云爾。九卷文正公曾孫宋婺源謹記

墓表陰記

龜峯集　卷之十

十五

惟此唐津縣元堂里負乂原。卽龜峯宋先生諱翼弼
字雲長衣履之藏也。當時門人。略備象設。且伐碣石
而顯刻則有羨也。歲久石不保。子孫屢微修掃或獻
而封城夷牛馬踐。可勝悲哉。九卷宋先生嘗撰碣文
先生道學始卒可徵百世。而惟栗牛二先生友之。吾
先祖文元公師之者。斯可以知其爲先生也。九卷每
以鵲樹碣文。續刊遺集。殺易厄於先生門人之子孫
城顧力綿於大琢建。只書數行於小石之陰。使　先
子小子亦面承提命。而藏諸中矣。適官隋府容邊佳

生四代孫三昌立之墓前。嗚呼。如是而尚可謂不負
先志。師教也耶。其碣文士友議移幽誌。庶或有成云
爾。崇禎紀元後再庚子秋。後學光山金鎮玉謹書

祭文　歲時祭文

龜峯集　卷之十

十六

龜峯宋先生之殁于茲。百有二十二年。而墓道尚闕
表額。豈非士林之羞。而後人之責歟。後學光山金鎮
玉謹具一笋短表。略記顚末于其陰。使楊浦後孫崔
渝與先生四代孫三昌。同徃莅役。以庚子八月十四
日戊申。建于墓前。而文以告之曰。嗚呼。先生我文元
師。文章道學。冠冕一時。西京筆力。宋儒義理。皇王帝
霸。布羅胸次。世隘莫容。賣我趾尚犯乞友道獨抗師
庶賢當貴之愚者則謫怒移於乙禍慘在綫樓邊南
北備嘗艱厄。速其易簀在沔。惟時吾祖。一其終。

始而濟難。殁且營瞼。被石無鎬。蓋待來後。歲久。因
循旋作烏有。是以九翁眷眷。銘述以易。門生俾顯其
教亞遵是。乏顧坐力綿。未能張大片石單辭。猶有未
刻。今余小子適官于隋。瞻被堂封一帶限之。先志師
左樹諸原藏誌。士友交勉。耿耿于此。幸而有成。庶卒餘
邊刊稿諸蕫庸戩樵牧哲人攸宅。罔或毀齧。猶有未
責凡茲事由。玄自敬告官守。有拘替伸微膽。尚冀尊

靈勿震斯役。

又癸卯埋誌

歲次癸卯三月庚午朔十六日乙未後學光山金鎮
玉謹使從姪天澤告于龜峯宋先生之墓曰往庚
子禍后有告誚用碼文略陳其故今幸有成士友之
力惟閔與宋實相其役俱追先故暨我一般猶有餘
責禍未續刊世難人散疇與相託敬埋磁燼徒增感
戚。

請
　襃贈狀庚午六月　　　忠清監司洪啓禧

臣伏見續大典獎勸條云外方孝烈特異者觀察使
之要務是白如乎自臣到藩以後士庶呈文守令轉
報言孝烈事者積爲卷輕奇鄴異行非止一二臣以
法典所謂許察之文加意容訪而新到無幾見聞未
周或有未及知者或有知而未能曉然於心者一有
爽誤便是欺誣朝廷故趦趄不決今於遞歸之際八
不敢爲率爾應文之計爲白乎矣獨臣區區之意別
有所拄雖非國典所載而其所關係似不下於旋襃
孝烈者兹敢出例申　　中　仁之世至　明　宣以後儒宗輩
儒學始自

出士林蔚興家有詩書人行孝悌風俗之美冠於諸
路此固我　國家導化之盛而實亦諸儒先敎學之
烈是白如乎近歲以來士習日壞民風日偷庠序絕
絃誦之聲鄉黨無禮讓之俗如水盆下不可復捄臣
自受任以來不敢不盡心於此而學廢儒薄無有報
效日夕兢惕是白如乎臣伏見本道儒賢已從祀及
方請從祀外名儒頎士幾盡崇褒無有遺典是白乎
矣獨有宋翼弼徐起學行之懿敎迪之功後學之方
而待以門地微賤生無所稱薦於前死不蒙褒贈於
後泯沒無稱甚非所以重儒道而勸後學之方是白

如乎宋翼弼本高陽之人遭難流徙晼寓沔川轗軻
厚津徐起本洪州之人來居公州葬於家側宋翼弼
子姓中絕香火永斷徐起則雖有厚孫而亦已荒額
臣訪問遺故不勝悲慨此實　聖朝之闕事而士林
之疲恨若蒙　病明特賜褒獎則閭巷之
士必有激勸興起之效是白乎等以臣謹其二臣事
實開列于後以備褒納爲白齊宋翼弼聰明英邁稍
出倫類少爲文章與崔慶昌白先勳等齊名稍
長向學不由師承窮蒐冥造妙洞悟性理爲人灑落高
朗枠識宋達先正臣李珥成渾盖定道義之交切磨

之義老而深篤凡兩賢之於天人性命出處日用之
間鉅細精粗無一不與翼弼講究而翼弼所論是非
得失兩賢又莫不信服而聽用往復書尺今有玄繩
之下尚足使見者感發而興起此實前世所罕有百代
一編備見其朋友相友之義此翼弼之賢固不
能及此以大賢而取友如此則翼弼之賢可知
是曰于孫此外一時推重不可勝記而略舉其大者
先正父慾故渾皆以為老劬書學遠經明行方言直
義則曰吾友成浩原李叔獻宋雲長皆學問高明至

龜峯集　卷之十　　十九

行範世文正公李植則曰天資透悟剖析精微徐起
則謂其學者曰爾輩欲知諸葛孔明乎惟見宋龜峯
可也文忠公張維論其遺文曰氣像峻潔自待甚重
其學博矣其言辨矣言辨矣之號而雲長其字
也浩原叔獻兩先正之字也至其教誨後進則尤善
感發學徒嚮集所在盈門其所成就者如先正金
長生金集故名臣鄭曄徐渻鄭弘溟金槃姜燦許雨　工
宋爾昌等或以道學或以政事開導後生毗補
五以觀則翼弼遼學高才實是一代之儒宗間世之
家爲白如乎

偉人分叱不喻其所以輔仁於珥達傳道於長生者
懇切之益啟迪之正莫不有功於斯道浚發淵源夾
輔正脉者有非尋常他儒之比是白于孫徐起幼而
神悟遇物必窮其理志慕聖賢人稱神童事母至考
年八九歲母疾嘗危割指進血以復生及長師事
李之菡李仲虎躬耕讀書以聰廥之姿加刻苦之工
識解精微而尤遠於易天文地理莫不旁通德性淳
懿制行清高初隱智異後歸公州隱於孫青山下學
者稱為孤青先生及門之士殆以千數起篤信朱子
嘗以真像自隨立祠而奉之作講堂與門徒講學其
中其祠與堂今為忠賢書院公州儒學之盛百起而
始其倡明之功可謂甚大是白遣成悌元宋翼弼先
正臣趙憲金長生皆與之從游講論而當世大人君
子多為尊禮文忠公朴淳稱其超然林下器局之遠
勇腐城君宋寅稱以讀書慕古昭代逸民李之菡
前輩又有稱其沉潛聖賢刻苦一心山林日長問學
則稱其忠信可使誠通金石趙憲稱其學傳行全
功淺發數賢之一言可為百世之所信則其學問之
篤德行之純可證無疑誠亦稀世之賢者是白于孫
從學之士如李德胤宋爾昌閔在汶朴希哲希聖等

二十

龜峯集 卷之十

皆以經學行義有名於時先正臣宋時烈撰宋翼弼
墓碣曰同春之考郡守爾昌受學於先生以教同春
卒為名儒則先生之身雖困於此世而其道則不可謂
不有光矣而同春先正宋浚吉之號也爾昌實亦受
學於徐起則其道之有光於後起與翼弼同為寒
教之功於徐起此益驗是白如乎編念兩人門地至今
戚而當 明 宣摞㡡之時僚欣挺生學明德等
一時所推服名公大賢相與師友流風遺澤至今有
賴蓋間氣之所鍾而 聖世之興事是白乎矣拘於
國法老死草萊無以表見有不可使聞於有道之
國是白如乎臣曾聞 國朝故事教訓門徒多有成
立者則或給祿或除職云今翼弼起教導成就若彼
之茂則豈不但與句讀老師若干教授者為一例是
白遣死其羽翼斯文之功又章明如是則必不可使
其泯滅伏望 睿慈 特命有司亦加褒贈使遐方
人士有以知 聖朝崇儒尚道之意不以側陋而有
間焉則其於興起儒化裨補風俗必有賢世已久遠必
行之後獎是白如乎翼弼起人既甲微世已久遠必
欲發隱闡幽以備 离明之詳察故論列之際自不
厭其煩復是白乎旀翼弼見嫉羣小受禍甚慘雖今

龜峯集 卷之十

世之人亦或有未見文字未詳事實者先正臣金長
生嘗於 仁廟初與鄭曄等諸門人上疏訟冤而先
正臣宋時烈 亦尾陳必冀 鑑照為
白如乎其疏略曰臣等少從宋翼弼受學翼弼文章
學識超絕一世李珥爲之交友李珥歿
李潑自惟讓輩仇疾珥渾延及翼弼必欲置之死地
而後已可謂怒甲移乙之甚者也翼弼之父祀連乃
故相安瑭妾孽妹之子也祀連從良祀連又雖
科出身連二代良役也祀連母已過年限者不得還賤祀連難
典而潑等以祀連上變爲安家子孫之讎乘機指嗾
慈法還賤其時訟官或爲守法之論則潑等輒駁逓
之至再至三而後始得行其志祀連得罪善類翼
弼雖犯衆怒豈可以一時之私憤而屈
之以快其心哉肆我 宣祖大王始發開釋之端
祖宗金石
獨此凶師之寃尚不暝目於泉下憶凶師生未爲
而翼弼尋亦寃淪凶至于今日月重明幽枉畢伸而
聖主之知但臣等隱痛於心
國法一壞末流難防此亦識者之淡處永歎者是
如爲白遣疏下該曹該曹覆 啟請如其言而屬有
造變蒼黃去於事竟寢而夏無以申暴表章之意聞

于朝者誠爲慨然是白乎旀以先正一疏觀之則
其受誣顛末可以洞燭是白去乎返乞　留神照察
爲白只爲

辛未十二月十二日遝說

禮曹判書李益炡兵曹判書洪啓禧同爲入　侍時
宋翼弼贈職事聞矣兩人學行爲一國士林所推
許而以其坐地微賤之故無贈襃贈之典兵判以此爲
慨然有所狀請而此與尋常襃贈有異大臣以爲
㔶有一番陳禀於　大朝故敢達　上曰兵判詳陳

龜峯集　卷之十　二十三

之可也啓曰徐起卽李之菡之門人而五六歲時
取柴晛歸其父毋問之則曰見小鳥隨陽氣而上欲
窮其理故晛歸其窮理之學出於天分一生尊尙天
子學問精邃居雞龍山之孤靑峯下故號孤靑享於
公州忠賢書院別廟湖中學問之盛徐起之力居多
宋翼弼是先正臣李珥成渾之道義交而先正臣金
長生之師則其經學之爲一世標準者可見矣羣小
之怨嫉兩先正臣者移鋒於宋龜峯一生受困窮餓
而死而至今學者稱之爲宋龜峯先生此兩人豈空
無一官之贈而以其坐地甲微子孫殘弱故尙無襃

贈之事實爲寒心矣宋翼弼墓在唐津而無子孫香
火冷落旵旺湖營時遣人祭之殊可惻然兩人遺文
臣有略略收拾而徐起遺稿則文字不多印出若
干件宋翼弼遺稿則誠稀貴之事也若行襃贈之典
則當爲何官于啓禧曰先賢之　贈職者或有贈以執
義者或有贈以持平者不必高官爲好也　上曰可
許之而以旣承　大朝遹教之意爲辭覆達於　東

宮可也

禮曹覆　達曰辛未十二月十五

龜峯集　卷之十　二十四

觀此忠淸前監司洪啓禧狀達則以爲本道名儒顧
士㷌盡崇襃而獨有宋翼弼徐起學行之懿敎迪之
功旣爲卓絕而特以微賤泯沒無稱甚非所以重儒
道而勸後學之方是白如乎宋翼弼遂學高才實是
一代之宗儒分叱不喻其所以輔仁於先正臣李珥
成渾傳道於先正臣金長生懇切之益啓迪之正莫
不有切於斯道浚發淵源夾輔正脈者有非尋常他
儒之比是白乎旀徐起幼而神悟遇物必窮其理志
慕聖賢人稱神童事毋至孝年八九歲毋病嘗危割

指進血得以復生及長師事李之藥李仲虎躬耕讀
書以聰慮之姿識解精微而九邃於易天文地理莫
不旁通德性淳愨制行清高及門之士秔以千數公
州儒學之咸自起而始其道之有光於後與翼弼同
焉兩人流風遺澤至今有賴而老死草莽無以表見
令有司丞加褒贈亦為白卧乎所今十二月十二日
大朝入侍時臣盆蚖兵曹判書臣洪啟禧備陳狀
闢辟意是是自乎則宋翼弼徐起之道學懿範既如是卓絕而為
贈之意回達于　小朝事臣盆延親承　傳教是白
卧乎所宋翼弼徐起之道學懿範如是卓絕而為
該曹竝施贈職之典以樹風聲何如年月日左副承
旨南泰耆次知　達依準
　　吏曹政事望性中正月
　贈通德郎行司憲府持平
　　學生宋翼弼　學生徐起同蹎
道學懿範俱皆卓絕而為一世之所推仰　贈
職事承　傳
詩集後序三首
先生之詩膾炙於人口雖一時文章鉅公無不推讓

龜峯集卷之十　　二十五

不敢與并而顧余於詩昧昧焉有同瞽者之於縷繡
加以六七年來塊處荒野不與知舊接無由蒐集遺
篇以慰棲權之慟而時得一二於傳誦者詠歎之溱
洙之而已同門友沈君士敬宰鴻山收得長篇短律
五七言各略干首難鳩材力剞劂之以一通貽余且
屬余序其後余用手披目閱口詠心惟累日不但灑然
如瓶寒門而濯清風怳若復承聲咳之於皇比之下不
禁淨涙自潛焉也因念先生自七八歲兀兀下帷語輒
驚人與李鵝溪李栗谷諸人並號為文章而其詩格
之清爽奇絕先生獨登壇曩及長不樂於京都朋儕
間家于高陽龜峯下　遁先晦彩沉藉于經籍體之於
心驗之於身所期者第一等事則其於文墨舊染不
眼焉也亦不屑焉為者也然或於晚年感物寓懷或於羇
旅顛沛之中紀行酬人者渾然天成而不戕雕琢而自
契乎風雅之旨矣淸而不隘奇而不聲樂而不傷雕
而不怨通而遠遯而顯豐而約一字一句皆
出於性情之正根於義理之奧得意於上下同流之
妙寄與於陰陽變化之態貧賤泥塗之中而氣猶健
之論詩者尊古而卑今雖名家大手無不求祇至於

龜峯集卷之十　　二十六

先生則吃吃噴噴咸曰咸唐之清調堯夫之自得兼
焉先生之偶發於吟詠詞句之間者若此則其稟氣
之高造理之深所養之厚蓋可想矣噫余於是九有
所感焉以先生英特之氣博古之學蘊之於心而卒
爲言論者出爲世用則其施諸事業者當如何而卒
老於蓬蓽簞瓢之中又爲當路仇栗谷者所移乙流
而門人弟子又不克發揚幽光使平生言行之可稽
式者與後者惟是先生不屑爲而偶發者則時命耶

龜峯集　卷之十　　　　三七

諸今與後者惟是先生不屑爲而偶發者則時命
耶何先生之生死於世也其不遇之若是耶門人弟
子亦不得辭其責矣雖然當時摳衣於西丈者惟士
敬曁余三四人在世而士敬清操惠澤歌頌一境則
其持身及物者可謂不負所學而又能廣拾遺稿於
兵火飄散之餘割俸鋟梓圖永厥傳亦庶幾不負教
育之恩矣若余者早承撕行之不力汨没侵尋今
則兀然爲庸人將無以發明先師之學於門人弟子
不得辭其責者余其尤甚今四士敬之懇把筆臨紙
不覺魂汗之霑衣也　天啟二年七月日門人資憲
大夫行龍驤衛司直鄭曄謹序

余不得見龜峯而得龜峯詩稿於竹西所見之眞所
謂一唱三嘆而有遺音者也才高而意趣逸而調
絕出於性情而不傍以文也根於天得而不絢以色
也紆乎其餘也泰乎其舒也和平寬博之旨不失於
覊窮流竄之際也泰乎其舒也風花雪月之
間其庶孚安時處順哀樂不能入者矣竹西云材取
咸唐故其響清義取擊壤故其辭理余觀之信然恨
不及其在世時提安樂窩中經世大法一討之九原
不可作噫　天啟二年孟秋上浣東陽申欽書于黙
浦書舍

龜峯集　卷之十　　　　三八

詩本性情隨感而發其善惡之不可掩昭昭也謂其
詩讀其書而不知其人乎先師平日讀聖賢書講
說程朱以小學自律文詞特其緒餘耳迹其詩高雅
簡逸飄然自得皆自學問中出非吟詠月露者之所
可髣髴其萬一信有德者之言也惜其坐與栗谷牛
溪軻江相善重被媢嫉者移怒巧設禍機擠陷不測
坎軻不容於世而終人心之險乃如此可懼也夫詩
集見抛久同門友沈君士敬爲鴻山之數月卽刊行
之庶或有後世子雲能知之耳　皇明天啟二年壬
戌七月日門生光山後人金長生謹跋

次雲長韻　　　　　　　土亭李之菡

曩過雲長初實爲芸所幸有意於汲古從君借備緩
玄黃方寸間鄒魯豈非迥鑣錫我須執沙匠子須磨
私情如或起在通還在邇　土亭初名之芸

書宋龜峯玄繩編後　　　　　谿谷張維

玄繩一編得見諸老先生往復言論其講問之勤友
誼之篤皆可以想見今世那有此事耶栗谷之言真
率坦庚牛溪之言溫恭熙到龜峯則意象峻潔自待
甚重其言辨矣其學博矣然往往亦有未安處略記
鄙見于左

龜峯集　卷之十　　　　二十九

龜峯曰未動是性已動是情從前諸儒之說大抵如
此然終覺有病夫謂已動是情可也若曰未動是性
則已動之後便爲無性耶程伯子言性時也
內外則何有動靜蓋動靜言乎其時也性之理無內旣無
在也今只以未動者爲性則天命之全體無乃歸於
偏枯空鈌之地耶
不善屬之情爲不善蓋之意剖析則精矣然亦傷太
纖巧蓋情固有善不善意亦有善不善爲之一字乃
見於行事者也
答栗谷曰出非不可出而無所事不可善哉言乎朋

友責勵不當如是耶
以栗谷退歸後上章論事爲偏於憂國過於犯冒恐
非深知栗谷意者
答牛溪曰不必以微渦爲人欲自家袵席之上天理
人欲分界亦甚分明而不能一任天理可畏也已肯
哉言也又曰欲之生於形氣者從之生於胸臆者去
之亦好又曰食色同色惠不在不足而在於多此亦
名言大抵觀此等議論此老胸襟珠不草草
答許公澤問曰性是理知覺是情其曰性是理知覺是
性是性知覺是動知覺是情皆有病蓋性即理也知覺是
靜知覺是動知覺是情皆有病蓋性即理也知覺是
心也理該動靜心統性情若偏舉一遍則又歸於偏
枯空鈌

龜峯集　卷之十　　　　三十

答松江曰以辭爵祿之勇移於酒色明取與之節絕
其藏悔抑疾惡之剛弘取善之度勿尚清白而僻其
行勿輕侮儕輩而易其於箴規松江可謂明且切
矣

以殘字屬靜極無謂龜峯之辨甚當閱景初未詳何
人無乃是杏村之字耶若爾則杏村之學恐欠精透
自不動靜者理也有能動靜者氣也此語久妥久堂

盖立意則不至大非而造語有病。
善是理也惡是氣也善是理也之云為不可然而
有理通氣局一義則亦未免偏枯之患而理有所未
到處矣若曰惡是氣十分不是盖氣之本元無不
善必其流蕩乖戾而後方為惡耳夫謂氣兼善惡猶
久松其性即理心即氣今若曰惡是心也人將以為
細失也性即理心即氣今若曰惡是心也人將以為

龜峯集　卷之十　三十一

理氣判作二物立論每每是理而非氣不知此
本妙合不合不相離之物分而二之則不成天道不成造化。
無有是處也繫辭曰一陰一陽之謂道陰陽不測之
謂神明道曰器道亦器若見得如此則安有理
善氣惡如龜峯之說者乎羅整菴理氣一物之論雖
曰有病此之此等見解亦自超詣此栗谷所以有取
也。
各栗谷恐其作隨時宰相前輩懲警之道誠可畏服

　　張谿谷聚玄繩編辨　　南溪朴世采

夫謂已動是情可也若曰未動是性則已動之後
便謂無性耶程伯子言性無內外既無內外則何
有動靜。

中庸曰喜怒哀樂之未發謂之中發而皆中節謂之
和朱子釋之曰喜怒哀樂情也其未發則性也由此
言之未發已發即喜怒哀樂之分也此豈有
可疑者耶谿谷所引程伯子之說與此不同正古人
所謂以竪準橫以橫合竪者也橫渠先生本以定性
未能不動猶累於外物問其意盖以性與外物列
而二之為不相干涉其言豈不照乎夫子思論中和
不應於彼內外故伯子解失之言豈不照乎夫子思所謂定者動亦定靜亦定

龜峯集　卷之十　三十二

直指道之體用故以未發為性情明道論定性
欲明體用之一貫故以性為無內外此可謂道並行
而不相悖者也且子思所謂已發之情豈能有外於
此性而明道所謂無內外之性亦豈能漫無動靜之
分耶今谿谷欲以性無內外之故遂以性不可謂未
動而憂其聽於偏枯空缺豈其然乎有人於此以陰
陽是一氣之故而不欲言兩儀則谿谷必以為非而
不欲言各具則谿谷必以為而今云云是亦不免
於執言迷指者矣
若曰惡是氣也十分不是盖氣之本元無不善必
其流蕩乖庆而後方為惡耳夫謂氣兼善惡猶火

於本末源流之辨矣今直以爲惡其害義傷道非
細失也

善是理也惡是氣也惡之言果未圓活周徧熙谿谷之
辨則失其本音者多矣夫惡固是氣之流蕩垂灰之
所致然人有問之曰惡之其爲理與氣也何所分別
耶則必應之曰是氣也非理也蓋氣之本源雖無所
不善而發用之際流而爲惡者亦其理也何可以本
源之善之故而不以惡歸之氣之一邊耶龜老之言
丛界限處亦未有所失但只舉氣字而不舉下一節
流而爲惡者故以起谿谷之疑而是亦語意之不能
無病者也。

三十三

龜峯集有詩一卷雜著一卷書一卷刊行於世者其
詩則光海壬戌先生門人沈竹西宗直宰鴻山時所
刊而鄭守夢申象村曁我文元公先祖所叙跋者也
雜著書則尤翁使宋公時杰往公邸及我從曾祖知
事公分刋於茂朱山陰臨陂而未卒者也先生曰見
子就大所權拾辨論書尺及私稿雜錄合而成帙曰
汝安用此爲往托於連山金某可也愼獨齋晚年以
傳於尤翁使爲不朽之圖所以有雜著書之始刋而
刪定未卒因有事故而止及至戊辰冬時事將大變
尤翁又以授我祖考艵齋府君曰不可使此集無傳君
其圖之祖考羅州時亦欲鋟榟屬芝村與遂庵商訂
較讎芝村以爲玄繩編旣經先生所自編而載於碣
文中且尤翁所刪定未及其半今可一從本草收入
而仍存其名以存其舊遂庵則以爲尤翁旣始刪定今
當用其例而刪定之未郞歸一而祖考已解職未果
入刊以至于今則斯文長老不在無可任其事者而
世遂無龜峯全集矣聖適得嶺邑之事力承令先
志敢以爲功取其全帙而揔括之竹西所刊詩集蒐
輯而成之故有拾遺之故而今以本草編次而無所存刪
則去其拾遺之名只分爲二卷而五七古律絶用其

例而類分之雜著並取刊本所遺著者三篇而爲一卷
玄繩編之栗牛二先生書其非往復者殆將半焉若
弁編入則便三賢簡牘而非龜峯集尤翁之刪定者
盖以此也而仍其名存其舊之說亦不可廢也妄以
已意折裹之其非往復之書則用尤翁例而刪之長
牘汗漫之中雖只一二語其有相往復者則皆以全
文取入以存其舊而仍其名分爲二卷禮問答以問
者類聚爲一卷家註說則先君子追得於崔同知
邦彥氏所難於別行而編入者今校其傳寫之誤分
爲三卷又取碑狀等文字爲附錄　卷雲谷稿一卷

龜峯集末本之十　　二

者郎先生弟翰沙季鷹所著也尤翁始　集時雲
谷外裔白海明稟請而許其附刊今不可遵故亦附
于末合爲龜峯先生集十一卷以付剞劂氏嗚呼猗
哉文集之行其亦有數耶以先生道學文章之盛無
所施爲於當世終身奄氣流離窮阨以歿而其垂後
之緒言亦湮没數百載不得傳今乃以相聖急於了
債未暇梳洗而牽率茍成之文集之行其亦有數也
夫其亦有數也夫仍記其始終於卷末以見諸老先
生暨先輩長老之眷卷於斯集如此云爾歲壬午暮
春之日後學光山金相聖謹識